Claudia Kern

Die Nonne und der Tod

Roman

Originalausgabe

blanvalet

MIX
Papier aus verantwortungsvollen Quellen
FSC® C014496

Verlagsgruppe Random House FSC-DEU-0100
Das FSC®-zertifizierte Papier *Holmen Book Cream* für dieses Buch
liefert Holmen Paper, Hallstavik, Schweden.

1. Auflage
Originalausgabe Februar 2013 bei Blanvalet,
einem Unternehmen der Verlagsgruppe Random House GmbH, München

Die Veröffentlichung dieses Werkes erfolgt auf Vermittlung der Autoren- und Verlagsagentur Peter Molden, Köln.
Umschlagillustration: © Illustration Johannes Wiebel | punchdesign
Redaktion: Peter Thannisch
HK · Herstellung: sam
Satz: Uhl + Massopust, Aalen
Druck und Einband: GGP Media GmbH, Pößneck
Printed in Germany
ISBN: 978-3-442-37880-7

www.blanvalet.de

CLAUDIA KERN

Die Nonne und der Tod

Buch

Köln, 1348: Kurz vor Ausbruch einer verheerenden Pestepidemie lernt die junge Novizin Ketlin den jüdischen Alchimistenlehrling Jacob kennen. Als der Schwarze Tod die Stadt trotz aller Vorkehrungen heimsucht, geraten die beiden in die Wirren einer zusammenbrechenden sozialen Ordnung. Getrieben von Angst und der vagen Hoffnung, anderswo ein besseres Leben zu finden, wollen sie Köln verlassen, doch die Stadttore sind geschlossen, die Stadt wird zur Todesfalle, aus der es kein Entkommen gibt.

Autorin

Claudia Kern, geboren in Gummersbach, studierte Anglistik, Philosophie und Vergleichende Religionswissenschaften an der Universität Bonn und arbeitete jahrelang als Kolumnistin und Redakteurin für Fernsehen und Zeitschriften. Nach Ausflügen ins Fantasy-Genre etablierte sie sich mit dem Roman »Das Schwert und die Lämmer« als Autorin historischer Romane. Sie lebt seit 2008 mit ihrem Lebensgefährten in Berlin.

Als Blanvalet Taschenbuch von Claudia Kern lieferbar:

Das Schwert und die Lämmer (37439)
Der verwaiste Thron:
1. Sturm (24420)
2. Verrat (24421)
3. Rache (24422)

Prolog

In letzter Zeit denke ich oft an den Toten im Weiher. Die Erinnerung ist so lebendig wie ein Traum, aus dem man mitten in der Nacht hochschreckt.

Es war der erste frostfreie Tag des Jahres, und ich stand hinter der Scheune und sah zu, wie ihn unser Knecht Michael aus dem Wasser zog. Ich spürte das feuchte Gras unter den dünnen Sohlen meiner Lederschuhe, die kleinen Steine dazwischen, und hörte das Knirschen des Eises auf dem Weiher.

Der Tote konnte noch nicht lange im Wasser gelegen haben. Die Fische hatten seine Augen gefressen und seine Lippen, aber ich erkannte ihn an der langen Narbe auf der Stirn. Es war Utz. Ich wusste nicht mehr, woher die Narbe stammte, nur noch, dass er eines Abends an unserer Tür gestanden hatte, gestützt von seinen Töchtern Erika und Anne, und meine Mutter um Hilfe bat. Sie hatte das Blut von seinem Gesicht gewaschen, die Wunde mit der Nadel, mit der sie sonst meine Kleider stopfte, genäht und ihm einen Kräutersud gekocht. Sie wusste viel über solche Dinge, über Wunden und Kräuter, Wehwehchen und wie man sie lindert. Heute glaube ich, dass man uns nur deshalb nicht aus dem Dorf jagte.

Michael zog Utz mit seiner Angel aus dem Weiher. Wir waren allein. Mutter war schon vor dem Morgengrauen zum Markt nach Coellen aufgebrochen, um Stoff für meinen neuen Rock zu kaufen.

Sie sagte, ich würde schneller wachsen als das Unkraut in den Beeten. Wäre sie zuhause gewesen, hätte sie mich weggeschickt, hätte mich davon abgehalten, in das aufgeschwemmte grinsende Gesicht zu blicken, von dem Wasser wie Tränen ins Gras tropfte. Aber sie war nicht zuhause. Und so stand ich am Weiher, die Enden des Stricks, der meinen zu kurzen Rock zusammenhielt, um die Finger geschlungen und sah zu, wie Michael den Umhang des Toten über dessen Gesicht ausbreitete.

»Gott sei deiner Seele gnädig, Utz«, sagte er und wischte sich die nassen Hände an der Hose ab.

Ich runzelte die Stirn, verstand nicht, wieso er so traurig klang.

»Hat Gott ihn nicht ins Wasser gestoßen?«, fragte ich.

Michael musterte mich, dachte wohl darüber nach, wie viel ich von dem mitbekommen hatte, was geschehen war. »Weshalb sollte Gott etwas so Schreckliches tun?«

Ich streckte den Arm aus und zeigte auf den Weg, der vor unserem Haus verlief und durch das ganze Dorf führte. An seinem Ende, hinter Brombeerhecken und flachen Hüttendächern, ragten schwarz verkohlte Balken empor. »Deshalb.«

»Und was glaubst du, ist da passiert?«

Ich zögerte. Uns Kindern hatte man erzählt, Räuber wären in der Nacht vor Utz' Hütte aufgetaucht, aber wir wussten es besser, hatten die letzten Tage damit verbracht, uns unsere eigene Geschichte zusammengereimt aus dem, was die Erwachsenen sich zuflüsterten, wenn sie glaubten, allein zu sein. Es war nicht schwer gewesen, schließlich wurde seit jener Nacht über nichts anderes im Dorf geredet.

»Ich glaube«, sagte ich, »dass Utz seine Familie erschlagen hat, weil er hungrig war und sie ihm alles wegaßen. Und dann wollte er zu unserem Haus, aber weil wir immer beten und zur Messe gehen, hat Gott ihn in den Weiher geworfen.«

Ärger zog wie eine Wolke über Michaels Gesicht, verschwand dann aber wieder. »Du bist zu jung und zu …« Er unterbrach sich.

Damals wusste ich nicht, was er sagen wollte, doch heute kann ich es mir denken.

»… um das zu verstehen«, fuhr er fort. »Utz war ein guter, anständiger Mann. Du solltest für ihn beten, nicht über ihn tratschen.« Er warf einen kurzen Blick auf den Toten unter dem Umhang, als würde er von ihm Zustimmung erwarten. »Utz hat sein Weib und seine Kinder geliebt. Mehr musst du nicht wissen.«

Michael hob seine Angel auf und wandte sich ab.

»Dann waren es doch Räuber?«

Er blieb stehen. Einen Moment lang sagte er nichts, aber ich sah, wie sich seine Hand fester um die Angel schloss. Dann drehte er sich zu mir um. Der Ärger war in sein faltiges, raues Gesicht zurückgekehrt. »Weißt du, was Hunger heißt, Kind? Weißt du, was es heißt, morgens aufzuwachen und deine Kinder vor Hunger schreien zu hören? Wenn du das letzte Huhn geschlachtet und die Saat für das Frühjahr aufgegessen hast und dein Feld brachliegen muss?«

Er machte einen Schritt auf mich zu. Ich wich zurück. Noch nie hatte ich Michael so wütend gesehen.

»Du und deine Mutter, mit euren zwei Mahlzeiten am Tag und einem Stall voller Ziegen, ihr wisst nichts. Ihr werdet nie verstehen, dass ein Mann einen Stein in die Hand nimmt und seinen Kindern und seinem Weib den Schädel einschlägt, weil er es nicht ertragen kann, sie verhungern zu sehen! Aber Gott versteht es – ist mir scheißegal, was die Pfaffen dazu sagen! Gott weiß, dass Utz das Richtige getan hat.«

Ich senkte den Kopf, um Michaels Blick auszuweichen. Ohne es zu merken, hatte ich den Strick so eng um die Hand geschlungen, dass sich meine Finger weiß gefärbt hatten. Ich versuchte mir vorzustellen, was Utz gefühlt haben musste, aber es gelang mir nicht.

»Warum hat er Mutter nicht um Essen gebeten?«

Michael antwortete nicht. Es wurde so still, dass ich die Bauern auf ihren Feldern reden hörte. Dann lachte er kurz und trocken, schüttelte den Kopf und ließ mich allein mit dem Toten zurück.

Utz hatte gefragt, das verstand ich damals schon, auch wenn ich es mir nicht eingestand. Ich erzählte niemandem davon, weder Mutter noch den anderen Kindern noch dem Priester, der zwei Wochen später zum ersten Mal nach dem Winter ins Dorf kam und die Toten segnete, die das Frühjahr nicht mehr erlebt hatten.

Mit der Zeit erholte sich das Dorf von der Tat. Die Hütte, die Utz angezündet hatte, wurde durch eine neue ersetzt, und frisches Saatgut ging auf seinem Feld auf. Die Erwachsenen begannen über anderes zu reden, über Geburten und Krankheiten, das Wetter und die kleinen Skandale im Dorf. Doch ab und zu, wenn wir Kinder unbeachtet zwischen ihnen spielten, hörte ich jemanden sagen: »Er hat das Richtige getan«, und ich wusste immer, wer damit gemeint war.

So ging es bis zu dem Tag, an dem die Schausteller kamen.

Kapitel 1

Es war der Oktober im Jahr 1347.

»Holt euer Weibsvolk rein! Die Schausteller kommen!«

Knuts Stimme hallte durch den Regen, überschlug sich beinahe vor Aufregung. Neben mir meckerten die Ziegen. Ich legte die Holzschaufel weg, mit der ich ihren Stall hatte säubern wollen, schlug die Kapuze meines Umhangs hoch und trat nach draußen.

»Schausteller!«, rief Knut. Die Brombeerhecke, die neben unserer Hütte am Weg wuchs, war in den letzten Jahren so dicht geworden, dass ich ihn nur hören, aber nicht sehen konnte. Neugierig ging ich auf den Klang seiner Stimme zu.

Ich war nicht die Einzige, das bemerkte ich, als die Hecke mir nicht mehr die Sicht nahm. Auch aus den anderen Hütten traten Menschen, die meisten von ihnen Frauen und Kinder. Die letzte Ernte war vor Tagen eingeholt worden, es gab kaum noch Arbeit auf den Feldern. Die Männer nutzten die Gelegenheit, um sich ein paar Pfennige beim Steinebrechen oder Holzhacken zu verdienen, während die Frauen zuhause blieben und das Gemüse für den Winter einlegten. Sie dürsteten ebenso nach Abwechslung wie ich.

»Schausteller!«

Knut tauchte zwischen einigen Hütten und Hühnerställen auf, sprang über die Deichsel eines Karrens hinweg und lief auf den Weg. Matsch spritzte an seinen teuren Lederstiefeln empor. Als er all die Frauen und Mädchen vor den Hütten sah, blieb er stehen.

Die Kapuze seines Umhangs war ihm beim Lauf vom Kopf gerutscht. Regenwasser tropfte ihm aus den Haaren. Er stemmte die Hände in die Hüften und betrachtete uns missbilligend.

»Schausteller«, wiederholte er zwischen zwei keuchenden Atemzügen. »Habt ihr mich nicht gehört? Bringt euch in Sicherheit.«

»Ach, halt die Klappe, Knut«, sagte ich so laut, dass es jeder im Dorf hören konnte. Einige lachten, Knut natürlich nicht. Er und ich waren im selben Jahr geboren worden, aber er benahm sich immer noch wie ein Kind. Sein Vater, Bauer Josef, der reichste Mann im Dorf und in Abwesenheit des Fronherrn unser Vorsteher, pflegte zu sagen, Gott habe ihn für seine Sünden mit einem ältesten Sohn bestraft, der nicht einmal zum Ziegenhüten tauge.

Knut sah mich an, öffnete den Mund, als wolle er zu einer Antwort ansetzen, schloss ihn aber direkt wieder und schüttelte nur stumm den Kopf. Sein Gesicht war so rund und hell wie der Mond, seine Lippen voll wie die eines Mädchens. Hinter seinem Rücken nannten wir ihn »Knutine«.

»Ihr werdet schon sehen«, sagte er, als er die Daumen hinter den Gürtel hakte und sich abwandte. »Vorlautes Weibsvolk.«

Die letzten Worte flüsterte er, aber ich verstand sie trotzdem.

Else und Erna, Töchter eines Tagelöhners, die mir gegenüber vor ihrer kleinen Hütte standen, sahen mich erwartungsvoll an. Ich hob die Schultern, wollte Knut nicht noch mehr provozieren. Schon öfter hatte er sich bei seinem Vater über jemanden im Dorf beschwert, auch über mich. Mutter mochte es nicht, wenn ich bei denen, die über uns standen, unangenehm auffiel.

Das Quietschen von Wagenrädern und das Knallen einer Peitsche unterbrachen meine Gedanken. Ich trat auf den Weg und rückte die Kapuze meines Umhangs zurecht, sodass sie Haar und Stirn bedeckte. Auch die anderen Frauen und Mädchen tasteten nach ihren Kopfbedeckungen. Einige Mütter ergriffen die Hände ihrer Kinder und wichen zurück, als der erste Ochsenkarren ins Dorf rollte.

Zwei Männer, verborgen unter schweren, schlammbespritzten Umhängen, gingen vor ihm her. Einer trug einen langen Stecken, von dem eine tote Krähe hing. Der andere schwankte hin und her wie ein Betrunkener. Auf dem Kutschbock saß ein dritter, ebenfalls verhüllter Mann. Hinter ihm stapelten sich Kisten und Säcke unter einer Plane aus Segeltuch. Kleinere Kisten hingen an den Seiten des Karrens. Er wirkte überladen, die Holzräder gruben sich tief in den Matsch.

Ein zweiter Ochsenkarren folgte dem ersten. Die Menschen, die neben und vor ihm gingen, konnte ich nicht erkennen. Sie hatten ihre Umhänge geschlossen, selbst ob es sich um Männer oder Frauen handelte, blieb mir verborgen. Meine Selbstsicherheit verflog, wurde ersetzt durch eine ängstliche Unruhe, als mir klar wurde, dass es außer Knut und einigen Greisen keinen Mann im Dorf gab. Nur wenige Male in meinem Leben hatte ich den Vater, den ich nie hatte, vermisst, doch in diesem Augenblick wünschte ich mir, er würde aus der Hütte treten und sich der unheimlichen Prozession stellen.

Die Karren rollten nacheinander durch das Dorf. Es waren insgesamt vier, alle so überladen wie der erste. Eine der Gestalten, die sie begleiteten, zog eine Flöte hervor und begann darauf zu spielen. Es war eine düstere, schwerfällig klingende Melodie, als würde ein Toter an uns vorbeigetragen. Die Gestalten bewegten sich schleppend und langsam wie Kranke oder Geister. Keiner von ihnen sagte etwas, ich hörte nur das klagende Pfeifen der Flöte und das rhythmische Klirren der Schellen, das sich nun daruntermischte. Am liebsten hätte ich mich umgedreht und wäre ins Haus gelaufen, aber mein Stolz hielt mich davon ab. Solange die anderen nicht die Türen hinter sich zuschlugen, würde auch ich meine Angst nicht zeigen, aber sobald der erste …

»Flieht!« Knut sprang durch eine Lücke in der Brombeerhecke und verschwand hinter den Hühnerställen. Aus den Augenwinkeln beobachtete ich die Frauen vor ihren Hütten. Keine von ihnen folgte ihm. Niemand tat ja, was Knut sagte. Es war wie ein ungeschriebenes Gesetz.

Auch ich blieb stehen, obwohl mein Herz mit jedem Schritt, den die Fremden ins Dorf taten, schneller klopfte. Es war ein kleines Dorf, gerade mal ein Dutzend Häuser, und die Ochsenwagen nahmen nun fast seine gesamte Länge ein. Es fühlte sich an, als habe eine Armee, der wir nichts entgegenzusetzen hatten, uns erobert.

Die Melodie der Flöte änderte sich. Es geschah so unauffällig, dass ich es erst bemerkte, als auch der Takt der Schellen schneller wurde und die Gaukler im Rhythmus zu nicken begannen. Ihre Kapuzen wippten dabei auf und ab.

Und dann, mit einem Ruck, warf der, den ich für ihren Anführer hielt – der Mann mit dem seltsamen Wanderstab –, den Kopf in den Nacken und lachte. Die Kapuze rutschte ihm in den Nacken. Ich blickte in ein braun gebranntes, hageres Gesicht mit scharf geschnittenen Zügen und hohen Wangenknochen. Seine Haut war mit teils schwarzen, teils blau verblassten Linien durchzogen, Tätowierungen, die auf mich beinahe magisch wirkten.

Aus tiefblauen Augen warf er einen Blick über die versammelten Frauen und Kinder. Auch mich sah er einen Moment lang an. Als er sprach, war es so, als würde er seine Worte nur an mich richten.

»Hat eure Angst euch die Kehlen zugeschnürt?«, rief er. »Dachtet ihr, wir bringen den Tod?«

Auch seine Begleiter schlugen die Kapuzen zurück. Ich blickte in die Gesichter von Männer und Frauen, von denen viele kaum älter als ich waren. Doch sie wirkten älter, so wie die Lehrlinge, die manchmal auf ihren Wanderungen durch unser Dorf kamen.

Der Anführer der Gaukler hob seinen Stab und ließ ihn kreisen, bis die Krähe, die darin hing, zu fliegen schien.

»Dann freut euch nun!«, rief er. »Freut euch, denn wir bringen das Leben, den Tanz und das Spiel!«

Auf einmal hatten alle Gaukler Instrumente in der Hand, Flöten und Lauten und Trommeln. Sie begannen darauf zu spielen, fröhlich und so schnell, dass sich meine Füße ohne mein Zutun zu bewegen begannen.

Frauen lachten, Kinder nahmen sich bei den Händen und tanzten zwischen Ochsenkarren und aufgescheuchten Hühnern, als sich ihre Angst mit einem Mal auflöste wie ein dunkler Traum beim ersten Sonnenstrahl. Wir alle kannten das Lied, das die Gaukler angestimmt hatten, und sangen die Strophen mit. Es ging darin um einen armen Tagelöhner, der die Tochter des reichsten Bauern der ganzen Gegend zu seiner Frau machen will. Wir sangen es oft bei der Arbeit.

Ich nahm einige der kleineren Kinder bei der Hand und tanzte mit ihnen. Die Gaukler hatten ihre Ochsenkarren angehalten, tanzten und sangen mit uns, während sie auf ihren Instrumenten spielten. Unsere Stimmung war ausgelassen, spiegelte die Erleichterung wider, die wir nach dem unheimlichen Auftritt spürten. Ich glaube nicht, dass wir uns ohne diese Furcht so gefreut hätten.

Meine Füße wirbelten Matsch und kleine Steine auf, der lange Wollrock, den ich trug, schlug bei jeder Drehung gegen meine Schenkel, das Haar hing mir ins Gesicht. Ich begann zu schwitzen, die Wolle stach und brannte auf meiner Haut, aber ich tanzte weiter. Aus den Augenwinkeln sah ich, dass der Mann mit dem Wanderstab als Einziger nicht mit uns tanzte, sondern auf der Deichsel des vordersten Ochsenkarrens stand und uns beobachtete.

Soll er doch, dachte ich. *Er sieht nichts Unanständiges …*

Mit einem lauten Knall krachte die Tür hinter mir gegen die kleine Holzbank vor unserer Hütte. Eine Hand griff nach der Kapuze meines Umhangs, die mir, ohne dass ich es bemerkt hätte, über die Schultern gerutscht war, und zog daran. Ich taumelte, ließ die Hände der Kinder los und rang einen Moment lang um mein Gleichgewicht. Die Hand zog weiter an meinem Umhang. Ich versuchte rückwärtszugehen, stolperte jedoch über meine eigenen Füße und lag im nächsten Moment im kalten, feuchten Matsch.

»Mutter!«, schrie ich. »Hör auf!«

Aber sie hörte nicht auf. Mit beiden Händen zog sie mich auf die Tür zu, ächzte und keuchte bei jedem Schritt. Ich wehrte mich nicht und ließ sie gewähren. Alles andere hätte es nur noch schlimmer gemacht. Die Dorfbewohner und Gaukler starrten mich an. Einige lachten. Ich wich ihren Blicken aus, spürte, wie meine Wangen heiß und rot wurden, und dann ertastete ich erleichtert den Holzboden unserer Hütte unter meinen Händen.

Mutter ließ meine Kapuze los, stieg über mich und zog die Tür an dem Strick, der dort als Griff diente, zu. Schlagartig wurde es dunkel in der kleinen Küche. Der Vorhang vor dem kleinen Fenster über der Küchenbank blieb im Winter stets geschlossen, damit die Wärme der Feuerstelle nicht verflog.

»Was hast du dir dabei gedacht?« Mutter stemmte die Hände in die Hüften. Sie war eine kleine, dünne Frau, die ihr Haar stets eng am Kopf geflochten trug. In den letzten Jahren war es grau geworden. »Habe ich eine Dirne erzogen?«

Draußen vor der Tür spielten die Gaukler weiter. Ich war froh darüber. Normalerweise lauschte das halbe Dorf, wenn Mutter mich zurechtwies.

Ich setzte mich auf. »Ich habe doch nichts Schlimmes gemacht, nur ein wenig …«

Sie ließ mich nicht ausreden. »Getanzt hast du!«, schrie sie. »Mit offenem Haar vor fremden Männern.« Mutter fuchtelte umher, suchte wohl nach einem passenden Vergleich. »Wie die Hure Babylons!«, stieß sie dann hervor.

Sie hatte mich schon öfter so genannt, und es traf mich jedes Mal. Unwillkürlich tastete ich nach meinem Haar. Es war feucht vom Regen. »Kein anderes Mädchen hat eine Haube getragen.«

Es war die falsche Antwort, das begriff ich in dem Moment, als ich die Worte aussprach. Mutter brachte mich immer wieder dazu, das Falsche zu sagen.

»Die anderen Mädchen haben dich nicht zu interessieren. Keine von ihnen hat dein Blut!«

Ich setzte mich auf und versuchte, den Matsch aus meinem Umhang zu schlagen, aber er war zu nass. Ich rieb ihn nur tiefer in die Wolle.

»Hör auf!« Mutters Tonfall wurde noch barscher als zuvor. »Verstehst du überhaupt, was ich dir sagen will?«

Ich ließ die Hand sinken. »Ja, Mutter.«

»Und warum handelst du dann nicht danach? Habe ich nicht nur eine Dirne, sondern eine *dumme* Dirne erzogen?«

»Nein, Mutter.« Es war besser, sich nicht mit ihr zu streiten.

Sie machte einen Schritt auf mich zu. Unwillkürlich zuckte ich zusammen, als sie sich bückte, aber sie schlug mich nicht, sondern setzte sich ebenfalls auf den Fußboden der Küche. Dann nahm sie meine Hand in die ihre und hob sie an ihre Brust. Ihre Finger waren beinahe so rau wie der Stoff ihres Umhangs.

»Diese Mädchen sind nicht viel besser als Tiere«, sagte sie, und ihre Stimme klang auf einmal weich, beinahe flehend. »Du weißt doch, wie sie leben. Mit dem Vieh liegen sie im Schmutz, sie können nicht lesen und wissen nichts von der Welt.« Mit der freien Hand drehte sie mein Gesicht zu sich, sodass ich sie ansehen musste. Im Halbdunkel der Küche wirkten ihre Augen so grau wie ihr Haar. »Diese Mädchen sind froh, wenn ein Tagelöhner sie besteigt wie ein Ziegenbock, wenn er ihnen ein Kind macht, das genauso auf den Feldern schuften muss wie sie selbst.«

Ich versuchte, mein Gesicht abzuwenden und aufzustehen, aber Mutter ließ es nicht zu. Das Thema war mir unangenehm. »Das sind meine Freundinnen«, sagte ich. »Warum redest du so schlecht über sie?«

Draußen vor der Tür wurde die Musik allmählich leiser. Ich hörte einzelne Worte einer Unterhaltung, konnte aber nicht verstehen, worum es ging.

Mutter seufzte und schloss die Finger fester um meine Hand. »Nicht schlecht, nur ehrlich. Ich möchte, dass du verstehst, welches Geschenk dieses Blut ist, das in dir fließt. Gäbe es deinen Vater nicht, würden wir im Dreck leben wie all die anderen, und ich hätte dich schon längst an einen Viertelhüfer oder Tagelöhner verheiraten müssen. Das hätte mir das Herz gebrochen.« Ihr Blick glitt über mein Gesicht wie eine zärtliche Berührung. »Sein Gold gibt dir Freiheit. Ich will, dass du sie nutzt.«

Ich wusste, dass sie recht hatte. Die Goldmünze, die uns jedes Jahr zu Weihnachten von einem Kurier überbracht wurde, ermöglichte uns ein sorgenfreies Leben. Lange hatte ich es nicht zu schätzen gewusst, doch je älter ich wurde, desto deutlicher erkannte ich die Unterschiede zwischen unserem und dem Leben der meisten anderen Dorfbewohner.

»Werde ich ihn je kennenlernen?«, fragte ich nicht zum ersten Mal.

Mutter schüttelte den Kopf und wandte den Blick ab. Sie kämpfte stets mit den Tränen, wenn sie von meinem Vater sprach. »Du weißt, dass ihm seine hohe Stellung nicht ermöglicht, dich anzuerkennen. Aber er liebt dich, sonst würde er uns nicht noch nach all den Jahren mit solcher Großzügigkeit unterstützen.«

Und du liebst ihn, dachte ich. Mutter hätte jeden im Dorf haben können, aber sie hatte sich geweigert, bis sie irgendwann niemand mehr umwarb. Ich war das einzige Mädchen im Dorf, das keine Geschwister hatte, und das einzige, das lesen konnte.

Bis heute glaube ich, dass Mutter dachte, eines Tages würde Wilbolt von Overstolzen, Bürgermeister der Stadt Coellen, zu ihr zurückkehren.

»Schon bald«, sagte sie nach einem Moment, als sich die Ochsenkarren draußen rumpelnd in Bewegung setzten, »wird dein Vater einen jungen Mann schicken, einen Krämer vielleicht oder sogar den Sohn eines Apothekers. Er wird um deine Hand anhalten und uns mitnehmen nach Coellen.« Sie tätschelte meine weiche Hand mit ihrer harten. »Bis dahin musst du rein bleiben und keusch sein, verstehst du?«

So oft hatte ich die Worte schon gehört, dass ich ohne nachzudenken nickte und antwortete, wie es von mir erwartet wurde: »Er wird auf einem Pferd reiten und Kleidung aus reinem Samt tragen, und alle werden ihn anstarren, wenn er vor unserer Hütte absteigt und mich fragt, ob ich Ketlin, Tochter von Magda sei. Und dann wird er sich vor mir verneigen und sagen, ich sei das hübscheste Mädchen, das er je gesehen habe.«

»Und das reinste«, fügte Mutter wie immer hinzu. Sie ließ meine Hand los und stand auf. Ihre Knie knackten. »Vergiss das nie.«

»Nein, Mutter.«

Sie ließ mich nicht mehr aus dem Haus an diesem Tag. Gegen Nachmittag kam Schwester Johannita, so wie jeden Mittwoch seit zwei Jahren. Sie war eine dicke, streng wirkende Frau, die nach Schweiß und Erde roch und eine saubere, vornehm wirkende Nonnentracht trug. Ihr Alter war unter der eng anliegenden Haube, die ihr Doppelkinn nach vorn schob und sie zum Nuscheln zwang, kaum zu erahnen, aber ich schätzte, dass sie älter als Mutter war. Ihre Haare hatte ich noch nie gesehen.

Wir hatten das Geld, das der Bürgermeister uns zukommen ließ, lange sparen müssen, um uns ihre Besuche leisten zu können. Bei Schwester Johannita lernte ich Lesen und Schreiben, Rechnen und vor allem Benehmen. Stundenlang stand sie mit einem Stock in der Hand hinter mir, während ich so tat, als säße ich bei einem hochherrschaftlichen Bankett, als müsse ich mit Adligen reden und wie eine Dame essen. Wenn ich einen Fehler machte, wenn ich mehr vom Teller nahm, als es sich geziemte, oder mich in von Johannita erfundene Unterhaltungen einmischte, die eine Dame nichts angingen, schlug sie mir mit dem Stock auf die Fingerknöchel. In der ersten Zeit hatte ich häufig blaue Flecke auf den Händen, doch irgendwann verstand ich, was von mir erwartet wurde. Wie ein Kätzchen musste ich essen und wie ein Kalb mit großen Augen schweigend lauschen.

Das Lesen bereitete mir größere Freude. Ich lernte zuerst Buchstaben, dann Worte, dann ganze Sätze. Sie setzten sich in meinem Kopf zu Bildern zusammen, wenn Schwester Johannita sie mit ein wenig Kreide auf dem Schieferstück niederschrieb, das wir einem Mann aus dem Steinbruch abgekauft hatten.

An diesem Nachmittag musste ich die Namen von Heiligen niederschreiben, die Schwester Johannita, wie immer hinter mir stehend, mit monotoner Stimme diktierte.

»Abachum. Anastasius. Gervanius …«

Ich schrieb und wartete auf den Stock.

»… Pankratius. Nikomedes. – Gut.«

Beinahe hätte ich das letzte Wort auch noch geschrieben, dann fiel mir auf, dass Schwester Johannita mich gelobt hatte. Das geschah so selten, dass ich nicht daran gewöhnt war.

»Du machst Fortschritte, Kind«, sagte sie. Ich hörte, wie sie mit dem Stock leicht in ihre Handfläche schlug. Es klang, als würde sie klatschen. »Wenn deine Mutter uns weitere Stunden pro Woche gewähren würde, könntest du dich bald mit den reichen Kaufmannsfrauen in Coellen messen.«

Aus den Augenwinkeln sah ich zu Mutter hinüber, die all unsere Stunden von der Küchenbank aus verfolgte. Ich selbst saß auf einem Hocker in der Mitte des Raums, das Schieferstück lag auf meinen Knien.

»Ich glaube nicht, dass wir uns das leisten könnten«, sagte ich, als sie der Nonne nicht antwortete.

Schwester Johannita ging um mich herum. Ihre Holzschuhe schlugen bei jedem Schritt hart auf den Boden. Sie hatte den Stock wie einen Dolch in das Seil gesteckt, das sich um ihren Bauch spannte. »Gott hat dir den Verstand geschenkt, das geschriebene Wort zu verstehen.« Sie setzte sich neben Mutter auf die Küchenbank, beugte sich beinahe verschwörerisch zu ihr herüber. »Ich kenne andere … Höhere … bei denen das nicht so ist. Wäre es nicht eine Sünde, einen solchen Verstand brachliegen zu lassen wie einen ungepflügten Acker?«

Mutter senkte den Kopf und betrachtete ihre Hände. Sie waren rot und rau, hatten noch nie ein Stück Kreide gehalten oder gar damit geschrieben.

»Wenn«, begann sie, »Ihr die Zeit finden könntet, auf Eurem Weg zwischen Burg und Kloster ab und zu hier vorbeizukommen und meine Tochter zu unterrichten, würde ich es Euch mit einer guten Mahlzeit und einem warmen Bett vergüten.«

Schwester Johannita stieß den Atem durch die Nase aus. Ich kannte dieses Geräusch nur zu gut. Sie machte es immer, wenn sie enttäuscht war, und einen Moment lang erwartete ich, sie würde ihren Stock aus dem Gürtel ziehen und Mutter auf die Fingerknöchel schlagen.

»Keinen weiteren Pfennig ist dir deine Tochter also wert«, sagte sie stattdessen. »Das hätte ich nicht gedacht.«

Mutter zuckte kurz zusammen. Ich sah ihr Zögern und ahnte, dass sie nachgeben würde, auch wenn wir es uns nicht leisten konnten. Selbst Bauer Josefs Söhne hatten nie lesen und schreiben gelernt.

»Aber wenn es eine Sünde ist, den Verstand, den Gott mir gegeben hat, brachliegen zu lassen«, sagte ich rasch, bevor sie antworten konnte, »warum unterrichtet Ihr mich nicht umsonst, Schwester?«

»Weil das, was nichts kostet, auch nichts taugt.« Ihre Antwort verwirrte mich. Ich öffnete den Mund, um nachzufragen, aber Johannita kam mir zuvor. Sie verschränkte die Arme über ihrem Bauch und sagte: »Ich bin jetzt bereit für mein Abendessen.«

Mutter stand so schnell auf wie eine Magd, die von ihrem Herrn beim Schlafen erwischt worden war. »Ich kümmere mich sofort darum.«

Es klang unterwürfig, aber ich hörte den Ärger in ihrer Stimme. Hätte sich Johannita nicht als Einzige bereiterklärt, die uneheliche Tochter einer unverheirateten Frau zu unterrichten, wäre Mutters Antwort wohl anders ausgefallen.

Ich stand auf, um ihr zu helfen. Schweigend senkten wir den

Kessel an seiner Kette über das Feuer. Der Eintopf darin war voller Gemüse, Knochenmark und Fett. In anderen Hütten wäre das ein Weihnachtsmahl gewesen, aber als wir Schwester Johannita schließlich den dampfenden Holznapf vorsetzten, aß sie ihn ohne ein Wort des Dankes leer. Dann einen zweiten. Und einen dritten. Für Mutter und mich blieb kaum etwas übrig.

Wir warteten, bis sie fertig gegessen hatte und sich zum Beten ins hintere Zimmer zurückzog, bevor wir unsere eigenen Näpfe nahmen und die Reste aus dem Kessel kratzten. Mutter lächelte, als ich unter die Küchenbank griff und einen in Stoff eingeschlagenen halben Brotlaib hervorholte. Wir kannten Schwester Johannita lange genug, um zu wissen, dass man Essen vor ihr verstecken musste, wollte man nicht hungrig schlafen gehen.

»Ich brauche nicht noch mehr Unterricht«, sagte ich leise. Durch die geschlossene Tür hörte ich Schwester Johannita beten. Wenn die Tage kürzer wurden, übernachtete sie bei uns. Es war zu gefährlich, im Dunkeln zum Kloster zurückzukehren, und wir hatten genügend Platz. Unser Strohlager befand sich in dem Zimmer hinter der Küche, ebenso wie der Schrank, in dem wir unsere Kleidung und Wertsachen aufbewahrten. Wir und die Familie von Bauer Josef waren die einzigen Menschen im Dorf, die nicht ständig nach Rauch und Vieh stanken. Alle anderen teilten sich das einzige Zimmer ihrer Hütten mit den Ziegen, Schafen und Hühnern.

Mutter legte ihren Holzlöffel beiseite und starrte einen Moment ins Feuer des Kamins. Schatten tanzten über ihr Gesicht. Draußen war es längst dunkel und ruhig geworden.

»Es ist wichtig, dass du Benehmen lernst«, erwiderte sie ebenso leise. »Und rechnen, solltest du einen Krämer heiraten. Sie schätzen Frauen, die etwas mit dem Kopf, der auf ihren Schultern sitzt, anzufangen wissen.«

»Wenn mein zukünftiger Ehemann meinen Kopf so sehr schätzt, wird er Schwester Johannita schon bezahlen.«

Mutters Mundwinkel zuckten, aber sie lächelte nicht. »Geh jetzt schlafen«, sagte sie. »Das Feuer geht bald aus.«

Ich stand auf und faltete die beiden Wolldecken auseinander, die Mutter vor Johannitas Ankunft aus unserem Zimmer geholt hatte. Wenn die Nonne übernachtete, schliefen wir in der Küche, Mutter vor dem Kamin, ich auf der Bank unter dem Fenster. Das gehörte sich so, hatte Mutter mir erklärt.

Wir zogen die Schuhe aus, wuschen uns die Hände in dem Wassereimer, der neben dem Kamin stand, und legten uns hin. Das Feuer knackte, Holzscheite glühten rot in der Dunkelheit. Ich spürte die Wärme des Kamins auf meinem Gesicht, schloss die Augen und lauschte auf die Geräusche des Abends.

»Ketlin?«

Ich zuckte zusammen. Die Stimme kam von der anderen Seite des Vorhangs und klang so dumpf, dass ich sie erst erkannte, als sie meinen Namen wiederholte.

»Ketlin?«

»Else?«, flüsterte ich und setzte mich auf. Meine Kleidung raschelte, und die Wolldecke, die ich im Halbschlaf zur Seite gezogen haben musste, rutschte zu Boden. »Was machst du hier?«

»Ich will mir die Gaukler ansehen.« Else wusste, dass ich in der Küche schlief, wenn meine Lehrerin im Dorf war. Wir führten nicht zum ersten Mal eine Unterhaltung durch den geschlossenen Vorhang. »Kommst du mit?«

Ich drehte den Kopf. Mutter war nur ein unförmiger schwarzer Schatten vor dem roten Glühen des Kamins; sie bewegte sich nicht.

»Ich darf nicht«, flüsterte ich zurück.

»Aber sie haben gesagt, dass wir dabei sein dürfen, wenn sie ihre Lieder üben. Und es kostet auch nicht viel, nur etwas zu essen wollen sie. Einen Apfel oder so.«

Den du natürlich nicht hast, dachte ich.

»Komm doch mit.« Elses Stimme klang flehend. »Ich würde sie so gern sehen, aber allein traue ich mich nicht.«

Ich dachte an den Mann mit den seltsamen Tätowierungen im Gesicht, an die Instrumente und all die wundersamen Dinge, die sich bestimmt in den Kisten auf den Ochsenkarren befanden. Ein Teil von mir wusste, dass Else mich nur fragte, weil sie einen Apfel brauchte, doch dem anderen, weitaus größeren Teil war das egal.

»Warte«, flüsterte ich, während ich bereits nach meinen Schuhen griff und die Decke wie einen Umhang über mich legte. »Ich komme mit.«

Auf Zehenspitzen verließ ich unsere Hütte.

Kapitel 2

»Wo lagern denn die Gaukler?«, fragte ich. Wir hatten uns so weit von unserer Hütte entfernt, dass ich es wagte, normal zu reden. Die Nacht war klar, aber nicht so kalt, dass ich den Atem vor meinem Gesicht hätte sehen können. Meine Schürze hatte ich zusammengerafft. Ein halbes Dutzend Äpfel lagen darin. Sie stammten aus einem Fass in unserem Vorratsschuppen. Die Ernte war so gut ausgefallen, dass weder Mutter noch Knecht Michael den Verlust bemerken würden. Trotzdem hatte ich ein merkwürdiges Gefühl bei der ganzen Sache, das ich mir nicht ganz erklären konnte. Vielleicht war es die Furcht, erwischt zu werden, vielleicht aber auch das schlechte Gewissen.

»Auf der Allmende«, sagte Else. Sie war genauso alt wie ich, aber klein und mager wie ein Kind. Seit dem Sommer war sie mit dem Viertelhüfer Hans verheiratet, den alle wegen seines Buckels den krummen Hans nannten. Er war ein ruhiger, freundlicher Mann und für die Tochter eines Tagelöhners eine gute Partie.

»Weiß Hans, wo du bist?«, fragte ich. »Hat er nichts dagegen, dass du nachts zu den Gauklern gehst?«

Else war nicht das klügste Mädchen im Dorf. Es hätte mich nicht gewundert, wäre ihr dieser Gedanke noch gar nicht gekommen.

Sie winkte ab. »Er schläft tief und fest. Wenn er den ganzen Tag Holz gehackt hat, fällt er abends um, als hätte man ihn selbst gefällt.«

Die Allmende, die sich alle Bauern des Dorfs teilten, befand sich auf der anderen Seite des Dorfes, nicht weit entfernt von Bauer Josefs Haus. Der Boden taugte nur als Weide und lag im Winter, wenn das meiste Vieh geschlachtet worden war, brach. Wir gingen über die schmale, dunkle Straße zwischen schmalen, dunklen Hütten und lauschten in die Nacht hinein. Ich hörte nichts, keine Instrumente, keinen Gesang.

»Bist du sicher, dass sie uns eingeladen haben?«, fragte ich.

Else nickte, aber im Licht des Mondes wirkte ihr Blick verunsichert. Immer wieder sah sie sich um, als befürchte sie, beobachtet zu werden. Wir wussten, dass es sich für Mädchen und Frauen nicht schickte, allein unterwegs zu sein, schon gar nicht nach Einbruch der Dunkelheit.

»Vielleicht sollten wir zurückgehen«, sagte ich. »Was wir tun, kommt mir nicht richtig vor.«

»Nein.« Else berührte meinen Arm. Aufgeregt deutete sie nach vorn. »Guck doch mal, da hinten sind Feuer.«

Sie hatte recht; ich sah den rötlichen Schein über der Allmende ebenfalls.

Wäre Else nicht bei mir gewesen, hätte ich mich trotzdem zurück ins Haus geschlichen, aber sie zog mich am Ellenbogen weiter, redete von den Liedern, die wir gleich hören würden, und den Kunststücken, die man uns zeigen würde. Doch je näher wir der Allmende kamen, desto leiser wurde ihre Stimme, und als wir schließlich auf dem Weg standen, der an der Weide vorbeiführte, und auf die unförmigen Schatten der Ochsenkarren blickten, verstummte sie ganz.

Irgendwo stöhnte jemand. Wir blieben stehen.

»Und sie haben wirklich von heute Abend gesprochen?«, hakte ich nach.

Else ließ meinen Arm los. »Ich dachte schon, aber vielleicht meinten sie auch morgen.«

Das Stöhnen wurde lauter, dann sagte jemand mit rauer Stimme etwas, das ich nicht verstand, und das Stöhnen brach ab.

Mein Herz begann wieder laut zu klopfen. »Dann kommen wir wohl besser morgen wieder, oder?«

»Ja.« Else drehte sich so hektisch um, dass sie mir auf den Fuß trat.

Erschrocken stieß ich sie an. »Pass doch auf!«

»Wer ist da?«

Dieselbe raue Stimme wie zuvor. Ich hörte Zweige knacken und Geflüster, konnte jedoch nichts erkennen. Die Feuer brannten auf der anderen Seite der Karren. Doch ich sah, wie sich ein roter Schein von ihnen löste und näher kam. Einer der Gaukler musste ein brennendes Holzscheit aus dem Feuer genommen haben und benutzte es als Fackel.

Ich wich zurück.

»Wer ist da?«, rief die Stimme erneut. Ich erkannte sie als die des Mannes mit den Tätowierungen.

»Komm«, flüsterte Else. Sie hatte sich geduckt, so als versuche sie, sich hinter dem knöchelhohen Gras zu verstecken. Ich drehte mich zu ihr um, aber die Stimme des Gauklers hielt mich zurück.

»Zeigt euch!«, rief sie. »Wir haben eine Hexe in unserer Truppe. Sie wird euch verfluchen, wenn ihr euch nicht zeigt!«

»Nein!«

Else und ich antworteten gleichzeitig. Wir hatten beide nicht vergessen, dass die alte Großmutter Gretchen von einem Schmied verflucht worden war, den sie nicht bezahlt hatte. Am Morgen darauf war sie aufgewacht und hatte nur noch die linke Hand bewegen können. Der Fluch des Schmieds hatte ihr alles genommen, sogar die Sprache. Nach diesem Morgen hatte sie nicht mehr lange gelebt. Wir wussten also, was Flüche ausrichten konnten.

Der Fackelschein bewegte sich an den Karren vorbei auf uns zu. Else ergriff meine Hand und hielt sie so fest, dass es schmerzte.

»Wer seid ihr?«, fragte der Gaukler. Mit langen Schritten ging er über die Wiese.

»Mein Name ist Ketlin«, sagte ich. Meine Stimme zitterte, was mich wie ein kleines Mädchen klingen ließ. »Und das ist Else. Wir stammen aus dem Dorf.«

Der Gaukler blieb vor uns stehen und streckte den Arm aus, in dem er die Fackel hielt. Die Wärme des Feuers strich über mein Gesicht.

»Ja, ich erkenne euch wieder.« Er senkte die Fackel und deutete eine Verbeugung an. »Der Auftritt deiner Mutter, Ketlin, hat meinen weit übertroffen. Dafür sollte ich dir eigentlich böse sein.«

»Ich hatte nicht die Absicht …«

Sein Lachen unterbrach mich. »Mach dir keine Sorgen, ich bin nicht nachtragend. Kommt mit, wir freuen uns über jeden Gast.«

Ich zögerte und hielt Else an der Hand zurück, als sie losgehen wollte. »Sind wir die Einzigen, die eure Einladung angenommen haben?«

»Ja, so ist das manchmal eben, vor allem in kleinen Dörfern. Die Leute sind misstrauisch, wenn sie einen nicht kennen.« Der Gaukler zeigte mit seiner Fackel auf die Karren. »Wir haben ein warmes Feuer und dünnes, heißes Bier. Das teilen wir gern mit euch.«

»Und wir haben Äpfel.« Else griff mit ihrer freien Hand in meine Schürze. »Aber nicht viele.«

»Sechs Stück«, fügte ich hinzu.

»Was immer ihr geben könnt.« Der Gaukler ging ein paar Schritte voran, aber ich blieb stehen und mit mir auch Else.

Nach einem Moment drehte er sich zu uns um. Sein Blick glitt von Else zu mir, und seine Stimme wurde weicher. »Hast du Angst vor mir, Ketlin?«

»Nein, aber …« Etwas in seinem Blick zwang mich, die Wahrheit zu sagen. »Meine Mutter will, dass ich einen anständigen Mann heirate und meinen Ruf nicht ruiniere. Es gehört sich nicht für zwei Frauen, nachts an einem fremden Feuer zu sitzen.«

Ich hatte erwartet, dass er lachen würde, doch das tat er nicht. »Eine berechtigte Sorge.« Er kratzte sich am Kopf. »Ich möchte nicht dafür verantwortlich sein, dass deine Heiratspläne scheitern, obwohl niemand hier ist, der euch verraten würde. Und den Affen könnt ihr euch auch ein anderes Mal ansehen.«

Er wandte sich ab.

»Den was?«, fragte Else. Sie sah mich an, aber ich hob nur die Schultern. Ich wusste nicht, was das war.

»Den Affen«, sagte der Gaukler, ohne sich umzudrehen. Ich musste mich anstrengen, um ihn zu verstehen. »Das ist ein sündiger Mensch, den Gott mit Kleinwuchs, Dummheit und Fell gestraft hat. Ihn sich anzusehen, kostet einen Pfennig, aber da außer euch niemand hier ist, würde ich eine Ausnahme machen.« Er hatte die Karren fast erreicht. »Gute Nacht.«

Elses Blick traf den meinen.

»Warte«, sagte ich und folgte dem Gaukler hinter die Karren.

Er war winzig, nicht einmal so groß wie mein Unterarm lang. Ich saß neben Else auf der schmalen Kiste, die Richard – so hatte sich uns der Gaukler vorgestellt – ans Feuer gezogen hatte, und starrte den Affen an. Seine Augen waren dunkel und funkelten im Licht der Flammen. Er hatte ein grünliches langes Fell, das wie Laub wirkte, und ein haarloses Gesicht. Seinen Schwanz hatte er um Richards Hals gewickelt, in den kleinen Händen hielt er ein Stück Apfel. Während er daran nagte, sah er sich immer wieder um, als habe er Angst, jemand könnte es ihm wegnehmen.

»Und das war wirklich einmal ein Mensch?«, fragte ich.

Richard nickte. »Gottes Zorn kann furchtbar sein.«

»Wieso hat Gott ihm das angetan?« Else saß so dicht neben mir, dass ihre Hüfte gegen die meine drückte. Seit wir am Feuer der Gaukler saßen, wirkte sie verschüchtert und sagte kaum etwas.

Richard schnitt ein weiteres Stück des Apfels mit einem alten, schartigen Dolch ab. »Weil er ein schrecklicher alter Mann war, der sein Gold mit niemandem teilen wollte und die Bettler auf seiner Türschwelle verhungern ließ. Nun hat Gott ihm gezeigt, wie es ist, von der Gnade anderer abhängig zu sein.«

Else reichte mir den Holzbecher mit warmem Bier, den wir uns teilten, aber ich schüttelte den Kopf und streckte langsam die Hand nach dem Affen aus. »Er sieht so traurig aus.«

Richard öffnete den Mund, aber ein anderer Gaukler kam ihm zuvor. »Er ist nicht traurig, sondern verdammt wütend. Fass ihn an, und er beißt dir den Finger ab.«

Erschrocken zog ich die Hand zurück.

Richard schüttelte langsam den Kopf. Ich sah den Gaukler an, der mich vor dem Affen gewarnt hatte. Er hockte mit angezogenen Knien auf einer Kiste. Sein Kopf war groß wie der eines Erwachsenen, seine Arme und Beine kurz und pummelig wie die eines Kindes. Die anderen Gaukler nannten ihn »Kurzer«, ich wusste nicht, wie er wirklich hieß.

Neben ihm saß ein Junge, der etwas älter als ich sein musste. Er hielt eine Laute in der Hand, ohne darauf zu spielen. Ab und zu, wenn er glaubte, dass ich nicht hinsah, glitt sein Blick zu mir. Er hieß Matthias.

»Hör nicht auf den Kurzen«, sagte Richard. »Der Affe ist sein bester Freund, und darum will er nicht, dass du ihn anfasst.«

Eine Frauenstimme lachte schrill, ich verstand nicht, warum. Sie gehörte Maria, der einzigen Gauklerin, die bei uns saß. Es gab noch ein zweites Feuer neben einem der anderen Karren, doch von dort kam niemand zu uns.

»Richard hat recht«, sagte Maria. »Du kannst ihn ruhig streicheln.«

»Vielleicht später.« Ich legte die Hände in meine Schürze.

Else reichte mir erneut den Holzbecher. Dieses Mal trank ich daraus, schluckte das warme, bittere Bier schnell hinunter, damit sich der Geschmack nicht in meinem Mund ausbreiten konnte. Ich mochte kein Bier. Zuhause legte mir Mutter meist einen Viertel Apfel oder ein paar Kirschen hinein, aber ich wagte nicht, die Gaukler nach etwas Obst zu fragen. Es wäre sicherlich unhöflich gewesen, die gebrachten Geschenke direkt wieder einzufordern.

Es wurde still an unserem Feuer. Ich lauschte auf das Knacken des brennenden Holzes und überlegte, wie ich mich am höflichsten von den Gauklern verabschieden konnte. Auch Else war still; aus den Augenwinkeln sah ich, wie sie den Affen anstarrte, als glaubte sie, er würde sich jeden Moment in einen Menschen zurückverwandeln.

Ich verfluchte sie innerlich. Sie musste etwas missverstanden haben, denn wir waren zwar willkommen an diesem Feuer, aber nicht erwünscht. Die Gaukler wussten nicht, worüber sie mit uns reden sollten, und wahrscheinlich hatten sie Angst, dass jemand aus dem Dorf uns sah und glaubte, sie hätten uns verschleppt.

Ich bin so dumm, dachte ich. *Warum bin ich nicht zu Hause geblieben?*

Selbst der Affe mit seinen seltsam menschlichen Bewegungen konnte mich nicht von dem Gedanken ablenken, etwas falsch gemacht zu haben.

Vom anderen Feuer drang Gelächter zu uns herüber, dann eine betrunkene Männerstimme. Ich hob den Kopf, als ich sie erkannte, und drehte mich unwillkürlich nach ihr um.

Die Planen auf dem Karren neben dem zweiten Feuer bewegten sich. Ich hörte eine Frau lachen. Ein Mann kroch unter den Planen hervor und stieg ungeschickt über die Deichsel des Karrens. »Ich komme wieder«, rief er. Das Mondlicht spiegelte sich auf seinem kahlen Schädel. »Du kriegst schon noch, was du verdienst.«

Die Frau lachte erneut. »Gib es mir, wenn du kannst.«

Der Mann drehte sich um. Das Feuer erhellte sein Gesicht.

»Bauer Josef?« Else war so überrascht, dass sie beinahe schrie.

Der alte Bauer drehte sich taumelnd zu uns um. Sein Blick traf den meinen, bevor ich mich abwenden oder ducken konnte. Einen Moment blieb Josef stehen und starrte zu uns herüber, dann verschwand er zwischen den Karren in Richtung des Weges.

Mit gesenktem Kopf sprang ich auf und ergriff Elses Hand. »Wir müssen weg. Komm.«

Else sträubte sich. Sie hatte mehr Bier getrunken als ich und bewegte sich unsicher. »Aber ich will nicht.«

»Er hat uns gesehen! Weißt du, was das heißt?«

Nun stand auch Richard auf. Der Affe auf seiner Schulter quietschte wie eine Maus. »Du musst dir keine Sorgen machen, Ketlin, es wird nichts passieren.«

Ich ließ Else los und fuhr herum. »Euch vielleicht nicht, mir schon!« Mein Ärger war wie ein Windstoß, der durch eine plötzlich aufspringende Tür fuhr. Er traf Richard so unvorbereitet, dass er einen Schritt zurücktrat. »Ihr habt nichts zu verlieren, wenn man sich über euch den Mund zerreißt! Aber wenn Josef erzählt, dass er mich hier gesehen hat, werde ich in diesem Dorf verrotten, so wie Mutter es prophezeit hat!«

Ich holte tief Luft.

»Er wird nichts erzählen.« Richards Stimme klang beruhigend, als würde er auf ein verängstigtes Kalb einreden.

»Und warum nicht?« Ich schrie ihn an. Mutters Stimme tobte wütend durch meinen Kopf.

»Weil du ihn auch gesehen hast.«

Die Überzeugung, mit der er die Worte aussprach, brachte mich zum Schweigen.

»Oh«, sagte Else neben mir und begann zu kichern, aber ich verstand erst, wovon eigentlich die Rede war, als sie eine unanständige Geste machte. Die Gaukler lachten, der Affe kratzte sich. Ich wurde rot.

Mit einem Pfiff lud Richard die Gaukler am anderen Feuer zu uns ein. Ich nahm an, dass sie für Josefs Unterhaltung zuständig gewesen waren. Unter ihnen war auch eine junge Frau, die nach dem Bauern aus dem Karren geklettert war. Sie war hübsch und hatte langes braunes Haar, aber ich brachte es kaum über mich, sie anzusehen. Sie schien mein Unwohlsein zu bemerken, denn sie richtete kein einziges Wort an mich.

Die Stimmung änderte sich rasch, als sich die zweite Gruppe zu uns setzte. Matthias begann auf seiner Klampfe zu spielen, Else und ich sangen die Lieder mit, die wir kannten, und hörten bei denen zu, die uns fremd waren. Richard schien der Anführer der Gaukler zu sein, denn wenn er sprach, unterbrachen alle anderen ihre Unterhaltungen und lauschten seinen Worten. Er hatte eine tragende, laute Stimme, die er, wie er sagte, auf »den großen Bühnen dieser Welt« ausgebildet hatte. Als ich ihn bat, davon zu erzählen, verdrehten einige Gaukler zwar die Augen, hörten ihm aber trotzdem zu.

Seine Stimme war wie ein Schiff, das mich mit auf eine Reise nahm. Richard erzählte von den Orten, die er gesehen, und den seltsamen Wesen, die er getroffen hatte. Ich hörte Namen, die ich nur aus der Bibel kannte, Rom und Jerusalem, Kamel und Löwe. Er hatte mit Königen gespeist und mit Bettlern gerungen; sogar den Papst hatte er gesehen.

Irgendwann schlief Else ein, den Kopf an meine Schulter gelehnt, aber ich konnte nicht genug von den Geschichten bekommen, die zuerst Richard und später auch die anderen Gaukler erzählten. Vieles verstand ich nicht, anderes erschien mir geradezu schockierend. Doch das war egal, ich genoss die Reise und wollte keinen einzigen Augenblick verpassen.

Doch schließlich lehnte sich Richard mit dem Rücken gegen den Karren und sah mich an. Der Affe hatte sich auf seinen Oberschenkeln zusammengerollt und schlief. »Du weißt jetzt so viel über uns, aber wir wissen nichts über dich. Das ist unhöflich von uns, wir sollten auch dich zu Wort kommen lassen.«

Ich schüttelte den Kopf und senkte den Blick, als sich mir alle Gesichter zuwandten. Sogar der Affe erwachte und sah auf.

»Über mich gibt es nichts zu erzählen«, sagte ich. »In meinem ganzen Leben bin ich nie weiter als bis Coellen gekommen.«

»Coellen ist eine schöne Stadt.«

Es klang fast so, als wolle Richard mich trösten. Etwas in mir, das ich vorher nie wahrgenommen hatte, begehrte dagegen auf.

»Ja, sie ist schön.« Ich hob den Kopf und sah Richard in die Augen. »Und schon bald werde ich dort leben als Frau eines wohlhabenden Mannes.«

Richard schien meine Antwort zu überraschen. Er hob die Augenbrauen. »Es gibt viele Mädchen, die sich so etwas wünschen.«

»Aber ich habe etwas dafür getan. Ich nehme Unterricht im Lesen, Schreiben und Rechnen, und ich weiß, wie man sich bei Tisch zu benehmen hat.«

»Dann steht der Krone ja nichts mehr im Weg«, murmelte Maria so leise, dass mir erst später, als ich in unserer Hütte lag und nicht einschlafen konnte, klar wurde, was sie gesagt hatte.

Richard brachte sie mit einem Blick zum Schweigen. »Unterrichtet dich jemand aus deiner Familie?«

»Nein, eine Nonne aus dem Zisterzienserkloster.«

Die anderen Gaukler lauschten unserer Unterhaltung. Matthias legte die Laute beiseite und griff nach dem Bierkrug, den die Asche des Feuers warm hielt. Ohne zu fragen, schüttete er mir nach.

»Das ist sicher sehr teuer«, sagte Richard.

Ich nickte, stolzer, als ich es hätte sein dürfen. Die Worte sprudelten aus mir heraus wie das Bier aus dem Krug. »Eine halbe Goldmünze kostet es im Jahr, und ich lerne schon seit zwei Jahren. Meine Mutter sagt immer, wer eine gute Ernte einbringen will, darf nicht am Saatgut sparen.«

»Deine Mutter ist eine kluge Frau.« Richard drehte den Holzbecher, aus dem er schon den ganzen Abend trank, nachdenklich zwischen den Händen. »Und was sagt dein Vater dazu?«

Ich öffnete den Mund. In meinen Gedanken stand die Antwort, die ich ihm geben wollte und die ihm das überlegene Lächeln aus dem Gesicht gewischt hätte, doch im letzten Moment schreckte ich vor ihr zurück und sagte stattdessen das, was Mutter mir eingebläut hatte. Das, was niemand glaubte. »Mein Vater ist tot, aber er hat uns ein wenig Land und ein kleines Vermögen hinterlassen.«

»Genügend Land und Vermögen, dass es euch leichtfällt, den Unterricht zu zahlen?« Der Schein des Feuers flackerte über Richards Gesicht.

Ich log nicht noch einmal. »Nein.«

»Wäre es dann nicht vernünftiger, das Gold für deine Mitgift zu sparen, damit nicht nur dein Bräutigam von deiner Schönheit und Anmut hingerissen ist, sondern auch sein Vater die Vorteile eurer Heirat zu schätzen weiß?«

Ich konnte seinen Ausführungen kaum noch folgen. Mein Kopf war so schwer, dass Worte ihn nicht mehr durchdringen wollten. Ich stellte den Becher mit dem warmen Bier ins Gras und fuhr mir mit den Händen übers Gesicht. Meine Finger waren kalt und vertrieben die Müdigkeit wenigstens für einen Moment.

»Wenn wir es sparen könnten, würden wir es tun«, sagte ich, ohne zu wissen, wie viel Zeit seit der Frage vergangen war.

»Aber ihr könnt.« Mit einer Handbewegung verscheuchte Richard den Affen von seinen Beinen und stand auf. »Ich sehe, dass du müde bist. Matthias und Maria werden euch nach Hause begleiten. Bis dahin nur so viel: Ich könnte dich unterrichten. Ich kann lesen, schreiben und beherrsche nicht nur das Rechnen, sondern die griechische Mathematik.« Er sah mich an. »Und ich spreche Latein, die Sprache der Könige …« Sein Lächeln warf kleine Falten um seine Augen und schob die Tätowierungen zusammen. »… und Königinnen.«

Maria begann zu kichern. Kurzer schlug ihr mit seiner dicken Kinderhand auf den Hintern und lachte. Ich nahm an, dass es sich um einen Witz handelte, den nur sie verstehen konnten, denn niemand fiel in ihr Gelächter ein. Die meisten anderen Gaukler waren ebenso wie Else längst eingeschlafen. Nur Richard, Maria und Kurzer waren noch wach.

Ich versuchte, über das nachzudenken, was Richard gesagt hatte, aber die Müdigkeit holte mich bereits wieder ein.

»Was verlangst du für deinen Unterricht?«, fragte ich.

»Darüber reden wir ein anderes Mal. Wir haben viel Zeit, um

uns etwas zu überlegen. Im Winter kann man nur schlecht durchs Land ziehen.« Richard stieß den schlafenden Matthias mit der Spitze seines Lederstiefels an. »Steh auf und bring die Mädchen nach Hause«, sagte er.

Matthias zuckte zusammen und rieb sich den Schlaf aus den Augen, widersprach aber nicht. Gähnend stand er auf. Ich berührte Elses Wange. »Wir müssen nach Hause.«

Ich erhielt keine Antwort. Else hatte viel mehr Bier getrunken als ich; es war nicht nur die Müdigkeit, die ihr die Augen schloss. Ich versuchte es noch einmal, aber sie murmelte nur etwas Unverständliches und schmiegte sich wieder an meinen Arm.

»Ich mach das schon.« Maria stieß Kurzers Hand zur Seite und kam zu uns herüber. Mit einer Bewegung, die wirkte, als würde sie diese öfter ausführen, griff sie Else unter die Achselhöhlen und zog sie hoch. »Wir stützen sie. Wenn sie erst mal läuft, wird sie schon aufwachen.«

Und so war es.

Matthias und Maria mussten sie nur bis zum Weg stützen, dann war Else wach genug, um allein zu gehen, auch wenn sie dabei taumelte und immer wieder stolperte. Ich legte meine Wolldecke über den Kopf und schlang sie mir um den Körper. Ohne das schützende Feuer bemerkte ich erst, wie kalt die Nacht geworden war.

»Spricht Richard wirklich Latein?«, fragte ich.

Matthias hob die Schultern. »Wenn er es sagt, dann spricht er es.«

Wir verließen den Weg und gingen über einen kleinen Hof zu der Hütte von Else und dem krummen Hans. Sie war windschief und klein, schon zweimal hatten Herbststürme sie zerstört, aber Hans baute sie jedes Mal wieder auf, worauf sie jedes Mal schiefer und die Wände winddurchlässiger gewesen waren. Ich hörte das leise Gackern eines Huhns, dann das Meckern einer Ziege, als Else die zusammengehämmerten Bretter, die der Hütte als Tür dienten, an die Wand lehnte.

Drinnen war es dunkel. Der Geruch nach Vieh und kaltem Rauch schlug mir entgegen. Stroh raschelte, ein unförmiger Schatten, bei dem es sich nur um Hans handeln konnte, schmatzte im Schlaf.

Else drehte sich zu mir um. »Danke«, flüsterte sie. Im Mondlicht leuchteten ihre Zähne weiß. »Danke.«

Dieses eine Wort galt nicht nur unserem heimlichen Ausflug, sondern auch dem, was sie erlebt und gesehen hatte und ihrer sicheren Rückkehr. Das alles würde unser Geheimnis bleiben. Sie konnte es Hans nicht erzählen und ich nicht meiner Mutter.

Sie verschwand in der Hütte, und ich stellte die Bretter wieder vor den Eingang, um sie zu verschließen, dann verabschiedete ich mich von Matthias und Maria, schlich heim und versuchte zu schlafen.

Die Gedanken tanzten in meinem Kopf, kreisten um all die Dinge, die Richard gesagt hatte. Ich fragte mich, was ich ihm anbieten konnte, damit er mir Latein beibrachte und mich von Schwester Johannita mit ihrem Stock befreite.

Gegen Morgen, als der erste Hahn krähte, fiel mir die Antwort ein.

Kapitel 3

Schwester Johannita verließ uns früh, nahm sich aber wie immer genügend Zeit, um unsere Milchsuppe zu essen und mit uns ein kurzes Gebet zu sprechen. Sie wirkte immer noch verstimmt, als sie sich von uns verabschiedete, ihren Wanderstab nahm und mit langsamen Schritten das Dorf verließ.

Wir verbrachten den Vormittag in der Stube. Mutter zog die Kräuter, die sie am Vortag gesammelt hatte, mit einer Schnur auf, ich hängte sie an den Dachbalken. Es waren Gewürze darunter, Petersilie und Rosmarin, aber auch Heilkräuter wie Schafgarbe und Eisenhut und solche, die keinen Namen hatten und die ich nur an ihrem Aussehen erkannte.

Ab und zu hörte ich Stimmen im Dorf, Kinderlachen und fröhlich klingende Glocken. Durch einen Spalt zwischen den Vorhängen sah ich den Kurzen und Matthias, wenig später Maria und einen jungen Gaukler namens Friedrich. Ihre Auftritte waren nicht so beeindruckend wie am Vortag. Sie jonglierten ein wenig mit Wollknäueln und Messern, gelegentlich hörte ich ein Lied. Ich nahm an, dass Richard sie geschickt hatte, um den Leuten im Dorf das Misstrauen zu nehmen. Sie klopften an Türen, sangen für die, die öffneten, und erklärten, wer sie waren. Nur an unsere Tür klopfte niemand.

»Willst du nicht rausgehen und ihnen zusehen?«, fragte Mutter, als Matthias ein Lied anstimmte. Es war eine dieser Fragen, die einer vorsichtigen Antwort bedurften.

Ich schüttelte den Kopf. »Nein. Ich habe mir deine Worte zu Herzen genommen. Meine Zukunft ist wichtiger als mein Vergnügen.«

Mutter sah von ihrer Arbeit auf, musterte mich einen Moment und senkte dann den Blick wieder. »Du siehst müde aus«, sagte sie, ohne auf meine Antwort einzugehen. »Iss etwas von dem Bitterkraut links von dir, und wenn es dir zu viel wird, ein wenig Petersilie.«

»Ja, Mutter.«

Das Bitterkraut trug seinen Namen zu Recht. Es zog mir den Mund zusammen, bis ich glaubte, nicht mehr schlucken zu können, doch die Petersilie half nach nur zwei Bissen.

»Es geht dir gleich besser.« Mutter reichte mir eine Schnur voller grüner Pflanzen. Das ganze Zimmer roch nach Minze. »Hast du schlecht geschlafen?«

»Ja. Schwester Johannitas Schnarchen hat mich wach gehalten.« Ich log nicht gern, und doch schien ich an diesem Tag nichts anderes zu tun.

Mutter lächelte. Sie war in einer guten, entspannten Stimmung. Ich stellte mich auf die Zehenspitzen und knotete ein Ende der Schnur um einen Dachbalken. Dabei beobachtete ich sie aus den Augenwinkeln und fragte mich, ob ich riskieren sollte, die Sache mit meiner Mitgift zur Sprache zu bringen.

»Was Schwester Johannita betrifft …«, begann ich, aber ein leises Klopfen an der Tür unterbrach mich.

Mutter stand auf. »Wenn das ein Gaukler ist, gehst du sofort nach hinten«, sagte sie. Dann zog sie die Tür auf.

»Gott zum Gruß«, sagte Richard.

Ich ließ die Schnur los, und sie baumelte vor meinem Gesicht.

»Ketlin«, sagte Mutter, ohne ihm zu antworten.

Ich senkte den Blick und ging ins Nebenzimmer. Der Geruch nach Minze und Lavendel folgte mir, als ich die Tür schloss. Nervös legte ich das Ohr ans Holz und lauschte. Hatte ich Richard gesagt, dass ich heimlich auf die Allmende gekommen war, genau wie Else? Ich wusste es nicht mehr.

Das Holz der Tür war so dick, dass ich die Stimmen zwar hören, aber die Worte nicht verstehen konnte. Zuerst sagte Mutter etwas, sehr kurz, aber es klang ärgerlich, dann sprach Richard, länger und ruhiger. Ich rechnete mit dem Schlimmsten, wartete darauf, dass die Tür aufgerissen wurde und Mutter mich schreiend und weinend in die Stube zerrte, doch die Stimmen redeten weiter, wurden ruhiger und leiser.

Nach einer Weile begann mein Ohr zu schmerzen. Ich trat ein paar Schritte zurück und setzte mich auf unser Lager. Die Matratze bestand aus einem mit Stroh gefüllten Sack, und auf dem lagen ein dünnes Leinentuch und einige Decken.

Ich legte mich darauf und wartete. Der Raum roch immer noch nach Schwester Johannita. Es gab nur ein winziges Fenster, mehr einen Spalt in der Rückwand, den ein Vorhang verdeckte. Im Sommer zogen wir den Vorhang auf, damit die Sonne uns wecken konnte, im Winter war es meistens Mutter, die vor mir aufwachte und mich vom Lager trieb.

Ich fragte mich, worüber sie und Richard im Nebenraum sprachen. Dass sie sich etwas zu sagen hatten, was länger als ein paar Sätze in Anspruch nahm, war kaum vorstellbar.

Und doch dauerte das Gespräch an. Die Stimmen wechselten sich ab, ich hatte nicht den Eindruck, dass einer auf den anderen einredete. Nur zu gern hätte ich ihnen zugehört, aber ich wagte es nicht, mich Mutters Befehl zu widersetzen.

Irgendwann schloss ich die Augen. Ich dachte, das Bitterkraut würde mich daran hindern einzuschlafen, doch als ich die Augen wieder öffnete, war es still im Nebenzimmer und so dunkel, dass sich die braune Holztruhe, in der wir unsere Kleidung und meine spärliche Mitgift aufbewahrten, kaum noch von der Lehmwand abhob.

Ich stand auf und ging zur Tür. Einen Moment lauschte ich,

und als ich nichts hörte, öffnete ich sie. Mutter saß am Küchentisch und zog Kräuter auf eine Schnur. Außer ihr und mir war die Stube leer.

»Ich habe dich schlafen lassen.«

»Danke.« Ich setzte mich neben sie auf die Küchenbank und nahm mir eine Schnur. Die, die ich losgelassen hatte, als Richard im Türrahmen stand, hing immer noch von einem der Dachbalken. »Was wollte er?«, fragte ich.

»Wer?«

»Ri... der Gaukler an der Tür.« Ich hasste es, wenn Mutter so tat, als wisse sie nicht, wovon ich sprach, obwohl es offensichtlich war.

»Nichts Besonderes.« Sie schwieg und zupfte braune Stellen aus einem Strang Petersilie. Jahrelang hatte sie dieses Spiel mit mir gespielt. Ich wollte etwas wissen, sie verweigerte mir die Antwort, und ich musste betteln, bis sie schließlich nachgab. Doch in den letzten Monaten hatte ich damit aufgehört. Wenn sie es mir nicht sagen wollte, sollte sie es eben für sich behalten. Irgendwie würde ich es schon herausbekommen.

»Dann ist ja gut«, sagte ich und war froh, dass mir der Ärger, den ich empfand, nicht anzuhören war. Mutter runzelte kurz die Stirn, so als habe sie nicht damit gerechnet, dass ich mich dem Ritual ein weiteres Mal verweigern würde, dann machte sie mit ihrer Arbeit weiter.

Ich half ihr, hing die Schnüre auf und spannte sie, damit wir sie nicht versehentlich herunterrissen. Es war wichtig, dass man im Winter Kräuter hatte, auch getrocknet waren sie besser als gar nichts. In ein paar Wochen würde der Schnee über das Land kommen, dann würde man keine mehr finden können. Selbst eine so erfahrene Frau wie Mutter konnte nicht unter den Schnee blicken.

»Wenn du damit fertig bist«, sagte sie, »solltest du deinen Umhang ausschlagen. Ich möchte nicht, dass du wie die Tochter eines Tagelöhners aussiehst.«

»Wohin gehen wir denn?« Ich knotete die Schnur fest und drehte mich um.

Mutter setzte ihre Arbeit fort und antwortete, ohne mich anzusehen. »Zur Dorfversammlung. Josef hat Knut durchs Dorf geschickt, damit alle Bescheid wissen.«

»Eine Versammlung?« Das war keine Seltenheit und auch nicht besonders interessant. Normalerweise traf man sich in Josefs Scheune und redete stundenlang über die nächste Aussaat, die Ernte, wer was falsch gemacht oder vergessen hatte und wer im Sommer heiraten würde. Am Ende entschied Josef, was getan werden musste. Nur einmal war es in meiner Gegenwart vorgekommen, dass er sich geweigert und die Entscheidung unserem Herrn in der fernen Burg überlassen hatte. Das war vor ein paar Jahren gewesen, als der junge Clemens meine Freundin Aythe geschändet hatte. Gemeinsam mit ein paar anderen Männern des Dorfes hatte Josef Clemens zur Burg gebracht. Soweit ich wusste, war er dort hingerichtet worden, zumindest hatte Josef das später erzählt.

»Gibt es einen besonderen Grund dafür?«, fragte ich, als Mutter nichts weiter sagte.

»Den kannst du dir ja wohl denken.« Ihre Stimme klang scharf.

Mir schoss das Blut in den Kopf, als ich mir vorstellte, dass Else und ich der Grund sein könnten. Hastig nahm ich meinen Umhang vom Haken und ging nach draußen, damit Mutter meine geröteten Wangen nicht sah.

Ich schlug den Umhang mit einem Holzscheit vor der Tür aus. Das Dorf lag bereits im Halbdunkel, es war später Nachmittag. Überall kamen Leute zusammen, unter ihnen auch Else und Hans. Sie warf mir einen kurzen, unsicheren Blick zu. Ich lächelte, beruhigend, wie ich hoffte.

Josef wird nichts sagen, dachte ich. *Er kann nichts sagen.*

Trotzdem kaute ich nervös auf meiner Lippe herum, als Mutter hinter mir die Tür schloss und sich ihren eigenen Umhang über die Schultern legte.

»Komm«, sagte sie.

Ich folgte ihr durch das Dorf. Else und Hans waren bereits vorausgegangen, aber Jupp – der eigentlich auch Josef hieß, aber von keinem so genannt wurde – und sein Weib Anne schlossen sich uns an. Er war etwas älter als meine Mutter und litt unter Schmerzen in den Knien, weshalb er vor allem bei feuchtem, kaltem Wetter oft zu uns kam. Anne war deutlich jünger, aber verhärmt und dürr. Sie hatte neun Kinder geboren, sechs waren gestorben. Sie betete oft stundenlang für die überlebenden. Man konnte es hören, wenn man abends an ihrer Hütte vorbeiging.

»Magda, weißt du, warum die Versammlung einberufen wurde?«, fragte Jupp.

Ich wartete auf Mutters Antwort, aber sie hob nur die Schultern.

»Es gibt bestimmt Krieg.« Anne zog ihren alten, fleckigen Umhang enger um ihren Körper. Ihre Ellenbogen stachen aus dem Stoff heraus wie Hühnerknochen. Sie erwartete immer das Schlimmste.

Jupp strich ihr über den Arm. »Wir werden sehen. Mach dir keine Sorgen.«

Seine Stimme beruhigte sogar mich. Ich mochte Jupp. Er hatte ein freundliches, väterliches Gesicht und einen dichten, von grauen Strähnen durchzogenen Vollbart. Ich hatte ihn noch nie klagen gehört, selbst, wenn er vor Schmerzen kaum gehen konnte.

Schon von weitem sah ich die Fackeln, die auf der Weide hinter Bauer Josefs Haus brannten. Kreisförmig hatte man sie in den Boden gerammt. In ihrer Mitte standen ein Holzstuhl mit hoher Lehne und eine Fußbank. Nach und nach versammelten sich die Dorfbewohner um den Fackelkreis herum, die Männer vorn, die Frauen und Kinder hinter ihnen.

Mein Blick glitt zur anderen Seite des Weges, auf die Allmende, zu den Karren und Lagerfeuern der Gaukler. Ich sah keinen von ihnen, nur ihre Ochsen, die angepflockt grasten. Sie mussten sehen, was keinen Steinwurf entfernt von ihnen vorging, aber ich hoffte, dass sie so klug waren, sich fernzuhalten. Im Dorf mochte man es nicht, wenn sich Fremde einmischten.

Ich blieb in einigem Abstand vom großen Holzstuhl entfernt stehen. Mutter ging weiter nach vorn, dorthin, wo die Männer standen, die ihr bereitwillig Platz machten. Mutter war die Einzige im ganzen Dorf, der das Land, auf dem sie lebte, gehörte. Alle anderen, sogar Josef, hatten ihres nur gepachtet. Sie hatte das Recht, dort vorne zu stehen, und es gab niemanden, der es ihr streitig machte.

Fast alle Dorfbewohner waren gekommen, und so wurde es eng auf der kleinen Weide. Ich suchte nach Else und entdeckte sie ein Stück entfernt von mir zwischen ihren beiden Neffen. Sie hatte sich hingehockt, so als hoffte sie, dass Josef sie nicht sehen würde. Um mich herum unterhielt man sich über die Versammlung, die Gaukler und die Omen, die auf einen milden Winter hindeuteten. Noch immer zogen Vogelschwärme gen Süden, später als in den letzten Jahren, was ein gutes Zeichen war.

Die Gespräche lenkten mich von meinen Gedanken ab. Mein Herzschlag normalisierte sich, die Angst wich. Trotzdem schluckte ich, als die Hintertür des Hauses – Josef nannte es das Haupthaus, aber niemand sonst – geöffnet wurde und der alte Bauer heraustrat. Seine ältesten Söhne, Knut und Adalbert, begleiteten ihn. Als sich Josef setzte, rückte Adalbert die Fußbank zurecht. Der alte Bauer streckte die Beine aus und faltete die Hände über seinem vorstehenden Bauch. Er trug hohe, blank polierte Lederstiefel, dunkle Leinenkleidung und eine fellbesetzte Weste. Sein Gesicht war rund, der Mund schmal und verkniffen. Er hatte einen grauen Backenbart, der sein Doppelkinn einrahmte.

Adalbert und Knut hatten sein Aussehen und nicht das ihrer verstorbenen Mutter geerbt. Adalbert wurde bereits kahl, Knut dick.

»Das geht so nicht weiter!«, sagte Josef so laut, dass die Gespräche um mich herum sofort verstummten. »Wir müssen etwas unternehmen!«

Ich sah Schulterzucken und verwirrte Blicke.

»Wovon redest du?« Jupp sprach aus, was sich wohl alle fragten.

Josef machte eine Handbewegung in Richtung der Allmende. »Von diesem fremden Volk, das auf unseren Wegen bettelt und euer Weibsvolk verdirbt. Wie lange wollt ihr euch das noch ansehen?«

Seine Worte stachen in meinem Magen. Meinte er Else und mich?

»Er redet von den Gauklern«, erklärte Knut laut. »Sie …«

Josef warf ihm einen Blick zu, der ihn sofort zum Schweigen brachte. Irgendwo kicherte ein Mädchen.

»Natürlich rede ich von den verdammten Gauklern, von wem denn sonst? Sie nisten sich auf unserer Allmende ein, als würde sie ihnen gehören. Ihre Ochsen fressen unser Gras. Das muss ein Ende haben.«

Einige nickten zustimmend, andere runzelten die Stirn, als wüssten sie nicht, worüber er sich so aufregte.

Jupp räusperte sich. »Also, ich sehe das anders«, sagte er. »Ist ja nicht so, als würden wir das Gras brauchen. Sollen ihre Ochsen es doch fressen.«

Die beiden Männer mochten sich nicht. Mutter hatte erzählt, dass auch Jupp damals in die Bauerntochter Hanna verliebt gewesen war, doch Josef hatte sie bekommen, weil sein Hof größer war und Hannas Vater ihn für die bessere Partie gehalten hatte. Aber viele im Dorf glaubten bis heute, dass Josef Hanna mit seiner herrischen, kalten Art in den Tod getrieben hatte. Jupp hatte schließlich Hannas jüngere Schwester Anne geheiratet.

Josef stützte beide Hände auf die Lehnen seines Stuhls. Es sah aus, als wollte er Jupp anspringen. »Erst ist es ein wenig Gras für die Ochsen, und dann klauen sie uns die Hühner aus den Ställen und die Mädchen aus den Betten. Ich weiß, wie solches Volk denkt, glaub mir.«

Zwischen den Schultern zweier Männer hindurch betrachtete ich ihn, suchte nach einem Anflug von schlechtem Gewissen in seinem Gesicht oder zumindest Verlegenheit. Doch ich fand nur Wut. Ich verstand nicht, wie jemand, der die – ich suchte nach dem richtigen Wort – *Dienste* einer Gauklerin in Anspruch genommen hatte, sich schon am nächsten Tag so voller Verachtung über sie und ihre Begleiter äußern konnte. Die Einzige, die ich hätte fragen können, war Else, aber ich bezweifelte, dass sie die Antwort kannte.

»Sie sind erst seit gestern hier.« Jupp ließ sich nicht von Josefs Tonfall einschüchtern.

Anne, die neben mir stand, schüttelte den Kopf. »Warum kann er es nie gut sein lassen?«, fragte sie leise.

»Es wäre nicht christlich, sie einfach so von Land zu jagen, das wir erst wieder im Frühjahr brauchen«, sagte Jupp.

»Willst du sie überwintern lassen?«, fragte der krumme Hans.

Jupp hob die Schultern. »Ich wüsste nicht, was dagegen spräche.«

Mit einem Grunzen, das wie das eines Ebers klang, stieß Josef die Fußbank beiseite und stand auf. »Hört mir denn hier keiner zu? Das sind Gaukler. Sie werden das ganze Dorf verderben, wenn wir sie lassen. Wollt ihr, dass sie mit euren Kindern und euren Frauen reden … oder Schlimmeres?«

»Ich habe gehört, dass sie Kinder stehlen«, sagte Knut. Ich glaubte nicht, dass er je in seinem Leben das Dorf verlassen hatte, deshalb konnte er es nur von seinem Vater gehört haben.

»Das tun sie«, sagte Josef. Er schritt vor den Männern des Dorfs auf und ab. Ich versuchte nicht daran zu denken, wie er mit offener Hose und heraushängendem Hemd über die Allmende gestolpert war, doch das Bild drängte sich mir immer wieder auf.

»Sie stehlen Kinder«, fuhr Josef fort. »Sie schänden Frauen. Sie stehlen wie die Krähen und sind verschlagen wie Füchse.« Vor Jupp blieb er stehen. »*Das* spricht dagegen.«

»Es spräche dagegen, würde es stimmen, aber wir kennen diese Leute nicht. Sie verdienen unsere Gastfreundschaft so lange, bis sie sich als unwürdig erweisen.«

Nicht Jupp hatte das gesagt – sondern Mutter!

Die Männer drehten sich zu ihr um, ich blinzelte überrascht. Die Frau, die mich am Vortag noch von der Straße gezerrt hatte, trat auf einmal für die Gaukler ein? Was hatte Richard nur zu ihr gesagt?

Josef trat einen Schritt zur Seite und sah auf Mutter hinab. Er war fast einen Kopf größer als sie und doppelt so breit. Als Einziger im Dorf suchte er uns nicht auf, wenn ihn ein Wehwehchen plagte. »Du willst also warten, bis das erste Kind verschwindet, ja?«

Mutter verschränkte die Arme vor der Brust. »Ich will, dass wir tun, was Christus von uns verlangt. Das ist unsere Pflicht.«

Einige ältere Frauen begannen zu tuscheln. In ihren Gesichtern sah ich, dass ihnen Mutters Beharrlichkeit nicht gefiel. Es gehörte sich als Frau nicht, einem Mann zu widersprechen, vor allem nicht in der Öffentlichkeit. Das hatte mir Schwester Johannita beigebracht.

»Unsere Pflicht«, sagte Josef mit mühsam bezähmter Wut, »ist es, unseren *Nächsten* zu helfen. Das sind Nachbarn und Familie, nicht irgendwelche Dahergelaufenen!«

»Wen auch immer Christus zu uns führt, ist unser Nächster.«

»Und woher willst du wissen, dass es nicht Satan war, der diese Gaukler in unser Dorf gebracht hat?«

Die Frage brachte Mutter zum Schweigen. Ihre Schultern hoben sich, als setze sie zu einer Antwort an, dann sackten sie wieder nach unten.

Josef nickte zufrieden, doch bevor er fortfahren konnte, fiel ihm Jupp ins Wort. »Ihre Taten sollen für sie sprechen. Wenn sie des Teufels sind, werden sie sich schon verraten.«

Nur wenige nickten. Die meisten warfen nervöse Blicke auf die Allmende, glaubten wohl, der Gehörnte selbst müsse gleich zwischen den Karren auftauchen. Eine alte Frau bekreuzigte sich.

»Also ich weiß ja nicht, ob ich's so weit kommen lassen will.« Hans trat von einem Fuß auf den anderen. Er sprach nicht gern, wenn viele zuhörten. »Also, ich meine, wenn sie Kinder stehlen und so, dann …«

Er ließ den Satz im Nichts enden.

Josef zeigte auf ihn. »Da hört ihr es. Wollt ihr wirklich zusehen, wie sie sich hier ausbreiten, bis es zu spät ist?«

Ich spürte, wie die Stimmung umschlug. Mutter schüttelte den Kopf, aber nicht kämpferisch, sondern geschlagen. Jupp steckte die Hände in seinen Umhang und wandte sich ab. »Das ist unchristlich«, sagte er, aber niemand ging auf seine Worte ein.

Josef setzte sich wieder und wartete, bis Knut den Schemel erneut unter seine Füße geschoben hatte, bevor er weitersprach. »Dann ist es beschlossen. Morgen früh verjage ich sie von der Allmende. Das ist unser Land, und sie haben nichts darauf zu suchen. Adalbert und Hans werden mich begleiten.«

Knut wirkte enttäuscht. Sein Vater nahm ihn nie mit, wenn er etwas Wichtiges zu erledigen hatte. Er schämte sich für seinen ältesten Sohn, was jeder im Dorf, außer Knut selbst, wusste.

Die Versammlung löste sich nach und nach auf. Frauen, die Haare unter Umhängen und Gugeln verborgen, gingen an mir vorbei.

Erika, die Älteste im Dorf, blieb neben mir stehen. Ihr Kopf wackelte auf ihrem dünnen faltigen Hals. »Deine Mutter sollte sich nicht in die Belange von Männern einmischen«, sagte sie leise. »Das sieht niemand gern. Sag ihr das bitte.«

Im ersten Moment wollte ich widersprechen, dann nickte ich nur und wandte mich ab. Meine Gedanken kreisten um die Idee, die ich am Morgen gehabt hatte, und um die Hoffnung, die Josef zu zerstören drohte. Als Mutter an mir vorbeiging, schloss ich zu ihr auf. Ein paar Schritte gingen wir schweigend nebeneinander her, dann platzte es aus mir heraus. »Ich will nicht, dass die Gaukler vertrieben werden.«

Mutter sagte nichts darauf, aber ich sah an ihren hektischen, scharfen Bewegungen, dass sie wütend war.

»Und du willst es auch nicht, oder?«

Wieder keine Antwort. Um uns herum verschwanden die Menschen nach und nach in ihren Hütten. Else und Hans waren die Letzten, die uns eine gute Nacht wünschten.

Ich folgte Mutter ins Haus und schloss die Tür. In der Feuerstelle knackten die letzten, glimmenden Holzscheite; die Luft roch nach Rauch und Minze.

»Wir reden über solche Dinge nicht vor anderen«, sagte Mutter, als sie ihren Umhang sichtlich wütend über den einzigen Stuhl am Küchentisch warf und den Krug mit Obstbier nahm, den sie am Morgen angesetzt hatte. »Was wir denken, geht niemanden etwas an.«

Ich nahm zwei Holzbecher aus dem schmalen Regal über der Küchenbank und stellte sie auf den Tisch. Wenn sie in einer solchen Stimmung war, das wusste ich seit langem, musste jedes Wort sorgsam gewählt werden. Was ich sagen wollte, war mir klar, nur wie ich dorthin kommen sollte nicht.

»Du hast für die Gaukler gesprochen.«

Mutter schüttete Bier in die beiden Becher und setzte sich. »Weil es richtig war. Aber es ändert nichts an dem, was ich gestern gesagt habe. Eine anständige Frau lässt sich nicht mit einem Gaukler sehen.«

»Und was ist mit dem, der dich besucht hat?«

»Was soll mit ihm sein?«

Dieses Mal war ich diejenige, die schwieg. Hinter dem Haus schrie ein Nachtvogel.

Mutter trank ihren Becher mit langen Schlucken leer, dann seufzte sie. »Sein Name ist Richard. Er ist ein durch und durch verdorbener Mann, so wie alle Gaukler und Schausteller.«

Meine Wangen röteten sich. Ich trank rasch etwas Bier, um es darauf schieben zu können, sollte Mutter etwas bemerken.

»Er hat mir ein Angebot gemacht«, sagte sie auf einmal, »aber wenn Josef seinen Willen kriegt, dann werde ich es nicht annehmen können.«

Sie musste nicht weitersprechen, ich wusste bereits, was sie sagen würde. Trotzdem lauschte ich scheinbar interessiert, als sie mir von seinen Lateinkenntnissen berichtete und von ihrem Einfall, dass er mir an Schwester Johannitas Stelle Unterricht erteilte – natürlich unter Mutters Aufsicht. Damals begriff ich bereits, was Richard getan hatte, obwohl ich das Wort dafür erst später lernen würde. Er hatte sie *manipuliert*.

Als Mutter ihre Ausführungen beendet hatte, war aus ihrer Wut Enttäuschung geworden. »Wir hätten deine Mitgift aufstocken können«, sagte sie abschließend.

Ich stellte den Becher beiseite. »Wir können es immer noch.«

Mutter sah auf, und dann hörte sie mir zu, vielleicht zum ersten Mal in ihrem Leben.

Noch vor Sonnenaufgang weckte mich Mutter. Wir zogen uns an, dann setzte ich mich an den Küchentisch, und Mutter kämmte mein Haar, so wie jeden Morgen. Wortlos wuschen wir uns Gesicht und Hände, aber als ich nach einem Eimer griff, um die Ziegen hinter dem Haus zu melken, legte mir Mutter die Hand auf den Arm.

»Später«, sagte sie. »Ich will sie nicht verpassen.«

Ich nickte und setzte mich wieder. In meinem Magen kribbelte es, und meine Finger suchten unablässig nach etwas, mit dem sie spielen konnten. Sie fanden die Schnüre, die vom Vortag auf dem Tisch liegen geblieben waren, und begannen Muster aus ihnen zu bilden.

Mutter wies mich nicht zurecht. Mit geschlossenen Augen saß sie mir gegenüber auf der Küchenbank, die Hände flach auf die Tischplatte gelegt. Ich nahm an, dass sie betete. Vielleicht hätte auch ich das tun sollen, aber der Gedanke entglitt mir immer wieder. Ich achtete auf die Geräusche, die von draußen in die Stube drangen, auf nichts anderes.

Ein Ochse muhte.

Etwas stach heiß in meinen Magen. Ich sprang auf. Der Stuhl, auf dem ich gesessen hatte, kippte um und knallte laut auf den harten Lehmboden.

Mutter öffnete die Augen und stand auf. Mit einer Ruhe, die ich ihr nicht zugetraut hätte, strich sie die Falten aus ihrem Rock, legte sich den Umhang über die Schultern und zog sich die Kapuze über den Kopf. Ich warf mir meinen Umhang ebenfalls über, weniger elegant als sie und ohne jede Ruhe. Vor ihr ging ich zur Tür.

Mutter nahm den Strick in eine Hand, mit der sich die Tür aufziehen ließ. »Du tust nur, was ich dir sage, verstanden? Und du redest mit niemandem, ohne dass man dich dazu auffordert.«

»Ja, Mutter.« Ich hätte allem zugestimmt, wenn sie nur endlich die Tür geöffnet hätte. Obwohl es albern war, hatte ich Angst, die Gaukler zu verpassen.

Doch die Angst war unbegründet. Als Mutter die Tür aufzog und das Haus vor mir verließ, bog der erste Karren gerade erst um die Ecke. Richard und der Kurze saßen auf dem Kutschbock, einige andere Gaukler gingen nebenher. Sie alle wirkten müde, und wenn ich ihre Gesichter richtig las, waren sie besorgt.

Vor ihnen schritten Josef und Adalbert wie Eroberer über die Straße. Beide trugen einen Dolch im Gürtel. Der krumme Hans folgte ihnen mit einigen Schritten Abstand, auf eine Mistgabel gestützt. Ich nahm an, dass er sich auf Josefs Geheiß hin damit bewaffnet hatte.

Mutter ging bis zur Mitte der Straße und blieb stehen. Das erste Licht des Morgens spiegelte sich in einer Pfütze vor ihren Füßen. Es musste in der Nacht geregnet haben. Ich sah mich nach den anderen Dorfbewohnern um, aber es war so früh, dass noch niemand seine Hütte verlassen hatte.

Josef kniff die Augen zusammen, als er Mutter im Weg stehen sah. »Verschwinde, Magda! Die Entscheidung ist getroffen. Du kannst dir deine Worte sparen.«

Doch Richard brachte bereits die Ochsen, die den Karren zogen, zum Stehen.

»Es gibt nicht viel zu sagen.« Mutter stemmte die Hände in die Hüften. Sie war so viel kleiner und schmaler als Josef, sodass die Geste hätte lächerlich wirken müssen, doch das tat sie nicht. »Du vertreibst die Reisenden von der Allmende, also biete ich ihnen die Gastfreundschaft meines Hofes. Sie können bleiben, so lange sie wollen.«

Einer der Gaukler – ich konnte nicht sehen, welcher – applaudierte.

Josef sah Adalbert an, dann mich, schließlich Mutter. Er wirkte fassungslos. »Was? Du widersetzt dich der Entscheidung des Dorfvorstehers? Das ist …« Er suchte nach Worten.

»Als würdest du dich unserem Fronherrn selbst widersetzen«, sagte sein Sohn. Die leichte Morgenbrise wehte ihm das schüttere Haar ins Gesicht. Ärgerlich strich er es zur Seite. »Dafür kann er dich an den Pranger stellen.«

»Es ist mein Land, auf dem sie lagern werden.« Ich fragte mich, ob jemand außer mir das Zittern in Mutters Stimme hörte. »Der Rat der Stadt Coellen hat es mir überlassen. Nur ich habe darüber zu bestimmen, niemand sonst. Wenn unser Fronherr das nicht glaubt, werde ich ihm gern den Brief mit dem Siegel der Stadt Coellen zeigen.«

»Den du für deine Hurerei bekommen hast!« Die Worte brachen aus Josef hervor.

Er wollte auf Mutter zugehen, aber Adalbert hielt ihn zurück.

Ich schlug die Hände vors Gesicht, konnte nicht glauben, was er gesagt hatte.

Aber Mutter blieb ruhig stehen.

»Ketlin«, sagte sie, »führe unsere Gäste zur alten Scheune. Mit ein wenig Geschick werden sie daraus ein gutes Winterlager machen.«

Ich nahm die Hände herunter und nickte.

Kapitel 4

Es wurde vieles anders nach diesem Tag, manches besser, manches schlechter. Die Gaukler stellten ihre Karren hinter dem Weiher auf und begannen die alte Scheune, die Mutter schon seit langem hatte abreißen wollen, abzudichten und winterfest zu machen. Zwei von ihnen, die junge Frau, die ich mit Josef gesehen hatte, und ein Mann, der sich als ihr Bruder ausgab, aber ihr nicht ähnlich sah, trennten sich von den anderen und sagten, sie wollten ihr Glück in Coellen versuchen. Richard ließ sie ziehen.

Die Scheune bot mehr als genug Platz für die acht Gaukler. Sie holten sich Heu aus der anderen Scheune, um darin zu schlafen, und später, als der Schnee kam, um ihre Ochsen zu füttern. Kochen mussten sie jedoch draußen, darauf hatte Mutter bestanden. Vorräte hatten sie genügend, die ganze Zeit über baten sie uns kein einziges Mal um etwas zu essen.

Auch im Dorf verhielten sie sich anständig. Ich konnte mir nicht vorstellen, dass jemand Grund zur Klage hatte, denn sie bettelten nicht und behandelten jeden mit Respekt und Höflichkeit. Trotzdem gingen ihnen viele aus dem Weg, und nach einer Weile, als klar wurde, dass wir sie wirklich den ganzen Winter über beherbergen würden, gingen genau diese Leute auch uns aus dem Weg.

Eines Morgens im Dezember, kurz vor dem Weihnachtsfest, begegneten Mutter und ich dem krummen Hans. Er hustete so stark, dass Mutter ihm anbot, mit uns zu kommen, damit sie ihm etwas dagegen geben konnte, aber er winkte nur ab und ging dann in den Steinbruch.

Er war nicht der Einzige, der Mutters Hilfe ablehnte. Nur noch Jupp kam bei Tageslicht zu uns, einige wenige andere bei Nacht, wenn sie niemand dabei sehen konnte. Wenn Mutter sie nach dem Grund fragte, wichen sie aus oder erfanden Ausreden.

»Der Grund heißt Josef«, sagte Mutter eines Morgens, als wir in der Stube saßen und Haferschleim aßen. »Er jagt dem ganzen Dorf Angst ein mit seinen Schauergeschichten. Und alle glauben den Unsinn, den er über die Gaukler erzählt, anstatt auf ihre Augen zu vertrauen.«

»Erika hat sich bei Else über uns beschwert, weil ihre Hühner kaum noch Eier legen.« Mit einem Holzlöffel kratzte ich die letzten Reste Haferschleim aus dem Topf. »Sie denkt, die Gaukler hätten sie verflucht.«

Mutter schüttelte den Kopf. »Erikas Hühner sind so alt wie sie, deshalb legen sie keine Eier.« Sie schwieg einen Moment lang. Ich lauschte auf das Heulen des Windes. Es war ein kalter, grauer Januarmorgen. Am Vorabend hatte es begonnen zu schneien, und es sah nicht so aus, als würde es an diesem Tag noch einmal aufhören. »Hat Else sonst noch etwas gesagt?«, fragte Mutter nach einer Weile. Es klang beiläufig, aber ich wusste, dass sie sich Sorgen machte.

»Nein.«

Das war eine Lüge. Else erzählte mir alles, was im Dorf vorging, von den heimlichen Versammlungen, bei denen über uns geredet wurde, bis zu den Gerüchten über uns und die Gaukler. Wenn ich nur daran dachte, wurde ich ganz rot im Gesicht.

»Nein, nichts«, wiederholte ich, als Mutter mich musterte. Dass sie mir nicht glaubte, konnte ich sehen, aber zum Glück stellte sie keine weiteren Fragen.

Es klopfte.

Am liebsten wäre ich aufgesprungen und zur Tür gelaufen, aber ich blieb äußerlich ruhig und sagte nur: »Du kannst reinkommen.«

Die Tür wurde aufgeschoben. Wind wehte in die Stube, brachte Schneeflocken und Kälte mit, dann trat Richard ein. Seine Haare und Schultern waren weiß von Schnee.

»Guten Morgen«, sagte er, während er seine Kleidung abklopfte und seinen Umhang an einen Haken hing. »Der Winter kommt wohl doch noch.« Er schloss die Tür hinter sich.

»Ist es in der Scheune warm genug?«, fragte Mutter.

Richard nickte und zog den Stuhl an den Küchentisch, auf dem bereits meine Wachstafel lag und ebenso das Kreidestück, das immer kleiner wurde. Dank des Goldstücks, das der Kurier meines Vaters zu Weihnachten vorbeigebracht hatte, konnten wir uns das leisten.

»Hast du schon die Nachtfast gebrochen?«, fragte ich förmlicher als nötig gewesen wäre.

Richard nickte, so wie jeden Morgen. Er hatte noch nie mit uns gefrühstückt. »Danke, ich bin gesättigt.« Auch er drückte sich förmlich aus. Es war ein Spiel, das wir seit der ersten Unterrichtsstunde spielten. Wir gingen miteinander um wie Herrschaften. Das sollte mich auf mein zukünftiges Leben vorbereiten.

Mutter genoss es, wenn wir so redeten. Während des Unterrichts saß sie oft stumm auf der Küchenbank und hörte uns zu. Allein ließ sie uns nie. Auch das war eine Abmachung, die sie und Richard getroffen hatten.

Jeden Morgen nach Sonnenaufgang kam Richard zu uns, und er blieb, bis es zu dunkel wurde, um die Schrift auf der Tafel zu lesen. Ich war froh, dass die Tage allmählich wieder länger wurden, denn mit jedem neuen konnte er ein kleines bisschen länger bleiben.

»Hast du dir die Wörter gemerkt, die du gestern gelernt hast?«

Ich nickte, warf aber aus den Augenwinkeln einen Blick auf die Tafel.

Mutter bemerkte es, drehte sie herum und hielt mir vor: »Du betrügst dich nur selbst!«

Langsam und stockend begann ich die fremden Wörter auszusprechen. »Tisch«, sagte ich auf Latein, dann »Eimer, Hügel, Wein.«

»Sehr gut.« Richard schob mir die Tafel zu. Ich wischte sie mit dem Hemdsärmel sauber.

»Schreibe mir den Satz auf: ›Ich setze mich an einen Tisch und trinke Wein.‹«

Ich nahm das Kreidestück, beugte mich vor und begann zu schreiben. Es war ein einfacher Satz, über den ich nicht lange nachdenken musste. Ich drehte die Tafel um und zeigte sie Richard.

»Fehlerfrei. Gut.«

Obwohl der Unterricht bereits seit Wochen stattfand, verwirrte es mich immer noch, gelobt und nicht bestraft zu werden. Richard benutzte keinen Stock, er sah mir nicht über die Schulter, und er roch nicht nach altem Schweiß und Weihrauch. Ich sagte mir stets, dass ich mich deswegen so auf seinen Besuch freute.

»Und jetzt schreibe: ›Ich steige auf einen Hügel und sehe auf das Meer hinaus.‹« Er stand auf, ging zur Feuerstelle und wärmte sich die Hände. Ich ahnte, dass er auf etwas wartete, auf den Beginn des zweiten Spiels, das wir wenige Tage zuvor direkt unter Mutters Nase zu spielen begonnen hatten.

Ich schrieb ein paar Wörter auf. »Fertig.«

»Lies es mir vor.«

»Darf ich dich etwas fragen?«, sagte ich auf Latein.

Er drehte mir den Rücken zu, aber ich konnte mir sein Lächeln vorstellen.

»Frag«, forderte er mich ebenfalls auf Latein auf.

Ich suchte nach den richtigen Worten. »Was sind das für Zeichen in deinem Gesicht?«

Seit unserer ersten Begegnung hatte ich ihn nach den Tätowierungen fragen wollen, war jedoch immer davor zurückgeschreckt.

Doch an diesem Morgen fühlte ich mich selbstsicher und erwachsen genug, um die Frage zu stellen.

Er schwieg einen Moment. Das Feuer im Kamin knackte, der Wind bewegte den Vorhang vor dem Fenster. Ich dachte bereits, er wollte nicht antworten, doch dann sagte er etwas, das er zweimal wiederholen musste, bevor ich es verstand.

»Ich werde es dir erklären, wenn du genug Latein gelernt hast, um es zu verstehen.« Richard kehrte zurück an den Tisch, setzte sich und sagte auf Deutsch: »Das ist noch zu schwer für dich. Wir machen besser mit neuen Wörtern weiter.«

Sein Blick zuckte zu Mutter und wieder zurück zu mir. *Wir müssen vorsichtig sein*, schien er sagen zu wollen, und damit hatte er recht.

Mutter verstand zwar nicht, was wir sagten oder schrieben, aber sie war eine kluge Frau und so bedacht auf meinen Ruf, dass sie den Unterricht abgebrochen hätte, hätte sie geahnt, was wir taten – oder was im Dorf geredet wurde.

Den Rest des Tages verbrachten wir mit Wörtern wie Löffel und Stuhl, Messer und Schiff. Wir wiederholten, was ich in den letzten Tagen gelernt hatte und was an diesem Tag neu hinzugekommen war. Mutter nickte immer wieder ein, aber wir wagten es trotzdem nicht noch einmal, über andere Dinge zu sprechen.

Schließlich richtete sie sich auf, schob den Vorhang zur Seite und sah hinaus. »Es ist schon fast dunkel«, sagte sie. »Ich denke, es reicht für heute. Ketlin muss noch die Ziegen füttern.«

Richard erhob sich sofort, so wie ein Dienstbote, der von seiner Herrin fortgeschickt wurde. »Ich habe die Zeit vergessen, Magda, entschuldige.«

»Nein, ich bin ja froh über den Unterricht. Möchtest du das Nachtmahl mit uns teilen?«

»Verzeiht bitte, aber meine Freunde erwarten mich zum Essen. Es wäre unhöflich, sie zu enttäuschen.«

Ich konnte sehen, dass Mutter über seine Antwort sehr erleichtert war. Sie lächelte und deutete einen Knicks an. »Dann erwarten wir dich morgen früh zu gewohnter Stunde.«

Noch nie hatte ich sie mit jemandem so reden hören. Die Verbissenheit, mit der sie sonst unser Leben regelte, verschwand, wenn Richard mit ihr sprach. Für ihn war es eine Rolle, das wusste ich, aber was es für sie war, verschloss sich mir.

»Natürlich. Ich wünsche euch ...«

Die Tür flog auf. Erschrocken schrie ich auf.

Richard griff nach dem alten Dolch, der stets in seinem Gürtel steckte, Mutters Gesicht verschwand hinter dem Vorhang, der durch den plötzlichen Wind emporflatterte.

Anne stand im Türrahmen. Ihr Haar war zerzaust und voller Schnee. In ihren Augen flackerte es, als drohe sie den Verstand zu verlieren.

»Magda, bitte komm und sieh dir Jupp an«, sagte sie ohne ein Wort des Grußes. »Es geht ihm schlecht.«

Mutter stand auf. »Was hat er denn?«

»Ich weiß es nicht. Du musst mitkommen. Bitte.«

Ich erhob mich ebenfalls und nahm unsere Umhänge vom Haken. Mutter nahm mich meistens mit, wenn sie einen Kranken in seiner Hütte besuchte, damit ich zurücklaufen und die richtigen Kräuter holen konnte. Auch dieses Mal nickte sie, als ich den Umhang überwarf.

»Natürlich sehe ich ihn mir an, Anne, mach dir keine Sorgen.«

Anne zu bitten, sich keine Sorgen zu machen, war so, als würde man einem Fluss befehlen, nicht zu fließen. Sie konnte nicht anders. Sorgen gehörten zu ihr wie ihre Haut.

Wir verließen das Haus und eilten hinter ihr her den Weg hinunter. Aus den Augenwinkeln sah ich, dass sich Richard uns anschloss. Ich drehte mich um zu ihm. »Du kannst ruhig gehen. Das ist nicht deine Angelegenheit.«

Er hob die Schultern. »Ich bin viel gereist und habe alle möglichen Krankheiten gesehen. Vielleicht kann ich helfen.«

Es klang ehrlich. Innerlich freute ich mich, dass wir noch ein wenig Zeit miteinander verbringen durften, auch wenn es auf Jupps Kosten war.

Außer uns war niemand auf der Straße. Es schneite immer noch, winzige weiße Flocken, die vom Wind durch das Dorf getrieben wurden. Vor den Hütten bildeten sich bereits Verwehungen. Anne lief mit wehendem Umhang vor uns her. Erst als sie vor ihrer Hütte stehen blieb, fiel mir auf, dass sie keine Schuhe trug, nur einige um die Füße gewickelte Lumpen. Ich hatte noch nie darüber nachgedacht, wie arm sie und Jupp waren.

Sie wartete, bis auch wir die Hütte erreicht hatten, dann öffnete sie die Tür einen Spalt breit und schob uns ins Innere. »Schnell, bevor die Kälte reinkommt. Er friert doch so.«

Beißender Viehgeruch schlug mir entgegen. Ein Huhn flatterte aufgeregt davon, doch in der Dunkelheit erahnte ich seine Bewegungen nur. Der Wind heulte und pfiff durch die Lücken zwischen den Wandbrettern, und unter meinen Füßen knisterte altes, fauliges Stroh.

Hinter uns zog Anne die Tür zu und drängte sich an mir vorbei. »Hier liegt er«, sagte sie.

Ich sah nur Schatten. Irgendwo brabbelte ein kleines Kind.

»Habt ihr eine Ker…« Mutter unterbrach sich. »Nein, natürlich nicht. Ketlin, geh nach Hause und hol eine Kerze.«

»Ja, Mutter.«

Erleichtert stieß ich die Hüttentür auf. Als ich sie zuschlagen wollte, hielt sie jemand fest.

»Ich komme mit«, sagte Richard, der ebenfalls nach draußen trat. »Bei dem Wind wirst du Hilfe brauchen, um die Kerze anzuzünden. In der Hütte würde ich es nicht wagen.«

»Dann komm.« Mein Herz schlug schneller, als ich die Tür schloss, mich umsah und erkannte, dass wir zum ersten Mal wirklich allein waren.

Richard ging voran. Ich war kleiner als er und musste beinahe rennen, um Schritt zu halten.

»Warum tust du das alles?«, fragte ich.

Er sah mich an, wurde aber nicht langsamer. In der Dunkelheit wirkten seine Augen schwarz. »Was meinst du?«

»Du unterrichtest mich, du bist freundlich zu Mutter. Warum?«

»Ihr habt uns geholfen, und wie ich höre, bringt euch das mehr Schaden als Nutzen. Also gebe ich so viel wie möglich zurück.«

Ich runzelte die Stirn. »Von wem hast du das gehört?«

»Menschen haben Bedürfnisse.« Richard blieb vor unserem Haus stehen und trat sich den Schnee von den Stiefeln. »Und wenn diese Bedürfnisse befriedigt werden, reden sie.«

Ich dachte an Bauer Josef, doch dieses Mal errötete ich nicht. In letzter Zeit hatte ich Schlimmeres gehört.

Richard stieß die Tür auf und trat vor mir ein. Das Feuer im Kamin erhellte den Raum nur notdürftig, aber ich wusste auch so, wo ich zu suchen hatte. Ich ging an Richard vorbei ins hintere Zimmer. Die Holztruhe an der Wand enthielt all unsere Wertsachen, meine Mitgift, einen kleinen Beutel mit den Münzen, die wir bekamen, ein wenig Kleidung und mehrere Kerzen. Eine war zu zwei Dritteln abgebrannt, die nahm ich heraus. Ich zuckte zusammen, als ich Richard hinter mir spürte. Mit einem Knall ließ ich den Deckel der Truhe herabfallen. Niemand durfte sehen, was sich darin befand. Das war so etwas wie Mutters erstes Gebot.

Ich drehte mich um und reichte Richard die Kerze. Es war zu dunkel, um sein Gesicht zu erkennen.

»Wir müssen zurück«, sagte ich.

»Ja.«

Doch als wir das Haus wieder verließen und ich die Tür schloss, blieb er stehen. »Du hast mir so viele Fragen gestellt, dass ich gern auch etwas über dich erfahren würde.«

»Was gibt es über mich schon zu erzählen?« Ich ging ein wenig schneller, zwang ihn zu mir aufzuschließen.

»Ich weiß es nicht, deshalb möchte ich ja fragen. Ist dir das recht?«

Es wäre feige gewesen abzulehnen, und unhöflich, denn ich hatte ihn wirklich sehr viel gefragt. »Was möchtest du wissen?«

Wir gingen wieder nebeneinander. Ich spürte, wie er mich musterte.

»Dein Vater«, sagte er. »Er ist nicht tot, oder?«

Die Frage traf mich unerwartet. Ich hatte damit gerechnet, dass er mich nach unserem Wohlstand fragen würde oder nach Mutters Plänen für mich, nicht damit.

Er schien mein Unwohlsein zu spüren. »Wenn du nicht darüber reden möchtest …«

»Doch, das will ich.« Ich wollte nicht, nahm aber an, dass Richard das meiste ohnehin schon wusste beziehungsweise gehört hatte, was man im Dorf für Wissen hielt.

»Mein Vater ist ein wohlhabender Mann, der meine Mutter aus Standesgründen nicht ehelichen kann, uns aber seit meiner Geburt unterstützt, so wie es sich für einen Christen gehört.«

Schon vor langer Zeit hatte ich mir die Worte zurechtgelegt und sie auswendig gelernt für den Fall, dass sie eines Tages nötig wurden. Ich wollte in meinen Erklärungen nicht ins Stocken geraten, als wäre meine Geburt eine Schande.

Richard lachte. »Du musst dich deswegen nicht verteidigen. Die Hälfte meiner Truppe hat keine Ahnung, wer sie gezeugt hat.«

Bilder von betrunkenen Huren, die an Gelagen teilnahmen, stiegen in mir empor. Hastig schüttelte ich den Kopf. »Nein, bei mir ist das anders. Er …«

Ich unterbrach mich, denn wir hatten Jupps Hütte erreicht. Der Wind hatte nachgelassen, trotzdem musste ich meinen Umhang wie eine Glocke um Richard legen, damit er die Kerze mit seinem Zunderpäckchen anzünden konnte. Ich kam ihm so nahe, dass ich seinen Atem auf meiner Wange spürte.

»Lass das nicht deine Mutter sehen«, sagte Richard leise. Ich hätte beinahe gelacht, fürchtete aber, dass man es im Inneren der Hütte hören würde. Mit meinem Umhang schützte ich die flackernde kleine Flamme der Kerze, während Richard die Tür öffnete und mich eintreten ließ.

Dieses Mal war ich auf den Gestank vorbereitet, und so traf er mich nicht mehr ganz so hart. Im Kerzenlicht sah ich Anne und meine Mutter. Sie hockten an der Rückwand der Hütte neben Jupp, der in seinen Umhang eingehüllt war und am Boden lag. Der ganze Raum war voller Stroh. In einer Ecke stand eine Ziege, Hühner liefen zwischen schlafenden Kindern umher. Ich sah kein einziges Möbelstück, nur einen großen Holznapf und einen Löffel.

»Bring mir die Kerze«, sagte Mutter.

Richard zog die Tür hinter sich zu, folgte mir jedoch nicht weiter in den Raum, sondern blieb an der Wand stehen. Ich trug die Kerze zu dem aufgehäuften Stroh. Als ihr Licht Jupp erreichte, erschrak ich. Sein Gesicht war bleich, die Wangen eingefallen. Seine Lippen bewegten sich unablässig, so als würde er mit jemandem reden, aber ich hörte keinen Laut.

Mutter betrachtete ihn, dann wandte sie sich an Anne. »Wie lange geht das schon so?«

»Es hat vorgestern angefangen.« Tränen liefen über Annes Wangen, sammelten sich am Kinn und tropften auf den Boden. Mit dem Handrücken wischte sie sich übers Gesicht. »Er fühlte sich schwach, wollte aber nicht zu dir gehen, weil du doch schon so viel für ihn tust.«

Ich ging neben Jupp auf die Knie, wischte Stroh beiseite, bis ich den Lehmboden darunter sah, und stellte die Kerze ab. Sie flackerte, aber ich konnte die Hände wegnehmen, ohne dass sie ausgeblasen wurde. Es war kalt und zugig in der kleinen Hütte.

»Er hat hohes Fieber.« Mutter ging nicht auf das ein, was Anne gesagt hatte. Sie beugte sich vor und tastete Jupps Gesicht und Hals ab. Er stöhnte und warf den Kopf von einer Seite zur anderen. »Da ist eine Beule unter seinem Ohr. Hat er sich verletzt?«

»Ich weiß es nicht«, sagte Anne. Ich hörte die Verzweiflung in ihrer Stimme. »Kannst du ihm helfen?«

Mutter schwieg. Hinter mir raschelte Stroh. Ich drehte mich um und sah, dass Richard die zwei Schritte zur Tür zurückgegangen war. Mit einer Hand presste er seinen Umhang vor Mund und Nase.

»Was machst du da?«, fragte ich verwirrt.

»Ich muss gehen. Meine Freunde warten. Und ihr solltet besser auch gehen.«

Als er die Tür öffnete, musste ich die Kerze mit meinem Körper schützen, sonst wäre sie ausgegangen.

»Weißt du, was er hat?«, rief Mutter hinter Richard her, aber er zog wortlos die Tür zu.

Anne sah Mutter an. »Woher soll der Gaukler wissen, was Jupp hat?«, fragte sie. »Er kennt ihn doch kaum.«

»Man kann nie wissen.«

Jupp stöhnte. Aus den Augenwinkeln sah ich, wie seine jüngste Tochter über den Boden auf ihn zukroch und sich an ihn kuschelte. Sie war noch keine fünf Jahre alt.

»Ist Papa krank?«

Anne nickte. »Ja, aber Magda wird ihm helfen. Du musst keine Angst haben.«

Ich drehte mich zu den anderen beiden Kindern um, die eng nebeneinander im Stroh schliefen. Der Ältere arbeitete als Knecht für Josef, der Jüngere half seinem Vater auf dem Feld und im Steinbruch.

Mutter stand auf und wischte sich Jupps Schweiß von den Händen. »Du musst seine Stirn kühlen, Anne, am besten die ganze Nacht oder bis er wieder bei klarem Verstand ist. Ich werde einen Sud aufsetzen, der das Fieber senken und ihm Kraft geben wird.«

Anne ließ die Hand ihres Mannes los, ergriff Mutters und küsste sie. »Wie soll ich dir nur danken? Wir haben doch nichts, was wir dir geben könnten.«

»Ihr könnt mir im Sommer helfen, die Beeren zu ernten.« Mutter zog ihre Hand weg und nickte mir kurz zu. Ich nahm die Kerze vom Boden, stand auf und ging zur Tür. »Vergiss nicht, was ich gesagt habe, Anne. Das Fieber muss sinken, also achte darauf, dass du ihn kühlst. Und die Kinder sollen für ihn beten. Mit Gottes Hilfe geht es ihm bestimmt bald besser.«

»Ja, Magda. Danke.«

Wir verließen die Hütte. Ich blies die Kerze aus und atmete die kalte, klare Nachtluft tief ein.

Mutter zog den Umhang eng um ihre Schultern. »Du kannst mir helfen, den Sud aufzusetzen, bevor du schlafen gehst. Und morgen werde ich mit Richard über Jupps Krankheit reden.«

»Glaubst du wirklich, dass er etwas weiß?«

»Du hast doch gesehen, wie schnell er verschwunden ist. Natürlich weiß er etwas. Diese Gaukler und Schausteller reisen durchs ganze Land, sie sehen mehr als anständige Leute.«

Ich hoffte, dass das stimmte und dass Richard uns helfen würde, Jupp von seiner Krankheit zu befreien. Vielleicht würde das die Leute im Dorf endlich davon überzeugen, dass ihnen die Gaukler nichts Böses wollten.

Doch als wir am nächsten Morgen zur Scheune gingen, um mit Richard noch vor unserem Gang zum Krankenlager zu sprechen, waren die Gaukler verschwunden.

Jupp starb am nächsten Abend, und zwei Tage später waren auch Anne und ihre drei Kinder krank.

Und mit ihnen das halbe Dorf.

Kapitel 5

Jeden Morgen nach dem Füttern und Melken der Ziegen ging ich zur alten Scheune. Die Gaukler hatten nichts zurückgelassen außer den tief eingegrabenen Spuren ihrer Karren im vereisten Boden. Am ersten Tag war ich ihnen bis aus dem Dorf hinaus gefolgt, hatte gehofft, sie einzuholen, aber sie mussten noch in der Nacht geflohen sein.

Dass es eine Flucht gewesen war, bezweifelte ich längst nicht mehr. Richard musste gewusst haben, welcher Fluch das Dorf befallen würde, deshalb hatte er es so schnell verlassen. Wenn ich abends einschlief, stellte ich mir vor, wie er in unser Haus kam, meine Hand ergriff und mich zu seinem Karren führte.

»Komm, Ketlin«, sagte er dann, »ich bringe dich fort von hier, an einen Ort, an dem es kein Fieber gibt.«

Wenn ich morgens aufwachte, schalt ich mich für diese närrischen Gedanken, aber sie ließen mich nicht los.

Ich zog das Tor der Scheune auf und ging hinein. Auf den Balken lag ein wenig Schnee, und es roch nach feuchtem Stroh. Die Ecke, in der die Gaukler sich eingerichtet hatten, war noch gut zu erkennen. Sie hatten die Wände mit Brettern und Lehm abgedichtet und das Stroh zu einem großen Lager aufgeschichtet.

Ich setzte mich hinein und dachte an Anne, die in ihrer Hütte lag, umgeben von ihren drei letzten Kindern. Mutter hatte Umhänge über den Leichen ausgebreitet, weil niemand sonst es wagte, die Hütte zu betreten. Mich hatte sie fortgeschickt, als ich ihr hatte helfen wollen.

Wir wussten nicht, wie die Krankheit hieß, die wie ein Floh von einem zum anderen sprang. Selbst die alte Erika konnte sich an nichts Vergleichbares erinnern.

Und nun war auch der krumme Hans erkrankt. Else erzählte allen, sie habe eine schwarze Katze an seinem Lager gesehen, kurz bevor ihn das Fieber niederwarf. Seitdem zogen Männer und Frauen mit Knüppeln durch das Dorf und töteten jede Katze, die sie fanden. Knut hatte sogar einem Ziegenbock die Kehle durchgeschnitten, weil der Teufel ihn durch dessen Augen angesehen habe, so behauptete er zumindest steif und fest.

»Ketlin?«

Mutters Stimme riss mich aus meinen Gedanken. Rasch stand ich auf und klopfte mir das Stroh von der Kleidung.

»Ketlin, wo bist du?«

»Ich komme!«, rief ich zurück. Durch das offen stehende Scheunentor lief ich nach draußen.

Mutter stand neben dem Weiher, die Hände in die Hüften gestützt und sah sich suchend um. Als sie mich sah, schüttelte sie den Kopf. »Was machst du denn da?«

»Nichts.«

Sie hob die Augenbrauen, fragte aber nicht weiter nach. Ich hätte ihr auch keine gute Antwort geben können.

»Josef hat uns zu sich befohlen«, sagte sie stattdessen.

»Was will er denn?«

»Das werden wir sehen.« Mutter drehte sich um und ging voran. Ihre Schritte waren lang und entschlossen, so wie immer, aber in meinem Magen breitete sich ein unangenehmes Gefühl aus. Seit Mutter den Gauklern erlaubt hatte, auf unserem Land zu lagern, hatte Josef kein Wort mehr mit uns gewechselt. Die Dinge, die wir wissen mussten –, wie viele Steuern wir zu zahlen hatten und Ähnliches – ließ er uns durch andere mitteilen.

Auf der Straße holte ich Mutter ein. »Ist er krank?«

»Adalbert hätte es bestimmt gesagt, wenn es so wäre.«

»Aber was will er dann von uns?«

Mutter drehte den Kopf und schob die Kapuze ihres Umhangs zurück, damit sie mir in die Augen sehen konnte. »Du musst lernen, dir erst Sorgen zu machen, wenn es einen Anlass dazu gibt. Sonst wirst du dein ganzes Leben Angst vor Dingen haben, die niemals eintreten.«

Sie klang so überzeugend, dass ich ihr beinahe geglaubt hätte, doch das Flackern in ihren Augen verriet sie. Mutter machte sich ebenso große Sorgen wie ich.

»Ja, Mutter«, sagte ich und tat dabei so, als bemerkte ich nichts.

Wir gingen die leere Straße entlang. Niemand hielt sich draußen auf, obwohl das Wetter trocken war und man die Kälte im Sonnenschein kaum spürte. Kranke wie Gesunde blieben in ihren Hütten, denn niemand wusste, in was der Teufel lauerte oder in wem.

Die Hütte, in der Jupp mit seiner Familie gelebt hatte, tauchte links von uns auf. Jemand hatte die Tür mit Brettern vernagelt und ein einfaches, aus Zweigen zusammengesetztes Kreuz davor in den Boden gesteckt. Wir bekreuzigten uns und gingen weiter.

»Warst du heute Morgen schon bei Hans?«, fragte ich.

»Ja, es geht ihm schlechter.«

Seit die Krankheit um sich griff, ging Mutter jeden Morgen bei Sonnenaufgang in die Hütten der Leidenden und brachte ihnen einen Sud, der das Fieber senken und die Schmerzen lindern sollte. Im Haus roch es bitter und scharf. Nächtelang kochten die Kräuter vor sich hin. Unsere Vorräte waren fast aufgebraucht, und der winterliche Boden brachte keine neuen Kräuter hervor. Ich saß oft stundenlang in der Stube und betete für die Kranken, aber noch war keiner von denen, die das Fieber niedergestreckt hatte, wieder von seinem Lager aufgestanden.

»Du solltest mich helfen lassen«, sagte ich, als Josefs Haus in Sicht kam. »Du bürdest dir zu viel auf.«

Mutter schüttelte den Kopf. »Ich möchte nicht, dass du den Kranken zu nah kommst. Richard, möge der Herr ihn für seine Feigheit strafen, hatte mit einem recht: Je ferner man der Krankheit bleibt, desto besser.«

Die Erwähnung seines Namens versetzte mir einen Stich. »Was meinst du, wohin sie gegangen sind?«

»Es ist mir egal. Ich denke nicht darüber nach.« Mutters Stimme war scharf wie eine Klinge. Richard hatte nicht nur mich enttäuscht.

Josefs Haus war das größte im Dorf. Er lebte dort mit seinen beiden Söhnen und drei Töchtern. Seine jüngste Tochter Gerlin war schwachsinnig auf die Welt gekommen und wurde beim Vieh im Stall gehalten. Manchmal, wenn man am Haus vorbeiging, hörte man sie heulen wie einen Hund.

Ein kleiner Weg führte von der Straße zum Haus. Hühner und Gänse liefen über den Hof, eine Brise trug Viehgeruch aus dem Stall zu uns. Außer Josef und Mutter konnte es sich niemand im Dorf leisten, das Vieh über den Winter zu bringen. Die meisten Bauern hatten gerade genug für sich selbst zu essen.

Mutter klopfte an die Tür. Wir hörten Schritte, dann öffnete Metze, Josefs älteste Tochter, die Tür. »Kommt rein«, sagte sie. »Vater erwartet euch in der Stube.«

Ich versuchte aus ihrem Tonfall herauszuhören, ob wir etwas zu befürchten hatten, aber sie klang nicht anders als sonst. Wir folgten ihr durch einen schmalen Gang. Der Boden des Hauses war aus dunklem Holz, die Wände aus gehärtetem Lehm und Stroh. Ich war noch nie zuvor in Josefs Haus gewesen.

Es gab drei Zimmer, eines für die Mädchen, eines für die Jungen und eines für Josef, wie ich annahm, und eine große Stube, an deren Tür Metze stehen blieb. Die hölzernen Schlagläden der beiden Fenster waren geschlossen, im Kamin, der doppelt so groß wie der unsere war, brannte ein Feuer. Fast kniehoch war das Holz aufgeschichtet. Es war so warm, dass ich am liebsten meinen Umhang ausgezogen hätte, doch das wäre nicht schicklich gewesen, schließlich bildete seine Kapuze meine Kopfbedeckung.

An dem langen Küchentisch, der unter dem Fenster stand, saßen Josef und seine beiden Söhne. Kerzen, die in einem geschmiedeten Halter steckten, erhellten den Raum. Ich zählte vier, eine beinahe sündige Verschwendung.

Er gibt an, dachte ich.

Mutter trat als Erste ein und nickte dem Mann und den Jungen an seiner rechten und linken Seite zu. »Gott zum Gruß, Josef, Adalbert, Knut. Ich hoffe, die Krankheit hat euer Haus verschont.«

Josef nickte, erwiderte den Gruß jedoch nicht. Und er bat uns auch nicht, uns zu setzen, also trat ich ebenfalls ins Zimmer und blieb neben Mutter stehen.

»Ich bin gestern zur Burg gereist«, begann er ohne lange Vorrede. Ich bemerkte das große hölzerne Kreuz, das über seinem Kopf an der Wand hing. »Um unserem Herrn über die Lage hier im Dorf zu berichten.« Er blickte auf seine ineinander verschränkten Hände hinab und auf seine fleischigen, groben Finger, die unablässig seine Handrücken kneteten.

»Und?«, fragte Mutter.

»Weißt du, was geschah, als ich die Krankheit erwähnte und das Leid, das sie über uns bringt?« Josefs Stimme klang mit jedem Wort gepresster, wütender. Knut rückte ein wenig von ihm ab, Mutter schwieg. »Er warf mich raus!«

Josef schlug so unerwartet und laut auf die Tischplatte, dass ich unwillkürlich zusammenzuckte, ebenso wie alle anderen im Raum.

»Er hat *mich* rausgeworfen!« Josef schrie den Satz. Im Stall begann Gerlin zu heulen. Er schien es nicht einmal zu bemerken. »Wie ich es wagen könnte, diesen Fluch in seine Burg zu tragen, sagte er, ob Gott mir den Verstand genommen hätte, dass ich nicht wüsste, welcher Gefahr ich alle dort aussetzte. Seine Wachen h…« Josef unterbrach sich. Er atmete tief durch und fuhr sich mit der

Zunge über die Lippen. Ich kann nicht erklären, warum mich diese Geste so anwiderte. »Seine Wachen«, fuhr er dann fort, »haben mich mit den stumpfen Enden ihrer Speere aus der Burg getrieben. Alle sahen dabei zu. Die Bettler vor dem Tor, die Weiber mit ihren Marktkarren, sogar Kinder haben auf mich gezeigt.« Er sah auf. Seine Augen waren feucht, aber noch liefen die Tränen nicht in seinen Backenbart. »Könnt ihr euch vorstellen, wie das war?«

Es wurde still in der Stube. Ich trat unruhig von einem Fuß auf den anderen, wusste nicht, was ich darauf sagen sollte. Aus den Augenwinkeln sah ich, wie Mutter den Schal um ihren Hals lockerte. Auch sie schwieg.

Das Feuer knackte, Adalbert räusperte sich. »Worum es geht …«, begann er, aber Josef unterbrach ihn.

»Ich bin noch nicht fertig!«

»Entschuldige, Vater.«

Josef beachtete ihn nicht weiter. »In diesem Moment der Schande hörte ich jedoch etwas, das mich nachdenklich machte. Eine der Wachen sagte, in einem anderen Dorf wären vor Monaten fast alle Einwohner diesem Fluch zum Opfer gefallen. Ein Leben in Sünde hätten sie geführt, bis der Herr sie niederstreckte. Nur zwei kleine Kinder und eine alte Jungfer sollen den Fluch überlebt haben.«

Mutter schüttelte den Kopf. »Aber unser Fluch hat auch Jupps Kinder umgebracht. Willst du wirklich behaupten, sie hätten ein sündiges Leben geführt?«

»Nicht sie, aber vielleicht ihre Eltern.«

»Jupp und Anne?« Mutter lachte auf. Es klang bitter. »Das glaubst du doch selbst nicht.«

Josef stand von der Bank auf, stützte beide Handflächen auf die Tischplatte und beugte sich vor. »Ich glaube, was meine Augen sehen und meine Ohren hören! Josef hat dich, Magda, weiterhin aufgesucht, nachdem du die Gaukler aufgenommen hattest, obwohl alle anderen im Dorf zu dir Abstand gehalten haben wegen dieses unerhörten und aufsässigen Verhaltens. Knut hat ihn auch zur alten Scheune gehen sehen, und zwar allein.«

Sein ältester Sohn öffnete den Mund. Es sah für mich so aus, als wolle er widersprechen, aber Adalbert ergriff seinen Arm und schüttelte kurz den Kopf.

»Wer weiß, welche Dinge er dort getrieben hat …«

»Jupp?« Mutter wirkte ebenso ungläubig wie verärgert.

»Welche Dinge er dort getrieben hat«, wiederholte Josef lauter, »und mit wem! Gottes Zorn hat ihn getroffen und alle in seiner Sippe. Aber er ist nicht der Einzige, der sich versündigt hat.«

Wieso redet er darüber?, dachte ich. *Weiß er denn nicht, dass ich ihn gesehen habe? War er zu betrunken?*

Josef ging langsam um den Tisch herum. Seine Stiefelsohlen knallten auf den harten, alten Fußboden. Ein Holzscheit im Kamin knackte. Ich zuckte erschrocken zusammen.

Josef zeigte auf mich, richtete seinen Blick aber auf Mutter. »Deine Tochter weiß, wovon ich spreche. Sieh sie dir nur an! Die Schande steht ihr ins Gesicht geschrieben.«

»Ich schwöre dir, Josef, wenn du nicht gleich sagst, was das soll …«

Er unterbrach sie. »Dieser tätowierte Teufel kam jeden Tag in euer Haus und schlich sich erst bei Dunkelheit zurück. Und die Laute, die man aus eurer Stube hörte … Fremde Zungen!«

Ich trat einen Schritt vor. Die Angst in meinem Magen verwandelte sich in heißen, brennenden Ärger. »Er hat mir Latein beigebracht!«

Adalbert begann zu lachen. »Ein Latein sprechender Gaukler?«

Knut fiel in sein Gelächter ein. Es klang wie das Meckern einer Ziege.

»Nicht jeder ist so ungebildet und dumm wie du«, fuhr ich ihn an.

Josef hob die Hand. Einen Moment befürchtete ich, er würde ausholen, um mich zu schlagen, doch er bat sich mit der Geste nur

Ruhe aus. Knuts Meckern verstummte so plötzlich, als habe man eine Tür zugeschlagen.

»Ich weiß nicht, was ihr getan habt, und ich will es auch nicht wissen«, sagte Josef. Er drehte sich um und begann vor uns auf und ab zu gehen. »Was auch immer es war, ihr habt den Teufel in unser Dorf gelockt. Deshalb sind die Gaukler so schnell verschwunden, als der Erste krank wurde. Sie wussten, dass man ihnen früher oder später auf die Schliche kommen würde.«

Hinter uns knarrte Holz. Ich glaubte jemanden flüstern zu hören, aber als ich den Kopf drehte, sah ich nur den im Halbdunkel liegenden Gang.

»Aber du, Magda, du bist zu stolz.« Josef verschränkte die Hände hinter dem Rücken. Adalbert stand nun ebenfalls auf und zog Knut mit auf die Füße. Ich sah, dass beide einen Dolch im Gürtel trugen.

»Du bist hiergeblieben und tust so, als wollest du den Kranken helfen.« Josef blieb wieder vor Mutter stehen. »Aber in jede Hütte, in die du einkehrst, bringst du nur Unheil. Die Kranken, die dein Gebräu trinken, sterben, und die, die dir dabei zu nahe kommen, werden krank. Nur du bleibst gesund, obwohl du Tag für Tag die schlechte Luft der Seuche einatmest.«

Irgendwo im Haus schepperte Metall. Niemand reagierte darauf. Adalbert und Knut kamen so langsam um den Tisch herum, als wollten sie ein scheues Kalb einfangen.

Ich sah, wie Mutters Blick kurz zu ihnen zuckte, aber dann zu Josef zurückkehrte. »Ich werde gesund bleiben, solange es Gott gefällt«, sagte sie.

»Du meinst wohl dem Teufel!«, schrie Knut. Seine rechte Hand lag auf dem Dolch.

Mutter beachtete den Jungen nicht. »Wenn du uns nur aus diesem Grund herbestellt hast, um uns so einen abergläubischen heidnischen Unsinn zu erzählen, werden wir jetzt gehen. Ich hoffe, es stört dich nicht, dass wir euch in unsere Gebete einschließen.«

Sie drehte sich um und nickte mir dabei zu. »Komm, Ketlin.«

»Ja, Mutter.«

Wir kamen nur bis zur Stubentür. Vor uns polterten plötzlich Schritte durch den Flur, dann bedrängten uns drei Männer. Einer, ein älterer Gemüsebauer namens Jörg, stieß mich zurück in den Raum. Ein zweiter, Michael, packte Mutter bei den Schultern, während Seitz, der breit gebaute Tagelöhner, im Türrahmen stehen blieb.

»Huren!«, schrie er. »Teufelshuren!«

Die Worte hallten in meinem Kopf. Nur die Wand in meinem Rücken hielt mich noch aufrecht. Auf einmal begriff ich, dass ich in Gefahr schwebte, dass diese Männer, mit denen wir unser Leben lang zusammengelebt hatten, uns etwas antun wollten.

Mutter wand sich in Michaels Griff. Er krümmte sich zusammen und hustete, ließ sie aber nicht los.

»Was hat euch der Teufel dafür versprochen, dass ihr Unschuldige verführt und in seine Arme treibt?«, schrie Josef. »Jeder einzelne Kranke hat sich wegen euch und dieser verdammten Gaukler gegen Gott versündigt! Alles ist eure Schuld!«

»Huren«, stieß nun auch Knut hervor. Seine Augen leuchteten. »Huren. Huren. Huren.«

Er hörte erst auf, als Adalbert ihm gegen den Oberarm schlug.

»Ihr seid Sünder vor dem Herrn!« Speichel spritzte aus Josefs Mund. Anklagend zeigte er auf Mutter und mich.

»Und was ist mit dir?«, schrie ich zurück. »Warum bist du nicht krank?«

Er drückte den Rücken durch und streckte den Arm zur Decke, den Zeigefinger ausgestreckt. »Weil ich mich dem Herrn unterwerfe und seinen Zorn fürchte!«

»Warst du deshalb gleich am ersten Abend bei den Gauklern und hast in ihrem Karren gelegen?«

Mutter sah mich überrascht an.

»Wovon redest du, Hure?«, schrie Knut. Er fand wohl Gefallen an dem Wort.

»Ich habe deinen Vater dort gesehen. Er war halb nackt und betrunken.«

Josefs Unterlippe begann zu zittern. Ich sah, wie blass er auf einmal wurde. Sein Arm fiel wie tot an seine Seite, doch nur einen Lidschlag später fing er sich. »Du lügst! Ich lasse mich von dir nicht in den Schmutz ziehen!«

Die anderen Männer begannen Beschimpfungen zu schreien. Michael schüttelte Mutter, bis ihr die Kapuze vom Kopf rutschte.

»Dann fragt doch Else«, rief ich über den Lärm hinweg. »Oder ist sie auch eine Hure?«

»Sie ist nicht krank«, sagte Seitz und sah Josef auf einmal mit schneidendem Blick an. »Bevor wir ein Urteil fällen, so wie du es verlangst, wollen wir uns überzeugen, dass der Teufel nicht auch aus dir spricht.«

Seine Worte spalteten die Männer im Raum in zwei Gruppen. Josef und seine Söhne begehrten lautstark auf, die beiden anderen Bauern stimmten dem Tagelöhner zu.

Ich hörte kaum auf das, was sie sagten. Meine Gedanken kreisten um ein einziges Wort.

Urteil!

»Dann fragen wir sie eben«, schrie Adalbert schließlich. »Vater hat nichts zu verbergen.«

»Ja.« Josef fuhr sich mit den Händen durchs Gesicht. Seine Stimme zitterte. »Fragen wir sie.«

Jörg ergriff meinen Arm und zog mich durch den Flur nach draußen. Die kalte Luft war wie Eiswasser auf meinem heißen, verschwitzten Gesicht. Michael führte Mutter neben mir die Straße entlang, die anderen gingen voran. Auch Josefs Töchter schlossen sich uns an; das Heulen der Jüngsten folgte uns durch das Dorf.

Mutter sah mich an. »Ist das wirklich wahr?«, fragte sie so leise, dass ich sie kaum verstehen konnte.

Ich nickte. »Else und ich haben die Gaukler am ersten Abend

aufgesucht. Es tut mir leid, ich wollte nicht, dass du davon erfährst.«

»Du hättest mir das sagen müssen.« Eine seltsame Müdigkeit schwang in Mutters Stimme mit. »Hättest du es mir doch nur gesagt.«

Ein Stoß in den Rücken trieb sie weiter voran.

»Lauf, Hure!«, schrie Jörg.

Der Lärm lockte die Menschen aus ihren Hütten. Manche fragten, was vorginge, und erhielten zur Antwort, Mutter und ich hätten uns mit dem Teufel verbündet und trügen die Schuld an der Seuche. Andere schlossen sich der Gruppe einfach so an, kein Einziger richtete ein Wort an Mutter oder mich.

Sie werden uns nicht helfen, dachte ich. Inmitten all derer, die ich für Freunde gehalten hatte, waren wir allein.

Vor Elses windschiefer Hütte blieben wir stehen. Jörg hielt Mutters Arme, Michael die meinen.

»Else!«, rief Josef. »Komm heraus!«

Es dauerte einen Moment, dann wurden die Bretter, die als Tür dienten, zur Seite geschoben, und Else blinzelte in das helle Sonnenlicht. Als sie uns sah, schlug sie hastig die Kapuze ihres Umhangs hoch und hielt sie mit einer Hand unter ihrem Kinn fest. »Was wollt ihr denn? Brennt es?«

»Das kann man wohl sagen«, murmelte jemand hinter mir.

Josef trat vor Else, die Fäuste in die Hüften gestützt. »Wir sind hier, um die Wahrheit herauszufinden. Ich kenne dich als gutes, ehrliches Mädchen, deshalb habe ich dir auch immer geholfen, wenn du mal etwas brauchtest, nicht wahr?«

»Er beeinflusst sie!«, rief Mutter. »Er soll ihr einfach nur die Frage stellen.«

Elses Blick zuckte über die Menge, die sich vor ihr versammelt hatte, und blieb schließlich an mir hängen. Ich versuchte zu lächeln. »Sag einfach nur die Wahrheit, Else.«

»Worüber? Ich weiß nicht, was ihr wollt.«

Hinter ihr stöhnte der krumme Hans. Ich konnte ihn nicht sehen, Else verdeckte ihn mit ihrem Körper.

»Diese beiden Hu…« Josef unterbrach sich. »Wir glauben, dass sich Magda, Ketlin und die Gaukler mit dem Teufel verbündet haben, um unschuldige Seelen zu verderben. Deshalb hat Gott uns die Seuche geschickt. Und jetzt behauptet Ketlin, ihr beide hättet gesehen, wie ich mich versündigt hätte. Stimmt das?«

Else verstand nicht, was er meinte, das sah ich ihr an.

»Er meint den Abend«, sagte ich, »als du und ich bei den Gauklern waren, so wie er auch.«

»Ist das wahr?« Adalberts Frage klang wie eine Drohung.

Josefs bullige Gestalt schien Else niederzudrücken. Sie presste ihre Schulter gegen den Türrahmen, als suche sie Schutz.

Hinter ihr raschelte Stroh.

Eine Stimme, die ich kaum noch als die vom krummen Hans erkannte, krächzte: »Was geht da vor?«

Und dann stand er plötzlich im Türrahmen, eingehüllt in blutige, schmutzige Lumpen, eine Hand gegen die Wand gestützt. Wir alle wichen zurück. Ich hörte, wie die Menschen um mich herum erschrocken den Atem ausstießen, einige schrien sogar auf oder riefen Gott um Schutz an.

Hans starrte uns aus blutunterlaufenen, tief in den Höhlen liegenden Augen an. Sein Gesicht, seine Hände, sein Hals und die dürre Brust waren von winzigen Blutstropfen bedeckt, die nun, da er sich erhoben hatte, langsam nach unten rannen.

»Mein Gott«, stieß Josef hervor. Er machte einen Schritt zurück, prallte gegen seinen älteren Sohn, stolperte und fiel. Knut wollte ihm aufhelfen, aber Josef schlug seine Hand beiseite und kam taumelnd wieder auf die Beine. Hinter mir drehten sich einige um und liefen davon.

Hans blinzelte, und seine Augen weinten blutige Tränen. Sein Adamsapfel hüpfte auf und ab, als er zu sprechen versuchte. »Wo warst du?«

Else musste das Entsetzen auf unseren Gesichtern erkennen und das Todesurteil, das es über ihren Mann sprach. Ihre Mundwinkel zuckten, sie ließ die Kapuze los.

»Hast du mich angelogen?«, krächzte Hans. Er hustete und spuckte Blut. Else griff nach den Brettern und begann sie vor den Eingang zu ziehen.

»Nein«, sagte sie mit tränenerstickter Stimme. »Ich würde dich niemals anlügen. Komm.«

Die Bretter rutschten über den Boden, verdeckten langsam den Eingang.

Ich riss mich von Michael los und lief auf die Hütte zu.

»Ketlin!« Mutter klang ängstlich.

»Sag, dass du da warst, Else!«, rief ich in die Dunkelheit der Hütte hinein.

»Ich war nirgendwo!«, schrie sie zurück.

Ich stolperte und wäre beinahe gestürzt, als Michael mich an meinem Umhang zurückzog.

»Keine Lügen mehr, Hure!«, sagte er dicht an meinem Ohr. »Ihr habt schon genug Unheil angerichtet, da braucht ihr nicht auch noch einen guten Mann der Sünde zu bezichtigen!«

»Ich habe nicht gelogen!« Mit aller Kraft versuchte ich mich von Michael loszureißen, aber er packte mich bei den Schultern und presste seine Hüften gegen meinen Rücken.

»Ich kann mit dir machen, was ich will«, flüsterte er.

Hinter mir schrie Mutter, ob aus Wut, Angst oder Schmerz wusste ich nicht.

»Weg hier!«, hörte ich Josef rufen, dann wurde ich auch schon hinter ihm hergezogen. Mutter und ich tauchten ein in die Menge.

»Ich habe es immer gewusst«, hörte ich eine junge Frau namens Martsch sagen. Als Kinder hatten wir zusammen am Weiher Frösche gefangen. »Vor Jahren hätte man sie schon aus dem Dorf jagen sollen, dann wäre es nie so weit gekommen.«

»Recht hast du«, sagte eine andere Stimme, die ich nicht zuordnen konnte.

Wir stolperten die Straße entlang, festgehalten von kräftigen Händen und angetrieben von den Beschimpfungen der Menge.

»Was machen wir jetzt mit ihnen, Vater?«, fragte Knut. »Kommen sie in den Kerker?«

»Der Kerker ist in der Burg, du dämlicher Ziegenbock«, sagte Adalbert. Er und sein Bruder gingen hinter uns. »Und der Herr lässt sie da nicht rein. Wir sind auf uns allein gestellt, kein Kerker, kein Richter.«

»Ich werde richten.« Ich hörte den Stolz in Josefs Stimme und den Triumph.

»Dazu hast du nicht das Recht«, sagte Mutter. »Nur der Fronherr darf einen Prozess führen. Er wird dich hinrichten lassen, wenn du es dir anmaßt, seine Stellung einzunehmen.«

Josef war mit einem Schritt bei ihr. Seine Hand schloss sich um ihr Gesicht und zwang sie ihn anzusehen. Sie versuchte auszuweichen, aber Jörg hielt ihre Arme fest.

»Der Fronherr wird mich belohnen für diese Tat. Er sagte: Wag es nicht, hier wieder zu erscheinen, bevor der Fluch nicht von deinem Dorf genommen ist. Genau das werde ich heute tun.«

»Und wie?«, rief ich.

Michael rammte mir sein Knie in den Rücken. »Sei still!«

Josef ließ Mutters Gesicht los. Seine Finger hatten weiße Striemen hinterlassen, die nun rasch rot wurden. »Das werden wir sehen.«

Sie stießen uns weiter über den vereisten, harten Boden, bis wir unser Haus erreichten. Adalbert stieß die Tür auf und schüttelte angewidert den Kopf. »Da drin stinkt's.«

Andere kamen zu ihm, sahen in unsere Stube zu den getrockneten Kräutern, die an langen Seilen von der Decke hingen, und dem großen Topf, in dem der Sud kochte, mit dem Mutter das Fieber hatte heilen wollen.

»Hexerei!«, stieß Martsch hervor.

Das Wort wurde von der Menge aufgenommen. Wenn ich in ihre Gesichter blickte, sah ich nur noch Fremde.

Mutter und ich wurden in die Stube gedrängt, dann warf jemand hinter uns die Tür zu.

Schwer atmend und mit klopfendem Herzen lehnte ich mich an die Wand. Mutter ließ sich auf die Küchenbank fallen und verbarg das Gesicht in den Händen.

Draußen hörte ich Josefs Stimme. Er zählte unsere angeblichen Vergehen auf, wurde dabei aber immer wieder von Stimmen unterbrochen, die eigene Geschichten über das, was wir getan hätten, beisteuern wollten. Es waren so viele, dass sie ineinander übergingen, bis ich nichts mehr verstehen konnte.

Ich hatte geglaubt zu wissen, was Angst ist. Das Gefühl, wenn man allein durch einen dunklen Wald geht und jedes Knacken, jeder Schatten bedrohlich wirkt. Das Hämmern in der Brust bei einem schweren Sturm oder das Flattern im Magen, wenn der Blitz bei einem Sommergewitter ganz in der Nähe einschlägt. Doch ich hatte mich geirrt. Ich hatte nie zuvor wirklich Angst gehabt.

Das Gefühl in diesem Moment, eingesperrt im eigenen Haus, umgeben von Menschen, die man einmal gekannt hatte, der Schmerz im Rücken vom Knie eines Mannes, auf dessen Schoß ich als Kind gesessen hatte, das war Angst.

»Was wird jetzt passieren, Mama?« Es war lange her, dass ich Mutter so genannt hatte. Ich tat es, ohne darüber nachzudenken.

Sie nahm weder die Hände vom Gesicht, noch antwortete sie mir. Die Stimmen draußen vor der Tür wurden lauter, drängender. Ich hörte Rascheln, dann schlug etwas gegen die Wand.

»Mama?«

Eine Ewigkeit schien zu vergehen, bis Mutter endlich die Hände nach unten nahm. Josefs Fingerabdrücke waren zu hässlichen roten Wülsten geworden.

»Sie werden uns umbringen«, sagte sie.

Ich lachte. Der Gedanke erschien mir so töricht, so unvorstellbar, dass ich nicht anders konnte. Ich lachte, bis sich meine Augen mit Tränen füllten und ich zu weinen begann.

Mutter streckte ihre Hand aus, zog mich zu sich auf die Bank und nahm mich in den Arm. Ich legte meinen Kopf an ihre Schulter. »Ich wollte immer dein Bestes, das weißt du doch, Ketlin, oder?«

Ich nickte. Durch das Fenster hörte ich, wie jemand die Stalltür öffnete und Ziegen meckerten. Die Stimmen wurden leiser. Selbst Josefs war kaum noch zu hören. Ich zuckte zusammen, als Knut lachte.

»Gott weiß, dass wir nichts getan haben, und wir wissen es auch. Wir werden mit dem Herrn im Himmel speisen, und sie werden in der Hölle brennen.« Mutter stieß das letzte Wort hervor. Ich spürte, wie sich ihre Brust rasch hob und senkte. »Möchtest du beten?«

»Nein.« Ich hörte ihr kaum noch zu, lauschte stattdessen auf das, was sich draußen abspielte. Sie taten irgendetwas am Haus, aber ich wusste nicht, was.

»Dann werde ich für uns beide beten.« Sie holte tief Luft und begann zu flüstern. Ich verstand nicht, was sie sagte, aber der Klang ihrer Stimme beruhigte mich, nahm der Angst ihre schlimmsten Spitzen.

Bis ich den Rauch sah.

Er kräuselte sich unter der Tür und zwischen den Ritzen hindurch, trieb langsam wie Nebelfetzen im warmen Sonnenlicht durch den Raum. Im nächsten Moment roch ich ihn, und die Angst bohrte sich so heftig in meinen Magen, dass ich würgen musste.

»Ich will nicht sterben!«, stieß ich hervor.

Mutter strich mir übers Haar. »Ich weiß.« Ihre Stimme schwamm in Tränen. »Hab keine Angst. Es wird bald vorbei sein.«

Ich duckte mich unter ihrer Hand weg und sprang auf. Die Angst wurde zur Wut. »Wie kannst du nur so ruhig dasitzen?« Ich zeigte auf den dichter werdenden Rauch. »Sie werden uns verbrennen, Mutter!«

»Und wir werden sterben, wie wir gelebt haben – in Würde und Anstand.« In Mutters Blick kehrte eine Härte zurück, die ich nur allzu gut kannte. Sie hatte beschlossen, dass wir sterben würden, so wie sie einst beschlossen hatte, dass ich einen Krämer heiraten und in der großen Stadt leben würde. »Sie können uns unser Leben nehmen, aber selbst im Tod werden wir ihnen beweisen, dass wir besser sind als sie.«

»Ich muss nichts beweisen!« Mit einem Schritt war ich bei der Tür und versuchte sie aufzuziehen, aber jemand musste den Strick draußen festgebunden haben, denn sie bewegte sich nicht.

Mutter stand nun ebenfalls von der Küchenbank auf und kam zu mir. »Lass sie nicht wissen, dass du Angst hast. Schenk ihnen nicht auch noch diesen Sieg.«

»Wir müssen hier raus.« Ich ging an ihr vorbei und stieß die Tür zum Hinterzimmer auf. Rauch drückte sich unter dem Fenster hindurch ins Innere. Ich schob den Vorhang beiseite. Der Rauch stach in meine Augen, als ich aus dem Fenster sah, doch bevor ich den Kopf zurücknehmen musste, entdeckte ich das Heu, das an den Wänden aufgeschichtet worden war. Sie mussten es aus dem Stall geholt haben, und Michael wusste ja auch, wo die Mistgabeln und Schubkarren standen. Es glomm und qualmte, fing aber noch nicht richtig Feuer. Durch die Schneefälle war es feucht geworden.

»Huren!«, rief Josef von draußen. Ich nahm an, dass er vor der Tür stand, denn vor dem Fenster hatte ich niemanden gesehen. »Der Prozess wurde euch gemacht, das Urteil ist gefällt. Im Namen des Herrn und im Namen von Christian, Herr von Burg Siegburg und aller umliegenden Ländereien, verkünde ich, dass eure Körper dem Feuer überantwortet werden, damit es eure Seele von all den Schandtaten reinigen kann, die ihr im Bund mit dem Teufel begangen habt.«

»Brennen sollt ihr!«, schrie Knut. Sein meckerndes Lachen brach ebenso plötzlich ab, wie es begonnen hatte.

Ich öffnete den Deckel der Truhe, steckte den Geldbeutel in meinen Gürtel und nach kurzem Zögern auch den Brief mit dem Siegel des Bürgermeisters, den Mutter in Leinen geschlagen hatte. Er bewies, dass wir die rechtmäßigen Besitzer unseres Landes waren.

Als ich den Deckel schloss, sah ich, dass Mutter im Türrahmen stand. Grauer Rauch umwehte sie. »Was machst du da?«

»Ich nehme das Nötigste mit. Wir müssen fliehen.« Ich riss das dünne Leinentuch von unserer Strohmatratze und drängte mich an Mutter vorbei. Erst als ich in die Stube trat, bemerkte ich, wie stickig und heiß es geworden war. Die Flammen trockneten das Stroh. Schon bald würde es nicht nur brennen, sondern lodern.

»Der Strick wird schneller verbrennen als das Holz.« Ich hockte mich hin und stopfte das Tuch in den Eimer mit Trinkwasser, der neben dem Kamin stand. »Niemand wird damit rechnen, dass wir zu fliehen versuchen.«

»Und das werden wir auch nicht!« Mutter drehte sich zu mir um. Der Rauch ließ sie husten. »Sie werden uns nicht brennen sehen und nicht schreien hören. Wir sterben in Würde.«

Ich drückte das Leinentuch fest in den Eimer, drehte es, damit es sich vollsaugen konnte. »Wir werden nicht brennen. Michael ist doch vor ein paar Jahren unter einem nassen Tuch durchs Osterfeuer gesprungen, und das war viel größer.«

Der Rauch begann sich an der Decke zu sammeln. Ich hörte das brennende Stroh knistern.

»Wir gehen nach Coellen«, sagte ich. »Zu Vater. Er wird uns helfen, so wie er es immer getan hat.«

»Nein!« Mutter trat mir so fest gegen die Schulter, dass ich zu Boden ging und den Eimer mitriss. Wasser ergoss sich über meine Beine und Stiefel. Das Leinentuch klatschte auf den Lehm.

»Was tust du denn da?«, schrie ich.

Mit einem Schritt war Mutter bei mir. Sie hockte sich neben mich und presste mir eine Hand auf den Mund. »Kein Wort, Ketlin. Sie sollen nicht hören, dass wir streiten und schreien. Du wirst nicht wie ein Teufel durch die Flammen springen, und sie werden nicht hinter dir herrennen und dich mit Knüppeln erschlagen wie eine Ratte. Sie werden nicht über dich lachen. Niemals. Diesen letzten Dienst muss ich dir als Mutter erweisen.«

Ihr Blick war entschlossen, ihre Hand drückte so fest gegen meinen Mund, dass meine Zähne mir in die Lippe schnitten. Aus den Augenwinkeln sah ich, dass der Vorhang am Fenster Feuer gefangen hatte.

Mit beiden Händen schlug ich Mutters Arm beiseite. Sie verlor das Gleichgewicht und ging neben mir zu Boden. Ich sprang auf und hustete. Der Rauch wurde immer dichter, die Luft schmeckte so bitter, dass ich sie kaum noch atmen konnte. Flammen hüpften an der Tür entlang, leckten mit gelben Zungen an Ritzen und Astlöchern. Die ersten erreichten bereits das Dach, krochen immer schneller werdend über die Seile, fraßen Hanf, Kräuter und Holz. Wir hatten nicht mehr viel Zeit.

Ich wischte mir über die brennenden Augen. »Mutter, bitte, komm mit. Es passen zwei unter das Tuch.«

Sie blieb liegen, die Hand auf den Arm gepresst, den ich weggeschlagen hatte. Noch nie zuvor hatte ich so etwas getan. Ihr Gesicht verschwamm in Tränen und Rauch.

»Tue es nicht«, flüsterte sie. Das Knistern und Rauschen der Flammen wurde lauter. »Es gibt nichts Schönes dort draußen, nur Leid. Komm mit zu Gott. Ergebe dich ihm.«

Ich schüttelte den Kopf. Ein brennender Strick riss ab und fuhr wie eine Peitsche nach unten. Erschrocken wich ich zurück, das Leinentuch in der Hand. »Bitte …«

Mutter kam auf die Knie, begann zu husten und zu würgen. Ein zweiter Strick löste sich, fiel brennend zu Boden. Kräuter verpufften in kurzen Stichflammen. Ich machte einen unsicheren Schritt auf Mutter zu, aber sie wandte sich ab, kroch tiefer in den Rauch bis unter die Küchenbank.

Ich wollte sie anschreien, anflehen, aber meine Stimme versagte. Mir wurde schwindelig. Alles war grau, bitter und heiß.

Mit zitternden Händen hüllte ich mich in das triefend nasse Tuch. Ich konnte die Tür nicht mehr sehen, wusste aber, wo sie war. Ich nahm Anlauf und warf mich mit aller Kraft gegen das Holz.

Funken, Flammen, Hitze schlimmer als alles, was ich je zuvor gespürt hatte, Schreie, Rufe, dann knirschendes Eis unter meinen Füßen, eiskalte süße Luft in meinem Mund. Ich war hindurch.

Und ich rannte.

Kapitel 6

Ich rannte, bis meine Beine unter mir nachgaben und ich mich in den weißen Schnee übergab, dann raffte ich mich auf und rannte weiter. Jeder Atemzug brannte in meiner Kehle, stach in meiner Seite, meine Knie zitterten, und das Blut pochte in meinem Kopf. Kein einziges Mal drehte ich mich um, so groß war meine Furcht, von einer Hand zurückgerissen und von einer Faust getroffen zu werden. Flüche und Schreie hallten mir hinterher, zuerst so laut, dass ich meine eigenen Gedanken nicht mehr hören konnte, dann leiser, bis da schließlich nur das Knirschen meiner Schritte war und das Krächzen der Rabenvögel hoch über meinem Kopf.

Irgendwann brach ich zusammen. Ich fiel in den nassen, kalten Schnee und konnte nicht mehr aufstehen. Ich versuchte mich mit den Armen weiter voranzuziehen, doch mehr als den Willen dazu brachte ich nicht mehr auf. Keuchend drehte ich mich auf den Rücken, halb erwartete ich, Josefs Gesicht über mir zu sehen, doch da war nur grauer, kalter Himmel.

Ich weiß nicht, wie lange ich so im Schnee lag, aber irgendwann ließ das Zittern meines Körpers nach, und meine Gedanken wurden klarer. Hastig setzte ich mich auf. Es war niemand zu sehen, weder Mensch noch Tier, sogar die Krähen waren verschwunden. Um mich herum gab es nur schneebedeckte Felder, Hecken, die wie große weiße Würmer auf dem Land lagen, und einzeln stehende Bäume, deren kahle Äste in den Himmel ragten.

Ich war allein.

Mein Blick folgte den Fußspuren, die ich hinterlassen hatte, bis zu einem kleinen Waldstück. Dahinter, viel weiter weg, als ich es für möglich gehalten hätte, stieg dichter, schwarzer Rauch empor. Alles, was ich jemals geliebt und woran ich jemals geglaubt hatte, löste sich darin auf. Ich dachte an Mutter, aber in meinen Gedanken sah ich sie nicht, wie ich sie mein Leben lang gesehen hatte, sondern wie sie unter die Küchenbank kroch und mich allein ließ. Danach versuchte ich nicht mehr an sie zu denken.

Die dicke Wolle meines Winterumhangs hatte verhindert, dass ich allzu nass geworden war, trotzdem waren meine Hände und Füße fast taub. Ich stand auf, klopfte den Umhang aus und hüllte mich darin ein. Dann wandte ich den Blick vom Wald und der Rauchsäule ab und richtete ihn nach vorn. Es war rein zufällig, dass ich in Richtung Coellen gelaufen war, und daran änderte ich auch nichts. Es gab nur einen Menschen, dem ich mich anvertrauen und auf dessen Hilfe ich hoffen konnte.

Ich tastete nach dem Papier in meinem Hemd und stellte erleichtert fest, dass ich es nicht verloren hatte. Mit ihm würde ich meine Identität beweisen. Und das Geld – ich griff in meinen Gürtel und zog den kleinen Lederbeutel heraus – würde reichen, um mich vernünftig einzukleiden, damit ich nicht aussah wie eine Bettlerin, wenn ich meinem Vater unter die Augen trat.

Ich wog den Beutel in der Hand und stutzte, als ich es darin klackern hörte. Die Schnur, die ihn zusammenhielt, war verknotet, und meinen vor Kälte steifen Fingern fiel es schwer, den Knoten zu öffnen. Als es mir endlich gelang, schüttete ich den Inhalt des Beutels in meine Handfläche. Ungläubig starrte ich darauf.

Ein Pfennig und einige kleine Kiesel.

Richard, dachte ich. Er hatte wohl doch gesehen, was sich in der Truhe befand, als ich sie an dem Abend in unserem Haus geöffnet hatte, um die Kerzen herauszuholen. Ich stellte mir vor, wie er auf dem Weg zurück zur Scheune heimlich ins Haus geschlichen und das Geld aus dem Beutel genommen hatte. Warum er die Münzen gegen Steine getauscht hatte, wusste ich nicht. Vielleicht hatte er geglaubt, dass sein Diebstahl auf diese Weise länger unentdeckt bliebe.

Ich ließ die Steine fallen und legte den Pfennig wieder in den Beutel. Nun würde ich Vater wohl doch wie eine Bettlerin gegenübertreten müssen. Ein Pfennig reichte nicht für neue Kleidung.

Ich wartete auf die Wut, die ich sicherlich bald fühlen würde, doch in mir war nur Leere und eine dumpfe, pochende Enttäuschung. Wie ein Schmerz saß sie in meiner Brust. Ich machte mir nicht die Mühe, die Schnur wieder zu verknoten, sondern zog sie nur zusammen und steckte den Beutel in meinen Gürtel. Dann setzte ich mir die Kapuze auf und ging weiter durch den knöcheltiefen Schnee.

Es dauerte nicht lange, bis ich einen Weg entdeckte. Karrenspuren hatten sich in den vereisten Boden gegraben. Ich ging zwischen ihnen, achtete darauf, weder zu stolpern, noch auf dem Eis auszurutschen. Das lenkte meine Gedanken ab und gab mir etwas zu tun.

Gegen Mittag stieß ich auf eine Straße. Sie führte von Westen nach Osten, während der Weg, auf dem ich mich befand, nach Süden abknickte, wahrscheinlich zu einem nahe gelegenen Dorf. Ich verließ ihn und wandte mich nach Osten. Das Land war flach und leer. Seit – ich wollte nicht daran denken, seit wann – hatte ich keinen Menschen mehr gesehen, vielleicht erschrak ich mich deshalb so, als ich hinter mir das Quietschen und Knarren von Rädern hörte. Im ersten Moment wollte ich loslaufen, wollte wie ein Hase vor dem Jäger über die Felder zum Wald flüchten, doch ich zwang mich zur Ruhe und drehte mich langsam um. Sie konnten mir nicht so weit gefolgt sein.

Auf dem Ochsenkarren, der langsam auf mich zurollte, saßen Menschen, die ich noch nie gesehen hatte. Es waren zwei Frauen, eine alt, die andere jung, beide in lange Wollumhänge gehüllt. Neben dem Ochsen, der den Karren zog, ging ein kräftig wirkender Mann. Auch er trug einen dutzendfach geflickten, schmutzigen Umhang. Er hatte sich Lumpen um die Hände gewickelt und führte den Ochsen am Zügel. Auf der Ladefläche des Karrens standen mehr als ein Dutzend Fässer.

»Gott zum Gruß, Schwester«, sagte der Mann. Er klang gleichgültig und müde.

»Gott zum Gruß, Bruder«, antwortete ich. »Und euch, Schwestern.«

Ich machte dem Karren Platz, ließ ihn an mir vorbeirollen. Die ältere der beiden Frauen sah zu mir herunter. Ihr Gesicht war faltig und rau, ihre Augen trüb.

»Was ist dir zugestoßen, Kind?«, fragte sie.

»Nichts.« Ich wandte den Blick ab, wollte weder über das reden, was geschehen war, noch darüber nachdenken.

»Aber dein Gesicht ist ganz rot, und deine Kleidung …« Sie ließ den Satz unvollendet. Überrascht bemerkte ich das Brennen auf meinen Wangen, wie nach einem Sonnenbrand. Und dann sah ich, dass mein Rock rußgeschwärzt und voller Brandlöcher war, ebenso wie der Saum meines Umhangs. Wieso war mir das vorher nicht aufgefallen? Fast noch im gleichen Atemzug spürte ich, dass mein Hals rau und mein Magen leer war. Schwindel überkam mich, und ich musste mich an der Wand des Karrens festhalten.

»Halt mal an, Fritz«, sagte die alte Frau. »Wir nehmen das Mädchen mit.«

Fritz knurrte etwas und spuckte aus. »Was soll der alte Ochse denn noch alles ziehen? Wenn das so weitergeht, sind wir Ostern noch nicht in Coellen.«

Ich fing mich wieder und fuhr mir mit der Hand durchs Gesicht; meine Haut war trocken und heiß. »Ihr müsst mich nicht mitnehmen. Es geht mir gut.«

Die alte Frau schien nicht zu hören, was ich sagte. »Dorlein, du steigst ab und läufst.«

Die jüngere Frau hob den Kopf unter ihrer Kapuze. »Ich? Aber ich bin müde, Mutter.«

Doch während sie das sagte, stieg sie bereits vom Kutschbock und sprang in den Schnee.

»Komm jetzt«, sagte die alte Frau zu mir.

Widerspruchslos ließ ich mir von Dorlein und Fritz auf den Kutschbock helfen. Ein Schaffell lag auf dem harten Holz. Die alte Frau griff hinter sich und holte ein zweites hervor, das sie mir auf den Schoß legte. »Wo musst du denn hin, Kind?«

»Coellen.« Ich steckte die Hände unter das Fell und wärmte sie.

»Das trifft sich ja gut«, sagte Dorlein. Die Aussicht, bis nach Coellen laufen zu müssen, schien sie nicht zu begeistern.

»Mein Name ist Gertrudt.« Die alte Frau zog einen Stoffbeutel unter dem Kutschbock hervor. Ich schluckte hungrig, als ich den Brotlaib darin sah. Sie riss ein Stück ab, reichte es mir, griff noch einmal in den Beutel und drückte mir auch noch eine halbe Zwiebel in die Hand. Mit dem Fuß schob sie einen Wasserschlauch über das Holz.

»Ich heiße Ketlin.« Die Zwiebel war scharf und saftig. Erst als ich darauf biss, bemerkte ich, wie hungrig ich war.

»Und woher kommst du, Ketlin?«

Ich schluckte ein wenig Brot herunter. »Aus einem kleinen Dorf.« Mit der freien Hand zeigte ich in die falsche Richtung. »Es hat keinen Namen.«

»Aha.«

Danach ließ Gertrudt mich in Ruhe essen. Erst als ich aus Höflichkeit ein zweites Stück Brot ablehnte und ihr den Schlauch mit dünnem Bier zurückschob, ergriff sie wieder das Wort.

»Und weshalb gehst du ganz allein nach Coellen?«

»Weil unser Haus abgebrannt und meine Mutter tot ist.« Ich hörte mich die Antwort sagen, aber es war, als spräche ein anderer Mensch.

»Großer Gott«, sagte Dorlein. Fritz drehte sich um und musterte mich ebenso neugierig wie traurig, so als wäre ich der Affe eines Gauklers. Gertrudt sagte nichts, rückte nur näher an mich heran und legte mir den Arm um die Schultern. Sie roch wie Mutter, nach Erde und Minze.

Ich schloss die Augen und lehnte mich an sie. Irgendwann begann ich zu weinen.

Es wurde bereits dunkel, als die Stadtmauern Coellens vor uns auftauchten. Überall standen Karren, Zelte und windschiefe, hastig aus Holzresten und Lehm errichtete Hütten. Das Leben in der Stadt war teuer, nicht jeder, der dort zu tun hatte, konnte es sich leisten, auch dort zu wohnen. Mutter hatte mich die wenigen Male, da ich sie nach Coellen begleiten durfte, an der Mauer außerhalb der Stadt vorbeigezogen, aus Angst, dass man uns etwas antun könnte.

»Dort wirst du auch mal enden, wenn du so weitermachst.« So oft hatte sie das zu mir gesagt, dass ich in diesem Moment glaubte, ihre Stimme zu hören.

Und sie hatte recht, dachte ich, als Fritz den Ochsen von der Straße weg zu einem freien Lagerplatz inmitten von Zelten und Karren führte.

Der Karren hielt an. Vom Kutschbock aus sah ich Dutzende Lagerfeuer und die Umrisse der Menschen, die daran saßen. Einige drehten sich zu uns um, winkten und grüßten. Ich war mir nicht sicher, ob sie Fritz und seine Familie kannten oder ob sie es einfach so taten.

Ich legte das Schaffell beiseite und stieg vom Kutschbock, dann half ich Gertrudt hinunter. Sie streckte sich und stemmte die Fäuste in den Rücken.

»Ich hab gesagt, bleib zu Hause.« Fritz spannte den Ochsen aus. »Ist keine Reise für 'ne alte Frau.«

Gertrudt winkte ab. »Ich komm noch früh genug unter die Erde.«

Ich sah zum Stadttor. Es war fast dunkel. Die Wachen würden

es bald schließen, aber noch immer stand eine Schlange davor, und die Menschen warteten darauf, eingelassen zu werden.

»Ich möchte mich für eure Hilfe und Gastfreundschaft bedanken«, sagte ich steif. »Ich werde euch stets in meine Gebete einschließen.«

»Denkst du, die lassen dich jetzt noch in die Stadt?« Fritz rammte einen Pflock in den Boden und band den Ochsen daran fest.

Ich sah zuerst ihn, dann Dorlein und Gertrudt an. Alle drei glaubten, dass ich unterwegs zu meinem Onkel und dessen Familie war, in der Hoffnung, sie würden mich aufnehmen.

»Das Tor ist noch auf.«

Dorlein räusperte sich. »Es ist fast dunkel, und du bist eine Frau. Die Wachen werden dich nicht reinlassen, weil sie denken, dass du …« Sie unterbrach sich und sah Hilfe suchend zu Fritz, der sie nicht beachtete.

»Dass du den Männern Vergnügen bereiten willst«, sagte Gertrudt.

Hure. Josefs Stimme erklang in meinem Kopf. Ich schüttelte mich unwillkürlich.

»Mutter, wirklich!«, wies Dorlein die alte Frau zurecht, dann sah sie mich an und fuhr freundlicher fort. »Du kannst diese Nacht hierbleiben und morgen früh mit uns zum Markt fahren.«

Fritz grunzte, sagte aber nichts dazu.

Gertrudt nickte. »So wird es gemacht.«

Ihr Tonfall ließ keinen Widerspruch zu.

Ich sah mich um. Überall waren Menschen, hauptsächlich Bauern, die wie Gertrudt, Fritz und Dorlein ihre Waren in die Stadt brachten, um sie dort zu verkaufen. Manche hockten ganz ungeniert zwischen den Zelten und verrichteten ihr Geschäft. An den Feuern wurde getrunken, geflucht und gelacht. Kinder liefen umher, schmutzig und barfuß trotz des Schnees.

Ich raffte meinen Umhang zusammen. »Ist es denn hier sicher?«

»Das sind anständige Leute so wie du und ich.« Gertrudt zog

eine Plane von der Ladefläche des Karrens. »Du musst dir keine Sorgen machen.«

»Also gut, dann danke ich euch.«

Meine Antwort kam so zögernd, dass die beiden Frauen lachten, während Fritz nur den Kopf schüttelte.

Gemeinsam bauten wir das Zelt auf. Es war klein, bot gerade mal genug Platz, dass man zu dritt eng nebeneinander liegen konnte. Ich nahm die Schaffelle vom Kutschbock, um sie auf dem Boden auszubreiten, aber Gertrudt nahm sie mir ab und legte sie auf die Ladefläche zwischen die Fässer. »Fritz wird hier oben schlafen«, sagte sie.

»Wenn das wegen mir ist, würde ich gern den Platz mit ihm tauschen. Ihr habt schon genug getan.«

»Es ist nicht wegen dir«, sagte Fritz. Er kletterte auf die Ladefläche und legte einen langen Knüppel neben die Felle. »Sind nicht *alle* hier so anständig wie wir.«

Wir schichteten ein kleines Feuer auf und teilten das restliche Brot miteinander. Es war hart und alt, aber ich tat so, als äße ich es mit Genuss. Als wir fast fertig waren, tauchten zwei zerlumpte Jungen auf und fragten, ob sie sich an unserem Feuer wärmen könnten. Ich rückte bereits zur Seite, um sie Platz nehmen zu lassen, doch Fritz vertrieb sie mit einer unwirschen Handbewegung. Die Jungen, sie konnten nicht älter als zehn sein, wandten sich wortlos ab und gingen weiter.

»Richtig so«, sagte ein Mann, der ein Stück entfernt mit einer größeren Gruppe am Feuer saß. »Wird immer schlimmer hier draußen. Bettler, Diebe und Halsabschneider. Und die Wachen tun nichts dagegen.«

»Gar nichts«, bestätigte ein anderer.

Eine Frauenstimme kam hinzu. »Auf den Anständigen wird eben immer herumgetrampelt. Letzte Woche erst haben sie hier einen Bauern erschlagen und sein Vieh gestohlen, und was haben die Wachen gesagt? ›Hätte er eben aufpassen müssen.‹«

»Denen in der Stadt kriechen sie in den Arsch, aber uns ...« Der erste Mann, ein ungewöhnlich großer, grobschlächtig wirkender Bauer, spuckte ins Feuer. »Immer das Gleiche.«

»Ist das wirklich wahr?«, fragte ich. »Jemand wurde erschlagen?«

»So wahr ich hier sitze«, sagte der Bauer. Er stand auf und kam zu uns herüber. Mit dem Kinn deutete er in die Dunkelheit. »Da hinten haben sie ihn gefunden. Den Kopf haben sie ihm zertrümmert. Der war so flach wie meine Hand. Hab's mit eigenen Augen gesehen.«

Mir wurde übel.

Gertrudt legte mir die Hand auf den Arm. »Nimm das nicht zu ernst«, sagte sie leise.

Der Bauer hockte sich hin und wärmte seine Hände am Feuer. »Wo kommt ihr her?«

»Troisdorf«, sagte Fritz. Ich nickte.

»Dann kriegt ihr ja kaum mit, was hier passiert. Wenn du arm bist, lassen dich die Wachen tagelang hier sitzen, Diebesgesindel und Totschläger hin oder her, aber wenn du ihnen was zusteckst, bist du schneller drin als ein ...« Er suchte nach dem richtigen Vergleich, zögerte und gab auf. »Du bist halt schnell drin. Alle dürfen vor uns rein. Händler, Gaukler ...«

Ich sah auf. »Gaukler?«

Der Bauer schien sich über die Unterbrechung zu freuen, zeigte sie doch, dass ihm jemand zuhörte. »Ja. Einen ganzen Trupp haben sie gestern reingelassen.«

»Hast du sie gesehen?«

»Natürlich. Ich stehe ja den ganzen Tag hier rum und sehe meinen Äpfeln beim Faulen zu.«

In meinem Magen begann es zu kribbeln. »Hatten sie einen Affen dabei?«

Der Bauer runzelte die Stirn. »Was soll denn das sein?«

»Ein kleines Tier, das wie ein behaarter Mensch aussieht.«

Dorlein begann zu lachen. »So was gibt es doch gar nicht!«

Ich wollte widersprechen, aber der Bauer ließ mich nicht zu Wort kommen. »Klingt wie Teufelszeug.« Er stand auf. »Nichts für ungut, Bruder, aber du solltest auf deine Tochter besser aufpassen. So ein Gerede bringt nur Unglück.«

»Das ist nicht …«, begann Fritz, aber ein kurzer Blick von Gertrudt hielt ihn davon ab, den Satz zu beenden, und so räusperte er sich und sagte: »Du hast recht. Mit Gauklern will ein anständiger Mensch nichts zu tun haben.«

Erwartungsvoll sah mich der Bauer an. »Das stimmt doch, Schwester, oder?«

Ich nickte. »Sie betrügen jeden, der ihnen begegnet.«

Die Antwort gefiel ihm sichtlich. Es machte ihm offensichtlich Freude, anderen Ratschläge zu geben. Er unterhielt sich noch ein wenig mit uns, dann kehrte er an sein eigenes Feuer zurück.

Das wenige Holz, das wir aufgeschichtet hatten, brannte rasch nieder. Als die Glut erkaltete, kletterte Fritz auf die Ladefläche, und wir legten uns ins Zelt. Es war so eng, dass wir uns gegenseitig wärmten.

Ich ahnte, dass Dorlein und Gertrudt gern mehr von meiner Geschichte gehört hätten, aber ich war zu müde zum Lügen und tat deshalb so, als schliefe ich direkt ein.

Irgendwann war es tatsächlich so.

Ich träumte von Richard in dieser Nacht und schämte mich dafür.

Kapitel 7

Es war noch dunkel, als Gertrudt mich weckte. »Komm«, sagte sie leise. »Wir sollten am Tor sein, wenn es öffnet. Dann sind die Wachen noch müde und nicht auf Streit aus.«

Ich streckte mich, schlug den Umhang zurück, in den ich mich eingewickelt hatte, und kroch aus dem Zelt. Dorlein stand bereits draußen und spannte zusammen mit Fritz den Ochsen vor den Karren. Der Atem stand uns allen vor dem Gesicht. Es war kalt.

Die Bilder meines Traums verwehten nur langsam. Es war ein schönes Gefühl gewesen, Richard wiederzusehen, ich hatte weder an seine feige Flucht noch an den Diebstahl gedacht. Wir hatten wieder in der Stube gesessen und uns auf Latein unterhalten; ich wusste nicht mehr worüber, nur dass ich mir selbst erstaunt zugehört hatte, weil ich es so gut sprach. Auf der Küchenbank hatte niemand gesessen. Nur darunter hatte ich etwas gehört, ein Kratzen und Keuchen, aber jedes Mal, wenn ich versucht hatte, Richard darauf anzusprechen, kam ein anderer Satz heraus. Ich war froh, dass Gertrudt mich geweckt hatte, bevor ich einen Blick unter die Bank werfen konnte.

Wir bauten das Zelt ab und verstauten es auf der Ladefläche. Um uns herum erwachte die Zeltstadt. Ich musste eine Weile an Stadtmauer und Graben entlanggehen, bevor ich eine Stelle fand, an der ich mein Morgengeschäft unbeobachtet verrichten konnte.

Dann brachen wir auf.

Die Sonne färbte den Horizont erst ganz allmählich rot, trotzdem standen schon Menschen und Karren vor dem geschlossenen Stadttor. Die meisten hatten das Gleiche mitgebracht wie Fritz und seine Familie: Pökelfleisch, Sauerkraut, Zwiebeln und die letzten Äpfel des Vorjahres. Sie waren weich und mehlig, aber zum Mus taugten sie noch, wenn man nicht allzu wählerisch war. Dorlein bot mir einen Apfel an, aber ich lehnte ab.

Fritz brachte den Karren am Ende der kurzen Schlange zum Stehen. Ein paar Bauern drehten sich um und musterten uns kurz, grüßten jedoch nicht. Sie alle wirkten müde und mürrisch.

»Wann wird das Tor geöffnet?«, fragte ich. »Bei Sonnenaufgang?«

»Wann auch immer die Wachen den Befehl dazu bekommen.« Fritz setzte sich auf die Deichsel des Karrens und gähnte. »Aber ja, meistens bei Sonnenaufgang.«

Ich sah nach vorn. Das gewaltige eisenbeschlagene Tor war höher als zwei ausgewachsene Männer und so breit, dass vier Karren nebeneinander hindurchpassten. Die Mauern, die es umgaben, waren noch höher und wurden immer wieder von Wehrtürmen unterbrochen.

Auf einem Turm sah ich einen Soldaten mit Brustplatte und Helm. Er stützte sich auf einen Speer und sah zu uns herunter. Dann straffte er sich und hob den Arm.

»Tor auf!«, rief er.

In die Schlange kam Bewegung. Diejenigen, die gesessen hatten, standen auf, wer bereits stand, bewegte sich nach vorn. Ich hörte Ketten rasseln, dann schwang ein Flügel des Tors laut knarrend nach innen. Soldaten strömten heraus, bevor einer hindurchschlüpfen konnte. Mit den stumpfen Enden ihrer Speere trieben sie die Bauern zurück.

»Bildet eine Reihe, verdammt noch mal!«, rief eine raue Männerstimme. »Ihr macht das doch nicht zum ersten Mal, oder?«

Fluchend und nörgelnd versuchten die Bauern seinen Befehl auszuführen. Unmittelbar vor dem Tor brach zwischen zweien ein

Streit aus, den die Soldaten mit ihren Speeren niederknüppelten. Einer der Männer stand wieder auf, der andere blieb liegen und wurde zur Seite gezogen. Der Korb, den er auf dem Rücken getragen hatte, war zerbrochen; Äpfel rollten über den Boden, einige fielen von der Brücke in den stinkenden Morast des Stadtgrabens. Kinder liefen zwischen den Erwachsenen hindurch und sammelten sie auf.

Als die Soldaten zufrieden ihre Speere aufrichteten und eine Gasse bildeten, setzte sich die Schlange langsam in Bewegung, Ganze drei Schritte konnte Fritz neben seinem Ochsen hergehen, bis er wieder anhalten musste.

»Das wird eine Weile dauern«, sagte er.

Vom Kutschbock aus sah ich, wie die Soldaten den ersten Karren durchsuchten. Der Bauer musste für sie einige Fässer und Kisten öffnen, dann winkten sie ihn weiter. Den nächsten Karren schickten sie nach kurzer Diskussion zurück. Umständlich wendete ihn der Bauer, bevor der nächste zum Tor rollen konnte.

Gertrudt schüttelte den Kopf. »Sie werden uns nicht reinlassen, das sehe ich ihnen an. Deren Laune ist so schlecht heute Morgen, die kann nur Münzen aufbessern.«

Ich dachte an den Pfennig in meinem Geldbeutel. Für mich würde er schon bald keine Bedeutung mehr haben, mein Vater hatte sich mein Leben lang um mich gekümmert, und das würde sich auch nun nicht ändern. Ich zog den Beutel heraus, öffnete ihn und nahm den Pfennig heraus.

»Hier«, sagte ich zu Gertrudt. »Damit die Wache uns reinlässt.«

Ihre Augen weiteten sich, als sie die Münze sah. Rasch legte sie ihre Hand darauf, befürchtete wohl, ein anderer könne sie sehen.

»Das ist viel zu viel«, flüsterte sie.

»Dann gib ihnen einen Viertelpfennig oder einen halben; der Rest ist für euch. Ihr habt mir geholfen, nun helfe ich euch.« Die Worte fühlten sich gut an, wie etwas, das eine herrschaftliche Frau sagen würde.

Doch Gertrudts Miene verdunkelte sich. Sie zog ihre Hand zurück. »Wenn du uns helfen willst, dann gib einen Viertelpfennig für die Wache und behalte den Rest. Wir brauchen keine Almosen.«

Ich verstand ihre Verärgerung nicht, kam ihrem Wunsch jedoch nach und zerbrach die Münze an den dafür vorgesehenen Stellen. Ein Viertel gab ich ihr, den Rest steckte ich wieder in den Beutel. Gertrudt nahm das Geld, ohne mir dafür zu danken. Danach warteten wir schweigend.

Zwei mit Körben beladene Familien schickten die Soldaten vor uns weg, eine dritte ließen sie passieren. Dann rollte unser Karren an das Tor heran. Die Soldaten waren zu fünft. Vier standen um ein Kohlefeuer herum, der andere kam auf uns zu. Er war groß, schlaksig und sehr jung. An seinem Kinn wuchs Flaum, aus dem kein Bart werden wollte.

»Was habt ihr geladen?«, fragte er, ohne zu grüßen.

Fritz neigte den Kopf. »Sauerkraut, Äpfel und Pökelfleisch, Herr. Und ein wenig Holz.«

Der Soldat grunzte und ging langsam um den Karren herum. Dorlein, die daneben stand, senkte ebenfalls den Blick, während Gertrudt und ich ihn aus den Augenwinkeln beobachteten.

»Leg die Münze neben dich«, flüsterte die alte Frau. Ich tat es.

Der Soldat klopfte mit seinem Speer gegen eines der Fässer. »Was für Fleisch habt ihr gepökelt?«

»Schwein, Herr.«

»Also nicht die Oma?« Er lachte über seinen Witz und sah zu seinen Kameraden herüber, hoffte wohl auf deren Aufmerksamkeit. Sie beachteten ihn nicht.

»Nein«, sagte Gertrudt, »die sitzt hier oben.«

Dieses Mal lachten die Männer rund um das Kohlefeuer.

Der junge Soldat verzog das Gesicht. »Du hast Glück, dass du bei so einem Mundwerk so alt geworden bist. Denk darüber nach, während ihr …« Er unterbrach sich, als sein Blick auf den Viertelpfennig neben mir fiel. Dann räusperte er sich, stieg auf die Deichsel und warf einen Blick auf die Ladefläche. Wie zufällig stützte er sich mit der Hand am Kutschbock ab. Als er sie wegzog, war die Münze verschwunden. »Aber ich will mal nicht so sein. Fahrt weiter.« Er sprang zu Boden und klopfte mit dem Speer auf eines der Räder. »Los.«

Über den vereisten Boden rumpelte der Karren in die Stadt. Wir hatten so lange gewartet, dass die Sonne bereits aufgegangen war und mir den Rücken zumindest ein wenig wärmte. Es würde ein schöner Tag werden. Kaum eine Wolke stand am Himmel.

Auch Gertrudt sah nach oben, als wir das Tor und die Mauer hinter uns ließen. »Bei so einem Wetter werden viele auf den Markt kommen. Wir haben Glück, dass wir eingelassen wurden.«

Nein, wegen mir wurdet ihr eingelassen, nicht weil ihr Glück hattet, dachte ich. Ihre Zurechtweisung verwirrte und ärgerte mich immer noch. Ich verstand nicht, was ich in ihren Augen falsch gemacht hatte, aber ich ahnte, dass sie mir diese Frage nicht beantwortet hätte.

»Verdammt viel Glück«, sagte Fritz. Ich war mir nicht sicher, wie viel er mitbekommen hatte.

Die Gassen Coellens waren eng, die Häuser hoch und schmal. Überall bewegten sich Menschen, und sie alle schienen es eilig zu haben. Ab und zu konnte ich durch einen Spalt einen Blick auf den Dom erhaschen. Wie eine riesige, zu Stein gewordene Kröte hockte er zwischen den Häusern. Kein Turm verzierte ihn, kein Glockenklang ging von ihm aus. Als wir näher herankamen, sah ich, dass ihn hohe Gerüste umgaben und stützten. Arbeiter sah ich keine.

»Wieso bauen sie nicht daran?«, fragte ich.

Dorlein bekreuzigte sich neben dem Karren. »Es heißt, dass die Welt untergeht, sobald er fertig ist. Sie haben Angst weiterzubauen.«

»So ein Quatsch!« Fritz drehte sich zu ihr um. »Die Schatzkammern sind leer, deshalb bauen sie nicht weiter.«

Dorlein hob die Schultern. »Glaub doch, was du willst.« Sie wirkte beleidigt.

Der Markt wurde auf dem großen Platz vor dem Dom abgehalten. Wir erreichten ihn so früh, dass wir noch einen guten Platz fanden, direkt neben den festen Ständen der Händler, die das ganze Jahr über ihre Waren verkauften. Fritz und Dorlein hievten die Fässer von der Ladefläche. Ich wollte Gertrudt beim Auslegen der anderen Waren helfen, aber sie wies mich ab.

»Geh und such deinen Onkel«, sagte sie, und die Freundlichkeit war in ihre Stimme zurückgekehrt. »Deswegen bist du schließlich hier, nicht um unseren Stand aufzubauen.«

Ich umarmte sie, dann Dorlein; Fritz gab ich die Hand. Wir verabschiedeten uns, aber bevor ich sie zurückließ, drehte ich mich noch einmal um. »Wisst ihr, wo das Rathaus ist? Mein Onkel lebt ganz in der Nähe.«

Fritz beschrieb mir den Weg. Ich ging an den Ständen und dem halben Dom vorbei auf die schmalen Gassen zu, aus denen ganz Coellen zu bestehen schien. Händler priesen reichen Damen in fellbesetzten Umhängen und mit hochgeschlagenen Kapuzen ihre Waren an, zeigten auf Stoffbahnen, Kerzenleuchter und fein geschnitzte Stühle. Bauern und Pilger bewunderten die Auslagen der Geschäfte mit großen Augen, Bettelmönche in braunen Kutten und Sandalen zogen singend dahin. Zwischen ihnen drängten sich Soldaten, Arbeiter, die Karren vor sich herschoben, spielende Kinder und Bettler. Nonnen eilten wie schwarze Schatten an ihnen vorbei. Der Rauch von tausend Feuern hing über den engen Gassen und verdunkelte die Sonne.

Mein Herz schlug schneller, als ich die Fahnen der Stadt Coellen über den eng beisammen stehenden, schrägen Häusern mit ihren winzig kleinen Fenstern wehen sah. Eine letzte Kurve, dann stand ich auf einem großen gepflasterten Platz. An seinem Ende erhob sich das Rathaus, ein zweistöckiger, breiter Koloss aus Säulen und runden Steinbögen, unter denen man ganze Häuser hätte errichten können. Bis heute glaube ich, dass jenes Dorf, in dem ich aufgewachsen bin, komplett darunter Platz gefunden hätte.

Langsam ging ich über den Platz. Eis, das Asche und Ruß grau gefärbt hatten, knirschte unter meinen Füßen. Auf den drei Stufen, die zum Rathaus führten, standen Soldaten Wache. Eine zweite Gruppe verscheuchte zerlumpte Kinder, die versuchten, bei einigen offiziell aussehenden Männern zu betteln. Ich versuchte einen Blick auf die Gesichter der Männer zu werfen, doch die waren unter den tief sitzenden Fellmützen kaum auszumachen. War einer von ihnen vielleicht mein Vater? Hatte ich ihn womöglich schon gefunden?

Nach kurzem Zögern ging ich auf die Männer zu, und mit einer Hand tastete ich zum wohl hundertsten Mal nach dem Brief in meinem Hemd. Er steckte immer noch dort. Aus den Augenwinkeln sah ich, wie einer der Soldaten zwei Kameraden anstieß und auf mich zeigte. Mit langen, entschlossenen Schritten gingen sie mir entgegen.

Ich ging schneller, versuchte so nahe wie möglich an die Männer heranzukommen, bevor man mich aufhalten würde. Sie unterhielten sich angeregt und gestikulierend, bemerkten mich nicht.

Die beiden Soldaten stellten sich mir in den Weg. »Deine Dienste will hier keiner, Schwester«, sagte der größere von beiden. »Hau ab.«

Ich errötete, als mir klar wurde, worauf er anspielte. »Ich muss Bürgermeister Wilbolt sprechen.«

»Nein, musst du nicht. Verschwinde.«

»Es ist wichtig.« Ich sah zwischen den Schultern der Soldaten hindurch, versuchte den Blick eines der Männer zu erhaschen. »Bürgermeister Wilbolt!« Ich rief seinen Namen. »Er kennt mich, also, er kennt meine Mutter und ...«

Der Soldat legte seinen Speer quer und schob mich damit zurück. Ich rutschte über das Eis. »Hör auf!«, schrie ich. »Lass mich durch!«

Die Männer unterbrachen ihr Gespräch. Einer drehte sich um. »Was ist denn los?«

»Irgendeine Verrückte, Herr.« Der zweite Soldat breitete die Arme aus, damit ich nicht an ihm vorbeilaufen konnte. »Sie …«

»Ich muss Bürgermeister Wilbolt sprechen!«, unterbrach ich ihn. »Es ist dringend.«

Die anderen Männer verdrehten die Augen, aber der, der die Soldaten angesprochen hatte, kam näher. Er war zu jung, um mein Vater zu sein. »Und was willst du von ihm?«

»Ich …« Beinahe hätte ich ihm die Wahrheit gesagt, doch im letzten Moment besann ich mich. »Das kann ich nur ihm erklären, Herr.«

Der Mann hob die Augenbrauen. »Dann hast du Pech. Er ist nicht hier, und dein Geschrei wird ihn auch nicht herbringen.«

Mit einem letzten, fast schon mitleidigen Blick ließ er mich stehen und kehrte zu den anderen Männern zurück.

»Wann kommt er wieder?«, rief ich hinter ihm her, aber er beachtete mich nicht weiter.

Der größere Soldat ließ seinen Speer sinken, der andere die Arme.

»Du verschwindest jetzt besser, sonst landest du im Kerker«, sagte der kleinere.

»Aber ich muss ihn wirklich dringend sehen.«

»Dann komm nächsten Dienstag wieder, wenn der Rat tagt. Vielleicht hast du dann mehr Glück.«

Der größere Soldat schüttelte den Kopf, als wäre er nicht damit einverstanden, dass sein Kamerad mir einen solchen Rat gab.

»Nächsten Dienstag?« Mein Mund wurde trocken. »Was soll ich denn bis dahin machen?«

»Was weiß ich. Geh jetzt.«

Ich drehte mich um. Wie eine alte, gebrochene Frau muss ich

ausgesehen haben, als ich mit gesenktem Kopf über den Platz ging und in die Gasse einbog, aus der ich gekommen war.

Zuvor hatte ich die Auslagen dort bestaunt und bewundert, doch nun erinnerten sie mich nur an all das, was ich nicht kaufen konnte.

Ein Dreiviertelpfennig, das war alles, was ich hatte, eine lächerliche Summe, wenn man fast eine Woche in der teuren Stadt verbringen muss.

Der Platz blieb hinter mir zurück. Ich hob meinen Rock an und sprang über eine schmale Rinne, in der Fäkalien dampften. Eine Ratte, halb verborgen im grauen Schnee, quiekte und sah mir nach.

Ich ging tiefer in die Gassen hinein, ohne zu wissen, wohin sie mich führten. Die Menschen, die ich traf, beachteten mich kaum, drängten sich nur eilig an mir vorbei, beladen mit Waren und mit einem Ziel, das ich nicht kannte. Ich beneidete jeden Einzelnen von ihnen. Sie wussten, wer sie waren und wohin sie gingen. Alle waren jemand, eine Mutter, eine Tochter, ein Bettler am Ende seines Lebens, ein Wachmann, der seinem Herrn diente. Irgendwo in dieser großen, kalten Stadt wartete jemand auf sie, kannte ihren Namen, liebte oder hasste sie. Meinen Namen kannte keiner, ich war allein.

Eine Schulter traf meinen Rücken und ließ mich stolpern. Ein Mann mit einem Bündel Stroh auf dem Rücken fluchte.

»Steh hier nicht im Weg rum, Mädchen«, sagte er nicht halb so unfreundlich, wie ich erwartet hatte. »Hast du kein Zuhause?«

Nein, wollte ich ihn anschreien, aber im gleichen Moment schoss mir ein Gedanke durch den Kopf. Wieso war er mir vorhin nicht gekommen? Nicht alle Menschen lebten und arbeiteten am selben Ort.

»Ich suche jemanden«, sagte ich zu dem Mann, der sich bereits wieder umgedreht hatte und seinen Korb zurechtrückte. Das Stroh hing ihm so tief ins Gesicht, dass er mich nicht gesehen hatte.

»Wen denn?«, fragte er hinter der Wand aus Stroh.

»Bürgermeister Wilbolt. Weißt du, wo er wohnt?«

Der Mann nieste und wischte sich mit dem Ärmel seines Hemdes durchs Gesicht. »Hier bestimmt nicht.« Seine Geste umfasste die niedrigen, einfachen Häuser und die Menschen, die an ihnen vorbeigingen. »Geh in Richtung Dom und frag da noch mal. Irgendwer wird's schon wissen.«

Ich bedankte mich bei ihm und ging zurück durch die Gassen, der unfertigen, turmlosen Kirche entgegen. Sie war leicht zu finden, denn die meisten Händler waren auf dem Weg dorthin, beladen mit Waren, die sie auf dem großen Platz vor dem Eingang verkaufen wollten. Einige hielt ich an und fragte sie nach dem Haus von Bürgermeister Wilbolt, und einer konnte mir schließlich helfen und schickte mich in ein Viertel hinter dem Dom.

Die Häuser, die dort die Gassen säumten, waren zweistöckig, mit spitzen Dächern, dunklen Balken und dicken Mauern aus Stein. Soldaten patrouillierten und jagten die Bettler davon, die sich in den Hauseingängen versteckten. Sie waren nicht erwünscht. Mich musterten sie ebenfalls, doch keiner sprach mich an. Ich senkte den Blick, um ihrer Aufmerksamkeit zu entgehen, und suchte aus den Augenwinkeln nach dem richtigen Haus.

Ich fand es am Ende einer langen, gewundenen Gasse. Es unterschied sich in nichts von den anderen Häusern in seiner Nähe. Es wehten keine Banner von den kleinen Ziertürmen, die das Dach einrahmten, noch standen Soldaten vor der breiten Eingangstür.

Zögernd stieg ich die Stufen hinauf. In meiner Vorstellung lebten Ratsherren hinter hohen Mauern, bewacht von Soldaten, nicht einfach so in der Stadt.

Vor der Tür blieb ich stehen. Sie war aus schwerem, dunklem Holz, und in ihrer Mitte hing ein eiserner Ring. Er fühlte sich kalt und feucht an, als ich ihn berührte. Vorsichtig klopfte ich mit ihm gegen das Holz. Ich hörte nichts.

Als nach einem Moment immer noch nichts geschah, trat ich

einen Schritt zurück und sah hinauf zu den schmalen, von dunklen Vorhängen geschützten Fenstern. Es war niemand zu sehen.

Ich ging wieder zur Tür, streckte langsam die Hand nach dem Ring aus, um noch einmal zu klopfen, schreckte aber zurück, als drinnen ein Riegel laut knirschend zurückgeschoben wurde.

Eine Hälfte der breiten Tür schwang nach innen auf. Im grauen Tageslicht sah ich einen jungen Mann, der zwar ein Schwert im Gürtel stecken hatte, aber keine Rüstung trug.

Ich ließ die Hand sinken.

»Ja?«, fragte der Mann. Er klang barsch.

»Ich habe eine Nachricht für Bürgermeister Wilbolt.«

Wortlos hielt mir der Mann die Hand hin. Ich griff nach dem Brief in meinem Hemd und errötete, als ich sah, wie der Blick des Mannes meinen Fingern folgte. Hastig wandte ich mich ab.

»Hier«, sagte ich schließlich. Ich reichte ihm den Brief. »Sag ihm, es geht um Magda.«

Der Mann nahm den Brief, betrachtete kurz das Siegel, das den Umschlag verschloss, hob dann die Augenbrauen und schloss die Tür. Es musste ihm seltsam erscheinen, dass der Bürgermeister einen Brief mit seinem eigenen Siegel erhielt.

Ich blieb vor der geschlossenen Tür stehen und wartete. Es begann zu schneien. Kleine Flocken wirbelten durch die Luft und blieben auf den Treppenstufen liegen. Ich zog den Umhang enger um meine Schultern und drehte dem Wind den Rücken zu.

Nach einer Weile hörte ich Schritte hinter der Tür. Der Soldat öffnete und nickte mir zu.

»Komm«, sagte er.

Ich betrat das Haus. Der Gang, durch den mich der Soldat führte, war dunkel und roch nach altem Holz. Dielen knarrten unter meinen Sohlen, die Öllampen, die in regelmäßigen Abständen an den Mauern hingen, waren nicht entzündet. Wahrscheinlich benutzte man sie nur zu besonderen Anlässen, denn Öl war selbst für reiche Leute kaum zu bezahlen.

Aus einer geöffneten Tür fiel Licht in den Gang. Der Soldat führte mich darauf zu. Mein Herz begann schneller zu schlagen, und mein Mund wurde trocken, als ich einen Schatten über die Wände gleiten sah.

Vor der Tür blieb der Soldat stehen. »Das Mädchen, Herr«, sagte er, und mir bedeutete er mit einer Geste einzutreten. Ich fuhr mir mit der Zunge über die plötzlich trocken gewordenen Lippen und ging an ihm vorbei. Der Schatten beendete seinen Weg über die Wände, und der Mann, zu dem er gehörte, drehte sich zu mir um.

Er war alt. Haare dünn wie Kükenflaum hingen von einem fast kahlen Schädel, sein Rücken war krumm, die Hand, in der er meinen Brief hielt, zitterte. Aus seinem faltigen, von Leberflecken übersäten Gesicht starrte mich ein waches, funkelndes Auge an, das andere war milchig weiß und blind.

»Ihr seid nicht Bürgermeister Wilbolt«, sagte ich. Obwohl ich meinen Vater nie gesehen hatte, war ich mir sicher, dass dieser Mann es nicht war.

»Ich bin sein Berater, Friedrich von Wallnen.« Die Stimme des alten Manns war brüchig, doch die Schärfe, die einmal darin gelegen hatte, ließ sich immer noch erahnen. »Näher als bis zu mir wirst du ihm nicht kommen, Kind.«

Er schlurfte zu einem ledergepolsterten breiten Holzstuhl und setzte sich. Auf dem Tisch neben ihm stand ein Kerzenleuchter mit einem halben Dutzend brennender Kerzen. Das einzige Fenster des Zimmers wurde von einem Wandteppich verdeckt, an den Wänden sah ich Regale mit allerlei Holzschnitzereien und einem einzigen Buch.

Von Wallnen bot mir den zweiten Stuhl nicht an, also blieb ich stehen. Ich war ebenso verwirrt wie enttäuscht.

»Glaubt er mir nicht, oder warum weist er mich ab?«, fragte ich.

»Er glaubt dir.« Der alte Mann legte meinen Brief auf den Tisch. »Er erinnert sich sogar sehr gut an den Tag, an dem er Magda dieses

Schreiben gab.« Er musterte mich mit seinem gesunden Auge. »Ich nehme an, du bist ihre Tochter?«

»Mein Name ist Ketlin.«

»Wo ist Magda?«

»Sie ist tot.«

Von Wallnen schmatzte und schwieg.

Ich stand da, wartete und lauschte dem Knistern der Kerzen. Mir war kalt, und ich fühlte mich so fehl am Platz wie ein Holzlöffel zwischen feinem Tafelsilber.

»Was willst du?«, fragte von Wallnen, als ich bereits dachte, das Schweigen würde niemals enden.

Ich zögerte.

»Du kannst frei sprechen. Ich habe bereits dem Vater des Bürgermeisters gedient. In dieser Familie geschieht nichts ohne mein Wissen.«

Ich hatte mir die Worte zurechtgelegt, die ich sagen wollte, doch nun erschienen sie mir unpassend und tölpelhaft.

»Ich …«, begann ich nach einem Moment. »Ich weiß zu schätzen, was der Bürgermeister in seiner Güte all die Jahre für meine Mutter und mich getan hat.«

Von Wallnen runzelte die Stirn, sagte jedoch nichts.

»Uns ist Schreckliches widerfahren. Meine Mutter …« Ich schluckte, als ich sie plötzlich wieder im Rauch verschwinden sah. »Sie wurde …«

Er ließ mich nicht ausreden. »Meine Zeit ist knapp bemessen. Fasse dich bitte kurz.«

»Ja, Herr.« Einen Moment lang fragte ich mich, wie ich fortfahren sollte. Es kam mir so unangemessen vor, diesem Fremden meine Bitte vorzutragen, ohne dass er wusste, was mich dazu brachte. »Der Bürgermeister wollte nach einem guten Mann für mich Ausschau halten. Ich möchte ihn untertänigst und in aller Demut bitten, das zu tun. Ich kann lesen und schreiben, ich beherrsche das Rechnen und ein wenig Latein. Ich würde jedem Krämer eine gute

Frau sein, Herr.« Ich knickste tief und neigte den Kopf unter meiner Kapuze.

»Was für ein seltsamer Auftritt.« Es klang, als würde von Wallnen mit sich selbst und nicht mit mir sprechen. Seine Finger schoben den Brief auf dem Tisch hin und her. »Man könnte fast meinen, der Herrgott habe dir den Verstand genommen.« Er seufzte. »Sieh mich an, Kind.«

Ich hob den Kopf. Meine Lippen zitterten, während ich versuchte zu verstehen, was er da sagte.

»Die Vermessenheit, mit der du hier reinstolzierst und Forderungen stellst wie ein Kriegsherr, verschlägt mir fast die Sprache. Bürgermeister Wilbolt hat vor vielen Jahren aufgrund seines großen Herzens und gegen meinen Rat deiner Mutter ein Stück Land mit einer Hütte geschenkt, damit sie weit entfernt von der Stadt die Brut einer durchzechten Nacht gebären und aufziehen konnte.« Von Wallnens Stimme wurde lauter. Er stützte sich auf dem Tisch ab und stand auf. »Das war alles. Niemals hat mein Herr der Hure, die du Mutter nanntest, Geld gegeben – abgesehen von dieser unglückseligen Nacht natürlich –, niemals hat er behauptet, einen guten Mann für dich zu finden.« Er schlug mit der flachen Hand auf den Tisch. »Welcher kranke, zerfressene Verstand kommt auf so was? Reitet dich der Teufel, so wie er deine Mutter geritten hat?«

Ich wich zurück. Das Blut schoss mir in den Kopf, der Raum kam mir auf einmal stickig und heiß vor. »Aber …« Meine Stimme versagte beinahe. Mir wurde übel. »Aber es steht doch alles in dem Brief, den der Bürgermeister …«

»Nichts steht in dem Brief!«, schrie von Wallnen. Er nahm das Pergament und riss es mit seinen krummen, klauenartigen Fingern auf. Fetzen sanken zu Boden, vergilbt und leer. Kein einziger Buchstabe war darauf zu sehen. »Sie muss das Pergament in jener Nacht gestohlen und versiegelt haben. Gott allein weiß, was sie sich in den Jahren alles damit erschlichen hat. Wenn sie nicht schon tot wäre, würde ich sie an den Pranger stellen.« Er machte einen Schritt auf mich zu. »Und was dich betrifft: Glaube nicht, dass du einen anständigen, ehrenhaften Mann wie Wilbolt in den Schmutz ziehen kannst. Verschwinde, krieche zurück in die Gosse, die dich ausgespien hat, und lass mich nie wieder einen Blick auf dich werfen!«

Ich prallte mit dem Rücken gegen den Türrahmen. »Ihr irrt Euch. Der Bürgermeister hat Euch nicht alles erzählt. Kann ich ihn nicht selbst sprechen?« Die Worte verließen meinen Mund so schnell, dass ich mir nicht sicher war, ob von Wallnen sie überhaupt verstand.

Ohne zu antworten, sah er an mir vorbei und nickte. Nur einen Atemzug später spürte ich eine kräftige Hand an meinem Arm. Der Soldat, der die ganze Zeit über an der Tür gewartet haben musste, zog mich mit sich durch den Gang.

»Wage es nie wieder, dich hier blicken zu lassen!«, rief von Wallnen hinter mir her. Dann wurde ich auch schon zurück in den grauen Tag gestoßen. Ich taumelte die Treppe hinunter auf die vereiste Straße.

Hinter mir knallte es, als die Tür ins Schloss fiel.

Mühsam hielt ich mich aufrecht. Meine Knie waren weich, Schneeflocken wehten in mein überhitztes, gerötetes Gesicht und schmolzen. Ich raffte meinen Umhang und lief in die Gasse, rutschte dabei immer wieder auf dem Eis aus und stürzte beinahe einige Male. Ich wollte nur weg von diesem Haus, von dem alten Mann und seinem böse funkelnden Auge, von der Verachtung in seiner Stimme.

Seine Worte hallten in meinem Kopf wider, jedes von ihnen schmerzhaft wie ein Peitschenschlag. Was von Wallnen gesagt hatte, konnte nicht stimmen. Der Bürgermeister hatte uns Geld gegeben, wo sonst hätte es herkommen sollen?

Tochter einer Hure!

Ich schüttelte den Kopf, verdrängte den Gedanken mit all der Kraft, die mir noch geblieben war. Am liebsten hätte ich mich in den Schnee gelegt, hätte mich tief in ihn hineingegraben, bis mich niemand mehr finden konnte und die Welt verschwand. Ich war müder als je zuvor in meinem Leben.

Irgendwann blieb ich stehen. Ohne es zu merken, war ich bis zu dem Marktplatz vor dem Dom gelaufen. Ich sah hinauf zu den großen, bunten Kirchenfenstern, zu den steinernen Dämonen, die über ihnen hockten und deren höhnische Fratzen mich anstarrten, und zu dem Kreuz, das über allem thronte und dessen Schatten quer über den Platz fiel. Ich sah hinauf und wartete auf Trost.

Nach einer Weile begann die Kälte durch meine Kleidung zu kriechen, und ich ging weiter.

Der Marktplatz war voller Menschen, die sich um Stände und Auslagen drängten. Die Tage waren kurz im Winter, die Zeit knapp.

Meine Zeit ist knapp bemessen, hörte ich bei diesem Gedanken wieder die Stimme des alten Mannes in meinem Kopf. Ich versuchte an etwas anderes zu denken, und ein Teil von mir begann sich vorsichtig zu fragen, was ich nun tun sollte. Ins Dorf zurück konnte ich nicht, und in der Stadt waren mir nur die Bauern, die mich auf ihren Ochsenkarren mitgenommen und hergebracht hatten, wohlgesonnen. Ich sah mich mit ihnen zurückfahren, in ein Dorf, so arm und trostlos wie das, aus dem ich verstoßen worden war, und schüttelte mich innerlich. Niemals würde ich die Wünsche meiner Mutter derart verraten, auch wenn sie *vielleicht* – ich wollte das immer noch nicht glauben – nur wirre Träume gewesen waren.

»Ketlin?«

Überrascht blieb ich stehen und drehte mich zu demjenigen um, der meinen Namen gerufen hatte. Neben einem Stand mit Hasenfellen und Tinkturen stand der Soldat, der mich aus dem Haus des Bürgermeisters geworfen hatte. Er musste die Angst in meinem Blick sehen, denn er hob beschwichtigend die Hände und ging so langsam auf mich zu, als wäre ich ein verängstigtes Tier.

»Mein Herr schickt mich«, sagte er, als er vor mir stehen blieb.

»Welcher?« Es war eine unverschämte Frage, aber es schien ihn nicht zu stören.

»Mein oberster Herr. Er bittet dich, dass du morgen bei Sonnenaufgang zum Zisterzienserkloster nahe des Westtors gehst und dort nach Schwester Maria fragst. Sie wird dir helfen.«

Mein Herz schlug wieder schneller. »Hat er sonst noch etwas gesagt?«

Der Soldat schüttelte den Kopf und wandte sich ab. »Geh dorthin und belästige meinen Herrn nie wieder.«

Kapitel 8

Ich kam in einem Gasthaus weit entfernt vom Dom und den Häusern der Wohlhabenden unter. Dort, am Rand der Stadt, nicht weit entfernt von der Mauer und dem stinkenden Gerberviertel, konnte ich mir zumindest eine Unterkunft für eine Nacht leisten. Es war ungewöhnlich, dass ein Mädchen wie ich von keinem männlichen Verwandten begleitet wurde, und der Wirt musterte mich eine ganze Weile, bevor er den Viertelpfennig von der Theke nahm und in seinen Gürtel steckte.

»Du wirst mir doch hier keinen Ärger machen, oder?«, fragte er.

Ich senkte bestürzt den Blick. »Nein«, antwortete ich rasch. »Mein Onkel, der mich nach Coellen bringen wollte, ist unterwegs verstorben.« Ich redete so schnell, dass ich glaubte, jeder könnte die Lüge aus meinen Worten heraushören. »Deshalb …«

Zwei Männer, die neben mir an der Theke standen, sahen von ihrem warmen Bier auf, und der eine fiel mir erschrocken ins Wort: »Doch nicht an der Seuche?«

Er hatte eine rote, aufgequollene Trinkernase und blutunterlaufene Augen. Der andere hätte sein Bruder sein können.

»Nein. Er … Er fiel in einen Graben und starb ein paar Tage später an seiner Verletzung.«

Alle, die mich hörten, bekreuzigten sich, auch die beiden Kerle am Tresen.

»Und was machst du jetzt ganz allein in der Stadt?«, fragte derjenige, der mich gerade so erschrocken angesprochen hatte. »Ich hätte da noch ein weiches…«

Ein Stoß in die Seite brachte ihn zum Schweigen. »Lass das Mädchen in Ruhe.«

Der Trinker kehrte mit einem Schulterzucken zu seinem Bier zurück, aber der Wirt und der andere Mann betrachteten mich aufmerksam, warteten auf eine Antwort.

Mein Lügenstrom riss nicht ab. »Seine Familie kommt häufig auf den Markt. Wir wollten uns hier mit ihr treffen, weil ich seinen Sohn heiraten werde. Er lernt bei einem Krämer und wird einmal sein eigenes Geschäft haben.«

Der Blick des Wirts glitt über meine abgerissene, dreckige Kleidung. »Aha«, sagte er.

Ich sah ihm an, dass er mir nicht glaubte. Aus irgendeinem Grund störte mich das, vielleicht, weil ich *wollte*, die Geschichte wäre wahr. »Es stimmt. Der Krämer ist sehr zufrieden mit ihm und nimmt ihn sogar schon mit, wenn er in anderen Städten Waren kauft. Ich habe großes Glück, dass ich ihn heiraten darf.«

Der Wirt hob die Schultern. »Wenn du es sagst. Mir ist es egal, was du erzählst – solange es keinen Ärger gibt.«

»Wäre nicht das erste Mal«, murmelte der Trinker neben mir.

Ich wandte mich ab von ihnen, beschämt und verärgert. Selbst diese Fremden glaubten nicht an jene Zukunft, die Mutter für mich vorhergesehen hatte. Sie durchschauten die Lüge, die ich mein ganzes Leben nicht erkannt hatte.

Der Schankraum war klein und dunkel, die Fenster scheibenlos und mit zerschlissenen Vorhängen bedeckt. Es gab weder Tische noch Stühle, nur die Theke und eine Feuerstelle, in der kein Feuer brannte. Eine schmale, enge Stiege führte nach oben zu den beiden Zimmern. Das linke, so hatte der Wirt erklärt, war für Männer, das rechte für Frauen.

Ich raffte meinen Rock und den Umhang und stieg die hohen, unebenen Stufen hinauf.

»Verlauf dich nicht!«, rief mir der Mann hinterher, der eben noch von seinem Freund zurechtgewiesen worden war. Die anderen beiden lachten.

Ich bin keine Hure, dachte ich, sprach es jedoch nicht aus. Sie hätten nur noch mehr gelacht.

Es gab nur zwei Türen im oberen Stockwerk. Die Decke war so niedrig, dass ich nicht aufrecht stehen konnte. Es roch nach Ruß und Bier.

Ich stieß die rechte Tür auf und betrat ein kleines dunkles Zimmer, in dem es außer einem riesigen, mit schmutzigen Laken bedeckten Strohlager nichts gab. Zwischen acht und zehn Menschen passten hinein, schätzte ich, doch noch war ich allein im Zimmer. Ob es noch andere Gäste gab, wusste ich nicht.

Einen Moment zögerte ich, dann legte ich mich ganz an den Rand des Lagers. Das Stroh war alt und roch feucht, aber Ungeziefer bemerkte ich keines, und in diesem Gasthaus würde es sicherer und wärmer sein als auf der Straße.

Ich schloss die Augen und dachte an die Worte des Soldaten. Schwester Maria würde mir helfen, hatte er gesagt. Ich war mir nicht sicher, was das zu bedeuten hatte. Die Ahnung, die seit dem kurzen Gespräch in mir aufstieg, verbannte ich dorthin, wo ich auch all das andere verbarg, an das ich nicht denken wollte.

Mit der Dunkelheit kamen die Frauen, mit denen ich mir das Zimmer teilte. Wir begrüßten uns und rückten nahe zueinander, sodass wir uns gegenseitig wärmen konnten.

Alle Frauen waren mit Händlern oder etwas wohlhabenderen Bauern verheiratet, die nicht vor der Stadt übernachten mussten. Sie kannten sich untereinander, tauschten Geschichten aus und sprachen mich nur selten an. Ich ließ ihre Stimmen an mir vorbeiziehen, bis sie mich in den Schlaf säuselten.

Noch vor Sonnenaufgang wachte ich auf. Ich war es nicht gewohnt, mit so vielen Menschen in einem Raum zu schlafen, und ihr Schnarchen, Husten, Schniefen und Murmeln hatte mich in der Nacht immer wieder geweckt. Als der Nachtwächter draußen unter dem Fenster den Beginn der sechsten Stunde ausrief, schlug ich meinen Umhang zurück und stand auf. Meine Beine juckten. Ich strich mit den Fingerkuppen über meine Waden und spürte kleine Schwellungen. Das Stroh war wohl doch nicht so sauber, wie ich gehofft hatte.

Die Frau neben mir drehte sich seufzend um und zog an ihrem Umhang, als ihre Seite schlagartig abkühlte. Ich fuhr mir durch die Haare und verließ das Zimmer. Im Gang war es noch dunkler als im Schlafraum. Ich tastete mich am Geländer entlang die Stiege hinunter.

Der Wirt und seine Frau lagen in der Schankstube vor der Feuerstelle und schliefen. Ein paar Holzscheite glommen noch darin, und ich spürte die vergehende Wärme des Feuers auf meinen Wangen. Mein Magen knurrte, doch in der Dunkelheit konnte ich nicht sehen, ob irgendwo ein Kanten Brot vom Abend zuvor lag. Also zog ich leise die Tür auf und verließ das Gasthaus.

Frische kalte Luft vertrieb den Schlaf aus meinen Gedanken. In den Gassen war kaum jemand zu sehen. Nur einige Soldaten begegneten mir und ein Schmied mit einer Schubkarre voller Werkzeug. Ich fragte ihn nach dem Weg zum Kloster. Seine Antwort war wortreich und freundlich.

Trotz seiner Anweisungen verlief ich mich zweimal, bis ich schließlich am Ende einer langen, geraden Gasse die Mauern des Klosters sah. Sie waren moosbewachsen und hoch, fast so hoch wie die Stadtmauern, aber es fehlten die Türme und Wehrgänge. Dass Gebäude dahinter lagen, konnte ich nur erahnen, zu sehen waren sie nicht.

Erstes graues Licht kroch über den Horizont, doch die Sonne war noch nicht aufgegangen, und so wandte ich mich von dem großen geschlossenen Holztor des Klosters ab und ging an der Mauer entlang. Nach hundert Schritten hörte ich auf zu zählen. Das Kloster musste sehr groß sein, reichte vielleicht sogar bis zu der Stadtmauer am Westrand der Stadt.

Nach einer Weile gestand ich mir ein, dass ich das Unvermeidliche nur hinauszögerte. Entschlossen drehte ich mich um und ging zurück zum Tor. Was auch immer mich dahinter erwartete, ich würde mich ihm stellen und Bürgermeister Wilbolt beweisen, dass man sich auf mich verlassen konnte.

Ich nahm den schweren, kalten Eisenring in die Hand, klopfte an – und erschrak, als der Ring so laut auf seine Halterung schlug, dass ich glaubte, die ganze Stadt müsse davon erwachen. Hinter den Klostermauern blieb es jedoch still.

Ich zählte bis fünfzig, bevor ich es wagte, ein zweites Mal zu klopfen, und dann klopfte ich noch ein drittes Mal. Aber erst, als ich den Ring danach noch mal in die Hand nahm, hörte ich, wie ein Riegel zurückgeschoben wurde. Ein vergittertes Fenster wurde geöffnet, und dahinter sah ich das Gesicht einer dürren, blassen Nonne. Ihre Wangenknochen stachen hervor, tiefe Falten rahmten eingefallene, schmale Lippen ein.

»Wer stört in der Stunde unseres Gebets?«, fragte sie. Ihre Stimme klang jünger, als ihr Gesicht aussah.

Unwillkürlich trat ich einen Schritt zurück. »Es tut mir leid. Ich wusste nicht … Ich komme gern später wieder, wenn die Stunde angemessener ist.«

»Was willst du?«

»Ich möchte zu Schwester Maria. Mein Name ist Ketlin. Ich glaube, sie erwartet mich.«

»Schwester Maria?« Der Blick, mit dem mich die Nonne musterte, erinnerte mich an den des Wirts. Ich wusste nicht, warum sie mich so ansah. »Warte hier.«

Sie schloss das Fenster und verriegelte es, so als würde sie befürchten, ich könne mich durch die Gitterstäbe ins Innere des Klosters zwängen. Ich lehnte mich an die Mauer und wartete, während die Stadt, deren Hütten und Gassen einen respektvollen Abstand zum Kloster hielten, langsam erwachte. Der Wind wehte den Geruch frisch gebackenen Brotes zu mir. Ich hätte hungrig sein müssen, aber in meinem Magen schien ein heißer, schwerer Klumpen zu liegen, der sich mit jedem Lidschlag unangenehmer anfühlte.

Ich zuckte zusammen, als die Geräusche auf der anderen Seite des Tores zurückkehrten. Dieses Mal wurden gleich mehrere Riegel bewegt, dann öffnete sich eine schmale Tür. Die dürre Nonne dahinter winkte mich hinein. »Komm. Schwester Maria wird dich empfangen.«

Ich ging durch die Tür und betrat einen Innenhof, dessen vier Seiten von einem Kreuzgang umgeben waren. Darüber erhob sich hufeisenförmig und zwei Stockwerke hoch das Klostergebäude. Links von mir stand eine kleine Kapelle mit einem spitzen Glockenturm. Alles wirkte beengt und nicht annähernd so groß, wie die Mauern von außen hatten vermuten lassen.

Die Nonne ging vor mir über den Innenhof, erwartete wohl, dass ich ihr folgte. Sie hatte ein steifes Bein, das sie bei jedem Schritt schwerfällig hinter sich herzog. Eis knirschte unter unseren Sohlen. Wir erreichten den Kreuzgang und traten durch eine Tür in das Innere des Klostergebäudes. Außer unseren von den schmucklosen Mauersteinen widerhallenden Schritten hörte ich keinen Laut.

»Wo sind denn alle?«, fragte ich, um die Stille zu füllen.

Die Nonne drehte sich zu mir um. Die Falten in ihrem Gesicht wirkten tiefer als zuvor. Das Gehen bereitete ihr Schmerzen. »Die Chornonnen sind in der Kapelle und preisen unseren Herrn, die anderen, denen es nicht vergönnt ist, daran teilzuhaben, gehen ihrer Arbeit nach.« Ihr kalter Blick traf mich. »Schweigend.«

Ich senkte den Kopf und folgte ihr durch die Gänge, ohne ein weiteres Wort zu sagen.

Schließlich blieben wir vor einer breiten doppelflügeligen Tür stehen. Die Nonne zog eine Seite auf, sah in den Saal, der dahinter lag, und sagte: »Das Mädchen.«

Dann trat sie zur Seite und ließ mich eintreten.

Es war ein Refektorium. Holzbänke standen an langen leeren Tischen, die auf eine Art Bühne zu zeigen schienen. Auf der stand nur ein einzelner Tisch mit sechs hochlehnigen, gepolsterten Stühlen, und darüber hing ein Kreuz, gehalten von schweren Eisenketten, die zu Ringen in den Wänden führten. Das Kreuz war doppelt so groß wie ich, wenn nicht noch größer. Der hölzerne Christus, dem Nägel durch Hände und Füße geschlagen waren, trug eine Dornenkrone. Er war noch nicht ganz fertig. Seine Arme und Beine waren bereits bemalt, doch sein Kopf war dunkel und konturlos, und aus leeren hölzernen Augen blickte er auf den Saal hinab. Die Fenster knapp unter der Decke rissen ihn aus dem Schatten, während alles andere im Halbdunkel blieb.

»Er ist beeindruckend, oder?«, fragte eine helle Stimme.

Ich drehte den Kopf und sah eine Nonne in dunkler Tracht und eng anliegender Gugel. Sie saß auf einer der Holzbänke, die Hände im Schoß gefaltet, und betrachtete den halb bemalten Christus. Sie konnte nicht viel älter sein als ich, ihr Gesicht war faltenlos, die Augen groß und rund und freundlich blickend.

»Ja«, sagte ich, »das ist er.«

»Er wacht seit einem Jahr über uns. Wir lassen daran arbeiten, wann immer wir etwas Geld übrig haben, was leider nicht sehr oft ist.«

Schwester Maria stand auf. Der hölzerne Rosenkranz, der von dem Gürtel an ihrer Hüfte hing, schwang hin und her, als sie auf mich zuging. Sie war kleiner als ich.

»Aber nun zu dir«, sagte sie. »Dein Name ist Ketlin.«

Es war keine Frage, aber ich nickte trotzdem. Ich war nervös und wusste nicht, wohin mit meinen Händen. Mal faltete ich sie hinter dem Rücken, mal vor dem Bauch.

»Bürgermeister Wilbolt scheint großen Anteil an deinem Schicksal zu nehmen. Warum das so ist, weiß ich nicht.« Ich öffnete den Mund, aber Schwester Maria hob die Hand. »Und ich will es auch nicht wissen. Es ist nicht das erste Mal, dass ein Mädchen wie du vor mir steht, das von einem hohen Herrn geschickt wurde. Nur eine Frage musst du mir beantworten.« Sie richtete den Blick nach oben, auf die leeren Augen des Messias. »Ist ein Kind unterwegs?«

»Nein!« Entsetzt stieß ich das Wort hervor. »Es ist nicht so, wie Ihr …«

Wieder hinderte mich ihre Hand daran weiterzusprechen. »Wie ich bereits sagte, ich will es nicht wissen.« Schwester Marias Blick kehrte zu mir zurück. »Bürgermeister Wilbolts Mitgift ist großzügig, sogar sehr großzügig, doch unabhängig davon muss ich die Aufgabe, die mir von der Äbtissin übertragen wurde, mit Sorgfalt angehen. Deine Aufnahme in unserer Gemeinschaft hängt nicht von weltlichen Dingen ab, sondern …«

Meine Knie wurden weich, der Saal begann sich zu drehen. Schwer setzte ich mich auf eine der Holzbänke.

Schwester Maria unterbrach sich. »Man hat dir nicht gesagt, weshalb du zu mir kommen solltest?«

Ich schüttelte den Kopf. Mir war auf einmal so übel, dass ich es nicht wagte, den Mund zu öffnen.

»Was dachtest du denn, würde hier geschehen?«

Nichts hatte ich gedacht, gar nichts. Und noch immer konnte ich nicht denken, sondern empfand nur Hoffnungslosigkeit und Verzweiflung. Ich hob stumm die Schultern.

Es raschelte, als Schwester Maria sich neben mich auf die Bank setzte und meine Hand ergriff. Ihre Haut fühlte sich warm und trocken an. »Spürst du denn den Ruf nicht in dir?«

Ich schluckte die Übelkeit hinunter. »Nein.«

Sie schwieg einen Moment. Aus den Augenwinkeln sah ich, wie sich ihr Blick wieder auf die Christusfigur über uns richtete. »Das kommt schon noch, hab keine Angst.«

Ich fragte mich, ob sie dabei an mich dachte oder an die unbemalten Augen des Heilands.

Kapitel 9

Ich verbrachte den Tag mit Beten, so wie Schwester Maria es geraten, nein, eher befohlen hatte. Unmittelbar neben der Kapelle, in der ich die Nonnen gelegentlich singen hörte, gab es eine Holztür, die in einen kleinen, fensterlosen Raum führte. Dort betete ich und kniete dabei vor einem mit Kerzen eingerahmten Marienaltar, der mit Trockenobst, etwas Brot und einer Weinkaraffe geschmückt war. Mein Magen knurrte jedes Mal, wenn ich einen Blick darauf warf, deshalb konzentrierte ich mich auf einen Punkt auf der kahlen Wand über dem Altar.

Das Schaffell unter meinen Knien nahm dem Boden die Kälte. Mit zusammengelegten Handflächen starrte ich die Wand an, während ich im Nebenraum das Singen der Nonnen hörte. Ich versuchte mir vorzustellen, ich wäre eine von ihnen, hätte den Ruf Christi vernommen und würde mein Leben in seinem Dienst verbringen. Wäre das wirklich so schlimm?

Wenn ich es nicht tat, wenn ich diesen Ort verließ und in die weltliche Stadt zurückkehrte, was wäre dann? Allein, ohne Familie, ohne Vermögen, ohne einen Mann an meiner Seite würde ich wohl schon bald zu der werden, die der Wirt in mir gesehen hatte. Ich schüttelte mich bei dem Gedanken.

Nach einer Weile begannen meine Knie zu schmerzen, dann auch mein Rücken. Ich sah mich um, fühlte mich beobachtet, obwohl niemand außer mir und der Mutter Gottes im Raum war. Ich bat sie stumm um Vergebung, nahm das Schaffell, legte es vor einer Wand auf den Boden und setzte mich darauf. Die Beine streckte ich aus und seufzte vor Erleichterung.

Und dann erlaubte ich meinen Gedanken, zu Mutter zurückzukehren. Ich wusste, was sie für mich gewollt hätte, die Erfüllung ihres verrückten, stolzen Traums. Doch das würde nicht geschehen. Niemals.

Wieso hast du mich nur so belogen?, fragte ich ihr Abbild in meinem Geist. Und woher hattest du das Geld, um diese Lüge all die Zeit aufrechtzuerhalten?

Doch Mutter schwieg und verschwand im Qualm der brennenden Hütte.

Ich hörte Schritte auf dem Eis vor der Tür knirschen. Erschrocken sprang ich auf. Mit dem Fuß stieß ich das Schaffell von der Wand weg. Es rutschte über den Boden und blieb ungefähr an der Stelle liegen, von der ich es genommen hatte.

Die Tür wurde aufgezogen. Schwester Maria sah zuerst mich an, dann den unberührten Altar, dann das schräg liegende Schaffell und schließlich wieder mich.

»Hast du dein Gebet schon beendet?«, fragte sie.

Ich nickte.

»Konnte die Heilige Mutter dir den Weg weisen?«

Wieder nickte ich.

»Und was hast du beschlossen?«

Ich glaubte, so etwas wie Nervosität in Schwester Marias Stimme zu hören. Die Mitgift musste wirklich großzügig sein.

»Dass ich hierbleiben und auf den Ruf warten werde«, sagte ich zu ihrer sichtbaren Erleichterung. »Wenn Eure Gemeinschaft mich aufnehmen möchte.«

»Die ehrwürdige Mutter überlässt mir in solchen Dingen die Entscheidung, und mein Gefühl sagt mir, dass du eine Bereicherung für unseren Orden sein wirst. Komm.« Sie streckte einladend den Arm aus. »Die anderen nehmen gleich ihr Abendessen im

Refektorium ein. Dort kannst du alle kennenlernen. Und morgen beginnen wir dann mit den Gelübden.«

Ich folgte Schwester Maria durch den Innenhof zurück ins Hauptgebäude. Eine merkwürdige Ruhe überkam mich, während mich die Mauern umgaben, die mich von nun an von der Welt trennen würden. Keine Unsicherheit mehr, keine Entscheidungen, nur Gehorsam und Demut vor dem Herrn. Vielleicht hatte Gott mir einfach nur seine Prüfungen auferlegt, damit ich schließlich zu diesem Ort gelangen konnte, um seinen Willen zu erfüllen. Vielleicht war ich zuhause angekommen.

Schwester Maria öffnete die Tür zum Refektorium. Ich hörte das Schaben von Holz und das Rascheln von Stoff, als ich eintrat. Nonnen in dunklen Trachten saßen dicht gedrängt auf den Holzbänken und aßen Suppe aus großen hölzernen Töpfen, immer sechs um einen Topf. Ich sah viele junge Frauen, einige alte und ein paar, deren Alter sich im Halbdunkel des Saals nicht schätzen ließ. Der Schatten des gewaltigen Kreuzes fiel über ihre Gesichter, geformt vom letzten Licht des vergehenden Tages. Die Kerzenständer, die auf einigen Tischen standen, waren leer.

Die Nonnen sahen auf, als Schwester Maria und ich eintraten, aber keine sagte etwas. Mein Blick glitt nach oben zu dem Podest mit seinem einen, quer zum Saal stehenden Tisch. Kerzen brannten darauf, und in ihrem Schein sah ich fünf Nonnen sitzen, von denen die in der Mitte alt, dick und halslos war wie eine Kröte. Aus kleinen Augen, die hinter den Fettwulsten ihrer Wangen fast verschwanden, starrte sie mich an.

»Ehrwürdige Mutter Immaculata«, sprach Schwester Maria sie an. »Das ist Ketlin. Sie wird morgen ihr Novizinnengelübde ablegen.«

Die alte Nonne musterte mich schweigend, bis ich den Blick senkte, dann widmete sie sich wieder ihrer Suppe. Die Nonnen, die neben ihr saßen, beachteten mich nicht, schlürften und schmatzten nur mit gesenkten Köpfen. Ich konnte ihre Gesichter nicht erkennen.

Schwester Maria ging zu einer großen Truhe an der Wand, öffnete den Deckel und nahm einen Holzlöffel heraus. »Hier«, sagte sie leise. »Der gehört von nun an dir. Achte gut darauf.«

Ihre Ernsthaftigkeit erschien mir beinahe lächerlich. Es musste Hunderte dieser einfachen Löffel im Kloster geben. Aber ich schwieg und nickte.

Sie führte mich zu einem der Tische und wies die Nonnen, die dort saßen, mit einer kurzen Geste an, Platz zu machen. Sie gehorchten, ich setzte mich auf die Bank und sah in die Gesichter, die mich umgaben. Sie waren jung und voll. Ich lächelte, und zwei von ihnen lächelten zurück. Eine dritte Nonne reichte mir einen Kanten Brot und schob den Topf näher zu mir, sodass ich herankam. Ich bemerkte die Fettaugen auf der Suppe und das Wintergemüse, das in der dampfenden Flüssigkeit schwamm. Hungrig begann ich zu essen.

Wie lange hatte ich schon nichts mehr gegessen? Einen Tag, zwei? Ich war mir nicht sicher. Die Zeit seit der Flucht aus dem Dorf bestand fast nur aus Wortfetzen und einzelnen Bildern, die ich kaum noch in einen Zusammenhang bringen konnte.

Die Suppe wärmte mich, das Brot füllte meinen Magen. Beides schmeckte nach nichts, doch ich wurde satt, alles andere zählte nicht.

Ich schluckte ein Stück Brot hinunter und sah die junge Novizin neben mir an. »Bist du aus Coellen?«, fragte ich.

Meine Stimme hallte durch den Saal.

Die Augen der Nonnen, die um mich herumsaßen, weiteten sich. Einige duckten sich, so als erwarteten sie den Schlag einer Peitsche.

Ich ließ den Löffel sinken. Hinter mir, in der Stille des schweigenden Saals, wurde ein Stuhl zurückgeschoben. Die Nonnen sprangen von ihren Bänken auf. Die Sohlen ihrer Holzschuhe schlugen hart auf den Holzfußboden.

Ich stand ebenfalls auf und drehte den Kopf, um zum Podest zu sehen, auf dem die Äbtissin nun hinter ihrem Tisch stand und die Hände auf die Holzplatte stützte. Das Kreuz, das um ihren Hals hing, schwang vor und zurück. Es sah wertvoll aus.

Die Nonnen rechts und links von ihr standen mit gesenkten Köpfen da. Der ganze Saal schien das Urteil für ein Verbrechen zu erwarten, das ich nicht verstand.

»Schwester Maria«, sagte die Äbtissin mit einer Stimme, die feucht und heiser klang, »scheint vergessen zu haben, dir die Regeln unseres Ordens zu erläutern. Wir sprechen nicht während der Mahlzeiten, sondern verbringen sie in stummer Dankbarkeit für den Großmut unseres Herrn, der uns mit solchen Speisen segnet.«

Sie richtete sich auf und ging mit langsamen Schritten auf die Stufen zu, die vom Podest nach unten führten. »Und«, sagte sie, als ich schon glaubte, sie würde nichts mehr hinzufügen, »wir fressen nicht wie die Schweine.«

Die Nonnen um mich herum richteten ihre Blicke fest auf ihre gefalteten Hände, doch ich sah einige Mundwinkel zucken. Meine Wangen fühlten sich heiß an. Ich wollte mich entschuldigen, aber Schwester Maria kam mir zuvor. In ihrer dunklen Kutte eilte sie der Äbtissin entgegen.

»Es ist mein Versäumnis«, sagte sie. »Ich wollte das Mädchen nach dem Nachtmahl einweisen, aber …«

Mutter Immaculata hob die Hand. »Erklärungen sind nicht notwendig, Entschuldigungen schon gar nicht. Ich habe dich mit deinen Aufgaben überfordert und mich der Sünde des Stolzes schuldig gemacht. Der Herr wird mir im Gebet offenbaren, wie ich am besten dafür Buße tue. Bis dahin …«, sie nickte einer der beiden Nonnen, die ihr wie Schatten folgten, zu, »… wird Schwester Johannita das Mädchen einweisen.«

Es war, als träfe mich ein Schwall kalten Wassers mitten ins Gesicht. Ich starrte die Nonne an, die nun den Kopf hob und ihren Blick auf mich richtete.

»Möge der Herr mir die Kraft geben, dieser Aufgabe gerecht zu werden«, sagte Schwester Johannita mit ihrer kalten, hässlichen Stimme.

Das Abendmahl endete, als Mutter Immaculata den Saal verließ. Die Nonnen, die es mir nicht gleichgetan und »wie ein Schwein gefressen« hatten, würden diesen Tag wohl nur halb gesättigt beenden. Einige von ihnen trugen fast volle Schüsseln zurück zu dem großen Kessel, der nahe am Eingang stand, und schütteten die Suppe hinein. Andere schlugen Brotkanten sorgfältig in Tuch ein. Überwacht wurden sie dabei von einer hochgewachsenen, nicht mehr ganz jungen Nonne, die keine von ihnen aus den Augen ließ. Als alles zusammengeräumt war, klatschte sie in die Hände. Zwei Mädchen, bei denen es sich um Konversinnen handeln musste, Nonnen aus dem einfachen Volk, die jene aus den besseren Ständen bedienten, liefen in den Saal, barfuß und in schlichter, erdfarbener Tracht, und trugen den schweren Kessel hinaus. Die Nonne folgte ihnen, den Korb mit den Brotkanten an ihre Brust gedrückt wie einen Schatz.

Der Saal leerte sich rasch. Niemand sprach ein Wort. Ich drehte mich zu Schwester Johannita um und konnte immer noch nicht glauben, dass ich ihr an diesem Ort begegnet war. Sie hatte uns nie den Namen des Klosters genannt, in dem sie lebte, aber Mutter und ich hatten immer geglaubt, es läge irgendwo auf dem Land.

Sie ließ mich warten.

Erst, als außer uns fast niemand mehr im Saal war, nickte sie mir zu. »Komm.«

Ich folgte ihr durch eine schmale Tür, durch die vor uns nur wenige Nonnen gegangen waren. Die meisten hatten den Weg gewählt, über den ich in den Saal gekommen war.

Schwester Johannita bog in einen anderen, schmaleren Gang ein. Sie wurde langsamer, sodass ich zu ihr aufschließen konnte.

»Ihr wisst ja noch gar nicht, was geschehen ist, oder?«, fragte ich, um das Schweigen zu beenden. »Weshalb ich hier bin und was mit…«

Sie fuhr herum, und ich konnte nicht einmal mehr blinzeln, so schnell warf sie mich gegen die Wand, um mir dann den Arm gegen die Kehle zu drücken. »Niemand wird erfahren, dass wir uns kennen«, zischte sie mir ins Gesicht. Ich versuchte mich gegen ihren Druck zu wehren, aber sie war stark wie ein Keiler. »Wenn du erzählst, dass wir uns kennen und dass ich dich Lesen und Schreiben gelehrt habe, mache ich dir das Leben hier zur schlimmsten Hölle, die du dir vorstellen kannst.«

Ich antwortete nicht. Ihr Atem roch sauer und nach vergammeltem Fleisch.

»Niemand wird es erfahren, hörst du? Niemand!«

Ich versuchte zu nicken, aber mein Kinn stieß gegen ihren Arm.

Schwester Johannita starrte mich an, dann trat sie einen Schritt zurück. »Komm!«

Ich folgte ihr. Meine Kehle brannte, und mein Verstand versuchte vergeblich, Sinn in das zu bringen, was gerade geschehen war. Weshalb wollte Schwester Johannita verheimlichen, dass sie diejenige gewesen war, die mir Lesen und Schreiben beigebracht hatte. Hatte ich vielleicht so wenig gelernt, dass sie befürchtete, meine schlechten Leistungen würden auf sie zurückfallen?

Eine andere Erklärung fand ich nicht, aber sie passte, wenn ich daran dachte, wie Schwester Maria im Refektorium meinen Fehler auf sich genommen hatte. Vielleicht verhielten sich Nonnen untereinander so. Ein seltsamer Ort war das, an dem der Fehler der einen die Schuld der anderen war. Es würde mir schwerfallen, mich daran zu gewöhnen.

Wir bogen in einen dunklen gemauerten Gang ein. Schwester Johannita nahm eine Kerze aus ihrer Halterung an der Wand, zündete sie an und steckte danach den Zunderkasten wieder in den kleinen Beutel, der neben dem Rosenkranz an ihrem Gürtel hing.

»Hier sind die Zellen der Novizinnen«, sagte sie, als wäre nichts geschehen. Mit der Kerze deutete sie auf einige schmale Holztüren. »Du wirst dir deine mit zwei anderen teilen.«

Sie blieb vor einer der Türen stehen, in die ein kleines vergittertes Fenster in Kopfhöhe eingelassen war. Mir fiel der Riegel auf, mit dem man die Tür von außen versperren konnte.

Schwester Johannita stieß die Tür auf, ohne anzuklopfen. Im trüben Licht der Kerze sah ich einen kleinen Raum mit einem einzelnen winzigen Fenster hoch oben in der gegenüberliegenden Wand. Darunter befanden sich drei mit Vorhängen voneinander getrennte Schlafstätten. Auf der linken und mittleren saß jeweils ein Mädchen mit kurz geschorenen Haaren und in langen, erdfarbenen Unterröcken. Beide sprangen auf, als wir eintraten.

»Schwester Johannita«, sagten sie gleichzeitig. Ich glaubte, Angst in ihren atemlosen Stimmen zu hören.

»Schwester Klara, Schwester Alfonsa, das ist Ketlin. Sie wird ab jetzt bei euch schlafen.«

»Ja, Schwester.«

Es war den Mädchen anzusehen, dass ihnen das nicht gefiel. Wahrscheinlich hatten sie sich längst angefreundet, tuschelten und flüsterten abends vor dem Einschlafen miteinander. Und plötzlich mischte sich eine Fremde in die vielleicht einzige Zeit des Tages, in der sie ungestört waren. Ich verstand, dass sie das nicht erfreute.

Ich musste mich mit ihnen anfreunden. Wir würden viel Zeit miteinander verbringen.

Schwester Johannita blieb im Türrahmen stehen. »Die Vorhänge bleiben zugezogen während du dich umziehst und während du schläfst. Trägst du ein Unterkleid?«

»Ja, Schwester.«

Ich blieb vor der freien Schlafstätte stehen. Jemand hatte auf die Vorhänge mit Ruß ein großes schwarzes Kreuz gemalt. Ein hölzernes hing über der Strohmatratze.

»Gut. Du wirst es öfter wechseln als dein Habit. Wir schlafen stets vollständig angezogen. Niemand in unserem Orden zeigt sich je unsittlich, weder vor den Augen anderer noch vor den eigenen und schon gar nicht vor denen des Herrn. Du wirst bald eine Braut Christi sein. Der Herr betrachtet dich mit besonders strengem Blick. Vergiss das nie.« Sie wandte sich ab, sah dann jedoch ein letztes Mal zurück. »Und wir schlafen immer mit den Händen über der Bettdecke. Immer.«

»Ja, Schwester.« Die Regel erschien mir seltsam, aber ich fragte nicht nach.

»Gute Nacht.« Schwester Johannita schlug die Tür hinter sich zu. Ihre Schritte hallten den Gang entlang, das Licht der Kerze, das durch das kleine Fenster ins Innere der Zelle fiel, wurde schwächer und verschwand. Zurück blieb Dunkelheit.

Kleider raschelten neben mir, Stroh knisterte. Ich stellte mir vor, wie sich die beiden Mädchen wieder hinlegten. Sehen konnte ich sie nicht.

»Wie lange seid ihr schon hier?«, fragte ich leise.

»Wir dürfen während der Nacht nicht reden«, flüsterte eine Stimme jenseits des Vorhangs. Ich nahm an, dass sie Alfonsa gehörte, weil sie die mittlere Schlafstätte belegte. »Die Nacht ist zum Schlafen da.«

»Ihr redet nicht während des Essens und nicht in euren Zellen? Dürfen wir uns denn nie unterhalten?«

»Wir dienen dem Herrn in völliger Hingabe. Wir haben nicht das Bedürfnis zu tratschen wie die Waschweiber.« Die Stimme schwieg einen Moment lang. »Oder wie die Bastarde von Waschweibern.«

Eine zweite Stimme prustete, zuerst laut, dann gedämpft. Wahrscheinlich hielt sich Klara ihre Decke vor den Mund.

Ich presste die Lippen aufeinander, mein Mund wurde trocken. »Ihr kennt mich nicht«, sagte ich so ruhig ich konnte. »Ihr wisst nichts von mir.«

Die eine Stimme kicherte gedämpft weiter, die andere schwieg.

Ich zog meine Stiefel aus, dann kroch ich unter die ausgefranste Decke meines Strohlagers. Bis zu den Schultern zog ich sie hoch, wohl wissend, dass ich damit Schwester Johannitas Anordnung missachtete.

Es war mir egal.

Kapitel 10

Ich fuhr hoch, als ich das laute Knarren der Zellentür hörte. Monotoner, aus zahlreichen Kehlen angestimmter Gesang hallte durch den Gang. Schwester Johannitas Schatten fiel lang in die Zelle. Die Nonne sagte kein Wort, ließ nur das Licht ihrer Kerze über unsere Schlafstätten gleiten. Ich legte rasch die Hände auf die Decke, war mir aber nicht sicher, ob ich schnell genug gewesen war.

Durch den dünnen, hellen Vorhang sah ich, wie sich die Silhouette von Schwester Alfonsa erhob und nach ihrer Tracht griff.

»Es ist zwei Uhr«, sagte Schwester Johannita, und ihre Worte waren an mich gerichtet. »Zeit für das erste Gebet. Du wirst dich im hinteren Teil der Kirche aufhalten, in dich gehen und darüber nachdenken, ob diese Berufung auch wirklich die deine ist.« Trotz des schlechten Lichts sah ich, wie sie den Blick auf meine Hände richtete.

»Ja, Schwester.« Ich stand auf und zog meine Stiefel an. So wenig Zeit war seit dem Einschlafen vergangen, dass es mich nicht gewundert hätte, wären sie noch warm gewesen.

Draußen auf dem Gang schritt eine Prozession von Nonnen vorbei. Keine hatte wie Schwester Johannita ein Licht dabei. Sie kannten den Weg so gut, dass sie ihn auch in der Dunkelheit fanden.

Schwester Johannita blieb stehen und wartete, bis wir uns angezogen hatten. Ob sie uns mit ihrer Kerze aushelfen oder uns kontrollieren wollte, wusste ich nicht.

Klara und Alfonsa verließen ihre Schlafstätten, die Hauben eng um den Kopf gelegt, die Hände zum Gebet gefaltet. Wortlos und ohne mir einen Blick zuzuwerfen, schlossen sie sich der Prozession draußen an. Ich wollte ihnen folgen, aber Schwester Johannita versperrte mir den Weg. Im Kerzenlicht wirkten ihre Augen schwarz.

»Mach das nie wieder«, sagte sie leise.

Ich tat nicht so, als wisse ich nicht, wovon sie sprach. »Ja, Schwester.«

»Und du wirst es dem Beichtvater sagen, wenn er am Sonntag zu uns kommt.«

»Ja, Schwester.«

Sie nickte, trat zur Seite und ließ mich durch. Ich kannte die Hymne nicht, die von den Nonnen gesungen wurde, also legte ich nur stumm die Hände zusammen und schloss mich ihnen an.

Durch ein Labyrinth aus Gängen und Treppen gingen wir zur Kapelle. Die Perlen der hölzernen Rosenkränze, die die Nonnen am Gürtel trugen, schlugen bei jedem Schritt gegeneinander und bestimmten den Rhythmus unserer Bewegungen.

In der Kapelle füllten die Nonnen rasch die Bänke. Keine einzige setzte sich, selbst die Äbtissin kniete mit gesenktem Kopf vor dem Altar. Ich stellte mich neben die Tür, so wie Schwester Johannita befohlen hatte. Einige Nonnen sahen mich aus den Augenwinkeln neugierig an, als sie die Kapelle betraten, doch die meisten beachteten mich nicht, sondern gingen nur müde zu ihren Plätzen.

Die Anordnung war nicht zufällig. Die leitenden Nonnen knieten direkt vor dem Altar, hinter ihnen die geweihten und hinter denen die Novizinnen. Die Konversinnen, die wahrscheinlich die meisten anfallenden Arbeiten im Kloster erledigten und von denen zwei im Refektorium den Kessel hinausgetragen hatten, nahmen nicht am Gebet teil. Insgesamt, so schätzte ich, hatten sich rund hundert Nonnen in der Kapelle versammelt. Der Zisterzienserinnenorden bewohnte ein großes Kloster.

Ich betrachtete den Altar, während der Gesang der Frauen und

Mädchen, geführt von der Vorsingerin, lauter wurde, bis er die ganze Kapelle ausfüllte. Er war rotbraun, aus glänzend poliertem Kirschbaumholz geschnitzt und mit Gold verziert. Das Kreuz mit dem Christus daran war viel kleiner als das im Refektorium, aber dafür blickten seine Augen nicht leer zu mir herab, sondern gütig und voller Mitgefühl.

Willst du, dass ich dir diene?, fragte ich lautlos. *Ist das meine Berufung?*

Der Ausdruck der Augen änderte sich nicht. Ich lauschte in mich hinein, hörte jedoch nur meinen eigenen Atem und spürte nichts außer Müdigkeit. Wenn der Messias mir seine Wünsche mitteilte, dann tat er es auf so sanfte Weise, dass ich es nicht bemerkte.

Der Gesang der Nonnen schraubte sich in die Höhe, als wolle er zum Himmel selbst emporsteigen. Ich schloss die Augen und ließ mich von ihm mitziehen, stellte mir ein Leben in dieser Gemeinschaft vor und entdeckte zu meiner Überraschung, dass mich der Gedanke nicht mehr schreckte. Selbst den Worten meiner Zimmergenossin nahm der Gesang auf einmal die Schärfe. Vielleicht war dies das Zeichen des Erlösers, auf das ich gehofft hatte.

Nach einem kurzen stummen Gebet endete die Andacht. Die Nonnen erhoben sich aus ihrer knienden Haltung, die älteren ächzend und langsam, die jungen schnell und ungeduldig.

Schwester Maria, die dem Chor vorgestanden hatte, ging hinter der Äbtissin an mir vorbei. Während mich die ältere Frau ignorierte, schenkte sie mir ein kurzes Lächeln, als wollte sie mir versichern, dass sie mir den Fehler im Refektorium nicht nachtrug. Ich war froh darüber. Im Dorf war ich als Außenseiterin aufgewachsen, doch ich wollte nicht mein ganzes Leben so verbringen.

Ich behielt mein eigenes Lächeln bei, während die Nonnen schweigend die Kapelle verließen. Schwester Johannita war die letzte.

Sie blieb neben mir stehen, die Hände hinter dem Rücken verschränkt, den Blick auf mich gerichtet. »Bist du in dich gegangen?«

»Ja, Schwester.«

»Weißt du nun, welche Rolle dir der Heiland in dieser Welt zugedacht hat?«

»Ich hoffe es, Schwester.«

Es war eine gute Antwort, nicht zu stolz, nicht zu unsicher. Ich sah Schwester Johannita an, dass sie ihr gefiel.

»Und?«, fragte sie.

»Ich will versuchen, ihm eine gute Braut zu sein und euch allen eine gute Schwester.«

Sie schwieg einen Moment und musterte mich.

»Wir werden sehen«, sagte sie dann. In ihren Worten schwang etwas mit, das ich nicht zu deuten wusste. Zweifel vielleicht oder Unbehagen, ich war mir nicht sicher.

Gemeinsam gingen wir zurück zu der Zelle, die ich mir mit Schwester Klara und Schwester Alfonsa teilte. Ich legte mich wieder auf meine Strohmatratze und achtete darauf, dass meine Hände über der dünnen Decke lagen. Die beiden anderen Novizinnen ignorierten mich, drehten noch nicht einmal den Kopf, als ich eintrat. Ich fragte mich, was sie wirklich über mich wussten und was sie nur glaubten zu wissen. Die Wut, die ich über ihre Worte empfunden hatte, war verschwunden, hinweggetragen von dem Gesang der Nonnen. Ich würde nicht über Klara und Alfonsa urteilen, so wie sie über mich urteilten. Ich würde offenen Herzens auf sie zugehen, so wie es der Heiland sicher wünschte.

Ich werde dieses Leben annehmen, dachte ich, als Schwester Johannita die Tür schloss und der Raum in Dunkelheit versank. *Dies wird mein Zuhause.*

Erneut wurden wir mitten in der Nacht geweckt und mussten uns wieder der Prozession in die Kapelle anschließen. Dieses Mal widmeten sich die Nonnen dem Gebet, und am Ende las die Äbtissin aus der Bibel vor. Ich hielt mich im Hintergrund, den Rücken an die kühle Wand gelehnt, und versuchte nicht einzuschlafen. Einige Nonnen mussten offensichtlich ebenfalls gegen den Schlaf ankämpfen, denn immer wieder sah ich, wie Köpfe kurz nach vorn sackten, nur um plötzlich wieder hochzurucken. Von meinem Platz neben der Tür aus sahen sie aus wie Korken, die auf dem Wasser tanzten.

Die Andacht dauerte nicht lange. Schwester Johannita blieb erneut neben mir stehen und wartete, bis die restlichen Nonnen die Kapelle verlassen hatten, dann forderte sie: »Folge mir!«

Wir gingen durch einen schmalen Gang, der nach einigen Windungen vor einer dunklen, eisenbeschlagenen Holztür endete. Schwester Johannita klopfte nicht an, sondern drückte die Klinke nach unten und trat in einen Raum, wo bereits Schwester Maria auf uns wartete.

Sie lächelte, als sie mich sah. »Ich habe schon gehört, dass du dich für ein Leben bei uns entschieden hast. Das freut mich.«

Hinter mir schnaubte Schwester Johannita einmal kurz, dann verließ sie ohne ein weiteres Wort den Raum.

»Ich bin die Kleiderverwalterin des Ordens«, fuhr Schwester Maria fort. Inmitten der zahlreichen Schränke und Truhen, die die Wände des Zimmers säumten, wirkte sie verloren und klein. »Normalerweise kümmere ich mich auch um die Novizinnen, wie du ja weißt, aber in deinem Fall besteht Mutter Immaculata darauf, dass Schwester Johannita dich anweist.«

Ich trat einen Schritt vor. »Was im Refektorium geschehen ist, tut mir leid. Ich wollte nicht …«

Schwester Maria ließ mich nicht ausreden. »Das muss dir nicht leidtun. Ich hätte dir wenigstens unsere grundlegendsten Regeln erklären müssen. Es war gut, dass Mutter Immaculata mein Versäumnis bemerkt hat, bevor ich mehr Schaden angerichtet hätte.« Sie lächelte, und es wirkte ehrlich. »Stolz ist eine schlimme Sünde, und ich war stolz darauf, dass ich diese Aufgaben so gut bewältigen konnte. Zum Glück hat der Herr dich geschickt und mir die Demut, die ich vergessen hatte, zurückgegeben. Ich bin dir dankbar.«

Ich wusste nicht, was ich darauf sagen sollte.

Schwester Maria schien mein Unbehagen zu bemerken, denn sie räusperte sich und öffnete die Schublade einer Truhe. »Hat Schwester Johannita dir bereits die Regeln unseres Ordens erklärt?«, fragte sie, während sie einige gefaltete Kleidungsstücke aus der Truhe nahm.

»Ein wenig. Ich weiß, dass wir uns niemals unzüchtig zeigen, dass wir schweigen, beten und mit den Händen über der Bettdecke schlafen.«

Ich war mir nicht sicher, aber mir war, als würde Schwester Maria verhalten kichern. Als sie mir antwortete, klang ihre Stimme jedoch ganz normal.

»Sie wird dir sicher noch mehr erklären, aber es kann nicht schaden, wenn du es zweimal hörst.« Sie zog einen Schemel zwischen zwei Truhen hervor und bedeutete mir, mich darauf zu setzen. »Wir sind die Bräute Christi«, sagte sie dann. »Wir stellen unser Leben in seinen Dienst und ordnen ihm alles andere unter. Unsere wichtigsten Tugenden sind Glaube, Gehorsam und Demut, unsere größten Sünden Unglaube, Ungehorsam und Stolz. Den Stolz zu besiegen fällt den meisten von uns am schwersten.« Ich hörte, wie Schwester Maria hinter mir eine Schublade öffnete. Metall klapperte. »Deshalb ist es gut, dass Nonnen in einer Gemeinschaft leben. Wir können uns gegenseitig auf unsere Fehler aufmerksam machen, bevor der Teufel sich unser bemächtigt.«

Sie schloss die Schublade. Ich zuckte zusammen, als ihre Hand nach meinen Haaren griff, wollte erschrocken aufspringen, aber Schwester Maria legte ihre andere Hand auf meine Schulter und drückte mich wieder zurück auf den Schemel. Aus den Augenwinkeln sah ich die große Schere, die sie darin hielt.

»Hab keine Angst, es tut nicht weh.«

Sie zog meine Haare straff. Ich wehrte mich nicht dagegen, und nach einem Moment ließ sie meine Schulter los.

»Manche Mädchen weinen, wenn ich ihnen die Haare abschneide«, sagte Schwester Maria, »aber ich glaube nicht, dass du das tun wirst.«

Haarsträhnen kitzelten in meinem Nacken, fielen neben mir auf den grauen Steinboden. Ich ballte die Hände zu Fäusten und versteckte sie im groben Stoff meiner Schürze, damit Schwester Maria sie nicht sah.

»Meistens sind es die reichen Mädchen, die wissen, wie sie in einem Spiegel aussehen, und denen eine Zofe jeden Abend die Haare mit hundert Bürstenstrichen glatt gestrichen hat. Sie sind stolz und eitel, anders als du.«

Die Schere fraß sich durch mein Haar. Sie war stumpf und schartig, zwickte bei jedem Schnitt.

»Du weißt zu schätzen, was dein Vater für dich tut, obwohl er es nicht müsste. Du bist dankbar, dass du einen Platz in unserer Gemeinschaft gefunden hast, nicht als Konversin, sondern als Nonne. Ich sehe dir an, dass du verstehst, was für eine Gnade unser Herr dir damit erwiesen hat.«

Aus Strähnen wurden Büschel. Ich sah auf den Boden und wartete, dass die Tränen kamen, aber sie blieben aus. Vielleicht hatte Schwester Maria recht. Vielleicht wusste ich es im tiefsten Inneren wirklich.

»Habt Ihr es ihnen gesagt?«, fragte ich.

»Was gesagt?«

»Dass ich …« *Ein Bastard bin,* dachte ich, aber das Wort kam mir nicht über die Lippen. »Dass ich anders bin als sie.«

Das Klappern der Schere verstummte. Schwester Maria seufzte kurz, dann schnitt sie weiter. »An einem Ort wie diesem ist es fast unmöglich, etwas geheim zu halten. Ich habe nichts gesagt, aber ich nehme an, dass manchen etwas zu Ohren gekommen ist. Nicht, wer die Mitgift bezahlt hat, nur dass jemand für ein Mädchen von niederem Stand, das eigentlich schon zu alt für die Aufnahme als Novizin ist, gezahlt hat. Den Grund dafür zu erraten fällt nicht schwer.« Sie wischte Haarsträhnen von meinen Schultern. »Gib nichts darauf, was sie sagen. Zeige Stärke und Gleichmut, dann werden sie von selbst damit aufhören.«

Ich nickte und spürte die Kühle des Raums in meinem Nacken. Schwester Maria musste mir die Haare fast bis zur Wurzel abgeschnitten haben. Es war ein seltsames Gefühl, unangenehm und fremd.

»So.« Sie ging zur Truhe und breitete die Kleidungsstücke, die sie aus den Schubladen genommen hatte, darauf aus. »Dies ist deine Tracht. Komm her, dann zeige ich dir, wie du sie anlegen musst. Zieh deine Sachen aus.«

Ich entkleidete mich bis auf den Unterrock, faltete Kleid und Schürze und legte sie auf den Schemel. »Was geschieht damit?«, fragte ich.

»Wir bewahren alles auf, bis du dein Gelübde ablegst. Dann geben wir sie den Armen.«

Und wenn ich den Orden verlassen will?, dachte ich, stellte die Frage jedoch nicht.

Als Schwester Maria zu einem der Schränke ging und nach passendem Schuhwerk suchte, fuhr ich mir rasch mit der Hand über den Kopf. Ich erschrak, als ich die Stoppeln und Büschel unter meinen Fingern spürte. Mein Kopf musste aussehen wie eine schlecht gemähte Wiese.

Schwester Maria kam zurück und musterte mich. »Ja, die Tracht sollte passen. Ich habe wohl richtig geschätzt.« Sie nahm einen weißen Ärmelrock und gab ihn mir. »Den zuerst.«

Ich zog ihn über den Kopf. Er roch sauber und frisch, so als sei er gerade erst gewaschen worden, und reichte bis eine Handbreit über den Boden. Darüber kam ein etwas kürzeres schwarzes Skapulier, das Brust und Rücken wie eine Schürze bedeckte und eine Kapuze hatte.

»Das hier nennt man Kukulle«, sagte Schwester Maria und meinte eine glockenförmige weiße Robe, die, als ich sie anlegte, bis zu den Knöcheln reichte. Sie hatte ebenfalls eine Kapuze, aber im

Gegensatz zu den Kukullen der Nonnen keine Ärmel. Ich nahm an, dass man so die Novizinnen von den wahren Bräuten Christi unterschied.

Es folgte ein weißes Kopftuch, das sich eng an den Kopf schmiegen musste.

»Wenn du glaubst, du kannst den Mund nicht mehr öffnen, hast du es richtig gemacht«, sagte Schwester Maria, während sie den schwarzen Schleier am Kopftuch feststeckte.

Sie gab mir auch ein Paar lederne Sandalen und dicke Wollsocken, trat einen Schritt zurück und nickte dann zufrieden. »Wir leben nach der Benediktinerregel, was bedeutet, dass wir Kleidervorschriften sehr genau nehmen. Achte darauf, dass alles stets richtig sitzt, und frage eine deiner Mitschwestern, wenn du unsicher bist. Ich lasse dir später eine zweite Tracht bringen und einen weiteren Unterrock zum Wechseln. Auch die Nonnen von hohem Stand waschen ihre Kleider selbst.«

»Ja, Schwester.«

»Sitzt alles gut?«

Die Tracht war warm und schwer, die Wolle rau. Ich fühlte mich eingeengt und unwohl, wagte es aber nicht, mich darüber zu beschweren. »Ja, Schwester.«

»Hast du behalten, wie man alles anlegt?«

Ich nickte.

»Gut, dann kannst du die Tracht jetzt wieder ausziehen.«

»Was?«

Ich musste verwirrt wirken, denn Schwester Maria lachte. »Du glaubst doch nicht, dass wir dich Christus in einer Vorratskammer vorstellen. Da könnten wir ja gleich zu den Heiden gehen. Die offizielle Einkleidung findet im Kapitelsaal statt. Beeil dich, die anderen warten bestimmt schon.«

Kapitel 11

Der Kapitelsaal war ein gedrungen wirkender Raum mit dunkel vertäfelten Wänden und niedriger Decke. An seinem Ende stand ein mit Schnitzereien verzierter Holzstuhl, über dem ein großes, ebenfalls aus Holz gefertigtes Kruzifix hing. Graues Tageslicht fiel durch kleine, vergitterte Fenster ins Innere und ließ die Gesichter der versammelten Nonnen blass wirken.

Nicht alle waren zu meiner Einkleidung gekommen. Ich sah keine einzige Konversin und nur wenige Novizinnen. Mutter Immaculata saß auf dem Holzstuhl, der einzigen Sitzmöglichkeit im ganzen Saal. Rechts neben ihr stand ein Lesepult, auf dem eine aufgeschlagene Bibel lag. Schwester Johannita las mit monotoner Stimme die lateinischen Texte vor, die Nonnen lauschten ihr mit gesenkten Köpfen. Manche hielten die Augen geschlossen, andere spielten mit dem Rosenkranz, der von ihrem Gürtel hing. Sie schienen tief in das versunken zu sein, was Schwester Johannita ihnen vorlas. Ich versuchte ihre Worte zu verstehen, gab aber rasch auf. So viel Latein hatte Richard mir nicht beigebracht.

Ich stand an der geöffneten Tür und wartete, so wie Schwester Maria es befohlen hatte. Sie wirkte nervös, so als befürchte sie, ich würde erneut einen Fehler begehen.

Den Gefallen werde ich ihr nicht tun, dachte ich mit einem Blick auf Schwester Johannita.

Sie trat vom Lesepult zurück und senkte den Kopf. Auch alle anderen standen so da, verharrten reglos im Gebet. Mutter Immaculata war die Einzige, deren Kopf nicht gesenkt war. Ihr trüber Blick musterte mich. Ich wich ihm aus.

»Tritt vor, Kind«, sagte die Äbtissin plötzlich in die Stille hinein.

Schwester Maria berührte mich am Rücken, drängte mich dazu, den Saal zu betreten. Die Kleidungsstücke, die ich anlegen sollte, trug ich auf den Armen vor mir her. Sie waren sorgfältig gefaltet, und ich hielt sie in der Reihenfolge, in der ich sie tragen würde. Schwester Maria wollte vermeiden, dass etwas schiefging.

Die Blicke der Nonnen folgten mir, auch wenn keine von ihnen den Kopf hob. Ich sah meine Zimmergenossinnen Klara und Alfonsa zwischen den anderen, größtenteils weitaus jüngeren und kleineren Novizinnen stehen. Bei Tageslicht wirkten beide nicht ganz so hübsch wie am Vorabend. Klara hatte ein langes Gesicht mit spitzer Nase und spitzem Kinn, Alfonsas war rund wie der Vollmond in einer klaren Nacht. Sie senkten die Köpfe weniger als die anderen und betrachteten mich mit einer seltsamen Mischung aus Abneigung und Überheblichkeit. Obwohl ich nicht wusste, weshalb sie noch nicht zur Nonne geweiht worden waren, vermutete ich sofort, dass es ihr Stolz war, der ihnen diese Ehre verwehrte.

Die Nonnen und Novizinnen bildeten einen Gang, durch den ich bis vor den Stuhl schritt, auf dem Mutter Immaculata saß. Ich entdeckte einen kleinen Tisch, so wie Schwester Maria es mir erläutert hatte, legte die Tracht darauf ab und blieb stehen.

Aus den Augenwinkeln sah ich, wie Schwester Johannita die Bibel vorsichtig zuklappte und einen kleinen Hängeschrank hinter sich an der Wand öffnete. Sie schlug die Bibel in ein besticktes Seidentuch ein, nahm ein anderes, dünneres Buch und legte es geschlossen auf das Pult. Schwester Maria hatte mir auf dem Weg zum Kapitelsaal den Ablauf der Einkleidung erklärt. Auf die stille Andacht folgte eine kurze Lesung aus der Benediktinerregel, die die Zisterzienserinnen übernommen hatten.

Mutter Immaculata stand auf und ging zum Pult, und die Nonnen hoben beinahe gleichzeitig die Köpfe. Ihre Blicke streiften mich mit sichtlicher Neugier, dann wurden sie auf die Äbtissin gerichtet.

Mutter Immaculata schlug das Buch auf, blätterte einen Moment mit einem flachen Holzstab darin, bevor sie nickte und sich räusperte.

»Der Abt bevorzuge im Kloster keinen wegen seines Ansehens«, las sie mit ihrer brüchigen, alten Stimme. »Den einen liebe er nicht mehr als den anderen, es sei denn, er finde einen, der eifriger ist in guten Werken und im Gehorsam. Er ziehe nicht den Freigeborenen einem vor, der als Sklave ins Kloster eintritt, wenn es dafür keinen vernünftigen Grund gibt. Denn ob Sklave oder Freier, in Christus sind wir alle eins, und unter dem einen Herrn tragen wir die Last des gleichen Dienstes. Denn bei Gott gibt es kein Ansehen der Person.«

Ich sah zu meinen Zimmergenossinnen, die ausdruckslos und ruhig zuhörten, so als hätten die Worte keine Bewandtnis für sie. Doch mir war klar, zumindest glaubte ich es, dass die Äbtissin diese Stelle für sie ausgesucht hatte und für all die anderen, die an meinem Eintritt Anstoß nahmen. Ich fühlte mich auf einmal geborgen und aufgenommen. Diese strenge alte Frau setzte sich vor allen für mich ein.

»Nur dann unterscheiden wir uns in seinen Augen«, fuhr sie fort, »wenn wir in guten Werken und in der Demut eifriger sind als andere. Der Abt soll also alle in gleicher Weise lieben, ein und dieselbe Ordnung lasse er für alle gelten – wie es jeder verdient.«

Einen Moment lang blieb sie schweigend stehen, ließ die Worte in die Seelen der Anwesenden einsickern wie Regen in einen ausgedörrten Boden. Dann wandte sie sich mir zu.

»Ketlin, du hast an unsere Tür geklopft, und wir haben dir Einlass gewährt. Nun stehst du hier im Angesicht des Herrn, der über uns alle wacht, um ein Teil unserer Gemeinschaft zu werden. Hörst du den Ruf Christi? Siehst du die Hand, die er dir in Liebe entgegenstreckt?«

Meine Kehle wurde eng, meine Zunge schwer. Nichts hatte ich gehört, nichts gesehen, aber vielleicht – dafür wollte ich beten – würde das ja noch kommen.

In dieser Erwartung nickte ich. »Ja, das habe ich.«

»Dann bist du bereit, seinen Ruf zu erhören und seine Hand zu ergreifen?«

»Das bin ich.« Die zweite Antwort fiel mir leichter.

Mutter Immaculata sah mich an. Es wurde still im Saal. Ich wagte nicht, die Augen niederzuschlagen, obwohl ich glaubte, dass der Blick der Äbtissin bis tief in meine Seele reichte und die Lüge darin entdeckte.

»Dann lege nun die Gewänder an«, sagte sie nach einer Zeit, die mir endlos erschienen war. »Von nun an wird das Leben dort draußen ohne Bedeutung für dich sein. Die Welt mit all ihren Makeln und all ihrer Grausamkeit lässt du hinter dir, um dich ganz der nächsten zu verschreiben. Dein ganzes Streben soll sich danach richten, zu einer Frau zu werden, die es wert ist, Braut Christi genannt zu werden.« Endlich wandte sie ihren Blick ab. »Lasst uns für Ketlin beten.« Mutter Immaculata nickte mir kurz zu, dann senkte sie ebenso wie alle anderen im Saal den Blick.

Meine Hände zitterten, als ich mein Kleid auszog und begann, die Tracht anzulegen. Es war kalt im Saal, doch ich wusste, dass dies nicht der Grund für mein Zittern war.

Schließlich blieb nur noch der Schleier. Mit klammen, unsicheren Fingern steckte ich ihn fest. Ein scharfer, stechender Schmerz schoss mir plötzlich durch den Kopf, als eine der Nadeln über meine Kopfhaut kratzte. Ich biss mir auf die Lippe, um nicht aufzuschreien. Tränen stiegen mir in die Augen und liefen mir über die Wangen.

Mutter Immaculata hob den Kopf. Ihre Mundwinkel zuckten, als sie meine Tränen sah, so als wolle sie lächeln. Ich verstand nicht, warum.

Schwester Johannita griff erneut in den kleinen Hängeschrank.

Sie zog eine Holzschatulle hervor und reichte sie der Äbtissin. Die Schatulle war offen, ein Kreuz und ein hölzerner Rosenkranz lagen darin, und Mutter Immaculata nahm beides heraus und blieb vor mir stehen. Zuerst schlang sie den Rosenkranz um meinen Gürtel, dann hing sie mir das Kreuz um den Hals.

»Wenn du vor Glück weinst«, flüsterte sie dabei so leise, dass niemand außer mir sie hören konnte, »dann wird dein Leben hier voll Freude und Zufriedenheit sein. Wenn nicht …«

Sie ließ den Satz unvollendet und trat zurück. Ich spürte den Druck des Kreuzes auf meiner Brust.

»Knie nieder.«

Ich folgte dem Befehl. Der Stein fühlte sich unter meinen Knien nicht so hart an wie zuvor. Die dicke Wolle sorgte dafür.

»Bleibe hier und bete, bis Schwester Johannita dich zur Morgenandacht abholt. Nach dem Frühstück wird sie dich in deine neuen Aufgaben einweisen.«

Ich legte die Hände zusammen und schloss die Augen. Hinter mir raschelte Kleidung, als die Nonnen nach und nach den Kapitelsaal verließen.

Eine Braut Christi, dachte ich. *Hättest du das für mich gewollt, Mutter? Bist du zufrieden mit der Wahl, die ich getroffen habe?*

Sie antwortete nicht auf meine Fragen. Ebenso wenig wie Christus auf meine Gebete.

Kapitel 12

Wir frühstückten im Refektorium. Konversinnen trugen Brot, Schmalz, Zwiebeln und Nüsse auf und stellten Krüge mit dampfendem Bier in regelmäßigen Abständen auf die langen Holztische. Ich setzte mich zu den anderen Novizinnen. Alle hielten die Köpfe gesenkt, aber ich sah, wie sie mich unter ihren Hauben hervor musterten.

Wir dankten Gott für seine Großzügigkeit und seine Gnade, dann verließen die Konversinnen das Refektorium, und wir begannen zu essen.

Nur hin und wieder und sehr, sehr leise wurde etwas gesagt, immer nur dann, wenn die Novizinnen an meinem Tisch glaubten, das Klappern der Holzschalen und Löffel würde ihr Flüstern übertönen. Ich konnte mir denken, über wen sie dann Bemerkungen machten.

Wahrscheinlich empfanden sie es als eine Unverschämtheit, dass ein Mädchen, das nicht von Stand war, mit ihnen am Tisch saß und nicht mit den Konversinnen den Raum verlassen hatte, den armen Nonnen, die in den Gärten, auf den Feldern und in der Küche arbeiteten, die wuschen, putzten, ernteten und säten.

Sie werden sich daran gewöhnen, dachte ich. *Und schon bald wird es ganz normal sein.*

Mutter Immaculata bestimmte das Ende des Frühstücks. Als sie sich erhob, standen auch alle anderen auf, egal, wie voll die Schüsseln noch waren.

Umgeben von ihren engsten Vertrauten verließ sie das Podest und ohne ein weiteres Wort auch den Saal. Die meisten Nonnen schlossen sich ihr an, nur rund zwanzig, darunter auch einige Novizinnen wie Klara, Alfonsa und ich, blieben zurück.

Schwester Johannita läutete eine Glocke, die neben ihr auf dem Tisch stand, und wartete, bis die Konversinnen, die in den Saal eilten, die Tische abgeräumt und sauber gewischt hatten. Ich sah mir ihre Gesichter an, ohne allzu auffällig zu starren. Die jüngsten waren Mädchen, kaum älter als zehn, die ältesten Frauen mit faltigen, verhärmten Gesichtern und trüben Augen. Ich stellte mir vor, wie sie ihr ganzes Leben an diesem Ort verbracht hatten, und biss mir auf die Unterlippe.

Ich hatte Glück, mehr Glück als mir bis zu diesem Moment klar gewesen war.

Schwester Johannita nickte mir zu. Ich trat aus der Reihe der Novizinnen heraus und blieb mit gesenktem Kopf und vor dem Schoß gefalteten Händen stehen.

»Ihr habt Schwester Ketlin ja bereits kennengelernt«, sagte Johannita. »Sie wird uns ab jetzt beim Kopieren der Schriften helfen. Ich erwarte, dass ihr sie in allen Dingen unterstützt.«

»Ja, Schwester.« Die Frauen antworteten gleichzeitig, keine von ihnen sah mich an.

Ohne ein weiteres Wort schritt Schwester Johannita an uns vorbei aus dem Refektorium. Wir folgten ihr durch einen langen Gang, dann die Treppe hinauf und in einen weiteren Gang. An seinem Ende befand sich eine einzelne Tür, die Schwester Johannita mit einem Schlüssel, der mit einer Kette an ihrem Gürtel befestigt war, öffnete.

Der große Raum, der dahinter lag, war geformt wie ein Hufeisen. In dem grauen Stein der Wände gab es ungewöhnlich viele Fensternischen, die teilweise mit schweren Vorhängen verdeckt waren. Rund zwei Dutzend Pulte beherrschten den Raum. Ihre Schreibplatten waren geneigt, ich sah handtellergroße Löcher an den Rändern, von denen ich nicht wusste, wozu sie dienten. Unter dem Pult befand sich eine kleine Fußstütze, davor ein Schemel, von denen ich annahm, dass auf ihnen die Schreiberinnen saßen.

Links neben der Tür stand ein geschlossener Eichenschrank, rechts ein Regal mit unbeschriebenen Pergamentseiten.

»Dies ist das Skriptorium«, sagte Schwester Johannita, während sie zum Schrank ging, ihn öffnete und halb beschriebene Seiten an die Nonnen verteilte. »Hier fertigen wir Kopien wichtiger Schriften an, zum Beispiel von Leihgaben anderer Klöster, die wir für unsere eigene Bibliothek gebrauchen, oder von Büchern, die sich ein Auftraggeber wünscht. Momentan schreiben wir diese Bibel ...«, sie zog ein in Tuch eingeschlagenes Buch aus dem Schrank, das dick wie ein Baumstamm war, »... für den Grafen von Berg und einige Klöster ab.«

So vorsichtig, als fürchte sie, sie könne in ihren Händen zerfallen, trug Schwester Johannita die Bibel zu ihrem Pult, dem einzigen, von dem aus sie alle anderen sehen konnte. Neben mir zogen die Nonnen kleine Rinderhörner aus Löchern in den Regalbrettern des Schranks und trugen sie zu ihren eigenen Pulten. Dort steckten sie die Hörner in jene Löcher, die mir vorhin schon aufgefallen waren, und zogen die Holzpfropfen heraus. Ich sah darauf dunkle Tintenflecke.

Die Nonnen rückten die Pergamente zurecht, zogen kleine flache Messer aus ihren Gürteln und legten sie darüber. Dann gingen sie zum Regal und nahmen sich je eine der Gänsefedern, die dort in Holzbechern steckten. Manche hielten die Feder erst prüfend in der Hand, bevor sie sich für eine entschieden. Ihre Gesichter wirkten ernst und ein wenig entrückt, fast wie bei einem Gebet. Sie schienen etwas im Leben gefunden zu haben, in dem sie sich verlieren konnten. Ich beneidete sie darum.

»Hörst du mir zu, Ketlin?«

Ich zuckte zusammen. »Ja, Schwester.«

Johannita verzog kurz die Mundwinkel, als habe sie die Lüge in meiner Stimme gehört. Doch sie sagte nichts dazu. »Dann muss ich ja nicht noch einmal erwähnen, wie wertvoll die Materialien sind, mit denen du hier arbeiten wirst.«

Sie schlug das Tuch auseinander und winkte mich heran, damit ich die Bibel darin betrachten konnte. Der Umschlag bestand aus Holz, das mit Leder überzogen war. Reich verzierte, kunstvoll verschlungene Buchstaben bedeckten ihn. Sie sahen aus wie goldener Efeu, der sich an einer Mauer emporrankte. Unwillkürlich streckte ich die Hand aus, aber Schwester Johannita schlug mir auf die Fingerspitzen, bevor ich das Buch berühren konnte.

»Deine Dreistigkeit ist wahrhaft grenzenlos«, sagte sie und zog das Tuch mit einem Ruck über den Umschlag. »Weißt du überhaupt, was so ein Kodex wert ist? Das Pergament allein besteht aus der Haut von vierhundert Ziegen.«

Ich versuchte nicht, mich zu rechtfertigen oder zu entschuldigen, dafür kannte ich Schwester Johannita zu gut. Stattdessen senkte ich nur den Kopf und verschränkte die Hände vor dem Schoß. Wie ein Unwetter zog ihr Zorn über mich hinweg.

»Klara, Alfonsa, Benedikta«, sagte sie. »Ihr setzt euch dort vorn in die Fensternische. Nehmt die Pergamentreste von gestern und setzt eure Schreibübungen fort. Ketlin, du siehst ihnen erst einmal nur zu.«

»Ja, Schwester.«

Die drei Novizinnen nahmen Schreibbretter aus dem Regal, Gänsekiele und Pergamentfetzen, die man so oft abgeschabt und gewaschen hatte, dass sie fast durchsichtig waren.

Benedikta drehte sich zu mir um. »Schreibst du mit links oder rechts?«, fragte sie leise. Sie war jünger als ich und hatte ein rundes, helles Gesicht mit grünlich blauen Augen.

»Rechts.«

Sie griff in einen der Holzbecher. »Dann musst du einen Gänsekiel vom rechten Flügel nehmen. Er ist besser für dich geeignet als einer vom linken.«

Ich nahm den Kiel in die Hand und spürte, wie das Federende auf meiner Haut kitzelte.

»Hier ist ein Stück Pergament«, fuhr Benedikta fort. »Nimm es, und übe darauf mit dem trockenen Federkiel. So habe ich es auch gemacht.«

»Danke.« Ich folgte ihr zu der Nische, in der sich Klara und Alfonsa bereits hingesetzt hatten. Sie teilten sich ein Rinderhorn Tinte.

Ich setzte mich ihnen gegenüber auf die zweite Holzbank in der schmalen Nische. Kalte Luft zog von draußen herein. Benedikta nahm neben mir Platz und reichte mir ein Schreibbrett. »Wir haben gestern angefangen, den Buchstaben E zu üben. Man muss darauf achten, dass der Buchstabe immer gleich aussieht, egal, wie der Kiel gerade gespitzt wurde oder die Seite liegt. Das ist gar nicht so einfach.«

Alfonsa drehte den Kopf und flüsterte Klara etwas zu. Ein nur halbherzig unterdrücktes Grinsen huschte über ihre Gesichter, ohne dass sie aufblickten. Benedikta schien darüber verwirrt. Ich nahm an, dass sie die Geschichte oder *angebliche* Geschichte meiner Herkunft noch nicht kannte. Das würde sich ändern, da war ich mir sicher.

Ich sah zu, wie Benedikta den Gänsekiel in die Tinte tauchte, ihn sorgfältig am Rand des Rinderhorns abstrich und zu schreiben begann. Ihre Buchstaben waren makellos. Zeile um Zeile füllte sich das Pergament mit dem rötlich braunen Buchstaben »E«.

»Wir benutzen Dornrindentinte«, sagte Benedikta leise. »Das Pulver wird mit Wein aufgekocht, dann kann man einige Tage damit schreiben, bevor es eintrocknet. Man darf nicht zu viel kochen, sonst verschwendet man Tinte, und dafür ist sie zu wertvoll.«

Am anderen Ende des Skriptoriums begann Schwester Johannita mit monotoner Stimme aus der Bibel vorzulesen. Die meisten Nonnen senkten die Köpfe und begannen zu schreiben, während andere vor einzelnen Pergamentseiten saßen und ihre Federkiele zurechtschnitten.

Benedikta musste meinen Blick bemerkt haben. »Das sind unsere Illustratorinnen und Rubrikatorinnen. Sie sind für die Zeichnungen in den Schriften und die Textüberschriften verantwortlich. Das ist eine besonders schwierige und verantwortungsvolle Arbeit.« Beinahe sehnsüchtig sah sie zu einer älteren, dicken Nonne hinüber, deren Tracht bunt verschmiert war. »Schwester Constantia ist die Beste von allen. Ich wünschte, der Herr hätte mir nur eine Fingerspitze ihres Talents mitgegeben.«

»Sie stinkt«, flüsterte Klara. »Und sie trinkt den Wein, den sie zum Tintekochen nehmen sollte.«

»Das ist nicht wahr.« Benediktas Stimme wurde lauter. »Lügen ist eine Sünde.«

Alfonsa hob die Schultern. Die Buchstaben auf ihrem Pergament wirkten uneinheitlich und krakelig wie die eines Kindes. »Jeder außer dir weiß das.«

Ihre herablassende Art störte mich, deshalb sagte ich: »Ich weiß es auch nicht.«

»Dann weiß es eben jeder außer der Närrin und der Hur…«

»Was ist dort hinten los?« Schwester Johannita war von ihrem Pult aufgestanden und stützte die Hände auf die Holzplatte rechts und links der Bibel. »Wie könnt ihr es wagen, über die Worte des Herrn hinweg zu reden?«

Wir standen auf, Klara so schnell, dass die Tinte beinahe aus der Halterung ihrer Schreibplatte gerutscht wäre; im letzten Moment hielt ich das Rinderhorn fest. Klaras Blick streifte den meinen, und ich glaubte, Dankbarkeit darin zu erkennen.

Die anderen Nonnen, alle bis auf Constantia, die tief in ihre Arbeit versunken schien, starrten uns an.

»Das habe ich versucht, Ketlin zu erklären«, sagte Alfonsa, »aber sie wollte nicht auf mich hören.«

»Aber…«

Benedikta und ich sprachen gleichzeitig, doch Schwester Johannitas erhobene Hand brachte uns zum Schweigen. »Die Sünde einer ist die Sünde aller. Nach der Non werdet ihr vier in der Kapelle bleiben und den Rosenkranz beten, bis ich euch holen lasse. Und nun arbeitet weiter – schweigend.«

»Ja, Schwester. Danke, Schwester.«

Die drei Novizinnen antworteten im Chor, ich ein wenig später. Die Ungerechtigkeit der Bestrafung und die Dreistigkeit von Alfonsas Lüge lagen schwer auf meiner Zunge, aber ich tat nichts, um sie zu erleichtern. Widerworte hätten Schwester Johannita auch nicht überzeugt.

Demut, dachte ich. *Demut, Bescheidenheit und Glauben. Alles andere wird sich dann schon von selbst ergeben.*

Es war kalt im Skriptorium, und der Tag verging mit quälender Langsamkeit. Ich ließ gelegentlich den trockenen Federkiel über das Pergament vor mir gleiten und übte dessen Haltung zwischen Daumen und Zeigefinger, doch irgendwann waren meine Finger steif vor Kälte, und ich setzte mich auf meine Hände, bis Schwester Johannita das verbot.

Ich war froh über die Unterbrechungen, die Gebete zur Terz, zur Sext, schließlich zur Non. Wie befohlen blieben Klara, Alfonsa, Benedikta und ich nach dem Gebet in der Kapelle und legten uns flach auf den Boden, die Arme ausgebreitet, die Stirn auf den kalten Stein gepresst. Kein einziges Mal sahen wir uns an, und ich hörte nichts außer dem Murmeln der anderen Mädchen und dem gelegentlichen Zischen der beiden Kerzen, die den Altar vor uns erhellten.

Nach einer Weile begann ich zu zittern. Meine Zähne schlugen so hart aufeinander, dass ich die Gebete kaum noch sprechen konnte, und der Drang, mich zusammenzurollen und die Hände zwischen den Knien zu wärmen, wurde beinahe übermächtig. Doch ich zwang mich liegen zu bleiben, bis ich schließlich hörte, wie die Kapellentür hinter uns geöffnet wurde.

»Ihr dürft in eure Zellen gehen.«

Mehr sagte Schwester Johannita nicht. Steif und ungelenk richtete ich mich auf, schob die Hände in die Ärmel meiner Kutte und verließ die Kapelle. Benedikta bog als Erste in ihre Zelle ab, dann betraten Klara, Alfonsa und ich die unsrige. Wortlos zogen wir unser Habit aus und begaben uns zu unseren Schlafstätten.

Mein Magen knurrte, ich hatte Durst, und meine Hände zitterten noch immer. Trotzdem wagte ich es nicht, sie unter der Decke zu wärmen. Ich hatte Angst, dass Schwester Johannita in der Dunkelheit des Ganges stand und nur darauf wartete, dass ich das tat. In der kurzen Zeit, die ich im Kloster war, hatte ich mehr falsch als richtig gemacht. Das musste sich ändern, also schloss ich die Augen und begann, lautlos zu beten, um Kraft, um Einsicht und um Vergebung – wofür, wusste ich nicht genau.

Neben mir auf ihren Schlafstätten flüsterten Klara und Alfonsa leise miteinander.

Am nächsten Morgen, nach der Matutin, der Laudes, dem Frühstück und der Prim kehrte ich zurück ins Skriptorium. Ich erhielt ein Schreibbrett, ein wenig Pergament und eine alte, oft angespitzte Feder. Die Tinte teilte ich mir mit den Novizinnen, mit denen ich auch am Tag zuvor bereits in der Nische gesessen hatte. Schwester Johannita verfolgte wahrscheinlich ein Ziel damit, dass sie uns wieder zusammensetzte, obwohl es genügend andere Novizinnen gab, mit denen ich mir die Tinte hätte teilen können, doch welches Ziel das war, konnte ich nur vermuten. Vielleicht wollte sie unsere Demut auf die Probe stellen, vielleicht hoffte sie auch auf weitere Zwischenfälle, um uns – und vor allem mich – bestrafen zu können. Jedenfalls richtete sie ihren Blick öfter auf uns als auf alle anderen im Raum. Es kam mir vor, als würde sie auf etwas warten.

Ich hielt den Kopf gesenkt und schrieb den Buchstaben A. Benedikta hatte mir gezeigt, wie man das Pergament zuschnitt und mit einem feinen Graphitstift Linien zog, damit die Zeilen nicht verrutschten und die Ober- und Unterlängen der Buchstaben gleich blieben.

»Schwester Constantia ist die Einzige, die keine Linien braucht«, sagte sie leise, als ich das Lineal beiseitelegte.

Alfonsa verdrehte die Augen, schwieg jedoch. Schwester Johannita hatte ihr aufgetragen, den Buchstaben W zu schreiben, was sie mit sichtlichem Widerwillen tat. Nach den wenigen Tagen, die ich bisher mit ihr verbracht hatte, gewann ich allmählich den Eindruck, dass sie alles widerwillig tat. Sie nahm zwar die Mahlzeiten mit uns ein, achtete aber darauf, dass jeder sehen konnte, wie wenig ihr das Essen schmeckte, egal, was es gab. Sie erledigte zwar alle Arbeiten, die man ihr auftrug, ohne Widerworte, trotzdem fiel wohl jedem im Kloster auf, wie sehr ihr das missfiel. Einzig die Freundschaft mit Klara schien ihr etwas zu bedeuten.

»Wieso sagt niemand etwas zu ihr?«, fragte ich Benedikta auf dem Weg zur Küche. Schwester Johannita hatte mir befohlen, dass ich Benedikta begleitete, damit ich lernte, wie man Tinte kocht. »Verstößt sie nicht gegen all eu…« Ich unterbrach mich. »…gegen all unsere Regeln?«

»Ich kümmere mich nicht um solche Dinge.« Benedikta schritt rasch an einer Nonne vorbei, die im Kreuzgang auf und ab ging und in einem winzigen Buch las. »Mutter Immaculata wird schon ihre Gründe haben, warum sie Alfonsa nicht zurechtweist.«

»Ist Alfonsas Familie reich?«

Benedikta drehte sich zu mir um. »Das habe ich nicht gemeint.«

Sie wirkte verärgert, also entschuldigte ich mich.

Einen Moment lang gingen wir schweigend weiter, dann sagte Benedikta: »Ich versuche, meinen Schwestern in diesem Orden mit Liebe zu begegnen, aber manchmal fällt mir das schwer. Und wenn jemand solche Fragen stellt wie du, wird es noch schwerer.«

»Ich verstehe. Ich werde es nicht mehr tun.«

Wir gingen über den Hof zu den Wirtschaftsgebäuden, in denen sich neben den Ställen und Vorratskammern auch die Küche befand. Es roch nach frisch gebackenem Brot, und mein Magen begann zu knurren, noch bevor Benedikta die Tür öffnete.

Ich blieb stehen und genoss die Wärme, die mir entgegenschlug. Es gab nur zwei Räume im ganzen Kloster, in denen man auch im Winter nicht fror: das Refektorium und die Küche. Nirgendwo sonst gab es einen Kamin oder eine Feuerstelle.

Schwester Ursula, eine ältere Nonne, der die Küche unterstand, drehte sich um und sah uns an. Hinter ihr brannte ein offenes Feuer, über dem ein Kessel hing. Steinerne Öfen befanden sich rechts und links des Feuers, in Regalen stapelten sich Töpfe und Schüsseln. Konversinnen standen an einem langen Tisch und schälten Zwiebeln, und zwischen ihnen saß eine ältere Frau mit gerötetem, wettergegerbtem Gesicht vor einem Mörser. Ich sah, dass sie getrocknete Kräuter, hauptsächlich Dill und Minze, zerstampfte.

»Was wollt ihr denn hier?«, fragte Schwester Ursula. Sie war eine direkte, fast schon unhöfliche Frau, die stets schlecht gelaunt wirkte.

Benedikta hob die Hand, in der sie einen Lederbeutel hielt. »Schwester Johannita sagte, wir sollen Tinte kochen.«

»Jetzt?«

Ich nickte.

Schwester Ursula seufzte und nahm einen kleinen Eisentopf mit Kette aus einem der Regale. Härter als nötig stellte sie ihn auf dem Holztisch ab. »Wenn's sein muss.«

Während Benedikta das Tintenpulver in Wein auflöste, beobachtete ich die Schwester am Holztisch. Sie war tief in ihre Arbeit versunken und schien keinen von uns wahrzunehmen. Die getrockneten Kräuter, die sie vor sich ausgebreitet hatte, waren mir allesamt bekannt. Melisse, Brennnessel, Minze, Hundskamille, Magenperle und dazwischen, fast nicht zu erkennen, unter Lavendel und Petersilie Schierling.

Ich stutzte.

»Willst du das wirklich verwenden?«, fragte ich.

Die Konversin sah als Einzige nicht auf. Alle anderen drehten den Kopf und starrten mich an, wussten nicht, wovon ich sprach.

»Das Kraut neben der Petersilie«, sagte ich, ohne seinen Namen auszusprechen. Mutter hatte mich immer vor Schierling gewarnt und ihn oft mit nach Hause gebracht, damit ich lernen konnte, seine Blätter von Wasserkerbel und Petersilie zu unterscheiden. Sie hatte erklärt, Schierling sei die tödlichste Pflanze, die Gott auf diese Welt gebracht hatte, trotzdem hatte Mutter sie ab und zu in Salben verwendet.

Schwester Ursula stieß die Konversin kurz an. »Schwester Agnes, die Novizin will etwas von dir.«

»Hm?« Agnes sah mich aus trüben, alten Augen an. Ich schätzte, dass sie weit über fünfzig war.

»Ich glaube, du hast versehentlich ein falsches Kraut gepflückt«, sagte ich vorsichtig. Ich wollte sie nicht vor den anderen bloßstellen oder – schlimmer noch – den Zorn der Äbtissin über sie bringen.

»Das kann ich mir nicht vorstellen.« Schwester Agnes kniff die Augen zusammen und strich mit ihren rauen, harten Händen über die getrockneten Blätter und Stängel. »Welches denn?«

Ich trat neben sie und nahm ein Stück Schierling unter der Petersilie hervor. Die anderen Frauen beachteten uns bereits nicht mehr, sondern kümmerten sich um ihre eigene Arbeit.

Agnes griff nach dem Schierling und hielt ihn hoch, sodass das Licht, das durch die Fenster ins Innere schien, auf die Blätter fiel. »Kind, das ist Peter …«

Sie unterbrach sich, senkte die Hand und roch einmal kurz an den Blättern. Dann zuckte sie zurück. Ich wusste, warum. Schierling riecht wie Heu, in dem Mäuse ein Nest gebaut haben, stechend und nach Urin.

Ohne ein weiteres Wort stand Agnes auf, ging zur Feuerstelle und warf die Blätter in die Flammen.

Schwester Ursula beobachtete sie aus den Augenwinkeln. »War also wirklich das falsche.«

»Ja.« Agnes wischte sich die Hände an der Schürze ab.

»Und was war es?«

Die Konversin zögerte. Mit der Zunge fuhr sie sich über die Lippen, dann nickte sie kaum wahrnehmbar, so als habe sie eine schwere Entscheidung gefällt.

»Wasserkerbel«, sagte ich rasch, bevor sie auf die Frage antworten konnte. »Die Blätter sehen fast aus wie Petersilie.«

Agnes' Blick traf den meinen. Ich war mir nicht sicher, ob ich Ablehnung oder Dankbarkeit darin sah, aber sie unternahm keinen Versuch, die Lüge aufzuklären.

Schwester Ursula wandte sich mir zu. »Und woher weißt du das?«

»Meine Mutter war eine Kräuterfrau. Sie hat mir viel beigebracht.«

»Außer den Mund zu halten, wenn du nicht gefragt wirst.« Ihre Stimme klang schneidend, ihr Blick war hart. Einen Moment lang fragte ich mich, ob sie und Schwester Johannita vielleicht verwandt waren.

»Entschuldige, Schwester«, sagte ich, obwohl die Worte bitter wie Galle schmeckten. »Das kommt nicht noch einmal vor.«

Die anderen taten so, als hörten sie uns nicht zu. Benedikta war rot im Gesicht geworden, so als wäre sie diejenige, die man zurechtgewiesen hatte, und nicht ich.

Schwester Ursula musterte mich. Sie schien noch etwas hinzufügen zu wollen, aber das Läuten der Kapellenglocke, die uns zur Terz rief, hielt sie davon ab.

Benedikta huschte an mir vorbei, und ich schloss mich ihr so schnell an, dass wir die Küche bereits verlassen hatten, bevor Schwester Ursula auch nur einen Schritt getan hatte.

Die Konversinnen blieben zurück. Sie durften an den Stundengebeten nicht teilnehmen, nur am gemeinschaftlichen Gottesdienst.

»Warum machst du nur immer Ärger?«, flüsterte Benedikta, als wir die Stufen zur Kapelle hinaufliefen.

Ich wünschte, ihr hätte ihr darauf eine Antwort geben können.

Kapitel 13

Schwester Agnes wartete auf mich in einer Nische, als wir die Kapelle verließen. Die Hymne und Psalme klangen noch in meinem Geist nach, und so bemerkte ich sie erst, als sie aus den Schatten trat. Ich blieb stehen, wartete, bis die anderen Nonnen an uns vorbeigegangen waren und wir allein in dem breiten Gang standen.

»Ich möchte dir danken«, sagte Schwester Agnes leise. »Das war sehr nett von dir.«

»Es war nur eine Kleinigkeit.«

»Du weißt, dass das nicht stimmt. Jemand hätte sterben können.« Agnes fuhr sich mit einer Hand über ihre Haube. Sie war schmutzig und saß schlecht, aber bei den Konversinnen achtete niemand darauf. »Und du hast für mich gelogen. Das ist mehr als eine Kleinigkeit.«

»Hättest du denn Schwester Ursula die Wahrheit gesagt?«

Agnes zögerte. »Ich wollte es, aber jetzt bin ich froh, dass ich es nicht getan habe.« Ihr Lächeln verjüngte ihr Gesicht um Jahre. »Wenn du je etwas brauchst, lass es mich wissen.«

Sie drückte meine Hand, wandte sich ab und ging die Treppe hinunter.

Ich sah ihr nach und versuchte, mich nicht der Sünde des Stolzes schuldig zu machen. Dann machte ich mich auf den Weg zurück ins Skriptorium.

Die anderen saßen bereits wieder an ihren Pulten und in ihren

Fensternischen. Schwester Johannita las langsam und mit vielen Pausen die Bibelstellen vor, die von den Nonnen abgeschrieben werden mussten. Mein Latein reichte nicht einmal aus, um den groben Zusammenhang zu verstehen, und ich fragte mich, ob ich jemals für diese Arbeit taugen würde oder ob ich sie überhaupt wollte.

Benedikta hatte gesagt, es gäbe kein größeres Glück, als den ganzen Tag umgeben von den Worten des Herrn verbringen zu dürfen. Auf sie traf das wohl zu, aber für mich …

Ich führte den Gedanken nicht zu Ende, sondern setzte mich wieder Klara gegenüber in die Nische. Immer noch glaubte ich die Kräuter in der Küche zu riechen, und wenn ich durch das schmale Fenster nach draußen in die Klostergärten blickte, meinte ich weiche Erde zwischen meinen Fingern zu spüren und nicht den harten Federkiel. Zuhause im Dorf hatte Mutter mich zwingen müssen, mit ihr auf Kräutersuche zu gehen, doch nun vermisste ich es mehr, als ich für möglich gehalten hätte.

»Deine Buchstaben sehen sehr schön aus.«

Ich sah von den vielen »A« auf, die bereits den halben Pergamentrest bedeckten. Benedikta betrachtete meine Arbeit und nickte. »Du solltest den Federkiel öfter anschneiden, damit die Buchstaben gleich viel Tinte bekommnen, doch einen anderen Fehler sehe ich nicht. Schwester Johannita wird zufrieden sein.«

Ich bezweifelte, dass sie je mit irgendetwas, das ich tat, zufrieden sein würde, trotzdem lächelte ich. »Danke.«

Unwillkürlich fiel mein Blick auf die »W«, die Alfonsa seit der Prim auf ihr Pergament schrieb. Im Vergleich zu meinen Buchstaben wirkten ihre nachlässig, ja, geradezu hingeschmiert. Ich wusste, dass es falsch war, mich darüber zu freuen, aber ich freute mich.

Alfonsa ließ ihren Federkiel sinken. »Die sind wirklich sehr schön geworden. Du scheinst ein Talent für das Schreiben zu haben.«

Ihre Freundlichkeit war unerwartet. Auch Klara beugte sich vor und betrachtete mein Pergament. »Das stimmt. Wenn du so weitermachst, wirst du bestimmt bald an echten Schriften arbeiten können.«

»Danke«, war alles, was ich darauf sagte. Ich wartete auf eine Gemeinheit, doch die beiden Novizinnen kehrten zurück zu ihrer eigenen Arbeit und schwiegen. Verwirrt sah ich Benedikta neben mir an, aber sie hob nur die Augenbrauen, wusste auch keine Antwort auf meine unausgesprochene Frage.

Bis zur Sext hatte ich meinen Pergamentrest vollgeschrieben. Vorsichtig legte ich ihn auf die Holzbank, als die Glocke zu läuten begann, und schloss mich Benedikta auf dem Weg zur Kapelle an. Schwester Johannita, die ein Stück hinter mir ging, sprach mich an: »Und wie gehen deine Schreibarbeiten voran?«

Ich drehte mich zu ihr um, ohne stehen zu bleiben. *Zeige keinen Stolz,* dachte ich, bevor ich antwortete. »Ich hoffe zufriedenstellend, doch diese Bewertung steht nur dir zu, nicht mir.«

Benedikta sagte nichts dazu. Sie schien noch mehr Angst vor Schwester Johannita zu haben als ich.

»Zeige mir deine Arbeit nach dem Gebet, dann werden wir sehen.«

»Ja, Schwester.«

»Sie wird nicht enttäuscht sein«, flüsterte Benedikta am Eingang der Kapelle, »da bin ich mir sicher.«

Schwester Johannita nicht zu enttäuschen war vielleicht der erste Schritt auf dem Weg zu einem besseren Umgang mit ihr. Irgendwie würde ich mit ihr zurechtkommen müssen, und wenn das mit ein wenig Fleiß und Buchstabenreihen zu erreichen war, würde ich mir damit die größte Mühe geben.

Wir sangen die Hymnen und lauschten den Psalmen, dann öffneten sich wieder die Türen der Kapelle. Ich hielt mich neben Benedikta und schob die Hände in die Ärmel meiner Tracht, um sie vor der Rückkehr ins Skriptorium zu wärmen. Jemand schloss zu uns auf. Als ich den Kopf drehte, sah ich, dass es Klara war.

»Kannst du mir zeigen, wie du den Gänsekiel hältst?«, fragte sie leise. »Deine Striche wirken viel ebenmäßiger und fester als meine. Ich glaube, dass das an meiner Fingerhaltung liegt.«

»Gerne.« Ich antwortete vorsichtig, während ich mit Blicken nach Spott in ihrem Gesicht suchte. »Wenn wir im Skriptorium sind, zeige …«

»Nein, ich möchte nicht, dass die anderen das sehen, vor allem nicht Alfonsa.« Klara senkte den Kopf. »Du weißt ja, wie sie ist.«

»Ja.«

Sie hatte ihren Gänsekiel mitgebracht, also zeigte ich ihr auf dem Weg, wie ich die Feder hielt. Wir gingen langsamer als die anderen Nonnen, und Klara blieb immer wieder stehen und probierte den Federkiel an den Steinwänden aus.

»Du hältst ihn viel lockerer als ich«, sagte sie, kurz bevor wir das Skriptorium betraten. »Das dürfte der Grund sein.«

Sie steckte den Gänsekiel ein und wandte sich ab, ohne mir zu danken. Ich versuchte, es ihr nicht übel zu nehmen, dachte stattdessen daran, dass sie einen ebenso schweren Weg zu gehen hatte wie ich.

Die Nonnen setzten sich bereits wieder an ihre Pulte, einige streckten sich vorher oder massierten ihre Finger. Schwester Immaculata ging an ihnen vorbei zu der Nische, in der ich und die anderen Novizinnen gesessen hatten. Alfonsa und Klara standen an einem der Regale und schnitten ihre Federkiele zurecht, Benedikta ließ sich von Constantia die Illustration zeigen, an der sie gerade arbeitete.

Ich sah, wie Schwester Johannita mein Pergament in die Hand nahm. Sie wandte mir den Rücken zu, ich konnte ihr Gesicht nicht sehen.

»Ketlin!«

Ihr Ruf, wütend und ungläubig zugleich, ließ alle innehalten.

Stille senkte sich über das Skriptorium. Durch ein Meer aus Blicken ging ich auf die Nische zu. Mein Herz schlug schneller, Übelkeit krampfte meinen Magen zusammen.

Schwester Johannita drehte sich um. In ihrem Gesicht zuckte es, als sie das Pergament hochhielt. Tinte lief daran herunter und tropfte auf den Boden. Die Buchstaben waren verschmiert und nicht mehr zu erkennen. Es sah aus, als habe jemand Tinte auf dem Pergament verschüttet und verwischt.

»Geh in deine Zelle.» Schwester Johannita sprach leise, aber ihre Stimme zitterte vor Wut. »Das wird ein Nachspiel haben.«

Ich blieb stehen. »Ich habe das nicht getan.«

»Ich sagte, geh in deine Zelle.«

Wut und Enttäuschung stiegen in mir hoch, brachten mich dazu, den Kopf zu schütteln und auf Alfonsa und Klara zu zeigen. »Sie waren es. Sie können es nicht ertragen, dass ich etwas besser kann als sie. Deshalb haben …«

Schwester Johannita war mit zwei Schritten bei mir und schlug mir mit der Hand so hart ins Gesicht, dass ich taumelte. Im letzten Moment stützte ich mich an einem Pult ab und fuhr herum. Erst als ich die entsetzten Blicke der Nonnen sah, wurde mir klar, dass ich die Hand erhoben hatte, um zurückzuschlagen.

Ich ließ sie sinken. Meine Wange brannte, Tränen stiegen mir in die Augen. Schwester Johannita sah mich an, den Mund zusammengekniffen, das Gesicht gerötet. »Geh.«

Ich ging.

In meiner Zelle legte ich mich auf die Strohmatratze und verschränkte die Arme hinter dem Kopf. Es war kurz nach Mittag, und graues Licht fiel in den Raum. Ich hatte ihn noch nie bei Tag gesehen, hatte noch nie bemerkt, wie kahl die Mauern wirkten und wie zerschlissen die Vorhänge waren. Er erschien mir dunkler als in der Nacht.

Stundenlang lag ich auf dem Rücken und dachte darüber nach,

was ich sagen würde, wenn Alfonsa und Klara die Zelle betraten. In meinen Gedanken war ich mal herablassend und kalt zu ihnen, mal wütend und aufbrausend. Einmal fiel ich sogar über die beiden her und schlug sie, bis sie auf Knien zu Mutter Immaculata rutschten und ihre Sünden beichteten.

Nach einer Weile wurde es dunkel. Ich zog mir die Decke bis über die Brust und achtete darauf, dass meine Hände zu sehen waren. Ich hatte nichts falsch gemacht, und dabei sollte es bleiben. An das »Nachspiel«, von dem Schwester Johannita gesprochen hatte, versuchte ich nicht zu denken. Vielleicht saßen die Nonnen bereits zusammen und unterhielten sich über das, was vorgefallen war, suchten nach einer Schuldigen. Ob sie wohl die Nonnen aus dem Skriptorium befragten, und wenn es so war, würde Benedikta erzählen, was sie gesehen und gehört hatte?

Als die Glocken zur Vesper läuteten, stand ich auf, zog meine Tracht zurecht und achtete darauf, dass die Haube richtig saß, doch niemand kam. Ich blieb stehen, bis ich vor Kälte zu zittern begann, dann legte ich mich wieder hin.

Auch zur Komplet öffnete niemand meine Tür. Die Nacht brach herein, und ich war ganz allein. Noch nie zuvor hatte ich allein in einem Zimmer geschlafen. Es war ein seltsames Gefühl, nicht den Atem eines anderen Menschen zu hören und keine Geräusche außer denen, die man selbst verursacht. Ich schlief schlecht, wachte immer wieder auf, weil ich glaubte, jemanden in der Zelle zu hören, oder weil die Glocken die anderen zum Gebet riefen. Meine Tür wurde erst nach Sonnenaufgang geöffnet, als die Nonnen von der Laudes zurückkehrten.

»Komm«, sagte Schwester Johannita.

Sie wartete, während ich meine Tracht von Falten und Stroh befreite, dann gingen wir schweigend zum Kapitelsaal. Die Nonnen und Novizinnen hatten sich dort ebenso versammelt wie die Konversinnen, und ihre Blicke zuckten kurz zu mir herüber, als ich den Raum betrat.

Mutter Immaculata stand an ihrem Pult und las aus der Benediktinerregel. Ich war so angespannt, dass ich ihren Ausführungen kaum folgen konnte. Es ging um Arbeit und das Seelenheil, das man darin finden konnte, doch viel mehr verstand ich nicht.

Am Ende der Lektion ging sie nicht zum Gebet über, wie sie es am Tag zuvor getan hatte, sondern trat hinter dem Pult vor und nahm das reich verzierte Silberkreuz, das um ihren Hals hing, in die Hand.

»Schwester Ketlin …« Ich zuckte zusammen, als ich meinen Namen hörte. »… hat sich versündigt. Sie hat wertvolle Tinte verschüttet, um ihre eigene Unzulänglichkeit zu vertuschen, hat aus Angst vor Strafe Mitschwestern dieser Tat bezichtigt und Schwester Johannita sogar Gewalt angedroht.«

Ich öffnete den Mund, aber eine Hand legte sich auf meinen Arm. Als ich den Kopf drehte, sah ich, dass Schwester Maria neben mich getreten war. »Sage nichts«, flüsterte sie. »Du würdest es nur schlimmer machen.«

Ich presste die Lippen zusammen und schwieg.

Mutter Immaculata betrachtete das Kreuz in ihrer Hand. »In der kurzen Zeit, in der sie bei uns ist, hat Schwester Ketlin damit gegen das Armutsgelübde verstoßen, gegen das Gelübde des Gehorsams und das der Demut. In den fünfzig Jahren, die ich in diesem Kloster verbracht habe, habe ich kaum etwas Schlimmeres erlebt.«

Schwester Johannita nickte.

»Ich will ehrlich zu dir sein, Ketlin. Als ich davon erfuhr, wollte ich dich unseres Ordens verweisen, damit der Friede, den wir alle suchen, hier wieder einkehren kann, aber einige wenige Schwestern haben für dich das Wort ergriffen und an deiner Stelle um Gnade gebeten.«

Wer?, fragte ich mich. Benedikta vielleicht, aber sie war nur eine Novizin. Bei dieser Unterredung hatte man sie bestimmt nicht nach ihrer Meinung gefragt. Eine höherrangige Nonne musste für mich eingetreten sein.

Aus den Augenwinkeln sah ich Maria an, glaubte ein verstohlenes Lächeln zu sehen. Ich nahm ihre Hand in die meine und drückte sie kurz. Maria nickte.

»Tritt vor, Ketlin, und höre meine Entscheidung!«

Die Nonnen wichen zur Seite, bildeten eine Gasse, durch die ich zur Äbtissin ging. Ich blieb vor ihr stehen, den Kopf gesenkt, damit sie den Widerstand, den ich in meinem Blick vermutete, nicht sehen konnte. Mit den Fingern strich ich nervös über die Perlen des Rosenkranzes an meinem Gürtel.

»Deine Mitschwestern machen sich große Sorgen um dich, ebenso wie ich«, sagte Mutter Immaculata. »Aber ich mache mir auch Sorgen um sie, wegen des Unfriedens, den dein Verhalten stiftet. Ich bin der Meinung, dass nur innere Einkehr und das Zwiegespräch mit unserem Herrn Jesus Christus dir den Frieden bringen werden, den deine Seele so dringend benötigt. Aus diesem Grund werde ich dich von der Arbeit im Skriptorium entbinden. Du wirst die Tage in deiner Zelle verbringen und sie nur zu den Mahlzeiten, den Gebeten und den Gottesdiensten verlassen. Du wirst das Pergament, das deine Mitschwestern bei ihren Übungen beschreiben, zur Buße reinigen, bis Schwester Johannita beschließt, dass deine Schuld abgegolten ist. Was du in deiner Freistunde tust, bleibt dir überlassen. Du darfst sie an der frischen Luft verbringen, in der Kapelle oder im Refektorium, doch es ist dir untersagt, dich Alfonsa oder Klara zu nähern. Ich habe sie bereits in einer anderen Zelle untergebracht. Hast du diese Anordnungen verstanden?«

»Ja, ehrwürdige Mutter.«

»Nimmst du sie in Liebe und Dankbarkeit an?«

»Das tue ich.«

Mutter Immaculata ließ das Kreuz los. Sonnenlicht brach sich in dem polierten Silber. »Dann geh jetzt. Bruder Gebehart wird dir morgen früh nach dem Gottesdienst die Beichte abnehmen.«

»Danke, ehrwürdige Mutter.«

Ich drehte mich um und hob den Kopf. Niemand sah mich an. Ich wollte meine Wut hinausschreien, Klara und Alfonsa ins Gesicht spucken und ihnen das Kreuz, das sie nicht verdient hatten, vom Hals reißen, aber ich ballte nur die Hände zu Fäusten, damit niemand sah, wie sehr sie zitterten. Meine Schritte hallten durch den Kapitelsaal und dann den Gang hinunter bis zu meiner Zelle.

Es war, als hätte ich aufgehört zu existieren.

Ich schlief allein, arbeitete allein, aß allein. Zwar ging ich immer noch mit den anderen Nonnen und Novizinnen zu den Gebeten und Gottesdiensten, die das Stundenbuch vorschrieb, aber niemand warf mir auch nur einen Blick zu. In den ersten Tagen suchte ich noch Kontakt zu anderen, aber selbst Benedikta wandte sich von mir ab.

»Lass mich in Ruhe«, sagte sie leise, als wir uns beim Waschen unseres Habits begegneten. »Der Umgang mit dir ist nicht gut für mich.«

Danach sprach ich sie nicht mehr an.

Jeden Morgen nach dem Frühstück brachte mir Schwester Johannita die Pergamentstücke, die ich an diesem Tag abzukratzen und zu reinigen hatte. Meistens warf sie die Pergamente auf den Boden und schloss die Zellentür, manchmal sagte sie ein paar Worte zur Erklärung, jedoch nie mehr. Kein persönliches Wort äußerte sie, nicht einmal Häme oder Genugtuung. Sie schien in mir nur noch die Funktion zu sehen, die ich zu erfüllen hatte. So wie man eine Schaufel benutzt, um ein Loch zu graben, benutzte sie mich, um Pergament zu reinigen. Das Recht auf Ansprache hatte ich offenbar verwirkt.

Anfangs störte mich das nicht, im Gegenteil, ich genoss es, Schwester Johannita Fragen zu stellen, die sie auf knappste Weise zu beantworten versuchte. Nach einer Weile durchschaute sie mich jedoch und ging auf meine Fragen gar nicht mehr ein. Ich dachte darüber nach, mich mit dummen Fehlern und zerlöcherten Pergamenten zu rächen, aber ich befürchtete, dass sie mir die Arbeit wegnehmen würde, und davor hatte ich Angst. Ohne die Pergamente und die Gebete hatte ich nichts, was mir den Tag verkürzte.

Meine Freistunde verbrachte ich in den ersten Tagen noch mit den anderen im Refektorium. Dort wurde genäht und gestickt, Wolle gesponnen und Holz geschnitzt. Man saß zusammen, ohne zu sprechen, nur gelegentlich fiel ein Wort.

Erst dort erkannte ich das Ausmaß meiner Bestrafung, denn selbst in dieser Gemeinschaft war ich nicht mehr willkommen. Wer an einem Tisch saß, dem ich mich näherte, stand auf und ging zu einem anderen, Blicke, die ich denen zuwarf, die ich kannte, blieben unbeantwortet.

Nur Schwester Maria sprach einige Male mit mir, wenn wir uns allein in einem der Gänge begegneten.

»Mutter Immaculata beobachtet dich«, sagte sie bei einer dieser Gelegenheiten. »Mach weiter wie bisher, schweige und erledige deine Arbeit, dann wird sie die Strafe bald von dir nehmen.«

Bald … Darunter verstand ich ein paar Tage, und so wartete ich jeden Morgen bei ihrer Lesung darauf, dass sie etwas Entsprechendes sagte, doch das geschah nicht. Aus Tagen wurden Wochen, und ich begann, in meinen Freistunden das Kloster zu erkunden, besuchte die Bibliothek und das kleine Hospital, das in einem Nebengebäude untergebracht war.

Als das Wetter besser wurde, führten mich meine Streifzüge auch in die Gärten, jedoch nur, wenn die Konversinnen dort nicht arbeiteten, denn bei ihnen war ich ebenso wenig willkommen wie bei den Nonnen.

Eines Morgens, es war Anfang März, trat ich durch die Kellertür, die in die Gärten führte und blieb stehen, als ich Schwester Agnes sah. Mit einem großen Rechen kehrte sie Laub zusammen, das den Winter lang unter Schnee verborgen gewesen war, und befreite die Pflanzen, die in den Beeten wuchsen, von ihrer Last. Außer ihr sah ich niemanden.

Ich wollte mich abwenden, um einen anderen Weg zu nehmen, aber ihre Stimme hielt mich auf.

»Das wird ein schöner Tag heute«, sagte sie.

Unwillkürlich sah ich mich um, glaubte im ersten Moment, sie habe nicht mich angesprochen, sondern jemand anderen. Doch hinter mir stand niemand.

Ich räusperte mich. »Ja.«

»Wurde auch Zeit. Je älter ich werde, desto kürzer scheinen die Sommer zu sein und desto länger die Winter.« Mit dem Rechen in der Hand ging sie in einen kleinen Verschlag, dessen Tür offen stand. Ich hoffte, dass sie rasch zurückkehren würde, denn meine Freistunde war bald zu Ende, und ich wollte die Unterhaltung so lange aufrechterhalten wie möglich. Mir war nicht klar gewesen, wie sehr ich solche kleinen Momente – Gespräche über das Wetter, Blicke, die sich mir zuwandten und nicht sofort wieder davonhuschten – vermisst hatte.

»Du musst nicht in der Tür stehen, du kannst ruhig näher kommen«, sagte Schwester Agnes, als sie aus dem Verschlag trat. Sie hielt einen Korb in der Hand und kam auf mich zu.

Ich sah an ihr vorbei auf das sorgsam geharkte Beet. Einige Rosmarin-, Thymian- und Liebstöckelbüsche wuchsen dort, alle winterfest und dank der Sonne in den letzten Tagen bereits so weit, dass man einige Blätter pflücken konnte. Sogar ein Hirtentäschel entdeckte ich zwischen ihnen.

Schwester Agnes stellte den Korb neben sich und ging langsam in die Hocke.

»Was siehst du hier?«, fragte sie und zeigte mit dem kleinen Messer, das sie aus dem Gürtel gezogen hatte, auf eines der anderen Beete.

Ich ging näher heran. »Schnittlauch, Petersilie, Liebstöckel«, sagte ich. »Und das neben dem Dill müsste Bärlauch sein, aber die Blätter sind noch so klein, dass ich mir nicht sicher bin.«

Schwester Agnes zeigte keine Reaktion. »Und wozu ist Bärlauch gut, außer als Gewürz in Schwester Ursulas Sommerquark?«

»Bärlauch reinigt das Blut«, sagte ich. Es war, als würde der Anblick grüner Blätter und der Geruch der Erde Wissen zurückbringen, das ich längst vergessen geglaubt hatte, Worte, die Mutter mal mit Nachdruck, mal nebenbei, wenn wir in der Stube saßen, geäußert hatte. Es war alles noch in meinem Kopf. Einen Moment lang war die Sehnsucht nach einem Leben, das ich nie wieder führen würde, so groß, dass mir die Kehle eng wurde.

Schwester Agnes hielt im Schneiden der Kräuter inne. »Das ist richtig. Schwester Bonifacia setzt ihn im Hospital ein, wenn jemand Probleme mit der Verdauung hat.«

Sie schnitt einige winzige Liebstöckelblätter ab und legte sie in den Korb. Dann rutschte sie auf Knien ein wenig über die Erde zu dem Hirtentäschel.

»Hier gibt es wirklich zu viel Unkraut«, sagte sie und streckte die Hand aus, als wolle sie die Pflanze aus dem Boden ziehen.

»Warte!«, rief ich. »Das ist kein Unkraut.«

Schwester Agnes sah auf. »Und was ist es deiner Meinung nach?«

Ich glaubte, Abneigung in ihrer Stimme zu hören. Die Konversinnen wurden von vielen Nonnen herablassend und bevormundend behandelt. Ich wollte nicht, dass sie mich zu ihnen zählte, dass sie das Gespräch abbrach, aber ich war mir sicher, dass ich recht hatte.

Trotzdem ging ich neben ihr in die Knie und betrachtete den dürren, fast schon blattlosen Stängel genauer, bevor ich antwortete. »Es ist ein Hirtentäschel.«

»Und was glaubst du, kann man damit anfangen?«

Die Worte meiner Mutter kehrten in meinen Geist zurück. »Die Blätter können gegen Scharbock helfen, sind dafür aber nicht so gut geeignet wie der Feigwurz. Besser, man wendet die Blätter bei Leuten an, die zu Schlagfluss neigen. Aber sie sind auch sehr schmackhaft, ein wenig wie die getrockneten Pfefferkörner, die man auf den Gewürzmärkten …«

Ich ließ den Satz im Nichts enden, als ich die Falten rund um Schwester Agnes' Augen sah.

»Aber das weißt du genau, oder?«, sagte ich stattdessen.

Sie lachte. »Aber ich wusste nicht, ob du es weißt. Jetzt sind wir beide schlauer.«

Ich stimmte in ihr Lachen ein. Es klang in meinen Ohren ungewohnt, beinahe fremd, und ich fragte mich, wann ich zum letzten Mal gelacht hatte. Ich wusste es nicht mehr.

Schwester Agnes stützte sich schwer auf meine Schulter und stand auf. »Ich könnte dich hier gebrauchen«, sagte sie. »Die Konversinnen, die Mutter Immaculata mir schickt, können meistens nicht einmal Lavendel von Magengold unterscheiden.«

Ich erhob mich ebenfalls. »Meinst du das ernst?«

»Natürlich. Du müsstest ihre Gesichter sehen, wenn ich sie bitte, Brennnesseln zu pflücken. Als ob …«

Ich unterbrach sie. »Das meine ich nicht. Würdest du mich wirklich hier mit dir arbeiten lassen?«

Schwester Agnes zögerte, so als habe sie Angst, etwas ausgesät zu haben, das niemals aufgehen konnte. »Dein Wissen und deine Jugend wären mir eine große Hilfe«, sagte sie dann vorsichtig, »aber du gehörst ins Skriptorium mit einer Feder in der Hand, nicht in die Gärten.« Sie winkte mit einer schwieligen, roten Hand ab. »Das ist die gottgegebene Ordnung der Dinge, ob hier drinnen oder draußen in der Welt. Wenn du auf einmal in den Gärten arbeiten würdest, wer weiß, wann die erste Konversin auf die Idee käme, Schreiberin zu werden. Mutter Immaculata versteht das, deshalb würde sie niemals erlauben, dass eine Dame von Stand anfängt, im Dreck zu wühlen.«

Ich nickte, aber meine Gedanken kreisten noch immer um Agnes' Worte, als ich bereits zur Prim die Hymnen sang.

Eine Dame von Stand.

Kapitel 14

»Ich glaube nicht, dass sie mit dir reden möchte«, sagte Schwester Maria, als ich sie einige Tage später heimlich im Kreuzgang ansprach. »Wäre sie der Ansicht, dass du zur Einsicht gekommen bist, würde sie dich schon von selbst zu sich befehlen.«

Ich schüttelte den Kopf. »Ich habe viel gebetet in den letzten Wochen, und ich weiß nun, welchen Weg ich einschlagen muss.«

Schwester Maria sah sich um, aber nur die Statuen der Heiligen beobachteten uns. »Wenn du uns verlassen willst …«

»Das will ich nicht. Es geht um etwas anderes.« Ich wollte ihr nicht die Wahrheit sagen, hatte Angst, dass sie mir die Hoffnung, an die ich mich klammerte, rauben würde. Seit dem Gespräch mit Schwester Agnes war ich kaum noch im Garten gewesen, sondern hatte stattdessen meine Freistunden in der Bibliothek verbracht, mit einer Kopie der Benediktinerregel auf den Knien. »Wenn du nur ein gutes Wort für mich einlegen könntest, um mehr bitte ich nicht.«

Schwester Maria war neugierig, das sah ich ihr an, aber sie fragte nicht, um was es ging. »Aber ich kann dir nichts versprechen.«

»Natürlich nicht.« Ich legte ihr die Hand auf den Arm. »Ich danke dir.«

Dann wartete ich.

Der Sünde der Ungeduld konnte ich besonders schwer widerstehen. Bereits am nächsten Morgen rechnete ich fest damit, dass mich Mutter Immaculata zu sich befehlen würde, aber sie las nur eine Regel zur züchtigen Bekleidung vor und begab sich dann mit Johannita, Maria, Ursula und der Pförtnerin Ysentrud in ihre Schreibstube. Auch am Tag darauf beachtete sie mich nicht, und wenn ich versuchte, Schwester Marias Aufmerksamkeit zu erregen, schüttelte sie nur kaum merklich den Kopf. Ich fragte mich, ob das bedeutete, dass die Äbtissin nicht mit mir reden wollte oder Maria sie noch nicht gefragt hatte, aber ich fand keine Gelegenheit, mit ihr allein zu sprechen. Also wartete ich weiter.

Ich erledigte meine Arbeit schneller und gewissenhafter als je zuvor, und wenn ich wusste, dass man mich dabei sehen würde, las ich in der Bibel, wann immer ich Gelegenheit dazu fand, oder betete ausgestreckt auf dem Boden in der Kapelle. Zum ersten Mal seit meiner Ankunft im Kloster wollte ich etwas, zum ersten Mal hatte ich ein Ziel.

Zwei Wochen vergingen, dann endlich, an einem verregneten, kühlen Sonntagmorgen öffnete sich meine Zellentür, und Schwester Johannita sagte: »Mutter Immaculata wünscht dich zu sprechen.«

Ich folgte ihr zu der kleinen Schreibstube hinter dem Kapitelsaal. Die Äbtissin saß auf einem Holzstuhl mit hoher, unverzierter Lehne am Fenster. Auf dem kleinen Tisch vor ihr lag eine aufgespannte Stickerei, an der Wand hingen ein Kruzifix und ein gerade einmal kopfgroßes Ölgemälde, auf dem die heilige Mutter Maria abgebildet war. Es war ein bescheidener, ernster Raum.

Schwester Johannita schloss die Tür hinter mir. Ich blieb mit gesenktem Kopf stehen und wartete darauf, angesprochen zu werden.

»Du trägst deine Strafe mit Demut«, sagte Mutter Immaculata nach einem Moment. »Das ist mehr, als ich von dir erwartet hätte.«

Ich widerstand der Versuchung, ihr zu danken, stand einfach nur da und schwieg.

»Schwester Maria ist mit der Bitte an mich herangetreten, dich anzuhören.« Die Äbtissin nahm den Gehstock, den sie neben sich an die Wand gelehnt hatte, stand aber nicht auf. »Bedenke Folgendes, bevor du sprichst. Ich werde deine Strafe zum Osterfest aufheben und dich wieder in die Gemeinschaft unseres Ordens holen, wenn du weiterhin Gehorsam und Demut zeigst. Willst du trotzdem sprechen?«

Zwei Wochen waren es noch bis zum Osterfest, und wenn ich wollte, würde danach alles wieder so sein wie zuvor. Mutter Immaculata konnte nicht ahnen, dass es mir davor graute, wieder jeden Morgen die Treppen zum Skriptorium hinaufsteigen zu müssen und endlose Buchstabenreihen zu malen. Eher hätte ich meine Strafe noch hundert Jahre ertragen, doch das durfte sie nicht wissen.

»Ich danke Euch für diesen Hinweis«, sagte ich deshalb nach einem Moment des Zögerns, »doch ich muss aussprechen, was ich in den Wochen der Einkehr und des Gebets gelernt habe.«

Tagelang hatte ich mir die Worte zurechtgelegt. Nun hob ich vorsichtig den Blick und hoffte, dass die Äbtissin bereit war, sie zu hören.

»Sprich«, forderte sie.

»Ich bin keine Dame von Stand«, begann ich. Mutter Immaculata hob die Augenbrauen. »Ich habe zwar die Mitgift einer Dame mitgebracht, aber wir beide wissen, dass sie nur christlicher Nächstenliebe zu verdanken ist und nichts über das Leben aussagt, das ich bis zum Eintritt in diesen Orden geführt habe. Zwischen all den edlen Damen zu leben ist mir zu Kopf gestiegen, und ich habe die Demut und Bescheidenheit vergessen, in der meine Mutter mich erzogen hat.« Die Lügen flossen leicht und rein wie Quellwasser über meine Lippen. Ich schämte mich dafür, sprach aber trotzdem weiter. »Ich habe versucht, etwas zu sein, was ich nicht bin.«

»Eine bemerkenswerte Erkenntnis für ein so junges Mädchen.« Schwer auf ihren Stock gestützt, stand Mutter Immaculata auf. »Dann willst du uns also verlassen?«

»Nein.« Ich hatte geahnt, dass sie zu diesem Schluss kommen

würde. »Meine Berufung liegt hier in diesem Orden, ich habe sie nur an der falschen Stelle gesucht.«

Die Äbtissin machte einen Schritt auf mich zu. Ich hatte ihre Neugier geweckt, das konnte ich sehen. »Sprich weiter.«

»Wie Ihr wisst, tauge ich nicht zum Schreiben, und das bisschen Latein, das ich kann, hat mir ein Gaukler beigebracht. Ich gehöre nicht ins Skriptorium zwischen all die gebildeten und edlen Damen. Ich gehöre zu den Niedrigsten unter uns, zu denen, die den Rücken beugen und mit ihren eigenen Händen die Erde bearbeiten. Bei ihnen liegt meine Berufung.«

»Du willst zu den Konversinnen?« Mutter Immaculata klang ungläubig.

»Ja, ehrwürdige Mutter. Ich möchte Schwester Agnes in den Gärten helfen, denn dies ist der Platz, den der Herr für mich ausgesucht hat. Das spüre ich in meiner Seele.«

Die Äbtissin blieb vor mir stehen und legte die Hände auf den Knauf ihres Stockes. Ihr Blick glitt über mein Gesicht, traf den meinen und verharrte.

»Ich mag dich nicht«, sagte sie.

Ich schluckte.

Mutter Immaculata wandte sich von mir ab und sah aus dem Fenster in die Klostergärten. »Deine Abstammung ist mir ein Graus, und ginge es diesem Kloster besser, hätte ich dich mitsamt deines Geldes schon am ersten Abend auf die Straße gesetzt.« Sie wandte sich wieder zu mir um, und ihr Krötengesicht wirkte beinahe angewidert. »Das macht dich jedoch nicht zu etwas Besonderem. Am liebsten würde ich die meisten jungen Mädchen, die von ihren Familien hier abgegeben werden, rauswerfen. Verwöhnte, arrogante Gören, für die Gebete nur Worte sind und die keine Berufung kennen außer der, ein Leben ohne jede Anstrengung zu führen.«

Sie machte eine Pause, aber ich versuchte nicht auf das, was sie gesagt hatte, zu antworten.

»Und nun kommst du und bittest mich, das Leben, was du dir

erkauft hast, wieder aufgeben und ein einfacheres, beschwerlicheres wählen zu dürfen. Manche würden dir das als Stolz auslegen und als Verstoß gegen dein Gehorsamsgelübde.«

Mein Mund wurde trocken. *Bitte nicht,* dachte ich.

»Aber ich gehöre nicht zu ihnen«, fuhr Mutter Immaculata fort. »Im Gegenteil, ich wünschte, du wärest nach all den Jahren nicht die Erste, die mich darum bittet, und ich wünschte ebenso, ich könnte in meinem Herzen genügend Liebe aufbringen, um dich zu mögen.« Sie lächelte. »Ich würde unseren Herrn Jesus Christus darum bitten, aber ich kenne ihn lang genug, um zu wissen, welche Wünsche er mir gewährt und welche nicht.«

Ich erwiderte ihr Lächeln nur vorsichtig, denn ich fürchtete, ich könnte so kurz vor dem Ziel noch einen Fehler begehen, der mich zurückwerfen würde in den Kerker, aus dem ich gerade zu entkommen suchte.

Die Äbtissin stampfte einmal mit dem Stock auf den Boden. Sie schien das oft zu tun, denn in den Holzdielen rund um den Tisch sah ich Dellen.

»Also gut«, sagte sie. Es klang endgültig. »Du wirst morgen nach der Prim in den Gärten anfangen. Ich rede noch mit Schwester Agnes. Als Zugeständnis an deinen … Gönner wirst du weiterhin in deiner Zelle leben und dir nicht den Schlafsaal mit den Konversinnen teilen. Die Mahlzeiten nimmst du mit uns im Refektorium ein, damit wir sehen können, wie du dich entwickelst. Ich bestehe auch darauf, dass du die Gebetszeiten einhältst. Du wirst dein Seelenheil nicht nur in körperlicher Arbeit finden. Bist du bereit dazu?«

»Ja.« Ich hörte ihr kaum zu. Das Blut rauschte mir im Kopf, und ich war so erleichtert, dass ich gegen Tränen kämpfen musste. »Ich danke Euch, ehrwürdige Mutter.«

Sie wandte sich wieder dem Fenster zu. »Vielleicht bin ich es, die dankbar sein sollte«, sagte sie leise.

Ich verstand nicht, was sie damit meinte.

»Also wurden meine Gebete erhört«, sagte Schwester Agnes am nächsten Tag, als ich die Gärten betrat.

Ich lächelte. »Und die meinen.«

Sie zeigte mir die Beete, den Obsthain, die Brombeerhecken an der Mauer und die Johannisbeersträucher hinter dem Schuppen. Ich sah einige Konversinnen, die Laub zusammenharkten oder Beete für eine neue Aussaat umgruben, doch die meisten arbeiteten noch im Inneren des Klosters, denn in den Gärten war so früh im Jahr wenig zu tun.

»Sie sind nicht zu viel zu gebrauchen«, sagte Schwester Agnes. »Selbst beim Unkrautzupfen muss ich darauf aufpassen, dass sie nicht die Pflanzen mit rausziehen.«

Ich lachte, doch dann merkte ich, dass sie es ernst meinte. »Du kannst sie doch sicher anlernen.«

»Die einfachen Dinge bringe ich ihnen bei, doch für manches andere …«, sie sah mich an, »… benötigt man ein Können, das muss einem der Herr gegeben haben.«

Wir gingen weiter an der Mauer entlang und überquerten einen Bach. Ich sah eine kleine Pforte zwischen Efeuranken und bemerkte, wie Agnes die Hand in ihren Gürtel steckte und einen großen eisernen Schlüssel hervorzog.

»Eigentlich müsste ich jedes Mal die ehrenwerte Mutter um Erlaubnis fragen, wenn ich das Kloster verlasse, aber sie vertraut mir, dass ich nur durch diese Pforte gehe, wenn es notwendig ist. Wir sind als Kinder zusammen hierhergekommen, sie, die Tochter eines Grafen, und ich, die Tochter seines Stallmeisters. So etwas verbindet selbst nach all den Jahren.«

Ich sah mich unsicher um, als sie den Schlüssel in das Schloss steckte. Es knirschte, dann zog sie den Riegel zurück und öffnete die Pforte.

»Bist du sicher, dass ich das darf? Die ehrwürdige Mutter hat mir nur erlaubt, in den Gärten zu arbeiten.«

Agnes winkte ab. »Sie hat dir erlaubt, *für mich* zu arbeiten.«

Sie trat hinaus in die Gasse jenseits der Pforte.

Die Geräusche der Stadt erschienen mir auf einmal lauter als vor meinem Eintritt ins Kloster, dabei war niemand draußen zu sehen. Ich folgte Agnes zögerlich, erwartete jeden Moment Schwester Johannitas schneidende Stimme zu hören, die mich zurückrief, doch nichts geschah.

Also schloss ich die Pforte hinter mir.

Die Gasse führte uns an einstöckigen Häusern und kleinen Gärten vorbei. »Die Häuser gehören der Kirche«, sagte Agnes. »Die Leute, die hier leben, haben sie zusammen mit einigen Feldern vor der Stadtmauer gepachtet. Mutter Immaculata versucht schon lange auf den Bischof dahingehend einzuwirken, dass er uns an den Einnahmen beteiligt, aber er weigert sich. Wir sind nur ein kleines Kloster, und keine der Nonnen gehört zu den wichtigen Familien Coellens. Daher kümmert er sich lieber um andere.«

Ich gehöre einer wichtigen Familie an, dachte ich, ohne es auszusprechen. *Vielleicht würde mein Vater…*

Ich verscheuchte den Gedanken. Die Welt, die meine Mutter für mich gezeichnet hatte, existierte nicht. Ich war ein Bastard, nicht die hochwohlgeborene Tochter des Bürgermeisters.

Hinter den Dächern der Häuser sah ich Wachtürme und Mauerkronen. Mir war nicht klar gewesen, dass das Kloster so dicht an der Stadtmauer lag.

»Das ist das kleinste der zwölf Stadttore«, sagte Schwester Agnes. »Es führt nur auf die Felder hinaus und in den Wald.«

Das Tor stand offen, Soldaten lehnten an der Mauer und unterhielten sich, ohne uns zu beachten. Über den Graben führte ein breiter hölzerner Steg, von dem unsere Schritte dumpf widerhallten.

»Wohin gehen wir?«, fragte ich, als wir die Stadt hinter uns ließen. Es war ein seltsames Gefühl, nach fast zwei Monaten zum ersten Mal wieder eine Landschaft ohne Mauern zu sehen. Ich ließ meinen Blick über die Bäume und Felder gleiten bis hin zum Horizont.

»Nur bis zum Wald.« Schwester Agnes blieb stehen, stemmte die Hände in den Rücken und verzog das Gesicht. Ich sah, dass sie Schmerzen hatte.

»Geht's dir nicht gut?«, fragte ich.

»Es geht mir so gut oder schlecht wie immer.« Wir gingen weiter, langsamer als zuvor. »Wer ein Leben lang den Rücken krumm macht, muss im Alter dafür bezahlen. So ist das nun mal im Leben.«

Ich hatte den Eindruck, dass sie nicht nur einen körperlichen Preis damit meinte.

Hinter dem ersten Feld bogen wir nach rechts ab in einen schmalen Weg, gerade mal einen Karren breit, der in den Wald führte.

»Der Wald gehört ebenfalls der Kirche«, sagte Agnes, »sonst hätte man ihn wohl schon längst abgeholzt. Der Erzbischof geht dort gern auf die Jagd, und ich hoffe, dass das noch lange so bleibt.«

Es war kühl zwischen den Bäumen. An einigen geschützten Stellen lag noch Schnee, doch meistens gingen wir durch nasses altes Laub.

»Suchst du hier nach Kräutern?«, fragte ich. Es war die einzige Erklärung, die mir für diesen Ausflug in den Sinn kam.

Agnes nickte. »Seit vielen Jahren schon. Nicht jede Pflanze lässt sich in Beeten ziehen.« Sie sah mich an. »Deshalb bin ich auch so froh über Mutter Immaculatas Erlaubnis. Mir fällt der Weg mit jedem Tag schwerer. Ich suche schon lange nach einer Nachfolgerin, die mir wenigstens diese Aufgabe abnimmt. Aber die anderen Mädchen kann ich nicht schicken. Selbst wenn ich ihnen beibringen könnte, wonach sie suchen sollen, sie sind hinter Klostermauern aufgewachsen, keines von ihnen weiß, wie man sich hier draußen verhält.«

Geistesabwesend bückte ich mich, um etwas Waldmeister zu pflücken. »Du willst, dass ich allein in den Wald gehe?« Es fiel mir schwer zu glauben, dass Agnes mit ein derartiges Vertrauen entgegenbrachte. Ich hatte ihr keinen Grund dazu gegeben.

»Warum nicht? Ich mache das seit fast vierzig Jahren.«

»Und Mutter Immaculata ist wirklich damit …?«

Sie unterbrach mich, bevor ich den Satz beenden konnte. »Sie weiß es, und sie erlaubt es. Du darfst das Kloster zum Kräuterpflücken verlassen, nur zum Kräuterpflücken.«

Ich fühlte mich plötzlich, als hätte sie mir den Wald geschenkt, als gehörte er ganz allein mir. »Dann werde ich alles tun, um dich nicht zu enttäuschen.«

Agnes lächelte. »Da bin ich mir sicher.«

Wir verbrachten den Tag im Wald. Agnes zeigte mir ihre Lieblingsplätze, erklärte mir, welche Kräuter ich wo finden konnte. Zwischendurch musste sie sich immer wieder auf einen Baumstamm setzen und warten, bis der Schmerz in ihrem Rücken zurückgegangen war.

»Ich könnte dir etwas Schmerzlinderndes anrühren, wenn wir wieder im Kloster sind«, bot ich an.

Agnes schüttelte den Kopf. »Der Schmerz ist ein Geschenk Gottes, wie unsere ehrwürdige Mutter stets zu sagen pflegt. Durch ihn kommen wir Christus näher. Lass sie nicht hören, dass du ihn lindern willst, denn das ist Teufelswerk.« Sie schüttelte den Kopf, als sei sie anderer Ansicht, und stand auf. »Lass uns zurückgehen, sonst verpassen wir noch die Vesper.«

Wir trennten uns im Klostergarten. Agnes ging zum Hospital, um dort den Waldmeister abzugeben, damit Schwester Ysentrud die bitteren Kräutertränke damit versüßen konnte, ich machte mich auf den Weg zur Kapelle.

Die Hymnen, die ich an diesem Abend sang, erschienen mir schöner als je zuvor, und in jedem Psalm hörte ich das Lob Gottes. Wenn ich die Augen schloss, sah ich den Wald vor mir, und wenn ich sie wieder öffnete, erschienen mir die dunklen Mauern durchlässig und die Fenster wie ein Tor in die Freiheit, die ich erlangt hatte.

Ein neues Leben wartete dort draußen auf mich, das spürte ich.

Kapitel 15

Meine Ausflüge wurden immer länger. Anfangs lauschte ich noch auf die Kirchenglocken der Stadt und lief zum Stundengebet zurück zum Kloster, doch irgendwann nahm mich Schwester Maria beiseite und sagte, die Äbtissin würde es vorziehen, ich würde nicht bei allen Gebeten dabei sein und nicht jedes Mal verschwitzt und dreckverschmiert in die Kapelle stürmen. Wir einigten uns darauf, dass ich, wenn ich für das Hospital im Wald nach Kräutern suchte, die Sext und die Non ausfallen lassen durfte. Von da an verließ ich, wann immer es das Wetter erlaubte, das Kloster bereits am späten Morgen und kehrte erst zur Vesper zurück.

Ich wagte nicht, über die Märkte zu gehen oder durch die Stadt zu streifen, auch wenn ich liebend gern den Gewürzmarkt besucht hätte, auf dem Schwester Ursula zum Osterfest Gewürze aus Outremer gekauft hatte. Sie stammten, so hörte ich von Agnes, aus Konstantinopel, wo auch immer das sein mochte. Jedenfalls klang es ferner und fremder als jeder andere Ort, von dem ich je gehört hatte.

Sehen würde ich weder Konstantinopel noch den Gewürzmarkt, aber solange mir niemand den Wald nahm, störte mich das nicht.

Ich ging tief in den Wald hinein, dorthin, wo es keine Wege mehr gab und ich niemandem begegnen würde. Mein Blick wurde schon bald so gut, meine Augen so scharf, dass ich Kräuter fand, ohne konzentriert danach zu suchen. Ich ließ meinen Gedanken freien Lauf, sorgte aber immer dafür, dass ich genügend Kräuter sammelte, um die Länge meiner Ausflüge zu rechtfertigen. Mein Lieblingsplatz wurde ein kleiner Teich inmitten einer Lichtung tief im Wald. Seine Ufer waren mit Schilf und Brunnenkresse bewachsen, auf dem Wasser schwammen Seerosen. Mädesüß und Waldmeister wuchsen zwischen dem hohen Gras.

Es war Frühling, und der Duft der Blüten hing schwer und süß in der Luft, und der Tag, an dem ich ihn das erste Mal sah, war sonnig und warm. Ich lag im Gras, blickte in den blassblauen Himmel, zerrieb Waldmeisterblüten zwischen meinen Fingern und genoss ihren Geruch. Pflücken konnte ich die Pflanzen nicht mehr, denn wenn der Waldmeister blüht, verursacht er Kopfschmerzen.

Mein ganzes Leben könnte ich hier liegen bleiben, dachte ich, *mit der Wärme der Sonne in meinem Gesicht und dem leisen Plätschern des Teichs in meinem Rücken.* Ich war nicht glücklich, das wusste ich, aber zufrieden. Und das war mehr, als ich mir lange Zeit hatte erhoffen dürfen.

Es raschelte.

Ich blinzelte und bemerkte erst in diesem Moment, dass ich eingeschlafen war. Die Sonne hing immer noch hoch über der Lichtung, es gab keinen Anlass zur Sorge, für den Rückweg würde ich nicht mehr als eine Stunde brauchen, ich hatte also Zeit.

Erneut hörte ich es rascheln, dieses Mal länger, rhythmischer, so als bewegte sich etwas durchs hohe Gras. *Nein,* dachte ich auf einmal nervös, *nicht etwas, jemand.* Kein Tier lief so laut, so unelegant und zögernd. Das musste ein Mensch sein.

In meinem Magen begann es zu kribbeln. Auf einmal wurde mir bewusst, dass ich mich ganz allein auf der Lichtung befand und dass ich Haube und Schleier abgelegt hatte, um keine Grasflecken darauf zu hinterlassen. Mit einer Hand griff ich danach, dann setzte ich mich vorsichtig auf, war jedoch darauf bedacht, dass man mich im hohen Gras nicht sehen konnte. Die Vögel hatten aufgehört zu singen, es war windstill und warm. Ich begann zu schwitzen, nachdem ich mir hastig Haube und Schleier wieder aufgesetzt hatte. Ich zog sie zurecht, bemühte mich, kein Geräusch dabei zu verursachen.

Die Schritte kamen näher. Ich sah, wie sich das Gras rechts von mir bewegte, und dann Stiefel, die es niederdrückten.

Ich hielt den Atem an, duckte mich noch tiefer, richtete dabei aber den Blick nach oben.

Ein junger Mann ging an mir vorbei, so nahe, dass ich glaubte, seine Stiefel berühren zu können. Er war nur wenig älter als ich und sehr schlank. Sein erdfarbener Umhang war verblasst, das Hemd an den Ellenbogen geflickt, und der Hut, der seine dunklen Locken nach unten drückte, sah alt aus, so als habe er ihn von seinem Vater geerbt. Eine Hand hatte er auf eine große Kräutertasche gelegt, die er über der Schulter trug, und mit der anderen schob er das Gras auseinander. Sein Gesicht war bartlos und schmal und wirkte freundlich.

Den Blick hielt er zu Boden gerichtet, und er war so konzentriert, dass er mich nicht bemerkte. Es sah aus, als würde er etwas Wertvolles suchen, das er auf der Lichtung verloren hatte, aber ich nahm an, dass er wie ich nach Kräutern und Heilpflanzen Ausschau hielt.

Ich biss mir auf die Lippen, um ein Lächeln zu unterdrücken, als er an gleich drei dunkelblauen Blüten vorbeiging. Es war Blauer Eisenhut, doch das schien er nicht zu wissen. Der Saft war giftig, eine Essenz daraus half jedoch bei entzündeten Geschwüren und Wundbrand. Ich hatte ein paar der Pflanzen, die auf dem trockenen, ein wenig sandigen Boden des Klostergartens nicht wuchsen, mitnehmen wollen, doch nun ertappte ich mich dabei, wie ich aufstehen und ihm sagen wollte, was er gerade übersehen hatte, nur weil ich gern gewusst hätte, wie seine Stimme wohl klang.

Ich erschrak bei dem Gedanken und spürte, wie mir das Blut in die Wangen stieg. Hastig wandte ich den Blick ab und blieb geduckt sitzen, bis ich seine Schritte nicht mehr hörte; erst dann wagte ich es aufzustehen. Ich war allein auf der Lichtung, und die Vögel sangen, als wäre nichts gewesen. Doch ich wusste, was geschehen war, was ich beinahe getan und vor allem, was ich gedacht hatte.

Mit dem kleinen Messer, das ich immer dabeihatte, schnitt ich ein wenig Blauen Eisenhut ab und ließ den Rest stehen.

Dann machte ich mich auf den Rückweg.

Ich sprach mit niemandem über diese Begegnung, noch nicht einmal mit Vater Pius, der uns an diesem Abend die Beichte abnahm. Ich ahnte, dass er mir dann verboten hätte, noch einmal allein in den Wald zu gehen.

Stattdessen begab ich mich am nächsten Morgen nach der Laudes zurück in meine Zelle, um allein zu beten, um Christus zu bitten, mir die unkeuschen Gedanken zu nehmen, die mich beinahe dazu verleitet hätten, wie eine Dirne einen fremden Mann anzusprechen. Dass ich etwas hatte tun wollen, was ich mir nicht erklären konnte, machte mir Angst.

Ich mied die Lichtung fast eine Woche lang, doch schließlich bat mich Schwester Agnes um mehr Eisenhut, und so suchte ich diesen Ort wieder auf. Eine Weile blieb ich am Rand der Lichtung zwischen den Bäumen stehen, betrachtete den Teich und das Gras, bis ich sicher war, allein zu sein. Erst dann ging ich zu der Stelle, wo der Eisenhut wuchs. Er blühte dort immer noch. Das enttäuschte und erleichterte mich zugleich.

Er ist nicht hier, dachte ich, während ich mich hinhockte und mein Messer aus dem Gürtel zog. *Er hat nicht gefunden, was er suchte, deshalb wird er auch nicht wiederkommen.*

Als ich aufstand, sah ich ihn auf der anderen Seite des Teichs.

Ich wollte mich ducken, aber da hatte er mich bereits bemerkt. Unsere Blicke trafen sich, und ich sah die Überraschung in seinem Gesicht. Ebenso wie ich musste er angenommen haben, allein zu sein, doch nun war da plötzlich eine Nonne. Er reagierte darauf, indem er sich umdrehte und mit langen Schritten die Lichtung verließ. Ich blieb stehen und sah ihm nach.

Auf dem Weg zurück sah ich ihn noch einmal. Kurz vor dem Stadttor saß er auf einem Baumstumpf und aß Beeren von einem Zweig, den er abgebrochen hatte. Als er mich erblickte, zögerte er, dann nickte er knapp. Ich wandte den Kopf und ging durch das Tor.

»Ketlin? Ketlin, träumst du?«

Ich zuckte zusammen und sah von dem Beet auf, in dem ich kniete und Unkraut jätete. Benedikta stand vor mir, die untergehende Sonne im Rücken, sodass ich kaum mehr als ihren Umriss erkennen konnte.

»Nein, natürlich nicht«, log ich und zwang meine Gedanken, von der Lichtung im Wald ins Kloster zurückzukehren. Ich hob die Hand, um mir die Augen zu beschatten, sodass ich Benedikta besser sehen konnte. »Was ist denn?«

Es erschien mir seltsam, dass sie mich ansprach. Seit dem Beginn meiner Strafe hatte sie kein Wort mehr mit mir gewechselt.

Benedikta spielte mit dem Rosenkranz an ihrem Gürtel. »Ich wollte dir nur sagen, wie sehr ich bewundere, was du tust. Dass du Christus nacheiferst und wie er dein Leben mit denen teilst, die am wenigsten haben.« Sie besah sich meine schmutzigen Hände und die dreckverschmierte Schürze. »Ich könnte das nicht.«

Ich lachte. »Es bereitet mir Freude, so wie dir das Schreiben.«

»Das macht deine Tat umso bemerkenswerter.« Benedikta hockte sich vor mich. Nach einem Moment des Zögerns nahm sie meine schmutzigen Hände in die ihren. »Dass dir eine so schwere Arbeit Freude macht, dass du sogar auf die Gebete verzichtest wie eine Konversin, zeigt mir, wie falsch es von mir war, dich zurückzustoßen. Christus hat dich als mein Vorbild erwählt, und ich hätte es beinahe nicht bemerkt. Kannst du mir verzeihen?« Ihre Stimme klang belegt, als kämpfe sie gegen die Tränen an.

Es war mir unangenehm. »Wir alle dienen Gott auf unsere eigene Weise. Ich in den Gärten und im Wald, du im Skriptorium.«

Sie schüttelte den Kopf. »Nein, was ich tue, ist nicht genug. Nicht verglichen mit den Opfern, die du bringst. Ich hätte mich nicht von dir abwenden sollen, als die anderen es taten. Ich hätte an deiner Seite stehen müssen und dich nicht verraten, bevor der Hahn dreimal kräht. Das war falsch, so falsch.«

»Benedikta …«

»Ich weiß nicht, wie ich das in den Augen des Herrn je wieder gutmachen soll.«

Abrupt zog sie ihre Hände weg und stand auf.

Ich wollte sie aufhalten, aber sie lief bereits auf die Kellertür zu.

Einen Steinwurf entfernt sah Agnes von ihrer Arbeit auf. »Was war denn das?«

»Ich weiß es nicht«, sagte ich verstört.

Die Reue, die Benedikta zu empfinden schien, beruhte immerhin auf einer Lüge. Ich brachte kein Opfer, hatte im Gegenteil alles getan, um das Opfer, das ich hätte bringen sollen, abzuwenden. Dass sie sich mit mir verglich, war falsch, nur konnte ich ihr das nicht sagen.

Agnes wischte sich den Schweiß von der Stirn, wo der Schmutz eine braune Spur hinterließ. »Ich weiß, dass du heute erst im Wald warst, aber Schwester Ysentrud könnte noch etwas Eisenhut gebrauchen. Also wenn du …«

Ich ließ sie nicht ausreden. »Ich kann morgen früh gehen.«

»So bald muss es nicht sein.«

»Ich tue es gern.« Mein Kopf fühlte sich auf einmal leicht an. »Wirklich.«

Kapitel 16

Zwischen uns fiel nie ein Wort.

Wir sprachen nicht miteinander, wir kamen uns nicht näher als zehn Schritte, wir sahen uns nicht an. Und doch begegneten wir uns immer wieder. Manchmal stand er bereits auf der Lichtung, wenn ich sie betrat, ab und zu trafen wir uns im Wald, gelegentlich sogar auf dem Weg, der von den Feldern zu den Bäumen führte. Wenn das geschah, wandte er sich ab und nahm einen anderen Weg, damit uns die Bauern auf den Äckern und die Soldaten auf ihren Türmen nicht zusammen sahen.

Ich entdeckte ihn häufig, bevor er mich bemerkte, und dann versteckte ich mich hinter Sträuchern, damit ich ihn ungestört beobachten konnte. In meiner Gegenwart verhielt er sich linkisch und ein wenig ungeschickt, warf mir immer wieder unter der Krempe seines alten Hutes Blicke zu und ließ mehr Pflanzen stehen, als er mitnahm, doch wenn er sich unbeobachtet fühlte, ging er mit Sorgfalt und Umsicht vor. Er verstand nicht viel von Kräutern, das fiel mir schon bald auf, denn er sammelte nur die, die jede Bäuerin kannte, und übersah viele, die weit nützlicher waren.

Während ich ihn hinter Sträuchern verborgen beobachtete, fragte ich mich, wer er war und weshalb er nach Pflanzen suchte, über die er so wenig wusste. Ich stellte mir vor, dass er der Sohn eines Gewürzhändlers wäre. Aber das konnte nicht sein, denn dann wäre seine Kleidung weniger zerschlissen gewesen. Nicht der Sohn, sondern der Lehrling, der darauf hoffte, eines Tages mit seinem Meister nach Konstantinopel reisen zu dürfen, der jedoch noch einen langen Weg vor sich hatte.

Der Gedanke gefiel mir.

Wenn ich Kräuter pflückte, ließ ich immer welche für ihn stehen, so wie er auch für mich. Wir hielten Abstand zueinander, aber ich war mir seiner Gegenwart stets bewusst, lauschte auf seine Schritte, sein Räuspern, das Klimpern des Metalls an seiner Ledertasche. Er folgte mir, wenn er dachte, dass ich es nicht bemerken würde, blieb manchmal vor Stellen stehen, an denen ich Pflanzen abgeschnitten hatte, als würde er sich fragen, was genau ich mitgenommen hatte.

Abends in der Zelle, wenn ich über den Tag nachdachte, fragte ich mich oft, weshalb ich keine Angst vor ihm empfand, weshalb es mich nicht verstörte, dass er mir folgte und nach mir suchte, aber ich fand keine Antwort darauf. Ich wusste nur, dass ich seine Nähe genoss und ihn vermisste, wenn er einmal nicht im Wald war. Er war mein Freund und mein Geheimnis.

»Ich werde heute mit dir gehen«, sagte Schwester Agnes eines Morgens, als ich in den Wald aufbrechen wollte. Normalerweise begleitete sie mich nur bis zur Pforte, um mich hinauszulassen, und ich hatte mich so daran gewöhnt, dass ich ein überraschtes »Was?« hervorstieß.

Agnes sah mich ungewöhnlich scharf an. »Behagt dir meine Gesellschaft nicht?«

»Doch, natürlich«, sagte ich, obwohl das Gegenteil der Fall war. »Ich wollte nur heute recht weit gehen, durch den Wald und bis zum Rhein hinunter, um die Ackerveilchen und den Bärenklau zu pflücken, der dort wächst.«

»Dann gehst du eben ein anderes Mal so weit.« Schwester Agnes zog die Pforte mit einem Knall hinter sich zu. Sie war schlecht gelaunt. »Wir werden Schafgarbe suchen. Mutter Immaculata hat mich darum gebeten.«

»Schafgarbe?« Ich runzelte die Stirn. Die Pflanze benutzte man vor allem bei Frauenleiden, für andere Krankheiten gab es wirkungsvollere Kräuter. »Ist die ehrwürdige Mutter nicht schon zu alt, dass sie Schafgarbe braucht?«

Mürrisch winkte Agnes mit schmutziger Hand ab. »Es geht nicht um sie, sondern um eine der Novizinnen, die sich anscheinend nicht traut, ins Hospital zu gehen. Und die sich zu fein ist, zu mir zu kommen.«

»Wer ist es?«

»Das weiß ich nicht, aber wegen ihr muss ich alles stehen und liegen lassen und durch den Wald laufen, als hätte ich nichts Besseres zu tun.«

Wir bogen zum Stadttor ab. Agnes war so wütend, dass sie hindurchging, ohne die Soldaten zu grüßen. Sie sahen uns kopfschüttelnd nach.

»Ich kann die Schafgarbe doch mitbringen«, bot ich an.

»Unsere ehrwürdige Mutter besteht darauf, dass ich selbst gehe. Sie befiehlt, ich gehorche, so ist das nun mal.«

Sie ging langsamer, als wir uns den Feldern näherten, und begann am Wegesrand nach der Pflanze zu suchen. Ich half ihr, hielt mit einem Blick jedoch Ausschau nach dem geheimnisvollen Fremden.

Es war ein trüber, grauer Tag. Die Wolken hingen tief, und auf den Wegen standen Pfützen vom Regen, der in der Nacht gefallen war. Das Licht schien die Farbe aus der Welt zu ziehen und ließ nur verwaschenes Grün und Braun zurück.

»Jemand war vor uns hier«, sagte Schwester Agnes nach einer Weile und zeigte auf einige abgeschnittene Stängel, die zwischen Grashalmen aufragten. »Findest du das lustig?«, wollte sie dann wissen, als sie meinen Blick sah. »Oder wieso lächelst du?«

Ich fühlte mich ertappt. »Nein, ich habe mich nur darüber gewundert, dass jemand ausgerechnet am selben Tag wie wir nach Schafgarbe sucht.«

Agnes murmelte etwas, was ich nicht verstand, dann nahmen

wir den Weg, der zwischen den Äckern und dem Wald entlangführte. Wir sahen mehrere Bauern, die versuchten, mithilfe eines Ochsen einen alten Baumstumpf aus dem Boden zu ziehen, und Leute, die sie dabei beobachteten und Ratschläge gaben, die wir selbst am Waldrand noch verstehen konnten; wir sahen auch andere, die mit gekrümmten Rücken auf den Roggenfeldern arbeiteten. Jeder von ihnen hätte die Schafgarbe abschneiden können, trotzdem glaubte ich zu wissen, dass sie es nicht getan hatten.

Also sah ich mich weiter um, während Agnes den Wegesrand absuchte. Der Pfad war so schmal, dass wir hintereinander hergehen mussten. Die Bauern, die uns bemerkten, grüßten freundlich, aber niemand sprach uns an. Die Nonnentracht war wie ein Vorhang, der uns von der Welt trennte.

Als wir außer Sichtweite der Bauern waren, drehte sich Agnes zu mir um. »Geh schon mal vor, ich muss mich nur kurz hinhocken.« Sie verschwand hinter einigen Sträuchern.

Ich ging weiter, langsamer als zuvor, damit sie mich einholen konnte, und lauschte auf die Geräusche des Waldes. Vögel sangen trotz des trüben Wetters, und Bienen summten an mir vorbei.

Und dann sah ich ihn. Keine zehn Schritte von mir entfernt stand er auf dem Weg, mit Schafgarbe in der Hand und einem verlegen wirkenden Lächeln auf den Lippen, so als ahnte er, dass er und ich die gleichen Pflanzen suchten. Ich wandte den Kopf, fürchtete bereits, Schwester Agnes zu sehen, aber da war niemand. Als ich mich wieder umdrehte, machte der Mann einen Schritt auf mich zu und hielt mir die Schafgarbe hin, so wie ein Verehrer einen Blumenstrauß.

Ich hob abwehrend die Hände, versuchte, ihn mit Gesten dazu zu bringen, den Weg zu verlassen, bevor Schwester Agnes ihn bemerkte. Ich konnte nichts sagen, konnte ihn nicht warnen, ohne dass sie mich gehört hätte.

Er blieb stehen. Das Lächeln verschwand aus seinem Gesicht, an seine Stelle trat Verwirrung, gefolgt von einer so tiefen Enttäuschung, dass ich einen Moment lang jede Vorsicht vergaß und ihn aufhalten wollte. Doch da hatte er sich bereits abgewandt. Drei, vier schnelle Schritte, dann war er im Unterholz verschwunden.

»Was wedelst du denn da herum?«, fragte Agnes hinter mir.

Ich wandte erneut den Kopf und sah, wie sie sich die Schürze glatt strich. »Nur eine Wespe«, sagte ich. Es war das Erste, was mir einfiel.

»Wenn du nicht nach ihnen schlägst, stechen sie auch nicht.« Agnes klang wie meine Mutter, aber ich hörte ihr kaum zu.

Eine Wespe, dachte ich. *So muss es auch für ihn ausgesehen haben – als hätte ich etwas Lästiges verscheucht.*

Agnes drängte sich an mir vorbei. Sie mochte es nicht, wenn sie hinter anderen hergehen musste. »Wir werden noch den ganzen Tag hier verbringen«, sagte sie, »aber meine Arbeit kümmert ja keinen. So eine Novizin, ja, da …«

Sie unterbrach sich und blieb so abrupt stehen, dass ich beinahe gegen sie gelaufen wäre.

»Sieh mal.« Agnes bückte sich und hob eine Handvoll Schafgarbe auf. »Die hat wohl jemand verloren.«

Mit einer Hand öffnete sie die Kräutertasche, die an ihrem Gürtel hing, und steckte die grünen Stängel mit ihren kleinen weißen Blüten hinein. Einige fielen zu Boden, und ich hob sie auf, hielt sie einen Moment zwischen meinen Fingern. Wir waren uns noch nie so nahe gewesen und doch noch nie so fern.

»Willst du sie nach Hause tragen oder mir geben?«, fragte Agnes. Sie klang freundlicher als vorher, fast schon fröhlich. Ihre Laune hatte sich erheblich gebessert.

Ich reichte ihr die Pflanzen nicht, sondern steckte sie gleich in die Tasche. Einen Augenblick lang hatte ich das Gefühl, Agnes wollte sich wegdrehen, so als hätte sie etwas dagegen, dass ich ihre Tasche berührte. Aber ich schob die Schafgarbe bereits hinein – und dabei sah ich kleine grüne Blätter zwischen den weißen Blüten.

Ich runzelte die Stirn. *Engelwurz?*

»So.« Agnes klappte die Tasche zu. »Wenn du willst, kannst du noch hierbleiben und deine eigene Arbeit erledigen, aber ich gehe zurück.«

»Nein, ich komme mit«, sagte ich. »Es sieht nach Regen aus.«

Sie widersprach mir zwar, aber ich hörte nicht zu. Meine Gedanken wogten von einer Seite zur anderen, von meinem unbekannten Freund zu dem Engelwurz in Agnes' Tasche.

Engelwurz war keine seltene Pflanze, ich hatte allein vier davon auf dem Weg am Wald entlang gesehen, Agnes sicherlich auch. Trotzdem hatte sie gewartet, bis wir uns trennten, bevor sie eine gepflückt hatte.

Für sich allein genommen stärkte Engelwurz das Herz und half bei der Verdauung, aber wenn man es mit Johanniskraut, das wir getrocknet im Kloster aufbewahrten, und Schafgarbe mischte, kam dabei etwas heraus, von dem ich nur einmal erlebt hatte, dass meine Mutter es jemandem gegeben hatte, und das war nachts gewesen, als sie gedacht hatte, ich würde bereits schlafen.

Ich erinnerte mich gut daran: Hedwig, eine Bäuerin von fast fünfzig Jahren, hatte in der Tür gestanden und gesagt: »Ich kann es nicht bekommen, Magda. Es würde mich umbringen.« Und meine Mutter hatte ihr ein Pulver gegeben, das Hedwig mit Bier hatte verrühren sollen. Sie hatte kein Kind mehr geboren, Mutter und ich hatten nie ein Wort darüber verloren.

Auf einmal verstand ich, weshalb Agnes mich hatte begleiten wollen, weshalb sie mir eine halb erfundene Geschichte aufgetischt hatte und heimlich im Unterholz Engelwurz gepflückt hatte. Wäre sie allein gegangen, hätte ich sie vielleicht dabei überrascht, doch so hatte sie die ganze Zeit über gewusst, wo ich war, und hatte die richtige Gelegenheit abpassen können.

Es gab nur eine Erklärung für ihr Verhalten: Eine der Novizinnen war schwanger.

Beim Abendessen beobachtete ich die Mädchen, mit denen ich am Tisch saß. Alle aßen schweigend, den Kopf gesenkt, den Blick auf ihren Eintopf gerichtet. Ich meinte, dass Mutter Immaculata noch ernster und verkniffener als sonst wirkte, aber vielleicht war das nicht mehr als Einbildung.

Nach unserer Rückkehr aus dem Wald hatte ich Schwester Agnes in den Schuppen gehen sehen, in dem die Kräuter zum Trocknen aufgehängt wurden, aber was sich in dem Beutel befand, mit dem sie ihn verließ, wusste ich nicht. Johanniskraut, nahm ich an, doch mit Sicherheit sagen hätte ich das nicht können.

Die Neugier über das, was um mich herum im Verborgenen geschah, hielt mich davon ab, an den Mann im Wald und die Enttäuschung in seinem Gesicht zu denken. Ich suchte stattdessen nach Anzeichen für ein ungeheueres Vergehen, und das lenkte mich von der Frage ab, was wohl geschehen würde, wenn wir uns das nächste Mal trafen – falls es ein nächstes Mal gab.

Auch beim Frühstück am nächsten Morgen bemerkte ich nichts Ungewöhnliches. In den letzten Tagen waren zwei neue Novizinnen hinzugekommen, aber beide waren noch keine zehn Jahre alt. Sie saßen mit uns am Tisch, wirkten eingeschüchtert und ängstlich. Ihre Namen hatte ich mir nicht gemerkt.

Es war Waschtag, und nach dem Frühstück gingen wir in den Hof, wo die Konversinnen bereits große Holzbottiche aufgestellt hatten, die sie nun mit heißem Wasser füllten. Die Nonnen wuschen ihre Trachten selbst, eine der wenigen einfachen Arbeiten, die man uns nicht abnahm. Wahrscheinlich sollten wir auf diese Weise Demut lernen, aber in Wirklichkeit waren die Waschtage eine Gelegenheit für alle, Neuigkeiten und Tratsch auszutauschen. Selbst Schwester Johannita schritt nicht ein, wenn wir uns unterhielten, solange wir es diskret taten.

Ich hatte an diesem Morgen mein Habit gewechselt, so wie alle anderen auch, und trug das alte, das nach Erde und Gras roch, hinunter in den Hof. Die Konversinnen kamen mit dem heißen

Wasser kaum nach, obwohl sich jeweils vier Nonnen einen Bottich teilten.

Mein Blick suchte und fand Benedikta. Sie stand mit den beiden neuen Novizinnen und Schwester Maria an einem Bottich, es gab keinen Platz mehr für mich.

Unsicher sah ich mich um. Die meisten der zehn Bottiche waren besetzt, überall sah ich Nonnen, die mit langen Stangen ihre Wäsche stampften. Wasser schwappte über, die jungen Novizinnen lachten oder schrien in gespieltem Entsetzen auf, wenn sie dabei nass wurden.

»Hier ist noch Platz«, sagte eine Stimme hinter mir. Bevor ich mich umdrehte, wusste ich bereits, dass sie Schwester Johannita gehörte.

O Gott, dachte ich, dann zwang ich mich zu einem Lächeln und ging zu ihr.

Sie musste sich den Bottich mit niemandem teilen, was mich nicht überraschte. Keine zwei Schritte entfernt von ihr stieß Klara ihre Freundin Alfonsa an, zeigte auf mich und lachte. Ihr Bottich befand sich in Schwester Johannitas Rücken, sodass diese nicht sah, was die beiden taten.

Ich legte meine Kleidung in das warme Wasser und nahm eine der Stangen, die am Bottich lehnten. Langsam, um die Wolle nicht zu beschädigen, drückte ich sie nach unten.

Schwester Johannita begann zu rühren. Das Wasser färbte sich langsam grau.

»Du bist durchtriebener, als ich dachte«, sagte sie. »Eine alte Frau so auszunutzen, ihr vorzugaukeln, dass du ein Leben in Demut führen willst, nur um dich vor einem ungeliebten Dienst unter meiner Aufsicht zu drücken, das hätte ich selbst von dir nicht erwartet.«

Das Plätschern, Klopfen und Lachen um mich herum schien auf einmal leiser zu werden, so als stünden Johannita und ich unter einer unsichtbaren Glocke. Ich spürte meinen Herzschlag bis in die Schläfen.

»Mutter Immaculata denkt nicht wie du.« Es fiel mir immer noch schwer, Johannita zu duzen, aber wir waren Schwestern und hatten uns als solche anzureden.

»Wie ich schon sagte, eine alte Frau lässt sich leicht täuschen.« Sie sah mich an. »Glaub nur nicht, dass wir anderen darauf hereinfallen. Alle wissen, dass du dich vor deiner Pflicht drückst, dass du tust, was du willst, und keinen Sinn für die Gemeinschaft dieses Ordens hast. Du bist zu einer Ausgestoßenen geworden, Ketlin. Niemand mag dich.«

Ihre Worte waren spitz wie Pfeile. Ich musste daran denken, was die Äbtissin gesagt hatte. Trotzdem widersprach ich.

»Das ist nicht wahr. Ich …«

Johannita ließ mich nicht ausreden. »Ich spreche von denen, die zählen, nicht von einer Konversin wie Agnes oder einem leichtgläubigen kleinen Mädchen wie Benedikta. Du denkst vielleicht, dass Maria auf deiner Seite ist, aber sie versteht, aus welcher Richtung der Wind weht, wenn du weißt, was ich meine.«

Ich wusste es nicht, und sie sah es in meinem Blick.

Ihr Kopfschütteln wirkte ebenso bedauernd wie überheblich. »Kind, glaubst du denn, dass alles immer so bleiben wird, wie es ist? Eine andere wird bald auf die alte Frau folgen, die jetzt noch ihre schützende Hand über dich hält. Und dann wirst du sehen, dass Ungehorsam und Unehrlichkeit zu nichts führen.«

Sie rührte die Wäsche mit solchem Schwung um, dass das Wasser beinahe über den Rand des Bottichs schwappte.

Ich hatte nie darüber nachgedacht, was geschehen würde, wenn Mutter Immaculata starb. Die Vorstellung, dass Johannita die nächste Äbtissin werden könnte, traf mich mit aller Härte.

»Ich habe niemandem von den Stunden erzählt, die du mir gegeben hast«, sagte ich leise. Eine andere Verteidigung fiel mir nicht ein.

Johannita sah sich kurz um, als hätte sie Angst, man könnte uns belauschen. »Und deshalb wird man dich auch nicht auf die Straße setzen, wenn sich die Dinge einmal ändern. Aber man wird sehr genau darauf achten, welche Pflichten du zu erfüllen und welche Privilegien du dir entgegen deines Gehorsamsgelübdes erschlichen hast.« Ihr Blick wirkte auf einmal angewidert. »Gott allein weiß, was du dort draußen in diesem Wald treibst.«

Ich wollte die Holzstange in meinen Händen nehmen und sie Johannita ins Gesicht schlagen, doch stattdessen rammte ich sie mit solcher Macht in den Boden des Bottichs, dass sie zerbarst. »An deiner Stelle würde ich mich lieber fragen, was in diesem Kloster getrieben wird!«

Johannitas Augen weiteten sich.

Ich fuhr herum und verließ den Hof.

Kapitel 17

Ich bereute meine Worte bereits auf der Treppe nach oben. Als ich in meiner Zelle ankam, wünschte ich, ich könnte die Zeit zurückdrehen und ungeschehen machen, dass ich diesen verderblichen Satz ausgesprochen hatte. Wütend trat ich gegen den Schemel neben dem kleinen Holztisch, auf dem ich so lange die Pergamente abgekratzt hatte. Er rutschte ein Stück über den Boden und fiel um.

»Soll ich später wiederkommen?«

Ich drehte mich erschrocken um. Benedikta stand in der Tür, einen Fuß zurückgesetzt, als wäre sie bereit zur Flucht.

»Nein. Ich habe mich nur über mich selbst geärgert.« Ich stellte den Schemel wieder hin und bat Benedikta mit einer Geste einzutreten.

»Ich habe deine Kleidung aufgehängt«, sagte sie. »Bei dem guten Wetter ist sie bestimmt morgen Abend trocken.«

»Danke.«

Ich setzte mich auf die Matratze, sie auf den Schemel. Sie wollte über etwas sprechen, das sah ich ihr an, aber sie schien sich nicht zu trauen.

»Hast du gehört, was ich zu Schwester Johannita gesagt habe?«, fragte ich.

Benedikta lächelte schüchtern. »Alle haben es gehört. Es war sehr laut.«

Ich schluckte und verfluchte mich im Stillen ein weiteres Mal.

»Johannita ist vom Hof gestürmt, als wäre der Teufel selbst hinter ihr her«, fuhr Benedikta fort. »Sie ist bestimmt schon bei der ehrwürdigen Mutter.«

»Das befürchte ich auch.«

Benedikta beugte sich vor und sah mich aus ihren unschuldigen großen Augen an. »Du hast nur die Wahrheit gesagt, du musst dir keine Sorgen machen. Im Gegenteil, Gott wird dich für deine Ehrlichkeit belohnen.« Sie verschränkte die Arme vor dem Bauch und steckte die Hände in die Ärmel ihrer Tracht. Es war eine seltsame Geste, so als wolle sie etwas schützen, aber das fiel mir erst später auf.

»Schwester Johannita aber nicht«, sagte ich, bemüht, die Unterhaltung nicht wieder in eine Richtung zu führen, in der Benedikta ihre Bewunderung für mich äußern konnte.

»Sie ist eine Blinde unter Blinden, Ketlin. Was hier vorgeht, sieht sie nicht, du aber schon und ich auch. All das Getratsche, all die Hinterhältigkeit … Würden unsere Schwestern wirklich ihren Nächsten lieben, müssten sie den Konversinnen jeden Tag die Füße waschen, so wie es die ehrwürdige Mutter sonntags tut. Stattdessen aber führen sie sich wie Herrinnen auf, und sie schlafen, wenn sie beten sollten, das habe ich schon gesehen, und tuscheln nachts, wenn sie schlafen sollten. Sie legen falsch Zeugnis ab, lassen sich heimlich Essen ins Kloster bringen. Alle hier sind voller Sünde!«

Benediktas Augen leuchteten. Es kam mir vor, als hätten meine Worte einen Damm eingerissen, der ihre Enttäuschung und ihren Ärger bisher zurückgehalten hatte.

Sie hat keine Ahnung, was ich wirklich gemeint habe, dachte ich und hoffte, dass sie nicht die Einzige war.

Ich wollte ihren Wortschwall unterbrechen, aber sie ließ es nicht zu. »Aber du und ich sind anders. Wir versuchen, unserem Herrn Jesus Christus nachzueifern, du weit mehr als ich.«

»Benedikta …«

»Lass mich ausreden«, fiel sie mir ins Wort, »denn ich möchte, dass du die Hoffnung nicht verlierst. Es wird etwas Wunderbares geschehen, Ketlin, hier in diesem Sündenpfuhl. Nur die ehrwürdige Mutter und jetzt auch du wisst davon. Behalte diesen Gedanken in deinem Herzen, ich verspreche dir, du wirst nicht enttäuscht sein.«

Die Glocke, die uns zur Vesper rief, hallte durch die Gänge. Benedikta stand auf. »Bete für mich, Ketlin, bete, dass ich mich würdig erweise.«

»Das werde ich«, sagte ich, ohne zu wissen, wovon sie sprach. Benedikta hatte auf mich schon immer einen entrückten Eindruck gemacht, doch in diesem Moment fragte ich mich zum ersten Mal, ob Gott vielleicht ihren Verstand getrübt hatte.

Ich wartete, bis ihre Schritte auf dem Gang verklungen waren, dann folgte ich ihr zur Kapelle. Nach dem, was ich im Hof gesagt hatte, war es besser, wenn ich mit ihr nicht gesehen wurde. Ich wollte nicht, dass sie in etwas hineingezogen wurde, das sie nicht verstand.

Ich verbrachte die Vesper allein, ebenso das Abendessen. Niemand setzte sich neben mich, alle hielten Abstand zu mir, als wäre ich vom Aussatz befallen. Aber sie musterten mich unter ihren Hauben hervor, doch diesmal nicht nur mich, sondern auch Schwester Johannita und Mutter Immaculata.

Nach dem Abendessen wartete ich darauf, in die Schreibstube der Äbtissin gerufen zu werden, doch nichts geschah. Unbehelligt konnte ich zu meiner Zelle gehen und wenig später zur Komplet.

Erst als ich aus der Kapelle zurückgekehrt war und in der Zelle meine Bettdecke ausschüttelte, suchte mich doch noch jemand auf.

»Wir müssen über das reden, was du heute gesagt hast.« Schwester Marias Gesicht wirkte im Schein des Kerzenleuchters, den sie in einer Hand hielt, übernächtigt. Es überraschte mich, dass die ehrwürdige Mutter sie geschickt hatte und nicht Johannita.

»Das war dumm von mir«, sagte ich ehrlich. »Ich hätte das nicht sagen sollen.«

Maria blieb an der Tür stehen. »Dafür ist es jetzt leider zu spät. Ich nehme an, dass du etwas beobachtet oder mitgehört hast, richtig?« Sie hob den Kerzenleuchter, um meine Reaktion besser erkennen zu können.

Ich nickte.

»Besteht die Möglichkeit, dass du das Gesehene oder Gehörte falsch verstanden hast?«

Ich dachte einen Moment darüber nach, dann nickte ich erneut, wenn auch zögernd.

»Würdest du das vor allen eingestehen, wenn die ehrwürdige Mutter dich darum bitten sollte?«

Ihre Fragen hatten mich auf einen Weg geführt, den ich nicht weitergehen wollte. »Nur, wenn ich die Wahrheit erfahre.«

»Und wenn dich die Sache nichts angeht?«, fragte Maria. Ein scharfer Unterton hatte sich in ihre Stimme geschlichen.

»Kennst du die Wahrheit?«, fragte ich zurück. »Weißt du, was das, was ich gesehen habe, wirklich bedeutet?«

»Ich kümmere mich um meine Angelegenheiten, nicht um die anderer.«

Es war eine ausweichende, faule Antwort, und ich sah ihr an, dass sie das wusste.

»Wenn du wirklich wissen …«, begann sie, doch das Schlagen einer Tür unterbrach sie. Maria fuhr erschrocken herum, die Kerze flackerte.

Jemand schrie laut und gellend draußen im Gang, und ich glaubte, Benediktas Stimme zu erkennen. Andere Stimmen, drängend, befehlend, antworteten.

Ich lief an Maria vorbei hinaus. Um mich herum öffneten sich Zellentüren, Nonnen und Novizinnen traten heraus, doch manche wagten es nur, durch den Türspalt zu linsen.

Benediktas Zelle lag am anderen Ende des Gangs. Sie teilte sie sich mit zwei anderen Mädchen, Ottilie und Elzebeth. Ich sah die beiden vor der Tür stehen, den Blick in die Zelle gerichtet. Sie hielten sich in den Armen, und ihre Gesichter waren schreckensstarr und tränennass. Neben ihnen an der Wand hingen zwei Öllampen. Ich fragte mich, wer sie mitgebracht hatte.

»Stell dich nicht so an!« Johannitas Stimme hallte aus der Zelle, während ich darauf zulief.

»Ketlin!« Maria hielt mich am Schleier fest, aber ich riss mich mit einem Ruck los. Die anderen Mädchen standen unsicher da, kaum eine wagte es, sich der Zelle zu nähern. Benedikta schrie immer noch, aber es klang atemloser als vorhin. Ich schob mich an den Novizinnen vorbei und sah in die Zelle …

Benedikta lag am Boden, Johannita und Ursula hockten auf ihr wie dunkle Krähen über einem Kadaver, die Knie auf Benediktas Arme gepresst, während eine kräftige junge Nonne namens Mechthild auf ihren Beinen saß.

Mutter Immaculata stand an der Wand unter dem hölzernen Kreuz, das in jeder Zelle hing. Sie stützte sich auf ihren Stock und betrachtete die Vorgänge mit einem unlesbaren Gesichtsausdruck.

»Ihr müsst sie besser festhalten.«

Die Stimme gehörte Ysentrud, der Nonne, die das Hospital leitete. Sie selbst wurde von der Tür verdeckt.

»Wie denn?«, schrie Johannita.

Benedikta warf sich auf dem Boden hin und her. »Ihr wollt es umbringen! Ihr wollt Gottes Kind umbringen!«

Gottes Kind?

Wie eine Flamme sprangen die Worte von einer zur anderen und entzündeten unsere Gedanken. So oft hörten wir Geschichten über die Rückkehr des Messias und den Beginn der Apokalypse, dass uns die Vorstellung ganz und gar vertraut war. Ich glaube, dass es keine unter uns gab, die nicht darauf hoffte, dass zu ihrer Lebenszeit die Apokalypse eintreten möge.

»Das ist nicht Gottes Kind!« Johannitas Stimme donnerte durch den Flur. Mit einer Hand holte sie aus, schlug Benedikta auf die Wangen, einmal rechts, einmal links. Das Mädchen schrie, hörte aber nicht auf, sich zu wehren.

Wieder schlug Johannita zu. Das hässliche Klatschen ließ mich zurückweichen. Unwillkürlich spürte ich wieder das Brennen auf der Wange, dort, wo mich Johannitas Hand getroffen hatte.

»Lass sie in Ruhe«, stieß ich hervor, zu leise, um über die Schreie gehört zu werden. Um mich herum fielen die Novizinnen auf die Knie und begannen zu beten, jede sagte etwas anderes. Das Stimmengewirr erstickte meine Gedanken.

Ich machte einen Schritt nach vorn. »Lasst sie in Ruhe!«, wiederholte ich, dieses Mal lauter.

Eine Stimme, die ich nur flüchtig kannte, nahm den Ruf auf. »Lasst sie in Ruhe!«

Dann noch eine und noch eine, bis die Gebete verstummten und ich nichts mehr hörte außer »Lasst sie in Ruhe! – Lasst sie in Ruhe!«

Johannita fuhr herum und kam schwerfällig auf die Beine. Benedikta war so benommen, dass sie sich kaum noch wehrte, nur stöhnte und den Kopf wegdrehte, als Schwester Ysentrud neben ihr in die Knie ging und den Kelch, den sie in beiden Händen hielt, ausstreckte wie zur Kommunion.

»Lasst sie in Ruhe!«

Schwester Johannita blieb vor uns stehen. Ihr Blick glitt über Nonnen und Novizinnen, so als wolle sie sich jedes einzelne Gesicht merken. Die Rufe wurden leiser, aus dem Chor wurden vereinzelte Stimmen, die schließlich verstummten.

»Geht ins Bett, und zwar sofort!«, sagte Johannita. »Wer hier noch steht, wenn ich die Zelle verlasse, wird sich wünschen, niemals auch nur einen Fuß hinter diese Mauern gesetzt zu haben!«

Mit einem Knall schlug sie die Tür zu.

Um mich herum wandte sich eine Frau nach der anderen ab.

Mit gesenkten Köpfen gingen sie zurück in ihre Zellen. Ich blieb stehen, versuchte durch das vergitterte Türfenster ins Innere des Raums zu sehen, doch der Blick wurde mir verwehrt; ich nahm an, dass sich Johannita davorgestellt hatte.

Eine Hand legte sich plötzlich auf meine Schulter. »Geh«, sagte Maria leise, »du schadest dir nur selbst, wenn du Ungehorsam zeigst.«

Sie hatte recht, auch wenn es mir schwerfiel, mir das einzugestehen. Ich nickte und machte einen Schritt in Richtung meiner Zelle. Marias Hand rutschte von meiner Schulter, aber ich ging nicht weiter, sondern drehte mich zu der Nonne um.

»Möchtest du immer noch, dass ich den anderen vorspiele, ich hätte mich geirrt?«

Maria antwortete nicht. Ich ließ sie allein vor der Zelle zurück.

Das Nachtgebet verlief ruhig, beim Gottesdienst klangen unsere Hymnen müde und freudlos. Benedikta kam weder am Morgen zum Frühstück noch zur Laudes oder zur Prim. Ich wollte sie in ihrer Zelle besuchen, aber als ich sah, dass Schwester Ysentrud vor der Tür stand wie ein Wächter, wandte ich mich ab und ging in den Wald.

Es war ein sonniger Tag, und je weiter ich mich vom Kloster entfernte, desto besser fühlte ich mich. Mutter Immaculata hatte die Lesung am Morgen genutzt, um uns an unsere Pflicht zum Gehorsam zu erinnern, aber umgeben vom Rascheln der Blätter und dem Singen der Vögel vergaß ich ihre Worte rasch. Nur Benediktas Schreie folgten mir noch.

Die Vorstellung, dass sie sich versündigt hatte, so wie die Äbtissin und Schwester Johannita zu glauben schienen, fiel mir schwer. Ich kannte keine Novizin, die reiner und unschuldiger wirkte als Benedikta. Die Gewalt, die man ihr angetan hatte, verstörte mich.

Was, wenn sie wirklich den Messias in sich trug?, fragte ich mich, während ich roten Fingerhut pflückte und in meine Tasche legte. *Was, wenn sie ihn getötet haben?*

Der Gedanke war so entsetzlich, dass ich nicht wagte, ihn weiterzuverfolgen. Stattdessen begann ich auf meine Umgebung zu achten, nach Kräutern zu suchen und mehr noch nach Spuren, dass ein anderer vor mir an diesen Orten gewesen war. Schließlich erreichte ich die Lichtung, auf der ich ihn zum ersten Mal gesehen hatte. Ich hielt mich an ihrem Rand versteckt und sah über das hohe Gras zum Teich, aber dort hingen nur Libellen über dem Wasser. Ich war allein.

Bis zum Abend blieb ich dort, wartend, hoffend, fürchtend. Ich schnitt ein paar Pflanzen ab, viel zu wenige, um meinen langen Ausflug zu rechtfertigen, dann machte ich mich auf den Rückweg.

Ich hatte den Weg noch nicht ganz zur Hälfte zurückgelegt, als ich ein Rascheln hörte und das Knacken von Ästen. Abrupt blieb ich stehen und lauschte in den Wald hinein. Als es ein zweites Mal knackte und ich Schritte im Laub hörte, begann mein Herz schneller zu schlagen. Ich drehte mich einmal um mich selbst und suchte mit meinen Blicken nach dem, der die Geräusche verursachte.

Ein bräunlicher Fleck hinter grünen Sträuchern, dann ein Gesicht, das kurz hinter einer Astgabel auftauchte und wieder verschwand, und Schritte, die verstummten. Ich ging darauf zu, aber das Unterholz war an dieser Stelle so dicht, dass es mir den Weg verwehrte. Also lief ich daran entlang, den Rock zusammengerafft, damit er nicht an Zweigen und Dornen hängen bleiben konnte, den Blick in den Wald gerichtet.

Ich fand einen schmalen Trampelpfad und bog ein. Die Schritte entfernten sich von mir, dabei war ich mir sicher, dass er mich bemerkt haben musste. Ich dachte an die Geste, mit der ich ihn verscheucht hatte wie Ungeziefer, und ging schneller.

Als ich ihn endlich entdeckte, stand er zwischen zwei Eichen an einer Weggabelung und sah sich um, als wäre er sich nicht sicher, welche Richtung er einschlagen sollte. Er drehte den Kopf, unsere Blicke trafen sich, und er hob entschuldigend die Hände.

»Ich habe versucht, dir aus dem Weg zu gehen«, rief er. Seine

Stimme war dunkler, als ich erwartet hatte. »Verzeih, ich werde dich nicht länger belästigen.«

Rasch wandte er sich ab, ging mit ausholenden, schnellen Schritten den Weg entlang, fort von mir.

Ich zögerte, sah mich einen Moment selbst, so wie mich andere sehen mussten: eine Novizin in ihrem Habit, einem Mann hinterherstarrend. Stimmen stiegen in mir auf.

Durchtrieben. Unverschämt. Ungehorsam.

Gott allein weiß, was du dort draußen in diesem Wald treibst.

Mit der Zunge fuhr ich mir über trockene Lippen.

»Warte!«, rief ich.

Er blieb stehen.

Kapitel 18

Sein Name war Jacob.

»Ich bin Lehrling beim Apotheker Erasmus hinter dem Dom«, sagte er, während wir den Weg entlanggingen, zurück zur Stadt.

Ich versuchte, mir meine Aufregung nicht anmerken zu lassen, aber es fiel mir schwer, mich auf das zu konzentrieren, was er sagte, und gleichzeitig darüber nachzudenken, was ich darauf antworten konnte, ohne dumm zu klingen.

Jacob missverstand mein Zögern. »Das ist eine sehr gute Anstellung. Du hast doch bestimmt schon von Erasmus gehört, oder?«

Ich hob die Schultern. »Ich komme nicht viel herum.«

»Oh, natürlich. Verzeih.« Er räusperte sich, und ich erkannte auf einmal, dass er ebenso verlegen war wie ich. Der Gedanke beruhigte mich.

»Du musst dich nicht entschuldigen«, sagte ich mit erwachender Selbstsicherheit. »Es gibt Nonnen, die oft in der Stadt sind, aber wir Zisterzienser gehören nicht dazu.«

Er sah mich von der Seite her an. »Hast du dich deshalb für diesen Orden entschieden?«

»Entschieden wäre das falsche Wort. Ich hatte nicht die Wahl.«

»Ja.« Es klang, als wüsste er genau, wovon ich sprach.

»Apotheker ist ein sehr ehrbarer Beruf.« Der Waldrand und die Felder dahinter kamen näher. Ich ging langsamer.

»Wenn ich nur etwas darüber lernen würde.« Jacob trat nach

einem Tannenzapfen. »Ich bitte meinen Meister ständig, mir zu erklären, welche Pulver und Tinkturen er für welchen Zweck herstellt und aus welchen Bestandteilen, aber was macht er? Schickt mich zu seinem Schneider, um eine neue Hose abzuholen, oder auf den Markt, um Wein zu kaufen. Und wenn er gar nichts mit mir anzufangen weiß, sagt er, ich soll in die Stadt gehen und ihn in Ruhe lassen. Ich glaube, er hat mich nur in die Lehre genommen, damit er das Geld meiner Eltern kassieren kann.« Er blieb stehen. »Weißt du, dass ich von dir mehr gelernt habe als von ihm?«

Ich blieb stehen und sah ihn an. Er war fast einen Kopf größer als ich. Die Schatten der Blätter fielen über seine grünen Augen. »Was meinst du damit? Ich habe dir nichts beigebracht.«

»O doch. Wenn du Kräuter pflückst, achte ich darauf, was du mitnimmst und was du stehen lässt, und so mache ich es dann auch. Meister Erasmus besitzt einige Schriften über Pflanzenkunde. Wenn ich nach Hause komme, suche ich in ihnen jedes Mal nach den Kräutern, die ich mitgebracht habe. Die meisten finde ich zwar nicht, aber die, die ich anhand der Beschreibungen benennen kann, sind immer nützlich.« Er lachte. Es ließ ihn jünger klingen, als er war, unbeschwert und offen. »Ich wünschte, ich könnte bei dir in die Lehre gehen und nicht bei diesem aufgeblasenen Pfau.«

Die Vorstellung, Mutter Immaculata Jacob als meinen Lehrling vorzustellen, brachte mich ebenfalls zum Lachen. »Dein Meister mag ein Pfau sein, aber meine Äbtissin sieht aus wie eine Kröte.« Ich blies Luft in meine Wangen und breitete die Arme aus, um zu zeigen, wie dick sie war. »Und sie geht wie eine Ente.«

Unser Lachen vereinte sich. Ich lauschte ihm nach, als es verklang, es erschien mir schöner als die Hymnen beim Gottesdienst.

Gottesdienst!

Ich sah erschrocken zum Himmel. »Verdammt.« Jacob blinzelte überrascht, aber ich entschuldigte mich nicht für den Fluch. »Ich verpasse die Vesper, wenn ich mich nicht beeile.«

Ich begann zu laufen, er holte auf und begleitete mich zum Waldrand. Bevor wir auf das Feld hinauskamen, hielt er an.

»Ich warte, bis du weg bist«, sagte er. »Aber ich würde dich gern wiedersehen, um … mehr über Heilpflanzen und Kräuter zu lernen.«

Mühsam riss ich mich zusammen, erlaubte mir nur ein kurzes und – wie ich hoffte – unverbindliches Lächeln. »Wenn es sich ergibt, hätte ich nichts dagegen.«

Er neigte höflich den Kopf und bog einige Zweige beiseite, die mir den Weg versperrten. »Dann hoffe ich, dass es sich ergeben wird.«

Ich ging an ihm vorbei, begann erst zu laufen, als ich sah, dass kein Bauer in meiner Nähe arbeitete.

Plötzlich fiel mir etwas ein. Ich drehte mich um. »Aber nicht morgen«, rief ich in den Wald hinein. »Am Sonntag darf ich das Kloster nicht verlassen.«

»Dann am Montag«, rief er.

Ich grinste, weil ich mir sicher war, dass er es nicht sehen konnte. »Wenn es sich ergibt.«

Ich lief den ganzen Weg zurück bis zum Kloster, kam verschwitzt und atemlos dort an. In einer Regentonne im Hof wusch ich mir das Gesicht und wischte es an meiner Schürze ab. Die Glocke zur Vesper schlug, als ich die Treppe hinaufging, gemessenen Schrittes und mit dem gefassten Gesichtsausdruck, den ich mir zurechtgelegt hatte, damit niemand meine Ernsthaftigkeit in Zweifel ziehen konnte. Ich wäre nicht die erste Novizin, die wegen so etwas getadelt wurde.

Doch meine Gedanken waren alles andere als gefasst. Kaum ein Wort bekam ich von den Psalmen mit, und immer wieder vergaß ich die Strophen der Hymnen. Ich dachte an Jacob, rief mir das Gespräch in Erinnerung, das wir geführt hatten, wiederholte im Stillen jeden einzelnen Satz, den er gesagt hatte, und meine Antworten darauf. Ich war so aufgeregt, dass ich nach dem Abendbrot nicht mehr sagen konnte, was ich gegessen hatte, und in der Nacht wach unter meiner Decke lag.

Das liegt nur daran, dass ich schon so lange mit keinem Mann mehr gesprochen habe, versuchte ich mich zu beruhigen. *Es wird sich legen, wenn wir öfter zusammen sind.*

Ich dachte und glaubte es.

Bis zum nächsten Gebet wachte ich ein halbes Dutzend Mal auf, bis zum Gottesdienst noch mal so oft. Obwohl unser Gespräch nicht lange gedauert hatte, schien mich alles, was ich sah oder hörte, daran zu erinnern.

Am Morgen las uns Mutter Immaculata einen Absatz über Keuschheit vor. Als wir das Refektorium betraten, saß Benedikta dort.

Ihr Gesicht war angeschwollen und blau. Sie hatte die Hände in den Schoß gelegt und hielt den Kopf gesenkt, während die Konversinnen das Frühstück auftrugen. Wir alle blieben an der Tür stehen, unsicher, was als Nächstes geschehen würde.

»Geht rein und setzt euch«, sagte Maria. Und nach einer kurzen Pause: »Alles ist so wie sonst auch. Nichts hat sich geändert.«

Doch das hatte es. Nicht nur Benediktas Gesicht war anders, auch die Sitzordnung. Benedikta saß ganz am Ende eines kleinen Tischs, der sonst Besuchern vorbehalten war. Die Novizinnen gingen an ihr vorbei zu ihrem großen und taten so, als wäre sie nicht da. Ich konnte mir vorstellen, wie sie sich fühlte.

Unsicher blieb ich stehen und bemerkte die Blicke, die Mutter Immaculata abwechselnd mir und Benedikta zuwarf.

»Setz dich, Ketlin«, sagte Maria hinter mir.

Ich drehte mich zu ihr um. »Ich würde mich gern neben Benedikta setzen.«

Kein Zögern, so als hätte sie geahnt, dass ich das sagen würde. »Dann tu es.«

Meine Schritte hallten durch das stille Refektorium, dann

rutschte ich in die Holzbank und blieb neben Benedikta sitzen. Der Geruch nach Schweiß und Erbrochenem hüllte sie ein, aber sie lächelte und streckte die Hand aus, um meine zu berühren. Ihre Haut war kalt und klamm.

Wir beteten und begannen zu essen.

»Wie geht es dir?«, flüsterte ich zwischen zwei Löffeln dünner Gemüsesuppe.

Benedikta beugte sich tief über die Holzschüssel. Der Löffel, den sie in einer Hand hielt, zitterte bei jeder Bewegung. »Der Herr ist gnädiger zu mir, als ich es verdient habe«, flüsterte sie zurück. »Danke ihm auch im Namen der Nonnen, die ihm Unrecht tun wollten. Es ist ihnen nicht gelungen.«

Ich sah mich verstohlen um, aber niemand schien unsere Unterhaltung zu bemerken. Wir saßen abseits von den anderen, und wenn ich den Kopf zur Seite drehte, konnte man meine Lippenbewegungen vom Podest aus nicht sehen.

»Heißt das, du hast den Trank nicht genommen?«, fragte ich leise.

»Ich habe ihn genommen. Sie haben meinen Kopf zwischen ihre Knie gepresst und mir die Nase zugehalten, bis ich nicht mehr anders konnte, als ihn zu schlucken.« Verachtung hatte sich in ihre Stimme geschlichen. Ich hätte nie geglaubt, Benedikta einmal so reden zu hören.

Ich aß einen Löffel Suppe. »Hast du geblutet?«

»Nein.«

»Nein?« Überrascht sah ich sie an. »Dann warst du nicht …?«

Das Wort *schwanger* kam mir nicht über die Lippen.

»Ich bin es noch.«

Zum ersten Mal, seit ich mich an den Tisch gesetzt hatte, wandte mir Benedikta ihr Gesicht zu. Unsere Blicke trafen sich, und ich sah das Feuer, das in ihren blutunterlaufenen Augen brannte.

»Sie konnten es nicht töten«, flüsterte sie. »Es ist immer noch in mir. Ich spüre es bei jedem Atemzug.«

»*Was* ist in dir?« Ich stellte die Frage, obwohl ich die Antwort bereits ahnte.

Benediktas Hand verkrampfte sich um den Löffel, bis die Fingerknöchel weiß hervortraten. »Das Kind Gottes. Der Messias.«

Ich lehnte mich zurück, verspürte auf einmal keinen Hunger mehr. Benedikta achtete nicht auf mich, sprach nur leise weiter, als wäre es ihr egal, ob jemand zuhörte.

»So lange schon habe ich den Herrn nach meiner Berufung gefragt, immer hat er geschwiegen. Als du zu den Konversinnen gingst, habe ich Nächte in der Kapelle verbracht, habe gebetet, bis mir die Stimme versagte und mein Kopf leer war. Nichts.«

Suppe lief ihr übers Kinn und tropfte zurück in die Schüssel. Geistesabwesend wischte sich Benedikta mit dem Ärmel über den Mund. Die Geste verstörte mich mehr als das, was sie sagte. Die Benedikta, die ich kannte, hätte ihr Habit niemals auf diese Weise beschmutzt.

»Doch dann, auf einmal, war es in mir. Ich wachte nachts auf und spürte, wie die Hand Gottes über meinen Bauch strich und er tief in mir …« Sie brach ab. Das sanfte Lächeln, das ich immer so gemocht hatte, erhellte ihr ganzes geschundenes Gesicht. »Er hat mich gefickt, Ketlin. Jesus hat mich gefickt.«

Ich sprang auf. Mein Holzlöffel fiel polternd vom Tisch, auf die Bank und dann auf den steinernen Boden. Köpfe fuhren hoch, Blicke wandten sich mir zu, doch ich sah nur Benediktas Lächeln, hörte die schrecklichen Worte.

Schwester Johannita rief mich zurück, als ich aus dem Refektorium lief, aber ich blieb erst auf der Treppe stehen, als mir plötzlich übel wurde und ich mich zusammenkrümmen musste.

Ich übergab mich auf dem ersten Absatz. Jemand nahm mich von hinten in die Arme und hielt mich fest.

»Lass es raus, alles wird gut«, sagte Schwester Maria.

Ich hatte nicht viel gegessen. Ich würgte zwei, drei Mal, dann war es vorbei.

Maria führte mich zu einer Steinbank und setzte sich neben mich. »Was hat sie gesagt?«

Ich erzählte ihr alles, ließ nur das Wort aus, das Benedikta benutzt hatte. Maria wirkte weder entsetzt noch überrascht, nickte nur ab und zu und hörte mir ansonsten ruhig zu.

»So etwas geschieht nicht zum ersten Mal in diesen Mauern«, sagte sie schließlich. »Nonnen werden schwanger, selbst die tugendhaftesten. Draußen in der Welt erzählt man sich Geschichten über lüsterne Mönche und …«

Ich unterbrach sie. »Schwester Benedikta? Glaubst du das wirklich?«

Sie schüttelte den Kopf. »Wir sollten für Schwester Benedikta beten. Es wird kein Kind aus dieser Schwangerschaft entstehen, kein Mönch hat sie entehrt. Der Teufel hat sich ihrer bemächtigt, um unseren Glauben zu verhöhnen. Schwester Johannita wollte mir das nicht glauben, aber sie wird ihre Meinung ändern, wenn ich ihr berichte, was du mir gerade erzählt hast. Der Teufel ist in Schwester Benedikta eingedrungen. Wir müssen ihr helfen, ihn zu bekämpfen. Das ist die Prüfung, die der Herr uns auferlegt hat.« Sie stand auf. »Ich danke dir für deine Hilfe. Geh nun und bete für deine Schwester.«

»Das werde ich.«

Ich verbrachte den Tag mit der Stirn auf dem Boden der Kapelle, den Blick auf das helle Rechteck des Fensters gerichtet, das dem Lauf der Sonne folgend langsam durch den Raum kroch, und sehnte den nächsten Morgen herbei.

Kapitel 19

Wir trafen uns fast jeden Tag. Anfangs achtete Jacob darauf, mir nicht zu nahe zu kommen, doch das änderte sich, je öfter wir miteinander sprachen und je besser wir uns gegenseitig kennenlernten. Manchmal berührten sich unsere Hände zufällig, dann lachten wir jedes Mal, wenn das geschah und entschuldigten uns.

Ich verriet ihm alles über mich, wer ich war, woher ich kam und wie ich ins Kloster gekommen war. Ich weinte, als ich ihm von meiner Mutter erzählte, und er tröstete mich mit Worten und einer flüchtigen Berührung, kurz und so leicht wie eine Sommerbrise.

Er kam aus Worms. Sein Vater war Hutmacher, sein älterer Bruder würde das Geschäft übernehmen. Er behauptete zunächst, das wäre alles, was es über ihn zu sagen gäbe.

Eines Tages, zwei Wochen nach unserer ersten Unterhaltung, saßen wir gemeinsam im Gras und blickten auf den Teich hinaus, und ich fragte ihn nach seinen Träumen.

»Träume?« Er lachte, aber es war nicht das Jungenlachen, das ich kannte, sondern das eines älteren, verbitterten Mannes. »Ich wollte Arzt werden, das war immer mein Traum. Mein Vater bestärkte mich darin, meine Mutter hielt das für Unfug. Ich ging zu unserem Apotheker und hörte ihm zu, wenn er mit den Wundärzten über Krankheiten und deren Heilung sprach, doch eines Tages kam ein dunkelhäutiger Mann in sein Geschäft, der Leibarzt des Bischofs, wie sich herausstellte.« Jacob griff nach einem Grashalm und drehte ihn zwischen den Fingern. »Er fragte mich, weshalb ein Junge wie ich bei einem Apotheker sitzen und nicht mit den anderen spielen würde, und ich sagte ihm, dass ich Wundarzt werden wolle. Da lachte er und erzählte mir, in Worms könne ich nichts lernen, und wenn etwas aus mir werden solle, müsste ich nach Konstantinopel gehen. Oder noch weiter.«

»Konstantinopel?« Da war es wieder, das Wort mit seinem magischen Klang.

Jacob nickte. »Er sagte, alle guten Ärzte seien Sarazenen oder Perser, und die Wundärzte bei uns würde man in Konstantinopel nicht einmal an einen Ochsen lassen.« Er riss den Grashalm ab und warf ihn in den Teich. »Daraufhin bat ich meinen Vater, mich nach Konstantinopel zu schicken. Er lachte mich aus und besorgte mir eine Lehre als Apotheker. Hat ihn viel Geld gekostet, aber er hätte es ebenso gut in den Rhein werfen können. Ich lerne nichts in dieser verdammten Lehre, mein Meister bringt mir einfach nichts bei.«

Ich rückte näher an ihn heran. Er wirkte auf einmal so enttäuscht wie an dem Tag, an dem ich ihn weggeschickt hatte. »Du kannst immer noch nach Konstantinopel.«

»Ich habe kein Geld für die Reise, geschweige denn für die Lehre, und ich kann nichts, was einen Arzt dazu bringen würde, mich umsonst auszubilden. Nach dem Ende meiner Lehre kann ich froh sein, wenn Erasmus mich einstellt. Jeder andere Apotheker würde sofort merken, dass ich zu nichts tauge.«

Er griff nach dem Weinschlauch neben sich und nahm einen kräftigen Schluck. Dann reichte er ihn mir. Auch ich trank. Der Wein war süß und schwerer, als ich gewohnt war.

»Dann bilde ich dich aus, so wie wir gesagt haben.«

Es sollte ein Scherz sein, aber Jacob setzte sich auf und grinste. »Darauf habe ich gehofft. Fang an. Was ist das für eine Blume in deiner Tasche?«

Ich zog das Tuch, in das ich sie eingeschlagen hatte, vorsichtig aus meiner Kräutertasche und schlug es auf. Darin lag eine unscheinbar aussehende weißgelbe Blume.

»Das ist Mutterkraut«, begann ich und zählte auf, wofür man es verwendete und wann man es besser nicht einsetzte. Das tat ich dann nacheinander auch bei den anderen Pflanzen in meiner Tasche.

Wir redeten und tranken. Jacob stellte viele Fragen, keine einzige davon dumm. Er wusste mehr, als er glaubte, und ich bemerkte, mit welcher Leidenschaft er lernen wollte.

»Das kann ich niemals behalten«, sagte er schließlich. Er wollte einen Schluck Wein nehmen, doch der Schlauch war leer.

»Ich kann es dir so oft erklären, wie du willst.«

»Das würde mir gefallen.«

Ich drehte den Kopf und sah ihn an – und erst in diesem Moment bemerkte ich, dass sich unsere Schultern berührten.

Auch er sah mich an, und dann beugte ich mich auf einmal vor und küsste ihn.

Er schmeckte nach süßem Wein und Sommer. Ich spürte, wie er seine Arme um mich legte und mich zu sich herunterzog. Das Gras war weich und trocken. Mit einer Hand griff ich nach meiner Haube, riss sie mir vom Kopf und ließ sie einfach fallen. Ich seufzte, als ich den Wind in meinen kurzen Haaren spürte.

Jacob schien zurückweichen zu wollen, aber ich hielt ihn fest. »Hör nicht auf«, flüsterte ich. Meine Lippen berührten seine Wange, küssten Bartstoppeln und fanden seinen Mund, während seine Hand über mein Bein strich und Rock, Schürze und Unterkleid langsam nach oben schob.

Er wurde zu meiner Welt und ich zu seiner.

»Kommen wir jetzt in die Hölle?«

Ich hätte beinahe gelacht, aber dann begriff ich, dass Jacob es ernst meinte. Wir lagen im Gras, nackt, uns gegenseitig in den Armen haltend, und sahen in den hellblauen Himmel über uns.

»Vielleicht. Ich weiß es nicht.«

»Aber du hast deine Profess doch noch nicht abgelegt, oder?« Er klang besorgt.

Ich schüttelte den Kopf. »Anfang nächsten Jahres hätte ich das tun sollen.«

Ich wählte meine Worte mit Bedacht, was ihm nicht entging.

»Hätte?«, fragte er.

»Seit ein paar Wochen bin ich mir nicht mehr sicher, dass das der richtige Weg für mich ist.«

Ein Gefühl der Erleichterung überkam mich, als er meine Hand drückte und mich ansah. »Ich auch nicht.«

»Dann lass uns gehen, jetzt sofort!« Ich setzte mich auf. Der Drang wegzulaufen und nie wieder zurückzublicken, war plötzlich übermächtig in mir. »Ich suche mir eine Anstellung irgendwo in der Stadt oder verkaufe Kräuter auf dem Markt oder …«

Seine Finger auf meinen Lippen brachten mich zum Schweigen.

»Ich bin ein Lehrling«, sagte Jacob. »Ich lebe von dem, was mein Meister mir zukommen lässt, und das ist eine Mahlzeit am Tag, zwei am Sonntag. Selbst wenn du eine Anstellung fändest, könnten wir uns nicht einmal ein Dach über dem Kopf leisten.«

»Dann bitte Erasmus, mich einzustellen.«

»Ich habe dir doch gesagt, wie er ist. Er schlägt seine Diener, er schlägt mich, und wenn er getrunken hat, verstecken sich die Mägde, damit er sie nicht anfasst. Niemals möchte ich dich in diesem Haus sehen.« Er stützte sich auf die Ellenbogen. »Wirf nicht weg, was du hast. Im Kloster bist du sicher, und wir haben noch über ein halbes Jahr, bevor wir uns entscheiden müssen. Wer weiß, was sich bis dahin ergibt.«

Ich hörte Hoffnung in seiner Stimme und lächelte. »Konstantinopel?«

Er erwiderte mein Lächeln, aber es wirkte traurig. »Ich dachte eher an eine kleine Apotheke in Worms, weit weg von deinem Vater und meinem Meister. Dazu werde ich aber deine Hilfe brauchen.«

Sein Lächeln wurde breiter, fröhlicher. Er griff nach meiner Kräutertasche. »Was macht man noch gleich mit Mutterkraut?«

Ich sagte es ihm, und nach und nach, während wir im Gras lagen und redeten, ließ der Drang nach, sofort auf und davon zu laufen. Jacob hatte recht. Wir mussten uns nicht an diesem Tag entscheiden, nicht einmal in diesem Monat oder diesem Jahr. Ich würde Novizin bleiben, würde weiterhin das Stundenbuch einhalten und nach der Benediktinerregel leben. Zumindest in der Zeit, in der ich mich im Kloster befand. Es gab keinen Grund zur Eile.

Und so trafen wir uns weiterhin heimlich im Wald. Wir redeten, wir küssten uns, wir schliefen einander bei. Ich achtete auf den Zyklus des Mondes, so wie es mir Else beigebracht hatte, nachdem es ihr eine der alten Frauen im Dorf erklärt hatte.

Es kam mir vor, als würden wir beide, Jacob und ich, auf etwas warten, als hielte unser Leben die Luft an, bis wir den Weg gefunden hatten, auf dem wir weitergehen wollten.

So schien es bis zu jenem Tage, da Jacob mich verließ.

Kapitel 20

»Zwei Wochen«, sagte er, »vielleicht drei, aber bestimmt nicht mehr.«

Eine Ewigkeit, dachte ich, aber es hätte albern geklungen, das auszusprechen. Also setzte ich mich ins Gras, an unserem Platz am Teich, und atmete tief durch. »Und wohin schickt dich Erasmus?«

Jacob ließ sich neben mir nieder und zog die Knie an. »Nach Worms, zu meinem alten Apotheker. Die beiden kennen sich schon seit langem, deshalb habe ich die Lehre hier in Coellen überhaupt bekommen.« Er sah auf den Teich hinaus. Ein Reiher stakste am Ufer durch das Schilf. »Ich soll dort Apothekergefäße und eine Waage kaufen und noch ein paar Kleinigkeiten. Sie haben sich die Lieferung geteilt, aber wegen der Seuche kommt sie wohl jetzt nicht mehr weiter.«

Ich spürte einen Stich. »Die Seuche ist in Worms?«

Jacob ergriff meine Hand. »Mach dir keine Sorgen. Ich werde vorsichtig sein. Und vielleicht kann ich den alten Ruland ja davon überzeugen, dass er mich anstellen soll, wenn meine Lehre vorbei ist.« Seine Worte klangen angestrengt, beinahe wie eine Lüge.

Schon in den Tagen zuvor hatte ich bemerkt, dass ihn etwas bedrückte, nun wusste ich, was es war. Er wusste, dass die Seuche in meinem Dorf gewütet hatte, was sie für meine Mutter und mich bedeutet hatte. Ich verstand, dass er gezögert hatte, mir zu sagen, wohin er gehen musste.

»Drei Wochen«, sagte ich leise. »So lange kann ich warten.«

Er lächelte und küsste mich.

Wir machten das Beste aus den Stunden, die uns blieben. Auf Jacobs zerschlissenem Umhang lagen wir im Gras und liebten uns. Ich hatte Angst, ihn gehen zu lassen, und jedes Mal, wenn er von mir abzurücken schien, zog ich ihn wieder an mich heran.

Am Ende, als die Sonne schon über den Bäumen im Westen stand, umarmten wir uns nur noch still.

»Drei Wochen. So lange kann ich warten«, wiederholte er schließlich, was ich Stunden zuvor gesagt hatte. »Und dann treffen wir uns wieder hier.«

Ich lächelte unwillkürlich. »Wenn es sich ergibt.«

Er lachte.

Wir zogen uns an und gingen so langsam zum Waldrand, dass ich selbst dann nicht mehr pünktlich zur Vesper gekommen wäre, hätte mich ein Schwarm Krähen zum Kloster geflogen. Es war mir egal.

»Komm zurück«, sagte ich, als wir uns verborgen hinter Sträuchern ein letztes Mal in den Armen lagen. »Lass mich nicht allein.«

Er küsste mich. »Nur drei Wochen.«

Ich löste mich aus seiner Umarmung und trat auf den Weg hinaus, ging zurück zum Kloster, mit seinem Geschmack auf den Lippen und seinem Geruch in meiner Kleidung.

Das Abendessen begann gerade, als ich das Refektorium betrat. Schwester Johannita schüttelte den Kopf, sagte aber nichts. Seit Benediktas Schwangerschaft ließ sie mich in Ruhe, so als kreisten all ihre Gedanken nur noch um das ungeborene Kind.

Wieder huschte mein Blick zu dem kleinen Tisch, an dem die Novizin stets allein saß. Auch ich setzte mich nicht mehr zu ihr. Sie war mir unheimlich geworden. Auch an diesem Abend aß sie allein. Sie musste den Löffel mit beiden Händen halten, als wäre er eine

Flöte, damit sie die Suppe nicht verschüttete. Es ging ihr mit jedem Tag schlechter. Ihr Gesicht, obwohl längst abgeschwollen, wirkte breiter als zuvor, blass und teigig. Ein gelblicher Schimmer lag in ihren Augen, und als ich am Morgen an ihr vorbeigegangen war, hatte ich den Gestank gerochen, der von ihr ausging.

Ich werde mit Schwester Ysentrud reden, dachte ich, vielleicht um mein Gewissen zu beruhigen. *Wir müssen etwas tun.*

Ich wusste, dass Benedikta Johanniskraut gegen ihre Melancholie bekam, aber ich befürchtete, dass sie zu viel davon nahm und ihre Körpersäfte ins Ungleichgewicht geraten waren. Jacob hatte mir erklärt, wie Apotheker über die Harmonie des Körpers dachten. Es interessierte mich, und ich hoffte, dass Ysentrud mehr davon verstand als ich.

Wir aßen schweigend, so wie immer, doch als Schwester Johannita zusammen mit der ehrwürdigen Mutter das Refektorium verlassen wollte, hielt ich sie auf. Auf dem Weg zum Kloster – nicht zum ersten Mal fiel mir auf, dass ich es auch nach fast einem halben Jahr immer noch nicht als Zuhause bezeichnete – war mir eine Idee gekommen.

»Ich möchte wieder mit der Arbeit an den Pergamenten weitermachen«, sagte ich.

Schwester Johannita hob die Augenbrauen, und ich glaubte so etwas wie Genugtuung in ihrem Blick zu sehen. »Wird die Arbeit im Garten nun doch zu viel?«, fragte sie mit spürbar vorgetäuschter Besorgnis.

»Nein, ich würde dort gerne weiterhin tätig sein«, sagte ich. »Ich möchte die Arbeit an den Pergamenten dennoch wieder aufnehmen und mich dieser Aufgabe widmen, wenn ich im Garten fertig bin. Ich werde nicht mehr so viel wie früher schaffen, aber ich möchte dennoch auch dich unterstützen.«

»Warum noch diese zusätzliche Arbeit?«, fragte Schwester Johannita irritiert.

»Weil ich das Gefühl habe, mich nützlich machen zu müssen«,

log ich, »nützlicher, als ich es zurzeit bin. Durch die Arbeit erfahre ich Demut, und die weist mir den Weg zum Herrn.«

Schwester Johannita öffnete den Mund, entweder um noch eine weitere Frage zu stellen, oder um mein Angebot abzulehnen, doch die ehrwürdige Mutter kam ihr zuvor und ergriff das Wort: »Eine löbliche Einstellung. Dein Wunsch sei dir gewährt, Schwester Ketlin.«

Abends in meiner Zelle, als ich den ersten Stapel Pergament auf den Tisch legte, bat ich Gott um Vergebung, dann zog ich die kleinsten Fetzen aus dem Stapel und versteckte sie unter dem Stroh. Ich wusste, dass Schwester Johannita die Pergamente, die sie mir zum Abkratzen gab, nicht nachzählte.

Am nächsten Morgen, als ich nach der Laudes in meine Zelle zurückkehrte, nähte ich die Fetzen zusammen, danach stahl ich Tinte aus der Küche und eine Feder aus dem Skriptorium, in das ich ging, um Johannita die abgekratzten Pergamente zu bringen.

Anschließend begann ich mit meinem Geschenk für Jacob. Mit Nadel und Faden befestigte ich getrocknete Kräuter auf den Pergamenten und schrieb mit der Tinte Namen, Beschreibung, Wirkungsweise und Anwendung daneben.

Das Buch wurde mit jedem Tag dicker. Viele Pflanzen musste ich aufmalen, weil ich sie nicht fand oder sie nicht schnell genug getrocknet wären, und manchmal erwachte ich nachts und schrieb im Dunkeln rasch einen Namen auf, den ich ansonsten vielleicht vergessen hätte.

Fast jeden Tag ging ich in den Wald und suchte vor allem seltene Pflanzen, von denen ich wusste, dass Jacob sie nicht kannte.

Am vierzehnten Tag nach unserer letzten Umarmung war das Buch so dick, dass ich es unter meinem Rücken spürte, wenn ich mich hinlegte.

Ich hatte das Buch nicht bei mir, als Schwester Agnes an diesem Morgen die Pforte hinter mir schloss und ich in die Gasse zum

Westtor einbog. Es war vielleicht Aberglaube, aber ich wollte das Schicksal nicht herausfordern, indem ich so tat, als wäre Jacobs Rückkehr nur eine Frage der Zeit und hinge nicht vom Willen Gottes ab.

Ich versuchte, mir keine Hoffnungen zu machen. Es waren gerade erst zwei Wochen vergangen, und Jacob hatte gesagt, dass es länger dauern könnte. Trotzdem ging ich schneller als sonst…

Und blieb überrascht stehen, als ich die Menschen vor dem geschlossenen Tor sah.

Es waren fast zwei Dutzend, teils Bauern, die sich schon sehr früh in die Stadt begeben hatten, um Waren zu verkaufen oder andere Geschäfte zu tätigen, und nun zurück zu ihren Höfen wollten, teils Händler, die Erledigungen außerhalb der Stadt zu besorgen hatten. Soldaten mit Speeren standen ihnen gegenüber.

»Wann macht ihr denn auf?«, rief ein Mann, der seinen Handkarren abgestellt hatte. »Wir haben zu arbeiten!«

»Wir auch.« Der Kommandant der Wache nickte zwei Soldaten zu und ließ sich von ihnen auf ein Fass heben. »Alle mal herhören!«, rief er dann. Die Menge sah zu ihm hinauf, die Unterhaltungen verstummten. »Auf Anordnung des Rates der Stadt Coellen ist ab sofort das Betreten und Verlassen der Stadt nicht mehr gestattet!«

»Was?«, schrie der Mann mit dem Karren.

»Zu diesem Zweck«, rief der Kommandant über den aufbrausenden Lärm hinweg, »bleiben die Tore geschlossen! Die Wachen haben Befehl, jeden zu töten, der versucht, die Mauern zu überwinden!«

Ich trat näher heran. Um mich herum schrien Menschen dem Kommandanten ihre Wut und Verwirrung entgegen.

»Wir haben Felder zu bestellen!«

»Was ist mit meinen Geschäften?«

»Mein Sohn kommt morgen zurück. Wo soll er denn hin?«

»Wie lange wird das dauern?«, rief ich.

Vielleicht lag es an meiner Nonnentracht, dass der Kommandant antwortete: »So lange, bis die Seuche weitergezogen ist, Schwester.«

»Die Seuche?« Ich hörte den Schrecken in der Stimme der Magd neben mir.

Der Kommandant nickte. »Ihr könnt froh sein, dass der Rat die Stadt abriegelt. Dort draußen gibt es ganze Dörfer, in denen kein Mensch mehr lebt.« Er richtete seinen Blick auf mich. »Bete für uns, Schwester, damit wir verschont bleiben.«

Einige bekreuzigten sich. Ich drehte mich um. Meine Beine bewegten sich, ohne dass ich über meinen Weg nachdachte, meine Gedanken waren leer.

»Du hast es also gehört?«, fragte Agnes, als sie mich wieder einließ. »Schwester Ursula hat es mir gerade erzählt. Sei froh, dass du nicht draußen warst, als sie die Tore geschlossen haben, sonst könntest du jetzt sehen, wo du bleibst.«

Tränen stiegen mir in die Augen.

Agnes runzelte die Stirn. »Was ist denn los?«

»Nichts.« Mehr brachte ich nicht hervor.

»Mach dir keine Sorgen«, sagte Agnes. »Das geht schneller vorbei, als du denkst.«

Ich nickte. In diesem Moment drängte sich alles in mir danach, ihr zu erzählen, woher meine Tränen rührten, doch ich schwieg und ging zurück in meine Zelle.

Alle sprachen über die Seuche. Mutter Immaculata unterbrach sogar die Sext, um uns davon zu erzählen und zu erklären, was die Schließung der Tore zu bedeuten hatte.

»Wir haben ausreichend Vorräte innerhalb unserer Mauern«, sagte sie. »Bis die aufgebraucht sind, werden die Tore längst wieder geöffnet sein. Aber wir dürfen nicht nur an uns denken, sondern auch an die Armen und was die gegenwärtige Lage für sie bedeutet. Sobald wir eine genaue Aufstellung all unserer Vorräte vorgenommen haben, werden wir im Hospital mit Armenspeisungen beginnen.«

Die Nonnen hörten sichtlich besorgt zu. Einige beteten lautlos den Rosenkranz. Ich schloss mich ihnen an, weil es nichts gab, was ich sonst hätte tun können.

Als die Tür mit einem Knall aufflog, zuckten alle zusammen. Ich fuhr herum – und meine Augen weiteten sich.

Benedikta stolzierte – ein anderes Wort gab es dafür nicht – in die Kapelle. Sie war barfuß und trug nichts außer ihrem Unterkleid, das sie mit einem Strick unter ihren Brüsten zusammengerafft hatte, sodass wir alle ihren vorgewölbten, prallen Bauch sehen konnten. Unter der weiten Tracht war er nicht aufgefallen, trotzdem fragte ich mich, wie wir ihn je hatten übersehen können. Sie sah aus, als stünde sie kurz vor der Geburt.

Einige Nonnen wandten den Blick ab. Ich zog meinen Umhang aus und trat aus der Bank heraus, um Benedikta darin einzuhüllen.

»Komm«, sagte ich, aber sie stieß mich mit ausgestreckter Hand zur Seite.

»Seht das Werk Gottes!«, schrie sie. »Seht es und frohlocket!«

Wie ein Gaukler, der seinen Zuschauern ein besonderes Spektakel zeigen will, ging sie an den Bänken vorbei, drehte sich mal in die eine, mal in die andere Richtung, um allen ihren Bauch zu präsentieren. »Gottes Saat geht in mir auf! Frohlocket und freut …«

»Jetzt reicht es!« Mutter Immaculata hämmerte mit ihrem Stock auf den Boden. »Bringt sie weg, sofort!«

Mehrere Nonnen sprangen auf, darunter Ysentrud und Ursula, und auch Schwester Johannita stemmte sich hoch und sagte: »Ich hole Vater Pius. Er soll ihr den Teufel austreiben.«

Die Nonnen ergriffen Benediktas Arme. Sie wehrte sich nicht, sondern ließ sich beinahe willenlos von ihnen aus der Kapelle führen. Als sie an mir vorbeiging, sah ich die Angst in ihren Augen, als verstünde sie selbst nicht, was mit ihr geschah.

»Wir sollten es noch einmal mit Gebeten versuchen«, sagte Mutter Immaculata, »bevor wir Vater Pius bemühen.«

»Gebete?« Schwester Johannita schlug mit der flachen Hand auf die Lehne der Bank vor ihr. »Seit Wochen tun wir nichts anderes, und Ihr seht selbst, zu was das geführt hat – zu nichts! Im Gegenteil, es wird immer schlimmer. Wie lange wollt Ihr noch warten, bis der Antichrist selbst aus diesem Bauch kriecht?«

Noch nie hatten sich die beiden hohen Nonnen vor uns gestritten. Es verstörte mich fast so sehr wie Benediktas Aufführung, als ich sah, wie Immaculata unter Johannitas Worten zusammenzuckte.

»Vielleicht ist es besser so«, sagte die Äbtissin zögernd, als wolle sie sich mit ihren Worten selbst überzeugen. »Hol ihn.«

»Ja, ehrwürdige Mutter.« Johannita stürmte aus der Kapelle.

Mutter Immaculata hob die Hand, als wir aufstehen wollten. »Wir werden hierbleiben und für unsere Schwester beten.« Die Autorität kehrte in ihre Stimme zurück. »Kniet nieder.«

Ich folgte ihrem Befehl ebenso wie alle anderen. Hinter uns schloss Schwester Maria die Kapellentür.

Es dauerte eine ganze Weile, bis wir etwas anderes hörten als unsere eigenen Stimmen. Mönchsgesänge drangen durch die geschlossene Tür. Ich wusste nicht genau, woher die Stimmen kamen, jedenfalls nicht aus Benediktas Zelle, wahrscheinlich aus dem Refektorium. Sie wurden lauter, brachen ab und setzten erneut an.

Und dann vernahmen wir die Schreie. Zuerst glaubte ich, der Wind hätte aufgefrischt und würde sich zwischen den Balken verfangen, doch dann, als die ersten Nonnen ihre Gebete unterbrachen, hörte ich, dass es Benedikta war.

Ihre Schreie waren entsetzlicher und lauter als alles, was ich je in meinem Leben gehört hatte.

»Betet!«, befahl die ehrwürdige Mutter über das Kreischen hinweg. »Betet um die Seele eurer Schwester!«

Ich glaube, wir beteten weniger aus Überzeugung, als um die Schreie zu übertönen, doch egal, wie laut wir beteten und sangen, wir hörten sie immer noch.

Es dauerte Stunden.

Die Kerzen in der Kapelle brannten nieder und wurden von den kleinen Mädchen, die erst seit kurzem bei uns waren, ausgetauscht. Ich sah, dass sie weinten und ihre Hände so sehr zitterten, dass sie die Kerzen kaum entzünden konnten.

Die Luft wurde stickig. Einige übergaben sich. Klara fiel in Ohnmacht, Alfonsa tat so, als würde sie ebenfalls zusammenbrechen, doch als sie auf dem Boden lag, hielt sie sich die Ohren zu.

Sie war nicht die Einzige.

Und dann, auf einmal – ich kann nicht sagen, wie viele Stunden vergangen waren –, wurde es draußen still.

Mutter Immaculata hob die Hand. Wir hörten auf zu beten, lauschten stattdessen auf die Schritte, die sich der Kapelle näherten.

Die Tür öffnete sich knarrend, und Vater Pius trat ein, gekleidet in eine schwarze Kutte. Sein graues Haar klebte ihm schweißnass am Kopf.

»Es ist vorbei«, sagte er nur, und jeder in der Kapelle wusste, dass Benedikta tot war.

»Geht in eure Zellen«, befahlt Mutter Immaculata, doch ihre Stimme war schwach, und ich sah, dass sie sich kaum noch aufrecht halten konnte. Sie nickte Schwester Maria kurz zu, weshalb wusste ich nicht.

Ich schloss mich den Novizinnen an. Meine Knie zitterten, meine Lippen waren trocken, meine Kehle rau. Ich gehörte zu den Letzten, die aus der Kapelle gingen.

Ich werde sie nie wieder betreten.

Der Satz stand klar in meinem Geist. Es war keine Entscheidung, die ich getroffen, und nichts, worüber ich nachgedacht hatte. Ich wusste in diesem Moment einfach nur, dass es so war.

Ich drehte den Kopf, sah ein letztes Mal zurück. Mutter Immaculata kniete unter dem Kruzifix, der Stock lag neben ihr auf dem Boden, die Hände hatte sie vors Gesicht geschlagen. Ich wusste nicht, ob sie betete oder weinte, vielleicht beides.

Vor mir gingen die Novizinnen die Treppe hinauf. Ich hörte es knirschen, als Schwester Maria die schweren Eisenriegel vor die Zellentüren zog. Sie schloss uns ein.

Ich drehte mich um und ging die Treppe hinunter.

Niemand bemerkte mich.

Kapitel 21

Über der Stadt ging die Sonne auf. Ich hockte zwischen den alten Bäumen im Garten des Klosters, atmete den Geruch des Harzes ein und faltete meine Kleidung auseinander. Ich hatte sie in der Kammer gefunden, in der ich vor einer Zeit, die mir unendlich erschien, zum ersten Mal die Tracht angelegt hatte.

Es war niemand zu sehen so früh am Morgen. Nur die Vögel, die auf den Ästen und Zweigen saßen, beobachteten mich, als ich meine Kleidung auseinanderfaltete und sie ins taubedeckte Gras legte. Sie rochen nach Weihrauch und kaltem, hartem Stein, Gerüche einer Welt, die ich nie wieder betreten wollte.

Ich begann die Nonnentracht abzulegen, zuerst die Haube, unter der mein Haar schweißnass und verklebt war, dann die Kordel, mit der die Schürze zusammengehalten wurde, dann den schweren Wollrock. Die Stimmen der Vögel wurden lauter, mein Körper mit jeder Schicht Kleidung, die er verlor, leichter.

Schließlich stand ich nackt da. Einen Moment lang blieb ich so stehen. Der Wind strich über meine Haut, trocknete mein Haar. Ich glaubte, Jacobs Hände in der Brise zu spüren.

Ich werde ihn finden, dachte ich. Gott hat uns nicht zusammengebracht, damit Stadttore uns trennen.

Meine Kleidung würde nicht besser riechen, egal, wie lange ich sie im Gras liegen ließ. Ich schlüpfte in Rock und Hemd und erschrak, als ich bemerkte, dass sie zu groß geworden waren. Ich musste die Kordel um meine Hüften binden, sonst wäre der Rock nach unten gerutscht. Wie viel an Gewicht hatte ich seit dem Tag verloren, als ich aus meinem Heimatdorf geflohen war?

Bei diesem Gedanken erwartete ich, dass mich die Bilder meiner Mutter wieder heimsuchten, wie ich sie in Rauch und Hitze zurückgelassen hatte, aber diese Erinnerung verblasste allmählich, wurde abgelöst von anderen, neuen, sogar glücklichen Erinnerungen. Ich war froh darüber, auch wenn mir zugleich klar wurde, dass damit auch die Erinnerung an meine Mutter vergehen würde. Aber vielleicht war auch das besser so.

Schließlich kletterte ich über die Mauer, die das Kloster und seine Gärten umgab. Das Kloster war eine Ausnahme in der ansonsten so eng besiedelten Stadt. Seine Gärten innerhalb der Mauern sorgten für die Ruhe und Abgeschiedenheit, die man mit dem Leben einer Nonne verband. Doch nach nur wenigen Schritten befand ich mich in der Enge der Stadt mit ihren schmalen Gassen. Ich war nicht mehr daran gewöhnt, ging wie ein staunendes Kind durch die Straßen, vorbei an Hütten, die man, um Platz zu sparen, auf anderen gebaut hatte und die nur über Leitern und Dächer zu erreichen waren.

Mit jedem Schritt, den ich tat, wurde die Stadt lauter, der Gestank größer. Ich war eine Fremde in dieser Stadt, zuerst das Mädchen aus dem Dorf, nun die Nonne aus dem Kloster. Und doch bemerkte ich, je tiefer ich in sie eindrang, je näher ich dem Dom und damit ihrem Herzen kam, dass sich die Stadt verändert hatte.

Ratten lagen überall herum, in Hauseingängen und in den offenen Abwasserkanälen, auf den Straßen und hinter den Hütten, aufgedunsen und tot. Doch schon bevor ich sie bemerkte, fiel mir etwas anderes auf, schwerer fassbar als der Anblick so vieler toter Tiere.

Es war der Tonfall der Stadt. Ich hörte es in den Stimmen der Menschen um mich herum.

»Wenn du kein Brot findest, musst du erst gar nicht wiederkommen«, schrie eine Frau aus der offenen Tür einer Hütte, während der Mann, der wohl gemeint war, abwinkte und mit gesenktem Kopf in einer Gasse verschwand.

»Darf sich keiner wundern, wenn's losgeht, bei all dem Pack!«, maulte ein ärmlich wirkender Mann, der sich mit einem anderen, älteren unterhielt, während beide an mir vorbeigingen.

Es war das Lied einer großen Stadt, angefüllt mit all den Geschichten, die sich dort abspielten, aber es klang *falsch*, so wie das Spiel einer schlecht gestimmten Laute.

Mir wurde mulmig zumute. Obwohl mich niemand ansah und ich nicht bedroht wurde, hatte ich das Gefühl, nicht sicher zu sein. Ich schob es auf die lange Zeit im Kloster und ging weiter, vorbei an den toten Ratten und Menschen, die sie mit dem Fuß zur Seite schoben.

Ich wusste nicht, wo ich Jacobs Lehrmeister Erasmus finden konnte, aber da schien ich die Einzige in der Stadt zu sein. Die erste Person, die ich deswegen ansprach, eine Magd, sah mich an, als wäre ich gerade aus einem Erdloch gekrochen, und fragte: »Apotheker Erasmus? *Der* Apotheker Erasmus?«

Ich nickte, weil ich nicht annahm, dass es mehrere mit diesem Namen gab.

»Seine Apotheke ist direkt hinter dem Dom. Früher befand sie sich in einer Seitenstraße in der Nähe vom Rathaus, aber vor ein paar Jahren hat er das Haus am Dom neu bauen lassen. Mein Cousin hat als Arbeiter mitgeholfen. Er sagte, die Türen im Haus wären goldbeschlagen.«

Sie sah mich an, als erwarte sie etwas. Ich wusste nicht, was, also nickte ich und lächelte. »Danke.«

Die Magd wandte sich daraufhin ohne ein weiteres Wort ab und ging.

Die Gasse, durch die ich schritt, mündete in den großen Platz rund um den Dom. Das Gebäude war immer noch von Gerüsten umgeben, aber auch an diesem Morgen war niemand auf den Leitern und Brettern zu sehen.

Ich erschrak, als mein Blick auf den Platz vor dem Dom fiel. In meiner Erinnerung war er voller Stände und Menschen, ein wildes Durcheinander aus Herrschaften und Dienern, Bauern und Bettlern. Doch nun befanden sich dort nur einige wenige Händler und ein paar Handwerker, und ich sah keinen einzigen Bauern, keine ausgebreiteten Decken mit Äpfeln und Getreide, keine prall gefüllten Körbe, nur noch ein paar Mönche und ärmlich gekleidete Menschen so wie ich. Es lag natürlich an der Schließung der Stadttore. Ohne die Bauern kamen auch keine Lebensmittel mehr in die Stadt. Ich fragte mich, wie viel sich in den Kornspeichern von Coellen befand und wann die Ratsherren die Tore wieder öffnen mussten, damit die Einwohner nicht verhungerten.

»Weitergehen«, sagte eine Stimme hinter mir. Ich fuhr herum und blickte auf die Brustplatte eines Soldaten, der zusammen mit zwei anderen hinter mir stand. »Hier wird nicht herumgelungert.«

»Ich suche den Apotheker Erasmus«, antwortete ich. »Seine Apotheke soll hier sein.«

»Andere Seite.« Der Soldat sah mich bereits nicht mehr an und musterte stattdessen die anderen Menschen auf dem Platz. Er wirkte angespannt und schlecht gelaunt.

Ich bedankte mich und ging rasch weiter. Die Soldaten wandten sich in eine andere Richtung. Ich sah, wie sie auch andere verscheuchten.

Die Häuser auf der anderen Seite des Platzes waren zweistöckig und machten ganz den Eindruck, als wenn ihre Besitzer recht wohlhabend waren. Dort hatten sich mehrere Menschen versammelt. Sie standen teils auf den Treppen, die zu den hohen Eingangstüren führten, und einige schauten auch aus den Fenstern der Häuser.

Eine tiefe und sonore Stimme war zu hören: »… aus dem Land der Heiligen Drei Könige.«

Ich stellte mich auf die Zehenspitzen und sah eine provisorisch wirkende Holzbühne, auf der ein hochgewachsener Mann mit dichtem grauem Haar stand. In einer Hand hielt er eine Schriftrolle, die er dem Himmel entgegenstreckte, in der anderen eine Holzschatulle. Immer wieder klopfte er darauf, während er der Menge zurief: »Aus dem Morgenland, aus den Städten der Sarazenen und von Orten weit jenseits unserer Kenntnis, haben Reisende mir wundersame Tinkturen und Kräuter gebracht. Sie setzten dabei ihr Leben aufs Spiel, denn der Sarazene teilt nicht mit denen des wahren Glaubens. Diese Reisenden schließt in euer Gebet ein, denn sie haben die Rettung zu uns gebracht.«

Die Menge jubelte. Die meisten der Menschen waren wohlhabend, fast alle trugen Schuhe und Hüte, und ihre Umhänge waren zumeist aus feinen Stoffen; ich sah kaum grobe Wolle.

»Aber all das würde euch nicht helfen«, rief der Mann auf dem Podest, »wenn es diese Schrift nicht gäbe.« Er hob die Rolle in seiner Hand erneut hoch.

Die Menge jubelte, nur eine Frau schrie: »Sag uns endlich, was darin steht!«

Der Mann auf dem Podest lachte. »Hab Geduld, du wirst es gleich erfahren.« Seine Stimme wurde leiser, und mit ihr verklang auch der Jubel der Menge. »All die Kräuter und Wunder des Morgenlandes würden nicht reichen, um euch vor dem zu bewahren, was so viele dahinrafft. Meine Studien offenbarten mir, dass diese Seuche stärker ist als die Weisheit der Ungläubigen. Sie würden euch sagen, dass ihr die Tränke einnehmen müsst, damit der Seuche der Weg in euren Magen versperrt ist, dass ihr die Tinkturen auftragen müsst, damit eure Haut zur Rüstung dagegen wird. Aber sie alle vergessen das Wichtigste.«

Er machte eine Pause. Die Menge war so still, dass ich einen Hund in der Ferne bellen hörte.

»Wo ist euer Feind?«, fragte der Mann auf dem Podest. »Wo ist die Seuche?«

»Sag es uns, Erasmus!«, rief ein Mann in der Menge.

Ich zuckte zusammen, als ich den Namen hörte, obwohl ich es

schon fast geahnt hatte. Doch der Erasmus, den ich auf dem Podest sah, wirkte so anders als der, von dem Jacob erzählt hatte.

Der Apotheker beugte sich vor und sagte in die Stille hinein: »In der Luft!«

»Wo?«, rief eine Frau, und ich war mir nicht sicher, ob sie die Antwort nicht verstanden hatte oder es nicht glauben wollte.

»In der Luft!«, wiederholte Erasmus lauter.

Auch die anderen in der Menge wirkten verwirrt. Wahrscheinlich hatten sie erwartet, dass Erasmus ihnen davon abriet, Möhren zu essen oder kalten Wein zu trinken.

»Ihr denkt, Luft wäre nur Luft, nicht wahr?«, rief Erasmus. »Aber wenn dem so ist, warum stinkt es, wenn ihr an einer Abwasserrinne vorbeigeht?« Er hob die Hand, in der er die Holzschatulle hielt. »Die Abwässer sind da unten, zu euren Füßen, warum also beleidigen sie eure Nase?« Einige begannen zögerlich zu nicken. »Und wenn ihr in einer Kirche kniet, riecht ihr den Weihrauch, selbst wenn ihr in der hintersten Bank sitzt und den Rauch nicht sehen könnt.«

Einige raunten zustimmend.

Erasmus lächelte. »Die Luft transportiert den Geruch, so wie ein Karren Heu transportiert. Sie kann eure Nase beleidigen und eure Seele erfreuen, und wenn sich ihrer der Teufel bemächtigt, so wie er sich der Seelen der Schwachen und der Sünder bemächtigt, kann sie euch auch umbringen!«

Die Frau neben mir presste sich mit einem erschrockenen Laut die Hand vor Mund und Nase. Andere wichen zurück, blieben dann aber stehen, so als wäre ihnen schlagartig klar geworden, dass man vor der Luft nicht fliehen konnte.

»Ich weiß, was euch nun durch den Kopf geht«, rief Erasmus. »Wie soll man sich vor der Luft schützen? Kann es ein Mittel geben gegen etwas, das man weder sehen noch hören kann?«

Es war, als spräche er die Gedanken eines jeden Menschen in der Menge aus. Ich begann flach zu atmen, hoffte, dass die Seuche nicht gerade in den Atemzügen hing, die ich tat.

»Sag es uns!«, schrie jemand. Andere nickten und wiederholten die Forderung.

Erasmus hob die Arme. Die weiten Ärmel seines Hemdes rutschten bis zu den Ellenbogen und enthüllten bleiche, dunkel behaarte Haut. »Habt keine Angst!« Er rollte die Schriftrolle auseinander und drehte sich, sodass jeder die Linien, Kreise und Zahlen darauf sehen konnte. Für mich ergaben sie keinen Sinn.

»Was ist das?«, rief jemand.

»Mit Gottes Hilfe habe ich einen Weg gefunden!« Erasmus rollte das Papier wieder zusammen und reichte es einem Diener, der neben der Bühne stand. Ich bemerkte einen Stapel Kisten hinter ihm. »Nächtelang habe ich gebetet und Gott um Gnade für uns angefleht. Und dann, in einem Traum…«, Erasmus hob wieder die Holzschatulle empor, »… zeigte er mir die Lösung.«

Die Menge rückte näher an das Podest heran. Ich wurde mit ihr nach vorn gedrückt. Durch die Lücke zwischen den Schultern zweier Männer sah ich, wie der Apotheker die Schatulle öffnete und nach etwas darin griff.

»Seht alle her, seht sie euch an. Meine Seuchenmaske.« Er schrie das letzte Wort über den Platz. Mit einem Ruck riss er die Hand empor, in der er das hielt, was er der Schatulle entnommen hatte.

Die Menge wurde still, nicht aus Ehrfurcht, sondern – wenn es den anderen so ging wie mir – aus Verwirrung. Wir starrten auf den Gegenstand, den Erasmus in der Hand hielt. Es war eine Maske, so wie er gesagt hatte, aus dunklem poliertem Holz mit zwei Aussparungen für die Augen. Lederriemen hingen an den Seiten herab. Ich nahm an, dass man sie damit am Hinterkopf befestigte. Am auffälligsten daran war der fast unterarmlange Vogelschnabel, der dünn und spitz aus der Maske hervorragte.

Erasmus schien mit der Reaktion der Menge gerechnet zu haben, denn er zeigte weder Ärger noch Bestürzung, sondern eine seltsame Zufriedenheit, als wäre unsere Verwirrung die Bestätigung seiner

Arbeit. Er stellte die Schatulle neben sich auf das Podest und nahm die Maske in beide Hände.

»Der Schnabel ist hohl«, sagte er in die Stille. »Durch ihn werdet ihr atmen. An seiner Spitze ...«, er steckte den Zeigefinger hinein, »... befindet sich ein Loch, und in das wird ein mit meiner geheimen Tinktur getränktes Tuch geschoben.«

Sein Diener reichte ihm ein verkorktes Fläschchen. Erasmus öffnete es und träufelte eine bräunliche Flüssigkeit auf ein Stück Stoff. Er schob das Tuch in den Schnabel, sah sich unter den Menschen um und zeigte dann auf einen vornehm wirkenden älteren Mann.

»Ratsherr Franz«, sagte er. »Würdest du mir die Ehre erweisen, die Maske auszuprobieren? Ich kann dir versichern, dass die Tinktur völlig ungefährlich ist.«

Franz zögerte, aber seine Frau schob ihn nach vorn. Einige lachten, als er sich furchtsam umblickte, das Gesicht ängstlich verzogen. Dann ging er zögerlich auf Erasmus zu, stieg auf das Podest, und der Apotheker legte ihm die Maske an.

Mir lief ein Schauer über den Rücken, als sich der Ratsherr zu uns umdrehte. Sein Gesicht war nicht mehr zu sehen, und durch den langen Schnabel wirkte der ganze Mann unheimlich, geradezu dämonisch.

»Kannst du atmen, Franz?«, fragte Erasmus.

»Ja.«

»Und wie riecht es unter der Maske?«

Franz zögerte, musste wohl erst nach den richtigen Worten suchen. »Frisch und ... nach Minze. Ein bisschen scharf, aber ... nicht unangenehm.«

Erasmus half ihm vom Podest herunter und legte ihm eine Hand auf die Schulter. Die Menge teilte sich, als er den Ratsherrn auf eine Häuserfront zu führte. »Würdet du sagen, dass es besser riecht als die Abwasserrinne neben dem Rathaus?«

Die Menge lachte.

Franz nickte. Der lange Schnabel wippte. »Das kann man wohl sagen.«

»Möchtest du an der Abwasserrinne dort hinten riechen?«

»Nicht unbedingt. Ich …« Er sagte noch etwas, aber es ging im Gelächter der Menge unter.

Erasmus hob die Hand, und es wurde wieder still. »Würdest du es trotzdem für mich tun?«

»Wenn es sein muss.«

Ratsherr Franz ging weiter vorwärts. Er bewegte sich ein wenig unsicher, senkte immer wieder den Kopf, so als könne er nicht alles vor sich erkennen. Ein paar Schritte, dann blieb er vor der Rinne stehen. Sie war voll mit Kot und fauligen Essensresten. Fliegen summten über ihr.

»Hock dich hin und atme tief ein.« Erasmus reichte Franz seine Hand, damit der sich abstützen konnte, als er in die Knie ging. »Was riechst du?«

Der Vogelkopf neigte sich zur Rinne, kam ihr so nahe, dass mir beim Gedanken an den Gestank, der dort aufsteigen musste, fast übel wurde.

»Nichts«, sagte Franz. »Ich rieche gar nichts davon.«

Erasmus hob die Hand. Ich sah den Triumph in seinem Blick, als er sich der Menge zuwandte. »Habt ihr gehört? Nichts kann er riechen! Der widerliche Gestank dringt nicht an seine Nase, obwohl er frei atmen kann.« Er war größer als die meisten um ihn herum. Er blickte sich mit tückisch funkelnden Augen um. »Glaubt ihr, dass eine Seuche zu durchdringen vermag, was selbst den Gestank der Stadt zurückhält?«

Niemand glaubte es, auch ich nicht. Ich stellte mir vor, wie das Tuch im Schnabel der Maske die Seuche aus der Luft siebte wie eine Reuse Fische aus einem Fluss. Erasmus' Erklärungen klangen so einfach, so logisch.

Franz nahm die Maske ab und wollte sogleich wissen: »Wie viel willst du dafür?«

»Ja, wie viel?«, rief eine rotgesichtige Frau neben mir. Ihre Stimme stach schrill in mein Ohr.

»Ich werde euch nicht langweilen, indem ich euch die Mühen und Kosten schildere, die ich auf mich nehmen musste, um dieses Werk zu vollbringen. Lasst mich euch nur versichern, dass mein Preis so niedrig wie möglich ist. Mein Diener Lorenz hält ihn sogar für viel zu gering.«

Der Diener, der mit hinter dem Rücken verschränkten Händen neben den Kisten stand, nickte und schwieg.

Die Menge wurde unruhig, doch bevor jemand die Frage noch einmal wiederholen konnte, sagte Erasmus: »Fünfzig Goldmünzen für die Maske, zwanzig für die Tinktur.«

Einige stöhnten laut, andere spuckten auf den Boden und wandten sich ab.

Doch erstaunlich viele blieben, vor allem die in den edlen Umhängen und mit den Stiefeln aus weichem Leder. Einige tuschelten miteinander, überlegten wohl, wie sie die gewaltige Summe aufbringen sollten. Siebzig Goldmünzen waren ein Vermögen.

»Ich nehme die hier«, sagte Franz und hob die Maske an, die er eben noch getragen hatte. »Mein Bote wird dir das Gold nachher bringen.«

Die Selbstverständlichkeit, mit der er von einer solchen Summe sprach, ärgerte mich. Sie erschien mir respektlos.

Erasmus neigte den Kopf. »Natürlich, Ratsherr. So können es alle halten, die ich von Angesicht zu Angesicht kenne. Lorenz wird eure Namen in sein Buch eintragen und euch die Mas…«

Er kam nicht dazu, den Satz zu beenden. Die Menge drängte nach vorn, auf Lorenz und die Kisten zu. Der Diener hatte bereits einige kleine, mit Lederriemen zusammengebundene Wachstafeln auf das Podest gelegt, aber ich bezweifelte, dass sie für all die Namen ausreichen würden.

Auch ich wurde von der Menge nach vorn gedrängt, und als ich versuchte, ihr zu entkommen, wurde ich auf Erasmus zugeschoben. Nun, da alle seinen Diener umringten, stand er ein wenig abseits.

Eine bessere Gelegenheit würde ich vielleicht nie mehr bekommen.

Die Menschen ließen mich bereitwillig durch, sobald sie erkannten, dass ich nicht versuchte, mich vorzudrängeln und ihnen die vielleicht letzte Maske streitig zu machen.

Dann stand ich vor Erasmus. Sein Blick glitt an mir vorbei und richtete sich erst auf mich, als ich ihn ansprach.

»Dürfte ich um einen Moment Eurer Zeit bitten?«, fragte ich so vornehm wie möglich.

»Wessen Dienerin bist du?«, fragte er zurück.

»Ich bin keine Dienerin. Ich möchte nur …«

»Dann bezweifle ich, dass für mich wichtig sein könnte, was du zu sagen hast.« Sein Blick löste sich von meinem Gesicht. »Geh deiner Wege. Ich habe nichts zu verschenken.«

»Ich will keine Maske«, sagte ich rasch. »Ich habe nur eine Frage, die deinen …«

Ein Stoß in die Seite raubte mir den Atem. Ich taumelte zurück und wäre beinahe in die Abwasserrinne gestolpert, wenn mich nicht jemand aufgefangen hätte. Es war ein älterer graubärtiger Mann, der die Uniform eines Dieners trug mit einem Wappen auf der Brust, das mir vage bekannt vorkam.

»Danke«, sagte ich.

Er nickte und warf einen Blick auf die aufgeregte, rotgesichtige Frau, die mich weggestoßen hatte. »Manche Leute werden zu Tieren, wenn die Angst sie übermannt.«

Ich glaubte wieder die Menge vor der Tür unserer Hütte zu sehen, hörte ihr Schreien und die Furcht darin.

Alle werden zu Tieren, dachte ich. *Es ist nur eine Frage der Zeit.*

Die Frau redete auf Erasmus ein und schüttelte immer wieder aufgeregt den Kopf. Es war klar, was sie wollte, und ebenso klar, dass sie es nicht bekommen würde. Ihre Stimme wurde lauter, ihr

Flehen drängender. Köpfe drehten sich, und Blicke wurden in ihre Richtung geworfen. Die Menge ahnte, dass ihr ein Spektakel bevorstand.

Lorenz bemerkte zwar, dass sein Herr in Bedrängnis geriet, er wurde aber selbst von so vielen Menschen belagert, dass er nichts unternehmen konnte. Hätte er die Kisten allein gelassen, um Erasmus beizustehen, wäre bei seiner Rückkehr wahrscheinlich keine mehr da gewesen.

Die Frau wurde immer lauter. Sie flehte Erasmus um eine Maske an: »Nur eine! Meine Söhne und ich können sie uns teilen!« Sie versprach ihm Ländereien zu verkaufen, um das nötige Geld aufzubringen, dann bot sie ihm sich selbst an und riss sich das Hemd auf, um ihre Brüste zu entblößen.

Erasmus wich zurück, einige Männer in der Menge lachten, die Frauen legten erschrocken die Hand vor den Mund. Der ältere Diener neben mir fluchte und öffnete den Verschluss seines Umhangs.

»Komm, hilf mir«, sagte er.

Ich folgte ihm, ohne nachzudenken. Wenn die Soldaten sie sahen, würde sie schon am nächsten Tag am Pranger stehen oder musste Schlimmeres erleiden.

Der Diener warf seinen Umhang über die Schultern der Frau, so als wolle er einen Vogel fangen, ich umklammerte sie und zog sie von Erasmus weg und zum Rand der Menge. Sie wehrte sich nicht, verbarg nur ihr Gesicht im Umhang und weinte. Der Teufel, der über sie gekommen war, hatte sie bereits wieder verlassen.

»Ich schäme mich so«, stieß sie immer wieder hervor.

»Keine Angst.« Ich zeigte auf einen Durchgang zwischen zwei Häusern. Der Diener nickte und half mir, die Frau dorthin zu führen.

»Das hast du gut gemacht«, sagte plötzlich eine Stimme hinter mir – eine Stimme, die ich kannte. »Das hätte für alle Beteiligten sehr unangenehm enden kön…«

Friedrich von Wallnen, der Berater von Bürgermeister Wilbolt, brach mitten im Wort ab, als ich herumfuhr. Bei Tageslicht wirkte er noch älter und gebrechlicher. Die Hand, mit der er sich auf einen schwarzen polierten Stock stützte, zitterte.

»Geh zurück zum Bürgermeister, Walther«, sagte er nach einem Moment der Überraschung zu dem Diener. »Ich kümmere mich … um *das hier*.«

Ich folgte dem Diener mit meinen Blicken, als er zur Menge zurückging. Er blieb neben einem Mann in Mutters Alter stehen, der von zwei kleinen Mädchen, einer vornehm wirkenden hübschen Frau und mehreren Dienern umgeben war. Jeder der Diener trug eine der Holzkisten, die Lorenz verkaufte. Die Summe, die sie gekostet hatten, erschien mir unvorstellbar.

Ich versuchte, in das Gesicht des Mannes zu blicken, den ich für meinen Vater hielt. Keine fünf Schritte von ihm entfernt hatte ich gestanden.

Ich sah recht kurz geschnittenes graublondes Haar unter einem mit Pelz besetzten Hut und einen sorgfältig gestutzten Vollbart. Seine Miene wirkte freundlich, sein Gesicht war voll und faltenlos, so als habe es in seinem Leben nie große Sorgen gegeben. Er war ein gütiger Mann, das sah ich ihm an.

»Wo ist deine Tracht?«

Von Wallnens Frage riss mich aus meinen Gedanken. Die rotgesichtige Frau hockte in dem kleinen Durchgang und versuchte mit zitternden Fingern ihr Hemd zu schließen.

»Ich …«, begann ich, aber er ließ mich nicht ausreden.

»Hast du dich davongeschlichen, um wieder meinen Herrn zu belästigen?«, warf er mir mit strenger Stimme vor. »Fehlt dir die Demut, um Jesus Christus zu dienen?« Er klang regelrecht erzürnt.

»Nein, ich wollte Bürgermeister Wilbolt nicht aufsuchen«, verteidigte ich mich, »sondern Erasmus, aber er redet nicht mit mir.«

»Was willst du von Erasmus?« Mit beiden Händen stützte sich von Wallnen auf seinen Stock. In seinem gesunden Auge blitzte es. Ich verstand nicht, warum er so wütend auf mich war.

»Es geht um seinen Lehrling Jacob. Er ist außerhalb der Stadt unterwegs, und ich weiß nicht, wann er zurückkommt und wie er wieder nach Coellen gelangen soll, da doch die Tore geschlossen sind.« Ich hielt inne, als mir etwas klar wurde. Nicht Erasmus war es, der über Jacobs Schicksal bestimmte, sondern Wilbolt. »Der Bürgermeister könnte doch ein Papier für ihn ausstellen, eine Sondergenehmigung, damit die Wachen ihn wieder in die Stadt lassen.«

»Das soll er also dieses Mal für dich tun, ja?« Von Wallnen zog die Mundwinkel nach unten.

Ich nickte, versuchte mich von seiner Wut nicht einschüchtern zu lassen. »Nur um diese eine Sache möchte ich ihn bitten, um nichts anderes. Danach werde ich aus seinem Leben verschwinden, wenn er es wünscht.«

»Natürlich wünscht er es!«

Speichel benetzte mein Gesicht. Angewidert wischte ich ihn mit dem Ärmel meines Kleides fort.

»Dann soll er das auch bekommen«, sagte ich und sah von Wallnen so ruhig und entschlossen an, wie ich konnte. »Für das Schreiben, um das ich gebeten habe.«

»Warte hier.«

Von Wallnen drehte sich um und hinkte zu Wilbolt und seiner Familie. Meine Blicke folgten ihm. Er blieb neben dem Bürgermeister stehen und flüsterte ihm etwas ins Ohr, woraufhin sich Wilbolt umdrehte und in meine Richtung sah. Ich lächelte unwillkürlich. Er sah weg. Es versetzte mir einen Stich, obwohl ich hätte wissen müssen, dass ich keine Freundlichkeit von ihm erwarten durfte. Ich war ein Fehler, für den er mit Geld und einem Geheimnis, das er ein Leben lang mit sich tragen würde, gebüßt hatte.

»Was soll ich denn jetzt tun?«, sagte die Frau hinter mir im Durchgang plötzlich. Ich drehte mich zu ihr um. Tränen liefen ihr über die Wangen, ihre Augen waren geschwollen, die Nase gerötet. Den Umhang hatte sie mit beiden Händen vor der Brust zusammengerafft.

Ich hockte mich neben sie. »Geh nach Hause. Vergiss, was geschehen ist.«

Sie zog die Nase hoch. »Wie soll ich das jemals vergessen? Die ganze Stadt wird bald davon reden, und meine Familie …« Sie brach ab und schüttelte den Kopf. »Ich bin ruiniert.«

Ich dachte an die Mädchen im Kloster. »Sie werden eine Weile tratschen, bis etwas anderes geschieht, über das sie sich die Mäuler zerreißen können. Es wird nicht so lange dauern, wie du denkst.«

Die Frau glaubte mir nicht, das sah ich ihr an, aber sie widersprach nicht, sondern ließ sich von mir aufhelfen. Sie straffte sich, so als habe sie, woher auch immer, neue Kraft gewonnen. »Ich danke dir für deine Hilfe. Leb wohl.«

Mit seltsam steifen Schritten bahnte sie sich einen Weg durch die Menge, die sich nach und nach auflöste. Einige lachten oder stießen andere an und zeigten auf sie. Die Frau tat mir leid.

Ich hörte das rhythmische Klopfen eines Stocks auf dem Kopfsteinpflaster und wandte mich um.

»Er wird es tun«, sagte von Wallnen. »Ich habe ihm davon abgeraten, aber er wird dir diese …«, er zögerte, »… diese Bitte dennoch erfüllen.«

Über seine Schulter sah ich dorthin, wo Wilbolt mit seiner Familie kurz zuvor noch gestanden hatte, aber er war verschwunden. Wie gern hätte ich mich selbst bei ihm bedankt oder ihm wenigstens aus der Ferne zu verstehen gegeben, wie dankbar ich ihm war.

»Bitte sage ihm, wie viel mir das bedeutet.« Erleichterung lockerte mir die Zunge. »Damit rettet er Jacob vielleicht das Leben, und ich …«

Der Ausdruck, der in von Wallnens gesundem Auge lag, ließ mich abbrechen. »Ich werde ihm gar nichts sagen. Komm nach Sonnenuntergang in die Gasse der Metzger. Ein Bote wird dir die nötige Genehmigung geben und alles Weitere erklären.« Er warf einen Blick in den Durchgang. »Wo ist Cecilie?«

»Auf dem Weg nach Hause. Ich habe mit ihr gesprochen, und es ging ihr schon wieder besser.«

Die Wut kehrte in sein Gesicht zurück. »Ich habe doch gesagt, dass ich mich um sie kümmere. Musst du dich denn in alles einmischen?«

Abrupt wandte er sich ab und verschwand in der Menge.

Wieso hasst er mich nur so sehr?, fragte ich mich. Schließlich war ich nicht seine Tochter. Im kurzen Blick des Bürgermeisters hatte ich zwar keine Freundlichkeit entdecken können, aber auch nicht eine solche Verachtung, wie sie mir Friedrich von Wallnen entgegenbrachte. Wie eine Fremde hatte mich Bürgermeister Wilbolt angesehen, nicht wie eine Feindin. Vielleicht hätten wir uns sogar auf der Straße gegrüßt, wenn wir uns unvermittelt begegnet wären. Von Wallnen hätte mich niemals gegrüßt, eher mit seinem Stock erschlagen wie eine Ratte. Ich verstand den Grund dafür nicht.

Ich schüttelte den Gedanken ab. Es spielte keine Rolle. Sobald ich die Papiere hatte, würde ich ihn nie wieder um etwas bitten und ihm hoffentlich auch nie wieder begegnen.

Es war ein warmer, angenehmer Sommertag. Die Wolken, die am frühen Morgen noch den Himmel bedeckt hatten, lösten sich im Sonnenlicht nach und nach auf, bis die Luft so klar war, dass die Farben der Stadt zu leuchten schienen.

Ich ging an der Stadtmauer entlang, die Gedanken in die Zukunft gerichtet. Jeden Tag würde ich zu den geschlossenen Toren gehen und auf Jacob warten. Es gab insgesamt zwölf, aber nur vier kamen für einen Reisenden, der von Süden her den Rhein hinaufkam, infrage. Eines von diesen musste Jacob nehmen. In meinem Geist sah ich ihn vor den schweren Eisengittern stehen, erschöpft und staubig von der langen Reise. Die Soldaten würden ihn einlassen, er würde mich in seine Arme schließen, und dann …

Ich hielt inne. Ja, was dann? Ich war keine Novizin mehr, hatte kein Geld und kein Dach über dem Kopf. Und er war nur ein Lehrling, der sich kaum selbst ernähren konnte, geschweige denn mich. Ich dachte an all das Gold, das Erasmus an diesem Morgen mit den Seuchenmasken verdient hatte, mehr als ich in meinem ganzen Leben sehen würde. Vielleicht würde er sich davon neue Diener leisten, und vielleicht, wenn Jacob ihn darum bat, würde ich zu ihnen gehören.

Etwas anderes fiel mir nicht ein.

In der Nähe des Severinstors fand ich eine kleine Taverne, vor der einige Holztische und Bänke standen. Einige Soldaten saßen an einem der Tische und tranken Bier. Ich setzte mich in den Schatten so weit weg von ihnen wie möglich, dann nahm ich die Vorräte, die ich aus dem Kloster mitgenommen hatte – *gestohlen hatte*, korrigierte mich eine innere Stimme –, und packte etwas Brot und Käse aus. Aus den Augenwinkeln sah ich den Wirt in der Tür stehen. Er bemerkte, was ich tat, aber es schien ihn nicht zu stören. Anscheinend war es ihm egal, wer sich auf seinen Bänken ausruhte, solange genügend für zahlende Gäste frei blieben.

Ich aß, und hin und wieder nahm ich auch einen Schluck warmes dunkles Bier aus meinem Trinkschlauch. Die Soldaten auf der anderen Seite des kleinen Platzes unterhielten sich lautstark. Sie waren zu dritt, und ihre geröteten Gesichter ließen darauf schließen, dass sie schon einige Krüge geleert hatten.

»Das geht nicht gut«, sagte einer und rülpste. Seine linke Gesichtshälfte war von einer wulstigen Messernarbe durchzogen. »Zuerst holen sie die Juden rein, dann schließen sie die Tore. Du holst doch auch nicht den Fuchs in den Hühnerstall und machst die Tür zu.«

»Wir sind keine Hühner.« Der Soldat, der ihm gegenübersaß, schüttelte den Kopf. »Hühner sind feige.«

»Du weißt, was ich meine.«

Der dritte und jüngste Soldat räusperte sich und spuckte auf den staubigen Boden. Er saß als Einziger in der Sonne. »Hätten wir einen richtigen Herrscher so wie andere Städte, gäbe es einen solchen Blödsinn nicht.«

Der Soldat mit der Narbe drehte seinen Bierkrug nachdenklich zwischen den Händen. »Hast schon recht. Es gibt zu viel Gezänk zwischen den Familien. Die Hardevusts gegen die Gyrs, die Gyrs gegen die Hirzelins, die Hirzelins gegen die Aduchts, und alle gegen die Overstolzens. Da kann ja nichts bei rumkommen.«

»Weil keiner ohne den anderen kann.« Der junge Soldat, der in der Sonne saß, nickte. »Wilbolt ist zwar Bürgermeister, aber als Overstolzen muss er dafür sorgen, dass die kleineren Familien an seiner Seite bleiben. Er hat ihnen zwar das Asyl für die Juden aufgezwungen, die keiner außer ihm in der Stadt haben wollte, aber dafür musste er dann nachgeben, als die Gyrs unbedingt die Tore schließen wollten.«

»Und wir dürfen's ausbaden.« Der Soldat mit der Narbe trank seinen Krug mit einem Schluck aus und stand auf. »Ich muss zurück auf den Turm.«

Ich sah ihm nach, als er zur Stadtmauer ging. Eingeschlossen im Kloster hatte ich nichts von den Dingen mitbekommen, die sich draußen in der Stadt abspielten. Die Intrigen und Kämpfe zwischen den Patrizierfamilien waren mir fremd, ihre Namen nur aus den wenigen Unterhaltungen bekannt, in denen Jacob sie erwähnt hatte. Vielleicht hasste mich von Wallnen nur, weil ich seinen Herrn von den wirklich wichtigen Aufgaben ablenkte.

Die beiden anderen Soldaten saßen noch eine Weile da und redeten, aber ihre Gespräche drehten sich nur noch um ihre Familien und die Vorgesetzten, von denen sie sich schikaniert fühlten.

Im Laufe des Nachmittags tauchten noch andere Gäste auf, zwei Schneidergesellen, die sich nach einem Botengang ausruhten, ein Händler, der den Wirt in ein Gespräch über Bier verwickelte, und immer wieder Soldaten. Einige sahen zu mir hinüber, aber zum Glück setzte sich keiner an meinen Tisch.

Mehr und mehr füllten sich die Bänke, und es wurde Abend.

Ich stand auf, als die Sitzplätze rar wurden, und nickte dem Wirt zu. Ich war ihm dankbar, dass ich den Tag auf der Bank hatte verbringen dürfen. Er nickte zurück und widmete sich wieder seinen Gästen.

Die Metzgergasse war leicht zu finden. Ich folgte der breiten Straße, die vom Severinstor in Richtung Norden führte, und bog ab, als ich ein großes Holzschild sah, auf das ein Schwein gemalt war und darunter ein Pfeil.

Die Gasse war schmal. Links und rechts befanden sich um diese Abendzeit geschlossene Fleischereien. Im Winter konnte man den ganzen Tag über frisches Fleisch kaufen, wenn man das Geld dafür hatte, im Sommer wurde es nur frühmorgens verkauft und musste bis zum Mittag aus den Auslagen verschwunden sein. Laut Schwester Ursula hatte das der Rat angeordnet, nachdem alle sechs Kinder einer Patrizierfamilie an verdorbenem Schweinefleisch gestorben waren. Deshalb verkauften die Metzger im Sommer vor allem Wurst und Schinken, doch so spät am Tag hatte keiner von ihnen mehr geöffnet.

Ich blieb stehen und sah nach oben. Zwischen den Häusern hing die Wäsche so dicht von den Leinen, dass man den Himmel kaum noch erkennen konnte, aber es war klar, dass die Sonne noch nicht ganz untergegangen war. Ich würde wohl warten müssen.

In der Gasse hing der Geruch nach Blut. Ratten liefen durch die Rinnen, die von den Hinterhöfen, in denen geschlachtet wurde, zu den Abwasserkanälen an beiden Seiten der Gasse führten. Einige hockten im Mauerwerk und fraßen tote Artgenossen.

Blut und Fäkalien vermischten sich in den Kanälen. Je weiter ich in die Gasse hineinging, desto beißender wurde der Gestank. Schwarze Fliegen hingen in Wolken über den Abfällen. Ich hob mein Kleid an aus Angst, es mit Blut zu verschmutzen.

Die Türen der Häuser waren geschlossen, die hölzernen Auslagen hochgeklappt und mit Ketten gesichert. Die Lücken zwischen den Gebäuden waren so schmal, dass ein Mensch nur mit

Mühe hindurchpasste, das Schlachtvieh jedoch nicht. Es musste über einen anderen Weg zur Schlachtung gebracht werden.

Hinter den Türen hörte ich Stimmen und Kindergeschrei, das Klappern von Geschirr und das Bellen von Hunden. Fenster schien es auf dieser Seite der Häuser nur in den oberen Stockwerken zu geben, wahrscheinlich aus Sorge vor Dieben oder um keinen Neid zu erregen.

Ich blieb stehen. Mir war kein genauer Treffpunkt mitgeteilt worden, und die Gasse war lang. Wenn ich Pech hatte, wartete der Bote irgendwo hinter mir am Anfang der Gasse.

Irgendwo klirrte Metall gegen Stein. Ich sah mich um, entdeckte jedoch niemanden. Im Kloster hatte ich allerlei Geschichten über Räuber gehört, die nachts die Gassen Coellens unsicher machten. Mein Herz schlug sofort schneller.

Ich muss nur an eine dieser Türen klopfen, dachte ich, um mich zu beruhigen, *dann wird mir schon jemand helfen. Hier sind überall Menschen, auch wenn ich sie nicht sehe.*

Es klirrte erneut, dann sagte eine Stimme: »Heiland, was stinkt das hier.«

Erleichtert atmete ich aus. Ein Räuber hätte sich bestimmt nicht auf diese Weise angekündigt. Ich öffnete den Mund, um mich bemerkbar zu machen, aber eine zweite Stimme kam mir zuvor.

»Wenn du Geld für Fleisch hättest, würdest du das öfter riechen.«

Ich erstarrte, der Gruß, den ich hatte aussprechen wollen, hing ungesagt in meiner Kehle. Ich kannte diese Stimme, hatte sie erst vor kurzem gehört. Den Mann, dem sie gehörte, sah ich im Geiste vor der Taverne sitzen und über die Stadtobersten schimpfen. Es war der Soldat mit der Narbe.

»Wenigstens lasse ich mir nicht von meinem Weib befehlen, für was ich meinen Sold ausgebe.«

Die Stimmen kamen näher.

Der Soldat mit der Narbe knurrte. »Komm schon. Sie muss hier irgendwo sein.«

Diese letzten Worte trafen mich wie ein Schlag gegen den Kopf. Waren die Soldaten wegen mir in diese Gasse gekommen? Sie klangen nicht so, als wollten sie mir die Papiere bringen, die mir von Wallnen versprochen hatte. Also hatte er sie geschickt, um mich … Was? Zu töten? In den Kerker zu werfen? Aber mit welcher Begründung?

Ich schüttelte den Kopf, versuchte meine Gedanken unter Kontrolle zu bringen. Die Soldaten waren vor mir, verborgen hinter einer Biegung, die die schmale Gasse beschrieb. Ich drehte mich um und ging den Weg zurück, den ich gekommen war. Meine Sandalen erzeugten kaum einen Laut auf der festgestampften Erde, also begann ich zu laufen. Ratten wichen mir aus, Fliegen stiegen in Schwärmen auf, wenn ich vorbeilief. Die Gasse schien kein Ende nehmen zu wollen, eine Biegung folgte auf die nächste.

Und dann stand ich plötzlich vor einem Soldaten.

Er sah mich im gleichen Moment wie ich ihn. Seine Augen weiteten sich. Ich taumelte zurück und wäre beinahe gestürzt, als meine Beine sich im Stoff des Kleides verfingen.

»Hier ist sie!«, rief der Soldat. Hinter ihm tauchte ein weiterer auf. Die Gasse war zu schmal, um an ihnen vorbeizukommen, also fuhr ich herum und lief zurück. Mit den Fäusten schlug ich an jede Tür, die ich erreichen konnte. »Hilfe! Helft mir doch!«

Ich blieb nicht stehen, um darauf zu warten, dass jemand öffnete, aber nur wenige Schritte später hörte ich hinter mir Holz knarren.

»Was ist hier los?«, fragte ein Mann mit autoritärer Stimme.

»Wir sind im Auftrag des Rates hier, also halt dich raus!«, antwortete einer der Soldaten.

Ich lief weiter, während hinter mir weitere Türen geöffnet wurden und Menschen aufgeregt miteinander zu reden begannen.

Ich war schneller als die Soldaten, aber ich wusste, dass sich die anderen beiden irgendwo vor mir befanden. Ich entdeckte sie schließlich auf einem geraden Stück. Der mit der Narbe zeigte in meine Richtung, dann setzten sich er und sein Kamerad in Bewegung, nicht schnell, sondern gemessenen Schrittes, wohl wissend, dass ich nicht entkommen konnte.

»Mach es dir nicht schwerer, als es sein muss, Mädchen!«, rief einer der Soldaten hinter mir.

»Was hat sie denn getan?« Die Frauenstimme kam von irgendwo über mir. Niemand antwortete ihr.

Das Klappern und Schnaufen wurde leiser. Die Soldaten hinter mir ließen sich nun ebenfalls Zeit. Zugleich nahm das Gerede und Rufen in der Gasse zu. Jeder wollte wissen, was geschah. Dann – endlich! – öffnete sich eine Tür ein Stück vor mir, und eine junge Frau trat heraus. Ihr Blick fiel auf mich, und sie wich zurück, als ahnte sie bereits, was geschehen würde.

Sie war nicht schnell genug. Ich brauchte nur zwei Schritte, um die Tür, die sie gerade zuschlagen wollte, zu erreichen. Mit dem Fuß stieß ich gegen das Holz, sodass die Tür gegen die Wand schlug, und sprang ins Haus. Hinter mir fluchte der Soldat mit der Narbe laut.

Die Frau duckte sich und hielt sich beide Hände schützend über den Kopf. »Tu mir nichts!«, schrie sie.

Wir standen in einer kleinen Stube. Ich sah einen Tisch, mehrere Stühle und drei leere Strohlager.

Es gab zwei Fenster auf der anderen Seite der Stube und eine kleine verriegelte Holztür. Ich lief darauf zu und zog den Riegel zurück, riss die Tür auf und lief in den Hinterhof, den sich mehrere Häuser teilten. Soldaten hämmerten gegen die Eingangstür, die Frau schrie erschrocken auf.

Mein Herz schlug so schnell, dass ich kaum atmen konnte. Schweiß stand mir auf der Stirn. Hektisch sah ich mich auf dem Hof um, entdeckte einen großen Kessel, der über einem kleinen Holzkohlefeuer hing. Dampf stieg daraus auf. Der Gestank nach Blut ließ mich würgen.

Ich lief an abgekochten Schweineschädeln vorbei, die sich in

Holzkisten stapelten. Knochensplitter knackten unter meinen Sohlen. Ich hörte die Stimmen der Soldaten im Haus. Der Hinterhof war klein, aber in der gegenüberliegenden Mauer, zwischen Fässern, über denen Fliegen kreisten, gähnte eine dunkle Öffnung. Sie war breit genug für einen Karren, und ich hoffte und betete, dass über diesen Weg die Tiere zur Schlachtung gebracht wurden und er nicht im Nichts enden würde.

Ich überquerte den Hof, als der erste Soldat das Haus verließ.

»Sie haut ab!«, rief er.

Dann tauchte ich auch schon in die Gasse ein. Das letzte graue Tageslicht erreichte ihren Boden nicht mehr, und so stolperte ich durch Unrat und Ungeziefer von einem Hinterhof zum nächsten. In einem sah ich Schweine, die eingepfercht in einen viel zu kleinen Holzkäfig auf ihre Schlachtung am Morgen warteten. Sie schrien wie Menschen in höchster Bedrängnis, als ich an ihnen vorbeilief. In anderen hing der Qualm von Räucherkammern und brachte mich zum Husten. Und überall waren Ratten, lebende und tote, mehr als ich in meinem ganzen Leben gesehen hatte.

Immer wieder drehte ich mich um. Ab und zu glaubte ich eine Bewegung in der Dunkelheit zu bemerken, aber ich hörte die Schritte der Soldaten nicht mehr, nur noch meinen pochenden Herzschlag und keuchenden Atem.

Endlos zog sich der Weg hin. Einmal endete er plötzlich an einer Mauer, und ich musste ein Stück zurückgehen, bevor ich die Abzweigung bemerkte, die ich verpasst hatte. Meine Schritte wurden langsamer, ich war zu erschöpft, um noch weiterzulaufen. Ich blieb stehen, wartete, bis sich mein Atem beruhigte, und lauschte in die Dunkelheit.

Ich hörte nichts außer den Geräuschen der Stadt. Entweder hatten die Soldaten die Verfolgung aufgegeben, oder sie waren so weit hinter mir, dass sie mich nicht mehr einholen würden. Mit zitternden Beinen ging ich weiter. Nach einer Weile – es war bereits so dunkel, dass ich die Hände ausstrecken musste, um nicht gegen Hindernisse zu laufen – endete der Weg auf einem kleinen Platz.

Ich erkannte die Gegend wieder. Von dem Platz aus war es nicht weit bis zum Kloster. Unsicher blieb ich stehen. Seit die Tore geschlossen waren, patrouillierten Soldaten Tag und Nacht durch die Stadt. Auch ansonsten durfte sich nach Einbruch der Dunkelheit niemand ohne Genehmigung draußen aufhalten, das hatte mir Jacob erzählt. Nervös trat ich in einen Hauseingang, um mich zu verbergen.

Ich muss zurück zum Kloster, dachte ich. *Es gibt keine andere Möglichkeit.*

Ich kannte mich in Coellen nicht aus, wusste nicht, wo ich mich vor den Soldaten hätte verbergen sollen. Auf dem Klostergelände gab es hingegen Hunderte Verstecke. In einem von ihnen würde ich wenigstens bis zum nächsten Morgen blieben müssen. Dann, nach ein wenig Ruhe und Schlaf, würde mir schon etwas einfallen.

Kapitel 22

Die Straßen und Gassen waren leer. Irgendwo weit entfernt von mir verkündete ein Nachtwächter, dass die zehnte Stunde angebrochen war. Ich versuchte, in den Schatten der Häuserwände zu bleiben, als ich mich auf den Weg zum Kloster machte. Die Nacht war warm, die leichte Brise trocknete den Schweiß auf meiner Haut und vertrieb das Durcheinander meiner Gedanken.

Ich achtete darauf, nicht die breiten Straßen zu nehmen, in denen ich Patrouillen vermutete, sondern nur schmale Gassen und Nebenstraßen. Obwohl ich langsam ging, glaubte ich, meine Schritte von den Wänden widerhallen zu hören. Es war, als würde die ganze Stadt auf mich lauern.

Ich orientierte mich am Turm des Doms, den ich immer mal wieder über den Hausdächern sah. Solange er rechts von mir blieb, ging ich in die richtige Richtung, dem Kloster entgegen. Ich verkniff mir ein Lachen, als mir klar wurde, dass der Ort, in dem ich wie in einem Kerker gesessen hatte, nun zu meiner einzigen Zuflucht geworden war.

Irgendwo knarrte etwas, jemand zischte scharf, und es klang sehr nahe. Ich drückte mich rasch in einen Hauseingang und verbarg das Gesicht hinter meinem dunklen Umhang

»Pass doch auf«, sagte eine Frau, leise, aber wütend.

»Der verdammte Karren ist zu schwer«, antwortete ein Mann. Er keuchte bei jedem Wort.

Vorsichtig streckte ich den Kopf vor, bis ich um die Ecke des Hauseingangs blicken konnte. Die kleine Gruppe dunkel vermummter Gestalten stand nur wenige Schritte von mir entfernt an der Kreuzung zweier Gassen. Sie waren zu fünft. Alle trugen hohe Körbe auf dem Rücken. Zwischen ihnen stand ein Karren. Im Sternenlicht sah ich, dass man ihm Decken um die Räder gewickelt hatte, wahrscheinlich, um die Geräusche zu dämpfen.

»Je schwerer, desto besser.« Die Frau sah sich um. Ich zog den Kopf zurück.

»Das sagst du nicht mehr, wenn sie uns erwischen.« Wieder der Mann.

»Hört mit dem Gerede auf«, sagte eine neue Männerstimme. »Die Patrouille kommt gleich.«

Ich wagte wieder einen Blick um die Ecke und sah, dass zwei der Gestalten die Decke, die von einem der Räder gerutscht war, mit Stricken festzogen. Die anderen standen um sie herum und warteten. Im Sternenlicht konnte ich erkennen, dass der Korb, den die schlecht gelaunte Frau auf dem Rücken trug, voll mit Zwiebeln und Gurken war. Zwar gab es überall in der Stadt Gärten, aber mir fiel kein Grund dafür ein, selbst geerntetes Gemüse während der nächtlichen Sperrstunde durch die Stadt zu tragen.

Das sind Schmuggler, dachte ich. *Ihre Ware stammt von draußen.*

Ich konnte mir nicht vorstellen, wie sie all das an den Wachen vorbeigeschmuggelt hatten, geschweige denn, wie sie durch eins der geschlossenen Tore gekommen sein sollten, aber es musste ihnen irgendwie gelungen sein.

Wenn sie Waren schmuggeln konnten, warum dann keine Menschen?

Ich wartete, bis sich die Schmuggler mit ihrem Karren wieder in Bewegung gesetzt hatten, bevor ich den Hauseingang verließ. Die Kreuzung war nur wenige Schritte entfernt. Als ich dort ankam, sah ich nach rechts in eine kleine Gasse hinein. Die Schmuggler verschwanden gerade hinter einer Biegung. Einen Moment zögerte ich, dann folgte ich ihnen, ging immer dem dumpfen Knarren des Karrens hinterher.

Vier Biegungen lang blieb ich hinter ihnen, und wenn sie sich umdrehten, schlüpfte ich in Hauseingänge oder verharrte in einem Schatten. Die Frau war misstrauisch. Immer wieder sah sie zurück, ging einmal sogar einige Schritte auf mich zu, bevor sie den Kopf schüttelte, als wäre sie mit sich selbst unzufrieden, dann kehrte sie zu den anderen zurück.

An der nächsten Kreuzung verlor ich die Schmuggler.

Einen Moment lang hörte ich sie noch, im nächsten herrschte Stille. Ich ging langsam auf die Kreuzung zu, aus Angst, ihnen plötzlich gegenüberzustehen, aber die Sorge war unbegründet, das erkannte ich, als ich die Kreuzung überblicken konnte. Die Gasse, durch die sie gegangen waren, schlängelte sich weiter an ärmlichen, heruntergekommenen Hütten entlang, eine zweite durchschnitt sie, aber auch auf ihr war niemand zu sehen.

Verwirrt drehte ich mich um, blickte dann zu Boden in der Hoffnung, wenigstens die Karrenspuren im Schmutz zu finden. Doch da war nichts, keine eingegrabene Rille, keine Fußspur.

Mein Blick fiel auf etwas Kleines, das in der Mitte der Kreuzung lag. Als ich näher herankam, erkannte ich, dass dort eine Gurke lag, umgeben von einem Ring aus Zwiebeln.

Ein Geschenk, dachte ich. *Ein Geschenk, um mich zu verhöhnen.*

Die ganze Zeit über mussten sie gewusst haben, dass ich ihnen folgte. Das Misstrauen der Frau, die Ahnungslosigkeit ihrer Begleiter – nichts als Schauspielerei.

Am liebsten hätte ich die Zwiebeln in die nächste Abflussrinne getreten, doch stattdessen bückte ich mich und hob sie und die Gurke auf. Ich wollte mir die Enttäuschung und den Ärger, den ich fühlte, nicht anmerken lassen, denn wer konnte schon sagen, wer hinter den dunklen Fensterlöchern der Hütten hockte und mich beobachtete.

Ich prägte mir die Kreuzung ein, versuchte auch den Weg zu

behalten, den ich genommen hatte, dann suchte ich erneut die Domspitze über den Häusern und machte mich auf den Weg zum Kloster.

Die elfte Stunde war bereits angebrochen, als ich die Mauern am Ende der Straße auftauchen sah. Keine einzige Patrouille war mir begegnet, nur einmal hatte ich Männer in der Ferne rufen gehört. Es würde nicht schwer sein, auf das Klostergelände zu gelangen, so wie es auch nicht schwer gewesen war, sich vom Klostergelände zu stehlen, denn die Mauer war an einigen Stellen brüchig und leicht eingefallen oder von Ranken überwuchert, die einem Halt beim Klettern gaben.

Ich dachte an die Nonnen, die in ihren Zellen schliefen, fragte mich, was sie wohl gedacht hatten, als man ihnen mitgeteilt hatte, dass ich verschwunden war. Bestimmt würden mich nicht viele vermissen, ebenso wenig wie ich sie. Die meisten hatten den ganzen Tag über wahrscheinlich getratscht, taten es vielleicht immer noch, heimlich und hinter zugezogenen Vorhängen, die Hände auf die Laken gelegt. Dieses Leben erschien mir bereits fremd und seltsam, obwohl es erst wenige Stunden hinter mir lag.

Als ich mich dem Ende der Gasse näherte, hörte ich Stimmen. Sie kamen von links, von dort, wo sich die Hauptpforte des Klosters befand. Ich ging bis zu einer Hausecke und warf einen Blick in die Straße. Was ich sah, ließ mich erschrocken zurückweichen.

Soldaten.

Nicht nur drei oder vier wie bei einer Patrouille, sondern ein ganzes Dutzend.

Sie standen vor der Pforte und sprachen mit Schwester Johannita und Mutter Immaculata. Es konnte kein Zufall sein, dass sie in dieser Nacht zum Kloster gekommen waren. Ich wusste, dass es um mich ging.

Aber warum?, dachte ich, während ich zurückging und in eine Gasse einbog, die zur anderen Seite des Klosters führte. Es war kein

Verbrechen, die Novizinnentracht abzulegen und einen Orden zu verlassen, solange man noch nicht geweiht war. Und meine Liebschaft zu Jacob war zwar eine Sünde, für die ich irgendwann einmal büßen würde, aber kein weltliches Verbrechen. Es musste um etwas anderes gehen.

Ich lief an der Mauer entlang, bis ich den Obsthain erreichte. Die Wurzeln und Äste der Kirschbäume hatten das Mauerwerk an einigen Stellen beschädigt und Steine nach außen gedrückt und zerbrechen lassen. Ich nahm mein Kleid in beide Hände, zog es hoch und band es mit dem Strick, der meine Schürze hielt, zusammen. Dann kletterte ich an den Vorsprüngen nach oben und schwang mich über die Mauerkrone. Der Boden unter mir war dunkel. Ich konnte nicht sehen, ob dort etwas lag, aber ich nahm meinen Mut zusammen und sprang.

Ich landete in weichem Erdreich, stolperte über eine Wurzel und fing mich dann wieder. Zweige knackten unter meinen Sohlen.

Es roch nach Gras und süßem Obst. Ich löste den Knoten, der mein Kleid gehalten hatte, und ließ es bis über meine Knöchel fallen. Mein Atem wurde langsamer, und ich entspannte mich. In den Gärten kannte ich mich aus. An diesem Ort gab es nichts, vor dem ich Angst haben musste.

Die schwarzen Umrisse eines Werkzeugschuppens tauchten zwischen den Bäumen auf. Ich ging darauf zu, öffnete die Tür und schlüpfte hinein. Schwester Agnes und ich hatten ihn erst vor kurzem mit einigen Konversinnen gebaut, und er roch immer noch nach frisch gesägten Brettern und Harz.

Ich ließ die Tür offen stehen, bis sich meine Augen an die Dunkelheit gewöhnt hatten. Eine Schaufel, eine Harke und ein paar leere Fässer, mehr war in dem Schuppen nicht untergebracht. Für mich blieb genügend Platz.

Bevor ich die Tür zuzog, warf ich noch einen Blick nach draußen. Wie ein düsteres Gebirge ragten die Klostergebäude in den Himmel. Kein Licht erhellte die Fenster, kein Laut drang aus ihren

Mauern zu mir in den Garten. Die Menschen darin kamen mir vor wie Verschüttete, begraben unter Tonnen von Regeln und Stein.

Nie wieder, dachte ich, als ich die Tür schloss. *Nie, nie wieder.*

Die Nacht war warm und der Boden weich, trotzdem fand ich kaum Schlaf. Bei jedem Glockenschlag schreckte ich hoch, überzeugt davon, eine Andacht zu verpassen oder zu spät zum Gottesdienst zu kommen. Schwester Johannita verfolgte mich in meinen Träumen in der Uniform eines Soldaten und dem Schleier einer Nonne, und immer wieder hörte ich von Wallnens Stock auf Kopfsteinpflaster pochen.

Als das erste graue Licht des neuen Tages durch die Ritzen des Schuppens drang, schlug ich den Umhang zurück, der mir als Decke gedient hatte, und setzte mich auf. Ich zog Müdigkeit den wirren Träumen vor.

In dem Schlauch, den ich am Vortag gefüllt hatte, war noch etwas Bier. Ich trank es und aß dazu den letzten Rest Brot und eine der Zwiebeln, die mir die Schmuggler hinterlassen hatten. Dann stand ich auf und sah durch einen der Spalten nach draußen.

Frühnebel hing zwischen den Bäumen und über dem Gras. In der Kapelle läutete die Glocke und forderte die Nonnen auf, zur Laudes zu gehen.

Ich warf mir den Umhang über und setzte die Kapuze auf. Eine günstigere Zeit, um nach etwas zu essen zu suchen, gab es nicht. Die Arbeit in den Gärten begann erst nach der Laudes, selbst die Konversinnen, die nicht zum Küchendienst eingeteilt waren, durften solange ruhen.

Die Tür knarrte, als ich sie öffnete. Frische feuchte Luft kühlte mein Gesicht und vertrieb die Müdigkeit. Geduckt lief ich durch den Garten, achtete darauf, nahe der Bäume zu bleiben und dem Schlafsaal der Konversinnen mit seinen vielen Fenstern nicht zu nahe zu kommen. Wie eine Diebin schlich ich zu den Kellern, dessen Türen direkt in den Garten mündeten. Es war ein seltsames

Gefühl, ein wenig aufregend, ein wenig lächerlich, fast so wie ein Kinderspiel, für das man eigentlich schon zu alt war.

Die erste Tür, die ich zu öffnen versuchte, war nicht verriegelt, so wie ich erwartet hatte. Dahinter befand sich ein kleiner Raum, an dessen Wänden Holzkörbe für die Obsternten standen. Ich trat durch die Tür am Ende des Raums in einen schmalen Gang. Die Kapelle lag auf der anderen Seite des Klosters, so weit entfernt, dass ich den Gesang der Nonnen nicht hören konnte.

Rasch ging ich hinauf zur Küche. Mir begegnete niemand, und auch die Küche war leer. Ich füllte meinen Trinkschlauch mit Bier und steckte Zwiebeln, Kirschen und ein paar von den Pilzen ein, die in Körben auf den Arbeitsplatten standen. Ich war nicht gierig, nahm nur so viel, dass es, wie ich hoffte, nicht auffallen würde. Dann zog ich die Küchentür hinter mir zu. Die Andacht konnte nicht mehr lange dauern. Ich musste mich beeilen.

»Ketlin?«

Ich erschrak so sehr, dass mir alles, was ich in den Händen hielt, entglitt. Kirschen fielen auf den Boden und zerplatzten, Zwiebeln rollten über die Steine und blieben vor nackten, schmutzigen Füßen liegen.

Mein Herz raste, das Blut rauschte in meinen Ohren. »Schwester Agnes, ich …«

Sie ließ mich nicht ausreden. »Was machst du denn hier? Hat der Herr dir den Verstand genommen?«

Ihre Worte erschienen mir übertrieben, trotzdem bückte ich mich und begann die Dinge, die ich fallen gelassen hatte, aufzuheben. »Es ist doch nur ein wenig Obst, Pilze und Zwiebeln. Ich lege es zurück, wenn du willst.«

»Wegen mir könntest du die ganze Küche leer räumen.« Schwester Agnes sah sich um. »Ich verstehe nur nicht, wieso du ausgerechnet hierher gekommen bist, nach al…« Sie unterbrach sich.

Ich hob den Blick. »Nach was?«

»Großer Gott, du weißt es gar nicht. Komm.«

Sie half mir, die letzten Kirschen aufzulesen, dann ergriff sie meinen Oberarm und zog mich in einen der kleineren Nebengänge. Über Umwege, die ich selbst nach einem halben Jahr im Kloster nicht kannte, gelangten wir zu den Kräutergärten. Schwester Agnes war bereits außer Atem, als wir dort ankamen, aber sie ging auf meine Bitte, doch endlich stehen zu bleiben und mir zu sagen, was geschehen war, nicht ein.

Sie zog mich mit sich in die kleine Hütte, in der sie die Kräuter, die wir … die *sie* erntete, zum Trocknen auslegte, schloss die Tür hinter mir und setzte sich schwer atmend auf einen viel zu kleinen Schemel. Ich reichte ihr meinen Trinkschlauch, aber sie winkte ab.

»Gestern Abend kamen Soldaten ins Kloster«, sagte Schwester Agnes. »Sie waren auf der Suche nach dir. Schwester Ysentrud wollte sie zuerst nicht einlassen, aber dann kamen Schwester Johannita und Mutter Immaculata hinzu und gestatteten ihnen Einlass.«

»Was wollten sie denn von mir?«, fragte ich kopfschüttelnd.

Sie sah mich an. In ihren alten trüben Augen entdeckte ich Unverständnis und Mitleid. »Sie wollten dich verhaften. Sie sagten, du seist eine Hexe.«

Das Wort traf mich wie ein Schlag. Meine Wangen brannten, und auf einmal glaubte ich wieder den Rauch in der Hütte meiner Mutter zu riechen und die Rufe zu hören. »Was?«

Schwester Agnes fuhr sich mit der Hand durchs Gesicht. »Sie haben das ganze Kloster durchsucht und auch die Zellen. In deiner fand einer von ihnen eine Art Buch mit Zeichnungen und Beschreibungen. Sie sagten, das seien Anleitungen für Gifte und Zaubertränke. Teufelswerk.«

Sie machte eine Pause, wartete auf eine Erklärung.

»Ich habe nur Kräuter aufgemalt und beschrieben, damit andere davon lernen können. Das ist alles.«

»Und warum hast du es dann versteckt?«

»Weil …« Ich brach ab, war zu aufgeregt, um zu lügen. Stattdessen hob ich die Schultern. »Ich weiß nicht.«

Etwas im Blick von Schwester Agnes veränderte sich. »Und was ist mit dieser Frau, dieser Cecilie?«

Einen Moment lang wusste ich nicht, wen sie meinte, dann erinnerte ich mich an jene Frau, die sich Erasmus angeboten hatte, um eine Pestmaske für ihre Kinder und sich zu erstehen. »Was soll mit ihr sein?«

»Die Soldaten sagen, du hättest mit ihr gesprochen, das hätten viele gesehen, und kurz danach fand man sie auf dem Dachboden ihres Hauses.« Sie bekreuzigte sich. »Sie hat sich erhängt.«

»Sie ist … *tot?*« Ich musste mich an der Wand festhalten, sonst wäre ich gestürzt, denn mit einem Mal wurde mir ganz schwindelig. Es kam mir so vor, als hätte ich selbst eine Schlinge um den Hals, die sich mit jedem Wort, das Schwester Agnes sprach, weiter zuzog. »Ich wollte ihr doch nur helfen …«

Schwester Agnes schwieg.

Die Stille hing schwer und anklagend in der Hütte. Meine Knie wurden weich. Ich setzte mich auf den Boden, presste den Rücken gegen die Tür und schloss die Augen. »Ich … bin keine Hexe …«, sagte ich leise. »Ich weiß noch nicht einmal, was eine Hexe tut.«

Ich hatte keine Antwort darauf erwartet und erhielt auch keine. Draußen begannen die Vögel zu singen, im Inneren der Hütte hörte ich nur Schwester Agnes' schnaufenden Atem und die Stimme in meinen Gedanken, die unablässig die gleiche Frage stellte: *Was soll ich denn jetzt tun?*

Schließlich öffnete ich die Augen und sah die alte Nonne an. »Glaubst du mir, Agnes?«

»Ja«, sagte sie nach einem Moment. »Du bist keine gute Nonne. Du bist sogar eine sehr schlechte Nonne. Aber das macht dich nicht zu einer Gespielin des Teufels.« Sie strich sich mit ihren faltigen alten Händen über die Tracht. »Es gibt jedoch solche, die alles Schändliche glauben wollen, was sie über ihren Nächsten hören. Manche davon leben hinter diesen Mauern.«

Sie musste keine Namen nennen, ich konnte mir denken, wen sie meinte.

»Du hast es ihnen leicht gemacht, Ketlin, hast dich zum Außenseiter machen lassen, und schließlich, als dir alles zu viel wurde, bist du vor denen geflohen, die dich nicht anerkennen wollten«, fuhr Schwester Agnes fort. »Du wolltest dich deiner Prüfung nicht stellen, aber vor unserem Herrn kann niemand fliehen.«

Die Stimme in meinem Kopf wurde so laut, dass ich ihre Worte aussprechen musste. »Was soll ich denn nur tun?«

Von ihrem Schemel sah Schwester Agnes zu mir hinunter. Sie schien mit sich zu ringen, lächelte nach einer Weile jedoch. »Mach dir keine Sorgen, uns fällt schon etwas ein.«

Uns. In diesem Moment hätte ich das Wort nicht einmal mit Gold aufwiegen können. Es bedeutete, dass jemand an meiner Seite stand und zu mir hielt.

Es bedeutete, dass ich nicht allein war.

Kapitel 23

Abwarten – das war es, was Schwester Agnes einfiel.

Gegen Mittag brachte sie mir Decken und Kleidung zum Wechseln, die aus dem Fundus für die Armen der Stadt stammten.

»Du bist arm, oder nicht?«, sagte sie, als ich das Kleid mitsamt Unterkleid und Schürze nicht annehmen wollte. »Würde ich dir nicht helfen, müsstest du auf der Straße betteln.«

Da niemand außer ihr und mir den Kräutergarten pflegte und aberntete, betrat auch niemand die Hütte. Schwester Agnes schlug mir vor, dort zu bleiben, bis die Stadttore wieder geöffnet wurden. »Ich werde mich solange um dich kümmern.«

Mir war klar, dass sie sich damit in Gefahr brachte, trotzdem wehrte ich ihr Angebot nur halbherzig ab. »Aber das kann noch Monate dauern. So lange kann ich mich doch nicht hier verstecken.«

Schwester Agnes jedoch schüttelte den Kopf. »Ein paar Wochen, wenn nicht sogar weniger. Sobald die Reichen nicht mehr satt werden, öffnet der Rat die Tore. Das wird schneller passieren, als du denkst.«

Sie hatte recht, ich musste bleiben, denn es gab keinen anderen Menschen, an den ich mich wenden, und keinen anderen Ort, wo ich hingehen konnte.

Gemeinsam schichteten wir das Stroh auf, das sie mitgebracht hatte, und breiteten die Decken darauf aus. »Ein paar Wochen, dann wirst du Coellen verlassen und in ein Kloster irgendwo auf dem Land eintreten«, sagte sie. »Ich werde ein gutes für dich aussuchen, eines, wo man dich als Beginin aufnehmen und dein Wissen schätzen wird. Du musst dich nur ein wenig zusammenreißen, dann liegt ein gutes Leben vor dir, du wirst schon sehen.«

Es klang, als beschriebe sie einen Traum, der sich für sie nie erfüllt hatte. Ich lächelte und dankte ihr, tat so, als wäre ihr Traum auch der meine. Es brach mir fast das Herz, dass ich sie belügen musste, doch selbst Agnes durfte nie von Jacob erfahren – und von *meinem* Traum, der für sie sicherlich geklungen hätte, als habe der Teufel selbst ihn mir eingeflüstert.

»Du musst mir nicht danken«, sagte die alte Nonne, aber ich sah, dass sie sich über meine Worte freute. »Christus will, dass wir einander helfen, und wenn es andersherum wäre, würdest du das Gleiche für mich tun.«

»Das hoffe ich«, sagte ich.

Wir beteten gemeinsam darum, dass Gott uns die Weisheit schenken möge, die richtigen Entscheidungen zu treffen, dann ließ mich Agnes in die Kräuterhütte zurück.

Ich blieb den Rest des Tages dort und schlief gut in dieser Nacht, besser als in der ersten, und wurde erst wach, als die Glocke zur Laudes rief. Ich wusch mich, packte einige Vorräte für den Tag zusammen, zog die Kapuze meines Umhangs tief ins Gesicht und machte mich durch eine Lücke in der Mauer auf den Weg in die Stadt.

Mein neuer Tagesablauf wurde schon bald zur Gewohnheit. Ich ging die vier Stadttore ab und hielt Ausschau nach Jacob, bis es Abend wurde. Dann nahm ich den Weg, auf dem ich die Schmuggler gesehen hatte, zurück zum Kloster.

Ich sprach mit niemandem und hielt den Kopf stets gesenkt, trotzdem begannen mich diejenigen, denen ich jeden Tag begegnete, nach einer Weile zu grüßen, unter ihnen auch die Soldaten an den Toren. Anfangs fürchtete ich noch, einer von ihnen würde mich erkennen oder anfangen, Fragen zu stellen, aber sie ließen mich in Ruhe.

Nach Sonnenuntergang kehrte ich zu der Kräuterhütte zurück. An manchen Abenden wartete Agnes auf mich, um mir den neuesten Klatsch aus dem Kloster zu erzählen. Ein Priester hatte einen Exorzismus in meiner Zelle abgehalten, nachdem Klara und Alfonsa über Albträume geklagt hatten, eine Novizin, die nur zwei Tage nach meiner Flucht ihr Gelübde abgelegt hatte, war schwanger und weigerte sich, den Vater zu benennen, und Mutter Immaculata sorgte sich um die Disziplin im Kloster.

»Das ist keine Frau, das ist eine Fleisch gewordene Benediktinerregel«, sagte Agnes mehr als nur einmal. Der Vergleich schien ihr zu gefallen.

Sie wusste, dass ich den Tag in der Stadt verbrachte, aber sie fragte nie nach dem Grund, was mich erleichterte, denn ich wollte sie nicht noch mehr belügen. Ich erzählte ihr, was ich dort sah, von den Soldaten, die in immer größeren Gruppen durch die Stadt patrouillierten, und von den toten Ratten und dem Gestank, der in den Gassen hing. Und ich erzählte ihr von den Masken, hinter denen die Reichen ihre Gesichter verbargen.

»Das nimmt kein gutes Ende«, sagte Schwester Agnes. »Sie sollten um die Vergebung ihrer Sünden beten und nicht darauf hoffen, dass ihr Geld sie vor der Strafe Gottes bewahren könnte.«

»Dann glaubst du, dass die Seuche kommen wird?«, fragte ich. Der Gedanke machte mir Angst. In manchen Nächten träumte ich immer noch von den Kranken, die ich in unserem Dorf gesehen hatte.

»Das weiß Gott allein. Im Hospital sind nicht mehr Kranke als gewöhnlich, und wir beten immer noch jeden Tag darum, verschont zu werden.« Sie lächelte. »Es wäre gut, wenn du auch darum beten würdest. Gott hat dich nicht verstoßen. Erinnere dich an das Gleichnis vom verlorenen Sohn: Du kannst jederzeit zu Gott zurückkehren, wenn du es nur wirklich willst, und er wird dich als seine Tochter mit Freuden wieder aufnehmen. Denke stets daran.«

Doch das Beten fiel mir schwer, obwohl ich Agnes zuliebe wenigstens zweimal am Tag zu Gott zu sprechen versuchte. Egal, was sie sagte, ich war mir sicher, dass ich Gott schwer enttäuscht hatte.

Trotz allem gab ich die Hoffnung nicht auf – weder die, dass uns die Seuche verschonen würde, noch die, dass Jacob eines Morgens vor einem der Stadttore stand.

Sechzehn Tage war es bereits her, als ich eines Abends durch die Gassen, in denen ich die Schmuggler verloren hatte, zurück zum Kloster ging. Sechzehn Tage, und ich hatte immer noch nichts erreicht.

Der Sommerabend war regnerisch und kühl. Am Nachmittag war das Wetter umgeschlagen, und seitdem zogen dunkle, fast schwarze Wolken über den Himmel. Zweimal hatte es bereits geregnet, Pfützen standen auf den Wegen, die Fäkalienrinnen quollen über. Ich raffte den Rock und versuchte, die schlimmsten Hindernisse zu umgehen.

Meine Gedanken kreisten um die Zukunft, vielleicht hörte ich deshalb die Rufe erst, als sie direkt hinter mir erklangen.

»Stehen bleiben!«

Ich fuhr herum – und sah die Soldaten!

Doch sie waren nicht hinter mir her, sondern hinter zwei Männern mit großen Körbe auf den Rücken, die mit Tüchern bedeckt und mit Stricken gesichert waren. Die beiden liefen direkt auf mich zu. Die Soldaten, von denen sie verfolgt wurden, hatten ihre Schwerter gezogen. Ohne die Körbe wären die Flüchtenden den Soldaten in ihren schweren Rüstungen sicherlich entkommen, doch so waren sie kaum schneller als ihre Verfolger.

Ich erkannte einen der Männer wieder. Er war bei den Schmugglern gewesen, die ich an jenem Abend gesehen hatte, nachdem ich mich aus dem Kloster geschlichen hatte. Die Menschen, die sich sonst noch in der Gasse befanden, wichen ihnen aus, sprangen in Hauseingänge und drückten sich an die Häuserwände, um nicht in das Geschehen verwickelt zu werden. Niemand öffnete die Tür, um sie einzulassen oder nachzusehen, was in der Gasse vor sich ging.

Die Soldaten waren nicht hinter mir her, und dennoch lief auch ich los, als die Verfolgten auf einer Höhe mit mir waren. Im Nachhinein war mir klar, dass dies ein Fehler war, aber beim Anblick der Soldaten erfasste mich Panik, weil ich befürchtete, sie könnten mich als die angebliche Hexe erkennen, die sie suchten.

Die beiden Flüchtenden drehten überrascht die Köpfe, als ich mich ihnen plötzlich anschloss, den Rock gerafft, damit ich nicht darüberstolperte, den Blick nach vorn in die Gasse gerichtet. Ich hörte die Soldaten hinter mir keuchen. Sie würden das Tempo nicht mehr lange halten können.

Wir bogen um eine Biegung – und vor mir versperrte ein querstehender Karren die Gasse!

Ich sprang über die Deichsel. Der Mann hinter mir schrie erschrocken auf. Möhren rollten an mir vorbei über den Boden. Der andere Mann fluchte.

Ich sah mich nach ihnen um. Einer der beiden war über die Deichsel gestolpert und gestürzt. Sein Korb hing schief auf seinen Schultern, Möhren und Zwiebeln ergossen sich daraus in die Gasse, und ich sah gefalteten Stoff, der darunter verborgen gewesen war. Der zweite Mann versuchte seinem Kumpan aufzuhelfen, aber sein eigener Korb war zu schwer und verhinderte, dass er in die Knie gehen konnte.

Gesichter tauchten in den Fensterlöchern auf, schmutzig und misstrauisch. Ich befand mich in einem der ärmlichen Viertel der Stadt. Niemand mischte sich in die Angelegenheiten Fremder ein, wenn es keinen Grund dafür gab.

»Schütte den Korb aus!«, rief ich, denn hinter der Biegung vernahm ich bereits die Schritte der Soldaten.

Die beiden Männer – der am Boden war bärtig und klein, der

andere groß und beinahe kahl – beachteten mich nicht. Der große versuchte immer noch, seinen Begleiter hochzuziehen, während der sich bemühte, nicht auch noch den Rest seiner Waren zu verlieren.

»Ausschütten!«

Mit zwei Schritten war ich bei ihnen. Der kleinere duckte sich, als er sah, wie ich mit dem Bein ausholte. Im nächsten Moment krachte mein Fuß gegen den Korb, mit einer solchen Wucht, dass einer der Riemen riss, und der Korb rutschte von den Schultern des Mannes. Obst, Gemüse und zwei erlegte Kaninchen fielen heraus.

Ich fasste den Mann am Ellenbogen, zog ihn gemeinsam mit seinem Begleiter auf die Füße. Um uns herum wurden Türen geöffnet, und Kinder, angetrieben und geschubst von ihren Eltern, stolperten in die Gasse, um die Waren aufzulesen.

Innerhalb weniger Lidschläge wimmelte es in der Gasse von sich balgenden Kindern, die einander wegstießen und versuchten, so viel an sich zu raffen, wie sie nur konnten.

»Aus dem Weg!«, schrie ein Soldat hinter mir. »Im Namen der Stadt Coellen!«

Ich zog den gestürzten Mann hinter mir her. Er drehte sich um, wollte offenbar wenigstens noch den Korb retten, der unter den Karren gerollt war, doch sein Kumpan stieß ihn an und schrie: »Weiter!«

Wir liefen durch die schmaler werdende Gasse. Die Soldaten hinter uns schrien Drohungen und schlugen mit den Schwertern auf ihre Schilde, aber sie kamen nicht schnell genug an den Kindern vorbei.

Ich folgte den Schmugglern durch ein Wirrwarr aus Gassen und Zwischenräumen, die beinahe zu schmal für uns waren.

Schließlich hatten wir die Soldaten abgehängt, und die beiden Flüchtenden blieben schwer atmend stehen. Der kleinere musterte mich unter zusammengezogenen Augenbrauen.

»Das war nicht dumm«, sagte er. »Teuer, aber nicht dumm.«

Ich hob die Schultern, ließ den Rock über meine schmutzbespritzten Beine sinken und strich ihn glatt. Wir standen in einem kleinen Innenhof, umgeben von halb verfallenen Hütten, aus denen man die Türen und Fenstervorhänge gestohlen hatte. Ich glaubte nicht, dass noch jemand dort lebte.

»Warum bist du gerannt?«, fragte der größere misstrauisch.

Einen Moment dachte ich darüber nach, ihm zu erzählen, dass auch ich von den Soldaten gesucht wurde, doch Hexerei war ein schweres Verbrechen, und vielleicht hatte Wilbolt sogar eine Belohnung auf mich ausgesetzt.

»Ich wollte euch helfen, weil ich eure Hilfe brauche«, sagte ich stattdessen.

»Wobei?«

Ich wollte verhindern, dass er mich abwies, also schüttelte ich den Kopf und sagte: »Das werde ich dem erklären, der für euch spricht.«

Die beiden Männer sahen sich an, der kleinere Rat suchend, der größere zögernd. Ich biss mir auf die Unterlippe.

»Also gut.« Zu meiner Erleichterung nickte der größere. »Aber ich kann dir nicht versprechen, dass wir dir auch wirklich helfen werden.«

»Oder können«, warf sein Kumpan ein. Er wischte sich das schweißnasse Haar aus dem Gesicht und wandte sich einer der Hütten zu. »Komm.«

Ich blieb hinter den Schmugglern, als sie durch einen leeren Türrahmen ins Innere der Hütte traten. Überall lag Unrat herum und Teile des halb eingestürzten Dachs. Der größere blieb in einer Ecke stehen und schob einige Trümmer mit dem Fuß beiseite. In der Hütte war es gerade noch so hell, dass ich das hölzerne Viereck sehen konnte, das darunter zum Vorschein kam, und den Eisenring darin.

Eine Falltür, erkannte ich, noch bevor er sie öffnete und sie sich lautlos in den Scharnieren bewegte. Ich sah auch, dass die Ränder mit Stoff abgedichtet waren.

Der hochgewachsene Schmuggler bemerkte meinen Blick. »In unserem Geschäft kann man nicht vorsichtig genug sein«, sagte er, dann stieg er, den Korb immer noch auf dem Rücken, die Leiter hinab.

Der kleinere Schmuggler zeigte mit dem Kinn in die dunkle Bodenöffnung. Er stand zwischen mir und dem einzigen Ausgang der Hütte. »Nach dir.«

Ich folgte seinem Kumpan die Leiter hinunter. Sie war länger, als es von oben den Anschein gehabt hatte. Kühle Luft stieg an meinen Beinen empor und streifte auch mein Gesicht, konnte aber das ungute Gefühl nicht vertreiben, das bei jedem Schritt, den ich nach unten tat, größer wurde.

Der hochgewachsene Schmuggler wartete auf mich am Fuß der Leiter. Er hatte eine Fackel entzündet, mit der er leuchtete. Über mir schloss der zweite Schmuggler die Falltür und folgte mir.

»Wenn du jemals anderen von diesem Ort erzählst«, sagte er, als er die letzte Sprosse hinter sich ließ, »wirst du unter elenden Schmerzen sterben.« Seine Stimme hatte einen drohenden Ton angenommen. »Wir finden jeden. Jeden.«

Ich nickte, ohne etwas zu sagen.

»Mach ihr keine Angst«, sagte der große. Er rückte den Korb auf seinem Rücken zurecht. Ich bemerkte den schmutzigen Stoffrest, den er sich um eine Hand gewickelt hatte und der braune, feucht wirkende Flecke aufwies.

»Ist das Blut?«, fragte ich.

Er warf einen Blick auf seine Hand, ballte sie zur Faust, wie um mir zu beweisen, dass alles damit in Ordnung war, und hob die Schultern. »Ich hab mich vor ein paar Tagen geschnitten. Ist nichts weiter.«

»Wenn du möchtest, sehe ich mir die Wunde mal an. Ich kenne mich aus mit so etwas.«

Meine Worte klangen anbiedernd, und er fasste sie auch genauso auf. »Mach dir um mich mal keine Sorgen«, sagte er, während er mit der Fackel in den Gang vor uns hineinleuchtete.

Ich zuckte zusammen, als ihr Licht lange Schatten aus der Dunkelheit riss. Im ersten Moment glaubte ich, Menschen zu sehen, doch dann erkannte ich, dass es Statuen waren, die in kleinen Alkoven entlang des Gangs standen. Sie waren so groß wie Kinder. Allen fehlten die Köpfe.

Der hochgewachsene Schmuggler ging an ihnen vorbei wie ein Offizier an seiner Truppe. Staub und Schmutz bedeckten die Statuen, doch hier und dort entdeckte ich eine fein behauene Hand oder einen nackten Fuß im flackernden Schein der Fackel. So lebensecht wirkten sie, dass es mich nicht gewundert hätte, wären sie aus ihren Alkoven getreten.

»Was ist das?«, fragte ich.

»Heidnisches Teufelszeug«, antwortete der kleine hinter mir. Ich hörte, wie er ausspuckte. »Sie standen schon hier, als wir den Schacht entdeckten.«

»Wir haben ihnen die Köpfe abgeschlagen.« Der große leuchtete in einen Alkoven hinein, als wolle er mir zeigen, dass er die Wahrheit sagte. »Jetzt kann der Teufel uns nicht mehr durch ihre Augen beobachten.«

»Seitdem haben wir auch weniger Pech als früher«, fügte sein Kumpan hinzu. »Am liebsten würde ich sie zu Staub zerschlagen.«

Die beiden Schmuggler, die sich mir als Paul – so hieß der große – und als Georg – das war der kleine – vorstellten, führten mich durch den Stollen, bis wir in eine große Höhle gelangten. An den Wänden stapelten sich Kisten und Säcke. Einige waren geöffnet, und ich sah, dass sich darin Äpfel, Stockfisch und Zwiebeln befanden. Dazwischen standen Stoffballen und Fässer mit Butter, Pökelfleisch, Gewürzen und Wein.

Ein Vermögen ist das alles wert, dachte ich.

Im hinteren Teil der Höhle sah ich mehrere Tische, an denen

lange Bänke standen, sowie über ein Dutzend mit Vorhängen abgetrennter Holzverschläge, in denen sich Schlafstätten befanden. In einem offenen Verschlag sah ich zwei kleine Kinder auf einer Strohmatratze mit einer Katze spielen, in einem anderen nähte eine Frau im Licht einer Öllampe. Bei den meisten Verschlägen waren jedoch die Vorhänge zugezogen, sodass man nicht hineinsehen konnte. Es gab noch einen zweiten Gang, in dem der Schein einer Fackel flackerte, aber ich konnte nicht sehen, wohin er führte.

»Ist er da?«, fragte Paul so laut, dass ich zusammenzuckte.

Die Kinder beachteten ihn nicht, nur die Frau sah von ihrem Nähzeug auf. Sie hatte dunkelblondes, von grauen Strähnen durchsetztes Haar und wirkte älter, als sie wahrscheinlich war.

»Nein«, sagte sie. Ihr Blick fiel auf mich. »Wer ist das?«

Paul setzte den Korb ab und streckte sich. »Eine Bittstellerin.«

Die Frau hob die Augenbrauen. »Bittstellerin? Sind wir jetzt bei Hof?«

»Ach, du weißt, wie ich das meine, Femeke.« Paul winkte mit seiner verbundenen Hand ab und verzog im nächsten Moment das Gesicht. Die Verletzung schmerzte ihn also doch, auch wenn er es nicht zugeben wollte. »Hast du wenigstens Czyne gesehen?«

»Sie ist hinten.« Femeke sah mich immer noch an. Ich fühlte mich unwohl unter ihrem Blick. »Aber ich glaube, es wäre vielleicht besser zu warten, bis …«

»Wieso sehe ich nur einen Korb?« Die Stimme klang schneidend und scharf wie ein Messer.

Ich fuhr herum, ebenso wie Paul und Georg. Die Frau, die mit einer Öllampe in der Hand aus dem schmalen Gang zu meiner Rechten trat, erkannte ich sofort wieder. Sie war bei den Schmugglern gewesen, die ich vergeblich verfolgt hatte.

Mit der Öllampe zeigte sie auf mich. »Wer ist das?«

»Eine Bitt…« Paul unterbrach sich, wollte das Wort nicht mehr wiederholen. »Sie hat uns geholfen, als die Soldaten kamen, und jetzt möchte sie uns um unsere Hilfe bitten.«

»Ich nehme an, dass die Soldaten der Grund für den Verlust des Korbs sind?«

Georg nickte. Unruhig trat er von einem Fuß auf den anderen. Es war nicht zu übersehen, dass er Angst vor ihr hatte.

Czyne kam näher. Sie war groß und dünn, keine hübsche Frau, doch eine, die Blicke auf sich zog und das auch wusste. Ihr langes Haar war dunkel, fast schwarz, ebenso wie ihre Augen. Durch die hohen Wangenknochen wirkte ihr Gesicht streng. Sie trug einen schlichten erdfarbenen Rock, hohe Lederstiefel und über dem Hemd einen dunklen Umhang mit Kapuze. Von ihrem Gürtel hingen ein Dolch in einer hölzernen Scheide und ein Beutel. Wäre ich ihr in der Stadt begegnet, hätte ich sie wahrscheinlich für eine Krämerin gehalten, die ihren Mann auf einer Reise begleitete. Nur ihr Gesichtsausdruck passte nicht dazu.

Gefährlich. Das war das erste Wort, das mir einfiel, als ich sie ansah.

»Und du«, fuhr Czyne an mich gewandt fort, »hast die beiden zufällig getroffen und beschlossen, ihnen zu helfen, ja?«

Ich hörte den Sarkasmus in ihrer Stimme und entschied, die Wahrheit zu sagen. »Nein. Ich bin schon lange auf der Suche nach euch, deshalb nehme ich jeden Abend den Weg durch diese Gassen. Dass ich euch helfen konnte, war ein glücklicher Zufall, meine Anwesenheit nicht.«

»Und was willst du für diesen glücklichen Zufall?« Wieder die gleiche sarkastische Betonung.

Bis auf die Kinder sahen mich alle an. Ich begann, nervös mit der Kordel zu spielen, die meine Schürze hielt.

»Jemand, den ich kenne«, sagte ich zögernd, »ein Freund, ist auf dem Weg nach Coellen. Ich möchte, dass ihr ihn in die Stadt schmuggelt.«

Schweigen antwortete mir. Ich wartete, dass jemand etwas sagte, aber ich hörte nichts außer dem Knistern der Öllampen und Fackeln.

»Das könnt ihr doch, oder?«, fragte ich schließlich, als sich die Stille in die Länge zog.

Paul grinste und kratzte sich an seiner Bandage. Czyne lachte. »Wir könnten ein ganzes Dorf unbemerkt in diese Stadt schaffen, wenn wir das wollten.« Sie klang stolz. »Die Frage ist nur, was du dafür zu zahlen bereit bist.«

Nichts, dachte ich.

Obwohl ich das Wort nicht aussprach, nickte Czyne. »Das habe ich mir gedacht.«

Sie wollte sich abwenden, aber ich hielt sie mit einer Geste auf. Wenn sie ging, das wusste ich, war alles vorbei. Die anderen würden sich nicht trauen, mir ohne ihre Zustimmung zu helfen, auch wenn ich glaubte, zumindest in Pauls Gesicht Mitgefühl zu erkennen.

»Kann ich mich nicht irgendwie anders erkenntlich zeigen?«, fragte ich. »Meine Mutter war eine angesehene Kräuterfrau in unserem Dorf, und ich habe viel von ihr gelernt. Ich könnte …«

Czyne ließ mich nicht ausreden. »Geh nach Hause, Kind. Paul und Georg sollen dir einen Sack mit Vorräten füllen als Dank für deine Hilfe. Es war falsch von ihnen, dich hierherzubringen. Sie haben Hoffnungen in dir geweckt, die sie nicht erfüllen können.« Die beiden Männer sahen zu Boden. Im Hintergrund nickte Femeke. »Wir arbeiten für Geld, nicht für Gefallen«, fuhr Czyne fort. »Komm zurück, wenn du uns bezahlen kannst.«

Sie wandte sich ab.

Ich versuchte nicht noch einmal, sie aufzuhalten.

»Und, Mädchen«, sagte sie, ohne sich umzudrehen. »Wenn du jemandem von diesem Ort erzählst, wirst du sterben.«

Sie sprach die Worte gelassen. Es war keine Drohung, nur eine Ankündigung dessen, was geschehen würde, wenn ich die Schmuggler verriet.

Georg und Paul packten einen Sack Lebensmittel für mich und brachten mich zurück an die Oberfläche. Auf dem Weg zum

Kloster versuchte ich mir einzureden, dass ich Jacob auch so helfen konnte, dass ich die Schmuggler nicht brauchte und dass Gott sie für ihre Gier bestrafen würde. Doch eine kleine Stimme in meinem Kopf beharrte darauf, dass *ich* Gott bestrafen wollte.

Zwei Tage lang dachte ich kaum an etwas anderes. Dann, am Morgen des dritten, wachte ich auf und sah einen Schatten in der geöffneten Tür stehen.

»Komm«, sagte Georg.

Es ging um Paul. Als ich in die Höhle trat und ihn in einem der Verschläge, dessen Vorhang aufgezogen war, auf der Strohmatratze liegen sah, wurde die Ahnung zur Gewissheit. Sein Gesicht wirkte angespannt, Schmerz grub tiefe Falten in sein Antlitz. Sein Blick war glasig, die Haut fleckig. Er hatte Fieber.

Es war noch früh am Morgen, die restlichen Schmuggler lagen wohl hinter den geschlossenen Vorhängen in ihren Schlafstätten, denn ich hörte Schnarchen und das Murmeln von Träumenden. Offenbar waren nur Georg und Czyne schon wach. Beide hockten sich mit mir an Pauls Lager.

»Mir geht's nicht so gut«, sagte dieser. Seine Stimme zitterte vor Angst.

Ich lächelte, beruhigend, wie ich hoffte, und setzte mich neben ihn auf das Lager. Georg und Czyne blieben neben mir stehen. Mein Herz begann in meinen Schläfen zu pochen, als ich vorsichtig begann, die Bandagen von Pauls Hand zu entfernen. Ich roch den Gestank der Wunde durch den schmutzigen Stoff. Sie hatte sich entzündet, das Fleisch faulte bereits.

»Ich hab nicht gedacht, dass es so schlimm werden würde«, sagte Paul. Er richtete den Blick zur Decke, so als wollte er nicht sehen, was sich bisher unter den Bandagen verbarg. »Ich wollte eine Scheibe Brot abschneiden, hab nicht aufgepasst, und schon war es passiert. Hat kaum geblutet.«

Er redete weiter, aber ich hörte nicht zu. Im Dorf hatte es oft entzündete Wunden gegeben. Ich erinnerte mich an die Regel, die Mutter mir beigebracht hatte: »Wenn du einen roten Strich siehst, hol einen Verband. Wenn du keinen siehst, hol ein Totenhemd.«

Ich spürte die Blicke von Georg und Czyne in meinem Rücken.

»Bringt mir Licht«, sagte ich, als ich den letzten Stoffrest löste. Er klebte an der Wunde, und Paul stöhnte auf, als ich ihn gänzlich abriss. Der Schnitt in seinem Handballen war tatsächlich nicht groß, aber selbst im Halbdunkel der Höhle konnte ich sehen, wie stark er sich entzündet hatte. Nur einen roten Streifen fand ich nicht.

Georg trat neben mich, eine brennende Öllampe in der Hand. »Hier«, sagte er.

Ich nahm die Lampe und ließ ihr Licht über Pauls ausgestreckten Arm gleiten. Er war so verdreckt, dass ich nichts erkennen konnte, also spuckte ich auf eine der Bandagen und begann die Haut abzureiben.

»Ist es schlimm?«, fragte Paul.

»Ich weiß es noch nicht.« Drei-, viermal spuckte ich auf die Bandage. Mein Mund war so trocken, dass ich kaum genug Spucke zusammenbekam. Georg schien das zu bemerken, denn er beugte sich vor und spuckte auf Pauls Arm.

»Hilft das?«, fragte er.

Ich lächelte und nickte.

Nach und nach löste sich der Schmutz. Braun gebrannte Haut kam zum Vorschein. Ich hielt die Öllampe hoch und drehte den Arm langsam in ihrem Licht.

Und dann sah ich ihn. Einen schmalen roten Streifen, kaum erkennbar auf der gebräunten Haut. Ich ließ die Lampe sinken.

»Und?«, fragte Paul.

Ich schloss die Augen, überlegte, was ich sagen sollte und wie.

»Du wirst weder dein Leben noch deine Hand verlieren«, antwortete ich nach einem Moment.

Paul atmete so laut auf, dass es wie ein Stöhnen klang. Er lehnte den Hinterkopf gegen die Wand, und die Anspannung floss aus seinem Gesicht wie Wasser.

Georg begann zu grinsen. »Hab ich doch gesagt, oder?«

»Wenn dir jemand hilft«, fügte ich hinzu. Ich wandte den Kopf und sah Czyne an. Sie erwiderte meinen Blick.

Kleine Falten bildeten sich in ihren Augenwinkeln wie bei einem Lächeln, doch ihr Mund blieb reglos. »Sag Georg, was du brauchst«, sagte sie. »Wenn du Paul geholfen hast, werden wir deinen Freund suchen.« Sie machte eine Pause, und ich dachte bereits, sie hätte alles gesagt, als sie dann doch weitersprach: »Und danach unterhalten wir uns über die Frage, weshalb ein Mädchen heimlich in einem Schuppen auf einem Klostergelände schläft.«

Georg hob die Schultern und warf mir einen kurzen, beinahe entschuldigenden Blick zu. »Ich bin dir vor ein paar Tagen gefolgt. Wie sonst hätte ich dich finden können?«

Vor ein paar Tagen. Da hatte er noch nicht gewusst, dass Paul meine Hilfe brauchen würde.

Hättest du mich wirklich umgebracht, wenn ich euch verraten hätte?, wollte ich ihn fragen, aber ich schluckte die Worte hinunter. Ich kannte die Antwort.

Ich sagte ihm, was ich benötigte, und ging dann zurück zum Kloster. Ich wartete, bis die Glocke die Nonnen zum Gottesdienst rief, dann schlich ich zu der kleinen Hütte und packte einen Beutel voll mit Kräutern, die dort zum Trocknen hingen. Niemand würde sie vermissen, selbst Agnes nicht.

Erst als ich das Kloster verließ, fiel mir ein, dass Gott meine Gebete erhört, ich mich aber noch nicht einmal bei ihm bedankt hatte. Erschrocken biss ich mir auf die Lippen und schwor mir, bei nächster Gelegenheit eine Kirche aufzusuchen, bevor ich Gottes Gunst ein weiteres Mal verspielte.

Georg wartete bereits an der Falltür auf mich. Er hielt einen Beutel in der Hand. »Hier ist das madige Fleisch, das du haben wolltest, und Femeke hat unten bereits einen Kessel mit Wasser aufgesetzt.«

»Gut. Dann können wir anfangen.«

Er ließ mich die Leiter als Erste hinuntersteigen, dann folgte er mir.

In der Höhle saßen Männer und Frauen an den langen Holztischen und aßen.

»Ketlin?«

Ich hörte die überraschte Männerstimme, und es war, als würde sie eine Mauer in meiner Seele einreißen. Diese Stimme brachte alles zurück, den Geschmack des Biers, das ich im Lager der Gaukler getrunken hatte, die Wärme der Stube, in der wir zusammen gesessen hatten, und die Maserung des Holzes, auf dem meine Wachstafel lag.

»Ketlin?«, wiederholte die Stimme.

Ich sah Richard an.

Kapitel 24

»Du hast uns bestohlen!« Ich schrie ihn an. »Wir haben dir geholfen, und du hast alles gestohlen, was wir besaßen!«

Die Schmuggler begannen einen Kreis um uns zu bilden wie Zuschauer bei einem bevorstehenden Faustkampf. Unter ihnen waren auch einige der Gaukler, die in unserer Scheune Unterschlupf gefunden hatten.

Czyne hatte die Arme vor der Brust verschränkt, beobachtete abwechselnd Richard und mich und fragte schließlich: »Ist das wahr?«

Richard schüttelte den Kopf. Sein Gesicht wirkte voller als noch vor einigen Monaten, und seine Kleidung war neu und ungeflickt. Es ging ihm gut. »Nein«, sagte er. »Nicht einmal einen Apfel habe ich genommen, ohne Ketlin oder ihre Mutter um Erlaubnis zu bitten.«

Seine Ruhe stachelte meine Wut nur noch mehr an. Tränen des Zorns schossen mir in die Augen, die mir über die Wangen liefen. »Du hast dir unser Vertrauen erschlichen mit deinen Geschichten, deiner vorgespielten Freundlichkeit und …« Ich unterbrach mich. Beinahe hätte ich *und deiner angeblichen Zuneigung zu mir* gesagt, doch stattdessen sagte ich: »… und deinen Lateinstunden.«

Czyne hob die Augenbrauen, hakte aber nicht nach.

»Wir haben dich bezahlt, dich und deine Gefährten durchgefüttert«, fuhr ich fort, bevor er antworten konnte, »und du hast all unser Geld gestohlen und bist abgehauen!« Mit zitternden Händen wischte ich mir die Tränen von den Wangen. Meine Haut fühlte sich heiß an.

»Ich habe nie etwas von euch gestohlen«, behauptete Richard. Er sprach immer noch mit der gleichen, beinahe herablassenden Ruhe, aber seine Worte klangen schärfer. »Und deine Mutter hat mich nicht bezahlt. Sie sagte, sie würde es tun, aber ich habe nicht einmal einen Viertelpfennig gesehen.«

»Das stimmt«, mischte sich einer der Gaukler ein. »Sie kam ein paar Mal zu uns in die Scheune, um ihn zu vertrösten.«

Andere nickten.

»Frag deine Mutter.« Richard beugte sich vor, in seinen Augen funkelte es. »Du bist in einer Märchenwelt aufgewachsen. Ketlin, die kleine Prinzessin, die eines Tages in die große Welt hinausziehen sollte. Alle im Dorf wussten, dass es eine Lüge ist, sogar wir. Und das Geld war ebenfalls eine Lüge. Ich weiß nicht, wie ihr euch leisten konntet, was ihr hattet, aber da war nichts, was man hätte stehlen können. Rede mit deiner Mutter. Du bist alt genug, dass sie dir endlich die Wahrheit sagt.«

Meine Knie begannen zu zittern. Ich war auf einmal müde, so ungeheuer müde, dass ich mich am liebsten auf den Boden gelegt und in meinen Umhang eingewickelt hätte, doch ich riss mich zusammen.

»Das kann ich nicht.« Meine Stimme war so leise, dass ich nicht sicher war, ob mich überhaupt jemand verstand. »Unsere Nachbarn haben meine Mutter verbrannt.«

Richard erstarrte. Einer der Gaukler zog scharf die Luft ein, ein anderer senkte den Kopf. Czyne musterte mich mit unverändert distanziertem Gesichtsausdruck, so als wäre das, was sie hörte, nicht von Bedeutung.

Ich wandte mich von Richard ab und ging unsicher zu einem der Tische. Georg hatte den Beutel mit Fleischresten dort abgestellt. Als ich ihn öffnete, schlug mir schwerer Verwesungsgeruch entgegen. Ich schluckte die Übelkeit hinunter, die in mir aufstieg, und begann, Maden aus dem Fleisch zu ziehen und in eine Holzschüssel zu legen. Niemand sagte etwas. Aus dem Wasserkessel, den Femeke über die Feuerstelle gehangen hatte, stieg Dampf auf.

Die Gaukler und Schmuggler standen einen Moment unschlüssig da, dann verteilten sie sich, gingen entweder zu ihren Lagern oder zu dem Gang, der an die Oberfläche führte.

Die Tränen auf meinen Wangen trockneten, der Druck in meiner Kehle und das Brennen in meinen Augen ließen nach. Ich konzentrierte mich auf meine Arbeit und versuchte an nichts anderes zu denken.

Die Holzbank, auf der ich saß, knirschte, als Richard sich neben mich setzte.

»Willst du mir erzählen, was passiert ist?«, fragte er.

Ich schüttelte den Kopf und pulte Maden aus dem fauligen Fleisch.

»Glaubst du mir?«

Er brauchte nicht zu erklären, was er meinte, und auch wenn ich es am liebsten nicht zugegeben hätte, ich glaubte ihm, also nickte ich.

Aus den Augenwinkeln sah ich ihn kurz lächeln. »Wir mussten gehen«, sagte er dann. »Es hatte nichts mit dir zu tun oder mit deiner Mutter. Ich wurde schon oft in kleinen Dörfern aufgenommen. Die Menschen freuen sich, wenn sie Geschichten hören über Orte, die sie nie sehen werden. Sie sind großzügig und freundlich. Bis etwas passiert. Eine schlechte Ernte, ein totgeborenes Kalb, eine Seuche …«

Er bewegte die Hand, offenbar unschlüssig, ob er meinen Arm berühren durfte. Dann entschied er sich und legte sie auf die Tischplatte.

»Es trifft immer die Gleichen», fuhr er fort, »die Fremden, die Juden, die, die anders leben. Sie hätten uns umgebracht, wären wir geblieben.«

»Stattdessen haben sie meine Mutter umgebracht.« Es war gemein, das zu sagen, aber die Worte verließen meinen Mund, bevor ich mich bremsen konnte.

Richard betrachtete einen Moment lang die wimmelnden weißen Würmer in der Holzschüssel, dann nickte er und stand auf. »Ja.«

Aus den Augenwinkeln sah ich, wie er in den kleinen Gang ging, den ich noch nicht betreten hatte. Czyne folgte ihm und verschwand hinter ihm im Halbdunkel.

Jemand räusperte sich neben mir. Ich hob den Kopf. Es war Georg gewesen. Er fuhr sich nervös mit einer Hand durch die Haare.

»Bring eine Schüssel heißes Wasser und den Beutel mit den Kräutern, den ich mitgebracht habe, zu Paul«, wies ich ihn an.

Georg nickte. Einen Augenblick lang zögerte er, so als wolle er etwas fragen oder sagen, dann ging er stumm zu dem Kessel. Ich war froh darüber.

Dass Mutter mich belogen hatte, wusste ich längst, doch nur nach und nach erkannte ich, wie weit ihre Lügen gereicht hatten. Es beschämte mich, dass anscheinend jeder außer mir davon gewusst hatte.

Denk nicht länger darüber nach, befahl ich mir. *Die Vergangenheit liegt hinter dir, nur die Zukunft zählt jetzt.*

Es war ein guter Gedanke, auch wenn er allein sicherlich nicht reichen würde, die Erinnerungen zu vertreiben.

Paul wartete bereits auf mich, hielt mir seine ausgestreckte Hand entgegen, als ich an seine Schlafstatt trat. Sein Blick zuckte zu der Schüssel voller Maden, sein Adamsapfel hüpfte, dann fuhr er sich mit der Zunge über die rauen Lippen. »Die sind für mich, oder?«

Ich nickte. »Hab keine Angst, sie fressen nur totes Fleisch. Es wird nicht wehtun.«

Vorsichtig schüttete ich die Maden in die Wunde.

Paul starrte nach oben. Seine Lippen bewegten sich. Er betete stumm.

»Ist das widerlich«, sagte Georg hinter mir. Ich hatte nicht bemerkt, dass er mir gefolgt war. Er stand da, mit einer Schüssel Wasser in der einen und sauberen Stoffbandagen in der anderen Hand, und starrte auf die Maden.

Schon als ich zum ersten Mal diese Höhle betreten hatte, war mir aufgefallen, dass Wände und Decke mit fremdartigen Schriftzeichen und Symbolen bedeckt waren, die man in den Stein gehauen hatte. Nun sprach ich Georg darauf an und wollte wissen: »Was ist das?«

»Heidenzeug, so wie die Statuen im Gang«, sagte Georg. Er griff sich an die Brust und zog ein Holzkreuz unter dem Hemd hervor, das dort an einer Kordel hing, dann küsste er es. »Ich hab schon eine ganze Menge von dem Kram weggekratzt und abgeschlagen, aber an manches komm ich nicht heran. Würde schneller gehen, wenn ich Hilfe hätte, aber ich bin ja anscheinend der Einzige hier, der sich um sein Seelenheil sorgt.« Er legte die Bandagen auf das Strohlager und sah mich an. »Vielleicht ändert sich das ja jetzt.«

Im ersten Moment verstand ich nicht, was er meinte, dann begriff ich. »Wenn du Gottes Hilfe brauchst, solltest du dich an jemand anderen wenden. Ich habe meine Novizinnentracht abgelegt und lebe jetzt heimlich auf dem Klostergelände, weil ich nicht weiß, wohin ich sonst gehen soll.«

»Oh.« Georg kratzte sich am Kopf. »Dann sollte ich wohl doch mal einen Priester fragen.«

»Wenn du einen Priester hier unten anschleppst«, sagte Paul mit noch immer schwacher Stimme, »wird Czyne dich eigenhändig mit seinem Rosenkranz erwürgen.«

»Da hast du wahrscheinlich recht, aber gut ist es trotzdem nicht, dass wir uns an diesem heidnischen Ort aufhalten«, war Georg überzeugt. »Lach ruhig über mich, aber ich mache mir Sorgen um unsere Seelen.«

Ich hatte währenddessen eine Handvoll getrockneter Kräuter in die Schüssel gegeben und wartete, bis sie ihren bitteren Geruch entfaltet hatten. »Trink die Hälfte davon«, sagte ich dann zu Paul.

Er verzog nicht einmal das Gesicht, obwohl der Sud alles andere als gut schmecken musste.

Ich nahm ihm die halb leere Schüssel ab und tauchte eine Bandage hinein, dann pflückte ich die Maden aus der Wunde.

»Ist Czyne eure Anführerin?«, fragte ich.

»Schwer zu sagen.« Georg hob die Schultern. »Früher haben wir nur zusammen ein bisschen was geklaut und hier und da mal Waren in die Stadt geschmuggelt, weil ihre Besitzer keinen Zoll zahlen wollten. Nicht zu vergleichen mit dem, was wir machen, seit sich uns Richard mit seinen Gauklern angeschlossen hat.«

»Er hat kommen sehen, dass sie die Tore schließen würden«, sagte Paul. In seinen Augen sah ich immer noch das Fieber, aber ich war mir sicher, dass es bald zurückgehen würde. »Er hat Czyne geraten, mit dem Geld, das wir zusammengeklaut hatten, die Wachen zu bestechen und alle Waren, die wir irgendwie auftreiben können, in die Stadt zu schaffen. Die gottverdammt beste Idee, die je einer gehabt hat.«

Georg räusperte sich. »Fluchen ist eine Sünde.«

»Klauen auch.«

»Wir sind als Diebe auf die Welt gekommen, das war Gottes Wille. Ob wir dabei fluchen, hängt allein von uns ab.«

Ich hatte den Eindruck, dass sie diesen Streit nicht zum ersten Mal führten. »Also ist Richard euer Anführer?«

»Auch das wäre falsch zu behaupten«, meinte Georg. »Normalerweise tun wir einfach, was Richard oder Czyne will, egal, wer von beiden es befiehlt.«

Paul nickte. »Beide kriegen den größten Anteil der Beute, beide schlafen im Herrenhaus …«

»Herrenhaus?«, unterbrach ich ihn.

»Der Raum, zu dem der schmale Gang dort führt.« Paul deutete mit dem Kinn auf den zweiten Stollen, den, in den ich noch nicht gegangen war, während ich die feuchten Bandagen um seine Hand wickelte. »Wir nennen ihn Herrenhaus, weil dort die Luft besser ist.«

»Und weil unsere … na ja, unsere Anführer dort schlafen.« Nun benutzte Georg das Wort doch.

»Beide?« Während ich das fragte, sah ich ihn ganz bewusst nicht an.

»Ja.«

»Dann …« Ich wusste nicht, wie ich die Frage stellen sollte. »Dann sind sie … Mann und Frau?«

Die beiden lachten. Meine Wangen fühlten sich auf einmal heiß an.

»Nun, verheiratet sind sie nicht«, sagte Paul. »Ich weiß nicht, was sie sind oder ob sie überhaupt etwas sind, und ich werde sie verda… bestimmt nicht danach fragen.«

Ich widerstand dem Drang nachzuhaken.

Sein Leben geht mich nichts an, dachte ich. *Was auch immer er tut, ist allein seine Angelegenheit.*

Ich wünschte, ich hätte mir selbst glauben können.

Pauls Fieber war bereits am nächsten Tag verschwunden, und auch die Wunde begann zu heilen. Andere kamen zu mir, damit ich sie heilte: Femeke, die seit der Totgeburt ihres dritten Kindes Schmerzen im Unterleib hatte, Andreas, ein Gaukler mit einem ständig tränenden Auge, und ein Schmuggler namens Lamprecht, der seine Gesichtswarzen dafür verantwortlich machte, dass ihn Frauen ablehnten.

Czyne hielt sich an das, was sie versprochen hatte. Ich beschrieb ihr Jacobs Aussehen und nannte die Tore, von denen ich annahm, dass er dort auftauchen würde, und in meinem Beisein befahl sie drei Männern, nach ihm Ausschau zu halten. Trotzdem ging ich jeden Morgen zu den genannten Toren, für den Fall, dass er dort aufgetaucht war. Es fiel mir leichter als zuvor, der Weg schien kürzer und die Stadt irgendwie heller.

Auch Agnes merkte, dass es mir besser ging. Als sie mich darauf ansprach, log ich wie so oft und behauptete, es wären bestimmt die Gebete, die mich mit neuer Kraft erfüllten, während ich mir selbst sagte, dass es an der neuen Hoffnung lag, die ich geschöpft hatte, seit ich wusste, dass auch die Schmuggler nach Jacob Ausschau hielten.

Aber etwas in mir wusste, dass das nicht die ganze Wahrheit war.

Wenn sich Richard in der Höhle aufhielt – er war für die Verhandlungen mit den Wachen verantwortlich und deshalb häufig in der Stadt unterwegs –, sprach er nicht mehr und nicht weniger mit mir als die anderen auch. Ich hatte den Eindruck, dass er genau darauf achtete, wie viel Zeit er mir widmete, und längere Unterhaltungen mit mir vermied. Und Czyne, so kam es mir vor, achtete ebenfalls darauf, denn sie befand sich stets in der Nähe, wenn Richard mit mir sprach, und beobachtete uns lauernd.

Ich versuchte sie nicht zu beachten, ertappte mich aber gelegentlich dabei, dass ich sie beobachtete, wenn sie mit Richard sprach. Kein einziges Mal sah ich eine Berührung, nur selten ein Lächeln, und wenn, dann ging es von ihm aus und niemals von ihr.

Je öfter ich mich bei den Schmugglern aufhielt, desto mehr erfuhr ich über ihr Leben. Sie verließen selten ohne einen Auftrag die Stadt, wurden meistens von wohlhabenden Händlern angeheuert, um deren Waren nach Coellen zu bringen. Mehr als einmal fiel dabei der Name Erasmus.

Es war ein gefährliches Leben. Ein halbes Dutzend Schmuggler war seit Schließung der Stadttore entweder getötet oder gefangen genommen worden. Nicht alle Wachen ließen sich bestechen, und selbst die, die Richard bezahlte, würden sich gegen ihn wenden, wenn sie in Gefahr gerieten, dass sie aufflogen, oder wenn jemand ihnen ein besseres Angebot machte.

»Wir sind nicht die einzigen Schmuggler in Coellen«, sagte er eines Abends, als ich mit allen am Tisch saß und aß. »Die obersten Familien der Stadt haben ihre eigenen Armeen, von denen jede einen Teil der Stadtmauern kontrolliert. Wer genug zahlt, kriegt seine Waren bis vor die Haustür geliefert.«

»Die können uns nicht leiden, weil wir billiger und besser sind«, ergänzte Paul. Er biss in ein Stück Brot und riss es mit den Zähnen und seiner gesunden Hand auseinander. Die verletzte hatte ich bandagiert und so geschient, dass er sie nicht bewegen konnte.

Die meisten am Tisch nickten und grinsten. Ich spürte, wie stolz sie auf sich waren.

»Deshalb jagen sie uns, wann immer sie können«, sagte Richard. Im Gegensatz zu Paul klang er ernst. »Und es wird schlimmer werden, je länger die Tore geschlossen bleiben. Mit der Verzweiflung lässt sich viel Geld verdienen. Keiner von ihnen will es teilen.«

»Schon gar nicht mit uns.«

Da war wieder dieser Stolz in Pauls Stimme. Er saß mir gegenüber in der Mitte der Bank, direkt neben Richard. Czyne saß am einen Kopfende des Tischs, das andere war frei.

»Warum öffnet der Rat die Tore nicht einfach wieder, wenn ohnehin alles geschmuggelt wird?«, fragte ich.

»Weil wir von Waren reden und nicht von Menschen.« Richard nahm einen Schluck Wein. »Wilbolt ist ein pragmatischer Bürgermeister. Die wohlhabenden Familien profitieren vom Schmuggel, und denen verdankt er sein Amt. Also lässt er es geschehen, solange es bei Waren bleibt und keine Menschen in die Stadt geschmuggelt werden.«

Ich sah ihn an. »Und was ist mit Jacob?«

Richard hob die Schultern. Georg rülpste laut und meinte: »Sagen wir so: Bete lieber zum Herrgott, dass man uns nicht erwischt.«

Nach seinen Worten wurde es still am Tisch. Die Schmuggler starrten auf die großen Holzschüsseln mit Eintopf, die sie sich jeweils zu viert teilten, und hingen ihren Gedanken nach. Vielleicht aber beteten sie auch für die, die sie an den Mauern verloren hatten.

»Aber wenn sie mich erwischen«, sagte Paul plötzlich und so laut, dass ich zusammenzuckte, »dann will ich wenigstens mit vollem Bauch sterben. Schieb mir noch mal die Schüssel rüber, Femeke.«

Die anderen lachten, sogar Czyne. Ich sah Stolz und Trotz in ihren Gesichtern.

An diesem Abend fiel es mir zum ersten Mal schwer, ins Kloster zurückzukehren. Das sagte ich auch Georg, der wie immer darauf bestanden hatte, mich bis zu den Mauern zu begleiten.

»Dann bleib doch bei uns«, antwortete er. »Ich glaube nicht, dass jemand etwas dagegen hätte.«

»Redet darüber, wenn ich nicht da bin«, sagte ich, während ich an Czyne und ihre Blicke dachte. »Vielleicht wäre doch nicht jeder damit einverstanden.«

Bei der Klostermauer angelangt, half mir Georg hinauf. »Du lebst wie eine Ratte dort drin«, sagte er leise, als ich mich auf die Krone zog. »Das will keiner von uns.«

Ich nickte ihm zu und ließ mich dann auf die andere Seite in den Klostergarten gleiten.

Mittlerweile kannte ich den Weg zur Kräuterhütte so gut, dass ich ihn auch in dunkelster Nacht fand. *Wie eine Ratte,* dachte ich, als ich deren schwarze Umrisse vor mir auftauchen sah. *Er hat recht. Die Nonnen würden mich mit Fußtritten aus dem Kloster jagen, wüssten sie, dass ich hier bin.*

Ich spürte, dass jemand in der Hütte war, als ich die Tür aufzog.

»Keine Angst, ich bin es nur.« Schwester Agnes' Stimme.

Rasch schloss ich die Tür und entzündete die kleine Öllampe, die auf dem Tisch stand, während ich nervös fragte: »Ist etwas passiert?« Obwohl mich niemand hören konnte, sprach ich leise.

»Nichts Schlimmes, zumindest nicht für dich.«

Es wurde hell in der Hütte, und ich drehte die Flamme herunter, bis der Schein gerade noch reichte, dass wir einander darin ausmachen konnten.

Schwester Agnes saß auf dem einzigen Hocker. Neben ihr auf dem Tisch stand ein Krug mit Wein.

»Es geht um Schwester Johannita.« Ihre Worte flossen ineinander. Anscheinend hatte sie, während sie auf mich gewartet hatte, schon den einen oder anderen Schluck getrunken. »Das ganze Kloster redet von nichts anderem.«

Ich setzte mich auf meine Strohmatratze. »Ist ihr etwas zugestoßen?«

»Nein, sie…« Schwester Agnes überlegte einen Moment, als sei sie nicht sicher, wo sie anfangen sollte. »Du weißt doch, wie sie sich immer aufspielt, wenn sie zu anderen Klöstern reisen muss, um den Nonnen dort beizubringen, wie man richtig mit Pergament umgeht und solches Zeug. Sie ist dann ja auch oft wochenlang unterwegs.« Sie nahm den Krug in beide Hände und schob ihn mir hin. »Mutter Immaculata hat der Äbtissin eines dieser Klöster geschrieben und sie gebeten, Johannita nicht mehr so lange aufzuhalten, weil sie auch hier gebraucht würde.«

Ich nahm einen Schluck Wein. Er war sauer und kalt.

Schwester Agnes wartete, bis ich den Krug abgesetzt hatte, so als befürchtete sie, ich könnte ihn fallenlassen, wenn ich ihre nächsten Worte hörte.

»Heute ist die Antwort gekommen. Schwester Johannita war nie länger als ein paar Tage in diesem Kloster. Mutter Immaculata hat sie bereits zur Rede gestellt, das hat Maria gehört, aber sie weigert sich preiszugeben, wo sie die ganze restliche Zeit gewesen ist und was sie dort getan hat.«

Ich stellte den Krug ab. Auf einmal spürte ich wieder den Arm der Nonne an meiner Kehle und hörte ihre Stimme. *Wenn du je jemandem verrätst…*

»Ich weiß es.« Die Worte waren heraus, bevor ich darüber nachdenken konnte.

»Was?« Schwester Agnes beugte sich vor. Ich roch den Alkohol in ihrem Atem.

»Sie hat reichen Kindern Lesen und Schreiben beigebracht und sich dafür bezahlen lassen.«

»Was?«, wiederholte Agnes, aber ich wusste, dass ich es nicht wiederholen musste. Stattdessen erzählte ich ihr alles, auch von meiner Ankunft im Kloster und Schwester Johannitas Drohung. Ich hätte Genugtuung oder Scham empfinden sollen, während ich sprach, aber keines dieser Gefühle stellte sich ein, stattdessen fühlte ich mich erleichtert und befreit, als ich schließlich endete.

Schwester Agnes lehnte sich zurück. »Wer hätte das von der *unfehlbaren* Johannita gedacht? Was, glaubst du, hat sie mit all dem Geld gemacht?«

Ich hob die Schultern. »Vielleicht hat sie es in ihrer Zelle versteckt«, sagte ich, ohne es ernst zu meinen.

»Vielleicht.« Agnes stand auf. Sie musste sich am Tisch abstützen, so sehr schwankte sie im ersten Moment. Ich sprang auf, um sie zu stützen, aber sie winkte ab.

»In meiner Aufregung habe ich zu viel Wein getrunken. Wenn ich erst einmal an der frischen Luft bin, wird mein Kopf schon wieder klar.«

»Nimm die Lampe mit, damit du nicht über irgendetwas stolperst.« *Etwa über die eigenen Beine,* dachte ich, verkniff es mir aber zu sagen. Ich schob die Öllampe über den Tisch, hielt sie jedoch fest, als Agnes danach griff. »Du darfst niemandem verraten, was ich gesagt habe.«

Sie nickte. »Mach dir keine Sorgen. Mutter Immaculata kriegt es früher oder später auch so heraus.«

Ich blieb in der Tür stehen und sah Agnes nach, während das Licht in ihrer Hand in der Dunkelheit hin- und herschwankte.

Kapitel 25

Ich schreckte hoch.

Um mich herum war es dunkel, draußen zirpten Grillen. Es war bestimmt nur ein Traum gewesen, der mich geweckt hatte, doch erinnern konnte ich mich an nichts mehr. Dennoch blieb meine Unruhe bestehen.

Ich drehte mich von einer Seite auf die andere, fand aber keinen Schlaf mehr, obwohl die Müdigkeit meine Glieder bleischwer machte. Doch meine Gedanken kreisten um das, was Agnes über Johannita erzählt hatte. Und ich dachte auch daran, dass ich ihr verraten hatte, wie Schwester Johannita ihre Zeit außerhalb des Klosters verbrachte.

Ich hätte den Mund halten sollen, sagte ich mir nicht zum ersten Mal.

Als die Glocke zur Laudes rief, stand ich auf, ohne dass ich zwischenzeitlich wieder eingeschlafen wäre, und warf mir meinen Umhang über die Schultern. Es gelang mir einfach nicht, den Schlaf zu erzwingen, und noch immer grübelte ich über Agnes nach. Wenn sie das, was ich ihr anvertraut hatte, Mutter Immaculata berichtete, würde Schwester Johannita wissen, wer sie verraten hatte. Und da Agnes das Kloster nie verließ, würde für Johannita klar sein, dass ich mich irgendwo im Kloster versteckt halten musste, und zwar mit hoher Wahrscheinlichkeit in den Gärten. Wenn man mir aber auf die Schliche kam, würde man Agnes bestrafen, da sie grob gegen die Klosterordnung verstoßen hatte, und sie vielleicht sogar der Gemeinschaft verweisen.

Das wird nicht geschehen, dachte ich. *Nicht wegen meiner unbedachten Worte und ein wenig Wein.*

Ich verließ die Kräuterhütte und ging unter den Bäumen entlang zum Kloster. Es war bewölkt, aber warm, der Geruch nach Regen hing in der Luft. Ich glaubte nicht, dass man mich aus einem der Fenster sehen konnte, selbst wenn dort jemand gestanden hätte. Es war zu dunkel.

Die Kellertür war nicht verriegelt. Ich öffnete sie leise und betrat den Raum dahinter, dann machte ich mich auf den Weg nach oben. Die Gänge waren verlassen, nur weit entfernt, auf der anderen Seite des Klosters, hörte ich die leisen Gesänge der Nonnen. Sie waren alle auf dem Weg zur Kapelle, alle bis auf die Konversinnen, die wegen der harten körperlichen Arbeit, die sie leisten mussten, von den Nachtgebeten befreit waren.

Ich ging zu dem großen Schlafsaal, den sie sich teilten. Meine Augen hatten sich längst an die Dunkelheit gewöhnt, und ich hatte nicht vergessen, wo Agnes schlief, doch sie war nicht da. Einen Moment lang lauschte ich dem Schnarchen und Schmatzen der schlafenden Frauen, betrachtete das unberührte Lager mit seinen gefalteten Decken und dem schlichten Holzkreuz über ihm an der Wand. Ich fühlte mich auf einmal unwohl, so als hätte ich etwas Schlechtes gegessen. Wenn Agnes nicht im Schlafsaal war, wo dann?

Ich ging weiter durch die Gänge, in Richtung des Nonnentrakts und an den Zellen vorbei. Die von Schwester Johannita befand sich ganz am Ende des Gangs, dort, wo er abknickte und in jenen Korridor überging, der zum Refektorium führte. Ich sah flackernden Lichtschein unter der Tür. Im Gegensatz zu den Zellen der Novizinnen gab es kein Türfenster, durch das man ins Innere hätte blicken können. Ich blieb vor der Tür stehen und lauschte, aber das Holz war zu dick, ich hörte nur meinen eigenen Atem. Selbst die

Gesänge der Nonnen waren verklungen. Sie mussten die Kapelle erreicht und mit den Gebeten begonnen haben. Mir blieb nicht mehr viel Zeit, die nächtlichen Andachten waren kurz.

Es war kaum vorstellbar, dass Schwester Johannita nicht daran teilnahm, also zog ich die Tür zu ihrer Zelle ohne große Vorsicht auf. Darin stand eine brennende Öllampe auf einem kleinen Tisch – *meine* Öllampe. Und daneben hockte Schwester Agnes, den Oberkörper halb in einer geöffneten Truhe verborgen.

Sie zuckte hoch, als sie die Tür hörte, ihr Kopf wirbelte herum, und ihre Augen weiteten sich, erschrocken legte sie sich eine Hand auf die Brust.

»Mach die Tür zu, schnell!«

Ich warf einen kurzen Blick in den leeren Gang, dann schloss ich die Tür. »Was machst du hier?«, fragte ich, obwohl ich es mir denken konnte.

Agnes antwortete nicht, sondern durchwühlte weiterhin die Truhe. »Es muss hier doch irgendwo sein«, sagte sie, mehr an sich selbst als an mich gerichtet. Sie klang nüchterner als zuvor. »Ich habe schon ihr Schreibzimmer durchsucht und nichts gefunden. Sie kann es nur hier aufbewahren.«

»Meinst du ihr Geld?«

»Was denn sonst? Wenn du mir helfen willst, dann such unter dem Bett. Wir teilen gerecht, was wir finden.«

Ich stand stocksteif in der Zelle. Noch nie hatte ich sie betreten, und ich fühlte mich unwohl darin. Schwester Johannita hatte ein richtiges Bett mit dicken Daunendecken und weichen, großen Kissen. Daneben stand ein Regal, in dem ein einzelnes Buch stand, eine sicherlich im Kloster angefertigte Bibel. Sie allein war wohl mehr wert als das Haus, in dem Mutter und ich gelebt hatten, einschließlich des Viehs und des Lands.

»Willst du einfach nur dastehen oder mir helfen?« Schwester Agnes' Stimme riss mich aus meinen Gedanken.

»Nein, ich will dir nicht helfen«, antwortete ich ihr ehrlich.

»Lass uns bitte gehen, bevor die Andacht vorbei ist. Du brauchst das Geld nicht.«

»Jeder braucht Geld.«

»Sei nicht dumm. Du hast hier doch alles. Komm mit.« Ich streckte die Hand aus, aber Schwester Agnes sah nicht einmal auf, wühlte weiter in Wollsocken und Unterkleidern herum.

»Nichts habe ich«, sagte sie. »Ich bin über fünfzig Jahre alt und habe noch nie auch nur einen Pfennig besessen. Ich habe nicht einmal ein Zimmer, dessen Tür ich hinter mir schließen kann.« Nun sah sie doch auf. In ihren Augen standen Tränen. »Ich will nicht eines Tages im Kräutergarten tot umfallen, mit halb erfrorenen Händen und leerem Magen. Mit dem Geld könnte ich weg von hier, mich irgendwo in einem Kloster einkaufen und den Rest meines Lebens in einer warmen Stube sitzen und sticken. Das habe ich verdient, Ketlin, und wenn der Herr das nicht auch denken würde, hätte er mir kaum diese Gelegenheit verschafft.«

Und wenn es der Teufel war?, fragte ich mich, ohne es auszusprechen.

»Such unter dem Bett«, bat sie mich. »Es muss hier irgendwo sein.«

Am liebsten wäre ich gegangen, aber ich wollte Agnes nicht allein lassen. Ich glaubte nicht, dass ihr das Geld, das ihr ja auch nicht gehörte, zustand, aber sie war meine Freundin, die sich um mich gekümmert und mir geholfen hatte. Nun hatte ich ihr zu helfen.

Ich öffnete die Tür einen Spalt. »Damit wir den Gesang der Nonnen zum Ende der Andacht hören«, erklärte ich flüsternd, als Agnes mich fragend ansah. Dann tat ich, worum sie mich gebeten hatte.

Der leidende Christus an seinem Kreuz, der über dem Bett hing, schien mich zu beobachten, als ich die Kissen vom Bett zog und meine Hände unter die Matratze schob. Sorgfältig tastete ich sie ab, während Schwester Agnes begann, die Wäsche aus der Truhe zu ziehen und auf dem Boden zu verteilen. Mit jedem Atemzug wirkte sie verzweifelter. Ebenso wie ich wusste sie, dass sie etwas finden musste, sonst verlor sie mehr als nur den Traum von einem besseren Leben.

»Es ist nicht hier.«

Vor Schrecken hätte ich beinahe aufgeschrien, als ich die Stimme hörte. Ich zog die Hände zurück und sprang auf. Agnes regte sich nicht, ließ nur stumm den Kopf sinken.

»Ich habe das Geld längst Mutter Immaculata gegeben.« Schwester Johannita zog die Tür hinter sich zu und drehte sich zu uns um. Ihr massiger, großer Körper versperrte uns den Weg nach draußen. In einer Hand hielt sie einen Kerzenständer, die andere spielte mit dem Rosenkranz an ihrem Gürtel. Ihr Blick glitt von mir zu Schwester Agnes, dann wieder zurück zu mir.

»Ich hätte wissen müssen, dass du irgendwann wieder auftauchen würdest. Erst bringst du einen Skandal über das Kloster und jetzt auch noch den Ruin über Schwester Agnes.«

»Das …«, begann die ältere Nonne, aber ich unterbrach sie.

»Ich habe sie gezwungen, mir zu helfen«, behauptete ich. »Aus christlicher Nächstenliebe hat sie mich in der Kräuterhütte schlafen lassen, und ich habe gedroht, das zu verraten, wenn sie mir nicht hilft, dein Geld zu suchen.«

Schwester Agnes schloss den Mund. Sie nickte nicht, aber sie versuchte auch nicht, die Sache richtigzustellen.

Den Blick, mit dem mich Schwester Johannita musterte, konnte ich nicht deuten. Vielleicht glaubte sie mir, vielleicht war es ihr auch egal, ob es stimmte, was ich sagte.

»Was jetzt?«, fragte ich, als sich das Schweigen in die Länge zog.

Schwester Johannita schürzte die Lippen, dachte einen Moment nach. »Jetzt«, sagte sie dann, »gehen wir gemeinsam zu Mutter Immaculata. Du wirst ihr erzählen, was du mir erzählt hast, und ich werde sagen, mir wäre bei meinen Gebeten um Vergebung unten in der Konversinnenkapelle auf einmal die Eingebung gekommen, nach oben zu gehen. Das ist sicherlich ein Zeichen dafür, dass Gott mir meinen Fehltritt vergibt. Und dann holen wir die Wachen.«

Mir wurde kalt.

»Lass Ketlin doch gehen.« Agnes stützte sich schwer auf die Truhe und stand auf. »Ich räume hier alles auf, dann wird es sein, als wäre nie etwas geschehen.«

Schwester Johannita schüttelte den Kopf. »Und damit die letzte Hoffnung aufgeben, nach Immaculatas Tod ihren Platz einzunehmen? Ich habe jahrelang Wissen in unwillige Köpfe geprügelt, weil meiner Familie das nötige Geld fehlte, damit ich eines Tages Äbtissin werden kann. Gott hat es gefallen, diese Tür zu schließen, aber er hat eine neue geöffnet.« Sie sah mich an. »Eine gesuchte Hexe dingfest zu machen und der Gerechtigkeit zuzuführen, ist eine Leistung, die niemand übersehen kann. Wenn es so weit ist, wird man sich daran erinnern.« Sie drehte sich zur Tür um, sah mich aber aus den Augenwinkeln an. »Komm jetzt, bevor Immaculata zu Bett geht.«

Im gleichen Moment wurde die Tür von außen geöffnet.

»Ich hatte dir doch befohlen, bis zum Morgengrauen zu beten«, sagte die Äbtissin. »Du …« Sie unterbrach sich, als sie uns sah. »Was ist hier los?«

Ich antwortete nicht, sah nur die Lücke zwischen ihr und Johannita und die geöffnete Tür mit dem dunklen Gang dahinter. Nichts wollte ich sehnlicher, als in dieser Dunkelheit zu verschwinden.

Ich lief los.

»Sie entkommt!«, schrie Agnes. Ich spürte ihre Hand an meinem Umhang, aber sie hielt mich nicht fest, spielte nur die Rolle, die ich ihr aufgezwungen hatte.

Noch während ich den Umhang um mich raffte, warf Johannita den Kerzenständer nach mir. Wachs spritzte, als ich ihn zur Seite schlug. Aus den Augenwinkeln sah ich, wie er scheppernd über den Boden rollte, hinein in die Wäsche, die neben der Truhe lag.

Agnes begann auf die Flammen einzutreten, die auf einmal aufloderten, aber ich beachtete es nicht weiter, sondern duckte mich unter Johannitas Schlag hinweg und lief in den Gang.

Mutter Immaculata wich zurück. Ihr Gesicht war angstverzerrt. Vielleicht glaubte sie, dass ich mich auf sie stürzen wollte. Womöglich glaubte sie sogar das Gerede, ich wäre eine Hexe, und fürchtete sich vor meinen dunklen Kräften.

Als ich mich umdrehte und in die Dunkelheit rannte, sah ich, wie Johannita nach ihr griff und sie in das Zimmer zog. Mit einem Knall flog die Tür zu.

Gott schließt eine Tür und öffnet eine andere, dachte ich, als ich die Treppen hinunter und durch den Keller lief.

Ohne zu verstehen warum, erschauderte ich bei dem Gedanken.

Erst am nächsten Morgen begriff ich, was ich gesehen hatte.

Ich wartete darauf, dass die Schmuggler über mein Schicksal entschieden, als Georg sagte: »Habt ihr schon gehört? Die Äbtissin des Zisterzienserklosters ist von einer Hexe erschlagen worden.«

Kapitel 26

Georg war so aufgeregt, dass er die Geschichte allein in meinem Beisein ein halbes Dutzend Mal erzählte. Ich versuchte, so zu tun, als würde ich ihm nur beiläufig zuhören, so wie man jemandem lauscht, der etwas Schlimmes berichtet, was einen selbst nicht betrifft.

»In der ganzen Stadt redet man von nichts anderem«, sagte er, als auch Richard und Czyne hinzukamen. Alle Blicke ruhten auf ihm, und es war nur allzu deutlich zu erkennen, wie sehr ihm das gefiel. »Es muss irgendwann gestern Nacht passiert sein. Anscheinend ist eine Frau, die von den Wachen schon lange wegen Hexerei gesucht wird, ins Kloster eingedrungen, um dort Feuer zu legen.«

»Wer würde denn ein Kloster anzünden wollen?«, fragte Paul.

»Der Teufel natürlich«, sagte Georg im Brustton der Überzeugung. »Klöster sind Orte der Frömmigkeit und Reinheit. Deshalb sind sie ihm zuwider.«

Einige nickten, ich biss mir nur auf die Lippen.

»Die alte Äbtissin hat sie überrascht, als die Hexe das Feuer legte, und wollte sie aufhalten, aber die Hexe hat sie mit ihrem eigenen Kruzifix erschlagen.«

»Wie schrecklich«, sagte Femeke. Ihre beiden Kinder klammerten sich an ihren Rock, sahen von einem Schmuggler zum anderen, als hofften sie, dass einer sagte, es würde gar keine Hexen geben, und das alles wäre nur eine Geschichte, die Georg erfunden hätte.

»Eine andere Nonne hat die Schreie der Äbtissin gehört. Sie kam hinzu und vertrieb die Hexe, bevor die das ganze Kloster in Schutt und Asche legen konnte«, fuhr dieser aber fort, ohne dass ihn jemand unterbrach. »Bürgermeister Wilbolt hat bereits einen Teil seiner Soldaten abgestellt, um die Klöster der Stadt zu bewachen.«

»In was für Zeiten leben wir nur, in denen man Gotteshäuser mit Schwertern beschützen muss«, sagte ein Gaukler namens Dythmar.

Georg begann mit dem Kreuz zu spielen, das er unter seinem Hemd hervorgezogen hatte. »Auf dem Domplatz steht ein Prediger, der sagt, das alles seien Anzeichen für das Ende der Welt.«

Richard schüttelte den Kopf. »Das sagt immer irgendeiner.«

»Aber sieh dir doch an, was passiert«, hielt Georg dagegen und zählte dann auf: »Eine Seuche, die das Land entvölkert. Der Verfall der Sitten. Überall Juden. Das Heilige Land in der Hand der Sarazenen. Und jetzt taucht der Antichrist selbst auf, um unsere Gotteshäuser anzuzünden und die Frommsten unter uns zu ermorden.«

Er meint mich, dachte ich mit einem mulmigen Gefühl. *Ich bin sein Antichrist.*

Richard grinste. »Zum Erhalt der Sitten tragen Schmuggler und Diebe wie wir auch nicht unbedingt bei.«

»Ganz genau«, stimmte Paul zu und sagte zu Georg: »Wenn du den Heiligen spielen willst, musst du dich zumindest an die zehn Gebote halten. Da heißt es: Du sollst nicht stehlen!« Fragend sah er mich an. »Heißt es doch, oder?«

Georgs Gesicht verknitterte sich. Er war ein gutmütiger, freundlicher Mann, an dessen Seite ich mich abends in den Gassen sicher fühlte, aber wenn es um seinen Glauben ging, wurde er zu einem anderen, unangenehmen Menschen. »Ihr denkt, das wäre alles ein Witz, oder?« Sein Blick traf jeden von uns. »Ihr werdet nicht mehr lange lachen. Das Ende kommt, ob ihr bereit seid oder nicht.« Er wandte sich ab, ging zu seiner Schlafstelle und zog den Vorhang zu.

Czyne seufzte und schüttelte den Kopf, überließ es aber Richard, etwas dazu zu sagen.

»Ihr alle habt Georgs Geschichte gehört. Die Stadt wird voller Soldaten sein, also passt auf.« Sein Blick streifte mich. »Ich habe euch auch gebeten, darüber zu befinden, ob Ketlin bei uns bleiben darf oder nicht. Jeder Einzelne ist zu mir gekommen und hat seine Meinung kundgetan.« Er drehte sich ganz zu mir um und sagte: »Nur einer hat sich gegen deine Aufnahme ausgesprochen, damit bist du bei uns aufgenommen, Ketlin.«

Ich dankte ihm und allen anderen, sogar Czyne, obwohl ich mir denken konnte, dass sie es gewesen war, die gegen mich gesprochen hatte.

Paul zeigte mir meine Schlafstatt. Sie befand sich an der linken hinteren Wand der Höhle, nahe eines Luftabzugs, wie er direkt erklärte.

»Das ist eine gute Stelle«, fuhr er fort. »Links die Wand und auf der anderen Seite schläft niemand. Wir haben die Verschläge für die Gaukler aufgebaut, aber die meisten sind abgehauen, als sich die Schließung der Tore anbahnte. Das ist jetzt dein Glück.«

Ich legte meinen Umhang ab und setzte mich auf die Matratze. Daneben standen ein Hocker mit einer Waschschüssel und ein kleines Regal, in dem sich ein hölzerner Napf, ein Löffel und ein Messer befanden.

»Ich dachte, du könntest das vielleicht gebrauchen.« Paul wirkte verlegen. »Es ist nicht viel, aber …«

Ich unterbrach ihn. »Es ist mehr, als ich im Kloster hatte, viel mehr. Ich danke dir.«

Er nickte, dann wandte er sich ab und ging davon.

Ich blieb zurück, während er zu den anderen Schmugglern zurückging. Meine Gedanken kreisten um Schwester Johannita und das, was sie getan hatte. Agnes hatte in Georgs Geschichte keine Erwähnung gefunden. Vielleicht hatte Johannita verschwiegen, dass auch sie in die Sache verwickelt war. Agnes war keine Lügnerin. Es fiel ihr leichter zu schweigen, als die Unwahrheit zu sagen. Das musste Johannita wissen.

Nun, ich wurde zwar mittlerweile nicht nur als Hexe gesucht, sondern auch als Mörderin – was beides gleich schlimm war –, doch solange ich dem Kloster fernblieb, brauchte ich keine Angst zu haben, dass man mich fasste. Coellen war eine große Stadt. Einen einzelnen Menschen darin zu finden, erschien mir unmöglich.

Ich sah mich in der Nähe meiner neuen Schlafstatt um. Die Reliefs und Symbole, die ich dort entdeckte, waren unbeschädigt, und ich betrachtete sie im Licht der vielen Lampen und Kerzen, von denen die Höhle erhellt wurde, ein Zeichen dafür, wie wohlhabend die Schmuggler waren.

Ich sah seltsame Gestalten, Männer mit Pferdeleibern, einen Mann mit den Hörnern einer Kuh und etwas, das wie eine geflügelte Schlange aussah. Dazwischen standen römische Zahlen und einzelne Worte, die so verwittert waren, dass ich sie nicht lesen konnte.

Wie alt das wohl ist?, dachte ich. *Bestimmt viel älter als ich, älter als Mutter, ihre Mutter und deren Mutter zusammen, vielleicht sogar älter als die Mauern Coellens.*

Es beruhigte mich, dass sie da waren und noch da sein würden, wenn es mich schon längst nicht mehr gab.

»Kerlin?«

Ich öffnete die Augen und blinzelte. Eine Silhouette zeichnete sich auf der anderen Seite des Vorhangs ab.

»Schläfst du?«, fragte Richard.

»Nein.« Ich setzte mich auf. In der Höhle wusste man nicht, ob es Tag oder Nacht war. Es fiel mir schwer zu schätzen, wie lange ich geschlafen hatte.

»Ich könnte deine Hilfe gebrauchen.«

»Natürlich.« Ich nahm meinen Umhang, gähnte und streckte mich. Dann zog ich den Vorhang zurück. Überrascht sah ich Richard an, war im ersten Moment so verwirrt, dass ich nicht wusste, was ich sagen sollte.

Richard hatte sich umgezogen. Er trug rotbraune Samthosen und Stiefel aus weichem Ziegenleder. Die Samtweste über seinem weißen Hemd war mit Goldfäden verziert, von dem Hut, der schräg auf seinem Kopf saß, hing eine Fasanenfeder. Wären die Tätowierungen in seinem Gesicht nicht gewesen, hätte man ihn für einen Adeligen auf einem Jagdausflug halten können.

»Zu viel?«, fragte er, als er meinen Blick sah.

Ich sammelte mich. »Nein … nein, ganz und gar nicht. Du siehst …«, ich suchte nach dem richtigen Wort, »… edel aus. Als wärest du für diese Kleidung geboren.«

Das Kompliment gefiel ihm sichtlich. »Gut. Hinten im Herrenhaus liegt auch Kleidung für dich. Ich hoffe, sie passt.« Er bemerkte meine Verwirrung. »Zieh dich um. Ich erkläre dir alles auf dem Weg.«

Ich fragte nicht weiter nach, sondern verließ meine Schlafstätte und ging durch den schmalen Gang zum sogenannten Herrenhaus. Ich war noch nie dort gewesen, und es überraschte mich, wie groß die Höhle war. An der rechten Wand stapelten sich Kisten und Stoffballen, an der linken standen einige Schränke und ein Regal. Felle lagen auf dem Steinboden, an der Rückwand des Raums sah ich zwei Schlafstätten, die durch ein hüfthohes steinernes Becken voneinander getrennt waren. In jeder befand sich ein Bett mit Decken und Fellen. Ich begriff auf einmal, weshalb niemand so recht zu sagen wusste, ob Richard und Czyne ein Paar waren. Zumindest dieser Raum gab keinen Aufschluss darüber.

Auf einem der Betten saß Czyne, barfuß und mit übereinandergeschlagenen Beinen, auf dem anderen lag Kleidung, die der von Richard in nichts nachstand. Ein bodenlanges grünes Samtkleid mit weiten goldbestickten Ärmeln, ein Ledergürtel, weiche Stiefel, Handschuhe und ein fellbesetzter Umhang. Ein gefaltetes Unterkleid, ein seidenes weißes Gebende und ein silberner Kopfreif lagen daneben auf einem kleinen Hocker.

»Gefällt es dir?«, fragte Czyne.

Ich nickte. »Es ist wunderschön.«

»Ein Ratsherr hat uns damit bezahlt, als ihm das Geld ausging. Es war für mich gedacht, aber ich habe selten Gelegenheit, so etwas zu tragen.« Sie stand auf. »Zieh es an.«

Ich wartete darauf, dass sie den Vorhang zuziehen oder sich abwenden würde, aber sie tat es nicht, hockte stattdessen nur da und sah mich abwartend an. Es widerstrebte mir, mich vor ihr auszuziehen, doch ich wagte auch nicht, etwas zu sagen.

Zögernd knotete ich meine Schürze auf und faltete sie sorgfältig zusammen, um Zeit zu schinden. Den Gürtel rollte ich auf. Sandalen und Hemd folgten, dann der Rock, sodass ich nur noch das Unterkleid trug.

»Richard hat dich nie erwähnt«, sagte Czyne, als wäre es ganz normal, einer anderen Frau beim Ausziehen zuzusehen. Vielleicht war es das in ihrer Welt sogar.

»Es gab nichts zu erwähnen.« Ich breitete das frische Unterkleid so auf dem Bett aus, dass ich direkt hineinschlüpfen konnte, und zog mein altes rasch über den Kopf.

»Warum sagst du das?«

Aus den Augenwinkeln sah ich, wie Czyne mich musterte. Ich errötete und griff nach dem neuen, viel weicheren Unterkleid.

»Weil«, begann ich, während ich hineinschlüpfte und mit den Ärmeln kämpfte, »ich und er, weil wir ...« Es fiel mir schwer, mich auf die Antwort zu konzentrieren. Ich spürte die kühle Brise auf meiner nackten Haut und Czynes Blicke in meinem Rücken. Meine Hände suchten weiter nach den Ärmeln. »Weil er nur mein Lehrer war, nicht mehr«, sagte ich währenddessen, weil ich glaubte, dass sie das hören wollte. »Für die Zeit, die wir zusammen verbrachten, wurde er bezahlt, das dachte ich wenigstens. Ich kenne ihn eigentlich kaum.« Endlich glitten meine Hände in die Ärmel. Ich schob den Kopf durch den Kragen und atmete tief durch. »Du weißt bestimmt viel mehr über ihn als ich.«

Ich drehte mich um und sah, dass ich allein in der Höhle war.

Auch im Gang konnte ich Czyne nicht entdecken. Sie musste mich noch während meiner Antwort verlassen haben.

Was soll das denn?, fragte ich mich, war aber gleichzeitig zu erleichtert, um Ärger über ihre Unhöflichkeit zu empfinden. Wenn sich Czyne in meiner Nähe befand, fühlte ich mich stets beobachtet und ein klein wenig angegriffen. Ich hätte gern gewusst, ob es anderen auch so ging.

Das Kleid war ein wenig zu weit und zu lang für mich, aber ich raffte es mit dem Gürtel zusammen, bis ich keine Angst mehr haben musste, auf den Saum zu treten. Es war fast so schwer wie die Nonnentracht, die ich im Kloster zurückgelassen hatte, aber viel weicher und angenehmer. Der Stoff kratzte nicht auf der Haut, und ich spürte keine einzige Naht.

Zuletzt setzte ich den Kopfreif über das Gebende und rückte ihn zurecht, bis ich glaubte, dass er gerade saß. Dann faltete ich meine eigene Kleidung zusammen und war beinahe entsetzt, als ich den Gestank roch, der daraus aufstieg. Als ich sie am Körper getragen hatte, war er mir nicht einmal aufgefallen.

Richard erwartete mich bereits in der Haupthöhle, Czyne stand neben ihm und reichte ihm gerade einen großen Beutel. Seine Mundwinkel zuckten, als er mich sah. Ich hoffte, dass er mir kein Kompliment machen würde, und das tat er auch nicht.

»Passt alles?«, fragte er nur, und ich nickte. »Dann machen wir uns besser auf den Weg.«

Paul begleitete uns nach draußen, verabschiedete uns mit einer übertriebenen Verbeugung und sagte etwas von Hoheiten, was ich nicht ganz verstand. Bevor wir den Hinterhof verließen, hielt mich Richard mit einer Geste zurück und griff in den großen Beutel.

»Hier«, sagte er. »Zieh die über.«

Er hielt eine einfach geschnitzte braune Holzmaske mit langem Schnabel in der Hand. Lederriemen hingen von ihr nach unten.

»Eine Seuchenmaske?«, fragte ich.

Er reichte sie mir und nahm eine zweite aus dem Beutel. »Keine echte. Ein paar findige Händler haben sie nachgeschnitzt und verkaufen sie an die ganz Verzweifelten oder die ganz Dummen.«

»Und wieso hast du dann welche gekauft?«

Er zog sich seine Maske über und schnürte sie am Hinterkopf fest. »Weil mein Gesicht nicht zu meiner Kleidung passt und weil es besser wäre, wenn du in der Stadt nicht gesehen würdest.«

Ich dachte an all die Soldaten, die durch die Stadt patrouillierten, und setzte sie wortlos auf. Obwohl ich Richards Mimik hinter dem Holz nicht sehen konnte, war ich mir sicher, dass er lächelte.

Mit einer leichten Verbeugung ließ er mir den Vortritt.

Die Sonne war ein milchiger heller Fleck, verborgen hinter Wolken, aber an ihrem Stand war abzulesen, dass die Mittagsstunde gerade erst angebrochen war. In unseren feinen Kleidern und mit den Masken auf dem Gesicht, für die manche ein Vermögen bezahlten, fielen wir in den ärmlichen Gassen auf. Die Menschen gingen uns aus dem Weg, und die Soldaten, denen wir begegneten, deuteten eine Verbeugung an und grüßten höflich, bevor sie weitergingen. Es waren tatsächlich weit mehr als gewöhnlich.

Nach einer Weile bog Richard in eine breite Straße ab. »Jemand ist an uns herangetreten«, sagte er, »einer der wichtigsten und vor allem wohlhabendsten Männer der Stadt.«

Seine Stimme klang dumpf unter der Maske. Meine drückte auf Wangen und Kinn, aber trotzdem genoss ich den Geruch des frischen Holzes, denn er minderte den Gestank der Fäkalienrinnen.

»Er hat um eine Unterredung gebeten«, fuhr Richard fort, während er sich an einem Karren vorbeidrängte. Der Mann, der ihn zog, entschuldigte sich wortreich. »Dem Auftreten seines Dieners nach erwartet er jemanden von ähnlichem Stand wie er selbst und nicht …« Richard zögerte. »… uns«, sagte er dann schlicht.

Ich nickte. Es musste aussehen, als wollte ich Körner vom Boden aufpicken.

»Einem gut gekleideten Mann, der sogar seine Gattin mitbringt, vertraut man sicherlich eher seinen Besitz an als einem Gaukler und einer Diebin.«

»Das Kleid hätte Czyne auch gepasst«, sagte ich.

»Ja, aber sie hätte nicht zum Kleid gepasst.« Richard führte mich am Eingangsportal des Doms vorbei auf die andere Seite. Ich ahnte plötzlich, zu wem wir gingen. »Du weißt, wie man sich benimmt, und das ist mehr wert, als du vielleicht glaubst.«

Wir blieben vor einer hohen Fassade stehen. Eine Treppe führte zu einer schweren, doppelflügligen Eichentür, die von zwei Soldaten flankiert wurde.

»Hier ist es«, sagte Richard. »Das Haus des Apothekers Erasmus.«

Er sprach nur aus, was ich längst wusste.

Kapitel 27

Die Soldaten wussten von unserem Besuch und verbeugten sich respektvoll, als wir vor der Tür stehen blieben. Einer von ihnen klopfte mit einem gewaltigen eisernen Türklopfer in Form eines Mörsers an. Lorenz, der Diener, den ich bei Erasmus' Rede gesehen hatte, öffnete. Er warf einen kurzen, wie ich fand, missbilligenden Blick auf unsere Masken, dann bat er uns ins Haus. Unsere Ledersohlen versanken lautlos in den weichen Teppichen, mit denen der Gang ausgelegt war. An den Wänden waren Öllampen angebracht, dazwischen hingen Portraits von Menschen, die ich nicht kannte.

Lorenz führte uns die Treppe hinauf und bog nach rechts ab in ein großes Zimmer, durch dessen Fenster man den Domplatz sehen konnte. Ein langer Eichentisch stand in der Mitte, mehr als ein Dutzend hoher, mit Schnitzereien verzierte und gepolsterte Stühle umgaben ihn. Es gab einen Kamin, dessen Feuerstelle größer war als ich, und Teppiche an den Wänden, deren Motive Erasmus' Beruf widerspiegelten: Auf einem war ein Mann zu sehen, der an einem Krankenlager saß und Trost spendete, auf einem anderen verabreichte derselbe Mann einer Frau, neben der bereits der Tod mit seiner Sense hockte, Medizin; auf dem nächsten Teppich war sie gesund und kniete sichtlich dankbar vor dem Mann, der Erasmus nicht unähnlich sah.

»Der Apotheker hat gleich Zeit für euch«, sagte der Diener, während er zwei der Stühle zurückschob und uns bedeutete, darauf Platz zu nehmen. »Macht es euch bequem.«

Er verließ das Zimmer.

Wir nahmen die Masken ab und legten sie auf den Tisch.

»Er scheint ein wenig von sich eingenommen«, sagte Richard leise.

Ich unterdrückte ein Lachen. »Ich habe ihn schon einmal gesehen, und da …«

Richard legte den Zeigefinger auf die Lippen. Ich unterbrach mich, lauschte in den Gang und hörte die beiden Männerstimmen, die miteinander sprachen.

»… Bestellungen fertig«, sagte Erasmus, als er eintrat. »Das muss einfach schneller gehen.«

Lorenz blieb im Türrahmen stehen und verneigte sich knapp. »Ja, Herr. Ich werde dafür sorgen.«

»Gut. Und bring etwas Wein und was auch immer die Küche gerade zaubern kann, sonst verhungern unsere Gäste noch.«

Zum ersten Mal sah Erasmus uns an. Einen Moment lang blieb sein Blick auf mir hängen, als käme ihm mein Gesicht bekannt vor, dann glitt er zu Richard hinüber, dessen Tätowierungen nun, da er die Maske nicht mehr trug, zu sehen waren.

Erasmus zog eine Augenbraue hoch, sagte aber nichts dazu, sondern bat: »Entschuldigt bitte meine Verspätung. Ich habe so viel zu tun, dass ich kaum weiß, wo ich anfangen soll.«

Er setzte sich, nicht uns gegenüber, sondern ein wenig seitwärts, dorthin, wo die Sonnenstrahlen, die durch die Fenster fielen, sein Gesicht erhellen konnten.

Im nächsten Moment, bevor einer von uns antworten konnte, beugte er sich bereits wieder vor. »Kann ich die mal sehen?«, fragte er mit einem Blick auf die Masken.

»Natürlich.« Richard schob eine der beiden Masken über den Holztisch. Erasmus nahm sie in die Hand, drehte sie und blickte in den Schnabel hinein.

»Billige Imitation«, sagte er und schob die Maske so heftig zurück, dass Richard sie mit der Hand abfangen musste, damit sie nicht über die Tischkante rutschte. »Jeder Pfennig, den ihr dafür bezahlt habt, war einer zu viel.«

Er lehnte sich zurück und schlug die Beine übereinander. Die Stoffe, die er trug, waren so edel, dass unsere Kleidung wie die eines Bettlers wirkte.

»Meine Soldaten sind bereits auf der Suche nach diesen Fälschern, die derartige nutzlose Masken verkaufen«, ließ er uns wissen. »Der Bürgermeister sollte die Halunken in den Kerker werfen, sie stellen eine Gefahr für die ganze Stadt dar. Die Leute werden unvorsichtig, wenn sie glauben, sie wären geschützt, aber diese Masken schützen niemanden.« Er sah Richard an und fragte dann doch: »Was sind das für Tätowierungen?«

»Sie sind in meiner Gegend üblich.«

»Was ist das für eine Gegend?«

»Florenz«, sagte Richard. Mir gegenüber hatte er nie von einem Ort namens Florenz gesprochen, aber er sagte es so beiläufig, dass ich mir nicht sicher war, ob er log.

»Aha.« Erasmus trommelte mit den Fingern auf der Tischplatte. »Und hast du dir deine Kleidung in Florenz oder Coellen verdient?«

Richard lächelte. »Ich verdiene sie mir, wo immer ich gebraucht werde.«

Der Apotheker lachte so knapp, dass man es mit einem Blinzeln hätte übersehen können. »Wie heißt du?«

»Richard.«

»Ist das dein Weib?«

»Mein Name ist Ketlin«, sagte ich, bevor eine weitere Lüge zu all den anderen hinzukam. Aus den Augenwinkeln sah ich, dass Richard kurz die Lippen zusammenpresste, so als sei ihm nicht recht, dass ich das Wort ergriffen hatte.

Erneut verweilte Erasmus' Blick länger auf meinem Gesicht als nötig, ich wusste nicht, weshalb. Schritte und das Klirren von Geschirr unterbrachen den Moment.

Innerhalb weniger Lidschläge war das Zimmer voller Diener. Brot, Butter, kleine geräucherte Würstchen und frisches Obst wurden aufgetischt, dazwischen Schalen platziert mit etwas, das ich noch nie gesehen hatte und das Erasmus Feigen nannte, und Wein wurde uns eingeschenkt.

Die Diener verschwanden so schnell, wie sie gekommen waren, und der Apotheker forderte uns mit einer übertrieben großzügigen Geste auf zu essen. Er selbst trank nur etwas süßen Wein.

Hat er es wirklich nötig, vor uns anzugeben?, dachte ich, während ich mit kleinen Bissen, so wie es mir Schwester Johannita beigebracht hatte, eines der Würstchen aß. Ich hatte Hunger, aber zum Glück knurrte mein Magen nicht.

»Es muss schwierig sein, seine Vorratskammer in Zeiten wie diesen derart gut gefüllt zu haben«, sagte Richard und drehte eine Feige zwischen den Fingern.

»Solche Zeiten bergen nicht nur Schwierigkeiten, sondern auch Möglichkeiten, man muss sie nur als solche erkennen.« Erasmus musterte Richard mit seinem Raubvogelblick. »Das weiß wohl kaum jemand so gut wie du.« Richard ging nicht auf die Bemerkung ein, also fuhr Erasmus fort. »Ich hatte bis vor kurzem ein Abkommen mit einer der Familien, doch nun möchte man dort nachverhandeln, was mir missfällt. Jemand erwähnte, es gäbe auch andere, die Dienste anbieten, wie ich sie benötige.«

»So ist es.«

Die beiden Männer begannen zu verhandeln, ohne mich zu beachten. Erasmus wollte Waren in die Stadt schmuggeln lassen, Öle und Kräuter für die Masken, aber auch einiges für sich selbst und, das verstand ich nicht ganz, zum Verkauf an andere. Anfangs hörte ich noch zu, doch nach einer Weile schwand meine Aufmerksamkeit, und meine Gedanken schweiften ab.

Überall in der Stadt waren Soldaten, die in kleinen Gruppen um den Dom patrouillierten. Ich glaubte nicht, dass sie nach mir suchten, trotzdem war ich froh über die Maske, die ich draußen wieder tragen würde.

Wissen sie überhaupt, wen sie suchen?, fragte ich mich. *Hat Johannita mich beschrieben und ihnen meinen Namen genannt?*

Davon musste ich eigentlich ausgehen, und wenn dem so war, würden die Schmuggler schon bald erfahren, dass die in der ganzen Stadt gesuchte Hexe eine ehemalige Novizin namens Ketlin war.

Nervös schluckte ich ein Stück Brot hinunter.

»Mein Bote sollte in den nächsten Tagen eintreffen«, sagte Erasmus in diesem Moment. »Er wird in einem Dorf nicht weit von hier warten und euch die Ware übergeben.«

»Wer ist dieser Bote?«, fragte ich rasch, bevor Erasmus fortfahren konnte.

Er sah mich an und war sichtlich verwirrt wegen der Frage.

Ich räusperte mich. »Ich frage nur, weil deine Diener bestimmt nicht so gebildet und weltgewandt sind, dass sie einen solch schwierigen Auftrag ausführen könnten. Hast du einen Lehrling, der diese Dinge für dich erledigt?«

Ich hätte mich am liebsten geohrfeigt, so naiv und albern klangen die Worte in meinen Ohren.

Erasmus hob die Augenbrauen. »Deine Gemahlin zerbricht sich offenbar gern den Kopf anderer Leute.«

Es war eine Zurechtweisung, aber Richard – und dafür war ich ihm ehrlich dankbar tat so, als würde er das nicht bemerken. »Ehrlich gesagt, Apotheker, habe ich mir die gleichen Gedanken gemacht. Die Waren sind von großem Wert. Ihr müsst demjenigen, der sie beschaffen soll, vertrauen.«

»Und das schließt meinen Lehrling bereits aus.« Erasmus trommelte erneut mit den Fingern auf der Tischplatte. Er hatte lange, weich wirkende Hände und saubere Fingernägel. »Ich wollte ihn eigentlich schicken, damit liegt euer Weib ganz richtig, aber jetzt bin ich froh, dass ich es nicht getan habe. Er hat mich im Stich gelassen, dieser undankbare Nichtsnutz. Abends noch hat er meine Tinkturen sortiert, und am nächsten Morgen war er verschwunden.«

Ich erlaubte meinem Gesicht keine Regung, aber unter der Tischplatte verkrampften sich meine Hände.

»Seine Eltern haben sich die Lehre vom Mund abgespart, und ich habe alles getan, damit aus ihm eines Tages ein guter Apotheker wird, aber er hat meine Großzügigkeit mit Füßen getreten. Ich hätte es wissen müssen. Er ist nun mal nicht zum Arbeiten geboren.«

»Also hast du einen Diener an seiner Stelle geschickt?« Richard lenkte Erasmus' Aufmerksamkeit auf sich. Vielleicht war mein Gesicht doch nicht so reglos, wie ich dachte.

»Ja. Seine ganze Familie steht in meinen Diensten. Wenn er eine Dummheit begeht, landen sie alle im Schuldnerturm, das weiß er.«

Erasmus sagte noch einiges mehr, aber ich dachte nur noch an Jacob und seine Lüge, etwas anderes nahm ich kaum mehr wahr.

Irgendwann verabschiedeten wir uns von dem Apotheker und verließen das Haus. Richard musste mich daran erinnern, die Maske aufzusetzen, die ich selbstvergessen in einer Hand hielt.

»Du hast davon nichts gewusst?«, fragte er.

Ich schüttelte den Kopf, zog den Umhang eng um meinen Körper und ging rasch los. Richard folgte mir, stellte immer wieder Fragen, die ich nicht beantworten konnte oder wollte. Ja, ich hatte gewusst, wie unglücklich Jacob in seiner Lehre war. Nein, niemals hatte er davon gesprochen, sie abzubrechen. Nein, ich wusste nicht, wo er hingegangen war, und erst recht nicht, warum er mich belogen hatte.

Obwohl ich einsilbig oder gar nicht antwortete, redete Richard weiter auf mich ein. Er meinte es gut, das wusste ich, aber ich wollte nicht mit ihm reden, sondern einfach nur allein sein.

Als sich mir die richtige Gelegenheit bot, lief ich los.

»Ketlin!« Richard rief mehrmals meinen Namen, aber ich drehte mich nicht um, sondern lief in immer kleinere Gassen, bis ich sicher sein konnte, ihn abgehängt zu haben. Dann schlug ich einen Bogen und ging zum Severinstor.

Der Tavernenbesitzer stand wieder vor der Tür. Unter der Maske konnte er mich nicht erkennen, aber er ließ erneut zu, dass ich mich auf eine der Bänke abseits vom Schankbetrieb setzte. Es begann leicht zu nieseln, und ich schlug die Kapuze meines Umhangs hoch, damit der Silberreif nicht nass wurde.

Es saßen keine Soldaten an diesem Nachmittag vor der Taverne, nur einige alte Männer, die der Regen ebenso wie mich nicht störte. Ab und zu warfen sie mir Blicke unter buschigen Augenbrauen hervor zu und tuschelten miteinander. Ich war mir sicher, dass sie über meine Maske sprachen.

Ich fühlte mich verloren und allein, doch die Tränen, die ich befürchtet und vor Richard hatte verbergen wollen, blieben aus. Das erfüllte mich ein wenig mit Stolz.

Mit jedem Schlag, dachte ich, *werde ich erwachsener. Bald wird mich nichts mehr niederwerfen können.*

Der Gedanke vertrieb Enttäuschung und Wut. Ich begann mich umzusehen und die Stadt um mich herum wahrzunehmen. Die Menschen, die durch die Gassen gingen, manche von ihnen – die, die so gekleidet waren wie ich oder noch edler – mit Masken, die anderen ohne. Ich sah Tischler und Edelleute, Bettler und Soldaten, und zwischen ihnen schlichen sich bestimmt auch Diebe herum.

Mir fiel ein zerlumpter Mann auf, der eine ebenso schmutzstarrende und zerlumpte Frau hinter sich herzog. Das Haar hing ihr wirr vom Kopf, seines war unter einer Schicht aus Dreck kaum auszumachen. Die anderen Passanten machten einen Bogen um sie.

»Ihr da!«, rief der Mann, als er sich dem Tor näherte. Zu meiner Überraschung sprach er die Soldaten an, die in einer kleinen Gruppe zusammenstanden und redeten. Leute wie er gingen ihnen normalerweise aus dem Weg. »Ihr sucht doch eine Hexe, oder?«

Obwohl ich eine Maske trug, zog ich die Kapuze tiefer in mein Gesicht.

Die Soldaten gingen langsam auf ihn zu. Ihr Anführer legte die Hand auf sein Schwert. »Das ist richtig.«

»Gibt es eine Belohnung? Weil …«, der Mann zog die Frau heran und ergriff mit beiden Händen ihre Oberarme, »… ich hier eine habe.«

Die alten Männer vor der Taverne unterbrachen ihr Gespräch. Auch einige Passanten, die wohl nur das Wort Hexe gehört hatten, blieben stehen.

Ich sah die Frau an. Sie wirkte willenlos und stumpfsinnig, schien nicht zu verstehen, was um sie herum geschah.

»Das ist also eine Hexe, ja?«, fragte der Anführer der Soldaten.

Der zerlumpte Mann nickte. »Hab sie selber nachts mit dem Teufel fliegen sehen, so wahr ich hier stehe.«

»Wie heißt denn deine Hexe?«

Die anderen Soldaten kamen ebenfalls heran. Einige grinsten.

Der Mann hob die Schultern. »Wie soll sie denn heißen?«

Sogar die Alten vor der Taverne begannen zu lachen, als er das sagte. Der Anführer der Soldaten zog sein Schwert eine Handbreit aus der Scheide und deutete mit dem Kinn in die Gassen hinein. »Verschwinde. Du musst dir was Besseres einfallen lassen, wenn du dein Weib loswerden willst.«

»Aber sie ist eine Hexe!« Der Mann schüttelte die Frau, die mit einem Stöhnen antwortete. »Ihr müsst sie doch in den Kerker werfen, wenn ich das sage!«

Der Soldat zog sein Schwert wortlos ein Stück weiter aus der Scheide.

Der Mann wich zurück und verschwand fluchend in einer der Gassen, die Frau, die vielleicht seine war, hinter sich herziehend.

Ich stand von meiner Bank auf und verließ mit gesenktem Kopf die Taverne. Die Soldaten mussten wissen, wie ich hieß, sonst hätten sie nicht nach dem Namen der Frau gefragt. Also würden es auch die Schmuggler früher oder später erfahren. Ich fragte mich, ob Richard es vielleicht bereits wusste.

Außer der Höhle gab es keinen Ort, an dem ich mich noch sicher fühlen konnte, also ging ich dorthin zurück. Czyne und Richard erwarteten mich bereits, als ich aus dem Gang trat, die meisten anderen Schmuggler waren unterwegs.

»Komm mit in die andere Höhle«, sagte Richard. Er hatte sich noch nicht umgezogen, nur die Samtweste aufgeknöpft und den Hut abgelegt.

»Es tut mir leid, dass ich weggelaufen bin.« Ich folgte ihm in den kleinen Gang. Czyne blieb hinter mir. »Ich wollte nur allein sein und über alles nachdenken. Es …«

Richard drehte sich in der Mitte der Herrenhaus-Höhle um und unterbrach mich. »Du bist es, richtig? Die Hexe, die sie suchen.«

Ich wusste nicht, was ich sagen sollte. Zwar hatte ich geahnt, dass er die Frage stellen würde, doch darauf vorbereitet war ich dennoch nicht.

Hinter mir hörte ich Czyne sprechen. »Ich habe mit einem der Soldaten, die wir bestechen, gesprochen. Er sagte, dass sie nach einer ehemaligen Nonne namens Ketlin suchen, die wegen Hexerei angeklagt ist. Das dürftest wohl du sein.«

»Du hättest das nicht verschweigen dürfen«, hielt mir Richard vor. Er nahm es persönlich, so als hätte ich mit meinem Schweigen sein Vertrauen missbraucht.

»Ich wusste nicht, wie ich es hätte sagen sollen. Ich hatte Angst, dass ihr mich nicht aufnehmen würdet.«

Czyne ging langsam um mich herum und blieb neben Richard stehen. »Du hattest recht«, sagte sie zu ihm. »Ich hätte auf dich hören sollen.«

»Es lässt sich nicht mehr ändern.«

Ich sah von Czyne zu Richard und wieder zurück. »Wovon redet ihr?«

Er öffnete den Mund, aber sie kam ihm zuvor. »Richard wollte nicht, dass du zu uns kommst.«

Ich konnte sehen, wie unangenehm es ihm war, dass sie das sagte. Czyne musterte ihn kurz aus den Augenwinkeln, musste es ebenfalls sehen, denn sie fuhr geradezu freudig fort, so wie jemand, der es genoss, eine schlechte Nachricht zu überbringen. »Er glaubte, dass du lügst, deshalb wollte er dir ein paar Pfennige geben und dich irgendwo in einer Taverne unterbringen. Er sagte …«, sie sah ihn an, »… irgendwas stimme nicht mit dir, du würdest das Verderben anziehen wie …«

»Es reicht!« Richard unterbrach sie. Seine Stimme zitterte vor Wut und vielleicht auch Scham. »Es war nicht so gemeint, wie es klingt.«

Ich biss mir auf die Lippen. Die Tränen, die bei dem Gedanken an Jacobs Lüge nicht hatten kommen wollen, musste ich nun mühsam zurückhalten. »Du warst die Gegenstimme?«

»Ja.«

Seine Worte und die von Czyne dröhnten in meinem Kopf. Ich drückte den Rücken durch und wischte mir die Tränen aus dem Gesicht. »Keine Sorge. Ich werde gehen, bevor ich das Verderben auch noch über euch bringe.«

Richard stellte sich mir in den Weg. »Wenn du jetzt gehst, wird jeder Schmuggler in der Höhle wissen wollen, weshalb. Und einer von ihnen wird die richtigen Schlussfolgerungen ziehen und sich auf die Suche nach dir machen, um die Belohnung zu kassieren.«

Ich hob die Arme. »Soll ich gehen, soll ich bleiben? Was, verdammt noch mal, wollt ihr von mir?«

»Ich will, dass du die Wahrheit sagst.« Richard sah mich beinahe flehentlich an. »Dass du mit einer Lüge aufgewachsen bist, heißt nicht, dass du dein ganzes Leben lang lügen musst.«

Einen Moment lang schwieg er und wollte mir wohl Zeit zum Nachdenken geben. Czyne verschränkte die Arme vor der Brust und seufzte.

»Hast du irgendwas von dem getan, was man dir vorwirft?«, fragte sie. Es klang ungeduldig.

»Nein.«

»Bist du eine Hexe?«

»Nein.«

Sie drängte sich zwischen mir und Richard hindurch. »Herzlichen Glückwunsch. Du darfst bleiben.« Sie warf Richard einen kurzen Blick zu. »Du machst immer alles so kompliziert«, sagte sie, bevor sie die Herrenhaus-Höhle verließ.

Ich blieb allein mit ihm zurück. So dicht standen wir uns gegenüber, dass ich die Feigen in seinem Atem riechen konnte.

»Ist jetzt alles zwischen uns geklärt?«, fragte ich ruhig.

»Ja.« Richard strich sich mit einer Hand über die Augen. Er wirkte müde. »Was Czyne gesagt hat ... Was ich damit meinte ...«

»Hat sie gelogen?«, fragte ich schärfer als beabsichtigt.

»Nein. Czyne lügt nicht, nie. Obwohl es vielleicht besser wäre, wenn sie es manchmal täte.« Sein Lächeln war flüchtig, aber ich glaubte, echte Zuneigung darin zu erkennen.

»Ich muss nicht hierbleiben.«

Sein Lächeln kehrte zurück, blieb dieses Mal länger. »Bleib. Ich würde mir nur Sorgen machen.«

Ich sah ihn an. Es wurde still in der Höhle, aber ich spürte nicht das Bedürfnis, etwas zu sagen. Die Süße seines Atems, der Blick, der über mein Gesicht glitt – mehr brauchte ich in diesem Moment nicht.

Richard räusperte sich und wandte das Gesicht ab. Ich blinzelte, fühlte mich, als würde ich aus tiefem Schlaf erwachen.

»Ketlin?«, rief Paul von draußen. Seine Stimme schien aus einer anderen Welt zu kommen. »Bist du hier?«

»Ja, Moment!«, rief ich zurück.

»Er klingt aufgeregt«, sagte Richard. »Ich hoffe, er hat sich nicht schon wieder verletzt.«

»Ich auch.«

Ich trat in den Gang, aber Richards Stimme hielt mich zurück. »Es gibt eine Sache, die ich dich schon immer fragen wollte. Dein Vater – weißt du, wer er ist?«

»Ketlin?«, rief Paul erneut.

Ich drehte mich zu Richard um. »Ja.«

Ich verließ die Herrenhaus-Höhle, bevor er noch etwas sagen konnte.

Eine ganze Gruppe Schmuggler war zurückgekehrt, während ich mit Czyne und Richard gesprochen hatte. Es war seltsam, aber trotz der Dinge, die gesagt worden waren, fühlte ich mich besser, fast wie innerlich gereinigt.

»Was ist denn los?«, fragte ich Paul. Dass er sich nicht verletzt hatte, sah ich sofort, denn er grinste breit und zufrieden.

»Guck mal«, sagte er. Mit dem Kinn deutete er zum Eingang der Höhle.

Ich wandte den Kopf. Einen Moment lang sah ich nichts außer einem Schatten, doch dann trat er in die Höhle, und das Licht der Öllampen beschien sein Gesicht.

Meine Knie wurden weich.

»Jacob …«

Kapitel 28

Wir lagen uns in den Armen. Jacob hielt mich so fest, dass ich nach Atem rang. Trotzdem ließ ich ihn gewähren, grub mein Gesicht in seine Schulter und genoss seinen Geruch. Bis zu diesem Augenblick war mir nicht klar gewesen, wie sehr ich ihn vermisst hatte. Und doch stieß ich ihn schließlich weg.

»Du hast mich angelogen.«

Er sah mich an. »Das stimmt.« Es klang überrascht, so als hätte erst meine Anschuldigung ihn daran erinnert. »Ich entschuldige mich dafür.«

Die Schmuggler hatten uns den vorderen Teil der Höhle überlassen und sich zu den Tischen zurückgezogen. Ich ergriff Jacobs Hand – er trug weiche, staubige Lederhandschuhe – und führte ihn zu meiner Schlafstätte. Er setzte sich auf den Hocker, ich auf das Bett. Im Licht der Öllampen wirkte er blasser und dünner, als ich ihn in Erinnerung hatte. Trotz des warmen Wetters trug er einen schweren, vor der Brust zusammengebundenen Umhang über seiner Weste.

»Du hättest versucht, mich aufzuhalten«, sagte er und nahm damit meine Frage vorweg. »Ich konnte dir nicht die Wahrheit sagen.«

»Das weißt du nicht.« Ich schluckte meinen Ärger hinunter. »Wo bist du gewesen?«

»Maastricht.« Und da war sie auf einmal wieder, die Begeisterung in seinem Blick, dieses Leuchten wie von einer Kerzenflamme, die sein ganzes Gesicht erhellte. »Erasmus steht in Kontakt mit einem Apotheker dort. Von ihm wusste ich, dass ein persischer Arzt in der Stadt weilte, ein Mann namens Abdullah.« Er zog die Handschuhe aus und legte sie neben sich. »Ketlin, du kannst dir nicht vorstellen, wie sehr es mich danach drängte, diesen Arzt kennenzulernen. Ich habe so viel über ihn gehört. Ich bat Erasmus, mich ein paar Wochen gehen zu lassen, damit ich ihn aufsuchen konnte, aber er lehnte ab.«

»Also bist du ohne seine Erlaubnis gegangen.«

»Es war die einzige Möglichkeit. Du hast mir die Idee in den Kopf gesetzt, als du von Konstantinopel sprachst. Ich musste es einfach.«

Ich schwieg einen Moment, dann nickte ich. »Du hattest recht, ich hätte wirklich versucht, dich aufzuhalten. Du hast deine Lehre abgebrochen. All das Geld, was deine Eltern für dich ausgegeben haben, war umsonst.«

»Nein, das war es nicht.« Jacob ergriff meine Hand. »Abdullah hat mich wegen dieser Lehre aufgenommen. Ich durfte Tinkturen für ihn mischen und ihm bei der Behandlung von Kranken helfen.« Er deutete mit dem Kinn auf den Lederrucksack, der neben ihm stand. »Darin sind meine Unterlagen. Ich durfte alles aufschreiben, was er tat. Der Wert dieser Pergamente ist nicht mit Gold aufzuwiegen.« Er atmete tief durch. »Abdullah hat mir angeboten, meine Lehre bei ihm fortzusetzen. Wenn er aus Maastricht abreist, will er mich mitnehmen nach Konstantinopel. Ich bin nur zurückgekommen, um dich zu holen.« Er zögerte. »Wenn du das möchtest.«

Konstantinopel. Mein Ärger war wie weggeblasen. Es kam mir so vor, als hätte alles, was ich bisher hatte erdulden müssen, alles, was mir widerfahren war, nur diesem einen Ziel gedient, als wäre mein ganzes bisheriges Leben nur auf diesen Moment hinausgelaufen. Ich wollte »Ja!« sagen, ihn bei der Hand nehmen und loslaufen, bis wir vor den Toren dieses Konstantinopels standen, wo auch immer das war.

Stattdessen wich ich der Antwort aus, erzählte ihm stattdessen, was während seiner Abwesenheit geschehen war, und unter welchem Verdacht ich stand. Die Ehrlichkeit, die Jacob mir nicht gewährt hatte, gab ich nun ihm.

Er fuhr sich mehrfach mit der Hand durch die Haare, während ich sprach. Er hatte wohl niemals gegen ein Gesetz verstoßen und war auch nie nur in einen entsprechenden Verdacht geraten. Zu hören, dass man mich des Mordes und der Hexerei beschuldigte, entsetzte ihn sichtlich.

»Außer dir wissen nur Richard und Czyne, dass ich jene Ketlin bin, nach der man sucht«, sagte ich zum Schluss.

»Mein Gott.« Jacob blinzelte. Mit ernstem, fast schon traurigem Gesichtsausdruck musterte er mich. Doch plötzlich lächelte er. »Dann sollten wir die Stadt umso schneller verlassen.« Er sah mir meine Erleichterung offenbar an, denn er schüttelte, immer noch lächelnd, den Kopf.

»Hast du wirklich gedacht, ich würde glauben, dass du eine Nonne umgebracht und eine Frau in den Selbstmord getrieben hast? Ketlin, ich kenne dich«, meinte er noch.

Ich drückte seine Hand und beugte mich vor, um ihn zu küssen, aber Jacob stand im gleichen Moment auf und gähnte. »Es war eine lange Reise. Meinst du, ich kann deine Freunde bitten, mich für eine Nacht aufzunehmen?«

»Natürlich. Die Schlafstätte neben meiner wird nicht benutzt.« Ich stand ebenfalls auf. Sein abrupter Themenwechsel verwirrte mich. »Ich hole dir eine Decke.«

»Lieber zwei. Es ist recht kalt hier unten.«

Ich kam seiner Bitte nach. Nachdem ich mit Richard und Czyne gesprochen hatte, kehrte ich mit zwei Decken zu ihm zurück. Jacob hatte sich bereits die Stiefel ausgezogen und begann sein Hemd aufzuschnüren. Ich blieb neben dem geöffneten Vorhang stehen. »Ich könnte bei dir bleiben«, sagte ich leise. »Es würde niemanden hier stören.«

Er gähnte erneut. »Du kannst dir nicht vorstellen, wie verlockend das klingt«, antwortete er ebenso leise. »Aber ich möchte wirklich nur schlafen.«

Er legte sich auf die Strohmatratze und zog die Decken über sich. Bis auf Stiefel, Umhang und Weste hatte er sich nicht ausgezogen. Er schloss die Augen, noch während ich in seinem Verschlag hockte. Ich hatte ihn noch nie so müde gesehen.

»Gute Nacht«, sagte ich.

Die anderen saßen bereits am Tisch, als ich zu ihnen ging. Ich war noch in der Herrenhaus-Höhle gewesen und hatte mich wieder umgezogen.

Dythmar musste an diesem Tag kochen, und wie immer waren die Portionen groß und die Speisen fad. Ich aß ein wenig aus einer der großen Schüsseln, dann legte ich den Löffel weg.

»Geht es Jacob gut?«, fragte Richard unvermittelt. Wir saßen uns gegenüber. Um uns herum gingen die Unterhaltungen weiter.

»Er ist müde von der Reise«, sagte ich, doch in meinen eigenen Ohren klang es wie eine Lüge. »Morgen geht es ihm bestimmt schon wieder gut.«

Czyne sah auf. »Werdet ihr uns dann verlassen?«

Ihr Blick zuckte plötzlich zu Richard, so als habe er sie unter dem Tisch getreten.

Ich nickte. »Jacob kann bei einem Arzt in Konstantinopel in die Lehre gehen. Für ihn erfüllt sich der größte Wunsch seines Lebens.«

»Und deine Mutter bekommt doch noch, was sie wollte«, sagte Richard. »Eine Tochter vom höheren Stand.«

Seine Worte klangen wie eine Anklage. »Darum geht es mir nicht.«

»Ich weiß.« Richard tauchte ein Stück Brot in den Eintopf. »So habe ich das auch nicht gemeint.«

Die Stimmung am Tisch war seltsam. Die Schmuggler lachten und tranken wie beinahe jeden Abend, nur Richard und ich rangen uns jedes Wort ab. Czyne beobachtete uns aus den Augenwinkeln, während sie so tat, als würde sie Georgs Schauergeschichten lauschen. Ich war froh, als ich meinen Weinkrug geleert hatte und aufstehen konnte.

»Gute Nacht«, sagte ich.

»Gute Nacht.«

Ich spürte Richards Blick in meinem Rücken. Ich war mir sicher, dass er mir nachsah, weil er wissen wollte, zu welcher der beiden Schlafstätten ich gehen würde. Ich suchte meine auf und zog den Vorhang hinter mir zu.

Jacobs Handschuhe lagen immer noch auf meinem Hocker. Ränder aus salzigem, längst getrocknetem Schweiß hatten sich an den Fingern gebildet.

Er hat wegen der Wärme geschwitzt, dachte ich, als ich mich hinlegte. *Und er ist blass, weil die Reise anstrengend war. Nichts weiter.*

Nach und nach wurde es draußen stiller. Irgendwann hörte ich nur noch Georgs und Pauls Stimmen, dann verstummten auch sie. Ich lag auf meiner Matratze, die Hände unter dem Kopf verschränkt. In der Höhle wurden die Lampen nie gelöscht, der Schmuggel brachte genug ein, dass man sich diesen Luxus erlauben konnte.

Nur ein Vorhang trennte meine Schlafstätte von Jacobs. Ich lauschte auf seinen Atem und das Knistern des Strohs, wenn er sich umdrehte. Er schlief unruhig, stöhnte ab und zu oder murmelte kurze Sätze, die ich nicht verstand.

Es ist nichts, dachte ich immer wieder. *Gar nichts.*

Gegen Morgen begann er zu husten.

Ich sprang auf, wusste einen Moment lang nicht, ob ich das Husten wirklich gehört oder vielleicht nur geträumt hatte. Doch dann hustete er ein zweites Mal, ein tiefes, keuchendes Geräusch, das mich zusammenzucken ließ.

»Jacob?«

Ich verließ meine Schlafstätte und blieb am zugezogenen Vorhang seiner stehen.

»Jacob?«, fragte ich erneut.

»Ja?« Seine Stimme war kaum mehr als ein Krächzen.

Ich sah mich kurz um, aber die anderen schliefen noch. Es war still in der Höhle. Ich öffnete den Vorhang nur ein Stück, dann schlüpfte ich in den behelfsmäßigen Raum.

Jacob lag auf der Seite, die Beine angezogen, eingewickelt in seinen Umhang und zwei Decken. Trotzdem sah ich, dass seine Hände zitterten.

»Komm nicht näher«, sagte er heiser. »Abdullah glaubt, dass die Kranken die Gesunden anstecken.«

Ich ignorierte seine Bitte. In meinem Magen schienen Eisbrocken zu liegen. Mir war übel.

Jacob versuchte sich wegzudrehen, als ich meine Hand auf seine schweißnasse Stirn legte. Sie war heiß. Unter seinen Augen hatten sich dunkle Ringe gebildet.

»Bitte geh, bitte. Ich will nicht, dass du auch …« Husten unterbrach ihn.

Ich fuhr mir mit der Zunge über die Lippen. Da war etwas in mir, das ich noch nie zuvor gespürt hatte, etwas, das mir Ruhe gab.

»Du musst trinken und die verschwitzte Kleidung wechseln«, sagte ich. »Danach wirst du dich schon besser fühlen.«

Jacob drehte sich auf den Rücken und hob den Kopf. »Ich will nicht, dass du krank wirst, verstehst du?« Es kostete ihn sichtlich Kraft, so klar und deutlich zu sprechen. »Wir haben beide gesehen, was die Seuche …«

Dieses Mal war ich es, die ihn unterbrach. »Du weißt nicht, ob du die Seuche hast. Vielleicht hast du dich nur auf der Reise verkühlt.«

»Du wirst dein Leben nicht für ein Vielleicht aufs Spiel setzen. Bring mir Wasser, heißes Bier, etwas zum Anziehen und Handtücher. Stell alles neben dem Bett ab und geh wieder.«

Ich schüttelte den Kopf.

»Bitte«, sagte Jacob. »Ich würde es nicht ertragen, wenn ich dich… Wenn ich es nicht schon habe. Gestern dachte ich noch, die Kopfschmerzen, die Erschöpfung lägen an der Reise, aber als wir sprachen, fühlte ich, wie die Seuche durch meinen Körper kroch und…« Er fuhr sich mit zitternden Händen durch die Haare. »Tu mir das nicht an, Ketlin.«

Ich sah die Verzweiflung in seinem Gesicht. Es brach mir fast das Herz. Ich wusste, wenn ich versuchte, auch nur ein Wort zu sagen, würden die Tränen kommen, also wandte ich mich ab und erfüllte ihm seine Bitte. Ich schürte das Feuer, das in der Nacht ausgegangen war, suchte Unterkleidung und Tücher aus den Truhen der Schmuggler und brachte alles zu Jacob. Am ganzen Körper zitternd stand er neben seiner Strohmatratze, zog sich gerade Hemd und Hose aus. Er sah mich und wandte sich ab.

Im ersten Moment dachte ich, er würde das aus Anstand tun, doch dann kehrte die Kälte in meinen Magen zurück wie ein eisiger Fluss, der durch einen Damm bricht.

»Dreh dich um«, sagte ich.

Er blieb reglos stehen.

»Jacob, bitte.« Meine Stimme zitterte.

Er zögerte, beinahe so, als würde er sich schämen. Als er sich endlich umdrehte, hielt er den Kopf gesenkt und knetete sein Hemd zwischen den Fingern. An seinem Hals sah ich eine Beule, dunkel und so groß wie das Ei einer Taube. Ich starrte schweigend darauf, unfähig, etwas zu sagen oder zu denken.

»Ein Vielleicht gibt es jetzt wohl nicht mehr«, sagte Jacob leise.

Paul erfuhr es als Erster. Er sah mich mit an die Brust gezogenen Knien vor Jacobs Schlafkammer sitzen und warf einen Blick hinein.

Vielleicht war es Jacobs Anblick, der ihn die richtige Schlussfolgerung ziehen ließ, vielleicht mein verheultes, tränennasses Gesicht. Jedenfalls stürmte er ohne ein weiteres Wort ins sogenannte Herrenhaus.

Innerhalb kürzester Zeit füllte sich die Höhle. Alle redeten durcheinander, schrien, schimpften, fluchten.

»Wir müssen ihn rausbringen«, sagte Georg mehr als ein Dutzend Mal, und ebenso oft antwortete Paul: »Dann mach es, aber ich helfe dir nicht.«

Femeke redete auf ihre Kinder ein, und mit sich überschlagender Stimme befahl sie ihnen, nicht zu Jacob zu gehen und die Katze, die sie mit in die Höhle gebracht hatten, zu finden und zu erschlagen. Das Mädchen weinte.

Ich saß da, den Schmugglern den Rücken zugedreht, und beobachtete Jacob. Er versuchte, sein Fieber mit kalten Umschlägen zu senken, aber die roten Flecken in seinem Gesicht und die dunklen Schweißränder auf seinem frischen Unterkleid verrieten mir, dass es ihm nicht gelang. Zwischendurch schlief er immer wieder ein, träumte wild und offenbar schlecht. Wenn er aufwachte, sprach ich ihn an, sagte ihm, er solle trinken oder frische Umschläge auf seine Stirn legen. Mit jedem Mal wurden seine Bewegungen fahriger.

Ich werde nicht zulassen, dass du stirbst, dachte ich. *Nicht ausgerechnet du.*

Stoff raschelte. Ich sah auf, als Richard neben mir in die Hocke ging. Jacob war bereits wieder eingeschlafen und bemerkte ihn nicht.

»Wie geht's ihm?«

»Schlecht.«

Richard räusperte sich. »Du solltest zu uns kommen, damit wir besprechen können, was jetzt zu tun ist.«

»Ich weiß, was ihr wollt. Ihr wollt ihn rausschaffen und irgendwo hinwerfen wie einen Kadaver.« Ich drehte den Kopf und sah ihn an.

In mir war kein Ärger, keine Angst, nur Entschlossenheit; sie verlieh meiner Stimme einen ruhigen Klang. »Jacob bleibt hier. Ich werde alles tun, um sein Leben zu retten, und jeder, der mich daran hindern will, wird bekommen, was er verdient, das schwöre ich beim Heiland.«

Auch Richard blieb ganz ruhig. »Gut«, sagte er nur, dann stand er auf und ging zurück zu den Schmugglern. Wenig später gingen sie alle und verschwanden in die andere Höhle, ins Herrenhaus. Ich nahm an, dass ich nicht hören sollte, worüber sie sprachen.

Jacob stöhnte und richtete sich auf. Sein Blick war glasig, die Augen waren weit aufgerissen. Einen Moment saß er so da, dann tastete er plötzlich nach seinem Hals, stöhnte auf und warf sich auf die andere Seite. Er hatte Schmerzen.

Mir fielen die Kräuter ein, die ich mitgebracht hatte, um Paul zu helfen. Mutter hatte sie immer nur bei entzündeten offenen Wunden verwendet, aber etwas anderes hatte ich nicht.

Der Klostergarten ist voll davon, dachte ich, während ich aufstand und den Beutel aus meiner Schlafkammer holte. Es waren kaum noch welche darin, ich hatte fast alle für Pauls Umschläge verbraucht.

Leise schlich ich mich zu Jacob und nahm die Schüssel, in die er die nassen Tücher geworfen hatte. Ich schöpfte ein wenig Wasser aus dem Kessel über der Feuerstelle und begann, einen Sud anzurühren. Als er fertig war, tunkte ich eines der Tücher hinein, ging zurück zu Jacob und blieb neben seinem Lager stehen. Er drehte mir den Rücken zu. Die Beule an seinem Hals knapp unterhalb des Ohrs war deutlich zu sehen. Man hätte sie für eine Prellung halten können, aber als ich mich ihr mit der Hand näherte, spürte ich bereits, wie heiß sie war.

Vorsichtig legte ich das feuchte Tuch darauf. Jacob seufzte kurz im Schlaf, wachte aber nicht auf.

Ich blieb neben ihm stehen, lauschte auf seinen Atem, beobachtete das Zucken seiner Mundwinkel und die Schweißtropfen, die ihm auf der Stirn perlten. Er roch krank, so wie die Menschen in meinem Dorf, die an der Seuche gestorben waren. Nach einer Weile wurde sein Atem regelmäßiger, und die Falten rund um seinen Mund glätteten sich. Der Sud linderte den Schmerz, doch ich bezweifelte, dass er mehr konnte.

Ich muss zurück, dachte ich. *Wenn ich ihm helfen will, muss ich ins Kloster.*

Als ich Schritte und Stimmen hörte, verließ ich den Verschlag und zog den Vorhang zu.

Richard und die anderen Schmuggler kehrten aus der Herrenhaus-Höhle zurück. Czyne hatte die Arme vor der Brust verschränkt und wirkte unzufrieden, ebenso wie Georg, der sich an einen der Tische setzte und sich Wein in einen Krug einschüttete. Die Gesichter der anderen konnte ich nicht deuten.

»Ihr könnt beide bleiben«, sagte Richard.

Ich schloss für einen Moment die Augen und erlaubte es mir, ganz, ganz leise aufzuatmen.

»Fürs Erste.« Czyne sah Richard an, nicht mich, während sie dies sagte. »Aber sollte auch nur einer von uns erkranken, muss Jacob weg. Und du auch.«

Georg schüttelte den Kopf. »Irrsinn«, sagte er so leise, dass ich ihn beinahe nicht verstand.

»Wir haben es beschlossen«, schnauzte Czyne ungehalten. »Finde dich damit ab oder geh!«

Georg presste mürrisch die Lippen aufeinander und starrte in seinen Weinkrug.

Ich hörte Jacob stöhnen, ging zurück an sein Lager und tauschte das Tuch auf seinem Hals aus. Als ich aufsah, stand Richard vor dem Vorhang. »Was brauchst du?«

Ich hob die Schultern. »Etwas, um das Fieber zu senken.«

»Kann man das kaufen?«

Ich schüttelte den Kopf. »Die Kräuter, die ich dafür brauche, wachsen im Klostergarten.«

»Dann sag mir, welche du benötigst, und ich hole sie dir.«

Ich legte meine Hand auf Jacobs Stirn. Sie war so heiß, dass ich erschrak. »Ich werde gehen, sobald es dunkel ist.«

»Dann komme ich mit.«

Warum bist du so nett zu mir?, dachte ich, und aus einem Impuls heraus, stellte ich die Frage tatsächlich laut.

Richard lächelte und verschränkte die Arme vor der Brust. »Ich bin nicht nett, ich will nur hier raus. Alles ist besser, als Georgs Gejammer zuzuhören.«

»Kann ich sicher sein, dass Jacob noch hier ist, wenn wir zurückkommen?«

»Czyne wird dafür sorgen.«

Den Rest des Tages verbrachte ich an Jacobs Seite. Ich konnte nicht viel tun außer sein Gesicht zu kühlen, ihm immer wieder Bier einzuflößen, wenn er aufwachte, und seine Schmerzen zu lindern. Trotzdem ging es ihm mit jeder Stunde schlechter.

»Es ist so weit«, sagte Richard irgendwann. »Draußen wird es dunkel.«

Ich nickte und stand auf. Er hatte sich umgezogen, trug dunkle Kleidung und einen schwarzen Umhang mit großer Kapuze. Einen zweiten hielt er in der Hand. Ich legte den dunklen Umhang über meine Schultern.

Femeke zog ihre Kinder beiseite, als wir uns an ihr vorbei auf den Weg zum Ausgang machten. Die Katze, mit der die Mädchen gespielt hatten, sah ich nirgends. Ich hoffte, dass sie das Tier nicht gefunden hatten.

Paul nickte mir zu, Georg wandte sich ab. In den Gesichtern der anderen sah ich Angst und ein wenig Mitleid. Nur Czyne wirkte unbeteiligt. An die Wand gelehnt, saß sie auf einer Holzbank und bearbeitete ein schmales Stück Holz mit ihrem Messer. Sie sah nicht einmal auf, als wir gingen.

»Warum darf Jacob hierbleiben?«, fragte ich, als wir schließlich den Innenhof verließen. »Niemand scheint besonders glücklich darüber zu sein.«

Die Nacht war kühl, die Luft angenehm frisch. Tief atmete ich durch, spürte, wie meine Gedanken klarer wurden. Manchmal vergaß man in der Höhle, dass es noch eine andere Welt oben gab.

»Das stimmt. Aber ihn will auch niemand anfassen, seit ich gesagt habe, dass man sich anstecken kann, wenn man einem Kranken näher als Armeslänge kommt.«

Ich wollte Richard ins Gesicht blicken, aber er hatte die Kapuze bereits über den Kopf gezogen. »Du hast sie angelogen?«

»Wer sagt, dass ich das nicht glaube?« Mit langen Schritten ging er vorwärts. Ich folgte ihm.

Wir schwiegen, bis wir die Klostermauer erreichten.

»Hier entlang«, sagte ich. »Es gibt eine Stelle, an der wir recht leicht über die Mauer gelangen können.«

Richard hielt mich mit der Hand zurück. »Wir müssen eine andere finden.«

»Warum?«, fragte ich verwundert.

»Würdest du nicht das Loch vernageln, durch das der Fuchs in den Hühnerstall eingedrungen ist? Oder dich vielleicht sogar mit dem Knüppel in der Hand dorthin stellen und ihm auflauern?«

Er hatte recht. Schwester Johannita war keine Frau, die so etwas übersah.

»Ich kenne eine andere«, sagte ich. »Sie ist weiter weg, aber ich glaube nicht, dass jemand außer mir davon weiß.«

Er neigte den Kopf, bedeutete mir voranzugehen. Wir hielten uns im Schutz der Gassen, solange es ging, dann im Schatten der Mauer. Die Nacht war sternklar und hell. Ein leuchtend weißer Halbmond schien auf uns herab.

Schließlich begannen wilder Wein und Brombeerhecken die Mauer zu überwuchern. Ich hob einen Ast auf und stocherte darin herum, bis er auf keinen Widerstand stieß. Dort befand sich ein Loch in der Mauer.

Richard duckte sich und kroch vor mir durch die Lücke in der Mauer. Er nahm mir den Stock aus der Hand und hielt damit das Gestrüpp hoch, damit ich mich nicht in ihren Dornen verfing.

Dunkel und mächtig ragte das Klostergebäude vor uns auf, als ich mich im Klostergarten erhob. »Hier entlang«, sagte ich.

»Warte.« Richard zog sich die Kapuze noch tiefer ins Gesicht. Er flüsterte. »Unterschätz nicht, wie gefährlich es hier ist. Der Orden hat bestimmt Wachen aufstellen lassen. Wir dürfen nicht umherlaufen, als würde uns der Garten gehören.« Ich nickte ungeduldig und wollte mich in Bewegung setzen, aber er ergriff meinen Arm. »Wenn sie dich erwischen und in den Kerker sperren, wird Jacob sterben, vergiss das nicht.«

Mühsam zwang ich mich zur Ruhe. »Das werde ich nicht.«

Der Weg entlang der Gemüsebeete erschien mir länger als je zuvor, trotzdem beherzigte ich Richards Warnung und behielt die Umgebung im Auge. Hinter den Klosterfenstern war es dunkel. Die Nonnen hatten die letzte Andacht des Tages bereits hinter sich und lagen nun in ihren Zellen, schliefen vielleicht oder fragten sich bang, ob die Hexe nicht als Nächstes zu ihnen kommen würde. Klara und Alfonsa gönnte ich jeden Albtraum, den dieser Gedanke gebar.

»Dort hinten ist die Kräuterhütte«, flüsterte ich und zeigte auf den schwarzen Umriss in der Dunkelheit.

Ich hörte ein schabendes Geräusch hinter mir, drehte den Kopf und sah, dass Richard ein unterarmlanges Schwert unter dem Umhang hervorgezogen hatte. Die Klinge glänzte im Mondlicht.

»Man kann nie wissen«, sagte er leise.

Die Tür der Hütte war nicht verriegelt. Ich sah mich um und lauschte in die Dunkelheit, aber da war nichts außer Richards Atem und dem Rascheln meiner Kleidung. Vorsichtig drückte ich die Tür auf.

Es hatte sich nichts verändert. Die Strohmatratze lag immer noch am Boden, die Decke war zerwühlt, und ich erinnerte mich, wie ich sie zur Seite geschoben hatte, als ich aufstand, um nach Agnes zu suchen.

»Beeil dich.« Richard schob die Tür zu, bis auf einen Spalt, durch den er nach draußen blicken konnte. Ich nahm die Beutel, die ich eingesteckt hatte, und stopfte die zum Trocknen aufgehängten Kräuter hinein. Mutterkraut, Wacholder und Roter Fingerhut waren darunter, aber auch einiges, was ich in der Dunkelheit nicht erkennen konnte.

»Ich brauche noch frische«, sagte ich, als der erste Beutel voll war. »Die Beete sind direkt vor der Tür.«

Wir gingen nach draußen. Richard hielt sich mit dem Schwert in der Hand im Schatten der Hütte. Während ich die Beete nach den richtigen Kräutern absuchte, sah er sich sichtlich nervös um.

»Ich glaube nicht, dass jemand …«, begann ich, aber er unterbrach mich mit einem Kopfschütteln und legte sich den Zeigefinger auf die Lippen.

Ich lauschte, hörte im ersten Moment nur die Geräusche der Nacht, eine Eule irgendwo in den Bäumen, Grillen und das Rauschen der Blätter in der leichten Brise.

Und Schritte.

Ich riss den fast vollen Beutel vom Boden hoch und war mit zwei Schritten neben Richard. »Keinen Laut«, flüsterte er.

Gemeinsam starrten wir in die Nacht. Ein Licht tanzte auf dem Weg in unsere Richtung. Ich kniff die Augen zusammen und versuchte, die Person zu erkennen, die es trug, aber sie war noch zu weit weg. Erde und kleine Steine knirschten unter ihren Sohlen. Sie bog vor den Beeten nach links ab, in Richtung des kleinen Tors, zu dem nur Schwester Ysentrud, die Pförtnerin, den Schlüssel besaß. Als sie die Bäume hinter sich ließ und der Mond einen Moment lang ihr Gesicht erhellte, erkannte ich sie. Es war Schwester Johannita.

Was macht sie mitten in der Nacht im Garten?, fragte ich mich.

Richard berührte meinen Arm. »Komm, wir müssen weg, bevor uns jemand sieht.«

Er wollte mich hinter sich herziehen, aber ich wich zurück und drückte ihm die Kräuterbeutel in die Hand. »Geh vor, ich komme gleich nach.«

Seine Hand glitt von meinem Arm, als ich mich aus dem Schatten der Hütte löste und geduckt zu den Bäumen lief, an denen auch Johannita vorbeigegangen war. Hinter mir zischte Richard einen kurzen Fluch und folgte mir.

»Was soll das?«, flüsterte er, als er mich eingeholt hatte.

Ich ließ die Nonne nicht aus den Augen. »Das ist Schwester Johannita, die Nonne, die Mutter Immaculata umgebracht hat.«

Richard schwieg, aber er versuchte nicht, mich aufzuhalten. Während Schwester Johannita auf dem Weg blieb, gingen wir durch die frisch umgepflügten Beete. Der Boden war noch so weich, dass wir uns fast lautlos bewegen konnten.

Vor dem Tor blieb Schwester Johannita stehen und hängte die Öllampe an einen Haken in der Mauer. Ich hörte ein metallisches Rasseln, als sie an dem Ring, den sie in der Hand hielt, nach dem Schlüssel für das schwere, neu aussehende Schloss suchte. Sie steckte ihn hinein, es klackte, dann konnte sie den Riegel zurückschieben und das Tor öffnen.

»Du hast lange gebraucht«, sagte eine zitternde, alte Stimme, die ich sofort erkannte. Ein Mann trat ein, schwer gestützt auf einen Gehstock.

»Wer ist das?«, flüsterte Richard.

»Friedrich von Wallnen, Bürgermeister Wilbolts Leibdiener«, antwortete ich leise.

Schwester Johannita schloss das Tor hinter ihm. »Der Rat hat Soldaten zu unserer Bewachung abgestellt. Ich musste warten, bis der Weg in den Keller frei war.«

»Du zeigst Umsicht. Das ist gut.« Von Wallnens Stock kratzte über den Boden, als er sich mit beiden Händen darauf stützte. »Es beweist, dass ich das Angebot meines Herrn der Richtigen unterbreite.«

Schwester Johannita neigte den Kopf, schwieg jedoch.

Von Wallnen räusperte sich, ein trockenes, rasselndes Geräusch. »Der Bürgermeister ist sich deines Wunsches, ein höheres Amt zu bekleiden, durchaus bewusst. Er weiß aber auch, dass der Bischof von seinen Äbtissinnen gewisse Mittel einfordert, um den Ausbau der Klöster zu gewährleisten. Unglücklicherweise bist du nicht mehr in der Lage, diese Mittel aufzubringen.«

»Es gibt andere Möglichkeiten.« Sie klang verärgert.

»In der Tat. Dein Mut und dein Gottvertrauen, die du bei der Vertreibung der Hexe unter Beweis gestellt hast, stoßen auf viel Bewunderung, vor allem bei meinem Herrn. Er würde dir gern behilflich sein, dein Ziel zu erreichen.«

»Und ich würde mich über seine Hilfe freuen.« Schwester Johannita wirkte neben von Wallnen wie ein Riese. »Sind Bedingungen daran gebunden?«

»Ich würde es nicht Bedingung nennen, eher eine Bitte.« Von Wallnen machte eine kurze Pause.

Ich beugte mich hinter dem Baum, den wir als Versteck benutzten, vor, um kein Wort zu verpassen.

»Pass auf«, flüsterte Richard. »Das Licht der Lampe reicht fast bis hierher.«

Dieses Mal war ich es, die den Zeigefinger auf die Lippen legte.

»Ich höre«, sagte Schwester Johannita.

Wieder dieses unangenehme Räuspern. »Mein Herr hat der Hexe aus Mitleid geholfen, weil sie mittellos in diese Stadt kam. Nun kam ihm zu Ohren, sie würde das Gerücht verbreiten, sie wäre das Resultat einer Affäre zwischen meinem Herrn und einem Weib aus irgendeinem Dorf. Das ist natürlich absurd.«

Richard sah mich an. »Du bist die Tochter des Bürgermeisters?«

Ich nickte stumm.

Schwester Johannita ließ mit keinem Wimpernzucken eine Reaktion auf diese Neuigkeit erkennen.

»Dann kannst du sicher verstehen, wie unangenehm es meinem

Herrn wäre, würde man ihn mit dieser Hexe in Verbindung bringen. Daher sollte unter uns bleiben, woher die Mitgift stammte, die ihr den Eintritt ins Kloster ermöglichte.«

Johannita nickte, dann tat sie so, als würde sie überlegen, um schließlich zu sagen: »Hier im Kloster war die Hexe eine Außenseiterin, was wohl nicht verwundert. Dennoch gibt es zwei Nonnen, mit denen sie engeren Kontakt pflegte, Schwester Maria und Schwester Agnes. Möglicherweise hat sie ihnen etwas von deinem Herrn erzählt und ihnen ihre bösen Lügen zugeflüstert. Ich könnte mir vorstellen, dass die Dienste der beiden in einem anderen Kloster dringender gebraucht würden als hier.«

»Ist dieses Kloster weit weg?«, fragte von Wallnen.

»Sehr weit«, sagte Johannita.

»Wann kann ich mit ihrer Abreise rechnen?«

»Wann erhalte ich die Entscheidung des Bischofs?«

Von Wallnen humpelte bereits zum Tor. »Mein Herr wird den Brief noch in dieser Nacht aufsetzen. Ich sehe jetzt schon, was für eine gute Wahl er getroffen hat.«

Ich presste die Lippen zusammen. Richard legte mir eine Hand auf die Schulter. »Komm, wir haben genug gehört.«

»Ich verstehe nicht, warum er das tut«, sagte ich, nachdem wir den Klostergarten wieder verlassen hatten. Zorn schnürte mir die Kehle zu und ließ meine Stimme heiser klingen. »Außer Jacob habe ich keinem Menschen je von ihm erzählt. Schwester Agnes weiß nichts, und auch Schwester Maria gegenüber habe ich nie ein Wort verlauten lassen.«

»Wilbolt steht unter hohem Druck.« Richard sah sich immer noch um. »Er hat die Juden aufgenommen, die in den anderen Städten davongejagt wurden. Dass er die Hexe ins Kloster schickte, die dort die Äbtissin ermordete, und dass es zwischen ihr und ihm eine wie auch immer geartete Verbindung geben könnte, würde ihm den Hals brechen.«

Ich fuhr herum. »Und um einen solchen Skandal zu vermeiden, würde er seine Tochter als Hexe verbrennen lassen?«

»Du bist nicht seine Tochter, du bist sein Fehler.«

Das brachte mich zum Schweigen.

Kapitel 29

Jacob ging es schlechter, sehr viel schlechter. Sein Fieber war gestiegen, und er wusste nicht mehr, wo er war. Während ich die Kräuter mischte und aufkochte und versuchte, mich an alles zu erinnern, was Mutter mir je beigebracht hatte, warf er sich auf seinem Lager hin und her, zog immer wieder das Tuch von der Beule an seinem Hals und sah sich mit weit aufgerissenen Augen um. Er sagte Dinge, die er nicht meinte, die aber trotzdem wehtaten. Er beschimpfte mich als Hure, als Bettlerin, als Bastard. Sein Geschrei wurde so schlimm, dass Paul nach einer Weile zu mir kam und fragte, ob er ihm »das Maul stopfen« sollte.

Ich versuchte ihm zu erklären, dass es das Fieber war, das mich beschimpfte, und nicht Jacob, aber er glaubte mir nicht.

»Niemand kann so krank sein«, war er überzeugt.

Doch Jacob war so krank.

Ich musste abwarten, bis er vor Erschöpfung auf sein Lager zurückgesunken war, erst dann wagte ich, ihm den Sud einzuflößen. Zweimal drehte er den Kopf zur Seite, einmal schlug er nach mir, dann endlich trank er.

Es wäre sicherlich einfacher gewesen, hätte ihn jemand festgehalten, aber keiner der Schmuggler wagte sich in den Verschlag. Wie Richard blieben sie am geöffneten Vorhang stehen, wenn sie mit mir reden wollten. Die Lüge, die er ihnen erzählt hatte – wenn es denn eine war –, verselbständigte sich.

Wenn ich nicht bei Jacob saß, kümmerte ich mich um die Zubereitung der Kräuter. Ich füllte Krüge mit den unterschiedlichsten Mischungen, manche Rezepte meiner Mutter, andere meine eigenen, aus der Verzweiflung geborenen Mischungen.

Ich stellte Tränke her, die, wie ich hoffte, das Fieber senkten, und Tinkturen, die den Schmerz der Beulen linderten. Femeke hatte, während ich mit Richard unterwegs gewesen war, eines der Hühner geschlachtet, die im Innenhof umherliefen, und kochte eine starke, fette Brühe daraus. Ich dankte ihr, auch wenn ich wusste, dass Jacob sie nicht bei sich behalten würde. Ich nahm selbst etwas davon zu mir, nachdem sie zu Bett gegangen war.

Um den bitteren Geschmack der Kräuter zu mindern, mischte ich einigen Tränken Bier, Wein oder Honig bei. Und tatsächlich, als ich das nächste Mal versuchte, Jacob davon einzuflößen, setzte er sich nicht zur Wehr, sondern trank.

Die Schmuggler beobachteten mich anfangs bei meiner Arbeit, Georg misstrauisch, die anderen neugierig. Ich glaube, einige von ihnen erwarteten, Jacob würde nach dem ersten Trank geheilt von seinem Lager aufspringen, und sie waren enttäuscht, als das nicht eintrat. Irgendwann zog sich auch der Letzte von ihnen zurück und zog den Vorhang seiner Schlafstatt zu.

Und dann, nach einer Zeitspanne, die ich nicht bemessen konnte, tauchten die Ersten wieder auf. Ich begriff, dass es Morgen sein musste.

»Leg dich hin«, sagte Richard, als er mit einem dampfenden Krug Bier vor Jacobs Schlafstatt trat. »Ich passe auf und wecke dich, wenn etwas passiert.«

Es klang, als wolle er sagen: *wenn er stirbt.*

»Schon gut, ich bin nicht müde.«

Er hob die Schultern, versuchte nicht, mich zu überreden, sondern sagte einfach nur: »Melde dich, wenn sich deine Meinung ändert.« Nach einem letzten Blick auf das Lager wandte er sich ab.

Auch ich sah Jacob an. Das schweißnasse Haar klebte ihm am

Kopf, und er war so blass, dass seine Haut beinahe durchscheinend wirkte. In der Nacht hatte ich eine zweite Beule unter seiner rechten Achselhöhle entdeckt und sein Unterkleid aufgeschnitten, um sie zu versorgen. Nun sah es aus wie ein Totenhemd.

Jacob hatte eine seiner ruhigen Phasen. Er lag auf dem Rücken, Arme und Beine unter der Decke, die Augen geschlossen. Nur sein Brustkorb, der sich viel zu schnell hob und senkte, verriet, dass er von Fieberträumen gequält wurde. Ich setzte mich neben ihn, wrang das Tuch aus, mit dem ich seine Stirn kühlte, und tauchte es in eine Schüssel voller Wasser. Vorsichtig tupfte ich damit sein Gesicht ab.

Er seufzte – und dann öffnete er plötzlich die Augen.

Sie waren blutunterlaufen und glänzten fiebrig. Einen Moment irrte sein Blick umher, dann fand er meinen.

Ich lächelte. »Jacob?«

Er fuhr sich mit der Zunge über die aufgesprungenen Lippen, und dann … Dann stieß er Laute hervor, guttural und zischend, die tief aus seiner Kehle zu kommen schienen und durch die Höhle hallten.

Erschrocken wich ich zurück, und die Schmuggler, die schon erwacht waren und an den Tischen frühstückten, sprangen auf und fuhren zugleich herum.

Selbst ich erkannte Jacobs Stimme kaum wieder.

»Keine Angst, es wird alles gut.« Ich sprach leise auf ihn ein, während ich ihm wieder die Stirn kühlte. Einige Männer traten heran, unter ihnen auch Georg.

»Der Teufel spricht durch ihn!«, rief er, das Kreuz vor seiner Brust umklammernd. »Hört doch!«

Er packte Paul mit der freien Hand an der Schulter, riss ihn zu sich herum. »Habe ich dir nicht gesagt, dass wir uns den Teufel in diese verfluchte Heidenhöhle holen? Glaubst du mir jetzt endlich?«

Paul machte sich los, antwortete jedoch nicht, sondern wich zusammen mit den anderen zurück.

Hör auf!, bat ich innerlich, so als könnte Jacob meine Gedanken besser verstehen als meine Worte. *Bitte hör auf!*

»Was ist denn hier los?« Richard hatte Schwierigkeiten, sich über Georgs Geschrei und die Laute, die Jacob ausstieß, verständlich zu machen. Er kämpfte sich durch die Männer und blieb dicht am Vorhang stehen.

»Der Teufel ist los!«, fuhr ihn Georg an. »Ich habe es kommen sehen, und nun ist es passiert!« Er wandte sich an die Umstehenden. »Passt auf eure Seelen auf! Der Teufel greift mit seinen Zungen nach ihnen. Ihr ...«

»Das ist Arabisch«, unterbrach ihn Richard, »die Sprache der Sarazenen.« Er sah mich an. »Jacob spricht Arabisch?«

Ich hob die Schultern. Ich nahm an, dass er in Maastricht Arabisch gehört, vielleicht sogar ein wenig gelernt hatte, und im Fieber fielen ihm die Worte wieder ein.

»Das wird ja immer besser«, rief Georg. »Hast du in einem der Fässer vielleicht noch einen Sarazenen versteckt, von dem du uns nichts erzählt hast?«

»Halt endlich das Maul, verdammt noch mal!« Paul stieß ihn mit beiden Händen zurück. Georg stolperte und wäre beinahe gestürzt. »Der Teufel kriegt uns noch früh genug, du musst ihn nicht ständig heraufbeschwören!«

»Aber er ist hier!«, schrie Georg. »Dieses Weib hat ihn und seine Seuche in unsere Mitte gebracht.«

Jacob verstummte ebenso unerwartet, wie er zu rufen begonnen hatte.

Georgs Worte hallten durch die plötzliche Stille: »Sie sollte eine Braut Christi werden, aber stattdessen fickt sie den Teu...«

Der Schlag, der ihn gegen den Tisch warf, schien aus dem Nichts zu kommen. Erst als Richard seine Hand schlenkerte, begriff ich, dass er es gewesen war, der Georg die Faust hatte schmecken lassen.

»Hau ab!«, sagte er. »Nimm deine Klamotten und deinen Anteil und lass dich hier nie wieder blicken!«

Georg stützte sich schwer auf den Tisch. Blut tropfte aus seinem Mund. Er spuckte aus und sah Czyne an. »Ist das auch deine Meinung?«

Erst jetzt merkte ich, dass auch sie anwesend war. Sie saß an einem anderen Tisch, ein Bein angewinkelt und den Fuß auf der Bank und einen Krug Bier in der Hand. »Mir egal, ob du gehst oder bleibst.«

»Was für eine Überraschung. Du widersprichst ihm nicht.« Georg richtete sich auf und ließ seinen Blick über die versammelten Männer und Frauen schweifen. »Denkt mal darüber nach, was sich in letzter Zeit hier alles verändert hat. Ich gehe jedenfalls gern. Wer sein Leben und auch seine Seele behalten will, kann mich begleiten.«

Er blieb einen Moment stehen, aber niemand rührte sich. Die meisten starrten auf den Boden vor ihren Füßen oder auf einen Punkt hinter Georg an der Wand. Nur Paul seufzte laut. »Hätte nicht so ausgehen müssen. Ich hab dir gesagt, dass du dein verdammtes Gerede lassen sollst.«

Georg verzog das Gesicht. Ich sah Bedauern in seinem Blick. »Jetzt kannst du wenigstens fluchen, so viel du willst.«

Er ging an den anderen vorbei zu seiner Schlafstätte und zog dort einen Sack hervor.

Ich wandte meine Aufmerksamkeit wieder Jacob zu. Er hatte die Augen geschlossen und atmete ein wenig ruhiger als zuvor. Aus den Augenwinkeln sah ich, wie sich Georg von einigen Männern und Frauen verabschiedete, vor allem von Paul. Sogar Czyne hielt er die Hand hin, aber weder Richard noch mir. Dann ging er auf den Ausgang des Höhlenraums zu.

»Warte!«, rief Femeke plötzlich. »Ich komme mit!«

Er blieb stehen. Ich hob den Kopf. In den letzten Wochen hatte ich nicht den Eindruck gehabt, dass sich Femeke und Georg gut verstanden.

»Wegen der Kinder«, sagte sie entschuldigend zu Richard, dann begann auch sie ihre Sachen zu packen. Die beiden Mädchen standen unschlüssig neben ihr, verstanden nicht, was gerade geschah.

»Niemand nimmt dir das übel«, sagte Richard.

Als sie fertig war, verließ ich Jacobs Schlafstätte, um mich von ihr zu verabschieden. Wir umarmten uns und wünschten uns gegenseitig Glück, dann verließ Femeke zusammen mit Georg die Höhle.

Czyne hatte sich wieder auf die Bank gesetzt, nahm einen kräftigen Schluck Bier und rief: »Du hast es gesagt, Richard, und es wird so kommen!«

Er runzelte die Stirn, schien nicht zu verstehen oder nicht verstehen zu wollen, worauf sie sich bezog. Ich wusste es. In meinem Inneren hörte ich seine Worte, die sie wiederholt hatte. Ich brachte nichts als Verderben über andere.

Immer wieder nickte ich ein, immer wieder erwachte ich mit einem Stich des schlechten Gewissens. Der Tag verging schleppend. Ich tat für Jacob, was ich konnte, aber nichts schien zu helfen. Die Beulen hatten zu eitern begonnen und stanken, obwohl ich sie ständig säuberte, und das Fieber war höher als je zuvor. Wenn es nicht sank, würde dies seine letzte Nacht auf Erden sein.

Irgendwann legten sich bis auf Richard und mich alle schlafen. Es musste draußen Nacht sein. Nur Richard blieb am Tisch sitzen, mit einem Krug Wein vor sich. Czyne war längst in die Herrenhaus-Höhle gegangen, und ich sah, dass auch ihm ständig die Augen zufielen.

»Geh schlafen, du kannst nichts tun«, sagte ich, als er ein weiteres Mal hochschreckte.

Er schüttelte den Kopf. »Ich lasse dich nicht allein mit ihm.«

Mehr sprachen wir nicht. Nach einer Weile sank sein Kopf auf die Tischplatte und kam nicht mehr hoch. Ich schloss den Vorhang, legte mich neben Jacobs Lager auf den Boden und hielt mir ein sauberes Tuch vors Gesicht. Leise begann ich zu weinen. Ich weinte, bis meine Gedanken zur Ruhe kamen und mein Kopf leer war, dann presste ich Jacobs heiße, trockene Hand an meine Wange und schloss die Augen.

Als ich sie wieder öffnete, war seine Hand kalt.

Reglos blieb ich liegen. Ich wollte nie wieder aufstehen, wollte nicht in sein regloses Gesicht blicken und mich dem Leben stellen, was danach auf mich wartete.

Es ist vorbei, dachte ich. *Alles ist vorbei.*

Seine Finger zuckten.

»Ketlin?« Seine Stimme, dünn wie hundertfach abgekratztes Pergament. »Ich habe Durst.«

Ich sprang auf.

Kapitel 30

Er schlief fast den ganzen Tag, wachte nur auf, um etwas zu trinken oder ein wenig von der Hühnerbrühe zu sich zu nehmen, die Femeke ihm gekocht hatte. Ich wünschte, sie wäre noch bei uns gewesen und hätte sehen können, wie gut sie ihm tat.

Wenn ich durch die Höhle hing, behandelten mich die Menschen dort anders als zuvor. Ich sah Respekt in ihren Blicken, hörte ihn in ihren Worten. Sie alle wussten, dass die Seuche ein Todesurteil war, etwas anderes hatte nie jemand gesagt. Und doch war ein Kranker vor ihren Augen geheilt worden.

Ja, es stimmte, Jacob würde gesund werden. Das Fieber war zurückgegangen, sein Verstand klar. Die Beulen schmerzten immer noch, aber es waren keine neuen hinzugekommen.

»Du hast es geschafft«, sagte auch Richard, als er am Nachmittag von einem Auftrag zurückkehrte.

»Ja.« Ich machte mir nicht die Mühe, meinen Stolz zu verbergen.

Er schüttete sich Wein in einen Krug und verdünnte ihn mit Wasser. »Ich habe mich in der Stadt umgehört. Niemand weiß etwas über Erkrankte. Doch das muss nichts heißen, vielleicht liegt schon jemand tot in irgendeiner Kammer. Ich denke, es war Jacob, der die Krankheit eingeschleppt hat. Der Rat muss davon erfahren, für den Fall, dass er jemanden angesteckt hat.«

Der Gedanke war mir noch nicht gekommen. »Wenn sich herumspricht, dass die Seuche in der Stadt ist, wird es zu einer Panik kommen.«

»Solche Dinge lassen sich nicht verheimlichen.« Richard stellte den Krug ab, nachdem er einen kräftigen Schluck genommen hatte. »Ich werde nachher versuchen, einen der Ratsherren zu sprechen.«

»Was willst du ihm sagen? Dass der Mann, den du in die Stadt geschmuggelt hast, die Seuche zu uns brachte?«

»So sehr wollte ich nicht ins Detail gehen.«

»Aber sie werden nach Einzelheiten fragen.« Eine Idee entstand in meinem Kopf. Ich redete, um ihr Zeit zu geben, sich zu entfalten. »Sie werden den Kranken sehen wollen, und wir haben nur einen Gesunden, der – und das werden sie herausfinden – heimlich in die Stadt gebracht wurde. Sie werden denken, dass du aus deiner Geschichte von der eingeschleppten Seuche Kapitel schlagen willst, und dann werden sie Jacob und dich in den Kerker werfen.«

Richard setzte sich auf die Holzbank. Offenbar dachte er über meine Worte nach, dann sah er mich an und fragte: »Dann tun wir nichts?«

»Ich könnte mit dem Bürgermeister sprechen.« Der Satz war wie ein Köder, den ich ins schlammige Wasser warf.

»Du?« Richard stieß den Atem aus. »Bist du verrückt?«

»Es war nur eine Idee.« Und eine, die ich nicht aufgeben wollte. Vielleicht war ich nicht Willbolts *Tochter*, sondern sein *Fehler*, aber ich würde ihm beweisen, dass auch ein Fehler Gutes bewirken kann.

Richard musterte mich einen Moment lang.

»Ich sehe besser nach Jacob«, sagte ich und erhob mich, damit sich Richard meinen Vorschlag in Ruhe noch einmal durch den Kopf gehen lassen konnte.

Jacob war wach und saß auf seinem Lager. Die Farbe war in sein Gesicht zurückgekehrt, aber die tiefen Ringe unter den Augen und die Beulen an seinem Hals zeugten noch von der Krankheit.

»Ich habe gehört, worüber ihr geredet habt«, sagte er, als ich mich in seinen Kabuff beugte. »Ich glaube, ich habe mich auf dem Schiff angesteckt. Es lagen überall tote Ratten unter Deck.«

Ich legte ihm die Hand auf die Stirn. Er hatte tatsächlich kein Fieber mehr, nicht einmal erhöhte Temperatur. »Die ganze Stadt ist voll mit toten Ratten. Ich sehe sie seit Wochen in den Abwasserkanälen liegen.«

»Abdullah hat die Ausbrüche untersucht. Tote Ratten sind immer das erste Anzeichen für die Seuche. Er weiß nicht, warum.« Jacob ergriff meine Hand. Ich setzte mich neben ihm auf das Bett. »Ich weiß nicht, was du getan hast, um mich zu retten, aber wir müssen eine Liste mit allem aufstellen, das du zu meiner Behandlung verwendet hast.«

Ich dachte an die verschiedenen Kräutermischungen, die ich in meiner Verzweiflung mitten in der Nacht angerührt hatte. »Wir können es versuchen.«

»Gut. Und wir müssen alles verbrennen, mit dem ich in Berührung gekommen bin, vor allem meine Kleidung, dieses Strohlager, die Decken und die Tücher. Das gehört zu den ersten Lektionen, die Lehrlinge bei Abdullah lernen.«

»Wir haben genügend Sachen, die du anziehen kannst.« Ich knetete seine Hand, spürte auf einmal, wie meine Kehle eng wurde, und kämpfte gegen die Tränen an. »Ich hätte dich beinahe verloren.«

»Und ich dich.«

Eine Weile sahen wir uns schweigend an, dann räusperte sich Jacob. »Wir sollten anfangen.«

»Ja.«

Gemeinsam mit Paul packte ich alles, auf das Jacob zeigte, in große Säcke. Zu zweit halfen wir ihm auf und führten ihn in eine andere Kammer. Es ging ihm besser, aber es würde noch Tage dauern, bis er die Schwäche, die der Kampf gegen die Krankheit zurückgelassen hatte, überwunden hatte.

Richard beobachtete, was wir taten, half uns aber nicht. Wahrscheinlich befürchtete er, sich noch immer anstecken zu können.

Im Innenhof schichteten wir alles auf. Das Stroh war so trocken, dass es sofort aufloderte.

Ich sah mich kurz um, dann zog ich mir die Kapuze meines Umhangs über den Kopf und sagte zu Paul: »Bleib du hier und achte auf das Feuer. Ich muss nur kurz etwas besorgen.«

»Allein?«, fragte Paul, aber ich tat so, als würde ich ihn nicht mehr hören, und huschte davon.

Ich wusste, wo das Rathaus stand und wo der Bürgermeister wohnte. An einem dieser beiden Orte, so hoffte ich, würde ich ihn antreffen. Mit war klar, dass auch Richard das wusste und mir folgen würde, wenn er erfuhr, dass ich mich davongestohlen hätte. Aber Paul würde das Feuer nicht unbeaufsichtigt brennen lassen, also konnte er Richard von meinem Verschwinden nicht so bald erzählen, und das verschaffte mir etwas Zeit. Und selbst wenn Richard mich dann fand, würde er mich kaum gegen meinen Willen zurück in die Höhle zerren. Ich war sogar sicher, dass er für mein Handeln Verständnis hatte.

Auf dem Weg zum Rathaus achtete ich auf die Rattenkadaver, und mir fiel auf, dass es nicht mehr geworden waren, eher sogar weniger. Ob das ein gutes oder schlechtes Zeichen war, wusste ich nicht. Ich betrachtete auch die Menschen, denen ich begegnete, suchte mit den Blicken nach Anzeichen der Krankheit in der Menge. Ich sah zwei reiche Männer, die Masken trugen, sonst fiel mir niemand auf.

Auf dem Rathausplatz patrouillierten Soldaten, sonst hielten sich nur wenige Menschen dort auf. Ich sprach einen Bettler an, der an einer Hausfassade saß. Er hatte nur ein Bein und stank schlimmer als mein altes Kleid.

»Entschuldige, Bruder«, sagte ich höflich. »Weißt du, ob der Rat heute tagt?«

»Wenn du meinst, ob die da drin sind«, er zeigte mit einer

schwielenbedeckten Hand auf das Rathaus, »dann ja, sind sie. Was sie da drinnen machen, weiß ich nicht.«

»Ich danke dir.«

Sein Blick glitt zu meinen Händen, so als erwarte er ein Almosen für seine Auskunft. Ich hatte noch nicht einmal ein Stück Brot dabei, also lächelte ich nur entschuldigend und wandte mich von ihm ab.

Unschlüssig und mit langsamen Schritten ging ich über den Platz. Es überraschte mich, dass die Soldaten den Bettler dort sitzen ließen, wo sie doch auf dem Domplatz selbst die vertrieben, die nur kurz stehen blieben. Anscheinend gingen sie mit unterschiedlicher Strenge vor.

Trotzdem wich ich in eine der Gassen zurück, als sie näher kamen. Sie trugen ihre volle Rüstung, so als befänden sie sich auf einem Feldzug, an ihren Speeren flatterten lange gelbe Wimpel, und ihre Schärpen waren ebenso gelb. Die Helme funkelten in der Sonne, auf der Brust trugen sie das Adlerwappen und je ein Schwert in der Scheide ihres Waffenrocks. Es musste heiß sein in der Rüstung und dem Kettenhemd, aber sie ließen sich nichts anmerken.

Das waren keine Soldaten wie die, die mich und die Schmuggler verfolgt hatten. Sie wirkten … *gefährlicher*, ein anderes Wort fiel mir nicht ein.

Der Bettler beugte vor ihnen ehrerbietig den Kopf, aber sie schienen ihn nicht einmal zur Kenntnis zu nehmen. Da wurde mir klar, dass es nicht mangelnde Strenge war, die sie davon abhielt, ihn zu vertreiben. Es hatte nur einfach keine Bedeutung für sie, ob er dort saß oder nicht.

»Willst du etwas kaufen, Schwester, oder nur meinen Eingang versperren?«

Ich zuckte zusammen, als ich auf einmal angesprochen wurde. Ich war so in Gedanken gewesen, dass mir nicht aufgefallen war, dass ich vor der Tür eines Geschäftes stand. Es gehörte einem

Handschuhmacher. Proben seiner Arbeit lagen auf einem Holztisch vor der Tür.

Der Handschuhmacher, ein junger, freundlich wirkender Mann mit einem stattlichen Bauch, zeigte mir ein scheues Lächeln. »Ich wollte dich nicht erschrecken, aber die Geschäfte laufen so schlecht, dass jeder Kunde, der sich in meinen Laden verirrt, darüber entscheidet, ob ich die nächste Miete bezahlen kann.«

Durch die Ladentür und eine offen stehende Hintertür konnte ich bis in seine Werkstatt blicken. Zwei kleine Jungen hockten dort und zogen Leder auf hölzerne Finger. Im Hintergrund stillte eine Frau einen Säugling. Sie bemerkte meinen Blick, stand auf und schloss die Tür zur Werkstatt.

Der Handschuhmacher lächelte, aber ich konnte sehen, dass ihm die Reaktion der Frau – seiner Frau, wie ich annahm – peinlich war. »Margrite fürchtet sich vor Hexerei seit dieser Sache im Zisterzienserkloster. Jemand hat ihr erzählt, sie müsse sich vor Fremden in Acht nehmen, denn die könnten den bösen Blick haben. Entschuldige, Schwester.«

Wenn sie wüsste, dass ich die Hexe bin, die alle suchen …, dachte ich, und ein Teil von mir wollte darüber lachen, doch dann sah ich die Soldaten, die über den Platz patrouillierten, und der Drang verschwand. »Schon gut, wer weiß, ob sie nicht recht hat.«

»Mein Bruder ist einer von ihnen«, sagte der Handschuhmacher.

»Einer von wem?«, fragte ich, dann bemerkte ich seinen Blick, und ich fügte hinzu: »Den Soldaten?«

»Das ist die Leibgarde der Familie Gyr. Mein Bruder sagt, im ganzen Rheinland gäbe es keine bessere Armee.«

»Und wieso sind sie auf dem Rathausplatz?«

»Das ist die Einheit, die Hubert von Gyr zur Bewachung des Rathauses abgestellt hat. Die Armeen der Familien wechseln sich eigentlich wöchentlich ab, aber heute Morgen hat Wilbolts Einheit die Ablösung verweigert. Man munkelt, er traue den anderen Ratsmitgliedern nicht mehr. Nun ja …« Er zuckte mit den Schultern. »Er wäre auch nicht das erste Ratsmitglied, das sein Leben mit einem Dolch im Rücken beschließt.«

Ich sah zurück zu dem ansonsten leeren Platz. Die Soldaten gingen gerade auf das Rathaus zu. »Und jetzt?«

»Das werden wir sehen, wenn Wilbolt mit seinen Wachen auftaucht. Ich hoffe nur, dass ihm nichts zustößt. In meiner Werkstatt liegt ein Paar Handschuhe, die er für seine Frau bestellt hat. Wenn er sie mir tatsächlich abkauft, würde mir das wenigstens für ein paar Wochen das Leben erleichtern.«

»Ich werde dich und deine Familie in meine Gebete mit einschließen, Bruder.«

Er dankte mir mit einem Kopfnicken. Ich verabschiedete mich von ihm, blieb aber in der Nähe des Geschäfts. Vielleicht würde sich Wilbolt zu dem Handschuhmacher begeben, wenn er das Rathaus verließ.

Die Soldaten zogen stumm und wachsam wie Raubvögel ihre Runden auf dem Rathausplatz. Ihr Anführer, erkennbar an dem gelben Umhang, der an den Schultern seiner Rüstung befestigt war, sah immer wieder zur verschlossenen Tür des Rathauses. Die Wachen, die davorstanden, Männer in leichten Rüstungen und mit blauen Schärpen, starrten an ihm vorbei, doch nun, da ich die Situation kannte, bemerkte ich ihre Nervosität. Einer von ihnen drehte auf einmal den Kopf, als habe er einen Befehl aus dem Inneren des Rathauses erhalten, dann nickte er den drei anderen zu, und gemeinsam nahmen sie rechts und links der Tür Aufstellung.

Auch die Soldaten auf dem Platz reagierten. Sie sammelten sich und nahmen in einer Zweierreihe Aufstellung; ihr Anführer legte die Hand auf sein Schwert. Der Bettler an der Hausfassade nahm seine Krücken und kämpfte sich hoch. Schwerfällig humpelte er auf eine der Gassen zu. Außer den Soldaten befand sich nun niemand mehr auf dem Platz.

Die Tür wurde von innen geöffnet, beide Flügel schwangen auf, und ein halbes Dutzend Soldaten trat heraus, gefolgt von Bürgermeister Wilbolt und einem weiteren kleineren Trupp Wachen. Diejenigen, die an der Tür gestanden hatten, schlossen sich ihnen an und gingen mit ihnen die Treppe hinunter.

Ihnen stand ungefähr die gleiche Anzahl Soldaten gegenüber, doch ein Kampf wäre trotzdem nicht ausgeglichen gewesen, das ahnte nicht nur ich, sondern auch die Männer in ihren Rüstungen. Auf einer Seite sah ich Zuversicht und Entschlossenheit, auf der anderen, nämlich der des Bürgermeisters, Beklommenheit und Angst.

Der Anführer von Gyrs Soldaten trat vor. »Bürgermeister Wilbolt!«, rief er so laut, dass man es bis in die Gassen hinein hörte. Ich sah Gesichter in den kleinen Fenstern der Häuser rund um den Platz auftauchen. »Warum trittst du unsere Ehre mit Füßen?«

Der kleine Trupp um Wilbolt blieb nicht stehen, sondern ging langsam weiter. Mein Herz schlug schneller, als ich sah, dass sie auf die Gasse zukamen, in der ich stand. Rasch verbarg ich mich in einer Lücke zwischen zwei Häusern.

»Willst du mir nicht antworten, Bürgermeister?«

Wilbolt drehte sich zu ihm um, während er weiterging. »Auf deine Frage gibt es nur keine Antwort, weil Ehre bei meiner Entscheidung keine Rolle gespielt hat.«

»Dann war es also eine ehrlose Entscheidung?«

Einer der Zuschauer in irgendeinem Fenster am Rande des Platzes lachte.

»Es ist mir egal, ob du sie für ehrlos hältst oder nicht«, sagte Wilbolt und klang dabei so gleichgültig, dass ich ihm glaubte. »Du hast nicht darüber zu befinden.«

Sein Widersacher trat vor. Ich schätzte, dass er ein Dutzend Schritte brauchen würde, um Wilbolt den Weg abzuschneiden. Seine Männer folgten ihm.

Die Schritte des Bürgermeisters wurden beinahe unmerklich schneller, die seiner Soldaten ebenfalls.

»Dann interessieren dich die Gesetze und Abkommen unserer Stadt also nicht, Bürgermeister?«

»Das werde ich gern mit meinen Ratsbrüdern besprechen, aber bestimmt nicht mit dir.«

»Und wenn ich darauf bestehe?«, fragte der Anführer der gyr'schen Soldaten, und seine Stimme nahm einen unangenehm drohenden Klang an. Er und seine Männer hatten Wilbolts Trupp fast erreicht.

»Dann werde ich dich wegen Aufwiegelei vierteilen lassen.« Wilbolt sah ihn noch nicht einmal an.

»Aufwiegelei? Du bist nicht mein Herr.« Die Soldaten mit den gelben Schärpen murmelten zustimmend.

»Hoch lebe Hubert!«, rief einer von ihnen.

»Ich bin der Bürgermeister von Coellen!« Wilbolts Stimme donnerte über den Platz. »Ich bin euer aller Herr. Meine Autorität übersteigt die aller anderen Familien. Was ich euch befehle, ist Gesetz!«

»Das ist nicht wahr!« Die gyr'schen Soldaten standen nun vor dem Trupp des Bürgermeisters. Dessen Männer wollten stehen bleiben, aber Wilbolt ging einfach weiter, und damit zwang er sie, dies ebenfalls zu tun, wenn sie ihn nicht aus ihrer Mitte entlassen wollten.

»Fragt euren Herrn!«, rief Wilbolt. »Er wird es euch erklären.«

Die erste Wache stieß mit dem Soldatenanführer zusammen. Metall rieb über Metall, als einer den anderen zur Seite schieben wollte. Ich hielt den Atem an, wartete darauf, dass ein Schwert gezogen wurde und der Kampf entbrannte. Die Trupps vermischten sich, keiner wollte dem anderen aus dem Weg gehen, und vor allem wollten Wilbolts Wachen ihren Herrn nicht ungeschützt vor die gyr'schen Soldaten treten lassen.

»Das werde ich«, sagte deren Anführer.

Wilbolt, eingeklemmt zwischen zwei weit größeren Wachmännern, drängte sich an ihm vorbei. Dann standen sie am Rande des Platzes, auf dem Gyrs Soldaten zurückblieben. Der Bürgermeister drehte ihnen den Rücken zu, und seine Wachmänner schützten ihn mit ihren Körpern. Ich sah, wie seine Schultern nach unten sackten und er sich mit zitternden Fingern über die Augen fuhr.

»Ich bin gleich zurück«, sagte er zu seinen Wachen. Seine Stimme hatte ihre Autorität verloren, klang nur noch müde und klein.

»Halte dich nicht zu lange auf, Herr«, antwortete ein Mann leise. »Ich traue der Sache nicht.«

Wilbolt winkte ab, obwohl der Soldat das nicht sehen konnte. Dann streckte er sich und zog die Weste unter seinem langen Umhang gerade. Vor meinen Augen wurde er von einem erschöpften, müden Mann zum Bürgermeister von Coellen.

Meinem Vater, dachte ich und erschrak über den Stolz, den ich plötzlich empfand.

Der Handschuhmacher stand noch immer in der Ladentür und sah ihm mit höflichem Lächeln entgegen. Seine Frau, die eben noch ihren Sohn vor mir versteckt hatte, trat an seine Seite, das Kind auf dem Arm.

»Bürgermeister?«, sagte ich, als Wilbolt an der Gasse vorbeiging, in der ich mich zurückgezogen hatte.

Seine Augen weiteten sich. Ich sah, wie sehr er erschrak, und betete, dass er nicht seine Wachen rufen würde.

Er tat es nicht, musterte mich nur einen Moment und sagte: »Du hast Glück. Wenn Friedrich hier wäre, lägest du schon in Ketten.« Ich öffnete den Mund, aber er ließ mich nicht zu Wort kommen. »Dass du es wagst, mich anzusprechen, nach all dem, was ich für dich getan habe, nach allem, was du mir dafür zurückgegeben hast, bringt mich nur zu einer Schlussfolgerung.« Er sprach leise, beinahe flüsternd, aber jedes Wort war durchsetzt von Wut. »Du bist wirklich ein Kind des Teufels. Hätte ich früher gewusst, was aus dir werden würde, ich hätte dich höchstpersönlich aus dem Leib deiner Mutter geschnitten und euch beide verbrannt.«

Ich blinzelte. Meine Zunge lag wie tot in meinem Mund.

Seine Männer konnten mich nicht sehen, sahen nur, dass ihr Herr wie unschlüssig stehen geblieben war. Er sprach auch leise, sah mich nur aus den Augenwinkeln an, um sie nicht auf mich aufmerksam zu machen.

»Ich werde dir nichts geben«, fuhr er fort, »egal, womit du mir drohst. Nun, da du das weißt, hast du mir noch irgendetwas zu sagen, bevor du für immer aus meinem Leben verschwindest?«

Die Seuche ist in deiner Stadt, sagte ich in Gedanken.

Er starrte mich an, ich starrte zurück, schluckte die Worte hinunter und sagte: »Nein.«

»Das dachte ich mir.» Wilbolt ließ mich stehen. »Kommt!«, rief er seinen Soldaten zu. »Ich will nach Hause.«

Der Trupp ging an mir vorbei, den Blick auf den Platz gerichtet, ohne mich zu bemerken. Die Soldaten nahmen Wilbolt in die Mitte, der auch dem Handschuhmacher keine Beachtung mehr schenkte, auch nicht der Schatulle in dessen Händen, die dieser ihm fast flehentlich entgegenhielt.

Der Säugling auf dem Arm der Mutter begann zu weinen.

Kapitel 31

Als ich den Innenhof erreichte und durch die letzten Reste verwehender Asche zur Falltür ging, begann ich bereits, mein Schweigen zu bereuen.

Es lässt sich nichts mehr daran ändern, dachte ich. Wenn ich Wilbolt das nächste Mal sah, würde er die Soldaten auf mich hetzen, daran gab es keinen Zweifel.

In der Höhle war es kühl. Die Luft roch nach Bier und Kohl. Dythmar kochte etwas in dem Kessel über der Feuerstelle.

»Wo warst du?«, fragte Richard. Er saß mit Paul, Czyne und einem Schmuggler namens Eckehart an einem der Tische und spielte ein Würfelspiel. Jacob lag in seiner Kammer und schlief. Die meisten Schmuggler waren wie so oft unterwegs, erledigten entweder Aufträge oder arbeiteten in die eigene Tasche. Nicht immer kehrten alle von diesen Ausflügen zurück,

»Ich habe auf dem Markt nach Kräutern gesucht, aber es gab keine.«

Czyne sah mich an. »Du solltest nicht allein rausgehen. Manche machen sich dann Sorgen und ruinieren das Vergnügen anderer.«

Richard verzog das Gesicht und schwieg.

»Es kommt nicht wieder vor«, versprach ich, meinte es aber nicht ernst.

Ich ging kurz zu Jacob, legte meine Hand auf seine Stirn und lauschte seinem Atem. Das Fieber war vollkommen abgeklungen.

»Ich habe darüber nachgedacht, wie wir den Rat wissen lassen können, dass die Seuche hier angekommen ist«, sagte ich, als ich mich an den Tisch setzte. »Vielleicht wäre es am besten, Erasmus davon zu erzählen. Er kennt uns und weiß, dass wir keinen Grund haben zu lügen.«

»Wir haben bereits beschlossen, dass wir uns nicht einmischen.« Czyne ließ den Würfelbecher auf den Tisch knallen. »Die Preise werden in die Höhe schießen, wenn sich das erst herumspricht. Bis dahin sollten wir unsere Vorräte aufstocken.«

Sie hob den Becher und fluchte, als sie die Augen auf den Würfeln sah. Eckehart grinste, dann stand er auf. »Wartet auf mich, ich hole mir einen Umhang. Ist verdammt kalt hier unten.«

Ich beachtete ihn nicht, sondern sah Czyne an. »Du willst die ganze Stadt in ihr Verderben laufen lassen, nur um Geld damit zu verdienen?«

Ich sagte *du*, nicht *ihr*, weil ich mir denken konnte, von wem die Idee stammte.

»Die Seuche ist hier, und ob wir das jemandem sagen oder nicht, ändert nichts.« Czyne sammelte die Würfel ein und reichte Richard den Becher. »Was würde der Rat denn mit diesem Wissen anfangen? Beten? Kopflos wie Hühner herumrennen? Oder würden die reichsten Familien Coellens nicht genau das tun, was wir vorhaben – Vorräte billig kaufen und anschließend, wenn die Felder brachliegen und das Vieh im Wald umherwandert, teuer verkaufen? Besser wir machen den Profit als die reichen Pfeffersäcke, die ohnehin schon im Reichtum schwimmen, oder?«

Ich sah Richard an, wartete auf seine Antwort.

»Sie hat recht, aber es gibt noch einen anderen Grund.« Er drehte den Würfelbecher zwischen den Händen. »Wir haben in den letzten Tagen viel von unseren Leuten verlangt. Es wird Zeit, dass wir ihnen beweisen, dass wir auch an ihr Wohl denken, nicht nur an das von … Fremden.«

»Sonst ist das Schmugglergeschäft ganz schnell in Georgs Hand«, fügte Czyne hinzu. »Die Leute, mit denen wir uns umgeben, sind nur loyal, solange ihre Mägen und ihre Taschen voll sind. Glaub mir, ich weiß, wovon ich rede.«

»Außerdem wissen wir gar nicht, ob Jacob jemanden angesteckt hat«, erinnerte Richard. »Bisher war er der Einzige, der erkrankte, und er ist offenbar geheilt. In der ganzen Stadt ist kein weiterer Krankheitsfall bekannt. Wahrscheinlich gibt es gar keine Seuche.«

Das wäre natürlich ein schlagendes Argument gewesen – hätte mir Jacob nicht erzählt, dass die toten Ratten ein sicheres Vorzeichen für die Seuche wären.

Andererseits hatte ich bei meinem Ausflug bemerkt, dass es nicht mehr tote Ratten geworden waren, sondern eher weniger. Vielleicht hatte Richard also recht, vielleicht bestand gar kein Grund zur Sorge.

Richard sah mich an, als erwartete er, dass ich ein weiteres Mal widersprechen würde, dann stieß ihn Czyne an und sagte: »Willst du würfeln oder den Becher heiraten?«

Er wandte den Kopf und grinste sie an: »Du kannst es wohl nicht erwarten zu verlieren, oder?«

Der Becher krachte auf den Tisch. Einen Moment später fluchte Czyne, und Richard lachte. Es klang unecht.

Ich schwieg, denn mir war klar geworden, dass ich die Entscheidung der beiden nicht mehr beeinflussen konnte. Ich hatte die Möglichkeit gehabt, ihnen zuvorzukommen, doch ich hatte sie vorbeiziehen lassen und musste nun mit den Konsequenzen meiner eigenen Entscheidung leben.

Ich konnte nur hoffen, dass Richard mit seiner Einschätzung richtiglag und die Gefahr einer Seuche durch Jacobs Gesundung gebannt war.

Eckehart kehrte zurück und setzte sich neben mich. Er hatte sich in seinen Umhang eingehüllt und blies den Atem in seine Hände. »Bevor der Winter kommt, sollten wir uns vielleicht nach einer anderen Bleibe umsehen«, sagte er.

Dythmar schöpfte Kohlsuppe aus dem Kessel in eine große Holzschüssel. »Wenn es wirklich eine Seuche gibt und wir sie überleben, werden wir so verdammt reich sein, dass wir uns ein Haus neben dem Scheißdom bauen können.«

»Ja, *wenn* wir sie überleben …« Paul nahm den Würfelbecher und schüttelte ihn. Niemand sagte etwas auf seine Worte.

Wir aßen zusammen, dann brachte ich Jacob eine kleine Schüssel mit Suppe und einem Laib Brot. Ich weckte ihn nicht, sondern stellte alles neben ihn auf den Hocker.

Während ich weg gewesen war, musste er sich seinen Rucksack geholt haben, den einzigen Gegenstand, den er mitgebracht hatte und den wir auf seine Bitte hin nicht verbrannt hatten. Er lehnte offen an der Wand, und ich sah die Pergamentstücke, die aus ihm ragten. Sie waren sehr eng und mit sehr kleinen Buchstaben beschrieben.

Ich zögerte, bevor ich sie aus dem Rucksack zog. Das Pergament war bereits mehrfach abgekratzt und an vielen Stellen eingerissen. Es waren über ein Dutzend Seiten. Kein Wunder, dass ich keinen einzigen Ring mehr an Jacobs Fingern sah; die musste er verkauft haben, um sich Pergament und Tinte leisten zu können.

Die Seiten waren in einer Mischung aus Latein und Deutsch beschrieben. Es gab kleine Zeichnungen zwischen den Worten, an einer Stelle ein menschliches Auge, an einer anderen eine Knochenhand. Ich verstand nicht alles, was ich las, mein Latein war zu schlecht und Jacobs Handschrift unleserlich, aber ich erkannte rasch, dass es zumeist Behandlungsmethoden waren oder die Eigenschaften des menschlichen Körpers beschrieben wurden. Deswegen also war Jacob heimlich aus Coellen geflohen. Ich spürte einen kurzen Stich der Eifersucht, als ich daran dachte, wie glücklich er dort gewesen sein musste. Ich sah es sogar an seiner Schrift.

»Lies es«, sagte Jacob plötzlich.

Ich zuckte zusammen. »Ich wollte nicht in deinen Sachen stöbern, entschuldige.«

»Lies es und achte gut darauf.« Seine Augenlider flatterten. Er schlief bereits wieder ein. »Es ist das Wertvollste, das ich besitze.«

Ich steckte die Pergamente zurück in den Rucksack, nahm ihn und zog mich damit in meine Schlafstätte zurück. Dort stellte ich eine Öllampe auf den Hocker neben meinem Lager und begann zu lesen.

Nach der zweiten Seite waren meine Gedanken erfüllt von halb verstandenem Wissen und fremden Ideen. Auf einmal war ich froh, dass die Soldaten mein Buch gefunden hatten, bevor ich es Jacob schenken konnte. Verglichen mit dem, was ich in Händen hielt, hätte es gewirkt wie das Gestammel eines kleinen Kindes.

Als mir die Augen immer wieder zufielen, verstaute ich die Pergamente wieder in dem Rucksack und legte ihn unter meinen Kopf. Er roch nach Leder und ein wenig – das bildete ich mir zumindest ein – nach Jacob. Ich schmiegte meine Wange daran und begann zu träumen.

»Hilfe!«

Im ersten Moment glaubte ich, die Stimme käme aus einem Traum, der bereits verwehte, doch dann wiederholte sich der Ruf.

»Helft uns! Bitte!«

Überall in der Höhle wachten Menschen schnaufend auf. Ich schlug die Decke zurück und verließ meine Schlafstatt. Richard und Czyne kamen im gleichen Moment aus dem Gang geeilt, der in die Herrenhaus-Höhle führte. Richard war barfuß und trug nur eine Hose, Czyne schob gerade erst ihre Hand in den zweiten Ärmel ihres Unterkleids.

Doch das nahm ich nur am Rande wahr. Mein Blick richtete sich auf die Frau, die mit einem Bündel in den Armen und einem kleinen Mädchen neben sich in der Höhle stand.

»Femeke?«, fragte ich.

Das Haar hing ihr ins Gesicht, ihre Wangen waren gerötet. Sie atmete schwer, so als wäre sie gerannt.

»Beatke ist krank.« Anklagend hielt sie mir das Bündel entgegen.

»Georg hat uns aus dem Haus gejagt. Ich wusste nicht, wohin ich sonst gehen sollte. Bitte helft mir.«

Eckehart schüttelte den Kopf. Er hatte sich eine Decke über die Schultern gelegt, und er war vollständig angezogen. »Wir haben gesagt, beim nächsten Kranken ist Schluss.«

»Nein.« Paul trat einen Schritt vor, sodass er vor den Menschen stand, die einen weiten Halbkreis um Femeke gebildet hatten. »Wir haben gesagt, wenn noch einer krank wird, muss Ketlin gehen. Aber das gilt nicht mehr, weil sie Jacob geheilt hat. Das soll sie auch mit Beatke machen, oder willst du ein kleines Kind sterben lassen?«

»Ich will selbst nicht krank werden, verstehst du?«, schrie Eckehart, und seine Stimme drohte vor Panik zu kippen.

Einige nickten, aber längst nicht alle. Hinter mir räusperte sich Jacob. Ich drehte den Kopf und sah, dass er vor seinem Verschlag stand und sich an einem Balken abstützte. »Wir müssen die Kranken von den Gesunden trennen. Wenn das sorgfältig eingehalten wird, sollte sich niemand anstecken.«

»Bringen wir sie doch ins Herrenhaus«, schlug Paul vor. »Dort muss keiner von uns rein.«

»Herrenhaus?«, fragte Jacob verwirrt.

Ich winkte ab. »Erkläre ich dir später.«

Richard hob die Augenbrauen und sah Czyne an, gab die Entscheidung mit einem Blick an sie ab. Ihr Gesicht wurde hart. Ich war mir sicher, dass sie den Vorschlag ablehnen würde, doch bevor sie antworten konnte, sagte Paul: »Femeke ist eine von uns. Wir lassen doch unsere Leute nicht im Stich, oder?«

»Sie ist keine mehr von uns. Sie hat ihre Wahl getroffen.« Czyne musterte Femeke mit kaltem Blick. Der älteren Frau stiegen Tränen in die Augen, aber sie sagte nichts. »Doch du *warst* so lange bei uns, dass ich dich wieder aufnehmen werde, wenn alle anderen damit einverstanden sind.«

Die Reaktion auf ihre Worte war verhalten, auch wenn ihr niemand widersprach. Angst und Mitgefühl spiegelten sich zu gleichen Teilen in den Gesichtern aller wider.

»Ich weiß nicht, wie ich dir danken soll.« Femeke begann nun doch zu weinen.

»Oh, ich weiß das sehr genau.« Czyne lächelte. »Fangen wir damit an, dass du mir sagst, wo Georg steckt und wen er bei sich hat.«

Femeke setzte sich an einen Tisch und wartete, während wir das sogenannte Herrenhaus für Beatke vorbereiteten. Richard und Czyne trugen ihr persönliches Hab und Gut zu zwei Schlafstätten nicht weit von meiner und Jacobs.

Die ganze Zeit über saß Jacob neben Femeke. Er gab ihr etwas zu trinken und seine Schüssel mit Suppe, aber sie aß und trank nicht, hielt nur das Bündel, in dem irgendwo Beatke steckte, in den Armen und wiegte es.

Schließlich stand Jacob auf und kam zu dem Tisch herüber, an dem ich stand. Ich entfernte gerade das Wachs, mit dem ich die kleinen Krüge mit dem Kräutersud versiegelt hatte.

»Ich glaube, das Mädchen ist schon tot«, sagte er leise.

Ich ließ das Messer sinken. »Bist du sicher?«

»Femeke lässt es mich nicht ansehen, weil sie glaubt, der Teufel stecke in mir, aber es hat sich die ganze Zeit über kein einziges Mal geregt.«

Ich sah zu ihrem Tisch hinüber. Femekes Blick war unstet. Ich versuchte mir vorzustellen, was in ihr vorging, aber es gelang mir nicht.

»Mein Gott«, sagte ich nur.

Jacob fuhr sich mit der Zunge über die Lippen. Sie waren immer noch aufgesprungen und von einer blutigen Kruste überzogen. Ich musste darauf achten, dass er sich nicht überanstrengte.

»Das ist nicht alles«, sagte er.

Ich folgte seinem Blick, und dann – mit einem Schlag – verstand ich. Wie hatte mir das entgehen können? Femekes Gesicht war immer noch gerötet, obwohl sie bereits seit über einer halben Stunde in der kühlen Höhle saß, und Cunnes Blick war teilnahmslos, ihre Augen wirkten wie trübe Glasmurmeln.

»Sie sind krank«, sagte ich leise. »Sie sind alle krank.«

Jacob nickte.

Beatke war nicht tot, aber ihr Fieber war bereits so hoch, dass sie in tiefer Bewusstlosigkeit versunken war. Femeke erlaubte mir, ihr das Bündel aus den Armen zu nehmen, und ich bettete das Mädchen neben ihr auf die Strohmatratze. Jacob und ich wickelten nasse Tücher um die Arme und Beine des Kindes, doch keine Stunde später starb Beatke dennoch.

Femekes Verzweiflungsschreie hallten durch die Höhle. Sie schrie und weinte, bis das Fieber ihr die Stimme nahm.

Ich musste Jacob zwingen, sich hinzulegen und zu schlafen. Er war so erschöpft, dass er zu seiner Schlafstatt taumelte.

»Wir müssen die Leiche des Kindes verbrennen«, sagte er, als ich den Vorhang schloss. Ich nahm an, dass es eine von Abdullahs Anweisungen war.

Paul schüttelte den Kopf, als ich ihn bat, mir dabei zu helfen, und auch die anderen, die keinen Schlaf fanden, sondern übermüdet und schweigend an den Tischen saßen, weigerten sich.

»Sie hat einen Priester und ein Grab in geweihtem Boden verdient«, sagte er. »Das sind wir Femeke schuldig.«

Insgeheim stimmte ich ihm zu, also legte ich das kleine Mädchen in eine Kiste und deckte es mit einem Tuch zu. Dann hackte ich Kräuter und kochte neuen Sud. Ich trug Schüsseln mit Wasser in die Herrenhaus-Höhle, kühlte Cunnes Stirn und versuchte, Femeke die Sorge um ihre zweite Tochter zu nehmen.

Die Geschwindigkeit, mit der sich die Krankheit durch ihre Körper fraß, war erschreckend. In der Nacht waren sie zu uns gekommen, gegen Mittag des nächsten Tages war Femeke bereits so voller Beulen, dass sie bei jeder Bewegung wimmerte. Nichts konnte ihre

Schmerzen lindern, weder meine Tinkturen noch der Wein, den wir ihr einflößten, in der Hoffnung, dass sie dann ein wenig schlafen würde. Sie tat es nur selten, und wenn, dann unterbrochen von lautem Stöhnen.

»War es bei mir genauso?«, fragte Jacob, als er nach stundenlangem tiefem Schlaf ins sogenannte Herrenhaus zurückkehrte. Die Notizen, die er sich gemacht hatte, während er bei Abdullah gewesen war, hielt er in der Hand.

Ich schüttelte den Kopf. »Nein, das hier ist schlimmer.«

Gegen Abend begann sie, Blut zu husten. Ich wünschte, sie hätte das Bewusstsein verloren oder wenigstens den Verstand, doch sie begriff, was mit ihr geschah, das sah ich in ihrem entsetzten, traurigen Blick.

Sie starb noch vor Morgengrauen, nur wenige Stunden vor Cunne, die leise, beinahe lautlos vom Leben in den Tod glitt.

»Ich verstehe nicht, was ich falsch gemacht habe«, sagte ich, während ich mir die Tränen aus dem Gesicht wischte. »Es waren die gleichen Tränke wie bei dir und die gleichen Tinkturen. Warum sind sie gestorben?«

Jacob blätterte in seinen Notizen. Auf manchen Seiten gab es noch freie Stellen, wo er meine Behandlungsmethode – so nannte er das, was ich tat – niederschreiben wollte. Er hatte Dythmar bereits am Morgen gebeten, ihm Tinte und Feder zu besorgen, wartete aber immer noch darauf. Wahrscheinlich war der Schmuggler mit dem Geld geflohen.

»Vielleicht …«, begann Jacob zögernd, »vielleicht wirkt deine Methode nur bei Männern.«

Ich war zu müde, um darüber nachzudenken, also hob ich nur die Schultern und wandte mich ab.

Czyne saß auf einer der Holzbänke, als ich die erste Höhle betrat. Sie hatte die Knie angezogen und starrte ins Nichts.

»Wo sind die anderen?«, fragte ich.

»Unterwegs. Jeder hat auf einmal dringend etwas in der Stadt zu erledigen, Richard übrigens auch.«

»Nur du nicht.«

Sie lächelte knapp. »Nur ich nicht.« Ihr Lächeln verschwand so schnell, wie es gekommen war. Die Härte, die es ihrem Gesicht genommen hatte, kehrte zurück. »Sind sie tot?«

»Ich konnte ihnen nicht helfen.«

Einen Moment lang schwieg Czyne. »Was machen wir mit den Leichen?«

Ich nahm einen Krug und schöpfte Bier aus einem offenen kleinen Fass. »Jacob ist der Überzeugung, wir sollten sie verbrennen, ebenso wie alles, mit dem sie in Berührung gekommen sind.«

Sie stieß die Luft aus. »Wenn das so weitergeht, müssen wir bald auf dem nackten Boden schlafen.«

»Dann sollten wir beten, dass es nicht weitergeht.« Ich trank einen großen Schluck Bier. Es war zu bitter und zu kalt.

»Das tut es bereits«, sagte Czyne, als ich den Krug abstellte. Mit dem Kinn deutete sie in Richtung der Schlafstätten. »Eckehart ist krank.«

»Was?« Das Bier fühlte sich wie Eis in meinem Magen an. Mir wurde übel.

»Er hat mich eben geweckt, um es mir zu sagen. Du solltest ihm vielleicht verschweigen, dass deine anderen drei Patienten gestorben sind.« Ihre Worte waren grausam, aber ich hörte Mitleid in ihrer Stimme. »Er hat Angst«, fügte sie hinzu.

»Wer hat Angst?« Jacob war unbemerkt hinter mir aus dem Gang getreten.

Ich erklärte es ihm.

»Eckehart?« Er fuhr sich mit der Hand durchs Haar, wirkte auf einmal wach und aufgeregt. »Du musst mir genau zeigen, wie du ihn behandelst, was du ihm gibst, in welchen Abständen und so weiter. Wenn das, was ich denke, stimmt, wirst du ihm helfen können.«

Czyne sah ihn finster an, und mir war es unangenehm, dass er sich über diesen erneuten Krankheitsfall sogar zu freuen schien.

»Und was ist es, das du denkst?«, fragte Czyne ihn kühl.

»Dass die Behandlung, auf die Ketlin gestoßen ist, nur Männern hilft.«

Czynes Gesicht verdüsterte sich noch mehr.

»Wir wissen nicht, ob das stimmt«, sagte ich.

Jacob lächelte. »Noch nicht.«

Kapitel 32

Dythmar kehrte am Nachmittag zurück, betrunken und eingehüllt in den, wie er sagte, »süßen Geruch liederlicher Frauen«. Er hatte weder Tinte noch Feder vergessen, doch ich wünschte schon bald, er hätte es getan, weil Jacob, nachdem er beides ausgehändigt bekommen hatte, an mir hing wie ein Floh.

Alles musste ich ihm erklären, von jeder Zutat wollte er den Namen wissen, fragte immer wieder nach, wie viel ich von dem einen nahm, wie viel von dem anderen, wie lange ich den Sud kochte und wie viel ich Eckehart davon einflößte. Die meisten Fragen konnte ich nicht beantworten, ich stolperte durch meine Erklärungen, als wäre ich ebenso betrunken wie Dythmar, und ich fühlte mich jedes Mal wie eine Betrügerin, wenn Jacob nickte und alles, was ich sagte, in die kleinen freien Felder auf seinen Pergamenten niederschrieb.

Die Seiten sind viel zu schade dafür, dachte ich. *Er sollte sie für Wichtigeres aufbewahren.*

Als ich versuchte, ihn davon zu überzeugen, schüttelte er jedoch nur den Kopf. »Nein, nichts kann wichtiger sein als das, was ich hier erfahre.«

Eckehart war ein großer, kräftiger Mann, aber als er die erste Beule an seinem Oberschenkel entdeckte, weinte er wie ein kleines Kind. Dythmar, der zu betrunken war, um Angst vor der Seuche zu haben, setzte sich neben ihn und gab Geschichten zum Besten, die er angeblich in den Bordellen Coellens erlebt hatte, und zu meiner Überraschung begann Eckehart nach einer Weile zu lachen. Irgendwann wurde sein Fieber jedoch so hoch, dass er sich nicht mehr konzentrieren konnte. Dythmar wirkte enttäuscht, als ich ihn bat zu gehen.

»Aber er ist mein Freund«, sagte er. Ich hatte nie den Eindruck gehabt, dass er und Eckehart sich nahestanden, aber Dythmar stiegen tatsächlich Tränen in die Augen, als er das sagte. »Wer weiß, wie lange er noch unter den Lebenden weilt.«

Es war diese Frage, die uns zusammenführte.

In den drei Tagen, in denen wir um Eckeharts Leben kämpften, veränderte sich vieles in der Höhle. An den Abenden saßen wir alle gemeinsam an einem Tisch, aßen, redeten und tranken. Wir lachten mehr als in den ganzen Wochen zuvor, und sogar Czyne hielt sich nicht länger abseits; hin und wieder sah ich ihre Hand sogar so dicht neben der von Richard liegen, dass sie sich beinahe berührten.

Mehr und mehr betrachtete ich die Höhle als mein Zuhause und die Menschen in ihr als meine Freunde. Wir beteten, als wir die Leichen im Innenhof verbrannten, und trösteten Paul, der sich um ihre Seelen sorgte.

Nachts schliefen Jacob und ich auf meinem Strohlager und hielten uns dabei in den Armen, unsere nackten Körper aneinandergeschmiegt. Er erholte sich rasch, und Eckeharts Behandlung lastete nicht mehr allein auf meinen Schultern.

Am Morgen des vierten Tages ging Eckeharts Fieber zurück, am Morgen des fünften stand er zum ersten Mal auf.

Er war gesund.

Wir alle applaudierten, als Eckehart auf wackeligen Beinen aus seinem Verschlag kletterte und Jacob ihn zum Tisch führte. Dort ließ er sich schwer auf die Holzbank nieder und keuchte: »Der Teufel muss wohl noch ein bisschen warten, bis er mich kriegt.«

Dythmar grinste und schob ihm einen Krug mit heißem Bier hin. »Wie heißt es so schön: Nur die Guten sterben jung.«

Ich war nicht die Einzige, die dabei an die denken musste, die nicht mehr bei uns waren; Richard hob auf einmal seinen Krug und sagte im ernsten Tonfall: »Auf Femeke, Cunne und Beatke.«

Wir tranken.

Eine Weile saßen wir schweigend nebeneinander, dann räusperte sich Jacob. »Ich bin mir nicht sicher, ob ihr versteht, was es bedeutet, dass Eckehart und ich die Seuche überlebt haben. Mein Lehrmeister… mein neuer Lehrmeister aus Konstantinopel bezeichnet sie als die schlimmste Geißel der Menschheit. Sie hat bereits ganze Landstriche entvölkert, und niemandem ist es bisher gelungen, die von ihr Befallenen zu heilen. Was Ketlin getan hat…«

Czyne unterbrach ihn: »… könnte uns unfassbar reich machen.«

Jacob blinzelte überrascht, aber sie achtete nicht mehr auf ihn, sondern stützte die Ellenbogen auf die Tischplatte und sah uns nacheinander an. »Sollte es weitere Kranke geben – und wie mir zu Ohren kam, ist die Seuche in der Gasse der Gerber ausgebrochen –, wird man uns bald auf Knien um Hilfe anflehen. Und wenn die Seuche erst mal bis zu den Herrenhäusern am Dom vorgedrungen ist…«

Sie ließ den Satz unvollendet, aber jeder am Tisch wusste, was sie sagen wollte.

»Wir werden reicher sein als die Overstolzens«, sagte Paul.

»Reicher als die Overstolzens und die Gyrs zusammen«, sagte Eckehart.

»Reicher als der Papst«, flüsterte Dythmar.

Ihre Worte machten mir Angst. »Hört auf damit! Ich konnte zwei Kranken helfen, aber drei sind gestorben. Vielleicht wären Eckehart und Jacob von selbst wieder gesund geworden.«

»Das glaube ich nicht«, sagte Jacob voller Überzeugung.

»Du glaubst es vielleicht nicht, aber du weißt es auch nicht«, fuhr ich ihn an. »Ich habe die Notizen, die du bei deinem Arzt gemacht hast, gelesen, und ich verstehe weniger als die Hälfte davon. Willst du ernsthaft behaupten, ich könnte etwas vollbringen, was so jemand ein Leben lang versucht und nicht geschafft hat?«

Richard sah mich an. »Es kommt nicht darauf an, *wie viel* du weißt, solange du *das Richtige* weißt.«

Die anderen am Tisch nickten, auch Jacob.

»Wir müssen es wenigstens versuchen«, meinte er. »Nicht wegen des Geldes, sondern weil es unsere Pflicht als Christen ist.«

Czyne schlug mit ihrem Krug schwer auf den Tisch. »Dann ist es beschlossen. Paul, Dythmar, ihr geht in die Gasse der Gerber und sucht nach Kranken. Sagt ihnen, dass wir sie heilen können, sie brauchen auch nicht zu bezahlen. Damit warten wir, bis es die Reichen trifft. Ketlin, du sagst uns, welche Kräuter du brauchst. Wir werden versuchen, sie zu besorgen. Wir werden die Kranken aber nicht hier behandeln, sondern in den leer stehenden Hütten, die es in unserem Viertel dort oben gibt. Ich will nicht, dass wir für unsere Nächstenliebe beklaut werden, und es soll auch niemand von unserem Unterschlupf erfahren. Diese Höhlen müssen geheim bleiben, verstanden?« Sie stand auf. »Worauf wartet ihr noch?«

Ich blieb allein sitzen. Jacob ging um die Bank herum und legte mir eine Hand auf die Schulter. »Sie tun das Richtige aus den falschen Gründen«, sagte er leise.

»Aber du auch.« Ich wandte den Kopf und sah ihn direkt an. »Du willst, dass ich etwas Großes vollbringe, aber das werde ich nicht. Ich habe kein Heilmittel gefunden. Wir machen den Menschen etwas vor.«

»Warten wir es ab.« Er beugte sich vor und küsste mich sanft auf die Lippen. »Es wird alles gut werden, da bin ich mir sicher.«

Richard bat mich noch am Nachmittag, ihn auf den Markt zu begleiten.

»Ich weiß nicht, wonach ich suchen und fragen soll«, sagte er.

»Es wäre besser, du kommst mit, sonst lasse ich mir noch Petersilie andrehen.«

Ich lachte, obwohl ich es nicht wollte. »Petersilie ist nicht so schlecht, wie du glaubst.«

Jacob schloss sich uns an, angeblich weil er frische Luft schnappen wollte, aber ich glaube eher, dass es ihn irritierte, wie vertraut Richard und ich miteinander umgingen.

Wir stießen auf Dythmar und Paul, kaum dass wir den Innenhof hinter uns gelassen hatten.

»Keine Kranken«, sagte Dythmar. Er klang enttäuscht, ich war erleichtert.

»Kann aber trotzdem sein, dass es welche gibt«, fügte Paul schnell hinzu. »Diese Gerber sind ein komisches Volk, die bleiben unter sich. Bei dem Gestank auch kein Wunder.«

Die beiden Männer lachten.

»Wir haben ihnen aber gesagt, dass sie in dieses Viertel kommen sollen, wenn jemand krank wird«, erklärte Dythmar, dann meinte er: »Ich brauche jetzt erst mal ein Bier, um den üblen Geruch aus der Nase zu kriegen.«

Richard, Jacob und ich schlugen die Kapuzen unserer Umhänge hoch, bevor wir weitergingen. Regenwolken hingen dunkel und tief über der Stadt.

»Sieht nach einem Gewitter aus«, sagte Richard.

Jacob nickte, aber ich konnte sehen, dass er ihm nicht zuhörte. Sein Blick war auf die Abwasserrinnen und die verwesenden Rattenkadaver darin gerichtet. »Es muss Kranke geben bei all den toten Ratten. Wieso sagen die Leute nichts?«

»Vielleicht hoffen sie noch, dass es etwas anderes als die Seuche ist«, sagte ich.

»Ja.« Er nickte, wirkte aber nicht überzeugt.

Er befürchtet, dass er die Seuche in die Stadt gebracht hat, dachte ich. *Bis jetzt hat es nur Menschen getroffen, die in seiner Nähe waren.*

Ich nahm seine Hand und ließ sie erst wieder los, als wir den Domplatz erreichten. Es gehörte sich nicht, sich so in der Öffentlichkeit zu zeigen.

Zu meiner Überraschung sah ich mehr Marktstände als bei meinem letzten Besuch, allerdings auch mehr Soldaten. In Vierergruppen gingen sie über den Platz, sorgten dafür, dass die Menschen nicht zusammenstanden, sondern ihre Geschäfte erledigten und gingen. Die Stände ließen sie unbehelligt.

»Fast alles, was ihr hier seht, ist Schmuggelware«, sagte Richard, »aber leider stammt nur wenig von uns. Die Familien haben ihre eigenen Trupps, die den ganzen Dommarkt kontrollieren. Wer hier verkaufen will, muss zuerst bei ihnen kaufen.«

»Aber wenn die Familien den Rat bilden und der Rat die Stadttore hat schließen lassen, warum schmuggeln sie, anstatt die Tore einfach wieder zu öffnen?«, fragte Jacob.

»Weil sie auf diese Weise höhere Preise verlangen können.« Richard blieb an einem der Stände stehen und nahm einen Kohlkopf aus einer der Kisten. Er war halb verfault. »Aber das wird nicht mehr lange funktionieren.«

Er ließ den Kohl fallen und wischte sich die Hand an seinem Umhang ab.

Wir gingen an den Ständen entlang und suchten nach Kräutern. Ich fand Minze und zu Richards Erheiterung Petersilie, aber kaum etwas anderes, was ich gebrauchen konnte. Auf meine Fragen erhielt ich immer wieder die gleiche Antwort: »So etwas wirst du hier nicht finden, versuche es im Zisterzienserkloster, vielleicht geben sie dir etwas ab.«

»Das hat keinen Sinn«, sagte ich schließlich.

Jacob wollte seine Kapuze in den Nacken schieben, nahm die Hand aber gleich wieder nach unten. Niemand sollte unsere Gesichter sehen. »Können wir sie dem Kloster nicht abkaufen?«, fragte er.

Ich hob die Schultern. »Mutter Immaculata hätte das nie erlaubt. Sie bestand darauf, dass alles, was in den Gärten wächst, entweder von uns verbraucht oder an die Armen verschenkt wird.«

»Aber Mutter Immaculata gibt es nicht mehr«, sagte Richard. »Nach allem, was ich mitbekommen habe, kann sich das unter Schwester Johannitas Herrschaft radikal geändert haben.«

»Du kennst sie?«, fragte Jacob überrascht.

Ich wollte Richard mit der Antwort zuvorkommen, aber er war schneller. »Ich durfte sie erleben, als Ketlin und ich im Klostergarten waren und dort Kräuter für dich gestohlen haben.«

»Oh.« Das war alles, was Jacob dazu sagte.

Das Wetter wurde schlechter. Der Wind nahm zu, aber die Luft war drückend und schwül, so als hätte jemand eine heiße Decke über die ganze Stadt geworfen.

»Was ist mit Erasmus?« Er war der Einzige, der mir einfiel. »Als Apotheker müsste er wissen, wo man Kräuter besorgen kann.«

»Das war früher so«, antwortete mir Jacob. »Aber irgendwann hörten die Lieferungen auf, wahrscheinlich weil er so geizig ist und entsprechend schlechte Preise zahlt. Seitdem kauft er das meiste fertig angerührt von Apothekern in Bonn und Aachen oder verzichtet einfach auf die Kräuter, die er vorher benutzt hat. Kurz vor meiner Abreise begannen sich Kunden bei ihm darüber zu beschweren.«

»Dann bleibt nur noch das Kloster«, sagte Richard. »Ich werde mich darum kümmern.«

Auf einmal kam Bewegung in die Menschen auf dem Domplatz. Viele von ihnen schritten in eine bestimmte Richtung.

»Der Bürgermeister wird eine Rede vor dem Rathaus halten«, hörte ich eine ältere Frau sagen.

Das kann nichts Gutes bedeuten, dachte ich, dennoch schlossen wir uns der Menge an.

Die Menschen strömten durch die Gassen, dem Rathausplatz entgegen. Es kamen immer mehr hinzu. Die Gesichter der meisten wirkten ernst, aber ich sah keine Angst darin.

Ein Gerücht machte die Runde. Angeblich würde Wilbolt die Öffnung der Stadttore verkünden. Niemand wusste, wer es in Umlauf gebracht hatte, aber es war das, was die Menschen hören wollten, also glaubten sie es.

Der Platz war bereits voll, als wir dort ankamen. In allen Fenstern sah ich Köpfe, Menschen drängten sich in den Gassen und versuchten, einen Blick auf Wilbolt zu erhaschen, der inmitten der Ratsherren vor den geöffneten Rathaustüren stand. Diese trugen ihre schweren Amtsketten und pelzbesetzte hohe Mützen.

Soldaten mit den Schärpen sämtlicher Familien standen am Fuß der Treppe, mit Schilden und Speeren bewaffnet. Sie hatten den Ratsherren den Rücken zugewandt und die Blicke auf die Menge gerichtet.

Wir fanden Platz vor einer geschlossenen kleinen Taverne. Der Wirt hatte die Fensterläden zugemacht und die Tür verriegelt, was ebenfalls kein gutes Zeichen war.

»Bürger Coellens«, begann Wilbolt, und es wurde still auf dem Platz. »Ihr habt viel erduldet, um unsere Stadt vor der Seuche zu bewahren, und ihr habt denen, die durch sie ihre Heimat verloren haben, Mitgefühl und Nächstenliebe entgegengebracht.« Er sprach von den Juden, die aus anderen Städten vertrieben und auf Befehl des Rats aufgenommen worden waren. »Wir …«, seine Geste schloss alle Ratsherren mit ein, »… sind noch nie so stolz auf unsere schöne Stadt gewesen wie in diesen letzten Wochen.«

»Mach endlich die Scheißtore auf!«, schrie ein Mann irgendwo in der Menge. Andere riefen ihre Zustimmung. Die Soldaten vor dem Rathaus wurden unruhig.

Wilbolt tat so, als hätte er die Störung nicht gehört. »Von ganzem Herzen wünschte ich mir, ich könnte euch gute Nachricht geben, doch Gott will unsere Stadt und ihre Einwohner offenbar prüfen.«

Die Stille, die sich mit einem Mal über den Platz legte, war beinahe unheimlich. Nie hatte ich geglaubt, dass so viele Menschen so ruhig sein konnten.

»Er wird es nicht tun«, flüsterte Jacob. »Die Tore bleiben geschlossen.«

»Heute Morgen erfuhr ich, dass die Seuche in der Gasse der Gerber aufgetreten ist.« Ein Raunen ging durch die Menge. Wilbolt sprach lauter, um sich Gehör zu verschaffen. »Es sind nur zwei Fälle, und wir glauben nicht, dass wirklich Grund zur Sorge besteht. Trotzdem möchten wir euch bitten, wachsam zu sein und Kranke den Soldaten und Stadtwachen zu melden. Wenn wir alle Umsicht üben und Vorsicht walten lassen, wird dieser Spuk schon bald vorbei sein.«

»Was ist mit den Toren?« Wieder der Mann von vorhin. Und ein anderer rief: »Die Tore auf!« Und dann noch mal: »Die Tore auf!« Immer mehr riefen diese Forderung, skandierten sie, bis daraus ein Chor wurde, der über den ganzen Platz hallte. In der Ferne rollte dumpfer Donner über das Land.

Wilbolt hob die Arme. Seine weiten Ärmel rutschten bis zu den Ellenbogen nach unten. »Der Stadtrat hat sich seit heute Morgen mit diesem Thema befasst. Wir haben es uns nicht leicht gemacht, aber wir sind der Überzeugung, dass es unter diesen Umständen besser ist, vorläufig auf eine …«

Weiter kam er nicht. Der Aufschrei der Menge war der eines wilden Tiers. Ein Ruck ging durch sie, ein Beben wie das von Muskeln unter Fell, dann warf sich die Masse nach vorn.

Doch die Soldaten hielten dem Ansturm stand. Mit den stumpfen Enden ihrer Speere schlugen sie auf die Menschen ein, versuchten sie zurückzutreiben. Wilbolt und seine Ratsherren wichen nach hinten. Soldaten hoben die Schilde, als erste Steine, die man vom Boden auflas, Stöcke, Krüge, sogar Schuhe über die Menge flogen.

Daraufhin floh der Rat mit wehenden Umhängen ins Rathaus. Die Türen fielen zu, scheinbar lautlos, denn ihr Knallen ging im Geschrei der Menge unter.

»Weg hier!«, sagte Richard.

Jacob legte seinen Arm um mich, zog mich aus der Menge, die

uns wie die Strömung eines Flusses mitreißen wollte. Wir drängten uns an Männern mit wutverzerrten Gesichtern und an schreienden Frauen vorbei, während ein Blitz über den grauen Himmel zuckte und Donner folgte. Die Luft knisterte und schmeckte süß.

»Zu den Toren!«, schrie eine junge, wohlhabend aussehende Frau direkt neben mir. Ihre Stimme stach in mein Ohr. »Lasst sie uns aufsprengen!«

Sie sah sich auffordernd um, aber niemand nahm ihren Ruf auf. Diejenigen, die dazu bereit gewesen wären, wollten zunächst das Rathaus stürmen, die anderen, Friedlicheren würden ihr nicht folgen. Sie wiederholte ihren Aufruf noch zweimal, dann sackten ihre Schultern nach unten. Resigniert blieb sie stehen.

Ich drehte mich zum Platz, als die Schreie anschwollen und aus der Wut Entsetzen wurde. Ein Mann rannte an uns vorbei, dicht gefolgt von einer ganzen Gruppe. Einige hatten blutige Gesichter, zwei junge Männer trugen eine reglose Frau zwischen sich; ich sah dunkle Flecke auf ihrer Brust.

»Sie haben die Speere umgedreht!«, schrie einer von ihnen. »Sie bringen alle um!«

Aus den kleinen Gruppen wurde ein Strom, der sich in die Gasse ergoss. Das Tier floh.

»Hier rein!«, rief ich und zog Jacob in eine Nische zwischen zwei Häusern. Richard folgte uns. Wir drückten uns gegen den Stein und sahen, wie die Menschen an uns vorbeiliefen. Hinter ihnen hörte ich das Klirren von Metall und ein dumpfes, rhythmisches Trommeln. Die Soldaten schlugen mit den Speeren gegen ihre Schilde, trieben die Menge vor sich her.

Ein älterer Mann brach zusammen, niedergestreckt von Hitze und Anstrengung. Ein Soldat rammte ihm den Speer in die Brust, ohne hinzusehen.

Wir drückten uns so tief in die Nische, wie wir konnten.

Es begann zu regnen. Schwere Tropfen klatschten vor mir in den Staub. Irgendwo schlug ein Blitz mit lautem Knall ein.

Mein Umhang wurde immer schwerer. Ich machte mir Sorgen um Jacob, der noch längst nicht all seine Kräfte zurückerlangt hatte.

Schließlich warf Richard einen vorsichtigen Blick aus der Nische. »Alle weg«, sagte er. »Kommt – bevor die Soldaten zum Rathaus zurückkehren.«

Wir verließen unser Versteck. Ich drehte den Kopf, als wir losgingen, sah noch einmal zurück zum Platz und schluckte. Leichen lagen auf ihm verstreut. Ich sah Umhänge und nackte Füße, Schürzen und bestickte Handschuhe, Blut, das sich mit Regenwasser mischte. Nur Rüstungen sah ich nicht.

Jacob zog mich weiter. »Ihnen kann niemand mehr helfen.«

Und uns?, fragte ich mich.

Schweigend gingen wir zurück in Richtung Schmugglerversteck. Wir nahmen nur die kleinen, verschlungenen Gassen, fern der breiteren Straßen, auf denen wir die Soldaten vermuteten. Wir gingen vorbei an geschlossenen Türen und Menschen, die ihre Fenster mit Brettern vernagelten. Sie warfen uns misstrauische Blicke zu, nur hin und wieder fragte jemand, ob wir auf dem Platz gewesen seien. Der Regen ließ allmählich nach, das Gewitter zog über uns hinweg, und das Wasser, das es uns gebracht hatte, versickerte im ausgedörrten Boden.

Zwei Schmuggler, Clawis und Rüsch, hielten im Innenhof Wache, waren wohl von Czyne abgestellt worden, um all die Kranken, die sie erwartete, in Empfang zu nehmen. Zu meiner Erleichterung waren die beiden Wachen jedoch allein.

»Wir haben uns Sorgen um euch gemacht«, sagte Rüsch. Er schielte so stark, dass man nie wusste, wen er ansah. »Wart ihr auf dem Blutplatz?«

»Blutplatz?«, fragte Richard.

Clawis nickte. »So nennen sie den Rathausplatz schon. Hab ich eben aufgeschnappt, als ein paar Kerle hier vorbeikamen.«

»Was denn für Kerle?«

»Keine Ahnung. Kerle eben. Die wollten keinen Ärger, haben uns nur erzählt, was passiert ist.«

Richard war weitaus misstrauischer als Clawis. »Das gefällt mir nicht.«

Ich konnte mir denken, was oder vielmehr wer ihm Sorgen bereitete. »Georg?«

»Geld verdienen ist sicherlich nicht so einfach, wie er sich das vorgestellt hat.« Richard zog die Falltür auf. »Da kann man schnell auf die Idee kommen, sich in den Dienst eines anderen zu stellen.«

»Wer ist Georg?«, fragte Jacob.

Ich erklärte es ihm auf dem Weg nach unten.

Czyne erwartete uns bereits. Sie machte nicht den Eindruck, als hätte sie sich Sorgen um uns gemacht, jedenfalls zeigte sie keinerlei Anzeichen von Erleichterung, als sie uns sah.

»Keiner«, sagte sie einfach nur. Ich wusste sofort, was sie meinte: Kein Kranker hatte sich im Viertel der Schmuggler blicken lassen.

»Ich verstehe das nicht.« Jacob blieb neben der Feuerstelle stehen und schlug seinen nassen Umhang aus. Der Stoff hatte den Regen besser abgehalten, als ich gedacht hatte; Jacob war kaum nass geworden. »Sogar der Bürgermeister hat bei seiner Rede von zwei Kranken gesprochen.«

»Dann sind es in Wirklichkeit zwanzig«, sagte Czyne. »Warum kommen sie nicht zu uns? Wer verzweifelt genug ist, klammert sich an jeden Strohhalm.«

»Dann kommen sie vielleicht noch«, meinte Jacob.

»Ich weiß nicht, ob wir uns das wünschen sollten«, murmelte ich und ging zu meiner Schlafstätte. Ich war bis auf die Haut durchnässt. Hinter dem geschlossenen Vorhang zog ich alles aus und hing es zum Trocknen auf.

»Ketlin?« Richard war eine dunkle Silhouette auf der anderen Seite des Vorhangs.

Ich nahm die Decke vom Bett und wickelte mich darin ein. »Ja?«

Er zog den Vorhang ein Stück zur Seite und reichte mir einen zusammengefalteten Rock, Hemd, Schürze und Unterkleid hinein. »Wir haben so viel davon. Ich dachte, du könntest etwas brauchen.«

»Danke, das ist sehr nett von dir.«

»Ich gehe morgen früh zum Kloster, um mit Schwester Johannita zu reden. Überleg dir bis dahin, um was ich sie bitten soll.«

»Das werde ich.«

Ich legte die Decke ab und schlüpfte in das frische weiche Unterkleid, dann zog ich Hemd und Rock an. Als ich den Blick hob, sah ich den Schatten vor dem Vorhang.

»Es passt alles genau. Du hast einen guten Blick.«

»Darf ich reinkommen?«, fragte Jacob.

Ich fühlte mich ertappt, ohne zu wissen, warum. »Natürlich.«

Er zog den Vorhang hinter sich zu. »Die ist von Richard, oder?«, fragte er mit Blick auf meine neue Kleidung.

»Ja, er hat sie mir geschenkt.« Ich legte die Schürze an und knotete sie zu. *Es hat nichts zu bedeuten,* hätte ich beinahe hinzugefügt, schluckte die Worte aber hinunter, als ich erkannte, dass sie genau das Gegenteil von dem, was ich meinte, ausgesagt hätten.

Jacob wirkte unsicher. »Hältst du das für angemessen?«

»Was meinst du damit?«

Er räusperte sich. Es fiel ihm sichtlich schwer, mit mir über das, was ihn beschäftigte, zu sprechen. »Ich sollte dir so etwas schenken, nicht Richard. Und du solltest es auch nicht von ihm annehmen.«

»Ich brauchte neue Kleidung.« Ich setzte mich auf die Strohmatratze und knöpfte das Hemd zu. »Und es ist ja nicht so, als hätte er sie für mich anfertigen lassen. Die Sachen lagen herum. Warum sollte er sie mir nicht geben?«

Er setzte sich neben mich und ergriff meine Hand. »Es geht nicht nur um die Kleidung. Ich habe den Eindruck, dass du während meiner Abwesenheit ein neues Leben begonnen hast. Die Art, wie du mit Richard redest, über Leute, die ich nicht kenne, und Ereignisse, bei denen ich nicht dabei war ... Es kommt mir vor, als wärst du vertrauter mit ihm als mit mir.«

»Niemand hat dich gezwungen, mich anzulügen und heimlich nach Maastricht zu gehen.« Ich biss mir auf die Lippe, aber die Worte waren bereits heraus. Ich hatte geglaubt, ich wäre nicht mehr wütend auf ihn, doch anscheinend war ich es doch.

Jacob ließ meine Hand los. »Das stimmt.«

Einen Moment lang blieb er auf der Matratze sitzen. Ich sah, wie seine Kiefer mahlten, und setzte zu einer Erklärung, vielleicht sogar zu einer Entschuldigung an, aber er stand bereits auf. »Entscheide dich, welches Leben du führen willst, um mehr bitte ich dich nicht. So viel bist du mir schuldig. Und auch Czyne.«

»Czyne?« Ich runzelte die Stirn. »Hast du mit ihr über uns gesprochen?«

Jacob antwortete nicht. Der Vorhang schloss sich hinter ihm.

Kapitel 33

Ich erklärte Richard genau, was ich brauchte, und ließ ihn die Namen der Kräuter einige Male wiederholen, bis ich sicher war, dass er sie behalten würde.

Die Unterhaltung mit Jacob lastete auf mir, und ich begann mich selbst zu beobachten und jeden Satz, den ich zu Richard sagte, zu hinterfragen.

Er bemerkte, wie verkrampft ich war, obwohl ich es zu überspielen versuchte, fragte aber nur einmal kurz nach. Ich behauptete, ich wäre nur müde, aber ich konnte ihm ansehen, dass er mir nicht glaubte.

Jacob hatte die Nacht in seiner Schlafstatt verbracht, setzte sich aber zumindest neben mich, und wir frühstückten gemeinsam, auch wenn er sich sehr einsilbig gab. Unser Gespräch am Vortag erwähnte er mit keinem Wort, und auch ich äußerte mich nicht dazu.

Richard und ich sind Freunde, das ist alles, dachte ich mindestens hundert Mal an diesem Morgen, doch ein kleiner Teil von mir fragte sich, ob ich mir da auch wirklich sicher war.

Czyne wollte an diesem Morgen mit einem kleinen Trupp frisches Fleisch in die Stadt bringen. Sie brach noch vor Richard auf, und wir erwarteten sie erst am nächsten Tag zurück.

Um uns die Zeit zu vertreiben, halfen Jacob und ich jenen Männern, die draußen die verlassenen Hütten für die Erkrankten herrichteten. Wir dichteten Dächer ab, räumten Unrat und Müll aus den kleinen Behausungen, arbeiteten gut zusammen, und ab und zu lachten wir sogar.

»Ich bin in der Gegend aufgewachsen«, sagte Rüsch, als wir mittags in der Sonne saßen und Brot mit Käse aßen. »Hier lebten früher Färber. Mein Vater war auch einer, hat damals sogar geholfen, den Kanal zu graben, der vom Rhein hierherführte. Der verlief dort draußen vor der Tür.« Er biss in sein Brot und erzählte kauend weiter. »Es gab keine Brücke, nur ein paar Bretter über den Kanal. Ich kann euch gar nicht sagen, wie oft ich als Kind da reingefallen bin.«

Jacob beugte sich neugierig vor. »Was ist aus dem Kanal geworden?«

»Zugeschüttet haben sie ihn. Eines Tages kamen Soldaten und haben uns gezwungen, alles zuzuschütten. Die Färber sollten zum Fluss runter, dort, wo sie heute sind. Die feinen Herren störten sich wohl am Gestank, der bis in ihr Viertel zog. Hat die ganze Gegend kaputtgemacht. Erst zogen die Färber weg, dann die Händler, von denen sie ihre Waren bezogen, und dann kamen die, die nirgendwo anders hinkonnten.«

»So wie wir«, sagte Dythmar.

Rüsch wischte sich mit dem Handrücken über den Mund und nickte. »So wie wir. Aber muss ja nicht so bleiben. Ich hab mir gedacht, wenn wir so reich werden, wie Czyne sagt, dann kauf ich den Gyrs die ganze Gegend ab und baue Häuser für uns alle. Und dann lasse ich den gottverdammten Kanal wieder ausheben.«

Ich lachte. Rüsch grinste und schielte entweder mich oder Jacob an.

»Entschuldigt?« Die Stimme klang klein und dünn. Ich drehte mich um und sah ein Mädchen in schmutzigen Lumpen. Es schien etwas fragen zu wollen, doch dann sah es Dythmar, drehte sich um, winkte jemandem zu, der am Rand der Gasse stand und den wir nicht sehen konnten, und rief: »Wir sind richtig!«

Schlurfende Schritte – Rüsch legte die Hand an den Dolch in

seinem Gürtel, Jacob und ich standen auf –, dann sahen wir eine ältere Frau, die sich uns näherte, gefolgt von einem ebenso alten Mann.

»Mein Sohn ist krank«, sagte die Frau.

Hinter ihr tauchten weitere Menschen auf. Zwei von ihnen stützten einen jungen Mann.

»Haben die ihre ganze verdammte Familie mitgebracht?«, fragte Rüsch leise, doch ich hörte die freudige Erregung in seiner Stimme. In Gedanken hob er wohl schon den Kanal aus.

»Setzt euch.« Ich deutete auf die Bretter, die wir auf Steine gelegt hatten. »Wir werden ihm helfen, so gut wir können.«

Jacob folgte mir zurück in die Höhle der Schmuggler. »Sie kommen!«, rief er den anderen zu. »Sie kommen tatsächlich!« Dann drehte er sich zu mir um und schloss mich in die Arme. Vergessen waren seine Zweifel, zumindest für den Moment. »Wir werden Gutes tun, Ketlin.«

Wir werden es versuchen, dachte ich, aber ich antwortete: »Du weißt, wo alles ist. Stroh haben wir bereits in die Hütten geschafft, jetzt müssen wir den Rest nach oben bringen.«

Gemeinsam packten wir Decken, Tücher, Tinkturen und Tränke zusammen. Jacob nahm auch noch den Rucksack, in dem sich seine Aufzeichnungen befanden. Ich konnte sehen, wie aufgeregt er war.

Als wir wieder oben waren, hatten sich weit über ein Dutzend Menschen versammelt. Nur vier von ihnen waren krank, das sagten sie zumindest.

»Wir haben nicht daran gedacht, dass sie ihre Familien mitbringen«, raunte Dythmar mir zu. »Was machen wir mit denen?«

Ich hob die Schultern. »Nichts. Wenn sie bleiben wollen, können sie bleiben, aber wir werden sie nicht versorgen. Wir sind für die Kranken zuständig, nicht für die Gesunden.«

»Wir könnten ihnen was zu essen verkaufen«, sagte Rüsch leise.

Ich warf einen Blick auf die zerlumpten, mageren Gestalten, die sich verunsichert umsahen. »Und womit sollten sie das bezahlen?«

»Auch wieder wahr.«

Jacob trennte die Kranken von den nicht Erkrankten. Eine schickte er nach einer kurzen Untersuchung zurück zu den Gesunden. »Du hast einen Schnupfen, mehr nicht.«

Die Frau sah ihn zweifelnd an, widersprach aber nicht, sondern setzte sich zu den anderen.

Wir brachten die drei, die an der Seuche litten, in eine der Hütten, schichteten Stroh auf und legten sie hinein. Es waren zwei junge Männer und eine ebenfalls junge Frau. Einer der Männer hatte bereits das Bewusstsein verloren, der andere war bei klarem Verstand und scherzte mit uns, obwohl die Angst in seinem Blick flackerte. Die Frau umklammerte ein Holzkreuz und bewegte ununterbrochen die Lippen, ohne dass ein Ton zu hören war.

Wir behandelten sie. Jacob zog immer wieder seine Aufzeichnungen zurate und beobachtete mich verstohlen, während er sich um seine Kranken kümmerte. Er war unsicher und ein wenig unbeholfen, das konnte ich, die ich ihn kannte, sehen, doch er überspielte es vor seinen Patienten geschickt. Wann immer ein Kranker oder ein Familienmitglied fragte, woher er sein Wissen nahm, erzählte er die Geschichte seiner Lehre beim persischen Arzt Abdullah. Dass er nur wenige Wochen bei ihm gewesen war, verschwieg er, und auch ich sagte nichts dazu, denn die Menschen, mit denen er darüber sprach, wirkten anschließend beruhigt und ein wenig hoffnungsvoll.

Richard kehrte erst gegen Abend zurück. Ich traf ihn im Innenhof an, den man durchqueren musste, um zur Falltür und dem Geheimgang zu gelangen.

Ich erzählte ihm von unseren drei Patienten und ihren Familien, die gekommen waren, dann fiel mein Blick auf seine leeren Hände. »Johannita wollte dir nichts verkaufen?«

»Doch, nachdem sie mich stundenlang hat warten lassen.«

Richard zeigte auf den Hütteneingang, hinter dem sich die Falltür verbarg. »Reden wir dort.«

Ich holte Jacob hinzu. »Komm mit, wenn du gerade Zeit hast. Es gibt Neuigkeiten.«

»Johannita weiß, dass jemand Kräuter aus den Klostergärten gestohlen hat«, eröffnete uns Richard, als wir in der Hütte mit der Falltür standen, »und ich glaube, sie vermutet, dass ich etwas damit zu tun habe. Sie hat mir jedenfalls lang und breit erklärt, dass der Bürgermeister selbst den Schutz des Klosters und all seiner Besitztümer übernommen hat. Dort sind überall Soldaten.«

»Aber wir wollen nicht stehlen, sondern kaufen, richtig?«, fragte Jacob.

Richard nickte. »Das habe ich ihr auch gesagt. Danach verlief das Gespräch entschieden freundlicher.« Er lehnte sich an einen Balken, und Staub rieselte auf seine Schultern. »Sie will uns Kräuter verkaufen, das Problem ist nur die Gegenleistung, die sie verlangt.« Er machte eine Pause, dann fuhr er fort. »Ich musste ihr zusagen, dass wir zwei Nonnen aus der Stadt schmuggeln.«

Ich schluckte. *Maria und Agnes,* dachte ich sofort.

»Sie hat keine Namen genannt«, sagte er mir, als ich nachfragte.

»Hast du ihr denn gesagt, dass du ein Schmuggler bist?«, fragte ich verwundert.

Richard schüttelte den Kopf. »Sie wusste es. Keine Ahnung, woher.«

Meine Gedanken kreisten um Agnes und Maria. Ich war mir sicher, dass sie es waren, die aus der Stadt geschafft werden sollten, und dass sie ihre Verbannung mir verdankten. »Dann bringen wir sie hierher und sagen, wir hätten sie aus der Stadt geschmuggelt.«

»So dumm ist Schwester Johannita nicht«, sagte Richard. »Sie will, dass jemand von uns die beiden bis zu einem Kloster in Bonn begleitet. Die Äbtissin dort wird uns einen Brief mitgeben, sobald sie dort eingetroffen sind. Den Brief sollen wir Schwester Johannita bringen, dann bekommen wir die Kräuter.«

»Dann müssen wir eine andere Möglichkeit finden«, sagte ich und verschränkte die Arme vor der Brust. »Ich werde Maria und Agnes nicht opfern, nicht nach all der Hilfe, die sie mir gewährt haben.«

»Es ist nur ein anderes Kloster«, sagte Richard ruhig, »kein Kerker.«

Jacob nickte.

Ich atmete tief durch. »Schwester Johannita wird die beiden weit wegschaffen wollen, weil sie – oder eher Bürgermeister Wilbolt – befürchtet, sie könnten von mir etwas erfahren haben, das seinem Amt schadet. Hinzu kommt noch, dass Schwester Agnes dabei war, als Johannita die ehrwürdige Mutter Schwester Immaculata ermordete. Das heißt, dass man die beiden von Bonn aus woanders hinbringen wird, weit, weit weg, wo sie weder Johannita noch Wilbolt schaden können, mit einer fadenscheinigen Begründung, sodass man jedes Wort, das sie gegen Johannita äußern, für eine schändliche Lüge halten wird, und vor allem ohne Mitgift. Jeder wird das als Strafe betrachten. Man wird sie behandeln wie Leibeigene, und dies nur, weil mein Vater befürchtet, sie könnten etwas wissen, das seinem Ruf abträglich wäre.« Entschlossen fügte ich hinzu: »Das werde ich nicht zulassen.«

»Johannita wird sie früher oder später ohnehin wegschicken«, sagte Jacob.

»Dann werden wir das verhindern.« Ich sah die beiden an. »Wir *müssen* es verhindern.«

Richard seufzte.

Der Erkrankte, der bereits bewusstlos zu uns gebracht worden war, starb, ohne dass ich ein einziges Mal seine Stimme gehört oder seine Augen gesehen hatte. Wir wollten seinen Leichnam verbrennen, vor allem Jacob bestand darauf, aber die Familie nahm den Toten mit und ignorierte unsere Bedenken.

Während Jacob und ich uns um die anderen beiden Kranken kümmerten, wurden bereits vier neue gebracht. Richard machte sich unterdessen auf den Weg zum Kloster. Ich wusste, dass ihm das, worum ich ihn gebeten hatte, nicht gefiel, aber er würde es dennoch tun.

Die Tränke, die ich aus dem Kräutersud gekocht hatte, gingen rasend schnell zur Neige, und schließlich nahm mich Jacob beiseite und sagte leise: »Wir sollten nur noch die behandeln, bei denen es Sinn macht, nicht die, die ohnehin sterben werden.«

Ich dachte daran, wie nahe er dem Tod gewesen war. »Und wie sollen wir die einen von den anderen unterscheiden?«

»Wir müssen es einfach versuchen.«

Wir sprachen nicht darüber, dass der erste Kranke gestorben war, obwohl es sich um einen Mann gehandelt hatte, und auch nicht darüber, dass die anderen, ob Mann oder Frau, keine Besserung zeigten. Ich sah, wie sehr Jacob das beschäftigte. Immer wieder las er in seinen Notizen nach, suchte nach dem einen Fehler, den er begangen, oder der einen Sache, die er übersehen hatte.

Die erkrankte Frau hatte bisher still vor sich hin gebetet. Nun bewegten sich ihre Lippen nicht mehr, sie lag nur noch schwach atmend und ansonsten reglos im Stroh. Ich nahm einen Krug, um ihr etwas Flüssigkeit einzuflößen, dann aber überlegte ich es mir anders und ging mit dem Krug zu einem kleinen Jungen, der bei der zweiten Gruppe gewesen war.

»Ketlin?«

Ich hob den Kopf, sprang im nächsten Moment auf und umarmte Maria und Agnes. Sie trugen ihre Nonnentracht, jede hatte einen kleinen Sack bei sich, den sie auf dem Boden abstellten, um die Umarmung zu erwidern.

Richard stand hinter ihnen. »Ich habe ihnen erzahlt, wer wir sind und was wir hier tun«, sagte er. »Maria will gehen, Agnes nicht.«

»Du willst was?« Ich sah Maria an, als hätte sie den Verstand verloren.

»Ich bin Nonne, Ketlin. Ich habe mein Leben in die Hände einer höheren Macht gelegt. Wenn der Herr mich an einen anderen Ort schickt, werde ich mich seinem Willen fügen.«

»Schwester Johannita schickt dich dorthin, nicht Gott.«

Maria hob die Schultern. »Sie ist ein Werkzeug Gottes, so wie wir alle.«

Hinter ihr schüttelte Richard den Kopf. Ich nahm an, dass er die gleiche Unterhaltung bereits mit ihr geführt hatte.

Agnes legte mir ihre raue, alte Hand auf den Arm. »Dann ist auch Ketlin ein Werkzeug Gottes, und ich bin ihm dankbar, dass er uns vor die Wahl stellt. Ich werde dir helfen, Ketlin, so gut ich kann, wenn mir der Weg, den Maria gehen will, dafür erspart bleibt.« Sie senkte den Kopf und sagte dann: »Ich habe gesehen, wie Johannita Schwester Immaculata erschlagen hat. Doch sie zwang mich, es genau andersherum darzustellen, dass ich gesehen hätte, wie du die Ehrwürdige Mutter getötet hättest, und dass sie dich anschließend vertrieben hätte. Ich musste ihren angeblichen Mut gegenüber den Kräften der Hölle bezeugen.« Sie sah mich an. Ihre Augen schwammen in Tränen. »O Ketlin, ich habe aus Angst gelogen und mich versündigt. Die Mörderin drohte, mich als Verbündete der angeblichen Hexe anzuzeigen. Man hätte mich angeklagt und in den Kerker geworfen. Man hätte unter der Folter ein Geständnis von mir erzwungen und mich anschließend bei lebendigem Leib verbrannt. O Ketlin …« Sie weinte. »Ich war so schwach. Die Angst brachte mich dazu, zugunsten dieser Teufelin zu sprechen und gegen dich.«

Ich nahm sie erneut in die Arme und drückte sie. »Sie hat dich gezwungen. Und es ist gut, dass du gelogen hast. So bist du am Leben geblieben und kannst uns nun helfen, die Kranken zu versorgen. Darin sehe ich viel mehr Gottes Weg als in der Entscheidung Marias, dem Willen der Mörderin zu folgen.«

Nachdem Agnes aufgehört hatte zu weinen, stellte ich Jacob die beiden Nonnen vor. Er führte Agnes in das Versteck der Schmuggler, um ihr zu zeigen, was sie tun konnte.

Maria hockte sich neben den kranken Jungen und tupfte dessen Stirn mit einem feuchten Tuch ab. »Ich weiß, dass du es gut meinst«, sagte sie zu mir, ohne aufzusehen. »Du behauptest, dass ich mit meiner Entscheidung dem Willen einer Mörderin folge, doch das tue ich nicht. Ich spüre, dass es für mich das Richtige ist. Und dennoch will ich dir und vor allem Agnes helfen – auch wenn das heißt, dass ich mich versündigen muss.»

Ich runzelte die Stirn. Richard trat einen Schritt vor. »Sie spricht von der Idee, die mir auf dem Weg hierher kam. Ich werde Maria nach Bonn bringen, und wir beide werden dort behaupten, Agnes wäre während der Reise gestorben. Sie ist eine alte Frau, niemand wird unsere Worte anzweifeln. Im Gegenteil, Johannita wird erleichtert sein, dies zu hören.«

Ich biss mir auf die Lippen und ging neben Maria in die Hocke. »Was ich gerade sagte, tut mir leid. Wirklich.«

»Ich weiß.« Es klang nicht so, als würde sie die Entschuldigung annehmen.

Ein Gedanke stand plötzlich in meinem Kopf.

»Ich werde mit euch kommen«, sagte ich, als ich wieder aufstand. »Wir können auf dem Weg Kräuter sammeln und auf den Märkten kaufen, auch solche, die es nicht im Kloster gibt.«

»Das halte ich für keine gute Idee«, sagte Richard. »Du wirst hier gebraucht.«

»Agnes kann meine Arbeit übernehmen. So viele Kranke haben wir nicht. Und wir beide werden schon in ein paar Tagen wieder zurück sein.«

Auf einmal drängte mich alles danach, Coellen zu verlassen, etwas anderes zu sehen als Tod und Krankheit. In diesem kurzen Moment hätte ich sogar mein Seelenheil dafür gegeben.

Maria sah Richard an. »Mir wäre es lieber, Ketlin würde uns begleiten. So müsste ich nicht allein mit einem fremden Mann reisen. Bitte verstehe das nicht falsch, aber ...«

»Nein, natürlich nicht.« Richard fuhr sich mit der Hand über den Kopf und sah durch die offene Hüttentür hinaus in das schwindende Licht des Tages. »Dann lasst uns gleich aufbrechen. Ich kenne die Wachen, die gerade am Severinstor Dienst haben.«

Maria stand auf und nahm ihren Beutel, ich griff nach dem Umhang, den ich an der Tür ausgezogen hatte. »Ich sage noch eben Jacob Bescheid, dann ...«

Richard unterbrach mich. »Nein, wenn du ihm etwas sagst, wird er mitkommen wollen, aber einen von euch brauchen die Leute, die hier auf Hilfe hoffen.«

Ich zögerte, dann nickte ich. »Du hast recht. Lass uns gehen.«

Kapitel 34

Maria, Richard und ich nahmen die breite Straße, die zum Severinstor führte. Je näher wir der Stadtmauer kamen, desto mehr Rüstungen sah ich. Zwischen ihnen standen Ochsenkarren, auf denen Menschen ihren Besitz transportierten. Sie bildeten eine lange Schlange, die bis zum Tor reichte. Soldaten versuchten sie zum Umkehren zu bewegen, aber die Wagen standen teilweise zu zweit und dritt nebeneinander. Niemand konnte wenden.

Knapp vor dem Tor stieg Richard auf die Ladefläche eines Karrens und sah sich um. »Philip!«, schrie er über den Lärm der Menschen und Ochsen hinweg. »Philip! Komm mal her.«

Ein Soldat sah auf, entdeckte Richard und bahnte sich einen Weg durch die Wartenden. Die Menschen, teilweise mit schweren Säcken beladen, wirkten zugleich wütend und verängstigt.

Maria klammerte sich an mich. »Ich habe seit Jahren das Kloster nicht mehr verlassen«, sagte sie, während ihr Blick über die Menge glitt. »Das ist mir alles zu viel.«

Ich drückte ihre Hand. »Wir sind bald draußen.«

Allerdings fragte ich mich, wie Richard sich das vorstellte. Wir konnten nicht an all den Menschen vorbei durch das Tor spazieren, selbst wenn es ein Soldat für uns öffnete.

»*Wie* viel?«, stieß Richard im gleichen Moment hervor. Er packte Philip am Arm und zog ihn zu uns an den Straßenrand. »Das kann nicht dein Ernst sein!«

Philip, ein hässlicher Mann mit geröteter Nase, in dessen Mund nur noch gelbe und schwarze Zahnruinen steckten, zuckte mit den Schultern. Der Helm saß ihm schräg auf dem Kopf. »All die Reichen wollen raus. Die können sich das leisten. Wenn du zu geizig bist, bleib hier.«

Er wollte sich abwenden, aber Richard ließ ihn nicht los. »Aber dafür kommen wir auch wieder rein!«

Der Soldat zögerte, nickte dann jedoch und grinste. »Aber nur, weil du eine Nonne dabeihast.«

Er streckte die Hand aus, und Richard holte seinen Geldbeutel hervor. Münzen wurden abgezählt, mehr als ich bis dahin je gesehen hatte, dann sagte Philip: »Du musst oben herum gehen, unten geht nicht.«

»Das dachte ich mir schon.« Richard klang wütend.

Der Soldat lachte und verschwand zwischen den Karren.

»Und was jetzt?«, fragte ich. Marias Griff schmerzte, aber ich ließ sie gewähren.

Richard sah zum Himmel. »Bald ist es dunkel, dann macht ihr, was ich sage.«

Ich spürte seine schlechte Laune und schwieg. Maria umklammerte mit einer Hand noch immer meinen Arm und mit der anderen den Rosenkranz an ihrem Gürtel. Als irgendwo, nicht weit entfernt von uns, ein lautes Wiehern erklang, zuckte sie zusammen.

»Es ist nur ein Pferd«, sagte ich leise.

Sie nickte.

Ein erneutes Wiehern, lauter und ängstlicher als das erste, dann der Schrei eines Mannes. Ich fuhr herum, die Menschen auf und zwischen den Karren drehten die Köpfe. Ein Pferd, groß und schwarz, stieg hinter uns auf. Der Mann, der darauf saß, riss an den Zügeln, aber die Augen des Tiers waren angstgeweitet.

Mit einem Satz sprang es vor, hinein in eine Gruppe Soldaten, die zur Seite gestoßen oder zu Boden geworfen wurden. Das Pferd trat nach hinten aus, der Reiter, ein vornehm aussehender, hochgewachsener Mann, wurde abgeworfen, und von seinem Gewicht befreit, stieg das Pferd ein weiteres Mal auf und preschte dann los.

Menschen wichen ihm aus, prallten gegeneinander, stolperten und fluchten. Der Huf eines auskeilenden Pferdes kann einem Menschen die Rippen zertrümmern oder den Schädel zerschmettern, und das Gewicht des Tiers hätte ausgereicht, um Karren wegzudrücken und Menschen zu zerquetschen.

In dem panischen Versuch, über die Karren zu fliehen, sprang das Tier, doch seine Vorderläufe prallten gegen die Kisten, die auf einem der Karren gestapelt waren. Es stürzte, seine Hinterläufe streiften den Mann, der den Karren lenkte, und schleuderten ihn vom Kutschbock. Ochsen muhten erschrocken und setzten sich mit einem Ruck in Bewegung, rammten gegen den Karren vor ihnen.

Das Pferd schrie schriller und lauter als jeder Mensch. Soldaten verließen ihre Posten und liefen auf das Tier zu, als es blutüberströmt und lahmend wieder hochkam.

Überall wurde gerufen und gebrüllt. »Ich will raus!«, schrie jemand.

Ich sah die Speere der Soldaten und dachte an den Blutplatz. »Müssen wir wirklich noch warten?«

Richard biss sich auf die Unterlippe. »Nein. Kommt.«

Ich zog Maria hinter mir her. Um uns herum geriet plötzlich alles in Bewegung, Ochsenkarren, Menschen und Pferde. Die Reiter waren abgesprungen und versuchten ihre Tiere inmitten des Geschreis zu beruhigen. Wir liefen an ihnen vorbei und mussten einmal sogar über die Deichsel eines quer stehenden Ochsenkarrens klettern.

Richard führte uns nicht zum Tor, sondern zu einer steinernen Treppe, die an der Mauer emporführte. Die wenigen Soldaten, die nicht ohnehin nach unten auf das Chaos starrten, wandten den Blick ganz bewusst von uns ab.

Auf dem Wehrgang bogen wir nach links und liefen auf das Tor zu. Der Soldat, der dort stand, nickte und deutete auf eine Lücke zwischen den Steinen an der Seitenwand des Tors. Vermutlich diente sie dazu, angreifende Feinde mit kochendem Wasser oder Pech zu überschütten.

»Maria, gib mir den Sack!«, sagte Richard. Der Soldat sah sich immer wieder um, wollte wohl sicherstellen, dass uns niemand bemerkte.

»Das geht nicht gut aus«, sagte er. Ich wusste nicht, ob er den Tumult vor dem Tor meinte oder unsere Flucht.

Die Lücke im Gestein führte schräg nach unten. Eine Strickleiter, die an zwei Eisenringen befestigt war, führte hinab. Richard warf Marias Sack nach unten. »Du zuerst, Ketlin.«

Ich nickte. Hinter mir erstarb das Wiehern. Unwillkürlich drehte ich mich um. Das Pferd stand mit zitternden Flanken da, Blut tropfte von seinem Körper, sein Kopf war gesenkt, und ich glaube, dass es die Augen geschlossen hatte.

Als sich ein Soldat aus der Menge löste und mit erhobenem Speer auf das Pferd zuging, wandte ich mich ab.

»Ketlin«, wiederholte Richard ungeduldig.

Ich kletterte in das Loch hinein.

Ich hatte ganz vergessen, wie still eine Nacht sein kann. Da war nur das Rauschen des Flusses und das Zirpen der Grillen, kein Schnarchen, keine Glocke, kein Lallen betrunkener Schmuggler, die spätnachts aus der Taverne kamen. Im hellen Vollmondlicht gingen wir den Weg zu einer Anlegestelle, die Richard kannte.

»Dort treffen wir uns immer zum Warenaustausch«, hatte er gesagt. »Auch die Schiffe nach Bonn legen dort an.«

Seit wir die Stadt verlassen hatten, war Maria ruhiger geworden. Sie hielt sich nicht mehr an mir fest, sondern ging mit festen Schritten. Hinter einem Gebüsch hatte sie ihre Nonnentracht gegen die normale Kleidung getauscht, die sie in dem Sack mitgenommen hatte. Ich hatte Richards Blick bemerkt, als er sie zum ersten Mal ohne Tracht sah. Maria war eine hübsche Frau, und offenbar war ihm das aufgefallen.

»Wie weit ist es noch?«, fragte ich nach einer Weile.

»Nicht mehr weit. Hinter der nächsten Biegung.«

Der Weg war so schmal, dass wir nur zu zweit nebeneinander hergehen konnten, was Maria und ich auch taten. Richard ging voran.

Allmählich kehrte Ruhe in meine Gedanken ein. Das Rauschen des Flusses lullte mich ein, und einige Male kam es mir fast so vor, als wäre die Stadt nur ein Traum gewesen, aus dem ich erwacht war. Die Seuche und alles, was mit ihr zu tun hatte, schien so weit weg wie die Sterne.

»Ich vermisse die Glocken«, sagte Maria unvermittelt.

Ich nicht, dachte ich, ohne es auszusprechen.

»Sie sind die Eckpfeiler meines Tages.« Marias Blick war nach vorn gerichtet, auf Richards Rücken, und so war ich mir nicht sicher, ob sie mit mir sprach. »Sie sagen mir, wann ich aufzustehen habe und was zu tun ist. Ich weiß nicht, ob ich ohne sie wüsste, was ich mit dem Tag anfangen soll. Es wäre verwirrend.«

Sie schien auf eine Antwort zu warten, aber mir fiel keine ein. Ich hatte die Glocken gehasst, vom ersten Tag bis zum letzten hatten sie mich herumkommandiert und bevormundet.

»In deinem neuen Kloster wird es auch eine geben«, sagte ich schließlich.

Richard blieb so plötzlich stehen, dass ich beinahe gegen ihn gelaufen wäre.

»An der Anlegestelle brennt ein Feuer«, sagte er. »Bleibt hier, ich sehe mal nach.«

Erst als er sich duckte und ins hohe Gras schlich, das auf beiden Seiten des Wegs wuchs, sah ich den gelben Schein. Er erhellte einen hölzernen Pier, der in den Fluss hineinragte. Als mein Blick zu Richard zurückkehren wollte, war er bereits verschwunden.

»Das sind bestimmt nur Reisende wie wir«, sagte Maria. Es

klang, als wollte sie sich selbst beruhigen, aber sie beruhigte auch mich ein wenig. Trotzdem wurde mein Mund trocken, als ich einen Schatten neben dem Feuer auftauchen sah, doch dann winkte der Schatten und rief: »Alles in Ordnung. Kommt.«

Es war Richard.

Und nicht nur er. Als wir näher kamen, sah ich, dass Czyne, Paul und Eckehart am Feuer saßen.

»Unser Kurier ist nicht gekommen«, sagte Czyne. »Wir warten noch das Boot morgen früh ab, doch wenn er dann nicht an Bord ist, müssen wir mit leeren Händen zurück.«

»Und mit leeren Taschen.« Auch Richard ließ sich am Feuer nieder, und Maria und ich breiteten unsere Umhänge auf dem Gras aus und setzten uns ebenfalls.

Richard erklärte mit wenigen Worten, warum wir gekommen waren. Während er redete, warf Czyne immer wieder einen kurzen, halb versteckten Blick auf Maria. »Und jetzt bringen Ketlin und ich sie nach Bonn und hoffen, dass die Äbtissin die Geschichte glaubt.«

Paul spuckte ins Feuer. »Ist 'ne Menge Aufwand. Ich hoffe, es lohnt sich.«

Mit einem Ast stocherte Czyne nachdenklich in den Flammen herum. Funken stiegen in den sternenklaren Nachthimmel, als wollten sie eins mit den Sternen werden. »Ich begleite euch nach Bonn.« Sie sah Richard an, als kümmerte sie nur, was er davon hielt. »Paul kann die Waren auch allein nach Coellen bringen, so viel sollte es nicht sein.«

Paul zuckte mit den Schultern. »Mir egal.«

»Natürlich, du bist uns willkommen.« Richard nickte. Es war ihm nicht anzusehen, ob ihm die Idee wirklich gefiel.

Im Gegensatz zu uns hatten Czyne und Paul Vorräte mitgenommen. Sie teilten Brot und Wein mit uns. Maria sprach ein Gebet, dann kündigte sie an: »Ich werde mich etwas hinlegen.«

Richard und Paul rollten sich ebenfalls in ihre Umhänge. Die

Augustnacht war angenehm, und wir hätten die Wärme des Feuers nicht gebraucht, und doch war ich froh, dass es brannte. Ich fühlte mich sicher, wenn ich das Knistern und Knacken hörte und den Rauch des Holzes roch. Schlafen konnte ich trotzdem nicht.

Anfangs blickte ich ins Feuer, dann drehte ich mich auf den Rücken und betrachtete die Sterne, versuchte sie zu zählen, damit ich doch noch Schlaf fand, aber nach einer Weile gab ich auf. Ich drehte mich wieder auf die Seite, legte mir einen Arm unter den Kopf und lauschte dem Atmen und Schnarchen der anderen. Ich beneidete sie um die Ruhe, die sie gefunden hatten.

Paul hatte sich am weitesten vom Feuer entfernt hingelegt. Er schnarchte, aber nicht so laut, dass es mich hätte stören können, während Maria, die dicht neben mir lag, bei jedem Atemzug leise schnaufte. Richard hatte mir den Rücken zugedreht und schlief ebenfalls, doch dann fiel mir auf, dass Czynes Platz leer war.

Ich setzte mich auf, leise kroch ich aus meinem Umhang und stieg über Maria hinweg. Sie seufzte einmal kurz, schlief jedoch weiter.

Der Fluss glitzerte im Mondlicht. Ich hörte Wasser plätschern und ging langsam zur Anlegestelle. Zunächst sah ich nur den Steg, der weit ins Wasser ragte, und erst, als sich etwas in seinem Schatten bewegte, entdeckte ich Czyne. Sie stieg gerade aus dem Fluss. Wasser lief ihr aus dem Haar über die hellen Brüste.

Erschrocken wandte ich mich ab. »Entschuldige«, sagte ich, wohl wissend, dass Czyne mich bemerkt haben musste. »Ich wusste nicht, dass du hier bist.«

»Du kannst dich ruhig umdrehen, ich bin keine Nonne.«

Zögernd tat ich es. Czyne hüllte sich gerade in ihren Umhang und knotete ihn unter den Armen fest, sodass die Schultern frei blieben. Mit beiden Händen wrang sie ihr Haar aus. Ich hörte, wie Wasser auf Steine und Sand plätscherte.

»Wenn man die Gelegenheit zu einem Bad hat, sollte man sie nutzen«, sagte sie, während sie an mir vorbei die Uferböschung hinaufging und sich dem Steg zuwandte. »Wer weiß, wann die nächste kommt.«

Es klang fast wie eine Aufforderung, aber ich ging nicht darauf ein. Sie wartete eine Weile auf eine Antwort, die nicht kam, dann setzte sie sich und hängte die Beine über den Rand des Stegs.

Ich zögerte einen Moment, dann ließ ich mich neben ihr nieder. Schweigend sahen wir auf den Fluss hinaus.

»Was willst du, Ketlin?«, fragte Czyne plötzlich.

Die Frage überraschte mich. »Was jeder will, denke ich. Genug zu essen, ein langes Leben, Gesundheit ...«

Ich ließ die Aufzählung im Nichts enden, als mir klar wurde, dass sie das nicht meinte.

»Ich weiß es nicht.« Es war die Wahrheit.

»Dann finde es heraus.« Czyne starrte weiterhin aufs Wasser. Ich spürte, dass sie allein sein wollte, und stand auf.

»Er ist das einzig Gute, was mir je im Leben passiert ist.« Ihre Stimme war so leise, dass ich mir nicht sicher war, ob ich sie richtig verstanden hatte.

Ich drehte mich zu ihr um, überlegte, was ich sagen sollte, und sah ihren Rücken im Mondlicht. Lange, tiefe Narben bedeckten ihre Schultern und verschwanden unter dem Umhang. Sie sahen aus, als rührten sie von Peitschenhieben oder Stockschlägen.

Ich wandte mich ab und ging zurück zum Feuer.

Kapitel 35

»Nichts zu fressen da!« Missmutig ließ Paul den leeren Vorratsbeutel sinken. »Und das verdammte Schiff kommt auch nicht.«

Die Sonne war längst aufgegangen. Wir saßen oder standen am Steg, warteten bereits seit dem Morgengrauen auf die Waren, die Czyne in Empfang nehmen sollte.

Richard warf Steine ins Wasser. »Die nächste Anlegestelle ist nur ein paar Stunden von hier entfernt. Wir könnten weitergehen und hoffen, dass wir vor dem Schiff dort ankommen, wenn ihr nicht warten wollt.«

»Besser, als hierzusitzen und zu verhungern.« Paul stand auf. »Ich bin dafür, dass wir gehen.«

»Ich auch«, sagte ich. Meine Nacht war kurz gewesen und erfüllt von wirren Träumen, in denen es um Hexen ging, Äbtissinnen, die erschlagen wurden, und immer wieder um Feuer und Tod. »Was meinst du, Maria?«

»Ihr kennt euch mit solchen Dingen aus.« Sie hatte sich das Gesicht im Fluss gewaschen und legte gerade ihr Gebende an. »Ich folge eurem Rat.«

»Dann gehen wir.« Czyne legte sich den Umhang an. »Ein Stück den Rhein hinauf gibt es ein Dorf. Vielleicht können wir dort etwas zu essen kaufen.«

»Hoffentlich.« Paul ging mit strammen, schnellen Schritten voran.

Wir folgten ihm den Weg am Fluss entlang, vorbei an hüfthohem Gras und wild wucherndem Unkraut.

Ich runzelte die Stirn. Das Land war sumpfig und taugte nur als Weide, aber ich sah weder Schafe noch Ziegen, nur an einer Stelle zwischen Brennnesseln die Überreste eines niedergerissenen Zauns. Es gab so viele Dörfer in der Nähe und so viele Marktflecken, dass ich nicht verstand, weshalb man das Land brachliegen ließ und es noch nicht einmal nutzte, um Heu zu ernten.

»Sieht es hier immer so aus?«, fragte ich.

»Was meinst du?« Richard ging hinter mir.

Ich drehte mich zu ihm um, als ich antwortete. »Die verwilderten Weiden.«

Er zuckte mit den Schultern. »Ich bin nicht oft hier. Letztes Mal stand das Gras niedriger, mehr kann ich dazu nicht sagen.«

»Von uns ist keiner bei Bauern aufgewachsen«, fügte Paul hinzu. »Ich kann dir erklären, wie man einen Geldbeutel abschneidet, ohne dass der Besitzer etwas merkt, aber von Feldarbeit verstehe ich nichts.«

»Und du bist noch nicht einmal ein guter Taschendieb«, fügte Czyne hinzu.

Paul lachte und klopfte gegen den Knüppel, der neben dem Dolch in seinem Gürtel steckte. »Deshalb habe ich immer meinen Freund dabei. Wenn ich damit zuhaue, merkt der Besitzer auch nichts mehr.«

»Mein Gott…«, flüsterte Maria. Sie ging neben mir. »Zu was für Leuten hast du mich geführt?«

»Er meint es nicht ernst«, log ich. »Paul hat nur einen derben Humor.«

Sie wirkte nicht überzeugt davon.

Wir fanden wilde Brombeeren und pflückten sie. Die meisten waren verfault, niemand hatte sich vor uns die Mühe gemacht, sie zu ernten.

Mit dem süßsauren Geschmack der Beeren im Mund gingen wir weiter.

Die Dächer von Hütten tauchten hinter einigen Bäumen auf, und ich entdeckte einen Weg, der vom Fluss dorthin führte.

»Ich habe so einen Hunger, ich würde sogar für Mehlsuppe bezahlen«, sagte Paul, als wir in den Weg einbogen.

Je näher wir dem Dorf kamen, desto langsamer wurden unsere Schritte und desto weniger sprachen wir. Die erste Hütte, die wir durch Zweige und Laub erblickten, war abgebrannt. Geschwärzte, von Unkraut umrankte Balken waren alles, was von ihr übrig war. Das Dach der Hütte dahinter war eingestürzt, die Tür hing schief im Rahmen.

Der Weg führte zwischen den Hütten entlang. Es waren fast ein Dutzend, trotzdem hörten wir keinen Laut, sahen keinen Menschen und kein Tier.

Ich blieb neben einem Gemüsegarten stehen. Der hohe Zaun, der ihn umgab, hatte verhindert, dass Wild die Ernte fraß, doch die Kohlköpfe und Möhren in der Erde waren verdorrt.

»Wartet einen Moment«, bat ich trotzdem. Es waren die ersten Worte, die jemand von uns sprach, seit wir das Dorf betreten hatten, und sie ließen Maria erschrocken zusammenzucken.

Durch ein kleines, mit einem Strick gesichertes Tor gelangte ich in den Garten.

»Was machst du da?«, fragte Richard. Er sprach leise, als befürchtete er, etwas zu wecken, was in dem Dorf schlief.

»Dort hinten wächst Blauer Eisenhut. Den können wir brauchen.«

»Willst du nicht lieber fragen, ob du dir den nehmen darfst?«

Maria hatte die Frage gestellt, und ich drehte mich nach ihr um. »Wenn du jemanden triffst, dem der Garten gehört, kannst du das gern tun.«

Die Veränderung, die mit Maria vorgegangen war, seit sie sich in der neuen Umgebung befand, verstörte mich. Im Kloster war sie selbstsicher und geradezu weltgewandt aufgetreten, nun machte sie einen zutiefst naiven und eingeschüchterten Eindruck.

Der Blaue Eisenhut hatte sich gegen die anderen Pflanzen durchgesetzt und war so hoch gewachsen, wie ich es selten bei diesem Kraut gesehen hatte. Ich zog ihn mitsamt der Wurzeln heraus und hoffte, dass ich ihn irgendwie vor dem Verdorren bewahren konnte, bis wir nach Coellen zurückkehrten. In dem Viertel, wo die Schmuggler ihren Unterschlupf hatten, gab es zwischen den Hütten genügend Platz für Gärten. Wenn wir einen eigenen anlegten, würden wir irgendwann von Schwester Johannita unabhängig sein.

Ich tue so, als würde das alles noch Jahre so weitergehen, dachte ich, *dabei kann schon morgen alles vorbei sein.*

Zwischen Brennnesseln entdeckte ich noch einige andere Kräuter, die ich ebenfalls pflückte.

Das Beet reichte bis an die Rückseite der Hütte heran, und ich bemerkte, dass es dort zwar keine Tür, aber ein kopfgroßes, mit einem zerschlissenen Stück Stoff verhängtes Fenster gab.

Dahinter brummte etwas.

Es war ein seltsames, fremdes Geräusch.

Ich erhob mich aus meiner hockenden Haltung und ging auf Zehenspitzen auf das Fenster zu. Aus den Augenwinkeln sah ich, wie Richard den Kopf schüttelte und Maria eine Hand vor den Mund legte. Die anderen beiden waren nicht stehen geblieben. Sie mussten irgendwo auf der anderen Seite der Hütte sein.

Vorsichtig streckte ich die Hand aus. Der Vorhangstoff, den meine Fingerspitzen berührten, war so dünn, dass es mir vorkam, als könnte ich hindurchgreifen. Ich schob ihn beiseite, und Sonnenlicht fiel in die dunkle Hütte.

Ich ließ den Stoff wieder sinken, wandte mich ab und verließ den Garten. Sorgfältig schloss ich das Tor hinter mir.

»Und?«, fragte Richard, als ich neben ihm stehen blieb. »Hast du was gesehen?«

»Nein, nichts.«

Doch in meinen Gedanken sah ich nichts anderes als das Innere der Hütte. Noch immer steht dieses Bild so klar vor meinem inneren Auge, als hätte ich es gerade erst gesehen. Die tosende schwarze Wolke aus Fliegen, die wütend aufsteigt, als das Sonnenlicht sie trifft. Den verwesenden Hund neben der Tür, ein wimmelndes Knäuel aus Fell und Maden. Und die Menschen, vor allem die Menschen. Fast alle sind nackt. Im Todeskampf müssen sie sich die Kleider vom Leib gerissen haben; zwischen Unrat und Maden liegen noch die Lumpen. Eine verwesende, lippenlose Frau hält ein kleines Kind in den Armen, ein augenloser Mann hat sich neben ihr zusammengerollt. Kinder liegen über und neben ihnen. Zwei scheinen im Schlaf gestorben zu sein, das dritte sitzt aufrecht an der Wand, die Haut voller Fliegen, den Mund zu einem Schrei geöffnet, der niemals enden wird. Dieses Gesicht kann ich nicht vergessen.

Es ist das Gesicht der Seuche.

Ich versuchte, das grausame Bild abzuschütteln, ahnte jedoch, dass es mir nicht gelingen würde.

Paul und Czyne tauchten vor uns wieder auf, neben einem Karren, dessen Achse gebrochen war. Beide waren blass.

»Lasst uns bloß von hier verschwinden!«, rief Paul. »Das ist ein gottverdammter Friedhof!«

Richard drehte sich bereits um. »Wir werden schon bis Bonn nicht verhu…«

Er unterbrach sich, legte den Kopf schräg und lauschte. Niemand sagte etwas, wir alle versuchten zu hören, was er hörte.

Hufschläge. Das Schnauben von Pferden. Sie waren schon fast heran. Bis ins hohe Gras würden wir es nicht mehr schaffen, es blieben nur die Hütten.

Czyne hatte offenbar den gleichen Gedanken wie ich. Sie packte Maria am Arm und lief mit ihr auf die Hütte zu, in die ich hineingesehen hatte.

»Nein!« Ich hielt sie zurück, zeigte stattdessen auf die Hütte mit dem eingestürzten Dach. Czyne fragte nicht nach, sondern folgte Richard und mir durch die offene Tür ins Innere.

Paul huschte als Letzter hinein, versuchte die Tür zu schließen, aber sie hatte sich zu stark verzogen.

»Verdammt!«, murmelte er.

Ich sah mich um. Der hintere Teil des Dachs war eingestürzt und verdeckte das einzige Fenster, der vordere wurde nur noch von einem Balken gehalten. Die Menschen, die in der Hütte gelebt hatten, mussten geflohen sein, denn ich sah weder Leichen noch ein einziges Möbelstück.

Wir wichen so weit wie möglich von der Tür zurück, hofften, dass uns niemand gesehen hatte.

»Warum verstecken wir uns?«, fragte Maria. Ihre Stimme zitterte vor Angst.

»Weil Männer, die auf Pferden reiten, selten Gutes im Schilde führen«, sagte Richard leise.

Am Hufschlag war zu hören, dass die Pferde gezügelt und angehalten wurden.

»Hier ist nichts mehr zu holen, Clösel!«, rief eine heiser klingende Männerstimme. »Lass uns weiterreiten!«

»Nicht so eilig«, antwortete jemand, von dem ich annahm, dass es der Angesprochene war. »Das hast du in Troisdorf auch gesagt, und dann fanden wir den Geldbeutel unter der Matratze und jede Menge Werkzeug. Also los, seht euch um!«

»Diese Geschichte wirst du dir ein Leben lang anhören müssen«, sagte eine dritte Stimme. Ein Pferd schnaubte. »Nur weil du nie die Klappe halten kannst.«

»Halt du sie lieber, Felk.«

Aber Felk lachte nur. »Kannst dir immer was abholen, wenn dir der Sinn danach steht.«

Neben mir hob Czyne drei Finger und sah Paul an. Der wackelte mit dem Kopf, war sich nicht sicher, ob sie recht hatte. Die Männer waren offensichtlich Plünderer, und auf das, was sie taten, stand die Todesstrafe, denn nach dem Gesetz war es egal, ob man die Lebenden oder die Toten bestahl.

Es knarrte laut, dann knallte es. Jemand musste die Tür in der Hütte gegenüber eingetreten haben. Ich glaubte wieder das Brummen zu hören und die Fliegen zu sehen und spürte, wie mir übel wurde.

»Heiland!« Clösels Stimme. »Was für ein Gestank.«

Felk lachte laut. Er schien ein fröhlicher Mann zu sein. Obwohl ich ihn durch den Lehm und das Holz der Wände nicht sehen konnte, stellte ich ihn mir groß und bärtig vor. »Sonst laufe ich immer in so was rein.«

An seiner Stimme und seinen Schritten konnte ich erkennen, dass er sich unserem Versteck näherte, dann fiel sein Schatten in die Hütte.

Paul hatte den Knüppel und auch seinen Dolch bereits gezogen, Czyne legte die Hand auf die Klinge an ihrem Gürtel, ebenso Richard, der Maria ansah und ihr mit einem Blick zu verstehen gab, dass sie sich nicht bewegen sollte, was immer auch geschah.

»Was willst du denn da drin?«, fragte der schlecht gelaunte Mann, dessen Namen wir nicht kannten. »Die Bude fällt jeden Moment in sich zusammen!«

Der Schatten erstarrte. »Ich bin gründlich, das ist alles. Und wer weiß, vielleicht haben die anderen, die hier durchgekommen sind, genauso gedacht wie du, und all die Schätze, die dieser Bauer gehortet hat, sind noch unangetastet.«

Es klang, als würde er grinsen. Hätte er zu unserer Schmugglerbande gehört, ich hätte ihn wahrscheinlich gemocht.

Clösel lachte. »So ist's recht. Bleib du bei den Pferden, Hanns, das dauert hier nicht lang.«

An Felks Schatten war zu erkennen, dass er die Hütte jeden Moment betreten würde. Ich biss mir auf die Lippen. Richard rückte zur Seite und ließ Paul vorbei, der geduckt einen Schritt nach vorn machte. Ich sah, dass sein rechtes Augenlid zitterte.

Und dann betrat Felk die Hütte.

Er war so groß, wie ich ihn mir vorgestellt hatte, rothaarig, mit einem ungepflegten, wuchernden Vollbart. Sein Blick wandte sich nach rechts, seine Augen weiteten sich. Er öffnete den Mund und …

Paul war bei ihm. Der Knüppel in seiner Hand war nicht mal unterarmlang, aber er schlug ihn Felk drei-, viermal mit solcher Wucht ins Gesicht, sodass ich wegsehen musste.

Der größere und viel kräftigere Mann taumelte rückwärts aus der Hütte und stürzte schwer zu Boden.

»Da ist einer!«, schrie Clösel.

Paul setzte bereits nach, Czyne folgte ihm, den Dolch in der einen, etwas, das ein abgebrochenes Stuhlbein sein mochte, in der anderen Hand. Sie nickte Richard zu, der jedoch zögerte und sich kurz nach mir umdrehte.

»Pass auf Maria auf! Wenn die Gelegenheit günstig ist, haut ihr ab, verstanden?«

Er wartete meine Antwort nicht ab, sondern stürmte hinter Czyne aus der Hütte.

Ich folgte ihm bis zur Tür, obwohl Maria versuchte, mich davon abzuhalten. »Ich muss doch sehen, was passiert«, fuhr ich sie an und sah vorsichtig am Türrahmen vorbei auf den Dorfplatz.

Sie waren zu viert, das war das Erste, was ich erkannte. Der Mann, der die Pferde hektisch an dem kaputten Karren festband, musste Hanns sein. Derjenige, der bisher nichts gesagt hatte und namenlos geblieben war, zog ein schartiges Schwert, Clösel hatte seines bereits in der Hand, und Felk stemmte sich gerade stöhnend auf Knie und Hände, während ihm Blut aus der gebrochenen Nase und dem offen stehenden Mund lief.

Richard trat ihm in die Rippen, dann sprang er über den stöhnenden Mann, der wieder zu Boden sackte, hinweg und warf sich auf Hanns, während Czyne und Paul Clösel angriffen.

Ich mochte Paul, hatte ihn immer für einen freundlichen, wenn auch groben Mann gehalten. Doch nun erwies er sich als gnadenloser Kämpfer. Mit dem Knüppel schlug er Clösels Schwert zur Seite, dann trat er ihm so kräftig zwischen die Beine, dass er selbst dabei das Gleichgewicht verlor.

Clösel brach zusammen und übergab sich, Czyne riss ihm an den Haaren den Kopf in den Nacken und schnitt ihm die Kehle durch, mit einer Bewegung, die so beiläufig, so selbstverständlich war, dass mir der Atem stockte.

Paul nickte dem namenlosen Plünderer zu. Der wich einen Schritt zurück. Er war kein großer Mann, sein Gesicht war spitz wie das einer Ratte. Im Gegensatz zu Clösel und Felk trug er Rüstungsteile am Körper und einen Helm auf dem Kopf.

Er wehrte Pauls Knüppel mit dem Schwert ab, dann stürzte er sich auf ihn und rammte Paul den Eisenhandschuh in den Magen.

Der Schmuggler krümmte sich und grunzte, während Czyne um beide herumschlich wie eine Wölfin. Der Namenlose bemerkte es und riss Paul hoch, hielt ihn wie einen Schild vor sich und zog ihn mit sich nach hinten, bis er den Karren im Rücken hatte. Das Schwert noch immer in der Hand, hatte er Pauls Hals zwischen seinen beiden Unterarmen eingeklemmt wie zwischen den Schenkeln einer Schere, ein Griff, wie ich ihn noch nie gesehen hatte. Auf einmal machte er eine ruckartige Bewegung, Paul erschlaffte, und der Namenlose ließ ihn fallen.

Ich sah wieder zu Richard. Er und Hanns belauerten einander, achteten darauf, dass die Pferde zwischen ihnen blieben. Die Tiere tänzelten nervös und wieherten, aber sie konnten sich nicht losreißen. Hanns hielt zwei Dolche in der Hand. Mir fielen die langen, ungewöhnlich dünnen Klingen auf.

Richard war kein Kämpfer, das verrieten seine Bewegungen. Er war jemand, der sich für gewöhnlich aus Situationen herausredete, und suchte nur selten die Konfrontation.

Hanns bemerkte das ebenfalls. »Theo!«, rief er über das Wiehern der Pferde. »Ich bin gleich bei dir!«

So schnell, dass ich es kaum mitbekam, warf er sich plötzlich vor, rutschte unter den Pferdeleibern hindurch und warf Richard mit einem Tritt von den Beinen. Der stach mit dem Dolch nach seinem Gegner, doch Hanns wich ihm mühelos aus, kam hoch und warf sich auf ihn.

Czyne sah, was geschah, doch anstatt Richard zu Hilfe zu eilen, griff sie Theo mit einem wütenden Wirbel aus Holz und Metall an.

»Bleib hier!«, schrie Maria, als ahnte sie, was ich tun würde, noch bevor es mir selbst klar war. Paul lag reglos am Boden. Den Dolch verdeckte er mit seinem Körper, aber der Knüppel lag neben ihm. Ich lief darauf zu, hob ihn vom Boden auf. Er war schwerer, als ich erwartet hatte.

Richard hatte seinen Dolch losgelassen. Mit beiden Händen drückte er die Arme seines Angreifers zurück, stemmte die Knie gegen ihn. Die langen Klingen blitzten in der Sonne. Hanns' Gesicht war von der Anstrengung gerötet, er biss die Zähne zusammen und stemmte sich gegen Richards Griff.

Mich sah er erst, als ich mich bereits dicht neben ihm befand. Er riss erschrocken einen Arm hoch, als ich mit dem Knüppel zuschlug, ich hörte den Knochen brechen und seinen entsetzten Schrei.

Richard stieß ihn von sich. Hanns ging zu Boden und presste sich den gebrochenen, nutzlosen Arm gegen den Leib. Ich schlug auf ihn ein, er krümmte sich, schnellte dann aber hoch. Er hielt immer noch einen Dolch in der anderen Hand, und auf einmal war die Klinge direkt vor meinem Gesicht, ohne dass ich verstand, woher sie so plötzlich gekommen war.

Jemand trat mir die Beine unter dem Körper weg – es war Richard –, und die Klinge stach ins Leere.

Im nächsten Moment schrie Hanns auf, brach zusammen und verstummte. In seinem Rücken steckte ein Dolch.

Ich fuhr noch auf dem Boden liegend herum. Alles schien auf einmal so schnell zu gehen, und ich hatte das Gefühl, als würde mein Blut prickeln.

Czyne und Theo umkreisten sich. Ich wollte aufspringen und der Schmugglerin zu Hilfe eilen, aber Richard drückte mich mit einer Hand zu Boden, von der anderen tropfte Blut, doch das nahm ich kaum wahr.

»Lass sie«, sagte er ruhig.

Theo schlug mit seinem Schwert nach Czyne, aber sie wich ihm aus und tänzelte zurück, sodass er ihr folgen musste. Er schwitzte, seine Bewegungen wurden langsamer, die Rüstung, die ihn schützte, behinderte ihn zugleich. Noch zwei seiner Angriffe ließ Czyne ins Leere laufen, dann stand sie plötzlich vor ihm, stach kurz und ansatzlos zu.

Theo schwankte. Das Schwert entfiel seiner Hand, er brach in die Knie und kippte dann zur Seite.

Czyne bückte sich und zog den Dolch aus seinem Auge.

Ich drehte mich um, als ich jemanden hinter mir wimmern hörte. Es war Felk. Er hockte zusammengekrümmt im Gras, sein Mund stand offen, Pauls Knüppelhiebe hatten ihm offenbar den Kiefer gebrochen. Ich wusste nicht, ob ihm die Schneidezähne schon vorher gefehlt hatten.

Czyne ging langsam auf ihn zu, den Dolch in der Hand. Felk streckte abwehrend die Hände aus.

»Der tut keinem mehr was«, sagte Richard.

Sie blieb stehen und sah den großen weinenden Mann vor ihr am Boden an. »Geh.«

Felk kam taumelnd auf die Beine, drehte sich um, stolperte auf die Pferde zu.

»Die Gäule lässt du hier!«, bellte Czyne.

Sofort wechselte er die Richtung und lief den Weg, auf dem er und die anderen gekommen waren, zurück. Ich hörte sein Wimmern, bis er zwischen den Bäumen verschwand, und ich fragte mich, ob Richard ihm mit seinen Worten das Leben gerettet hatte.

Maria tauchte im Türrahmen auf. Sie sah die Leichen und schlug die Hände vor den Mund. »Was habt ihr getan?«

»Was sie sonst mit uns getan hätten«, sagte Czyne. Sie schien noch etwas hinzufügen zu wollen, doch dann fiel ihr Blick auf Richard. »Du bist verletzt.«

Er hob den Arm, sah überrascht auf die heftig blutende Schnittwunde, die sich von seinem Handgelenk fast bis zum Ellenbogen zog. Der Ärmel seines Hemdes klaffte darüber auf. »Hab ich gar nicht gemerkt.«

»Das kommt noch.« Czynes Tonfall war hart, aber ich hörte dennoch Sorge und Zuneigung darin. »Du musst zurück, bevor sich das entzündet. Nimm Ketlin mit. Paul und ich bringen die Nonne nach Bonn, wenn er irgendwann wieder aufwacht.«

Sie pfiff einmal laut und durchdringend, aber Paul blieb liegen.

Ich runzelte die Stirn und ging neben ihm in die Knie.

Seine Augen waren geschlossen, das Gesicht entspannt. Ich sah kein Blut, aber als ich seinen Kopf vorsichtig zwischen meine Hände nahm, fühlte er sich an, als wäre er irgendwie vom Hals gelöst, und ich hörte ein leises Knirschen.

Der Plünderer hatte ihm das Genick gebrochen.

Ich sah auf. »Er ist tot.«

Kapitel 36

Wir begruben die Toten in dem Gemüsegarten neben der Hütte, stellten Kreuze für sie auf und schlossen das Tor, damit Wildtiere die Leichen nicht wieder ausbuddelten. Maria sprach ein Gebet.

Weder Czyne noch Maria waren glücklich darüber, dass sie allein weiterziehen mussten, doch wir alle machten uns Sorgen um Richards Wunde. Ich spülte sie im Fluss aus und verband sie mit einem Stück Stoff, das ich aus meinem Unterkleid riss.

Wir teilten das, was die Plünderer bei sich geführt hatten, unter uns auf. Ihre Geldbeutel waren schwer, die Rüstungsteile und Waffen wertvoll. Die Pferde nahmen Czyne und Maria, um sie in Bonn zu verkaufen.

»Ich will dich gesund wiedersehen«, sagte Czyne zum Abschied zu mir. Es war das Freundlichste, was ich sie je hatte sagen hören.

Dann machten Richard und ich uns auf den Weg zurück nach Coellen.

Er hatte Schmerzen, auch wenn er versuchte, sich das nicht anmerken zu lassen. Ich suchte immer wieder nach Kräutern am Wegesrand, doch ich fand nichts, womit ich ihm hätte helfen können.

Erst kurz vor Morgengrauen des nächsten Tages ließ Philip uns wieder in die Stadt.

Die Gassen, durch die wir gingen, waren leer so früh am Morgen, doch das änderte sich, als wir uns dem Versteck der Schmuggler näherten. Wir sahen Gruppen von Menschen vor den Hütten stehen. Sie schienen zu warten. Manche hatten in Decken gehüllte Kranke dabei, andere schienen allein zu sein.

Die Türen zu den Hütten standen offen, und auch drinnen lagen Kranke. Ich versuchte sie zu zählen, doch schließlich gab ich auf.

»Gott sei Dank, ihr seid zurück.« Agnes trat mit einer Schüssel voll mit blutigem Wasser aus einer der Hütten. Sie trug eine lange Schürze, auf der überall rötlichbraune Flecken waren. »Es werden immer mehr.«

»Und sie sterben wie die Fliegen«, sagte Jacob, der hinzukam. Er war unrasiert, sein Haar zerwühlt, und er machte ganz den Eindruck, als hätte er seit unserer Abreise nicht mehr geschlafen. Sein Blick wich dem meinen aus, richtete sich stattdessen auf Richard. »Bist du verletzt?«

»Ja, aber das hat Zeit. Kümmere dich erst um deine Arbeit.«

Jacob lächelte freudlos. »Meine Arbeit besteht darin, Tote zu verbrennen. Komm mit nach unten.«

Ich schien für ihn Luft zu sein. Dennoch folgte ich ihm und Richard in die Höhle.

»Es fing gestern Morgen an«, sagte er, während er die Bandagen vorsichtig von Richards Arm entfernte, »und seitdem reißt der Strom nicht mehr ab. Einer aus der ersten Gruppe der Kranken hat überlebt, und ich nehme an, dass …«

Ich unterbrach ihn. »Wer war es?«

Direkt von mir angesprochen, reagierte er dann doch auf mich und antwortete: »Der junge Mann, der mit uns gescherzt hat.«

»Das freut mich«, sagte ich ehrlich.

»Jedenfalls«, fuhr Jacob fort, »hat sich offenbar herumgesprochen, dass wir ihn geheilt haben, und das Ergebnis seht ihr oben.«

»Bezahlen sie uns?« Richard betrachtete besorgt seinen Arm. Die Wunde hatte sich offenbar nicht entzündet, aber sie war tief.

»Dythmar versucht, ihnen Geld abzunehmen, aber die meisten sind so arm, dass sie nicht einmal einen Pfennig zusammenkratzen können.« Jacob betrachtete die Wunde im Licht der Öllampen. »Das sieht schlimmer aus, als es ist. Abdullah hat mir gezeigt, wie man Wunden näht. Ich hole nur eben meine Aufzeichnungen.«

»Bleib ruhig hier«, sagte ich. »Ich kann sie auch holen.«

»Nein.« Das Wort klang hart. Jacob wandte sich ab und ging zu seiner Schlafstatt.

Ich sah ihm nach und schüttelte den Kopf. »Was soll das denn jetzt?«

»Rede mit ihm, dann weißt du es.« Richard seufzte und deutete mit dem Kinn auf den Tisch, an dem ein paar der Schmuggler saßen, diejenigen, die zu so früher Stunde schon auf den Beinen waren, und frühstückten. »Ich überbringe ihnen währenddessen die schlechten Nachrichten.«

Am liebsten hätte ich mich auf mein Strohlager gelegt, aber ich hätte keinen Schlaf gefunden, solange ich nicht mit Jacob gesprochen hatte. Also stellte ich ihn zur Rede, als er mit zwei Pergamentseiten zurückkehrte.

»Was ist los?«, fragte ich.

Jacob ging nicht auf die Frage ein. »Was macht Richard denn da hinten?«

»Er sagt den anderen, dass Paul tot ist.«

»Paul ist tot?« Jacob wirkte schockiert.

»Ja, wir bekamen es mit Plünderern zu tun und …«

Er unterbrach mich. »War das deine Rache für Maastricht?« Seine Stimme zitterte vor Wut. »Oder war es die Antwort auf meine Frage?«

Ich verstand nicht, was er meinte, aber er fuhr fort, bevor ich etwas sagen konnte.

»Ich habe dich gebeten, mir endlich zu sagen, was du willst. Daraufhin verschwindest du mit Richard, ohne mir ein Wort zu sagen!« Sein Adamsapfel hüpfte in seiner Kehle auf und ab. »Ich wusste weder, wo du warst, noch ob du jemals zurückkommen würdest. Du hast mich alleingelassen, Ketlin, mit den Kranken, mit meiner Angst um dich und … Wenn Agnes nicht gewesen wäre, ich weiß nicht, wie ich die letzten zwei Tage durchgestanden hätte. Eine wildfremde Frau, doch sie hat sich mehr um mich gesorgt als du!«

Dass er recht hatte, machte mich wütend. Wäre ich nicht so müde gewesen, hätte ich mich wahrscheinlich bei ihm entschuldigt, doch stattdessen hielt ich ihm vor: »Ich habe nichts anderes getan als du! Jetzt weißt du, wie man sich dann fühlt.« Bevor Jacob antworten konnte, drehte ich mich um und ging davon.

»Wo willst du hin?«, rief er mir hinterher.

»Das geht dich nichts an.«

»Du wirst hier gebraucht!«

Der Ruf verhallte hinter mir. Ich kletterte die Leiter nach oben, bahnte mir einen Weg durch die Menschen und lief in die Gassen hinein, bis ich nichts mehr von ihnen sah und hörte. Wut brannte in mir, heiß wie ein Feuer. Ich achtete nicht darauf, wohin mich meine Schritte führten. Tränen liefen mir über die Wangen, Gedanken schossen mir durch den Kopf und verschwanden, ohne dass ich sie halten konnte. Erst als ich atemlos und mit schmerzenden Beinen auf dem Domplatz stand, wurde mir klar, dass ich floh. Nicht vor Jacob, nicht vor Richard, nicht vor der Seuche, sondern vor mir selbst.

Die Erkenntnis goss Wasser auf das Feuer in mir. Auf einmal wurde ich ruhig. Die Wut – die Wut auf mich, nicht auf Jacob – verlosch und hinterließ nichts als Trauer.

Ich hatte so viel falsch gemacht, so viel von anderen verlangt, ohne ihnen zuzuhören. Wenn mir jemand die Wahrheit sagte, hatte ich ihm die Schuld für meine Fehler gegeben. Und nun hatte ich auch noch Jacob weggestoßen.

Ich werde ihn verlieren, dachte ich. *Aber das will ich nicht.*

Eine Stimme, die ich kannte, riss mich aus meinen Gedanken.

»Die Faust Gottes trifft uns alle mit gleicher Härte!«, rief Erasmus. »Nur durch unsere Demut werden wir den Zorn des Herrn besänftigen!«

Seine Stimme kam aus dem Dom.

Ich ging auf das offen stehende Portal zu. Im Inneren, auf den Kirchenbänken, saßen Menschen und lauschten, andere standen an den Wänden, und viele von ihnen trugen die absonderlichen Pestmasken, manche verziert und bemalt, andere schwarz, dass sie wirkten wie Rabenköpfe.

»Nächtelang habe ich um eine Eingebung gebetet«, rief Erasmus mit durchdringender Stimme, »tagelang habe ich Pergamente aus Ägypten und dem Heiligen Land studiert, in Sprachen, die seit tausend Jahren keine Zunge mehr gesprochen hat – heiligen Sprachen!«

Erasmus stand auf der Kanzel wie ein Priester, sein Diener Lorenz hockte auf den Stufen, die hinaufführten, und beide trugen einfache, fast schon bäuerlich wirkende Kleidung.

Seine Zuhörer sahen alle wohlhabend bis reich aus. Im Gegensatz zum letzten Mal, als ich ihn hatte sprechen hören, reagierten die Menschen jedoch zurückhaltend, fast schon ablehnend auf seine Worte. Viele hatten die Arme vor der Brust verschränkt, und während ich zuhörte, standen einige auf und verließen den Dom.

Erasmus sprach von dem Leid, das sie alle durchgemacht hatten, und schürte die Angst vor dem Schrecken, der ihnen noch bevorstand. Und dann sprach er von den Masken.

»Es gibt solche, die in der Stadt verbreiten, meine Masken wären nicht nützlicher als die billigen Imitate, die windige Händler den Unwissenden in den Gassen andrehen. Zu denen sage ich: Kennt ihr auch nur einen, dem diese Imitate geholfen hätten? Und wenn ich mich hier umsehe unter euch, meine Freunde, sehe ich dann nicht viele, die meinem Rat folgen und sehr wahrscheinlich deshalb noch am Leben sind? Wenn meine Masken nichts taugen, wieso sind die Bänke vor mir dann nicht leer? Warum lebt ihr alle noch?«

»Meine Frau ist tot!« Ein Mann auf einer der hinteren Bänke stand auf. »Wir haben alles verkauft, was wir besaßen, um uns deine Masken leisten zu können, aber sie ist trotzdem gestorben. Und mein Sohn ist krank!«

Erasmus neigte den Kopf. »Dann werde ich für beide beten, denn mehr kann ich nicht mehr für sie tun, so sehr ich es auch wünschte.« Dann nahm seine Stimme einen beschwörenden Klang an. »Aber es ist Gottes Seuche, und er entscheidet, wen er zu sich holt und wen er im Kreis seiner Liebsten lässt. Etwas anderes habe ich nie behauptet.« Er beugte sich vor und umklammerte dabei den Rand der Kanzelbrüstung. »Das Geschenk, das er mir gewährt hat, befähigt mich jedoch dazu, die zu schützen, deren Schicksal er in meine Hände gelegt hat.«

Während er redete, stand sein Diener auf und ging zu einem Stapel Kisten rechts neben der Kanzel. Er öffnete die oberste, aber ich konnte nicht erkennen, was sich darin befand, denn ich war zu weit weg.

»Was hat er da?«, hörte ich einen Mann vor mir rufen.

»Sieht aus wie eine Kerze!«, rief ein anderer.

»Ja, Kerzen!«, bestätigte Erasmus. »Aber nicht irgendwelche Kerzen, sondern solche, deren Wachs die gleiche einzigartige Rezeptur enthält, die auch in meinen Masken wirkt. Zündet sie an, beträufelt eure Kleidung mit dem Wachs! In jedem Raum eures Hauses sollte eine solche Kerze stehen. Schlaft bei ihrem wohligen Schein, stellt sie beim Essen auf den Tisch, habt eine brennende Kerze immer dort, wo ihr euch aufhaltet, und euch wird nichts geschehen.«

Er begann aufzuzählen, was sich alles in diesem Wachs befand. Die meisten Worte, die er benutzte, hatte ich noch nie gehört, und ich fragte mich, wo er all diese angeblichen Kostbarkeiten herbekommen hatte, wenn die Schmuggler ihm doch nur ein paar Kisten geliefert hatten.

»Ich werde weiter an einer Heilung arbeiten, und ich bin sicher, dass Gott mir den richtigen Weg weisen wird. Doch zuerst lasst uns beten. Mein Diener wird in der Zwischenzeit alles vorbereiten. Er selbst schläft übrigens nur noch bei Kerzenlicht, und wie ihr seht, geht es ihm ganz hervorragend.«

Lorenz nickte bestätigend.

Um mich herum neigten die meisten den Kopf, als Erasmus auf Latein zu beten begann. Ich stellte mich wieder auf die Zehenspitzen und beobachtete die Zuhörer im Dom. Der Apotheker hatte keinen Preis genannt, aber es musste allen klar sein, dass er hoch sein würde. Trotzdem holten viele ihren Geldbeutel hervor und verließen die Kirchenbänke, so viele, dass in kürzester Zeit eine Schlange entstand.

Ich wandte mich ab und ging langsam über den Domplatz. Trotz aller Zweifel konnte ich nicht glauben, dass Erasmus log, dass er all das Geld von diesen Menschen nahm, ohne ihnen etwas zu geben. Vielleicht, so dachte ich, halfen seine Masken ja doch. Schließlich hatte uns Schmuggler noch kein einziger erkrankter Reicher aufgesucht, weil er sich Heilung von uns versprach.

Ich hörte eine Glocke, ihr Klang war langsam und klagend. Ich hob den Kopf und sah eine Gruppe Mönche gemessenen Schrittes im Rhythmus der Glockenschläge aus einer der Gassen kommen. Jeweils zu zweit zogen sie Holzkarren hinter sich her. Ich schluckte, als ich die in Tücher gehüllten Leichen darauf sah.

Ihr Anführer trug die etwa kopfgroße Glocke, die ich hörte, in der linken erhobenen Hand und schlug mit der rechten den Klöppel, dann blieb er stehen, ließ die Glocke sinken und rief: »Bringt eure Toten heraus!« Daraufhin schlug er erneut die Glocke, und die Prozession aus Leichenkarren zog an den Häusern entlang. »Bringt eure Toten heraus!«

Ich blieb stehen und wartete. Zuerst geschah nichts, doch dann öffneten sich die Türen der prachtvollen Patrizierhäuser, eine nach der anderen. Leichen, eingewickelt in weiße Tücher, wurden von Dienern herausgetragen. Angehörige folgten ihnen auf halbem

Wege, manche wie betäubt, andere weinend oder mit ernsten, gefassten Gesichtern. Sie sahen sich um, als könnten sie nicht glauben, was ihnen widerfahren war.

Ich drehte den Kopf, versuchte zu überblicken, wie viele Leichen herausgetragen wurden. Es waren Dutzende, fast vor jedem Haus sah ich ein weißes Bündel liegen, manchmal sogar zwei.

»Bringt eure Toten heraus!«, rief der Mönch erneut, während seine Brüder die Leichen auf die Karren luden. Mit Pech malten sie einen langen Strich auf jede Tür, hinter der sich ein Toter befunden hatte, waren es zwei, fügten sie noch einen Strich hinzu.

Ich dachte an die Bauern, die ich in der Hütte des Dorfes gesehen hatte, eine ganze Familie, ausgelöscht, ein Dorf, so leblos wie ein Friedhof.

Und nun wütete die Seuche auch in Coellen, schlimmer, als ich es mir je vorgestellt hatte. Und ich stand nutzlos herum.

Nicht länger, dachte ich und ging los.

Jacob kniete neben einem älteren kranken Mann, als ich ihn in einer der Hütten antraf. Agnes stand neben ihm und reichte ihm feuchte Tücher an. Ich nahm sie ihr ab, ohne dass er mich bemerkte.

Der Mann, der auf dem nackten Boden lag, atmete nur noch flach. Aufgeplatzte Beulen bedeckten seinen Hals und die Oberschenkel und schwelten auch in den Achselhöhlen. Er trug nur einen Lendenschurz.

Jacob streckte die Hand aus, sah aber nicht auf. Ich reichte ihm eines der Tücher.

»Es tut mir leid«, sagte ich.

Jacob blinzelte überrascht und sah auf, aber er antwortete nicht.

»Es tut mir leid«, wiederholte ich.

Er legte dem Mann ein Tuch über die Oberschenkel und stand auf. »Wir haben beide Grund, uns zu entschuldigen.«

»Lass es uns noch einmal versuchen.«

Seine Mundwinkel zuckten. »Du hast mich tagelang nicht beachtet.«

»Und das tut mir aufrichtig leid.« Ich beugte mich vor und küsste ihn auf den Mund.

Jacob erwiderte den Kuss lang und leidenschaftlich.

Kapitel 37

Czyne kehrte nur wenige Tage später zurück, aber die Stadt, die sie betrat, war eine andere, als die, die sie vor so kurzer Zeit verlassen hatte.

Wir hatten Wachen in den Gassen rings um unsere Höhle aufgestellt. Plünderer zogen in Banden durch Coellen, drangen in Häuser ein, stahlen und mordeten. Soldaten waren fast keine mehr zu sehen, und wenn doch, dann rund um die Stadtmauer, das Rathaus und den Dom. Der Rest der Stadt war sich selbst überlassen.

Und immer noch kamen Kranke zu uns. Agnes und ich begannen die Menschen, die sie brachten oder begleiteten, anzulernen, und erklärten ihnen, wie sie die Pusteln säubern und die Schmerzen lindern konnten und welchen Trank sie wann verabreichen mussten. Manche ließen ihre Kranken einfach in den Gassen zurück und gingen, waren zu ängstlich, um in ihrer Nähe zu bleiben, doch viele halfen uns.

Jacob führte Buch über alle, die kamen, und über die wenigen, die gesund wieder gingen. Von zehn Kranken starben acht, aber die zwei übrigen überlebten und erzählten anderen davon, dass wir sie geheilt hätten. Wenn die Kranken kamen, konnten wir nicht sagen, wer es schaffen würde und wer nicht. Es schien keinen Grund für das eine oder das andere Schicksal zu geben. Vielleicht, das sagte ich auch Jacob, war es Gottes Wille. Ihm gefiel die Antwort nicht.

Die Toten, all die vielen Toten, verbrannten wir mittlerweile in einer der verlassenen Hütten gegenüber des Innenhofs, den man durchqueren musste, um zur Falltür zu gelangen. Es war leicht geworden, leere Häuser zu finden. Eine Frau hatte mir erzählt, in der Gasse der Gerber würde niemand mehr leben.

Mit den leeren Hütten und den verdorrenden Gärten kam der Hunger in die Stadt. Wir litten noch nicht darunter, die Reichen, die nach und nach zu uns kamen, bezahlten gut, und wer Geld hatte, konnte auch noch immer Essen kaufen. Doch andere hungerten, und mit dem Hunger breitete sich auch Wut aus.

»Philip sagt, in den letzten zwei Tagen habe es an den Toren mehrere Aufstände gegeben«, sagte Czyne, als wir nach ihrer Rückkehr in der Höhle zusammensaßen.

»Warum machen sie die Tore nicht einfach auf?« Richard hockte neben ihr auf der Bank und kratzte sich an seinem Verband.

»Philip weiß es nicht. Vielleicht gibt es niemanden mehr, der den Befehl dazu geben könnte.«

»Oder der Schmuggel ist immer noch ein zu gutes Geschäft für die Ratsmitglieder und ihre Familien.« Dythmar grinste breit. »Ich bin auch dagegen, die Tore aufzumachen. Noch ein paar Wochen, dann können wir unser Pökelfleisch in Gold aufwiegen.«

»Und müssten das Gold dann fressen«, brummte Richard, »weil wir dann selbst keine Vorräte mehr haben.«

Czyne nahm ihren Krug mit warmem Bier in beide Hände. Der August war der heißeste seit Jahren, doch in der Höhle blieb es kühl. »Wenigstens können wir gleich die erste Ladung Kräuter im Kloster abholen.« Sie nickte mir zu. »Ich möchte, dass Ketlin mitgeht.« Als sie meinen Blick sah, fügte sie hinzu: »Nicht ganz bis zum Kloster. Ich möchte nur, dass du dir ansiehst, was sie uns geben. Dann müssen wir nicht den ganzen Weg durch die Stadt zurückgehen, sollte diese Schwester Johannita versuchen, uns reinzulegen.«

Das traute ich Johannita durchaus zu, darum nickte ich. »Gut. Und wer geht zum Kloster?«

Czyne sah sich kurz um. »Rüsch, Dythmar, Richard …«

»Und ich«, sagte Jacob. Er saß auf der anderen Seite des Tisches und zerschnitt Unterkleider, um neue Tücher für die Kranken zu erhalten.

Richard lächelte, als hätte er nichts anderes erwartet.

»Und Jacob«, sagte Czyne. »Passt auf Soldaten und Plünderer auf. Die ganze Stadt spielt verrückt.«

Wir trafen Rüsch im Innenhof an. Er saß im Schatten und trank Bier. Als wir ihm erklärten, dass er mitkommen sollte und wohin es ging, erhob er sich tatendurstig und sagte: »Ich hoffe, dass einer was versucht!« Er legte die Hände auf die beiden Schwerter, die er seit ein paar Tagen im Gürtel trug. »Der Kerl, der mir die Klingen geschenkt hat, wusste, wie man sie schärft.«

Er sagte *geschenkt*, und ich fragte nicht nach, was genau er damit meinte.

Bis vor kurzem wäre es undenkbar gewesen, mit zwei Schwertern im Gürtel unbehelligt durch Coellen zu marschieren, doch das Waffenverbot interessierte niemanden mehr. Wer genügend Geld hatte, umgab sich mit bewaffneten Männern, wer nicht, sorgte dafür, dass er sich selbst verteidigen konnte.

Rüsch schritt mit langen Schritten voran, wir folgten ihm.

Ich ergriff Jacobs Hand, während wir durch die schmalen Gassen gingen. Irgendwo weiter entfernt wurde die Totenglocke, wie man sie mittlerweile nannte, geläutet. Die Karren rumpelten jeden Tag am Innenhof vorbei, hielten aber nie an. Die Mönche wussten, dass wir uns selbst um die Toten kümmerten.

Ich sah in eine der Seitengassen. Eine Leiche lag mitten auf dem Weg, und zwei Männer waren über sie gebeugt und zogen dem Toten gerade das Unterkleid über die steifen Glieder. Einer der beiden sprang auf, als er uns bemerkte und keifte: »Was glotzt du so blöd?«

Jacob zog mich weiter. »Abschaum«, sagte er leise, aber ich war mir nicht sicher, ob er die Plünderer meinte oder die Menschen, die begonnen hatten, ihre Toten wie Unrat auf die Straße zu werfen. Ich fragte ihn nicht danach.

Rüsch drehte sich zu uns um. »Wir gehen am besten über den Domplatz, dort treibt sich weniger Gesindel herum.«

»Sagt der Dieb und Schmuggler«, murmelte Richard.

Ich lachte so laut, dass es in der Gasse widerhallte. Selbst Jacob grinste.

Dann erreichten wir den Domplatz, wo uns vier Soldaten in den Weg traten. Sie trugen Rüstungen, Schilde und Schwerter. Ich sah ihre gelben Schärpen und hielt Rüsch am Arm fest. »Leg dich nicht mit ihnen an«, raunte ich ihm zu.

»Ich weiß«, entgegnete er ebenso leise.

»Wo wollt ihr hin?«, fragte einer der vier. Er war so kräftig wie Rüsch, aber größer und jünger.

Richard schob sich an Rüsch vorbei. »Zum Apotheker Erasmus. Er erwartet uns.«

»Ah, zu dem wollt ihr also. Seht gar nicht so aus.« Die Soldaten grinsten, ich verstand nicht, wieso.

»Ja, zu dem.« Auch Richard war offenbar irritiert. »Und wir wären schon fast da, wenn ihr eure Pflicht nicht so hervorragend erfüllen würdet. Es würde mich freuen, dürfte ich mich dafür erkenntlich zeigen.«

Der Soldat, der offenbar der Wortführer der vier war, legte einen Eisenhandschuh auf den Griff seines Schwerts, den anderen streckte er aus. »Großzügigkeit ist eine Tugend.«

Richard griff sich nicht an den Gürtel, hinter dem er seinen Geldbeutel versteckt hatte, sondern in die Tasche seiner Weste. »Das ist sie in der Tat«, sagte er, während er ein paar Münzen abzählte und dann, so als würde ihm der Gedanke verspätet kommen, alle auf die eiserne Handfläche seines Gegenübers legte.

Der Soldat schloss die Finger darum. »Das …«

»He!«

Erschrocken fuhr ich herum. Hinter uns war ein zweiter Trupp Soldaten aufgetaucht. Sie trugen blaue Schärpen, und ihre Rüstungen hatten schon bessere Tage gesehen. Sie waren zu siebt.

»Was soll das? Die Gasse gehört den Cleingedanks.«

Der Anführer der Gelbschärpen trat vor. »Und der Domplatz den Gyrs, also verschwindet.«

Richard schlich an ihm und seinen Soldaten vorbei und winkte uns, es ihm gleichzutun.

»Die Einzigen, die hier verschwinden sollten, seid ihr!«, hörte ich den Anführer der Blauschärpen zurückschnauzen. »Wir haben genug von diesem Mist!«

Die Soldaten beachteten uns nicht mehr. Wir folgten Richard, wobei wir versuchten, sie nicht auf uns aufmerksam zu machen. Hinter uns ging der Streit weiter, wurde mit jedem Satz lauter. Anscheinend teilten die Familien die Stadt gerade untereinander auf, vielleicht taten dies auch nur ihre führungslosen Armeen.

»Wartet einen Moment!« Richard blieb stehen, zog seinen Geldbeutel, zählte ein paar Münzen ab und steckte diese dann in seine Weste. »Falls uns das gleiche Theater auf der anderen Seite des Platzes noch einmal bevorsteht.«

»Es bricht alles auseinander«, sagte Jacob leise. Der Gedanke schien ihm Angst zu machen. »Und wir haben den Höhepunkt noch nicht erreicht.«

Ich wollte ihm antworten, doch dann lenkte mich etwas ab. »Pssst«, sagte ich. »Hört ihr das?«

Die anderen blieben stehen und legten die Köpfe schräg. »Musik?«, fragte Richard nach einem Moment.

Ich nickte. Sie wehte von der anderen Seite des Platzes herüber, die noch vom Dom verdeckt wurde. Als wir uns weiter näherten, mischte sich Gelächter darunter, hysterisch, falsch, gezwungen.

Die Türen eines Patrizierhauses waren weit geöffnet. Männer und Frauen tanzten auf dem Platz, tranken, lachten und berührten einander auf eine Art und Weise, die mich wegsehen ließ. Manche von ihnen trugen Kleidung, die seltsam weiß und steif aussah. Erst, als ich genauer hinsah, begriff ich, dass man die Kleidungsstücke in Wachs getaucht hatte.

Andere schienen all den Schmuck angelegt zu haben, den sie besaßen, wieder andere trugen bestickte Totenhemden und Seuchenmasken, die wie Totenköpfe bemalt waren. Die Diener, die sich zwischen dieser bizarren Menge bewegten und Weinfässer auf Handkarren schoben, trugen eng anliegende schwarze Kleidung, auf die man weiße Striche gemalt hatte, damit sie wie wandelnde Skelette aussahen.

Über einer Feuerstelle drehte sich ein Schwein an einem Spieß. Musikanten standen hinter einem der Fenster im Erdgeschoss des Hauses, spielten wild fröhliche Lieder, deren Strophen ich nicht kannte. Die Feiernden grölten sie laut und betrunken mit.

Es gab keinen Weg daran vorbei, es waren zu viele, also gingen wir zwischen ihnen hindurch. Ich stieg über ein Pärchen, das sich am Boden wälzte, ein grauhaariger, vornehm gekleideter Mann und eine weitaus jüngere Frau, deren Kleid zerrissen war. Stöhnend ließ sie sich von ihm die Brüste kneten. Sie trugen beide Seuchenmasken, und wenn sie sich bewegten, schlugen die Schnäbel gegeneinander wie Schwerter.

Eine Hand krallte sich plötzlich in mein Haar. »Komm, Mädchen! Tanzen und küssen!«

Ich fuhr herum und schlug nach dem Arm des Mannes. Er trug die schwere Goldkette eines Ratsmitglieds vor der Brust, sein Hemd aus blauem Samt war bis zum Hosenbund geöffnet, sein rundes Gesicht gerötet, und Schweiß lief ihm in die Augen und ließ ihn blinzeln.

Er zog die Hand zurück, ohne dass er meinen Schlag wirklich zu spüren schien, dafür war er zu betrunken. »Tanzen und küssen«, wiederholte er undeutlich. »Bevor alles vorbei ist.«

Rüsch drängte sich vor mich, aber ich hielt seine Hand fest, als er sie hob, um den Ratsherrn zu schlagen.

»Lass ihn!«, sagte ich. »Er meint es nicht böse.«

Der Mann blieb schwankend stehen, als wir weitergingen. Als ich ihm noch einmal einen Blick über die Schulter zuwarf, sah ich, dass er weinte.

»Huren!«, schrie jemand über die Musik hinweg. »Bringt mehr Huren!« Die Verzweiflung, die in seiner Stimme schwang, spiegelte sich auch in den Gesichtern wider, in die ich blickte.

Jacob berührte mich am Arm. »Da ist Erasmus!«

Ich sah ihn im gleichen Moment.

Mit einem Weinkrug in der Hand und einer barbusigen Frau im Arm, die aussah wie eine Schankmaid, wankte er uns entgegen. Jacob drehte den Kopf zur Seite, aber es war zu spät, er hatte ihn schon erkannt.

»Jacob!«, rief er. »Du gottverdammter Verräter, elender Lump! Wieso hat dich die Seuche noch nicht geholt?«

Die Frau lachte laut, obwohl sie nicht wissen konnte, wovon er sprach. Hinter den beiden tauchte Erasmus' Diener Lorenz auf. Als Einziger unter den Dutzenden Feiernder wirkte er nüchtern.

Erasmus blieb vor uns stehen. Sein Blick war glasig, die Maske, die er anderen so nachdrücklich zu tragen empfahl, hing vergessen an seinem Gürtel. Er hatte seine Kleidung in Wachs getaucht, so wie viele, die ich sah. Bei jeder Bewegung blätterte etwas davon ab.

Richard und Rüsch hielten sich zurück, als er vor uns stehen blieb, aber beide achteten auf den Diener, erkannten genau, dass er derjenige war, der uns wirklich gefährlich werden konnte.

»Wo, zur Hölle, warst du?«, fragte Erasmus.

Jacob drückte den Rücken durch und sah von oben auf den Apotheker herab. »In Maastricht bei dem persischen Arzt Abdullah. Er wird mich in die Lehre nehmen.«

»Ich rede nicht mit dir. Du hast dein Recht auf Ansprache verwirkt, Nichtsnutz!« Erasmus' Blick traf den meinen. Er konnte ihn kaum halten, so betrunken war er. »Ich habe dich was gefragt,

Weib. Wieso hast du mich im Stich gelassen? Mich?« Er trank, rülpste laut und fügte hinzu: »Nach all der Zeit?«

Ich wusste nicht, wovon er redete. Hilfe suchend sah ich Jacob an, aber der zuckte ratlos mit den Schultern.

»Ein Vermögen hätten wir machen können, ein gottverdammtes Vermögen.« Er starrte einen Moment vor sich hin. Die Frau an seiner Seite küsste ihn auf die Wange.

»Komm«, sagte sie. »Ich will tanzen.«

Erasmus ließ sich ein paar Schritte mitziehen, drehte sich dann aber noch einmal schwankend um. Dass er einen Arm um die Schultern der Frau gelegt hatte, verhinderte, dass er hinfiel.

»Die Leute rennen mir weg«, stieß er hervor. »Zu irgendeinem Schar… Scharlatan. Allein tauge ich zu nichts, Magda. Komm zurück.«

Magda?

Ich wollte ihm folgen, aber der Diener war bereits bei ihm und nahm seinen anderen Arm. Jacob und Richard drängten mich weg von ihm und auf eine Gasse zu.

Ich wehrte mich vergebens. »Er kannte meine Mutter!«

»Und er ist so betrunken, dass er dich offensichtlich mit ihr verwechselt«, sagte Richard. »Er wäre nicht in der Lage, dir deine Fragen zu beantworten, selbst wenn sein Diener dich zu ihm ließe.«

»Sprich mit ihm ein anderes Mal«, riet mir auch Jacob. »Wir haben etwas zu erledigen.«

Sie hatten recht, das wusste ich. Dennoch dachte ich an nichts anderes als an Erasmus' Worte, während wir weiter zum Kloster gingen.

»Er muss Mutter für ihre Kräuter bezahlt haben«, sagte ich. »Daher kam das Geld, von dem wir lebten, nicht von Wilbolt.«

Ich erinnerte mich an die langen Ausflüge, die sie unternommen hatte, mit einem Sack voller Kräuter auf dem Rücken. Stets war sie erschöpft und hungrig heimgekehrt. Sie musste nach Coellen gegangen sein, zu Erasmus.

»Und du hast sie in deiner Zeit bei Erasmus nie gesehen?«, fragte ich Jacob.

Jacob schüttelte den Kopf. »Ich wusste, dass ihm jemand Zutaten brachte, aber weder, wer es war, noch, um was es ging. Seine Aufzeichnungen durfte ich mir nie ansehen, und er sagte mir auch nicht, was in seinen Arzneien war.«

»Weil er es nicht wusste.« Richard konnte sich ein Grinsen nicht verkneifen. »Jedenfalls hätte ich es so anstelle deiner Mutter gemacht. Sie hat die Tinkturen und Salben und was weiß ich für ihn angerührt und hergestellt, aber ihm nie verraten, woraus sie bestanden, was das für Kräuter sind und wie man sie zubereiten muss, damit sie wirken. So war er auf sie angewiesen.«

»Deshalb musste er nach ihrem Tod die Arzneien anderer Apotheker einkaufen.« Ich sah Jacob an. »Er ist ein Scharlatan.«

»Der mir nichts beibringen konnte.« Er verzog das Gesicht. »All das Geld hat meine Familie umsonst ausgegeben.«

Wir blieben am Ende der Gasse stehen. Vor uns lagen die Klostermauern, vor denen immer noch Wachen patrouillierten, wenn auch nicht mehr so viele wie zuvor.

Richard und Rüsch trennten sich von uns, und wir blieben außerhalb der Sichtweite der Wachen, während wir auf die Rückkehr der beiden Schmuggler warteten.

Es dauerte nicht lange. Als sie zurückkehrten, öffnete Richard die Säcke, die sie mitgebracht hatten, und ich stellte fest, dass Johannita uns nicht betrogen hatte. Es waren genau die Kräuter darin, die ich brauchte.

»Das sind so viele, dass sie kaum noch etwas für das Hospital übrig haben kann«, sagte ich, als wir uns auf den Rückweg machten.

»Ich bezweifle, dass Mutter Johannita, wie sie jetzt genannt werden möchte, das Wohl anderer übermäßig kümmert.« Richard schulterte einen der Säcke, Jacob und Rüsch die beiden anderen.

»Sie hatte allerdings einige interessante Dinge zu berichten. Über die Hälfte der Nonnen sind entweder tot oder erkrankt, und es kommen kaum noch Menschen in die Hospitäler der Klöster, weil alle von einem persischen Wunderarzt erzählen, der die Armen von der Seuche heilt, ohne etwas dafür zu verlangen.«

»Wer …«, begann Jacob, unterbrach sich aber sogleich. »Oh.«

Richard nickte. »Sie fragte, ob ich etwas darüber wüsste, ich sagte Nein.«

»Sie hat dir nicht geglaubt«, war Rüsch überzeugt.

»Ich weiß.«

Auf dem Weg zurück gingen wir nicht über den Domplatz, sondern durch die schmalen Gassen, die um ihn herumführten. Einige Male mussten wir über Betrunkene steigen, zweimal sogar über Leichen, doch wir trafen weder auf Soldaten noch auf Plünderer. Stimmengewirr begrüßte uns, als wir uns dem Schmugglerversteck näherten, und es klang erregt und wütend.

Vor einigen der Hütten, in denen die Kranken behandelt wurden, hatten mehrere Schmuggler einen Halbkreis gebildet und drängten Menschen zurück, die wütend die Fäuste schwangen. Sie umringten Dythmar, der breitbeinig und mit stoischem Gesichtsausdruck den Durchgang zu einer Hütte versperrte, und direkt vor ihm stand ein älterer Mann, der einen Jungen von vielleicht zwölf Jahren stützte.

Die Wartenden ließen uns durch, kannten mittlerweile unsere Gesichter. »Sag ihnen, dass wir das nicht wollen«, sagte eine Frau zu Jacob.

Er fragte nicht nach, was sie damit meinte.

Dythmar wirkte erleichtert, als er uns sah, und das sagte er uns auch: »Bin ich froh, dass ihr wieder da seid.« Er wies mit einem Kopfnicken auf den älteren Mann und den Jungen. »Es sind ein paar gestorben, also haben wir wieder Platz. Er wäre als Nächstes dran, aber ich weiß nicht, ob ich ihn reinlassen soll.«

Ich warf einen kurzen Blick auf den alten Mann, der sicherlich der Vater des Jungen war. In seiner Miene wechselten sich Hoffnung und Angst miteinander ab. Er hatte einen grauen spitzen Bart und trug eine kleine schwarze Kappe.

»Weil er Jude ist?«, fragte ich. »Wir haben doch schon viele aufgenommen.«

Dythmar zuckte mit den Schultern. »Aber seit neuestem gibt das Ärger. Die Leute sagen, sie wollen nicht, dass ihre Kranken mit Juden zusammenliegen.«

»Schickt den Juden doch endlich weg und lasst uns rein!«, rief jene Frau, die vorhin Jacob angesprochen hatte. Der Vater legte den Arm um seinen Jungen und sein Kinn auf dessen Kopf, als wollte er ihn vor den Worten beschützen.

Ich drehte mich zu der Frau um. »Er hat euch nichts getan. Wieso lasst ihr ihn nicht in Ruhe?«

»Nichts getan?« Die Frau sah mich an, als hätte ich den Verstand verloren. »Erst haben die Juden unseren Herrgott umgebracht, jetzt rotten sie anständige Christen mit ihrer Seuche aus. Sie vergiften die Brunnen, mein Mann hat selbst einen dabei beobachtet.« Andere nickten. »Jeder in Coellen weiß, dass die Juden schuld an der Seuche sind, aber der Rat tut nichts, weil die Juden ihn bestechen.« Mit jedem Wort wurde die Frau wütender. »Denen ist Gold wichtiger, als wir es für sie sind!«

Ich wandte mich ab. Der Vater des Jungen räusperte sich. »Wir gehen besser«, sagte er.

»Nein.« Jacob widersprach ihm, bevor ich es konnte. »Du hast dir nichts zuschulden kommen lassen, dein Junge ist bei uns willkommen.«

Richard nickte Dythmar zu, als der ihn zweifelnd ansah.

»Also gut«, sagte der Schmuggler und gab den Weg frei.

Der Vater führte seinen Sohn an uns vorbei. Er sah mich an und sagte etwas, doch es ging im wütenden Geschrei der Menge unter. Zwei gingen schimpfend und fluchend davon, ihre Kranken stützend, einer bestand darauf, dass wir sein Weib aus der Hütte holten. »Sie soll nicht unter demselben Dach wie ein Jude sterben!«, sagte er, als er die halb bewusstlose Frau wegzerrte.

Der Fluch, der unser Dorf heimgesucht hatte, befiel nun auch Coellen. Die Hexenjagd hatte begonnen.

»Passt gut auf den Jungen auf«, sagte ich zu Agnes, bevor wir gingen. »Sonst finden wir ihn noch mit durchschnittener Kehle.«

Sie nickte.

Czyne erwartete uns schon an der Falltür. Ich sah ihr an, dass etwas geschehen war.

»Ich wollte euch abfangen, bevor ihr in die Höhle kommt«, sagte sie. »Bürgermeister Wilbolt ist unten.«

Der Name versetzte mir einen Stich.

»Seine jüngste Tochter ist tot, die andere hat die Seuche.«

Kapitel 38

Czyne hatte Wilbolt und seine Tochter, eines der zwei kleinen Mädchen, mit dem ich ihn und seine Frau in der Nähe des Domplatzes gesehen hatte, in die Herrenhaus-Höhle gebracht. Es sei noch ein Diener bei ihnen, sagte sie, ein alter Mann, den man die Leiter hatte hinuntertragen müssen. Ich wusste genau, von wem die Rede war.

»Sprich du allein mit ihm«, sagte ich zu Jacob. »Ich bleibe im Gang, wo er mich nicht sehen kann.«

»Wie du willst, aber früher oder später werdet ihr euch begegnen.«

»Ja, aber dann werde ich die Umstände unseres Zusammentreffens diktieren.«

Und vielleicht wissen, was ich sagen soll, fügte ich in Gedanken hinzu. Ich blieb stehen und ließ Jacob allein weitergehen. Richard war in der Haupthöhle mit Czyne zurückgeblieben.

»Nehmt ihn richtig aus«, hatte sie uns noch geraten. »Er kann es sich leisten.«

»Bist du der Perser, von dem man sich erzählt?«, fragte Wilbolt, als Jacob in die Herrenhaus-Höhle trat.

»Der sieht nicht sehr persisch aus«, sagte von Wallnen.

»Ich bin auch kein Perser, ich habe nur bei einem gelernt.« Ich hörte Stoff rascheln und nahm an, dass Jacob sich neben Wilbolts kleiner Tochter auf das Bett gesetzt hatte. »Ich weiß nicht, wie dieses Gerücht entstanden ist.«

»Gerüchte sind das Lebenselixier dieser Stadt«, sagte Wilbolt. »Kannst du Judith helfen?«

»Ich weiß es nicht.« Jacob machte eine Pause. »Und ich bin auch nicht derjenige, den du fragen solltest.«

Nein, dachte ich. *Bitte tue das nicht.*

Doch er fuhr fort. »Alle Erfolge, die man mir zuschreibt, die wenigen, die es denn sind, wären nicht möglich gewesen ohne eine andere Person.«

»Wovon redest du?«, fragte von Wallnen.

»Ich würde dir diese Person gern vorstellen. Sie wartet im Gang.«

»Dann bring sie rein.«

Einen Moment lang war ich versucht, mich umzudrehen und davonzulaufen, doch dann strich ich mir das Haar aus dem Gesicht, glättete die Schürze und straffte meine Haltung.

Bringen wir es hinter uns, dachte ich.

Von Wallnen wäre aufgesprungen, wenn er gekonnt hätte, als ich die Herrenhaus-Höhle betrat. »Das ist ein schlechter Scherz!«

»Ganz und gar nicht.« Jacob wirkte so nervös, wie ich mich fühlte.

Wilbolt sah ihn enttäuscht an. »Ich dachte wirklich, du könntest meiner Tochter helfen, doch aus welchen Gründen auch immer scheinst du nichts anderes im Sinn zu haben, als mich zu erniedrigen.« Er ging zum Bett und nahm das Mädchen vorsichtig auf die Arme. Die Kleine stöhnte und murmelte etwas im Fiebertraum.

»Warte!«, sagte ich. »Jacob hat nicht gelogen. Wir haben zusammen einige der Kranken geheilt.«

»Durch Teufelswerk!«, stieß von Wallnen hervor.

Ich beachtete ihn nicht, obwohl ich ihm am liebsten ins Gesicht gespuckt hätte. »Lass uns versuchen, ihr zu helfen, Bürgermeister. Es ist noch nicht zu spät für sie.«

Wilbolt zögerte. In seinem Blick las ich den brennenden Wunsch, mir glauben zu können, doch in seinem Gesicht stand Misstrauen und Widerwillen.

»Du willst dein eigen Fleisch und Blut doch nicht dieser Hexe anvertrauen?« Schwer auf seinen Stock gestützt, humpelte von Wallnen auf seinen Herrn zu. »Bringen wir Judith zu Erasmus zurück. Er wird ihr …«

»… ebenso wenig helfen, wie er meiner Frau und meiner kleinen Helena helfen konnte«, unterbrach ihn Wilbolt. Helena musste das andere Mädchen sein, mit dem ich ihn damals gesehen hatte; sie und ihre Mutter waren also bereits der Seuche erlegen. Wilbolt sah mich an. »Wenn du ihr weh tust, wenn du ihrer Seele etwas antust …« Seine Stimme zitterte. Er ließ den Satz unvollendet und legte Judith zurück aufs Bett.

Jacob krempelte die Ärmel hoch und drehte sich um. »Ich werde alles Nötige holen«, sagte er, während er die Herrenhaus-Höhle verließ.

Ich nahm eines der sauberen Tücher und tupfte Judith die Stirn ab. Sie bemerkte es und stöhnte leise. Noch war das Fieber nicht so stark, dass sich ihr Geist aus der Welt zurückgezogen hätte. Ich schätzte sie auf fünf oder sechs Jahre.

»Du versündigst dich«, sagte von Wallnen leise zu seinem Herrn. »Ich kann nicht mehr tun, als dir das zu sagen.«

Ich zog Judith Umhang und Bluse aus. »Ich bin keine Hexe«, sagte ich währenddessen, »und das wisst ihr beide sehr genau.«

»Was soll das heißen?«, fragte Wilbolt.

»Nichts«, antwortete von Wallnen eilig. »Sie versucht nur, einen Keil zwischen uns zu treiben.«

»Ich versuche herauszufinden«, sagte ich so ruhig ich konnte, obwohl mir das Herz bis in den Hals schlug, »warum ihr beide mein Leben auslöschen wolltet, nur weil ich euch um ein Papier gebeten habe.«

»Was für ein Papier?«, fragte Wilbolt.

Nun sah ich doch auf. Wilbolts gespielte Unschuld war schwerer zu ertragen als von Wallnens Hass. »Die Genehmigung, dass Jacob in die Stadt kommen darf. Mehr wollte ich nicht, aber du musstest ja Soldaten schicken und hast mich der Hexerei beschuldigt, obwohl ich nichts getan habe!« Die letzten Worte schrie ich Wilbolt geradezu ins Gesicht.

Sein Blick pendelte zwischen mir und seinem Berater hin und her, dann blieb er auf von Wallnen haften. »Wieso weiß ich davon nichts?«

Aus den Augenwinkeln sah ich Jacob im Gang auftauchen. Er schwieg, stellte nur eine Schüssel mit warmem Kräutersud auf den Hocker neben dem Bett und ging dann wieder.

Von Wallnen seufzte und setzte sich. »Du bist ein schwacher Mann, Wilbolt, das wusste schon dein Vater. Bevor er starb, bat er mich, dir ebenso treu zu dienen, wie ich ihm gedient habe, und auf dich aufzupassen. Das habe ich getan und allen Unbill von dir ferngehalten, trotz all der Affären und der wilden Feste …«

»Das ist lange her«, sagte Wilbolt.

»Und ich habe für dich die Entscheidungen getroffen, die du nicht treffen wolltest, weil du ja jedem gefallen willst, ob Freund oder Feind.« Von Wallnen drehte den Stock zwischen den Fingern. »Ich habe sie dir abgenommen, und das tue ich bis heute.«

»Du hast mich angelogen?«

»Hunderte Male. Du wolltest es nur nie wissen.«

»Ich will es jetzt wissen.« Wilbolt stand da, zitternd vor Wut.

»Das bezweifle ich.« Von Wallnen legte eine solche Arroganz in seine Worte, dass es mir vorkam, als wäre *er* der Herr. Dann stand er auf und schlurfte mit langsamen Schritten aus der Herrenhaus-Höhle. Wilbolt hielt ihn nicht auf.

»Er hat recht«, sagte er nach einer Weile. »Als er mir sagte, dass man dich der Hexerei beschuldigt und du versuchen würdest, mich zu erpressen, gab ich ihm Geld, damit er das Problem aus der Welt schafft. Kein einziges Mal habe ich nachgefragt.«

Er schritt auf das Bett zu, ergriff die Hand seiner Tochter und sah mich an. »Ist es jetzt zu spät?«

Vielleicht sprach nur Verzweiflung aus ihm. Vielleicht war er freundlich zu mir, damit ich alles versuchte, um Judith zu retten. Dennoch ertappte ich mich dabei, dass ich lächelte.

»Nein, es ist nicht zu spät«, sagte ich.

Und dann redeten wir, Vater und Tochter.

Während die Stadt über uns in Tod und Chaos versank, saß ihr Bürgermeister am Bett seiner Tochter und wich ihr nicht von der Seite. Zwei Tage schon war er bei uns, aber noch immer ging es Judith nicht besser.

Am Abend setzte sich Jacob zu uns. »Du musst den Rat zusammenrufen«, sagte er zu Wilbolt. »Mit ein wenig Disziplin können wir der Seuche vielleicht doch noch Einhalt gebieten.«

»Den Rat?« Wilbolt seufzte schwer. Unter seinen Augen lagen dunkle Ringe, er hatte kaum geschlafen. »Es gibt keinen Rat mehr. Als ich Judith hierherbrachte, waren von zweiundzwanzig Ratsherren nur noch sieben übrig. Und die verstecken sich in ihren Häusern. Niemand wird kommen, wenn ich rufe.«

»Dann entscheide allein, es ist mir egal, aber es muss entschieden werden.« Jacob beugte sich vor. »Dort oben macht das Gerücht die Runde, die Juden wären an allem schuld.«

Wilbolt rieb sich müde über die Bartstoppeln. »Die kursieren schon seit Wochen. Wir haben versucht, sie klein zu halten und die Prediger von den Plätzen zu vertreiben, aber dafür fehlen mir jetzt die Soldaten.«

»Zieh sie von den Toren ab«, sagte ich, »und …«

»An den Toren stehen nicht meine Soldaten. Ihr …« Er seufzte erneut. »Ihr versteht nicht, wie diese Stadt regiert wird. Der Rat ist das Einzige, was die Familien davon abhält, übereinander herzufallen. Selbst wenn ich persönlich zum Severinstor ginge und seine Öffnung verlangte, es würde nichts nutzen. Die Soldaten hören auf ihre eigenen Herren, nicht auf mich.«

Jacob schien etwas einwenden zu wollen, aber Wilbolt ließ ihn nicht zu Wort kommen. »Ihr glaubt vielleicht, ihr könntet etwas ausrichten, weil ihr jetzt auf mich einwirken könnt, aber ich habe nie wirklich regiert. Ich habe nur ab und zu etwas unterschrieben, wenn Friedrich es mir gab und sagte, mein Vater hätte das Gleiche getan. Ich bin kein Bürgermeister, ich bin eine Handpuppe.« Er sah seine Tochter an und fügte traurig hinzu: »Ich habe euch alle im Stich gelassen.«

Ich wusste nicht, ob er die Stadt meinte oder seine Familie und ob ich dazugehörte oder nicht.

Jacob wirkte enttäuscht. Er stand auf und verließ die Herrenhaus-Höhle. Nach einem Moment folgte ich ihm.

»Nimm es ihm nicht übel«, sagte ich, als wir in die Haupthöhle traten. Richard war als Einziger unten, alle anderen hielten oben Wache. Er hörte uns zu, während er aß. »Er hat seine Frau und eine seiner beiden Töchter verloren, und die andere wird vielleicht auch sterben.«

»Seine Stadt stirbt.« Jacob schüttelte den Kopf. »Er müsste wenigstens versuchen, sie zu retten.«

»Vielleicht würde er das, könnte er an etwas anderes denken als an seine Tochter.«

»Wie geht es ihr denn?«, fragte Richard mit vollem Mund.

»Nicht gut.« Wenn Wilbolt in der Nähe war, sagten wir *unverändert*, obwohl wir wussten, dass das nicht stimmte. Das Fieber riss sie Stück für Stück aus unserer Welt.

Ich hörte Schritte. Agnes tauchte im Gang auf. »Kommt mit nach oben«, bat sie. »Irgendetwas stimmt nicht.«

Richard schluckte den Rest von seinem Eintopf hinunter und stand auf. Jacob nickte mir zu. »Geh du, ich bleibe bei Judith.«

Und versuche weiter, Wilbolt zu überzeugen, fügte ich in Gedanken hinzu. Ich glaubte nicht, dass er Erfolg haben würde.

Ich stieg als Letzte von der Leiter und schloss die Falltür hinter mir. Es wurde bereits dunkel, der Sonnenuntergang tauchte die Gassen in ein seltsam verschwommenes rotes Licht.

Ich wollte Agnes bereits fragen, was sie Ungewöhnliches bemerkt hatte, als mir auffiel, wie still es war. Ich hörte das Stöhnen, Jammern und Beten der Kranken, das aus den Hütten drang, aber ansonsten war es ruhig. Die Menschen, die vor den Hütten gewartet hatten, damit auch ihre Angehörigen behandelt wurden, waren alle weg, ebenso wie die Kranken, die sie gebracht hatten.

Czyne und die Schmuggler, die in den Gassen Wache hielten, wirkten verunsichert und nervös.

»Sie sind auf einmal alle verschwunden«, sagte Rüsch. »Sie haben ihre Kranken genommen und ihre Sachen und sind gegangen.«

»Ohne etwas zu sagen?«, fragte Richard.

»Kein Wort.«

Dythmar spuckte aus. »Ich habe ein Gefühl dafür, wenn die Dinge aus dem Ruder laufen, und ich sage euch: Die Dinge laufen aus dem Ruder.«

Einige nickten, darunter auch Czyne. »Wir sollten mit dem Schlimmsten rechnen. Die Menschen wenden sich nicht einfach so von der einzigen Hoffnung ab, die ihnen noch geblieben ist.«

»Wir können darüber reden oder uns darum kümmern.« Richard tastete an seinem Gürtel entlang, sah dann hinunter und verzog das Gesicht. »Wenn einer eine Waffe für mich hat, sehe ich mich mal in der Stadt um.«

Czyne reichte ihm einen ihrer Dolche. Seit dem Kampf gegen die Plünderer trug sie zwei bei sich. »Zur Erinnerung an Paul«, hatte sie gesagt, als ich sie darauf angesprochen hatte.

»Ich komme mit, wenn du nichts dagegen hast«, bot ich an.

Sein Blick streifte Czyne. Sie wirkte gleichgültig, so als interessiere sie nicht, was er tat. »Dann wollen wir mal.«

Er schien darauf zu hoffen, dass sie ebenfalls mitkommen würde, aber sie wandte sich bereits von uns ab und befahl den anderen Schmugglern, sich wieder in den Gassen zu verteilen und die Umgebung im Auge zu behalten.

»Wir bleiben dem Dom besser fern«, sagte Richard, während wir durch die Gassen der Stadt gingen. »Lass uns in Richtung Severinstor gehen.«

Wir bogen nach links ab, sahen in jede Gasse hinein, an der wir vorbeikamen. Sie waren dunkel und leer bis auf Ratten und Leichen. Niemand kam uns entgegen, niemand ging in unsere Richtung.

»Wirst du mit Jacob nach Maastricht gehen, wenn die Tore wieder geöffnet sind?«, fragte Richard unvermittelt.

»Ja.« In den letzten Tagen hatte ich nicht mehr gewagt, an die Zukunft zu denken, denn ich befürchtete insgeheim, damit das Schicksal herauszufordern. »Und du?«

»Nein, ich denke, drei sind einer zu viel.«

Ich lachte. »Du weißt, was ich meine. Wirst du hierbleiben …«, ich zögerte, bevor ich die Frage beendete, »… mit Czyne?«

»Wohl eher *trotz Czyne.*« Er blieb vor einer Kreuzung stehen und warf einen Blick um die Ecken nach links und rechts. Es war niemand zu sehen. »Wir sind nicht gerade die besten Freunde.«

»Mir hat sie gesagt, du seist das einzig Gute, was ihr je im Leben widerfahren ist.«

Richard lachte leise, aber es klang freudlos. »Czyne hat einen seltsamen Sinn für Humor.«

Wir bogen in eine Gasse, in der hauptsächlich Tischler ihre Werkstätten hatten. Ein Mann stand vor der Tür eines Hauses und leerte einen Fäkalieneimer in die Gosse, aber als er uns sah, ließ er den Eimer fallen, trat zurück ins Haus und schlug die Tür hinter sich zu. Richard runzelte die Stirn.

»Ich glaube nicht, dass es ein Witz war«, sagte ich. »Sie klang …«

Richard unterbrach mich. »Hast du die Narben auf ihrem Rücken gesehen?« Als ich nickte, fuhr er fort, und ich hörte Ärger und Scham in seiner Stimme. »Sie stammen von Stockhieben, und ich war der Grund dafür. Wenn sie also sagt, ich wäre das einzig Gute in ihrem Leben, ist das gelogen, denn ich war für ihr

Leben etwas sehr, sehr Schlechtes.« Er wies mit einem Kopfnicken nach vorn. »Dort ist die Straße. Wenn wir da nicht die Antwort auf die Frage finden, was in der Stadt plötzlich los ist, gehen wir zurück.«

Ich sah ihm verwirrt nach, als er voranschritt, und fragte mich, wie seine Anspielungen zu Czynes Worten passen mochten.

Ich folgte ihm zur Straße.

Dort trafen wir auf Menschen.

Sie schritten die Straße entlang, manche hielten Fackeln in den Händen, andere Dreschflegel, Knüppel, Messer. Es waren sowohl Männer als auch Frauen, und alle hatten sie ein Aschekreuz auf der Stirn.

Wir standen am Ende der Gasse, an der die Menschen vorbeizogen. Sie wirkten ernst und angespannt.

Richard sprach eine junge, ärmlich aussehende Frau an, die von niemandem begleitet wurde. »Entschuldige, Schwester. Wo geht ihr alle hin?«

»Wir sind Soldaten des Heiland«, sagte sie stolz. »Der Herr hat uns erwählt, die Stadt von der Seuche zu befreien. Wart ihr eben nicht auf dem Domplatz?«

»Nein.« Richard schüttelte den Kopf.

»Ihr habt eine bewegende Rede verpasst. Der Apotheker Erasmus hat sie gehalten.« Der Blick der jungen Frau wirkte entrückt, so als hätte sie ein großes Geheimnis erfahren. »Der Herr hat ihm enthüllt, dass die Seuche nicht in unseren Körpern haust, sondern in unseren Seelen. Wir haben den Teufel in die Stadt gelassen, und solange sein Atem die Luft erfüllt, kann es keine Erlösung geben. Schließt euch uns an. Auch ohne das Kreuz des Erasmus könnt ihr ein Soldat Christi werden. Kommt, rettet Coellen.«

»Nein, wir …«, begann ich, aber Richard unterbrach mich.

»Und wohin gehen wir?«, fragte er.

»Wohin auch immer Gott uns führt.«

Sie ging weiter, und Richard schloss sich ihr an und zog mich am Arm mit.

»Was soll das denn?«, flüsterte ich.

»Ich will wissen, was sie vorhaben.«

Wir blieben auf der Straße, bogen erst kurz vor dem Severinstor ab und gingen durch Gassen, deren Häuser mit jeder Kreuzung, die wir überquerten, wohlhabender wirkten. Bald waren sie aus Stein, nicht mehr aus Lehm und Holz. Die meisten Türen und Fenster waren mit Brettern vernagelt, als ahnten die Bewohner bereits, was ihnen bevorstand.

»Das ist das Judenviertel«, sagte Richard.

Die Prozession wurde langsamer. Ich stellte mich auf die Zehenspitzen, versuchte zu zählen, wie viele Menschen in die Gasse strömten. Sie kamen auch aus anderen Richtungen herbei. Es mussten Hunderte sein.

»Komm, wir gehen weiter nach vorn.« Richard ergriff meine Hand.

Je weiter wir nach vorn kamen, desto dichter standen die Menschen. Schließlich ging es nicht mehr weiter. Ich betrachtete die Fassaden der Häuser. Sie waren größtenteils zweistöckig, doch einen Steinwurf weit vor uns ragte ein Gebäude mit spitz zulaufendem Giebel auf. Es wirkte schlicht bis auf den mannsgroßen sechseckigen Stern, der in die Fassade eingelassen war.

»Die Synagoge«, sagte Richard. Er ging plötzlich in die Knie. »Setz dich auf meine Schultern und sag mir, was du siehst.«

Es kam mir sehr unanständig vor, aber ich tat es trotzdem. Zwei Männer neben uns schüttelten den Kopf, als Richard sich aufrichtete und mich über die Menge hob.

Ich berichtete Richard, was ich sah. Männer mit Knüppeln standen hinter hastig errichteten Barrieren aus Tischen und umgeworfenen Karren. Es waren nicht einmal zwei Dutzend, aber sie wirkten entschlossen. Mein Blick glitt an ihnen vorbei zu einem Trupp

Soldaten, die gelbe und rote Schärpen trugen und die Menge beobachteten. Ihre Schwerter steckten in den Scheiden, die Schilde lehnten an den Häuserwänden. Einer trank Wein aus einem Schlauch.

»Die sehen nicht so aus, als ob sie einschrei…« Ich unterbrach mich, als ich die Männer sah, die neben ihnen aus einer Gasse traten. Fackelschein erhellte ihre Gesichter. »Georg ist hier.«

»Was?«

»Und Erasmus' Diener.«

Georg sprach kurz mit ihm, dann nickte er den Männern hinter sich zu. Sie alle hielten brennende Fackeln in den Händen. Die Soldaten nahmen ihre Schilde, gingen aber nicht auf sie zu, sondern traten beiseite, so als wollten sie ihnen aus dem Weg gehen.

Und dann begann es.

»Judenpack!« Die Männer schrien das Wort gleichzeitig und begannen im Rhythmus mit den Fackelstielen gegen die Fassaden zu klopfen. »Ju-den-pack! Ju-den-pack.«

Georgs Blick glitt über die Menge. Mir wurde plötzlich klar, dass er mich sehen konnte. »Lass mich runter!«

Richard beugte sich vor, und ich sprang von seinen Schultern, prallte dabei gegen einen Mann, der vor mir stand. Er sah sich unwirsch um. Meine Entschuldigung ging in dem rhythmischen Ruf unter. Immer mehr nahmen ihn auf, bis ich schließlich glaubte, es müsste in der ganzen Stadt zu hören sein.

Eine brennende Fackel flog durch die Luft, schlug gegen die Fassade der Synagoge und fiel herab. Ich war mir sicher, dass einer von Georgs Männern sie geworfen hatte. Sie waren es, die der Menge zeigten, was sie tun sollte.

Um uns herum wogten die Menschen nach vorn. Männer schrien, Holz splitterte, Fackeln flogen. Einige fielen in die Menge und wurden unter Geschrei wieder aufgenommen, andere prallten von der Fassade ab, doch manche durchschlugen die klirrenden Fenster und landeten im Inneren des Gebäudes.

Rauch stieg vor uns auf.

»Judenpack! Judenpack!« Die Rufe erstickten die Schreie und das Klirren der Waffen. An einer Ecke wurde plötzlich gejubelt, dann machte die Menge einen weiteren Satz nach vorn.

Richard brachte seine Lippen dicht an mein Ohr, damit ich ihn verstehen konnte. »Wir sind als Nächste dran«, sagte er. »Komm.«

Kapitel 39

»Die Synagoge?« Wilbolt starrte uns voller Entsetzen an. »Hat es Tote gegeben?«

Die Frage war so naiv, dass niemand darauf antwortete.

Richard und ich hatten Czyne mit in die Herrenhaus-Höhle gebeten, ohne den anderen zu sagen, was wir gesehen hatten. Es war besser, wenn sich noch nicht herumsprach, dass Georg wieder aufgetaucht war. Vielleicht hätte der eine oder andere die Gelegenheit ergriffen und die Seiten gewechselt. Das war zumindest Richards Befürchtung, und Czyne schien sie zu teilen.

»Als Nächstes werden sie hierherkommen«, war Richard überzeugt. »Ich schlage vor, dass wir verschwinden, solange es noch geht.«

»Aber …«, Wilbolt suchte nach Worten, »… Erasmus? Seid ihr euch dessen ganz sicher?«

Ich nickte. »Sein Diener hat die Menge aufgehetzt.«

»Ist doch klar, warum er das tut«, meinte Czyne. »Zuerst hetzt er den Pöbel auf die Juden, und wenn sie dann in Blutrausch verfallen sind, ist der Wunderheiler dran.« Bei diesen Worten wies sie auf Jacob. »Schließlich ist der sein ärgster Konkurrent.« Sie verschränkte die Arme vor der Brust. »Ich bin Richards Meinung. Wir müssen weg hier, je schneller, desto besser.«

»Das geht nicht«, widersprach Jacob. »Wir haben mehr als zwei Dutzend Kranke dort oben in den Hütten. Die können wir nicht zurücklassen.«

»Und ob wir das können. Wir nehmen mit, was wir tragen können und was auf die Handkarren passt.«

Sogar Richard verzog das Gesicht, als Czyne das sagte. »Wir haben Verantwortung für …«

Sie unterbrach ihn. »*Verantwortung* ist ein Wort, das ausgerechnet *du* nicht in den Mund nehmen solltest. Wir brechen auf, und zwar sofort«, bestimmte sie. »Wer mitkommen will, ist willkommen, wer nicht, kann machen, was er will.«

»Und wohin brechen wir auf?«, fragte Richard.

»Zum Severinstor«, antwortete ihm Czyne. »Ich will raus aus dieser gottverdammten Stadt.«

»Nein.« Richard ging langsam auf sie zu. »Ich werde diese Leute nicht so im Stich lassen, wie ich dich im Stich gelassen habe.« Er legte ihr die Hände auf die Schultern, und ich sah, wie sie sich versteifte. »Damals bin ich gerannt, als du stehen geblieben bist, um zu kämpfen. Nie wieder.«

Richard wartete, aber sie sagte kein Wort. Nach einem Moment ließ er die Hände sinken und sah mich an. Seine Augen glänzten feucht. Er räusperte sich. »Wohin willst du die Kranken bringen?«

Ich hatte noch nicht darüber nachgedacht, aber es gab nur eine Antwort auf diese Frage. »Das Kloster. Selbst Erasmus kann den Mob nicht dazu bringen, Nonnen anzugreifen.«

»Gut.« Richards Blick zuckte noch einmal zu Czyne, aber sie rührte sich immer noch nicht. »Dann packt alles zusammen. Wir müssen los.«

Er ging an ihr vorbei, ohne sie noch einmal anzusprechen.

Ich legte Judith die Hand auf die Stirn. Vielleicht bildete ich es mir nur ein, aber es kam mir so vor, als wäre ihr Fieber zurückgegangen. »Wickle sie in ihren Umhang und trage sie«, sagte ich zu Wilbolt.

Er nickte. Als er sie in die Arme nahm, tat er es so vorsichtig, als befürchte er, sie würde unter seinen Händen zerbrechen.

Ich ließ Jacob und ihn vor, dann ging auch ich an Czyne vorbei und sagte leise: »Tu es nicht. Sei nicht das Schlimmste, was ihm je widerfahren ist.«

Sie schwieg.

In der Haupthöhle warfen wir Kräuter und Tücher in Säcke und füllten die flüssigen Arzneien in leere Weinschläuche. Menschen liefen durcheinander, Richard hatte den Männern Bescheid gesagt, und nun versuchte jeder, so viel wie möglich von dem, was er besaß, mitzunehmen.

Agnes bereitete währenddessen oben die Kranken vor, damit wir sie zum Kloster schaffen konnten. Diejenigen, denen es schon besser ging, ließ sie von Verwandten nach Hause bringen. Und ebenso jene, denen es nie wieder besser gehen würde.

Wir warfen die Säcke, Schläuche und Kisten auf die Karren, welche die Schmuggler in einer der Hütten rund um den Innenhof abgestellt hatten und die sie hin und wieder zum Transport ihrer Schmuggelware benötigten. Auch die Kranken legten wir, in Decken gehüllt, darauf. Weitere Kranke wurden von ihren Verwandten getragen.

Erst als wir zum Aufbruch bereit waren, wurde mir klar, dass ich Czyne die ganze Zeit über nicht mehr gesehen hatte. Ich warf einen Blick über die Menschen, die langsam hinter den Karren hergingen, konnte sie jedoch nicht entdecken. Ich hoffte, dass sie nicht in der Höhle zurückgeblieben war.

»Was ist das?« Agnes, die zusammen mit Jacob neben mir ging, sah hinauf zum Himmel. Rotes Licht flackerte unter den Wolken. Beinahe sah es aus wie ein Sonnenuntergang, doch dafür war es schon viel zu spät.

»Die Synagoge.« Mein Mund wurde so trocken, dass ich kaum schlucken konnte. »Das Feuer muss auf die anderen Häuser übergegriffen haben.«

Nun bemerkten es auch andere. Einige blieben stehen und zeigten nach oben, andere sahen sich hektisch um, als könnten die

Flammen schon auf den Dächern der umliegenden Hütten tanzen. Die Angst der Menschen drohte zur Panik zu werden.

»Im Kloster sind wir sicher!«, rief Jacob. »So weit kommt das Feuer nicht!«

Ich glaubte nicht, dass das stimmte.

»Wir müssen über den Domplatz, der Umweg durch die Gassen dauert zu lange.« Richard drehte sich zu mir um. Es war das Erste, was er sagte, seit wir die Herrenhaus-Höhle verlassen hatten. »Das Feuer lässt uns keine Wahl.«

Ich dachte an die Soldaten, nickte dann jedoch. Mit Menschen konnte man reden, Menschen nahmen Geld, doch Feuer tötet, ohne zu fragen.

Auf dem Weg zum Domplatz begegnete uns niemand, und auch der Platz war verlassen.

Graue Flocken begannen auf einmal um uns herum vom Himmel zu fallen. Eine landete auf meinem Handrücken und hinterließ einen grauen Streifen, als ich sie wegwischte.

»Asche«, sagte Jacob neben mir.

Wir drehten uns um und sahen zurück. Der rote Schein erfüllte den Nachthimmel, und der Wind trieb Rauchschwaden durch die Gassen.

Es kommt näher, dachte ich.

Die Gasse, die zum Kloster führte, befand sich vor uns, und wir eilten auf sie zu, angetrieben von Angst und Hoffnung.

Und blieben abrupt stehen, als die Soldaten aus der Dunkelheit traten.

Sie waren zu zehnt und trugen gelbe Schärpen.

»Da seid ihr ja, wie ich es erwartet habe!«, hallte auf einmal eine Stimme über den Domplatz – eine Stimme, die mir nur allzu bekannt war und die mir eine Gänsehaut über den Rücken jagte.

Sie gehörte Erasmus.

Erasmus kam vom Dom her, schlenderte über den Platz, die Hände hinter dem Rücken verschränkt und rief: »Ich habe gewusst, dass ihr versuchen würdet, zum Kloster zu fliehen!«

Lorenz, der gemeinsam mit Georg den Pöbel gegen die Juden aufgehetzt hatte, folgte ihm in wenigen Schritten Abstand; er war offenbar mehr als nur ein Diener, sondern auch eine Art Leibwächter des betrügerischen Apothekers.

»Ja, ich habe euch erwartet.« Erasmus wirkte völlig sorglos, als würde das Feuer, das die Stadt verzehrte, für ihn keine Gefahr darstellen. »Da man sich überall erzählt, in welchem Teil der Stadt ihr eure Patienten behandelt, war mir klar, dass euch euere Flucht hier am Dom vorbeiführen würde.«

Er blieb gut zehn Schritte von uns entfernt stehen und betrachtete uns abfällig, als wären wir Ungeziefer, das es zu zertreten galt.

»Ihr behauptet also allen Ernstes, ihr könntet Kranke besser heilen als ich, der große Erasmus. In eurer Mitte soll es sogar einen Wunderheiler geben.« Seine Stimme triefte vor Hohn und Selbstgefälligkeit. »Es tut mir leid, aber das ist etwas, was ich nicht länger dulden kann. Ich …«

Er unterbrach sich.

Und auf einmal begann er laut zu lachen und wies auf Jacob. »Heiland, jetzt begreife ich! *Du* bist der Wunderheiler, der mir mein Geschäft kaputtmacht! Ja, ich erinnere mich, du warst bei der Hexe, als ich sie zum ersten Mal sah! Da war ich wohl etwas … *angeheitert*, nicht wahr?« Dann erblickte er in unserer Mitte auch den Bürgermeister. »Wilbolt?« Erneut lachte er auf. »Wilbolt, du bist einem Scharlatan aufgesessen!«

Der Bürgermeister trat einen Schritt vor, seine Tochter auf den Armen. »Dir bin ich aufgesessen, nicht ihm! Judith lebt bereits einen Tag länger, als ihre Schwester und meine Frau es taten.«

»Wir werden ja sehen, wie es endet.« Ein boshafter Tonfall schlich sich in Erasmus' Stimme. »Gut, ich will die Hexe und alles, was ihr auf euren Karren habt – abgesehen von dem Abschaum natürlich – als Schadenersatz für den Lehrling, der mir abhandengekommen ist. Dann dürft ihr gehen, wohin ihr wollt.«

Keiner von uns antwortete. Wir hatten mehr Männer als Erasmus, doch nur einer davon trug ein paar Rüstungsteile und keiner einen Schild. Ich befürchtete, dass es zu einem blutigen Gemetzel kommen würde.

Also schob ich mich an Jacob vorbei. »Ich komme mit dir, wenn du ihnen die Hälfte von allem lässt. Die Arzneien, die du willst, kann ich dir herstellen.«

»Bist du verrückt?« Jacob zog mich am Arm zurück. »Er wird dich nicht in seinen Dienst pressen wie eine Leibeigene!«

Ich versuchte mich loszureißen, doch es war vergeblich.

»Wir geben niemanden von uns her!«, sagte auch Richard.

Rüsch und Dythmar griffen nach ihren Waffen, die anderen Männer zögerten noch.

Erasmus gab den Soldaten ein Zeichen, und wie ein Mann zogen sie ihre Schwerter. Kampfbereit standen sie vor uns.

»Seid ihr alle dieser Meinung?«, rief der Apotheker.

»Ja.«

Die Stimme kam von irgendwo hinter mir. Ich fuhr herum.

Czyne stand auf einem winzigen Balkon im ersten Stock eines dunklen Patrizierhauses. Asche lag wie eine graue Schicht auf ihrer Haut und Kleidung, machte sie in der Dunkelheit beinahe unsichtbar.

Sie drückte eine Armbrust gegen ihre Schulter. Ein Ruck ging durch ihren Körper, dann griff sie in ihren Gürtel, zog einen neuen Bolzen hervor.

Ich sah zurück zu den Soldaten. Einer lag am Boden, und ein Bolzen steckte in seiner Kehle. Eines seiner Beine zuckte.

»Haltet die Karren zwischen euch und ihnen!«, rief Richard.

Gemeinsam wichen wir zurück.

Die Soldaten duckten sich, suchten nach Deckung, doch auch der zweite Bolzen traf. Da liefen sie auseinander, versuchten Czyne kein Ziel zu bieten und so nahe an uns heranzukommen, dass die Armbrustschützin nicht mehr auf sie schießen konnte, ohne nicht auch ihre Kameraden zu gefährden.

Da aber griffen auch die Schmuggler zu ihren Waffen. Mit Äxten, Knüppeln und Schwertern stürmten sie den Soldaten entgegen.

Czyne schoss ruhig und ohne jede Gefühlsregung.

Aus den Augenwinkeln sah ich, wie Erasmus in Richtung Dom lief, während ihm sein Diener Lorenz den Rückzug deckte. »Kämpft, ihr Hunde!«, schrie der betrügerische Apotheker den Soldaten zu. »Niemand zahlt so gut wie ich!«

»Bleib hier!« Jacob ließ mich los und setzte sich in Bewegung, fest entschlossen, seinen ehemaligen Meister nicht davonkommen zu lassen.

Lorenz stellte sich ihm in den Weg, hatte auf einmal einen Dolch in der Hand und …

Da war Rüsch heran und attackierte Lorenz mit einem seiner Schwerter. Nur mit dem Dolch bewaffnet, hatte Lorenz dem wütenden Schmuggler kaum etwas entgegenzusetzen. Rüsch' erster Schwertstreich traf seinen rechten Arm, und obwohl ich es nicht genau sehen konnte, glaube ich, dass er Lorenz die Hand abhackte. Der zweite Hieb trieb die Klinge tief in den Leib des Dieners, der blutüberströmt zusammenbrach.

Jacob war längst an ihm vorbei und hinter Lorenz' Herrn Erasmus hergelaufen, der nun herumfuhr und auf einmal ebenfalls einen Dolch in der Hand hielt.

Rüsch konnte Jacob nicht weiter beistehen, denn er wurde von einem Soldaten in einen Schwertkampf verwickelt.

Ich lief los, weil ich Jacob zu Hilfe kommen wollte, und sah aus den Augenwinkeln Richard, der ebenfalls auf den ungleichen Zweikampf zurannte.

Erasmus trieb Jacob zurück, bis dieser mit dem Rücken gegen das Gemäuer des Doms stieß.

Nur noch wenige Schritte trennten mich von den beiden. Ich war hinter Erasmus, er sah mich nicht. Doch dann warnte ihn wohl etwas in Jacobs Blick, er wollte herumwirbeln und …

Ich rammte gegen ihn, und der Aufprall trieb mir die Luft aus den Lungen, ich wurde zurückgeworfen und ging zu Boden. Alles schmerzte.

Es dauerte einen Moment, dann gelang es mir, mich auf die Ellenbogen hochzustemmen, und ich nahm meine Umgebung wieder wahr.

Erasmus lag reglos am Boden. Sein eigener Dolch steckte ihm in der Brust.

Richard und Jacob war es gemeinsam gelungen, ihn zu überwältigen, ihm die Waffe zu entreißen und ihn damit zu töten.

Doch wer von beiden ihm die Klinge in die Brust gestoßen hatte, sollte ich auch später nicht erfahren, darüber schwiegen sie beharrlich.

Jacob ließ sich neben mir auf die Knie nieder. »Bist du verletzt?«, fragte er heiser.

»Nein«, antwortete ich, ohne zu wissen, ob das wirklich stimmte.

Richard und er halfen mir auf. »Der Kampf ist vorbei«, sagte der ehemalige Gaukler.

Ich sah mich um. Fünf Soldaten lagen tot am Boden, zwei von unseren Männern.

Für was?, fragte ich mich.

Czyne und die anderen warteten bei den Karren auf uns. »Der Mob zieht zum Severinstor«, sagte sie. »Ich war auch auf dem Weg dorthin, aber da war mir zu viel los.«

»Du kannst später immer noch gehen.« Richard sah sie an.

Sie erwiderte seinen Blick und nahm seine Hand. »Wann immer ich will.«

Es warteten keine Soldaten an der Klosterpforte, aber es schien auch sonst niemand da zu sein. Auf unser Klopfen hin wurde nicht geöffnet, auf unser Rufen nicht reagiert. Die Gebäude wirkten wie ausgestorben. In keinem der Fenster war ein Licht zu sehen, kein Laut war zu vernehmen.

Ich ahnte bereits, was geschehen war.

Jacob half mir über die Mauer, danach öffnete ich meinen Gefährten und den Kranken die Pforte von innen.

Die Nonnen waren alle tot, dahingerafft von der Seuche.

Wir fanden die meisten im Refektorium, manche aufgebahrt, andere zusammengesunken unter den leeren Augen des Messias. Die letzte fand ich, als ich Mutter Immaculatas alte Zelle betrat.

Schwester Johannita lag auf dem Boden, eingebettet in einen See aus Wachs. Die Kerzen, die sie um sich herum aufgestellt hatte, waren längst heruntergebrannt. Eine Seuchenmaske hing schräg über ihrem Gesicht.

Wir schafften die Kranken in die Kapelle, weil dort keine einzige Tote lag.

Ich war müde und sehnte mich nach einem Strohlager, trotzdem sah ich noch einmal nach Judith. Wir hatten sie und ihren Vater in meiner ehemaligen Zelle untergebracht. Als ich eintrat, sah sie mich an.

Wilbolt saß neben ihr auf einem Hocker, den Rücken gegen die Wand gelehnt, den Kopf auf die Brust gesunken, die Augen geschlossen. Ich legte den Zeigefinger auf meine Lippen. Judith nickte und drehte sich um.

»Geht es ihr besser?«, fragte Agnes, als ich die Tür schloss. Sie trug einen Stapel Tücher auf den Armen und wirkte frisch und gelassen, wie jemand, der einen erholsamen langen Schlaf hinter sich hatte.

»Sie wird wieder gesund, denke ich.«

Agnes lächelte. »Das freut mich.«

Wir gingen nebeneinander her. Ich nahm ihr ein paar der Tücher ab. »Und was ist mit dir? Geht es dir gut?«

»Ich werde um meine Schwestern weinen, wenn ich die Zeit

dazu finde, aber erst einmal müssen die Kranken versorgt werden. Richard steht auf dem Dach und gibt acht, aber es sieht nicht so aus, als würde das Feuer uns so nah kommen, dass es uns gefährlich werden könnte.«

»Und dann?«

»Der Bischof wird neue Nonnen finden, sie hierherschicken, und bald wird das Kloster so lebendig sein wie zuvor«, war Agnes überzeugt.

»Mit einer neuen Äbtissin«, sagte ich.

Agnes blieb stehen. Sie sah sich um, als wollte sie sicherstellen, dass wir allein waren, dann sagte sie leise: »Ich glaube nicht, dass das nötig sein wird.«

Ich nahm an, dass es an der Müdigkeit lag, dass ich ihre Worte nicht gleich begriff.

Sie bemerkte meine Verwirrung. »Schwester Johannita ist doch gerade erst vom Bischof ernannt worden, da wäre es doch eine Schande, wenn sie schon wieder abdanken müsste.«

»Aber Schwester Johannita ist …« Auf einmal verstand ich. »Das ist gewagt.«

Agnes zuckte mit den Schultern. »Der Bischof hat sie nie gesehen, und die Brüder, die hierherkommen, blicken uns nie ins Gesicht.« Sie lächelte, und in ihren Augen lag ein dunkler Ausdruck. »Und du weißt doch, wie es ist: Unter der Haube sind wir alle gleich.«

Epilog

Es ist ein sonniger Tag.

Der Karren, von zwei Ochsen gezogen und von Czyne bezahlt, fährt uns am Rhein entlang nach Westen. Jacob sitzt neben mir, ich spüre seine Hand auf der meinen und Richards Umarmung in meiner Erinnerung.

Ich drehe den Kopf und sehe zurück zu der Stadt, die langsam hinter den Bäumen verschwindet. Der Wind vertreibt die letzten Rauchschwaden, kein Feuer brennt mehr. Der Mob, der ausgezogen war, um zu töten, hat die Brände gelöscht. Wilbolt ist stolz auf die Stadt, die er von nun an wirklich regieren will. Ich weiß nicht, ob ihm das gelingen wird, aber vielleicht reicht es schon, wenn die Stadt *ihn* regiert und nicht irgendjemand anders.

Die Stadttore sind wieder geöffnet worden, und nun breitet sich das weite Land vor uns aus. Wo Konstantinopel liegt, weiß ich nicht, aber ich frage Jacob auch nicht danach.

Ab und zu, wenn er nicht hinsieht, reibe ich die Beule unter meiner Achsel ein. Sie ist noch klein, aber sie wird wachsen. Der Gedanke an den Tod schreckt mich nicht, zu oft habe ich ihn gesehen, doch der Gedanke an das Leben erfüllt mich mit Freude. Ich möchte mehr davon mit Jacob teilen als diese wenigen Monate. Wenn ich könnte, würde dieser Moment ewig währen, wir auf dem Karren, mit der Sonne im Gesicht und der Stadt im Rücken.

»Woran denkst du?«, fragt Jacob.

Ich denke an den Toten im Weiher. Er hat richtig gehandelt, aber seine Entscheidung ist nicht die meine. Ich werde hoffen, solange ich es vermag. Länger als ich es vermag.

Und so sehe ich Jacob an und sage: »Erzähl mir von Konstantinopel.«